KB249330

이광수 후기 문장집

2

엮은이

최주한 崔珠瀚, Choi Juhan

서강대 인문과학연구소 연구원. 숙명여자대학교 화학과를 졸업하고 서강대학교 국어국문학과에서 이광수 소설 연구로 박사학위를 받았다. 저서에 『제국 권력에의 야망과 반감 사이에서－소설을 통해 본 식민지 지식인 이광수의 초상』(2005), 『이광수와 식민지 문학의 윤리』(2014), 『한국 근대 이중어 문학장과 이광수』(2019)가 있고, 역서에 『근대 일본사상사』(공역, 2006), 『『무정』을 읽는다』(2008), 『일본 유학생 작가 연구』(2010), 『이광수, 일본을 만나다』(2016), 『일본어라는 이향』(2019), 『이광수의 한글창작』(2021) 등이 있다. 그 밖에도 『이광수 초기 문장집』 I·II·III(2015·2023)과 『이광수 후기 문장집』 I·II·III(2017·2018·2019)을 간행했고, 『허생전』(2019)과 『사랑』(2019) 등을 감수했다.

하타노 세츠코 波田野節子, Hatano Setsuko

니가타 현립대학 명예교수. 아오야마학원대학 문학부 일본문학과를 졸업하고 니가타대학 국제지역학부 교수로 재직했다. 한국어 번역 저서에 『『무정』을 읽는다』(2008), 『일본 유학생 작가 연구』(2010), 『이광수, 일본을 만나다』(2016), 『일본어라는 이향－이광수의 이언어 창작』(2019), 『이광수의 한글창작』(2021)이 있고, 일본어 역서에 『無情』(2005), 『夜のゲーム』(2010), 『金東仁作品集』(2011), 『樂器たちの圖書館』(2011), 『血の淚』(2024) 등이 있다. 공편 자료집 『이광수 초기 문장집』 I·II·III(2015·2023)과 『이광수 후기 문장집』 I·II·III(2017·2018·2019), 『이광수 친필 시첩 〈내 노래〉, 〈내 노래 上〉』(2017) 등을 간행했다.

1938~1945 평론·논설

이광수 후기 문장집 2

초판발행 2025년 11월 30일

지은이 이광수
엮은이 최주한·하타노 세츠코

펴낸이 박성모
펴낸곳 소명출판
출판등록 제1998-000017호
주소 서울시 서초구 사임당로14길 15 서광빌딩 2층
전화 02-585-7840
팩스 02-585-7848
이메일 somyungbooks@daum.net
홈페이지 www.somyong.co.kr

ISBN 979-11-7549-021-5 03810
정가 43,000원

ⓒ 최주한, 2025

잘못된 책은 구입처에서 바꾸어드립니다.
이 책은 저작권법의 보호를 받는 저작물이므로 무단전재와 복제를 금하며,
이 책의 전부 또는 일부를 이용하려면 반드시 사전에 소명출판의 동의를 받아야 합니다.

동우회사건으로 수감되었을 당시의 이광수.
수인번호 왼쪽에 1937년(昭12) 8월 25일이라는 날짜가 적혀 있다.
▶

▼「동우회사건 관계자 가야마 미츠로의 동정에 관한 건」(1941.7)
『무정』 외 18책 발매 금지 목록이 첨부되어 있다.
“민족주의사상을 선동하고 내선일체를 저해할 우려가 있음”(『무정』)

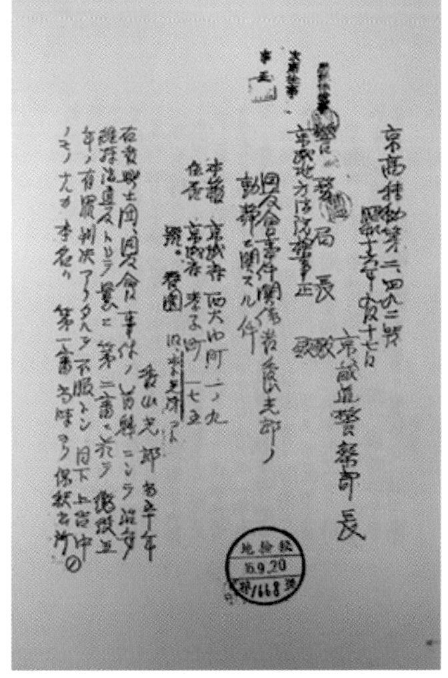

京高特秘第二四六二號
昭和十六年七月十七日
京畿道警察部長
京城地方法院検事正 殿
同友會事件關係者香山光郎ノ動靜ニ關スル件

▲『무정』 8판본, 박문서관, 1938
(화봉문고 소장)

▼ 영화 〈무정〉(1939) 포스터
(서울역사박물관 소장)

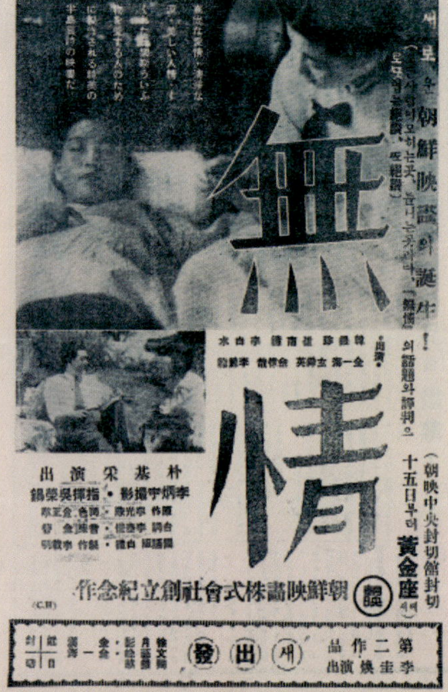

▲ 영화 〈무정〉 시사회(1939.6)
오른쪽부터 주연 한은진(영채), 이광수, 박기채

『사랑』 전편(1938) 9판, 박문서관, 1941
(현대문학관 소장) ▶

◀『사랑』 후편 초판, 박문서관, 1939
(근대서지학회 오영식 소장)

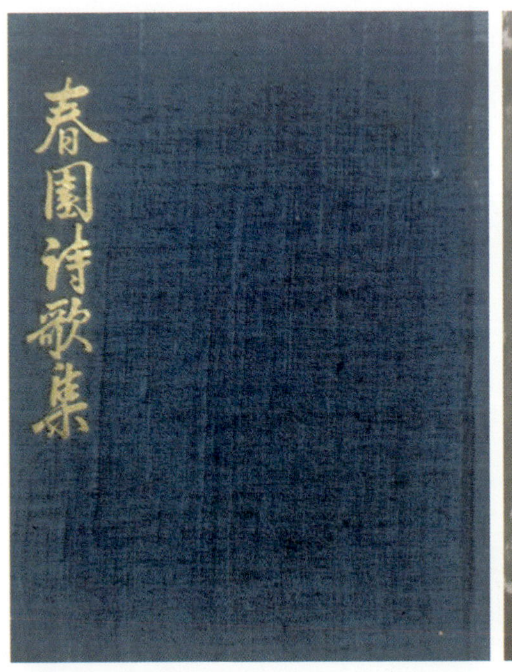

『춘원시가집』 초판, 박문서관, 1940. 표지와 케이스. 500부 한정판
(국립중앙도서관 소장)

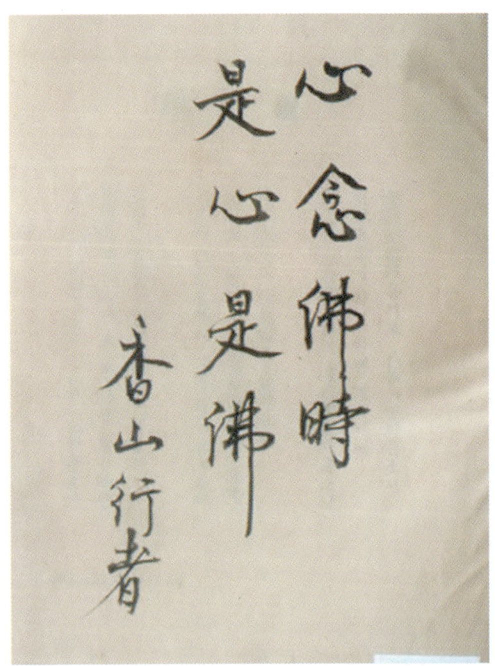

『춘원시가집』(1940) 소재 친필 휘호
'香山行者'라는 서명이 이채롭다.

『세조대왕』(1940), 재판, 박문서관, 1941
(화봉문고 소장)

『이광수 단편선』 초판, 박문서관, 1939
(화봉문고 소장)

『반도강산』 초판, 영창서관, 1939
(화봉문고 소장)

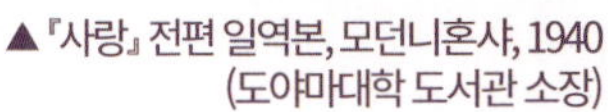
▲『사랑』 전편 일역본, 모던니혼샤, 1940
(도야마대학 도서관 소장)

『사랑』 후편 일역본, 모던니혼샤, 1941
(도야마대학 도서관 소장) ▶

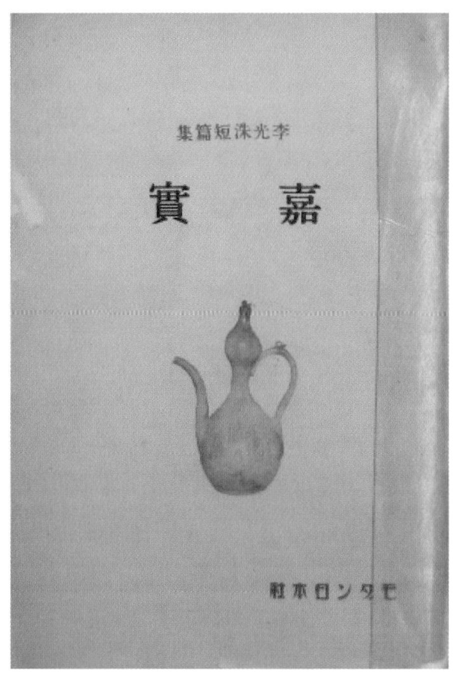

◀『가실』 일역본, 모던니혼샤, 1940
(도야마대학 도서관 소장)

『유정』 일역본, 모던니혼샤, 1940
(교토부립도서관 소장)▼

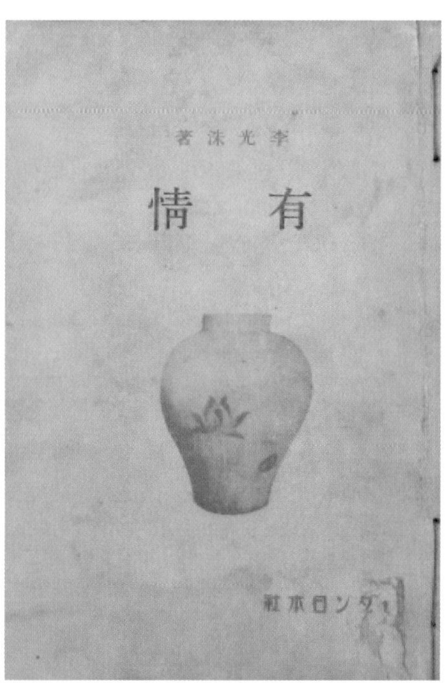

『유정』 일역본(모던니혼샤, 1940) 소재 사진
'조선예술상 제1회 수상 작가'라는 소개글이 붙어 있다.

『동포에게 보냄(同胞に寄す)』, 박문서관, 1940

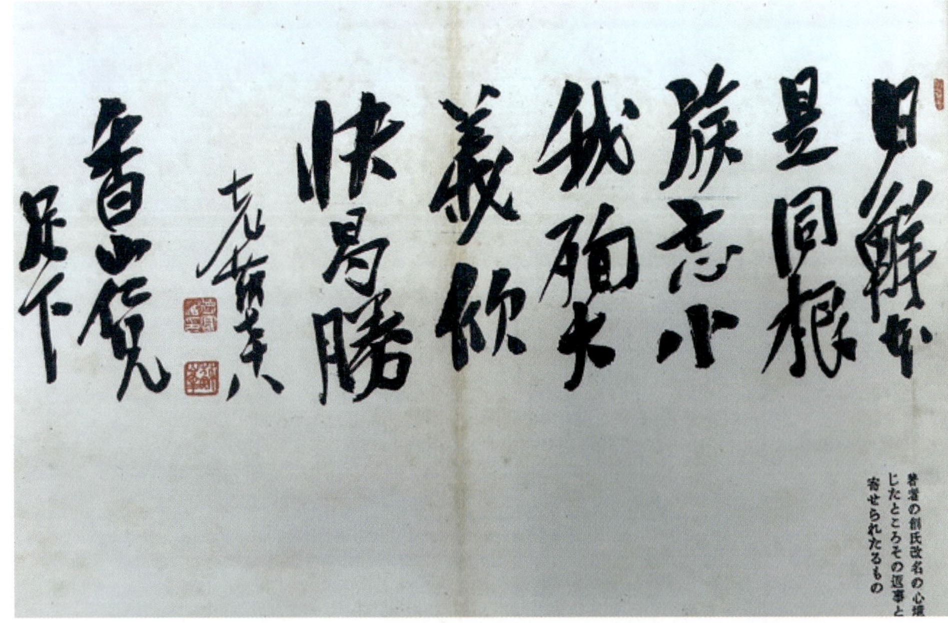

아래 속지에는 "日鮮本是同根族 忘小我殉大義 欣快曷勝(일본과 조선은 본시 같은 뿌리의 민족이니, 소아를 잊고 대의를 위해 죽는 것이 어찌 흔쾌하지 않으리오)"라고 쓴 도쿠토미 소호의 글이 인쇄되어 있다.

이광수 후기 문장집
2

1938~1945

평론 · 논설

일러두기

1. 발표 당시의 표기를 따르지 않고 현재의 표기 방식으로 수정하였다. 단, 의미가 분명한 경우 당대의 분위기나 화자의 성격을 드러내는 방언이나 입말은 최대한 그대로 존중한다.
2. 한자 표기는 한글화하되 한글만으로 의미가 모호한 경우 한자를 병기하였다.
3. 외국어 표기는 현대어로 전환하고 초출시 외국어를 병기하였다. 단, 일본어 고유명사에서 한문 음독이 관습적으로 쓰이는 지명이나 인명의 경우 그대로 준용한다.
4. 숫자의 한자 표기 중 아라비아 숫자로 교체하여 자연스러운 것은 교체하였다.
5. 판독이 어려운 글자는 □로 표시하고 추정이 가능한 글자는 괄호 안에 표기하였다.
6. 해당 글 제목의 각주에 필명과 출처를 밝혀두었다.
7. 단어, 인명 등 텍스트의 이해를 위해 제공된 편집자의 주는 각주로 처리하였다. 단, 본문의 내용 이해를 돕기 위한 번역이 필요한 경우 괄호 안에 처리한다.
8. 자료는 집필순에 가깝게 수록하였다.

무모하고 지난한 작업인 줄 뻔히 알면서 다시 손을 대고 말았다. 무엇보다 지난 작업에 그늘을 드리우고 있는 잘못을 바로잡고 싶은 마음이 컸고, 한자투성이 원문 자료 읽기를 부담스러워하던 후배들의 모습도 외면하기 어려웠다. 그렇다고는 해도 현대어판으로 새로 문장집을 내보자는 소명출판 박성모 대표의 제안이 아니었다면 오래도록 망설였을지도 모를 일이다.

『광수 초기 문장집』 I·II를 시작으로 이광수 문장집이 간행되기 시작한 것이 2015년의 일이니, 벌써 십여 년의 세월이 훌쩍 지났다. 이번 현대어판 문장집을 준비하면서는 지난 작업 당시 꼼꼼하게 챙기지 못해서 빠뜨렸거나 추후에 발견된 몇몇 자료들을 보충하였고, 교정 단계에서 미처 바로잡지 못한 잘못들을 바로잡았으며, 각주를 수정·보완하는 작업을 진행하였다. 그동안 해상도가 낮은 마이크로필름뿐이던 1945년분 『매일신보』의 DB로 구축되어 관련 원고 곳곳의 공란을 채울 수 있었던 것도 고마운 일이다.

식민지기의 문장들, 그것도 한글과 히라가나, 한자와 일본어 한자가 태연히 뒤섞여 공존하는 글을 현대어 표기로 바꾸는 일은 생각보다 간단한 일이 아니었다. 인명이나 지명 등은 가급적 현대어 표기의 원칙을 지키되 당대의 표기는 병기하는 방식으로 난관을 우회하고자 했으나, 현대어까지 얹힌 문장의 이물감을 덜어낼 방도는 막막했다. 내용에의 접근성을 위해 감수해야 할 몫이려니, 마음을 다독이면서 작업하지 않을 수 없었음을 밝혀둔다.

2025년 5월 17일

최주한·하타노 세츠코

차례

제1부 평론·문학론

1941년

1942년

1943년

1944년

1945년

제2부 논설·시론

1939년

1940년

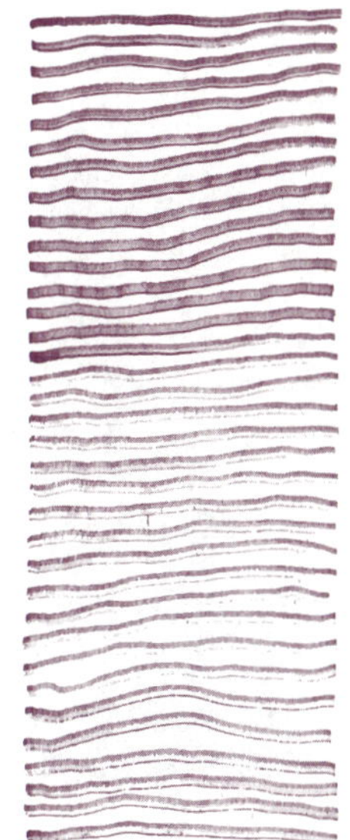

1940년

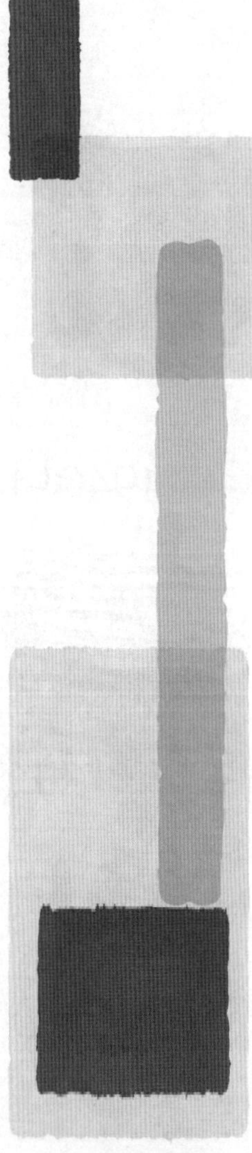

1941년

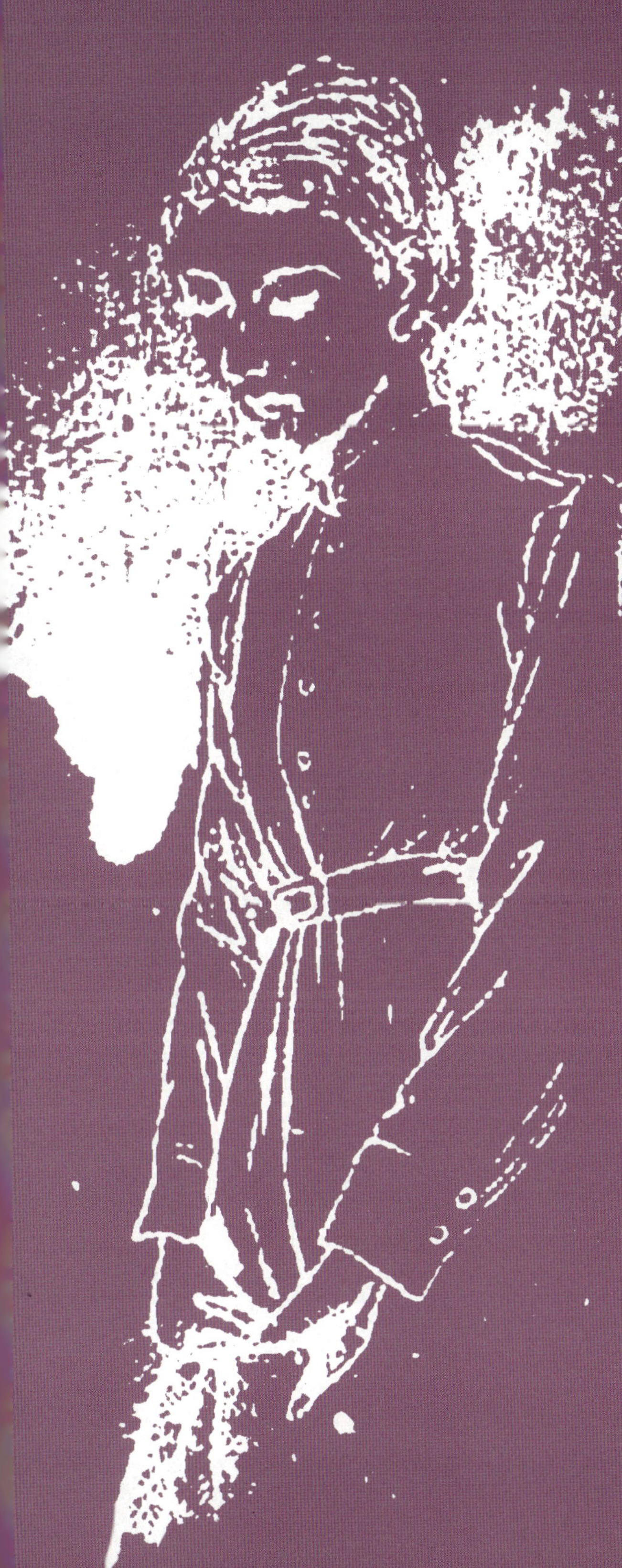

제1부

평론·문학론

1939년

문단 위문사절의 의의文壇慰問使の意義[1]

조선문단 위문사절로서 김동인金東仁, 박영희朴英熙, 임학수林學洙 세 사람이 지난 15일 북지北支로 향했다.[2] 조선문단의 위문사절이 전선에 파견된 것은 실로 일대 사건이며, 일기원一紀元을 긋는 것이라 해도 결코 과언이 아니다.

조선의 문학은 많은 사람들에게 아직 참된 의의가 인식되어 있지 않다. 그것은 역사가 짧고 성인층 조선민중이 문학과 예술에 대하여 관심과 이해가 부족하기 때문이다.

오늘날의 조선문학은 그 질과 양에 있어서 이미 초창기를 벗어났을 뿐 아니라, 그 영향 특히 청년층에 대한 감화력에서 실로 놀랄 만한 점이 있다. 달리 많은 읽을거리를 갖지 못한 조선에서 문학서는 일종의 종교적 감화력을 갖고 있음을 간과해서는 안 된다.

그런데 이 조선문학은 아직 일찍이 국민적 감정으로 움직인 예가 없었던 것이다. 원래 조선의 신문학은 민족사상을 근거와 배경으로 하여 일어난 것으로, 초기의 작품은 순문학적이라기보다는 일종의 이데올로기적인 것이었다.

좀 더 솔직하게 말하면, 국민적 감정에 관여하는 것을 피해왔던 것이다. 이어서 구주대전歐洲大戰 후 좌익 문인단체까지 결성되어 일시 청년 간에는 마르크스

---

1 원문 일본어. 『국민신보(國民新報)』, 1939년 4월 23일 이하 1940년 11월 3일까지 『국민신보』에 무기명으로 발표되었다가 나중에 단행본 『동포에게 보냄(同胞に寄す)』(博文書館, 1941.1)이 간행될 때 재수록된다. 단행본에 실리지 않은 글도 더러 있으나 1면 사설란에서 시작하여 3면 '주장'란으로 옮겨 매주 같은 지면에 실렸으므로 모두 이광수의 글로 간주한다. 『국민신보』는 1938년 4월 경성일보사에서 독립하여 새출발한 『매일신보』의 자매지로, 일본어를 해독할 수 있는 청소년 독자층을 겨냥하여 1939년 4월 3일 창간된 주간신문이다.

2 애초에 조선인 문사의 종군(從軍)에 관한 건은 1938년 11월 조선 문예총동원운동차 조선에 다니러 왔던 하야시 후사오(林房雄)가 좌담회 「조선 문화의 장래(朝鮮文化の將來)」(『京城日報』, 1938.11.29~12.8)에서 제안한 것이다. 1939년 3월 14일 부민관에서 이광수의 사회로 김동인, 박영희, 임학수가 위문사절로 선출되어 다음 달 4월 15일 경성을 떠나 북지로 향했다.

주의 색채를 띤 문학이 아니면 돌아보지 않는 시기도 있어서 민족주의 문학과 공산주의 문학, 이른바 동반자 문학 등이 있었으나, 일본국민으로서 국민적 감정권 내에서 만들어진 문학은 없었다.

그러던 것이 이번 문단의 황군위문사절 파견을 계기로 하여 좌우 양쪽 모두 종래의 사상을 내던지고 문자 그대로 오월동주吳越同舟 격으로 국민적 감정 일색이 된 것이다. 총독부 당국이나 군 당국에서도 이 일에 찬성하는 뜻을 표하여 여러 가지 알선의 수고를 맡고 격려의 말씀을 해주었다고 들었다. 이것이야말로 조선 문인의 손에 의한 최초의 성전聖戰 묘사 및 찬미여서 그것만으로도 실로 뜻깊은 일이지만, 이어서 이윽고 이 세 작가에 의해 성전이 묘사와 찬미가 담긴 조선 최초의 국민적 문학이 나와 여기서 새롭게 출발한 조선문학이 조선민중 — 특히 내일의 주인인 청년층에게 얼마나 깊고 광범위한 영향을 줄까는 말할 필요도 없을 것이다.

영화 <무정>으로 공개장[1]
—감독 박기채朴基采 씨에게 보내는 글

박 형!

작일昨日은 위하야 차까지 보내어 주시와 〈무정〉 시사試寫를 보게 하여주시고 또 기념사진까지 박아주시니 정중하신 대접을 깊이 감사하나이다. 형이 변변치 못하온 『무정』을 그처럼 사랑하여서 각색을 하시노라, 감독을 하시노라 하시기에 드린 고심이 막대하실 것을 앙찰仰察하오매, 더욱 차제此弟는 과분하온 사랑을 받자와 송구함을 금치 못하나이다.

작야昨夜에 〈무정〉의 시사가 끝난 뒤에 모某 기자가 제弟에게 이에 대한 감상을 묻자옵기로 영화 〈무정〉은 나의 소설 『무정』의 인물과 스토리의 일부를 빌려서 한 박감독의 창작이란 말로 대답하였나이다.

원래 어떤 소설을 혹은 무대를 위하야 혹은 영화를 위하야 각색할 때에는 원작의 '진의眞意와 진미眞味'를 가급적 그대로 전하자 하는 것이 목표이겠지만은 각색자와 원작자가 같은 사람이 아니고 딴 사람일 때에는 그 각본이 반드시 원작자의 의도한 바 원작의 진의와 진미를 전하리라고 보장할 수는 없는가 하오니, 대개 각색자는 자기가 인상 받은 또 이해하는 한에서 각본을 만들 것임이로소이다.

그러므로 각색자가 원작자를 잘 이해하는 경우에 한하야 그 각본을 원작의 진의와 진미를 원작자가 의도한 바에 가장 근사近似하게 (꼭 같게는 할 수 없는 일이므로) 될 것이니, 이러한 경우는 심히 희한한 일인가 하나이다.

그러므로 형의 각색이요 감독이요 연출인 이번 영화 〈무정〉이 원작자인 제弟의 의도를 무시한 것이라 하더라도 그것은 형의 실패일 것도 없고 제弟의 불평의

---

1 춘원(春園), 『삼천리(三千里)』, 1939.6.

이유가 될 것도 아니오니, 제弟는 다만 영화 〈무정〉은 원작 『무정』과는 일치하지 아니하는 형의 창작이라는 일언一言만을 하면 그만일 것이로소이다.

그러하오나 형은 개인적으로 제弟가 애경愛敬하는 친우親友인 동시에 조선에서 문예영화를 제작하랴는 선구자시기 때문에 제弟는 이번 영화 〈무정〉에 대하와 비견卑見의 일단一端을 아뢰지 아니할 수 없는 의무를 느끼나이다.

형의 역작인 영화 〈무정〉의 좋은 점을 먼저 드오면 화면이 깨끗한 것과 전편全篇이 선善에서 종시終始하였다는 것과 모든 씬이 다 점잖았다는 것과 음악효과와 녹음이 좋았다는 것이오며, 이 제점諸點이 다 형의 고심의 결과이겠고 또 영화로서 중요한 요건임도 물론이로소이다.

그러하오나 제弟가 이 붓을 든 것은 영화 〈무정〉의 불만을 말씀하려 함이오니, 그것은 오직 형에게 드리는 고구苦口의 양언良言은 못 되와도 충언忠言은 되올까 함이로소이다.

첫째로 영화 〈무정〉은 눈물 없는 영화임이 유감이로소이다. 월향月香인 영채英采가 형식亨植의 결혼식장을 엿보는 장면은 형의 고심인 듯도 하고 또 효과적이 아님도 아니었으나, 영채의 전반신前半身이라고도 할 만한 월화月華[2]의 시死가 우리에게 눈물을 주지 못하였음이 유감이었사오니, 이것은 상당히 장시간을 영채 월화 양인兩人의 침실 장면에 쓰시면서도 월화의 자살의 이유를 보이지 아니하였음에 인因함인가 하나이다. 화면으로 보옵건대 대동강 상의 선유船遊에 월화가 모某 남자에게 뺨을 맞은 것과 영채를 기생을 만든 것이 유일한 이유인 듯 하온데, 이것이 자살의 이유라면 좀 어색하지 아니한가 하나이다.

위에 말씀한 바와 같이 형의 영화 〈무정〉을 말함에 소설 『무정』을 인용할 이유는 없사오나, 월화는 고석古昔 성현聖賢을 숭모崇慕하는 눈으로 당시의 소위 명사名士들을 대하오매 인생이라기보다도 당대 조선에 대하야 낙망落望이 되는 동시에 한번 어떤 영웅적 인물 하나의 인격과 풍채에 접함으로부터 그가 의중意中의 인人

---

2 원문에는 '月香'으로 되어 있다. 계월화의 잘못이므로 이하 모두 '月華'로 수정한다.

이 되었으나 그는 하늘의 별과 같이 가까이 할 수 없음을 볼 때에 월화는 주대반낭酒袋飯囊[3]의 무리에게 웃음을 팔어서 그날그날을 보내는 그 생활이 싫어진 것인가 하나이다. 작자인 제弟의 생각에는 영채에게 조선 여성의 매운 절개節介와 부귀영화보다는 성현과 의리를 존중히 여기는 사상을 심어준 이는 그의 부친의 엄격한 열사적烈士的인 기풍과 기생 계월화의 훈도薰陶인가 하옵는데, 형의 〈무정〉으로 보면 영채의 절개적 사상과 정조는 채전菜田에서 형식에게 받은 열녀불경이부烈女不更二夫의 지편紙片에서 온 것 같이 인상印象되었나이다. 그 지편은 영채가 부친에게서 받았던 것을 잃은 대신이라는 대사에서 부친의 사상의 승계임을 보이시려 하였사오나, 부친이 평시에 어린 딸에게 이러한 유언다운 것을 써준다는 것도 문제일까 하나이다. 차라리 영채의 부친이 잡혀가는 장면 전에 영채와 형식이 함께 글을 배우거나, 그러한 장면을 넣어 영채와 형식에게 장래에 부부가 되리라는 일종의 암시를 주게 하거나, 또는 형식이가 영채 집 식객인 것을 암시하고 영채가 형식을 모멸侮蔑하는 기회에 영채의 부친이 영채에게 형식을 그리 못할 것을 훈계함으로 영채의 마음에 부친이 형식에게 그를 허락하심임을 후일에 회억回憶할 무엇을 주었음이 자연스럽지 아니할까 하나이다. 이도 저도 다 없사오면 영채가 형식를 위하야 고절苦節을 지키는 것이나 형식이 또한 영채를 잊지 못하여 함이 잘 설명되지 못함이 아닌가 하나이다.

이것이 이 영화의 눈물의 필연성이 없는 가장 중대한 이유인 줄 생각하오며, 또 한 가지는 형식이가 무슨 기연機緣으로든지 (원작으로 보면 신우선의 말에서 리형식의 주소를 알고 그리로 찾아가게 된 것이지만은) 영채를 발견하여서 진퇴유곡의 고민에 빠지게 하야 형식으로 하여금 영채를 위하여서 선형善馨과의 약혼을 파기하고라도 결심을 한 번 가지게 하는 것이 일변으로는 형식의 성격을 설명하는 연緣이 되게 하는 동시에 타他 일변으로는 이 스토리의 비극화를 도움이 아닐까 하나이다. 고민 없는 곳에 무슨 비극이 생生하오리까. 만일 그렇지 아니시거든 차라리 형식

3 술을 담는 부대와 밥을 담는 주머니라는 뜻으로, 술과 음식을 축내며 일은 아니하는 사람을 이르는 말.

을 악인을 만들어 영채를 보고도 버리게 하였더라도 눈물의 필연성에는 도움이 있었을까 하나이다.

이제 제弟의 희망을 솔직하게 말씀하오면 형께서는 의역적意譯的 개작적改作的 각색에 고심하옵신 대신에 원작에 충실하게 거의 원작의 장면의 순서대로 평범하게 화면을 진행시켰던 것이 도리어 더 효과적이 아니었을까 하나이다. 원래 이 소설은 어디 큰 캐타스트로피[4]가 있어서 비극을 성成하는 것이 아니라 영채와 향식의 생활의 평범한 서술들이 진적塵積이 되어서 독자에게 일종의 비극적 감흥을 줄 성질의 것인가 하오며, 그러므로 영화에 있어서도 원작에 있는 모든 소장면小場面들을 나열하였던 것이 좀 더 눈물의 필연성을 주었을 것이 아닌가 하나이다.

이렇게 말씀하오면 형께서 대답하실 두 가지 사정이 있을까 하나이다. 하나는 너무 장구長久히 되지 않느냐 하는 것이오, 또 하나는 검열과 시대관계로 넣을 수 없는 장면이 있지 아니할까 함이로소이다.

그러하온데 전자로 말씀하오면 일, 이 영화의 각 장면의 템포를 빠르게 함으로이, 불필요하다고 할 여러 장면 — 가령 두세 번씩이나 나온 그네 뛰는 장면, 혹은 강변 혹은 삼림 중으로 소요逍遙하는 장면, 열녀 운운의 지편紙片을 찢어버리는 장면 등을 삭제 혹은 단축함으로 반까지는 몰라도 삼분지일 이상의 영화 시간을 단축할 수가 있지 아니한가 하나이다.

또 후자인 검열관계로 말씀하오면, 예例하면 영채의 부친은 엄격한 학자요 사회개량가로써 당국의 기탄忌彈에 저촉抵觸 아니 할 수도 있는 것이오, 또 월화의 의중意中의 인人은 정치적 색채를 띠지 아니한 인격자 명사名士일 수도 있는 것이 아니리까? 원작의 정치적 색채 있는 점을 다 제거하고, 또 가령 영채의 부친이 청년자제를 교육하는 데라든가 월화가 월향에게 고인古人을 사모하고 현대 인사人士의 기탄唾棄할 것을 말하는 장면 같은 것은 넣었어도 관계치 아니하리라고 생각되나이다. 특히 이번 영화가 원작으로 보아 유감된 것은 영채의 사死의 결심과 병욱炳

4 파국(catastrophe).

郁이라는 여성의 등장이 형의 각색의 붓으로부터 삭제된 것이온데, 월화식 조선 구여성과 병욱식 신여성과의 사상과 감정의 대조 중에서 영채의 성격과 사상적 추이를 보여서 조선 여성의 그 시대의 변천을 표현하는 동시에 영채라는 여성의 영상影像을 이 양사광兩斜光 밑에 뚜렷하게 하랴던 원작자의 의도를 채택하지 아니하심은 심히 유감인가 하나이다.

제弟의 미숙한 영화 감상안鑑賞眼으로 보옵건대, 형의 의도는 졸작拙作 『무정』에서 영채라는 일 여성의 정절 — 그것도 나중에는 찢어버릴 정절과 연애의 한 스토리만을 취하시랴인 듯 하오나 — 그것은 물론 형의 자유이심을 말씀한 바와 같사오나 — 그러하시랴거든 구태여 파란波瀾 적은 평범한 스토리밖에 없는 소설 『무정』을 취하실 필요나 없지 아니한가 하나이다.

최후에 촬영된 화면 자체에 관하와 일이 비견鄙見을 말씀하옵건대, 그네의 장면, 빨래와 움물의 장면 같은 것은 마치 조선풍속을 모르는 관중의 흥미를 끌기 위한 양념인 듯 하와 상업적인 동기로 의심받을 염려가 불무不無하오니, 문예영화랄진대 이러한 테크니은 피함이 좋을 듯 하온 것이 하나, 유울幽鬱하여야 하올 형식이 명랑하여지고 쾌활하여야 하올 우선이 유울하온 것이 둘, 영채의 외숙모가 영채를 찾아 떠난 것이며, 노방路傍의 어떤 집에 들러 어떤 개인과 만나는 것이 전혀 사족蛇足인 것이 셋, 영채가 형식에게 지편紙片을 받을 때의 양인의 태도에 엄숙미가 없고 기롱적인 것이 넷, 영채와 형식과 다시 말하면 형식이 영채의 집과 어떤 관계에 있는 것을 명시明示치 아니한 것이 다섯, 조선어를 모르는 관중이 화면과 막幕을 가지고 스토리를 이해하지 못할 듯한 것이 여섯, 각 장면마다 너무 무언극이 많고 회화가 너무 적은 것이 일곱, 아모리 생각하와도 이번 영화 〈무정〉은 차라리 졸작인 소설 『무정』에 좀 더 의거하셨더면 하는 유감이 없지 아니하여이다.

그러하오나 제弟는 어디까지나 형이 제弟에게 대한 호의와 제작의 고심에 대하여서 감사하는 자오며 — 또 이 그림 제작에 관여하신 여러분께 대하와 그 정성되심과 기술의 고심에 경의를 표하는 자로소이다.

끝으로 이번이 데뷰라는 한은진韓銀珍 양이 이 과백科白[5]도 동작도 없는 영채의 역役으로 그만큼 관중의 주의를 끝까지 끌고 가는 성의와 역량은 큰 장래를 약속하는 것 같사와 기쁨을 금치 못하나이다.

형의 대작大作이 연連하여 출현하기를 심축心祝하옵고.

제弟 이광수李光洙 배拜

5 연극에서 배우가 극중 인물로서 말하는 대사.

문단사절文壇使節의 의의[1]

이번 조선문단의 총의總意로 지나사변 황군위문사절을 파견하게 되어 김동인金東仁, 박영희朴英熙, 임학수林學洙 삼씨三氏가 이 달 15일에 경성을 출발하야 북지北支로 향하였는데, 이 일에 대하여 경성 내의 신문지들은 심히 냉담한 태도를 취하였다. 기사 취급 같은 것도 거의 묵살하랴는 듯함에 대하여서는 실로 양해키 어려운 일이다. 이것은 아마 신문 당국자들의 이 일의 의미를 인식하지 못함에서 나옴이거나 그렇치 아니하면 조선인의 습성인 자천성自賤性으로 조선 문인 전체의 의사 표시하는 것을 고의로 경멸한 것이라고밖에 해석할 수 없으니 실로 심히 유감된 일이다. 왜 그런고 하면 어느 신문 당국자도 감히 이번 일을 냉소한다고 공언할 수는 없겠기 때문이다. 그러나 우리는 이렇게 악의로는 해석하고 싶지 아니하다. 그들의 인식이 부족한 것이라고 선의로 해석하여 두려고 한다. 그러하기 때문에 나는 이번 문단사절을 파견한 의의를 설명하려 하는 것이다.

이번 일이 조선의 문인과 출판업자로서의 황군皇軍에 대한 감사의 정을 표함이 그 주되는 목적인 것은 말할 것도 없는 일이요, 또 조선 문인의 눈과 마음과 손을 통하여서 지나사변의 일단一端을 직접 조선민중에게 알리고 느끼게 하려 하는 것이 그 제이 목적인 것도 상식적으로 알 수 있는 일이요, 또 그것이 조선민중에게 어떻게 유효할 것도 물을 것 없는 일이다.

그러나 이밖에 실로 중요한 또 한 가지가 있다. 그것은 이러하다 —

조선문단은 구주대전이 끝나기까지는 이른바 민족주의적 사상과 감정의 단색單色으로 왔다. 그러다가 대전 후 공산주의 사조가 팽배함을 따라서 조선에도 좌

---

1 이광수(李光洙), 『삼천리(三千里)』, 1939.6. '「조선문단사절」 특집 — 북지(北支) 전선에 황군위문을 떠남에 제(際)하야'라는 표제어 아래 김동인, 박영희, 임학수, 유진오, 김기진, 정인섭, 김문집, 이선희, 김동환 등의 글과 함께 실렸다.

익 문인의 일파一派가 생기고 좌익문예가 생겼다. 그래 지나사변 전까지 이 두 가지 조류가 대치하여서 흘러왔다. 그러나 조선민족이 일본국민이라는 견지와 감정에서 문예를 창작하거나 평론하랴는 국민주의의 문인이나 문학은 조선에는 전연 없었다. 그런데 지나사변을 계기로 조선민족의 황민화皇民化라는 대변혁이 일어났다. 이번 문단사절은 실로 이 변혁을 문단의 입장에서 표시한 것이다.

발기인이나 발기회 출석원의 명록名錄을 보더라도 어떻게 재래의 좌우익의 진영에 갈렸던 — 그리고 그 정신에 있어서 차라리 반국가적이던 인물들이 일당一堂에 모여서 공통한 국민적 감정을 표시하였는가를 알 것이다. 이것은 금후의 조선문학이 종래 소위 좌우익이라던 입장을 지양止揚하야 국민적인 단일한 입장에 약진躍進할 것이라 함을 의미하는 것으로서 조선문학사상에 신기원新紀元을 획劃하는 일대사건이라고 아니할 수 없는 것이다. 그러하거늘 경성의 신문들은 어찌하야 이 중요한 사건을 마치 극히 귀찮은 것 같이 묵살 못할 사정인 것을 한恨하는 듯이 취급하였을까. 그 동기를 알고 싶어 아니 할 수 없는 일이다.

시가집을 내며[1]

나는 처음으로 내 시집을 내기로 하였습니다. 이 속에 모은 것이 삼백 편 가량 되는데 이것은 지난 삼십 년간에 된 내 노래의 대부분입니다. 너무 맘에 아니 맞는 것은 빼어버렸습니다.

내가 문필생활을 시작한 지가 올해 삼십 년이 됩니다. 그러고 보니 이 노래들이 내 삼십 년 생활의 기록이라고도 할 수 있을 것입니다.

나는 스스로 시인의 소질 없음을 잘 압니다. 그러면서 노래를 지었습니다. 그러기 때문에 내 노래들은 발표를 목적으로 하고 쓴 것은 얼마 아니 되거니와, 그것은 이 속에는 하나도 담지 아니하였습니다. 그러니 만큼 이 노래들이 내 사정에 가까울는지 모릅니다.

이 노래들은 그 정신에서나 정조에서나 서로 모순된 것도 많습니다. 그러나 나는 모순된 것도 그대로 두었습니다. 내 정신생활이 시기를 따라서 모순의 연속이었기 때문입니다. 지금의 나도 하루에도 때를 따라서 모순되게 살고 있습니다. 범부凡夫의 설움입니다.

제일편 '임께 드리는 노래' 백이십여 수는 재작再昨 쇼와昭和 12년[2] 12월 병원에 입원하여서부터 지금까지에 된 것으로 그 대부분은 병와病臥 중에 박정호朴定鎬 군이 받아 써준 것입니다. 이 노래들이 내 현재의 심경이라 하기는 외람된 말씀이지마는 내가 시방 동경하고 있는 바를 그린 것임은 사실입니다. 다시 말하면 이렇게 되고저 하는 바, 정확하게 말씀하오면 나같이 흉악한 자의 마음에 어찌다가 잠시 빤하게 불광佛光이 비초이는 순간의 노래라고 할 것입니다.

제이편 '잡영雜詠' 백여 수와 제삼편의 신체시新體詩는 다 지나간 내 생활의 편린

---

1 이광수(李光洙), 『박문(博文)』, 1939.6.

2 1937년을 가리킨다.

들입니다.

이 노래들의 편집을 마치고 이 서문을 쓰올 때에 내 심안心眼 앞에 평생에 나를 사랑하여 주신 여러분의 얼굴들이 나타납니다. 생각하면 나같이 못 나고 가난하고 병약한 것이 오늘날까지 부지하여 온 것이 실로 이 분네의 은덕이었습니다. 나는 아무것도 드린 것 없이 오십 평생에 받기만 하였습니다. 실로 그 은혜의 무거움에 내 어깨가 휘려 하옵니다. 이로부터 내 병구病軀가 얼마나 더 갈지 모르옵거니와, 앞으로 여러 은인님네께 무슨 좋은 것을 드릴까 싶지 아니합니다.

나는 이 변변치 못한 노래를 나를 사랑하여 주신 여러분께 드리는 편지로 대신하옵니다. 만일 이 삼백 여 곡 중에서 단지 하나라도 어느 한 은인의 심금에 울리우는 것이 있다 하면 그것으로 내 소원은 달하는 것입니다.

『반도강산』 자서自序[1]

내가 『매일신보』에 특파원으로 충남, 전북, 전남, 경남, 경북의 오도답파여행을 한 것이 다이쇼大正 6년[2]이니, 거금 22년 전이요, 그때에 내 나이가 26세였다. 나는 청년다운 열정을 가지고 오도五道의 산천을 처음으로 밟아 많은 감격을 얻었다. 그런 것을 적은 것들이 이 소책자의 내용의 대부분이 되는 기행문이다.

그때에는 이런 종류의 글이 처음이었기 때문에 독자로부터 격려하는 편지도 받았다.

전주에서부터 나는 『경성일보』에도 기행문을 쓰라는 청촉請囑을 받아서, 거기서 목포까지 가는 동안에는 양 신문에다 썼다. 그러다가 목포에서 적리赤痢에 붙들려서 중병重病하고 나서부터는 즉 목포, 다도해, 경주 등의 기행문은 『경성일보』에 게재하는 분分을 내가 쓰고, 『매일신보』에는 당시 거기서 집필하던 친우親友 심우섭深友燮 군이 번역하시기로 되었었다. 그러므로 이 부분에는 얼마큼 문체의 차이가 있었다. 그것을 이번에 출판하게 된 때에는 내가 병중이므로 친우 최정희崔貞熙 여사가 수정하셔서 내 문체와 가깝도록 문체를 통일하게 되었다. 심, 최 양우兩友의 이 글에 대한 노력을 내가 감사할 정도를 지나서 이 글은 3인 합작이라고 함이 옳을 것이다.

오도답파여행기에 대하여서 또 한 분 감사할 이는 친우 박현환朴玄寰 군이다. 처음 이 글을 신문에서 등출謄出[3]하여 주신 이는 박현환 군이시었다. 당시 동광사東光社에서 이것을 발행하려고 동인同人의 한 분인 박군이 손수 이것을 등출하였으나 마침내 출판에 이르지 못하고 말았다가, 이번에 신순석申順石 군과 영창서관永昌書

1　이광수(李光洙), 『반도강산(半島江山)』, 영창서관(永昌書館), 1939.8.

2　1917년을 가리킨다.

3　원본에서 베껴 옮김.

館의 발의發意로 이 오도답파기에 내 다른 기행문인 금강산유기金剛山遊記를 더 넣어서 이 책을 발행하게 되었다.

병중의 몸이라 원고를 일일이 추고推敲하지 못하고 세상에 내어놓게 된 것이 심히 미안하거니와, 외우畏友 이윤재李允宰 선생이 철자법 기타의 교정를 보아주신 것으로 이 책에 가치를 더할 줄 믿는다.

쇼와昭和 기묘己卯 입추일立秋日

『전선시집戰線詩集』 서序[1]

독소獨蘇 불가침조약[2]으로 구주歐洲가 물끓는 듯하는 어느 날 임학수林學洙 씨가 그의 『전선시집戰線詩集』 고稿를 들고 나를 찾아오셨다. 이 특집에 서문을 쓰라 하심이다.

나는 즉석에서 전문全文을 통독하였다. 전편을 통하야 과장도 허식虛飾도 없이 시인적 양심에 충실한 것이 기뻤다. 과도의 흥분은 도로혀 실감을 감살減殺하는 것이다. 용사勇士의 예찬도 전장戰場의 참경慘景도 객관묘사적인 시계詩戒를 범치 아니한 것은 이 시인의 역량과 량심을 동시에 보인 것이라고 본다.

이렇게 말을 아끼는 중에도 황군의 정신과 신고辛苦가 우리의 가슴을 찌른다. 말을 아꼈기 때문에 도로혀 그 감격이 절실하다고 본다. 이 시인은 스스로는 자차咨嗟[3] 영탄咏嘆을 아니 하고 그것은 독자에게 맡겼다. 질실質實한 인격의 표현이다.

내가 이 서문을 쓰게 된 이유는 다른 데 있다. 그것은 이 시인 임학수씨가 이 시집을 내게 된 내력에 관하여서다.

지난 봄 조선문인과 출판업자가 협동하여서 지나전선에 황군위문사皇軍慰問使를 보내기로 되어 임학수씨 외에 김동인, 박영희 두 분 아울러 삼씨를 파견하였다. 삼씨는 1개월 남짓 북지北支, 그중에도 주로 산시전선山西戰線의 장병을 위문하고 돌아왔다. 이 시집은 그 기회에 느낀 바를 읊은 것을 모은 것이다. 그러나 이 시집은 동시에 또 하나 중대한 의의를 가진다.

그것은 조선인 시집으로 된 최초의 사변事變 제재題材 시라는 것이다. 김동인, 박

---

1 이광수(李光洙), 『전선시집(戰線詩集)』(林學洙 著), 인문사(人文社), 1939.9.

2 1939년 8월 23일 나치 독일과 소련이 상호 불가침을 목적으로 조인한 조약. 2년 뒤인 1941년 6월 독일이 소련을 침공하여 전쟁을 시작하며 파기되었다.

3 애석하게 여겨 탄식함.

영희 양씨의 작품이 나오면 지나사변에 관한 조선문인의 최초의 전쟁문학의 삼부작이 되는 것이다. 또 이 작품들은 동시에 직접으로 국민감정을 담은 최초의 조선문학이라고도 할 수 있을 것이다. 이러한 의미에서 이 시집은 특수한 의미를 띠는 것이다.

내가 당시 발기인 중의 일인一人이던 관계로 이 시집에 서문을 쓰는 영예를 얻게 된 것이라고 생각한다. 이 연유로 부재不才를 불고不顧하고 감히 수어數語를 적어 서序에 대代하는 것이다.

쇼와昭和 기묘己卯 처서일處暑日

이광수李光洙 지識

국민문학과 그 순진성[1]

금번 조선문인협회[2]가 결성된 것은 조선문화사상 획기적인 일이라고 하겠습니다. 본회의 취지와 목적은 성명聲明이나 혹은 규약規約에서 볼 수 있는 바와 같이 일본정신 위에 새로운 국민문학을 만들려는 자각이요 결심이요 노력입니다. 이것은 특히 조선측 문단에 있어서는 비약적 의도입니다마는, 내지인측 문단에 있어서도 정도의 차는 있을망정 새로운 자각과 결심을 의미하는 것이 아닐 것 같으면 안 될 것입니다. 한 마디의 말로 말한다면 조선 문인이 문장보국文章報國의 새로운 결심 밑에 본회가 결성된 것입니다.

대저 문학이라고 하는 것은 종교나 철학이나 또는 그 밖의 부문의 예술과 마찬가지로 영원한 인간성을 기본으로 한 미美의 표현을 목적으로 할 것이며, 일시적인 혹은 사상 내지 이해관계의 사념私念에 매일 때에 그 성전聖殿은 더러워지는 것입니다. 적어도 문학을 천직으로 하는 자는 어떠한 희생을 할지라도 그 순진성을 지키는 것을 그 천직으로 할 것입니다. 그런데 만근輓近 수십 년간 문학은 유물론의 이데올로기의 노예가 되어 있었으며, 그 지켜야 할 순진성을 더럽히었던 것입니다.

그러면 문학의 순진성이란 여하한 것이냐. 그것은 결코 일부에서 생각하는 것과 같은 무색투명한 순진성은 아닙니다. 국민으로서의 인간생활로부터 유리遊離하지 않고 그것에 충실하는 것입니다. 혹은 코스모폴리탄이즘이라고 하며 혹은

---

1 이광수(李光洙), 『애국대연설집(愛國大演說集)』(金東煥 編), 삼천리사출판부(三千里社出版部), 1940.5. "쇼와(昭和) 14년 10월 29일, 조선문인협회 창립대회시 경성 부민관 소강당에서 강연하신 것. 씨는 조선문인협회 회장을 거쳐 현재는 창작생활에 정진"이라는 머리글이 붙어 있다.

2 1939년 10월 29일 중일전쟁하 문인들의 총력 지원을 위해 총독부 학무국의 지도 감독하에 창설된 문인 단체. '새로운 국민문학의 건설과 내선일체의 구현'을 취지로 내걸었고, 명예총재에 학무국장 시오바라 도키사부로(鹽原時三郎), 회장에 이광수가 선출되었다.

개인주의라고 한다고 할지라도, 그것은 단지 공상이든지 그렇지 않으면 인간의 현실생활에 대한 인식 착오일 것입니다. 문학의 국민성이야말로 문학의 순진성입니다. 예컨대 문학의 현실의 순진성은 국민의 혈액에 의해서 물들여진 주옥珠玉인 것입니다.

유사有史 이래 인간은 국민생활을 떠나서의 생활을 가진 적은 없습니다. 국민적 생활이야말로 인간생활의 최저한最低限이요 동시에 최고한最高限이며, 그런 고로 문학은 국민적 생활, 즉 국민적 감정에 기초를 둘 것입니다. 구체적으로 말씀하면 일본의 문학은 일본의 국민문학이 아니면 안 될 것이며, 조선어로 씌어지는 문학도 당연히 이 범주를 넘을 수는 없는 것입니다. 일본적인 문학, 이것을 나는 일본인이 지을 수 있는 유일의 순정문학純正文學이라고 이름을 붙이고 싶습니다. 본회 결성의 사명은 이것에 있다고 나는 믿는 자입니다.

다음으로, 본회는 내지인과 조선인을 불문하고, 그것이야말로 내선일체의 정신을 구현하여 성립된 것입니다. 미나미南 총독 각하는 어느 기회에 동아신질서의 건설은 내선일체를 기초로 한다고 말씀하신 것을 들었습니다. 실로 내선일체는 제국帝國 장래의 기초가 될 것인 줄로 아는 바이며, 이것이 되고 안 되는 것은 제국의 국운國運에 관한 일에 크나큰 것이 있는 것이라고 믿습니다. 참된 내선일체는 마음의 일체, 감정의 일체가 아니 되면 안 될 것입니다. 피차 마음의 촉합觸合, 마음의 융합으로부터 생기는 것이라야 할 것이오 결코 법령이나 이해관계로 될 것은 아닙니다. 그런데 마음이 결합하며 융합하는 방법은 여러 가지가 있을 것이나 그중에서 가장 중요한 것은 이해관계를 떠나서 인간적으로 서로 접촉하는 일이오, 이것은 말할 것 없이 문화 급及 문화인의 문화적인 접촉을 의미한 것입니다. 본회는 내선 문화인이 문화적으로 접하는, 유일唯一이라고는 말할 수는 없지만 최대의 기관이리라고 생각하는 바입니다. 그리고 그것에서부터 생기는 상호의 이해와 상호의 친애親愛의 정情은 시가 되며, 노래가 되며, 소설이 되어서 내선 대중에 그 미쁘고도 생생한 결과를 전하는 것입니다.

이상에 말씀드린 두 가지, 즉 새로운 국민문학의 건설과 내선일체의 구현 촉진, 이 두 가지야말로 본회의 사명의 양륜兩輪이라고 믿는 바입니다.

생각 밖에 불초不肖 이광수가 본회의 회장에 추대推戴된 것은 무상無上의 광영으로 생각하는 바이나, 이 석상에서 또 사퇴를 말씀드리는 것도 어떨까 하여 임시라는 조건부로 잠시 회장의 사무를 보기로 하고 정식으로 추천을 받는 것이나, 될 수만 있으면 나의 근신勤愼 중의 사건이 낙착되기까지는 보류하여 주셨으면 하고 생각합니다.[3]

발기인회에 있어서 조선총독부 학무국장 시오바라 도키사부로[4] 각하께서 본회 결성시에 명예총재가 되어 주시기를 원하였던 바 쾌락하여 주신 것은 본회에 천균千鈞[5]의 중량을 가하여 주시는 것이며, 본회원 일동은 깊이 감사하는 바입니다. 시오바라 총재께서는 공무公務를 띠시고 동경東京에 출장 중이어서 오늘 이 자리에 참석치 못하신 것은 실로 유감천만이며, 총재께서 귀성歸城하신 뒤 추대식推戴式을 거행하려고 합니다. 그리고 본회로부터 총재 수락에 대한 감사의 전보를 띄우려고 합니다.

더욱이 목하目下 제국은 흥아興亞의 역사적 대업에 매진 중이어서 이 목적은 오직 국민의 마음과 힘을 총동원하는 일에 의해서만 달성될 것입니다. 그래서 본회도 당연히 국민정신총동원조선연맹[6]에 가맹加盟할 것이라고 생각합니다.

지금 박수로써 전회일치全會一致 가맹에 찬성하신 것으로 정하겠습니다 (회장을 비롯하여 전원 일동 박수)

끝으로 본회 결성에 깊이 동정하여주시고, 직접 간접으로 격려와 원조를 하여

3 당시 동우회사건 기소 중이었던 이광수는 1939년 12월 8일의 언도 공판을 앞두고 12월 5일 조선문인협회에 사임원을 제출했다.

4 시오바라 도키사부로(鹽原時三郎, 1896~1964). 일본의 정치인으로 체신 관료, 중의원 의원, 통신원 총재를 역임했다. 미나미 총독의 최측근 참모로서 1937년 7월부터 조선 총독부 학무 국장 대행, 학무국장에 재임하여 '내선일체'의 슬로건 아래 황민화정책을 추진했다.

5 균(鈞)은 서른 근을 뜻함.

6 1938년 6월 민간 사회교화단체 대표자들이 총독부의 종용에 따라 "국민정신을 총동원하고 국책의 수행에 협력하여 성전(聖戰) 궁극의 목적을 관철"한다는 취지를 내걸고 조직한 전쟁 동원 단체. 1940년 10월 국민총력조선연맹으로 기구를 개편하고 재출발한다.

주신 여러분과 각 신문사와 그리고 오늘 임석臨席하여 주신 내빈內賓 여러분께 깊이 감사의 뜻을 표합니다. 더욱이 멀리 동경에 있는 대신문사와 잡지사, 기타 문단 관계의 여러분으로부터 축전祝電을 보내주신 데 대해선 서면書面으로 본회 전체의 심심한 사의를 표하려고 합니다.

우리 일동이 일치결합하여서 본회의 목적 달성에 매진할 것을 서약하는 것이 좋겠다고 봅니다. (박수)

『순애보殉愛譜』 서序[1]

박계주朴啓周 군은 박진朴進이라는 펜네임으로 『매일신보』에 『순애보殉愛譜』를 연재하였다. 그것은 현상당선懸賞當選으로였으나 현상소설懸賞小說로서는 너무도 정신과 테마가 컸었다.

가장 높고 가장 깨끗한 사랑에 저를 순殉한다는 것이 순애보라는 제호題號의 유래라고 작자는 말한다. 사랑은 주는 것이요, 가지는 것이 아니다. 한량 없이 주고 주어 마침내 제 목숨까지 주어버리는 것이 사랑이다. 크리스천인 작자는 그리스도의 '주라!' 하신 사랑의 원리의 신봉자요, 그가 소설 『순애보』를 쓴 것은 자기가 체득한 이 정신을 노래하여서 인류동포에게 들리자는 것이다. 인류동포로 하여금 이와 같은 정신을 나누게 하자는 것이다.

모두들 자기중심인 현대에 처하여서 '나' 없는 세계을 동경하여 자기부정의 생애를 보내자는 것부터가 진실로 '십자가를 지고 사는' 일일 것이다. 그렇지마는 인류를 구제할 하나요 오직 하나인 원리가 사랑의 원리임에는 변함이 없는 것이 마치 지구상의 생명의 원천이 태양임에 틀림이 없음과 마찬가지다.

'구불도자 궁겁부진求佛道者 窮劫不盡'[2]이라는 말씀과 같이 아무리 희박稀薄한 말세末世라 하여도 진리와 진도眞道를 구하는 자의 씨는 인류가 존속하는 동안은 끊어짐이 없을 것이니, 그렇다 하면 이 소설 『순애보』의 독자도 끊어짐이 없을 것이다.

나는 이 『순애보』의 예술적 가치 여하를 말하려 하지 아니한다. 그것은 독자 스스로 판단하실 것이나, 나는 오직 작자가 이 소설에서 표현하려고 한 큰 동기만을 독자에게 추장推奬하고 싶다. 재미있는 소설, 묘한 소설, 문장이 유려한 소설

---

1 이광수(李光洙), 『순애보(殉愛譜)』(朴啓周 著), 매일신보사(每日新報社), 1939.10.

2 『법화경(法華經)』 '비유품(譬喩品)'에 나오는 구절. 불도를 구하는 자는 오랜 세월이 다하여도 끊이지 않는다는 뜻.

은 암만이라도 있을 것이거니와, 전인류의 근본문제 — 개인생활의, 가정생활의, 국가생활의, 세계평화의 근본문제를 포착하랴는 소설은 그리 흔한 것이 아니다. 그런데 박군의 『순애보』는 이러한 부류의 소설의 하나다.

작자는 아직 젊은이다. 과거의 인人은 물론 아니요, 현재의 인人라기보다도 미래의 인人이다. 나는 작자가 이 성聖한 목표를 향하여서 '나' 없는 일생을 바쳐 사랑의 행자行者요 설자說者가 되기를 원한다.

한 중생이 발심하는 날에 시방세계十方世界가 다 진동한다고 하니, 사랑의 마음이 한 중생의 속에 싹트는 것이 인류구제의 근본임을 이른 것이다. 소설 『순애보』의 발행이 결코 적은 일이 아니라고 믿는 소이所以다.

쇼와昭和 기묘己卯 노절露節

백악산록白岳山麓에서 이광수李光水 지識

문학의 국민성文學の國民性[1]

1
참으로 일본적인 문학 정신

문물의 구미화歐米化는 메이지明治, 다이쇼大正에 걸쳐 주된 노력이었다. 그 노력은 필요한 것이었고, 이를 통해 일본이 힘을 기른 것도 사실이지만, 동시에 구미를 배우는 것에 열중한 나머지 그것이 지나쳐 이른바 심취하는 폐를 낳고 구미숭배에까지 빠진 사람도 적지 않았던 것이다.

그러나 일본인은 어떤 경우에도 자기를 망각하는 국민이 아니다. 1923년大正 12의 간토대진재關東大震災 무렵부터 전국적으로 깊은 자기비판의 정신이 일어나 일본의 재검토, 재인식의 소리가 높아졌다. 그것은 사상 방면에서는 공산주의 내지 자유주의로부터 황실 중심의 일본주의로의 복귀가 되었고, 문예 방면에서는 좌익 문예 내지 예술지상주의 문예로부터 일본정신을 규명할 것을 목적으로 하는 이른바 대중문예의 궐기로 나타났던 것이다.

대중문예에 대해 문예 비평가들은 이를 저급하여 다루기에 미흡한 것으로 묵살하거나 조소해 왔던 것인데, 이는 구미문학에 길들여진 머리의 소행이지 결코 올바른 인식은 아니었다. 과연 이른바 대중물은 대부분 그 정신의 깊이와 높이를 결여하고 저조함을 면치 못했다. 그러나 그것이 왕성한 국민정신의 외침이자 장차 구축되려 하는 신新국민문학의 기초공사였음은 부정할 수 없다. 메이지 이래 문학의 주류는 버터 냄새 나는 문예를, 이것이야말로 자기들의 위장에는 맞지 않지만 참으로 고급한 예술이라 하여 국민 대중에게 떠안겼다. 그리고 국민 대

1 원문 일본어. 이광수(李光洙, 조선문인협회장), 『경성일보(京城日報)』, 1939.11.14~17.

중 쪽에서는 눈에 보이지 않는 임금님의 옷에 대한 동화처럼 맛없다고 생각하면서도 맛있는 체하며 문예가들이 차린 식단을 통째로 삼켜온 것이었다. 그 억제된 식욕이 대중문예를 향해 폭발했다고도 할 수 있다. 이른바 구미의 순예술파의 입장에서 보면 이는 틀림없이 한탄스러운 타락이겠지만, 국민문학이라는 견지에서 보면 중요한 기초공사였던 것이다.

대중문학의 선구적 개척 위에 이번 흥아興亞의 성전聖戰이 일어나게 되어 국민정신은 더욱더 앙양되었다. 일본의 마음, 일본의 혼에 분명히 눈뜬 것이다. 일본적인 것의 아름다움, 위대함에 새삼 경이를 느낀 것이다. 구미 문화는 일본인의 문화로 삼을 만한 문화가 아닐 뿐만 아니라, 일본정신에서 나고 자란 문화야말로 일본인 자신의 문화이며, 나아가 바야흐로 막다른 골목에 내몰린 저 구미문화를 대신하지 않으면 안 될 내일의 문화라는 확신을 얻은 것이다.

이런 까닭에 이제부터의 일본문학은 구미문학의 추수에서 벗어나지 않으면 안 된다. 지금 대학의 문과에서는 문학이라고 하면 구미문학을 시조로 삼는 모양인데, 이런 누습陋習은 단연코 청산되어야 할 것이다. 그렇다고 해서 구미문학의 연구가 쓸모없다는 것은 아니다. 다만 구미문학은 구미문학이고 일본문학은 일본문학 자신이라고 분명히 인식해야 할 따름이다.

애초에 예술은 국민생활의 분비물이다. 땀이나 체취와 마찬가지로 그 신체에서 분비된 어떤 것이다. 다만 예술은 (종교나 풍속, 습관 내지 철학도 올바른 의미에서는 국민생활의 분비물이지만) 땀이나 콧물과 같이 피하고 싶은 것이 아니라 향기롭고 바람직한 분비물이며, 그것이 이번에는 역으로 국민생활 공동체에 좋은 의미의 기쁨과 자극을 주는 그런 성질의 분비물인 것이다. 예술은 꿀에 비유할 수 있다. 자기의 분비물로 만든 것을 자기의 영양분으로 삼는 것이다.(1939.11.14)

2
문장보국文章報國의 참된 의의는

예술은 국민생활의 분비물이므로 그 내용과 색깔과 냄새가 그 국민성 내지 그 국민의 생활 상태에 따라 특색지어지는 것은 참으로 필연적일 수밖에 없다. 일본문학이 그리스문학, 인도문학, 영문학 등과 구별되는 것은 바로 이 때문이다. 따라서 일본문학이 일본인의 체취를 띠는 것은 당연하며, 오히려 일본인의 체취가 많으면 많을수록 더욱 일본문학답다고 할 것이다.

그러면 문학의 보편성 문제는 어떻게 할 것인가. 과연 문학과 그 밖의 문화 산물에는 보편성이 있다. 시간적으로는 고대의 작품이 우리 현대인에게 영감을 주고, 공간적으로는 스페인이나 스칸디나비아의 작품이 우리 동양인의 심금을 울린다. 이런 의미에서 문학 내지 문화의 보편성이 있는 것은 사실이지만, 그것은 마치 서양 건물과 일본 건물에 다 같이 토대와 지붕, 침실, 부엌이 있고, 비바람과 추위, 더위를 피하는 데 공통인 것과 같으며, 그 이상은 아무것도 아니다.

한때 일본에는 문화주택이란 것이 유행했다. 그것은 서양식에 일본식을 약간 가미한 주택이었는데, 이제는 이미 싫증나버린 듯하다. 지금은 순일본식, 거기까지는 아니라도 외부는 양식이면서 내부만큼은 일본식으로 꾸민 주택이 환영받고 있는 듯하다. 아마도 이번 국민정신 앙양기 이후로는 서양을 흉내낸 문화주택도 아니고 또 지금 일부에서 유행하고 있는 것 같은 외양내화外洋內和의 짬뽕도 아닌, 서양풍을 완전히 소화 흡수해버린 새로운 형태의 일본 주택이 생길 것이다. 문학과 예술도 그럴 것이라고 생각한다.

오늘날의 이른바 현역 작가들 중에는 아직껏 회칠 벗겨진 문화주택에 집착하는 사람이 상당히 있는 듯하다. 사람도 달팽이와 마찬가지로 자기의 껍질을 하나 만들고 나면 좀처럼 거기서 빠져나오기 어렵다. 단지 생활력이 왕성한 사람만이 능히 구각舊殼을 벗을 수 있다. 오늘날은 많은 문사들에게 일대발분一大發奮이 요구되는 때가 아닌가. 즉 아시아 대개조大改造의 유례없는 기운과 앙양된 국민의 대정신을 한껏 흡수하여 이 시대, 이 정신에 상응하는 크고 힘찬 노래를 불러야 할 때가 아닌가. 흔해빠진 신변잡기나 정치情痴·우치愚痴, 구주류歐洲流의 탐미와 향락, 인성人性의 병리적 방면의 확대·찬미, 이데올로기의 소아병적 관념 유희, 그런 것은 모름지기 시대의 화톳불 속에 던져버리고, 흥아興亞의 성업聖業에 힘쓰는 대국민의 정신적 분비물에 상응하는 문학을 만들 때가 아닌가.

문인의 정신 총동원은 바로 이 선상에 따라 행해져야 한다. 비상시의 문인이라고 해서 반드시 시국물이나 군가, 군담적인 것만을 쓰는 것이 총후銃後 봉사는 아니다. 때로는 그런 것도 필요할 것이다. 그러나 이런 비상시에 국가가 문인에게 바라는 것은 그보다는 더욱더 바닥 깊이 물결치는 크고 높은 어떤 것이 아닐까. 국민의 혼을 근저에서부터 흔들고 분기시키는 웅장한 외침이 아닐까. 그것은 구구하게 이데올로기적이거나 프로파간다적인 것이 아니라, 차라리 종교적, 신앙적인 것이리라는 생각이 든다. 오늘날 우리 일본 문인의 사명은 바로 이런 문학을 만드는 데 있다고 생각한다. 문장보국文章報國의 참된 의의는 여기에 있는 것이 아닐까.(1939.11.16)

3
국민성과 문학의 관계

문학을 만든다고 했지만, 문학은 만드는 것이 아니라 낳는 것이다. 분비分泌이다. 작위作爲가 있는 것은 참된 예술이 아니다. 이른바 기교의 흔적이 없는 것이야말로 참된 예술품인 것이다. 이데올로기 문학이라면 만들 수도 있으리라. 어용문학御用文學이라면 대서인代書人을 고용해서라도 만들게 하면 그만이다. 그러나 진정한 문학은 만들고자 해서 만들어지는 것이 아니다. 그것은 바로 혼으로부터 절로 발하는 빛이자 소리여야 한다. 문장은 사람이다. 이에 우리 문인은 무엇보다도 우선 자기의 개조, 자기의 수련이 필요하다. 구습을 벗어나 매우 청아하게, 매우 경건한 혼으로써 감각하고 감정을 느끼는 훈련을 하지 않으면 안 된다. 다방茶房 정서를 새벽의 후지산富士山 꼭대기에 선 듯한 기백으로 바꾸지 않으면 안 된다. 모든 감각, 감정의 키에 달라붙은 먼지를 떨어내고 비뚤어진 것을 바로잡아 매우 청정한 마음으로 대국민의 정신적 울림을 받아들이지 않으면 안 된다. 이는 자기 도취나 조로早老에 빠지기 쉽다. 우리 문인으로서는 확실히 고생스런 일이 틀림없다. 그러나 그것은 우리 인간된 자, 누구나 반드시 통과하지 않으면 안 되는 용광로이다.

어떤 이는 말할 것이다. 그것은 문학을 시대정신의 노예로 만드는 것이라고. 나는 대답할 것이다. 그렇다고, 또 그렇지 않다고. 문학은 시대정신을 반영하지 않으면 안 되고, 또 반영하지 않을 수 없다. 이런 의미에서 문학은 사진으로도 비유될 수 있을 것이다. 그러나 동시에 문학은 시대정신의 근저를 흐르는 영원의 흐름을 포획하지 않으면 안 된다. 즉 감개적感慨的인 것 가운데 영성적靈性的인 것을 포함하지 않으면 안 된다. 이런 의미에서 문학은 종교적인 상징물에 비유될 수 있을 것이다. 좀 더 적절하게 말하면, 문학은 시대정신이나 시대상을 영원한 것의 발현으로서 파악하고 표현하지 않으면 안 된다. 이런 까닭에 문학은 시대정신을 무시함으로써가 아니라, 시대정신을 파악하고 실현함으로써 그 시공時空 보편성을 획득하는 것이다. 내가 그렇다, 또 그렇지 않다고 대답하는 이유가 바로 여기에 있다.

마지막으로 조선문으로 쓰인 문학에 대해 한마디 하자. 조선문에 의한 새로운 문학운동은 이미 3분의 1세기를 지났다. 그동안 수백 명의 문인들의 노력에 의해 이제는 수많은 작품을 산출했고, 특히 최근 2, 3년 이래 문예 출판물의 발행과 매출이 갑자기 왕성해졌다. 조선문 문학은 이제야 기초가 잡혔다고 해도 좋다.

그런데 조선의 문인 및 문학은 바야흐로 일대 전기轉機에 도달했다. 조선문의 문학은 일본 국민문학의 일부라는 명확한 인식과 강한 의식이 그것이다. 사실대로 말하자면 □□병합에서 얼마 되지 않아서이기도 할 것이다. 종래의 조선 문인은 바로 최근까지도 국민의식에 눈뜨지 못했다. 따라서 그 작품에도 국민적 감정이 스며있지 않다. □□□를 회고하고 헛되이 애착하는 것과 같은 □□ 민족주의적인 것이 아니면 □□ 마르크시즘의 이데올로기물이나, 일부 이른바 순문예파라고 자칭한 구주류歐洲流의 탐미주의나 인성人性 병리학적 묘사를 뽐내는 일파가 있었을 뿐, 일본제국 전체를 시야에 둔 문인이나 작품은 없었던 것이다.

그런데 아시아 대륙에 흐른 황군皇軍의 피가 조선인 전체에 이상한 변화를 일으킨 것처럼, 그것은 조선 문인의 뇌리에도 새로운 각성을 초래한 것이었다. 임학수林學洙 씨의 『전선시집戰線詩集』과 박영희朴英熙 씨의 『전선기행戰線紀行』은 새로운 각성이 낳은 조선문학 작품의 표본인데, 금후의 조선문학은 오로지 이 방향을 밟을 것이다. 그 과정에서 조선어는 국어의 일부, 조선문 문학은 국문학의 일부로서의 권리와 영예를 획득할 것이다.

국민성을 떠나서 문학은 없다.(1939.11.17)

조선문학의 신경향朝鮮文學の新傾向[1]

조선의 문인이 '일본정신에 기초한 국민문학의 건설'을 슬로건으로 하여 문인협회를 결성한 것은 실로 훌륭한 일이고, 바로 그래야 마땅한 일이다. 따라서 금후 새로운 국민적 감격을 담은 문학이 잇달아 산출될 터인데, 그렇다면 그 새로운 문학은 어떤 방향을 향해서는 안 되는지, 또 어떤 방향을 향해야만 하는지가 당면의 문제가 될 것이다.

우선 향해서는 안 되는 것은 유물론적唯物論的 방향이다. 조선에서는 한때 유물론적 이데올로기가 유행하여 마치 유물론이 이미 논의의 경계를 넘어 보편적으로 승인된 진리인 듯이 알고 있는 문인도 적지 않았다. 따라서 이런 문인의 작품, 특히 평론은 이 이데올로기의 선전 방편이었고, 단지 인심에 어그러진 인생관과 사회관을 고취했을 뿐만 아니라 실로 문학 자신의 본령에서 벗어난 사도邪道였다. 이러한 유물론과 그것에 뒤따르는 계급투쟁의 이론 및 감정의 선전, 자극은 우리 국체國體의 본의本義에 어그러질 뿐 아니라, 실로 천지天地의 이법理法에도 부합하지 않는 것이다. 따라서 금후의 문학은 완전히 이런 이데올로기에서 벗어나지 않으면 안 된다.

둘째로 문학이 벗어나야 하는 방향은, 우선 개인에 관해서는 인생의 암흑면, 병적 방면을 마치 인생 그 자체인 듯이 드러내고 열등 감정을 도발하거나 탄미歎美하는 것, 또 사회에 대해서는 증오, 원망과 탄식, 분리 등 조화가 아니라 해체, 쇠퇴를 부추기는 것과 같은 불건전한 내용을 담는 일이다. 예술의 이름으로 이런 악문학惡文學을 만드는 것은 실로 악마의 짓이며, 이 죄는 만 번 죽어 마땅할 것이다. 왜냐하면 흉기를 사용한 살인은 한 사람, 많아야 몇 사람을 죽이는 데 불과

---

1 원문 일본어. 『국민신보(國民新報)』, 1939.11.26. '주장(主張)'란에 실렸다.

하지만, 문학의 형태를 빌린 흉기는 때와 장소를 초월하여 수십백만 사람의 혼을 죽이게 되기 때문이다.

셋째로 향해서는 안 되는 방면은 내선일체內鮮一體를 저해하는 내용의 문학이다. 내선일체는 실로 우리 제국帝國의 기초이다. 문학이든 어떤 것이든 이에 반하는 것은 허용될 이유가 없다.

이상에서 벗어나지 않으면 안 되는 방향을 지적함으로써 금후 문학의 방향이 대강 정해졌을 것이다. 즉 우주의 진선미성眞善美性을 긍정하는 것이 아니면 안 된다. 따라서 인생은 진선미의 이상을 내포하고 있고, 언뜻 보기에 불만과 모순에 찬 현실도 한층 높은 단계로 진화 향상하는 도정에 있다는 것을 긍정하는 것이 되어야 한다. 그리고 인생의 선하고 아름다운 방면을 찬미하고, 앙양된 국민감정을 구가하는 것이 되어야 한다.

이러한 문학이야말로 내일이 바라는 조선문학이다.

1940년

조선 문화의 장래朝鮮文化の將來[1]

반도 문화의 본류

일괄적으로 조선 문화라고 해도 무엇을 가리키는지 약간 납득이 안 간다. 멀리 단군시대까지 거슬러 올라가지 않아도 삼국시대가 있고 고려시대가 있고 이조시대가 있으며, 또 같은 이조시대라고 해도 초기와 말기는 현저히 특색을 달리한다.

여기서 조선 문화의 본류本流는 무엇인가라는 문제에 봉착하는 것이다. 즉 혹은 한漢과 수隋, 당唐, 혹은 원元, 명明, 청清 등 지나支那의 문화 및 불교문화의 영향을 받았으면서도 의연히 유지하고 있는 주체적인 면을 끄집어낼 수 있다면, 그것이 곧 당연히 조선문화의 본류일 것이다. 그러나 이는 여러 각도에서 연구된 후에 비로소 확실해져야 할 것이며, 아직 전혀 미개척 상태라 해도 좋을 조선문화사朝鮮文化史로서는 가벼이 단안斷案 내리는 것을 삼가지 않으면 안 된다. 그러나 조선 문화의 장래에 대해 뭔가 의견을 말해 달라고 편집자에게서 부탁받은 나로서는 미숙하나마 조선 문화의 본류에 대해 나의 소신을 개진하지 않을 수 없다.

첫째, 내 생각으로는 문헌으로 남아 있는 조선사朝鮮史의 신빙성이 극히 박약한 점을 인식하는 데서 출발하지 않으면 조선 문화의 정체를 파악하기 어렵다는 점을 역설하고 싶다. 조선의 역사로서 오늘날까지 남아 있는 것으로 기본적인 것이 『삼국사기三國史記』인데, 이것은 그 저자인 김부식金富軾의 지나숭배 사상의 한 방편으로 쓰인 것으로, 당시까지 전해진 비기秘記, 고기古記, 비지秘誌 등은 물론, 고구려, 백제, 신라의 역사마저도 묵살하거나 개찬改撰해 버림으로써 자기의 이데올로기로 왜곡된 사실과 해설만을 전하고, 그 밖의 사료史料는 자기가 재상宰相의 지위

1 원문 일본어. 이광수(李光洙), 『총동원(總動員)』, 1940.1. 이후 약간의 수정을 거쳐 단행본 『동포에게 보냄(同胞に寄す)』(박문서관, 1941.1)에 수록되었다.

에 있는 것을 이용하여 없애버렸던 것이다. 이 소논문에서 김부식의 사론史論을 비평할 여유는 없지만, 신라 등의 왕이 연호年號를 사용하고 짐朕이라 칭하고 붕崩이라 칭한 것조차도 이를 예禮가 아니라 하여 지나 제후諸侯의 예例를 좇아 과인寡人이라든가 훙薨이라는 문자로 고치고, 연호 등은 완전히 삭제하고 지나의 연호로 대신한 일례만 보아도 충분히 짐작될 것이라고 생각한다.

특히 조선 문화의 원류이자 중심인 고신도古神道에 대해서는 선왕先王(김부식에게는 요순(堯舜)·문무(文武) 등의 왕을 의미한다)의 도道가 아니라 하여 묵살하고 배척했으며, 그 후 정몽주의 척불斥佛·배선排仙을 거쳐 이조의 성종成宗, 중종中宗 대에 이르러 이 지나숭배사상은 그 절정에 달하여 모든 고조선적인 것을 배척하고 완전히 지나를 모방하고자 했다. 저 조광조趙光祖 같은 사람은 수천 년래 연면히 계속되어 온 제천의식祭天儀式조차 제후의 도가 아니라 하여 폐지시킬 것을 주청奏請했고, 당시의 이른바 유림들은 갈채하며 이에 동조하여 마침내 영구히 제천의식을 중단하는 데 성공한 것이다.

이 제천의식이야말로 조선 문화의 연원이라 할 것으로, 조선인의 신앙, 정치, 사회, 인생관은 모두 이 근본사상에서 갈라져 나온 것이었다. 저 조선의 건국신화인 삼신전설三神傳說, 신인神人의 하강전설下降傳說 및 승천전설昇天傳說 등은 바로 이를 말하는 것이다. 즉 우주의 주재자인 '환인桓因'[2]의 아들 환웅桓雄, 환웅의 아들 왕검王儉이 태백산의 박달나무 아래 내려와 신시神市를 만들고, 그 신시에 360조의 율령律令을 정하여 그곳에 지상의 국가를 이루었으며, 이 일을 마치자 왕검은 다시 하늘에 오른 것이다.

이 왕검을 지나의 사적史籍에서는 선인왕검仙人王儉이라고 부르고 있는데, 이 선仙이라는 말은 지나에서 말하는 선仙과 결코 같은 뜻이 아니다. 그래서 신라에서는 왕검의 도를 국선도國仙道라 하여 지나의 선仙과 구별한 것이었다.

국선도는 신라뿐 아니라 고구려와 백제에도 공통이었던 듯하다. '제천祭天' 의

---

2 원문에는 '桓仁'으로 되어 있다.

식은 삼국의 역사 기록에 공통으로 보이며, 게다가 그것은 8월부터 10월에 걸쳐 행해졌다. 이 정도의 재료는 김부식의 『삼국사기』에도 실려 있다.

국선도는 조선의 고신도古神道인데, 이것은 물론 한자를 사용하고 나서부터의 칭호로 원래 조선어로 무엇이라 불렀는지는 알 수 없다. 다만 국선도 신앙의 본존本尊이 하나님ハナニム이고, 인간 세상을 주관하는 신의 본존이 검님カムニム, 왕검, 서낭님, 대신大神 등으로 불렸던 것은 여러 기록과 오늘날까지 민속에 남아 있는 언어 등으로 미루어 단정할 수 있다.

신라사에는 "왕이 신궁神宮에 행차하다", "왕이 시조묘始祖廟를 알현하다"[3] 같은 조항이 제3대 왕의 기록 이래 곳곳에 보인다. 더욱이 그 신궁은 시조묘보다 상위에 속했다. 신궁, 시조묘, 산천신기山川神祇 세 종류의 제사가 매년 일정한 시기(신라에서는 8월 15일, 고구려에서는 10월, 삼한시대에도 10월)를 정하여 국왕의 친제親祭로 거행되었고, 그때에는 남녀男女·문무文武의 여러 가지 경기競技와 대중적인 행사가 있었다고 기록되어 있다.

이는 국가의 제례祭禮이고, 민간에는 마을마다 당堂 또는 사당이라 불리는 신사神社가 있고, 특히 수도의 진산鎭山[4]이나 남산에는 대규모의 사당이 있으며, 명산名山에도 국선國仙의 신령한 기운이 서리지 않은 곳이 없었다. 이런 신사가 관령官令으로 폐지된 것은 이조李朝 성종成宗과 중종中宗 때이다. 이른바 음사폐지淫祀廢止[5]인 것이다.

그러나 국선도는 제사뿐 아니라 신라사를 읽어보면 알 수 있듯이 종교, 정치, 무술, 예술의 수련을 포함한 것으로, 유명한 국선國仙의 문하에 수천의 문하생이 있어 일종의 종교적 단체를 만들고, 그 문하생이 스승인 국선의 도장에서 종교적, 정치적, 무술적, 예술적 수련을 했다. 17세가 졸업시기였던 듯하며, 이 국선도

---

3 단행본 『동포에게 보냄』에는 이 구절이 삽입되어 있다.

4 도읍지나 각 고을을 지키는 주산(主山)으로 정하여 제사를 지내던 산. 조선시대에는 동쪽의 금강산, 남쪽의 지리산, 서쪽의 묘향산, 북쪽의 백두산, 중심의 삼각산을 오악(五嶽)이라 하여 주산으로 삼았다.

5 여러 미신을 섬기는 제사나 사당의 폐지를 뜻한다.

장이야말로 국민교육의 연총淵叢이었던 것이다.

최치원이 쓴 난랑비鸞郎碑에 이 국선도의 요령要領이 적혀 있다. "오동유도 호왈 국선吾東有道 號曰國仙"[6]이라는 구절을 시작으로 하여 불교의 자비도 유교의 인의仁義도 도교의 청아함도 겸비한 신도神道가 있어[7] 위대한 문신文臣도 무장武將도 그 가운데서 나왔다는 의미의 말이 적혀 있다. '오동吾東'이란 조선 반도를 가리킨다. 최치원은 신라인으로 당唐에 문명文名을 떨친 이른바 당화唐化된 인물이었음에도 불구하고 국선 난랑의 비문에 이렇게까지 국선도를 칭송한 것이 특히 주목할 만하지 않은가.

나아가 이 국선도의 윤리적 내용으로서 5개조의 이른바 세속오교世俗五敎가 신라 명승名僧의 말로 『삼국사기』[8]에 전해지고 있다. 즉,

一, 임금을 섬김에 충으로써 하라

二, 부모를 섬김에 효로써 하라

三, 친구를 사귐에 믿음으로써 하라

四, 전투에 나아가 물러나지 말라

五, 생명을 죽임에 가림이 있어야 한다

라는 것이 그것이다. 세속오교라는 것은 불교의 입장에서 본 것이고, 국선열전國仙列傳을 읽어 보면, 국선 즉 화랑들이 얼마나 이 5개조를 잘 실천했는지 알 수 있다. 관창랑官昌郎, 사다함斯多含 등은 그 적절한 예일 것이다.

---

6 '우리나라에 도(道)가 있어 부르기를 국선(國仙)이라 한다'는 뜻.

7 단행본 『동포에게 보냄』에는 『삼국사기』 권4 '신라본기'에 의거하여 다음과 같이 수정되어 있다. ""國有玄妙之道, 曰風流. 敎說之源 備詳仙史(원문에는 신사(神史)로 되어 있다) 實內包含三敎 接化群生(우리나라에 현묘한 도가 있으니, 일컫기를 풍류라 한다. 그 가르침의 기원은 선사 선사(仙史)에 자세하거니와, 실로 유불선 3교를 포함하여 뭇 백성을 교화하는 것이다)"을 시작으로 하여 불교의 자비도 불교의 충효도 도교의 무위(無爲)도 모두 겸비한 신도(神道)가 있어"

8 단행본 『동포에게 보냄』에는 『삼국유사』로 수정되어 있다.

우리는 신라사(주로『삼국유사』,『삼국사기』를 가리킨다)에 남아 있는 단편적인 재료만 가지고도 국선의 전모를 파악할 수 있다. 즉 국선은 천지의 창조자이자 주재자인 하나님ハナニム을 믿고, 그 하나님이 인간세계를 가르치고 다스리기 위해 그 아들 검님カムニム을 세상에 보냈으며, 그 검님이 인간으로 오면 왕이 되고 돌아가면 신이 됨을 믿는다. 그리고 이렇게 신을 공경하고 신의 현대신現大身인 왕에게 충의를 다하고 부모에게 효도하며, 일반 동포와는 믿음으로써 사귀고, 그리고 국가를 위해서는 일단 완급緩急이 있어서 전쟁에 나아가 물러나지 말고 그러면서도 되도록 생명을 불쌍히 여겨 살해하지 말라는 것이다. 다시 요약하자면, 충忠·효孝·신信·용勇·인仁의 다섯 가지 덕목은 신에 대한 신앙에 뿌리를 두고 있으며, 특히 왕은 신의 현대신現大身으로서 이를 충으로써 섬긴다는 정신은 신라 천년일계千年一系의 왕통을 지킴으로써 실행되었다. 고구려와 백제도 그러했다. 고려의 왕건王建이나 이조의 태조太祖가 이른바 역성혁명易姓革命[9]을 감행한 것은 지나사상의 영향을 받았다고 할 것이다. 그렇다 해도 왕건은 고구려 왕통의 후계자로 자임했고, 이태조는 신라의 후계자로 자임했다.

국선의 수련 방법에 대해서도 역사에 기록된 것만으로도 대략 미루어 살필 수 있다. 즉 열일곱 살까지는 스승의 도장道場에서 철저히 문무文武의 훈련을 받고, 거기서 어엿한 한 사람의 화랑花郎이 되면 대개는 명산名山을 다니며 혹은 선왕仙王의 영장靈場(오늘날 조선의 사찰에 산신당山神堂으로서 대웅전보다 한 층계 높은 곳에 모셔져 있는 것이 그 흔적인데, 산신당이란 적당히 한문식으로 만든 단어임은 말할 것도 없다)에서 기도와 같은 영성단련靈性鍛錬을 하고, 혹은 담력과 무술을 연마하며, 혹은 노래를 불러 예술적 정조情操를 함양했던 것이다. 금강산, 태백산, 지리산 등은 가장 저명한 영장靈場으로 아직껏 영랑永郎 등[10]의 전통이 남아 있을 정도이다. 금강산은 불교가

9 중국 유교 정치사상의 기본 관념의 하나로, 제왕이 부덕하여 민심을 잃으면 덕이 있는 다른 사람이 천명을 받아 왕조를 바꾸고 새로운 왕조를 세워도 좋음을 승인하는 사상.

10 단행본『동포에게 보냄』에는 '영랑(永郎)·술랑(述郎) 등의'로 수정되어 있다.

개척한 명산이 아니라 국선의 영장에 불교의 가람伽藍[11]이 세워진 것으로, 말하자면 신불융화神佛融化였다. 저 유명한 이차돈異次頓이 신라의 법흥왕法興王 때 불교를 위해 순교한 것은 실로 신불神佛, 좀 더 정확히 말하면 선불仙佛 충돌의 희생이 된 것으로, 이차돈의 용감한 죽음은 선불의 융화를 가져온 것이었다.

화랑(국선과 거의 같은 뜻이다)과 노래는 깊은 관계가 있다. 신라에서는 노래가 신성한 것으로, 병란兵亂이 있거나 가뭄, 역병이 유행할 때는 노래를 지어 신께 바치거나 음악과 춤으로 신을 위로해드린 것이었다. 만파식적萬波息笛이나 처용무處容舞 등의 예를 들지 않더라도 신라사新羅史 곳곳에 그런 이야기가 적혀 있다. 거문고 곡조의 발달과 오늘날 아악雅樂으로 남은 신라악도 국선도의 유물이며, 진성여왕대眞聖女王代의 칙선가집勅選歌集 『삼대목三代目』이란 것도 화랑이 읊은 것이었다고 생각한다. 신라의 노래, 이른바 향가鄕歌로서 오늘날 남아 있는 것은 26편 정도이다. 주로 부처의 공덕을 찬미하는 노래인데, 이는 곧 노래가 원래 신께 바친 것이었다는 증좌證左라고도 할 수 있다.

또 국선의 전기傳記가 신라사에 열전列傳으로 남아 있는데, 이를 읽어도 국선도의 내용이 충분히 귀납될 수 있다고 생각한다. 즉 신을 믿고 공경하고 충효를 근본으로 삼으며 신의信義를 위해 생명도 버렸고(사다함은 친구와의 약속을 지키기 위해 음식을 끊고 죽었다), 전장에서는 죽음을 두려워하지 않았다(관창랑의 예). 게다가 자비와 예술적 여유를 가져 세간에서 '풍월도風月徒'라든가 '백운향도白雲香徒'라고 불릴 정도의 기품과 풍류와 느긋함을 갖췄던 풍모도 엿볼 수 있다. 만약 독자가 이왕가李王家의 아악雅樂을 들은 적이 있다면, 그때의 심경이야말로 국선도인의 심경일 것이라고 생각한다. 실로 고조선의 정신을 가장 완전히 보존하고 있는 것은 조선 음악이라고 나는 항상 믿고 있다. 그리고 이러한 고조선의 기분은 오늘날 조선인 속에서도 종종 발견된다.

이 국선도의 신앙적 부분은 7백 년래, 특히 이조李朝 중종中宗 이래 4백여 년간

---

11 '승가람마(僧伽藍摩)'의 준말. 승려가 살면서 불도를 닦는 곳.

학대받아 왔지만, 혹은 단군숭배라는 종교의 형태로 혹은 선왕仙王이나 대검タイカム, 산신숭배의 민간신앙의 형태로 아직껏 전해지고 있다. 그리고 그 하나님ハナニム, 主宰 숭배의 정신은 지금도 조선인 전체의 혼에 스며들어 있으며, 그 예술적 부분은 노래와 음악, 춤으로 미미하게나마 계속되고 있다. 마지막으로 그 윤리적 부분인 충효 관념에 있어서도 지나식 충효의 덕목으로 대치되었다고는 해도 역시 전통적인 관념을 잃지 않고 있다. 요컨대 아무리 벗겨도 완전히 벗겨지지 않고, 아무리 씻어도 완전히 씻겨지지 않는 부분이 아직 조선인의 마음에 남아 있다고 할 수 있으리라. 그렇다면 이것이야말로 조선 문화의 본류가 아닐까(이상은 신라를 중심으로 언급한 것이지만, 고구려도 백제도, 또 고려왕조도 국선도에 관한 한 공통된다).

조선 문화의 장래

만약 국선도가 조선 문화의 본류라고 한다면, 앞으로 조선 문화는 어떤 방향을 취할 것인가.

상술한 것으로써 조선 문화의 본류가 일본 문화의 본류와 얼마나 닮았는지 알 수 있을 것이다. 아니, 닮았다기보다도 동일하다고 할 수 있을 것이라고 생각한다. 어느 것이 먼저고 어느 것이 나중인지는 역사가의 연구를 기다려야 하겠지만, 그 내용이 동일한 것만큼은 사실이라고 단언할 수 있다고 생각한다. 오늘날의 조선과 일본의 다른 모습은 주로 조선의 지나화支那化에서 온 것이며, 그 본질은 동일한 것이다. 이 점에 중요한 시사점이 담겨 있다고 생각한다.

즉 정신상, 문화상의 내선일체는 조선 측에서 보면 결국 일종의 복고復古에 지나지 않는 것이다. 바꿔 말하면 일시적으로 입었던 지나의 옷을 벗어버리고 선조 시대의 원래 복장으로 돌아가는 것에 불과하다. 신을 공경하는 것도 그러하고, 충효 중심의 도덕도 또한 그러하며, 인정과 풍속의 주된 것에 이르기까지 그러하다. 요컨대 조선인은 일본 문화 안에서 천 년 전의 조선인 자신의 모습을 보는 것이다. 이 점에 대해서는 실로 많은 재료가 있지만, 이미 내게 허락된 지면이 다했다.

오늘날의 조선 문화 중에는 자연히 소멸의 과정을 밟을 것도 있을 것이다. 혹은 강제적으로 소멸시키지 않으면 안 될 것도 있을 것이다. 지나화된 부분과 내선일체에 지장이 되는 부분, 또는 오늘날의 시세에 맞지 않는 부분 등이 응당 그러할 것이다. 그러나 또 한편으로는 새로운 국민문화에 흡수될 요소도 있을 것이다. 혹은 조선만의 지방문화로서 생명력을 유지할 부분도 있을 것이다. 오늘날 조선이 가진 언어와 문화와 풍습이 이에 속하리라. 마지막으로 조선 문화 중에는 앞으로 더욱더 빛을 발하여 다만 일본 문화 전체에 광채를 더할 뿐 아니라, 세계 문화에 공헌할 만한 것도 있을 것이다. 이는 국선도의 진수眞髓에서 흘러나올 것이라고 생각한다.

그 무엇이 되었든, 내 의견으로는 조선 문화는 일본 문화와 융합하기 위해 비로소 오랜 부당한 억압에서 벗어나 그 사명을 발휘하고 찬연한 광채를 빛낼 날이 머지않았음을 믿는다.

만약 조선 문화와 일본 문화가 질적으로 서로 배치·괴리되어 있었다면 내선內鮮 관계는 실로 큰 비극이었을 것이 틀림없다. 눈 멀쩡히 뜨고서 자신의 선조의 문화가 사라져가는 것을 보는 것은 무엇보다도 견디기 어려운 일이 틀림없다. 그러나 다행히 역사와 민속은 내지와 조선의 문화가 같은 근원임을 완전히 설명해 준다. 이는 얼마나 기쁜 일인가.

역시집에 부쳐譯詩集に寄せて[1]

조선은 원래 예술의 나라였습니다. 옛 역사에 의하면, 조선인은 노래를 부르고 춤추는 것을 좋아했고, 음악도 좋아했습니다. 당唐에서도 고려악이 국악의 일부를 차지했고 일본에서도 고려악이 우방지악右房之樂[2]이었습니다. 일본에서 노래가 국도國道였던 것처럼 신라와 백제, 고구려도 그러했고, 고려도 그러했습니다. 그런데 이조李朝 조선에 이르러서부터 지나支那의 문화에 심취한 나머지 국도가 모두 스러지고 말았습니다.

지금부터 약 30년 전 조선인은 자신의 언어로 노래를 부르거나 소설을 쓰기 시작했습니다. 병합 이래 교육이 보급됨에 따라 이 새로운 문학이 번성하게 되었습니다. 이리하여 새로운 시詩도 태어났던 것입니다.

따라서 조선의 새로운 시는, 말하자면 다만 발생기에 속하여 아직 커다란 수확이 있다고는 할 수 없습니다. 그러나 젊어도 시는 시입니다. 젊은 조선의 혼의 소리인 것은 틀림없습니다.

김소운金素雲 씨는 일찍이 조선의 민요를 수집하여 몇 권인가의 역서를 간행했습니다. 그것은 실로 훌륭한 번역으로 강호江湖의 칭찬을 얻었습니다. 김 씨는 그 붓으로 새롭게 또 조선의 신시新詩를 백 편 정도 번역하였습니다. 원문의 리듬과 향기에까지 신경을 썼다고 들었습니다. 실로 김 씨는 시인이면서 동시에 원어와 역어 둘 다 모국어라고 할 만한 재능을 갖고 있고, 만약 시가 번역될 수 있는 것이라고 한다면 그 이상의 역자는 있을 수 없다고 믿습니다.

---

1 원문 일본어. 이광수(李光洙), 『젖빛 구름(乳色の雲)』(金素雲 著), 가와데쇼보(河出書房), 1940.5.

2 아악(雅樂)의 무대 좌우에 마련된 연주 장소를 악방(楽房)이라고 하는데, 남방에서 전해진 춤을 좌무(左舞)라 하여 좌방(左房)에서 연주했고 북방에서 전해진 음악을 우무(右舞)라 하여 우방(右房)에서 연주했다. 그래서 아악의 '우방지악'이라고 하면 고려악을 가리킨다.

바야흐로 야마토大和 민족과 조선 민족은 하나가 되어 일본제국을 지킬 운명으로 결합되어 있습니다. 이를 위해서는 서로 혼과 혼이 융합될 필요가 있습니다. 이 역할을 할 자, 문학을 두고 달리 무엇이 있을까요. 문학이야말로 양 민족의 마음과 혼을 결합시키고 융합시킬 가장 힘 있는 요인이라고 믿습니다. 이 역시집의 의의도 여기에 있는 것이라고 생각됩니다.

오랜 친구인 역자에게 뭔가 쓰라고 부탁받은 터라 기쁘게 한마디 말씀드리는 바입니다.

1940년昭和 15 1월

경성에서 이광수李光洙

내 시가詩歌[1]

나는 내가 시인인지 아닌지 모릅니다. 그러나 나는 나같이 비속한 인물이 시인될 수는 없다고 늘 생각합니다. 청정하고 순수한 혼의 소유자가 아니고서 어떻게 시인이 될 수 있겠습니까?

그런데도 나는 시를 지었습니다. 그것이 정말로 시인지 아닌지는 모르나 나는 시라고 지었습니다. 때때로 무슨 하소연을 하고가 싶어서 생각하고 적어 놓은 것이 내 시가詩歌입니다. 다만 그뿐입니다. 나는 좋은 시를 지어보리라고 생각하여서 지은 것은 없습니다. 그러므로 내가 시를 짓는 우금于今 30년에 내 시는 독자에게서 높이 평가받은 일이 없고 비평가들도 내 시 따위는 일고一顧도 아니하시는 모양이었습니다. 그렇건마는 나는 때때로 시를 지었습니다. 이런 것들을 골라서 모은 것이 이 시집입니다.

이 소책小冊 중에 수용된 노래의 대부분 — 그중에도 시조時調의 대부분은 마치 무척 청정한 자의 마음을 읊은 것 같을는지 모릅니다. 이 책에 서문을 써주신 박정호朴定鎬 군도 여기 속은 사람 중에 하나인 듯합니다. 그는 마치 내 노래 속에서 성자聖者의 소리를 발견한 것같이 말씀하셨습니다.

그러나 사실인즉 그와 반대입니다. 더러운 공기 속에 사는 도시인이 청정한 산야山野의 풍경을 그리워하되, 원체 청정한 산야에 사는 사람은 특히 청정한 공기를 그리워하는 마음이 없습니다. 내 시도 그러합니다. 내 마음에 항상 추잡과 오예汚穢가 그득하기 때문에 청정을 사모하는 정情이 간절한 것입니다. 그러므로 내 노래들은 코를 들 수 없이 냄새나는 내 더러운 속에서 발하는 소리입니다. 이것이 사실입니다. 다시 말하면 내 노래는 이렇게 되고 싶다는 정情의 발로發露이지,

---

1 이광수(李光洙), 『춘원시가집(春園詩歌集)』, 박문서관(博文書館), 1940.2.

내가 이렇다는 설명은 아닙니다.

내가 더럽게 밉게 생겼기 때문에 나는 깨끗한 이, 고운 이를 그리워합니다. 그이가 내 '고운 임'이십니다. 얼굴도 손도 다 고우신 임, 입과 몸에서 비린내 말고 향내 풍기시는 임, 마음에는 고요한 사랑만 가득 차신 임 — 그러하신 고운 임을 나는 그리워합니다. 그래서 내 노래는 모두 그 임께 드리는 노래입니다.

이 고우신 임을 한 번도 뵈온 기억은 없으나, 그러하면서도 언제 한 번 뵈온 것만 같아서 눈을 감으면 서언한 것도 같습니다. 어디, 이 우주 간에 그 임이 계오신 것만은 믿습니다. 찾아 찾아 가노라면 언제나 한 번은 다시 뵈올 것도 같습니다. 그래서 나는 그리운 노래를 부릅니다.

세상 사람들은, 나보다 고우신 이도 많지마는 눈이 고우면 코가 밉거나, 입이 고우면 몸맵시가 밉거나, 목소리가 거흘거나 냄새가 나거나, 아무리 하여도 내 마음에 있는 고운 님만 한 이는 안 계신 것 같습니다. 그러나 어떤 미운 중생에도 고운 구석 한두 군데는 있습니다. 나는 날마다 만나는 이 중생들 속에서 매양 고우신 어른의 그림자를 번뜻 보고는 기뻐합니다. 마치 내 고우신 임이 모든 중생과 만물 속에 요모조모로 가지각색으로 나타나시와 내 그리움을 위로하시면서 나를 이끄시는 것 같습니다. 그래서 나는 고우신 님의 노래를 부릅니다.

나는 이 세상에서 그렇게 팔자 좋은 사람은 아닙니다. 도리어 평생에 빈한貧寒한 고아입니다. 그러나 나는 하루도 어떤 사람의 사랑을 아니 받는 날은 없습니다. 나는 내 곁에 있는 내게로 오는 모든 사람에게서 사랑을 느낍니다. 노상路上에 언뜻 지나치는 사람도 내게 사랑의 기쁨을 줍니다. 나는 무심코 지나치고 나서는 유심하게 한 번 그를 돌아봅니다. 그러고는 홀로 빙그레 웃으면서 내가 그의 품에 안겨 보고 그를 내 품에 안아 봅니다. 나는 여기서 고우신 임의 뜻을 봅니다.

지금까지 내가 살아오는 동안에 특별히 나를 사랑하여 준 여러 중생은 말할 것도 없이 나를 고우신 임께로 인도하여 주신 은인이십니다. 아니, 그가 바로 고우신 임의 권현權現[2]이십니다. 응신應身이십니다. 이러매로 나는 인정人情을 믿고 인정을 숭배합니다. 인정이야말로 고우신 임의 그림자요 입김인 줄 믿습니다.

나는 언제나 내 고우신 임을 현실로 뵈옵고, 그의 앞에 절하고 그의 품에 안길 날이 있을 것을 믿습니다. 나만 그러할 뿐 아니라 모든 중생이 다 이 고우신 임을 만나서 사랑의 기쁨의 크나큰 잔치가 벌어질 날이 있을 것을 믿습니다. 고해苦海요 예토穢土라는 이 세계에 극락정토가 임할 날이 있을 것을 믿습니다. 내가 몽상가입니다. 그렇거든 그대로 내버려두어주시기를 바랍니다. 내 노래는 이 몽상의 노래입니다.

내가 문필생활을 시작한 지가 30년이 되었습니다. 내 나이가 오십을 바라보고 새치라고만 여기던 것이 분명 백발이게 되었습니다. 그런데 지난 30년에 일관필一管筆을 들고 인생길을 걸어와 닿은 현계단이 이 노래에 나타난 내 심경입니다. 그 점으로 보아서는 이 노래들이 나 자신의 금일今日이라고 볼 수도 있을 것입니다.

이 변변치 못한 사람의 변변치 못한 노래들을 혹은 내 병중에 받아 써주고 모집해 주고 정서淨書해 주고 칭찬해 주신 박정호 군은 실로 나를 위하여서는 고마운 벗이십니다. 그러고 이것을 책으로 출판하기 위하여서 용지用紙를 멀리 동경에까지 구하시고 의장意匠과 인쇄를 위하여서 당신 것처럼 애써주신 박문서관博文書館의 젊은 주인 노성석盧聖錫 씨와 최영주崔永柱 씨 두 분의 호의와 정성은 이로 다 감사할 길이 없습니다. 이 책을 읽으시는 이는 세 분을 생각하여 주시기를 바랍니다.

쇼와昭和 기묘己卯 대한절大寒節 한강이 얼어붙었다는 날에

백악산남白岳山南에서 이광수李光洙

---

2 부처나 보살이 중생을 구하기 위하여 다른 모습으로 변하여 세상에 나타남. 또는 그 화신.

문학쇄언文學瑣言[1]

예술의 조건—사실과 이상의 결합

사람은 다른 사람의 생활에 흥미를 느낀다. 다른 사람은 어떠한 생활을 하는고 하면 궁금하다. 그래서 그 사람의 생활을 알 기회만 있다면 그 기회를 아니 놓치려 한다. 그리고 어떠한 사람이 특히 유명하다든지 또는 무슨 특색이 있는 사람일 때에 그 사람의 생활이 더욱 알고 싶고, 더구나 어떠한 사람이 남에게 말할 수 없는 내적 생활을 알려준다 하면 거기 대하여서는 더욱 큰 흥미를 느끼게 된다.

이 점에 소설의 흥미의 중심이 있는가 한다. 어떤 인물의 성격을 핍진하게 그릴 때에 그 사람은 벌써 소설가의 공상 중의 인물이 아니요 실재적 인물과 같은 영향성을 가지게 된다.

○

그러나 소설의 흥미는 다만 인물에만 있는 것만은 아니다. 소설 중에 나오는 인물들이 핍진한 인물이 아닐 때에는 물론 그 소설은 흥미를 잃는다. 그렇지마는 그 인물들이 서로 접촉하고 서로 얽혀서 이루어지는 사건이란 것이 또한 흥미를 준다. 어떠한 독자는 인물의 성격보다도 사건에 흥미를 가진다. 그것은 비록 유치한 독자라 하더라도 그러한 독자가 대다수인 것은 사실이다. 이른바 대중소설이니 흥미물이니 하는 것이 이 사건의 파란곡절波瀾曲折을 주로 한 소설들이다.

그렇지만 좋은 소설은 자연히 사건도 흥미 있을 것이다. 인물을 핍진하게 그릴 만한 솜씨면 사건도 핍진하게 그리는 것이기 때문이다.

---

1 춘원(春園), 『매일신보(每日新報)』, 1940.2.13~16. 이전까지 경성일보사에 예속되어 있던 『매일신보(每日申報)』는 1938년 4월 주식회사로 독립한 뒤 제호를 '매일신보(每日新報)'로 바꾸게 된다. 이 글은 '학예(學藝)'란에 실렸다.

그러나 사건이 핍진하게 그려졌으므로 흥미가 있다 하면 그것은 고급한 흥미일 것이다. 이른바 재미있는 사건이란 것으로 흥미를 끈다 하면 그것은 저급일 것이다.

○

통틀어 말하면 인물이나 사건이나 그 뉴스적 가치, 흥행적 가치만을 목적으로 한 것이라면 속된 것이라 하는 것이다. 이른바 통속적이라는 것은 이런 것을 가리킨 것인가 한다. 그러면 이른바 예술적이란 무엇인가. 그것은 묘사의 솜씨에 달린 것인가 한다. 예술이란 본래 '재주', '솜씨'라는 말이다. 평범한 인물이나 사건도 이것을 그리는 솜씨 여하로 가치를 생生하는 것이다. 훌륭한 재료란 결코 훌륭한 예술을 결정하는 것은 아니다. 능한 예술가라면 그 손을 거쳐 나오는 것이 모도 예술이 될 것이다.

○

이렇게 말하면 마치 예술지상론 또는 기교지상론인 것같이 들린다.

우리는 이른바 예술적 가치 이외에 선적善的 가치를 가진다. 독사나 독균이 아모리 미려美麗한 색채나 구미口味를 주더라도 우리는 그것을 애호愛好할 수는 없는 것이다. 미美는 없고도 살지마는 선善은 없고는 살지 못하는 것이다. '리알리즘'의 한노限度가 여기 있고 예술주의의 한도가 여기 있다.

○

우리는 무엇이나 사람의 손으로 핍진하게 된 것을 볼 때에 흥미를 느낀다. 리알리즘이다. 그러나 아모 것이나 핍진하다고 다 좋은 것은 아니다. 여기서 우리는 이상주의다.

그러므로 소설이란 첫째로 핍진 하기를 요건으로 하겠지마는 또한 합선合善하기를 요구하지 아니치 못할 것이다. 이른바 진과 선이 조화되는 곳에 높은 미美가 생生하는 것이다. 미美는 진선眞善 조화調和에서 생生하는 한 형태다.

○

어느 소설의 선성善性(이런 말을 쓴다면)은 결코 그 소설 중의 인물이나 사건의 선악으로 결정되는 것이 아니다. 얼른 보기에 그럴 듯하지마는 기실은 그렇지 아니하다. 도로혀 소설의 선성은 그 작가의 인격으로 결정되는 것이다. 같은 물이라 하여도 우음지위유 사음지위독牛飮之爲乳 蛇飮之爲毒[2]이라고 하는 세음으로 같은 테마, 같은 인물, 같은 사건도 그것을 취급하는 소설가의 인격을 따라서 엉뚱한 차이를 생生하는 것이다.(1940.2.13)

문학과 인격 문제—작품의 향기와 체취

그러면 인격이란 무엇을 가리킨 것인가. 특히 소설에서 작품의 인격이란 무엇을 가리킨 것인가. 우리는 하디의 문학, 톨스토이의 문학, 모파상의 문학 이러한 말을 할 때에 각기 다른 성격을 느낀다. 그것이 인격의 분비물에서 오는 향기다.

이 인격의 향기는 지식에서 오는 것은 아니다. 지식이 인격에 일종의 광채를 첨添하는 것은 사실이지마는 지식이 많은 인물이면서 향기 없는 인물을 흔히 본다. 그럼으로 인격의 향기의 본질은 정의적情意的인 것인 듯하다. 가령 자비라든가 위엄이라든가 냉정이라든가 온화라든가, 또는 소극적인 방면으로 보면 음침이라든가 음탕이라든가 천박이라든가 교만이라든가 얄밉다든가, 이러한 것들이 다 정의情意 방면에서 오는 인격의 향기 내지 취기臭氣다. 작가는 그의 작품을 통하야서 자가自家의 인격의 향기 내지 취기를 발산하는 것이다.

그러므로 애독자라 하면 이 향기 내지 취기를 좋아하여서 모여드는 동류同類들이다. 축생畜生은 누린내를 좋아하고 아수라阿修羅는 비린내를 좋아하고 천인天人은 청향淸香을 좋아한다는 격으로, 또 여우는 여우 냄새를 노래기는 노래기 냄새를 좋아하는 격으로, 저마다 제가 질겨하는 향기를 찾는 것이다.

○

---

2 소가 마시면 우유가 되고 뱀이 마시면 독이 된다는 뜻.

꿀벌이 각색 화분花粉을 모아다가 꿀을 만들지마는 그 각색 화분을 아모나 모은다고 꿀이 되는 것이 아니다. 꿀이 꿀이 되는 것은 꿀벌을 통하여서만이다. 비록 각색 화분을 재료로 한 것이라 하더라도 꿀은 결코 그 화분들의 혼합물은 아니다. 꿀벌이 그 자체에서 분비하는 어떤 액液으로 화분이라는 그 재료를 변질시켜서 꿀이 되는 것이니, 그 어떤 액이란 곧 꿀벌의 생명의 특질이다.

문학도 그러하다고 생각한다. 인생과 자연의 어떤 재료를 가지고 작가가 제 생명의 특질인 어떤 분비물로 변질시켜서 (다만 반죽만이 아니다) 시나 소설을 만드는 것이다. 그러므로 어떤 시나 소설의 냄새와 맛이다.

○

여기서 이데올로기 문제가 생긴다. 이데올로기는 분명 어느 작품에 일종의 특색을 준다. 그러나 이데올로기란 예술적 작품이 아니고도 전달할 수가 있는 것이다. 논문으로도 연설로도. 그러나 시나 소설이 (음악이나 미술도) 우리에게 주는 감명이란 것은 다른 형식으로는 전할 수 없는 것이다. 톨스토이가 예술이란 우리의 감명을 전하기 위한 특수한 언어라고 한 것이 이 뜻이다. 만일 어떤 작가가 그와 다른 형식이나 방편으로도 넉넉히 전할 수 있는 무엇을 시나 소설의 형식으로 만들었다 하면 그는 예술가는 아니다. 그는 다만 자가自家의 사상을 선전하기 위하야서 예술의 형식을 방편으로 차借한 것에 불과하다.

이러하기 때문에 어떤 작품은 유익한 것이어서 그 작품 아니고는 전할 수 없는 무엇을 담은 것이다. 다시 말하면 셰익스피어의 비극 『햄릿』은 햄릿으로 전하랴는 무엇(가령 감명)의 가장 경제적이오 가장 간단하고 가장 유효하고 이를테면 불가대치不可代置할 유일唯一의 형식일 것이다.

그러므로 어떤 작품의 경개梗槪나 해설이라는 것은 도모지 의미를 이루지 못하는 것이다.

○

작가가 제 인격에 맞지 않은 작품을 지을 수 있을까. 그것은 엄정한 의미에서는 할 수 없는 일이지마는 대체로는 할 수 있는 일이다. 더구나 시가詩歌에서 그러하다. 혹은 없는 감흥을 있는 척한다든지 혹은 과장한다든지 이렇게 '예술적 거짓말'도 할 수 있는 것이다. 그렇지마는 이안자異眼者가 볼 때에는 곧 마각馬脚[3]이 드러날 것이다. 이러한 '예술적 거짓말쟁이'는 혹 일시一時를 호도糊塗할지언정 장구長久하지는 못하는 것이니, 대개 대중이란 어리석은 듯하면서 총명한 까닭이다.(1940.2.14)

문학과 진실성-지정의知情意 총화總和의 세계

시는 그 시인의 고백이다. 신의 앞에서 하는 속임 없는 고백이다. 구약舊約에 시편만이 아니라 무릇 시는 시인의 심정 토로다. 숫제[4] 토로함이 없을지언정 토로할 바에는 진정이 아니면 아니 하는 것이 시인의 윤리다. 시인은 시에서 거짓말을 하여서는 아니 된다. 그것은 신을 기망欺罔하는 것이다.

그러므로 어떤 시는 곧 그 시를 쓴 사람이다. 소설이나 희곡도 시다.

○

이 곳에 시의 신성미神聖味가 있다. 어떤 사람의 애곡衷曲을 알고 싶은 때에 우리는 그의 시를 보는 것이 가장 첩경捷徑이다.

○

보기 좋은 미사여구를 모아놓고 시라고 하는 것이야 비천한 잡배雜輩의 장난에 불과하다. 시는 선언宣言이다. 만천하 현재뿐 아니라 진미래제盡未來際[5]까지의 중생에게 보내는 편지요 선언이요 유언遺言이다.

○

모든 것이 다 직업화(돈을 바라고 한다는 썩어진 의미의)할 수 있어도 문학은

---

3 가식하여 숨긴 본성이나 진상(眞相).

4 처음부터 차라리. 아예 전적으로.

5 미래의 끝.

직업화할 수 없는 것이다. 그것은 마치 신직神職이나 승려가 직업화할 수 없음과 마찬가지다.

○

의사가 지금은 돈벌이를 목적으로 하는 이가 많지마는 그가 임상臨牀하야 환자의 병을 보고 약을 줄 때에는 안중眼中에 돈을 두지 못할 것이다. 병을 잘못 알고 약을 잘못 주면 인명人命이 위태한 까닭이다. 이러하기 때문에 우리는 의사를 존경한다. 그는 행술行術에 있어서는 거짓말을 못하기 때문이다.

○

그러므로 문학의 제일 요건은 그 진실성이다. 편지와 마찬가지로 보고와 마찬가지로 진실성이 생명이 되는 것이다. 특히 작자 편에서 보아서 그러하거니와, 독자 편에서 보더라도 정말 측측惻惻히 가슴을 울리는 것은 오직 진실성이 아닐 수가 업는 것이다. 피로 먹을 삼아서 제 혼의 속속 깊은 속에서 우러나오는 부르짖음을 적어 놓은 것이 문학이다.

이러한 진실성이 있는 것이면 그 인생관이 유치하고 표현 기술이 졸렬하더라도 우리의 혼을 찌르는 힘이 있는 것이다.

○

이성에 소訴하는 것이 문학의 목적이 아니다. 표면적인 감각, 감정이나 움직이는 것이 예술의 진면목이 아니다. 진실성을 가진 문학이면 인격의 근저根柢를 뒤흔들고야 마는 것이니, 이 근저라는 것은 지정의知情意의 총화總和라기보다도 지정의를 발發하는 생명의 근원이요 중심을 이름이다. 사람이 이 생명의 중심을 흔드는 데 쓰는 방법은 오직 세 가지가 있으니, 하나는 저를 잊은 행위요 나머지 둘은 종교와 예술이다.

○

그렇다고 문학의 윤리성, 도덕성을 말하는 것만은 아니다. 권선징악을 목표로 삼은 문학이라면 그것은 천박한 이데올로기 문학이 되기 쉬울 것이다. 도로혀 도덕보다도 한 층 더 높은 경계, 도덕이 유由하야 발發하는 바 근원에 관한 것이라고 할 수 있다. 예例하면 누가 나라를 위하면 그 순간에 그 사람에게는 지知니 정情이니 도덕이니 하는 분별이 없는 것이다. 사생死生과 선악을 초월한 경계다. 그런데 이러한 경계는 누구나 좀체로 경험하여지지 아니하는 것이지만, 또 평범한 시정인市井人, 여항인閭巷人도 유시有時로 경험하는 것이다. 이러한 것을 독자의 심중에 재현시키는 문학이라면 그것은 좋은 문학일 것이다.

○

인생만사 어느 것이나 문학의 재료 아니 될 것이 없다. 남자, 형제, 부부, 붕우朋友, 구적仇敵, 인리隣里의 모든 조화와 갈등과 기쁨과 슬픔과 무엇이나 다 문학의 재료가 될 것이지마는, 그것이 좋은 문학이 되고 아니 되기는 결국 작가의 조제력調劑力이라고 할까 재현력再現力이라고 할까, 창조력이라고 할까 인생관이라고 할까 — 일언이폐지하면 작가의 인격과 표현 역량에 달린 것이라고 아니 할 수 없다.(1940.2.15)

국민문학의 의의 — 국가 최고 이상의 표현

근래에 시라면 재담식才談式, 경구식警句式인 것이 무척 유행한다. 모호 몽롱한 서투른 말들을 즐겨 사용하여서 상징적인, 그렇지 아니하면 수수께끼적인 단행短行의 글을 써놓고 시라는 이가 없지 아니하고, 그것이 신기하기 때문에 이것을 모방하는 청년이 많은 모양이다. 시라 하건마는 그것을 읽어도 작가의 인생이나 세계를 느낄 수 없다. 마치 내 속에는 단편적인 재담이나 경구밖에는 아모것도 없다 하는 상징적 자백인 것 같다.

○

상징법象徵法이란 심히 위험한 것이다. 아모것도 없는 것을 끔찍한 것이나 있는 것처럼 남을 속이는 수법이 되기가 쉬운 것이다. 그것은 마치 눈에 아니 보이는 비단을 짜는 이야기와 같다. 안 보인다 하면 제 수치인 것 같아서 아모도 안 보인다는 사실을 직설直說하지 못한다. 그러고 "대단히 고운 비단인데. 참 훌륭한 비단인데." 하고 혀들을 차는 것이 이른바 비평가들이다.

○

오늘날 조선문단에는 아직도 이데올로기 문학의 잔재가 남아있다. 신문 잡지들의 평론이라는 것을 보면 맑시즘 시대의 문학론의 파편들을 무슨 귀중한 보물이나 되는 것처럼 검열관의 기위忌諱에 아니 걸릴 정도를 재어가면서 반복하는 이가 많다. 새로운 말을 조출鑄出하여서 갑甲이 창唱하면 을乙은 문단의 역사적 대사건인 듯이 이에 화和하고 있고, 더욱 가관인 것은 거기도 논쟁이라는 것이 있다. 수인數人의 안 보이는 비단 짜는 대가大家들의 논란에 불과하거니와, 이런 것을 지면에 실리기 때문에 후진後進을 현혹함이 불소不少하다.

○

국민문학이란 무엇인가. 그것은 우리 국가생활이라는 것을 염두에서 떠내지 말고 지어진 문학이다. 국가, 국민이란 것을 깊히 인식하고, 그것이 어떻게 소중하고 고마운 것임을 깊이 느끼고, 이 국가생활을 통하여서 인류의 최고 이상을 실현하자는 감격을 가진 작가의 작품이다.

○

작품 속에 국가란 말이 한 마디도 아니 나와도 좋다. 나와도 좋다. 종교소설도 좋고 연애소설도 좋고 무슨 소설도 좋다. 다만 국가에 대한 신뢰와 애정과 감격인, 작가의 주관의 향기가 흐르면 그것은 국민문학이다. 재료가 문제가 아니라 그 조제 원리와 조제 방법이 문제가 되는 것이다.

○

국민생활을 백안시하는 문학은 국가의 쇠퇴기에만 발생하는 문학이다. 국가의 비상시나 흥륭기에 있어서는 그러한 반反국가적인 문학은 존재함을 용허容許아니 하는 것이다.

○

문인도 국민이다. 그는 다른 어떤 것이 되기 전에 먼저 국민이 되어야 할 것이다. 더구나 오늘날 같은 비상시에랴? 더구나 '국민문화'가 우리 목표의 근본원리가 된 오늘의 조선에서랴. 시인이 되기 때문에 소설가였기 때문에 민중층에 다소라도 공명자인 독자를 가진 문인이기 때문에 오늘날 조선문인은 첫째로 자기를 국민화하고 다음에 동포를 국민화하기에 모든 기회를 놓치지 말아야 할 것이다.

○

국민문화운동에서 유리遊離하여서 세외인世外人으로 자처하는 자를 용허容許할 수 없는 금일이 아니냐. 네가 만일 민족주의자일진댄 금후의 조선의 민족운동은 황민화운동임을 인식하여야 할 것이다. 하루라도 속히 황민화가 될사록 조선 민족에게는 행복이 오는 것이다. 천황의 신민으로 살아가지 아니할 수 없는 운명에 조선 민족이 있음을 아직 인식하지 못한다 하면 그는 우자愚者일 것이오, 만일 인식은 하면서도 스스로 적극적으로 나서지 못하고 좌고우면左顧右眄하야 남들이 하는 양을 보고 있는 것은 민족애도 없고 용기도 없는 이기적이요 비열한 자라 아니 할 수 없을 것이다.

○

국민은 총동원되었다. 문인도 총동원에 아니 들지 못하였다. 문인도 모도 애국반원이 아니냐. 허위를 참지 못함이 문인의 본색이다. 진실이 문인의 생명이다. 문인의 붓은 마땅히 국민문학의 건설의 일점一點으로 향할 것이다.(1940.2.16)

내선일체와 조선문학內鮮一體と朝鮮文學[1]

내선일체의 실현성

조선은 지나사변支那事變을 계기로 많은 방면에서 큰 비약을 보였다. 여기서 말하는 비약이란 보통 사용되듯이 진보라는 말의 수사적 과장이 아니라, 논리적 비약이라든가 진화적 비약이라고 할 때와 같은 의미에서의 비약이다. 진화 또는 변천 과정에서 자연히 통과하지 않으면 안 되는 여러 단계를 한 번에 뛰어넘었다는 의미의 비약이다. 교육령의 개정도 비약이고, 지원병제도도 비약이며, 내선일체라는 표어도 비약이다. 그러나 무엇보다도 조선민중이 마음으로부터 일본국민이 되고자 결심하여 현재 그 성과가 나타나고 있는 것은 실로 비약 중의 대비약이라고 하지 않을 수 없다.

미나미南[2] 총독은 조선통치에 비약의 일대 획을 긋기 위해 조선에 온 것이 틀림없지만, 그렇다고 해도 지나사변이라는, 아니 아세아 재건설이라는 성업聖業이 시작되지 않았나면, 미나미 총독의 호소가 이처럼 적확하게 조선 민중의 마음에 공명하여 이렇게까지 강력한 효과를 거둘 수는 없었을 것이다. 이번 조선의 대비약은 성전聖戰을 통한 제국의 성스러운 모습의 발로와 미나미 총독의 총명하고 성의 있는 의도, 그리고 조선 민중의 국가에 대한 마음가짐 이 세 가지가 맞물려 서로 합치하여 이루어진 것이라고 해야 할 것이다. 이런 의미에서, 이는 사실 비약이 아니라 당연하고도 필연적인 인과因果 과정이라고 보는 것이 지당하다. 인

---

1 원문 일본어. 춘원생(春園生), 『조선(朝鮮)』, 1940.3. 단행본 『동포에게 보냄(同胞に寄す)』에 재수록되었다.

2 미나미 지로(南次郎, 1874~1955). 일본의 군인이자 정치가. 1936년부터 1942년까지 제7대 조선총독을 지냈고, 중일전쟁 직후 내선일체를 슬로건으로 내걸고 지원병 제도, 창씨개명, 조선어 사용 금지 등의 황민화정책을 실시했다.

因이 무르익지 않으면 결코 과果는 생기지 않는다. 우리의 성의 있는 노력은 다만 인因을 증강시키고, 또 그 인因을 과果로 바꾸기 위한 연緣이 되는 데 지나지 않는다. 결코 무無에서 유有는 생기지 않는 것이 자연의 이법이며, 동시에 인사人事 즉 역사의 이법理法이다.

오늘날 조선에서의 내선일체운동에 대해 일부에서는 혹은 관제官製라고 칭하고 혹은 임시변통臨時變通이라고 헐뜯으며 의문의 눈으로 보는 경향도 있는 듯한데, 이는 인과의 이법을 무시한 견해이다. 왜냐하면 조선 민중의 진로는 황민화皇民化 이외에는 없다는 엄연한 사실과, 다른 한편 조선 민중에 대하여 일체 평등한 신민의 자격을 허락한다는 국가의 의지 표시, 이 두 가지가 서로 합치하여 내선일체의 열매를 거두지 않을 수는 없기 때문이다. 다만 당장은 내지인 측에서는 조선인의 충성의 정도가, 조선인 측에서는 내지인의 성의의 정도가 아직 분명치 않고, 아직껏 그것을 실증할 만큼 많은 사례도 부족한 관계상, 왠지 소리만 요란한 것은 아닐까 하는 느낌이 일부에 있는 것도 일단 납득이 간다. 그러나 수천 년 다른 역사에서 성장한 7천만 대 2천만이라는 양대 민족이 혼연渾然한 하나의 국민이 된다는 것 자체로도 이미 역사적 대사업이므로 그 완전한 성과를 일조일석一朝一夕에 구한다는 것은 몹시 성급한 사고방식이며, 서로 그 진심을 터놓고 같은 신념을 품어 그것을 향해 노력하려는 결심만 서 있다면 우선 대수확이라고 서로 축하해야 할 일이 아닐까. 더욱이 오늘날 황민화에 대한 조선 민중의 마음가짐만으로도 오늘날의 비상시국을 타개하기에 충분하다고 단언될 수 있음에랴.

문학의 국민성

다음으로 조선문학의 문제인데, 문학은 정치 관념에 좌우되어서는 안 된다는 것이 통념인 듯하다. 문학이 어떤 이데올로기의 노예가 되는 것은 본연의 길에서 벗어난 타락이듯 정치의 노예가 되는 것은 타락이라는 것이다. 이는 실로 지당한 말이며, 문학에 관한 한 진리이다. 문학은 인성人性의 영원성을 응시하고 어떤 이데올로기에 의해서도 왜곡되지 않은 진실을 노래하고 묘사하는 데 그 진가眞價가 있다는 것은 말할 필요도 없다. 만약 그렇다면, 일본정신과 문학 사이에는 어떤 관계가 있을까. 더구나 내선일체와 문학은 어떤 연관이 있을까. 합리적이라 할 만한 아무런 인과관계도 없는 것이 아닐까.

이는 일단 수긍할 수 있는 이론이다. 아니, 그것은 진실이다. 문학은 정치 관념 등에 좌우되어서는 안 된다. 작자의 인생관 및 예술 감정 이외의 것에 좌우되는 것은 관리가 정실情實이나 뇌물에 좌우되는 것이 악이듯 분명히 악이다.

그러나 '인성人性의 영원성' '작가의 예술적 양심'과 같은 관념을 무비판적으로 받아들여서는 안 된다. 그렇게 함으로써 우리는 중대한 착오에 빠질 우려가 있다. 그러면 그 중대한 오류란 무엇인가. 이것이야말로 문학의 국민성을 논하는 데 있어서 근본 문제이다.

우리는 인성人性이라든가 인류라는 말을 손쉽게 사용하는 습관을 갖게 되어버렸다. 마치 개인이라는 말을 대수롭지 않게 사용해 온 것처럼 말이다. 그런데 올바른 인식으로는, 개인이라는 완전히 독립한 개체가 없듯이 인류라는 완전히 보편화한 전체도 사실은 존재하지 않는다. 개인이라는 것도 또 그 극단으로서 인류라 칭하는 것도, 하나는 지극히 소박한 감각적 견해이고 다른 하나는 지극히 추상적인, 가령 공상까지 가지 않더라도 이상적인 개념이며, 둘 다 현실적인 존재는 아니다. 우리가 현실적으로 인식할 수 있는 것은 실로 민족 또는 국민뿐이다. 국민주의에 대응하는 개인주의라는 말이 있지만, 국민적 성격과 전통 등을 버리고 남은 개인이라는 것이 과연 어떤 것일까. 그것은 아마 그림자보다도 엷고 거의 생명력이 없는 것이리라. 따라서 누군가 자기가 독립한 한 개인이라고 생각한다면 그것은 착각이나 환영에 지나지 않는다. 이에 반하여 누군가 자기는 세계인의 한 사람이라고 칭한다면, 이 역시 개인에게 있어서와는 다른 의미에서 착각이고 환영이다. 왜냐하면 유태 민족조차도 어떤 나라의 국적國籍을 가지듯이 우리는 누구나 어떤 민족성에 물들어 있기 때문이다. 인류 진화의 먼 장래 어느 단계에서라면 모를까, 우리의 인식 영역에서 국민성을 초월한 세계인은 있을 수 없다. 저 석가세존釋迦世尊조차 인도인으로서 태어나셨고, 인도인의 전통에 기초하여 인도인에게 설교하시지 않았는가. 그리고 이 우주주의宇宙主義라고나 할 석가는 분명히 국왕에 대한 충의를 말씀하셨는데, 이는 국민생활이 인간생활의 단위임을 인정하신 것이다. 사실상 우리는 국가를 통하여, 즉 국가에 대한 의무를 통하여 인류에 공헌할 수 있는 것이다.

이런 견지에서 우리는 개인주의나 세계주의의 이름으로 통용되는 모든 인생관을 그릇된 것으로 배제하지 않으면 안 된다. 그런데 이른바 자유주의의 이름으로 통용된 정치사상, 문학사상은 개인주의적인 것이고, 이른바 사회주의로서 통용된 정치, 경제, 사회 및 문학예술에 대한 사상은 세계주의적인 것으로, 모두 잘못된 견해에 속한다. 좀 더 적절한 말로 하면, 개인과 세계의 의의意義를 잘못 파악한 인생관, 문화관, 예술관이라고 할 것이다.

매우 소략한 논술이지만, 이것으로 문학의 국민성에 대해 파악할 수 있었으리라고 생각한다.

조선문학의 장래

그러면 지금까지의 조선문학은 어떤 것이었는가. 여기서 조선문학이라 함은 일한병합 후의 새로운 문학을 가리키는 것이다. 그것만으로도 작자가 수백 명에 이르고 작품은 수만 편을 넘을 것이니, 이를 간단히 분류하기란 결코 간단하지 않은 일이다. 그러나 편의상 과거 30년간 조선문학의 경향을 크게 인도주의, 사회주의, 예술지상주의 세 가지로 구분할 수 있다고 생각한다. 이 가운데 인도주의란 국민적 편견에서 벗어나 인간을 인간으로서 보고 사랑한다는 태도로서 톨스토이적이라고 할 수 있다. 사회주의란 말할 것도 없이 인류를 무산자와 유산자 양 계급으로 엄격히 구별하여 이들을 서로 적대케 하는데, 무산대중으로 하여금 유산계급을 증오케 하고 그 조국을 유산계급의 이익만을 대표하는 것으로 간주하여 이에 반항케 하려는 것이 예의 무산문학이다. 지금까지 조선에는 나는 일본 국민이다, 라는 강한 신념과 앙양된 감격으로써 만들어진 문학은 거의 없다고 해도 과언이 아닐 것이다.

그런데 이상에서 거론한 과거 30년간의 조선문학의 태도는 모두 청산되지 않으면 안 되는 태도이다. 세계주의와 개인주의가 일본의 국체관념에 어그러지는 것은 말할 것도 없지만, 민족주의는 그 인식과 동정의 범위를 2천만에서 9천만으로 확대하고 그 향토애를 조선반도에서 일본제국 전체로 넓히지 않으면 안 된다. 이는 단지 조선인만의 문제가 아니고 내지인에게도 마찬가지라고 믿는다. 즉 세계주의와 개인주의(이는 모두 올바르지 않은 의미에서, 즉 국민성을 사상捨象했다는 의미에서)를 청산하지 않으면 안 된다는 것은 내지인 측에도 마찬가지일 것이고, 또 민족에 관한 인식과 동정同情의 범위를 7천만에서 9천만으로 확대하는 문제도 마찬가지일 수밖에 없다.

지난 해 조선문인협회가 생긴 것도 실은 이 취지에서이다. 조선반도의 문학으로 하여금 바람직하지 않은 경향을 청산케 하고, 진리와 정의를 기조로 하는 새로운 일본문학답게 하자는 것이다.

이렇게 말한다고 해서 결코 쇼비니즘을 고창하는 것은 아니다. 일본정신이란 그런 편협한 것이 아니라고 생각한다. 팔굉일우八紘一宇[3]도 그렇지만 나라 안팎에 베풀어 사리에 어긋나지 않는다는 취지는 모두 일본정신의 진리성, 정의성, 따라서 보편타당성을 의미한다고 생각한다. 다만 오늘날 저 구미인歐米人이 진리와 정의라고 칭하는 것과 일본정신은 중요한 점에서 서로 배치하고 있을 따름이다. 만약 일본정신이 일본인에게만 타당한 것이라면, 그것은 일본인의 이상理想으로 삼기에 부족할 것이다. 이 정신에 의해서야말로 우선 동아東亞가 구제되고, 나아가

---

3 『일본서기(日本書紀)』에 나오는 "온 세상을 겸하여 수도를 열고, 천하를 한 집으로 삼는다(兼六合以開都 掩八紘而為宇)'는 구절에서 따온 말로, 일본 천황의 시조로 불리는 진무천황(神武天皇)의 건국이념을 가리킨다.

서 세계까지 구제된다는 신념을 갖게 할 만한 것이라야 일본정신이라고 할 것이다. 우리가 문학의 기조로 삼고자 하는 것은 바로 이러한 일본정신을 가리키는 것이다. 일본적인 것은 무엇이나 좋다는 것은 아니다. 충효일치의 정신과 밝은 마음으로 신과 나에게 자기를 바치려는 매우 고마운 정신, 그리고 그것에 어울리는 모든 문화정신을 가리키는 것이다. 이러한 정신을 기조로 한 문학을 만들겠다는 것이 조선문인협회가 이상으로 삼는, 일본정신에 기초한 국민문학의 건설인 것이다. 조선의 문인 거의 전부가 조선문인협회에 가입했는데, 그들은 국가에 대한 새로운 감격에 추진되어 일본정신에 기초한 자기 수양과 창작을 통해 앞으로 점차 새로운 문학을 낳을 것이다. 혹은 국문國文을 사용하는 자도 있을 것이고, 혹은 조선문을 사용하는 자도 있을 것이다. 그러나 어느 쪽이든 일본정신에 기초한 국민문학인 점에서는 다름없을 것이다.

문학과 내선일체

국민문학이라고 해서 국책國策의 선전 기관이 될 것이라고 생각하는 사람은 없을 것이다. 그와 마찬가지로 문학이 내선일체의 이데올로기를 담는다고 해서 내선일체에 공헌하는 것도 아니다. 만약 어떤 작품이 우선 문학의 자격을 갖춘 데다 그 안에 내선일체의 정신이 담겨 있다면 매우 훌륭한 일이지만, 문학이 특별히 내선일체의 선전을 위해 만들어질 필요는 없다. 다만 좋은 일본정신을 담은 문학이면 충분하고, 그것이 곧 내선일체의 촉진에 이바지하는 문학일 것이다.

그러면 문학과 내선일체의 관계는 어떤 것인가. 문학이 내선일체를 위해 할 수 있는 역할은 무엇인가. 역할은 분명히 있다. 그것도 꽤 중요한 역할이다.

첫째는 내선內鮮 간 문화 교류의 일원으로서의 역할이다. 양 민족이 혼연일체가 되려면 진정으로 서로 이해하지 않으면 안 된다. 왜냐하면 사랑과 존경은 이해에서 생기기 때문이다. 그런데 이런 종류의 이해는 조사 보고나 여행 등으로 달성되는 것이 아니다. 그것은 개인과 개인, 가정과 가정의 이해관계를 떠난 친밀한 접촉과, 그리고 문화 교류로써 달성된다.

개인이나 가정의 이해관계 없는 접촉이 상호 접촉에서 가장 중요하고 효과적이라는 것은 말할 것도 없지만, 이는 한정된 것이며 대량으로 바라기는 그리 쉽지 않다. 여기에 문학의 빛나는 역할이 있는 것이다. 즉 조선인은 내지의 문학을 읽음으로써 내지와 접촉하고, 내지인은 조선의 문학을 읽음으로써 조선과 접촉하는 것이다. 그러므로 참된 일본의 모습을 그린 문학이나 참된 조선의 모습을 그린 문학은 내선일체를 위한 절호의 자료라 할 것이다. 그런데 문제는 참된 일본의 모습 또는 참된 조선의 모습을 그린다는 것인데, 여기에서야말로 '일본정신에 기초하기' 위한 문인의 자기 수양이 요구되는 것이다. 진정으로 조국을 사랑하는 마음이 없는 사람에게 조국의 참된 모습이 보일 리 없다. 따라서 일본정신에 사는 문인의 문학만이 능히 참된 일본의 모습을 파악하고 이를 세상에 전할 수 있는 것이며, 조선 문인이라 해도 일본제국의 구성요소로서의 조선 및 조선인을 능히 파악한 사람이 아니면 참된 조선의 모습을 그릴 수 없다고 생각한다. 일본인이 쓴 문학이면서도 일본을 잘못 전한 작품이나 조선인이 쓴 문학이면서 조선을 잘못 전한 작품이 적지 않은 것을 보면 짐작이 갈 것이다.

다음으로 중요한 것은 내선內鮮 문학인들끼리의 접촉이다. 문인은 정직한 사람이다. 그는 체면을 내세운다든가 꾸며서 말한다든가 그런 세간적인 작위作爲와는 거리가 먼 종족이다. 그는 느낀 대로 본 대로 솔직하게 털어놓는 버릇이 있으며, 느끼고 본 것을 마음속에 감춰둘 수 없는 사람이다. 그는 때와 장소에 구애받지 않고 자기의 소감과 소신을 붓 한 자루를 통해 발표하는 습성의 소유자이다. 따라서 내지인 측의 문인에게 조선에 대한 참된 인식을 주는 것, 또 조선인 측의 문인에게 내지인에 대한 좋은 인식을 주는 것이 얼마나 중요한 의미를 갖는가는 상상하기 어렵지 않을 것이다. 그런데 문인이란 자는 정치가와 실업가 부류의 종족이 말하는 것을 신용하지 않는다. 그들이 가장 신용하는 것은 민중 자신이나 아니면 문인끼리의 말이다. 그들은 길가의 거지가 하는 말 한 마디에 정당의 총재가 하는 말보다도 더 귀를 기울이며, 거기에서 더 많은 진리를 발견하려고 한다. 다음으로 그들은 문인의 몹시 초라한 시구詩句를 존중하고 변덕스러운 한 마디를 존중하는데, 그것은 민중의 대표자로서의 격식을 차리지 않는 솔직한 말을 믿기 때문이지 꼭 문인의 편벽인 것은 아니다. 이런 이유로 내선 문인끼리의 접촉은 내선관계의 해결에 매우 중요한 의미를 갖는다고 하지 않을 수 없다.

결론

이상에서 언급한 것을 요약하자면, 이제부터 조선문학은 '나는 일본신민이다!'라는 새로운 감격을 기조로 하여 국민문학으로서의 성격을 강하게 띠게 될 것이다.

그리고 내선內鮮의 문학과 문인 및 문화인의 빈번하고 또 친밀한 접촉에 의해 촉진되어 문학에 신시대의 획을 그을 것이다. 조선민중은 오랫동안 감격에 목말라 있었다. 감격이 없는 곳에 문학은 없다. 설사 감격이 있었다고 해도 그것은 겨우 개인적이거나 회고적인 것이었으며, 웅대함이 결여되어 있었다. 국민적 감격보다 웅대한 것은 없다. 진실로 내선일체가 실현되어 조선민중이 모두 국민적 감격에 불타는 바로 그때 조선에는 대문학大文學이 태어날 것이다.

황민화와 조선문학[1]

감상感傷과 원차怨嗟를 청산하고 희망과 명랑의 문학으로

사변 3주년이 지나고 7월 7일로써 제 4주년을 맞게 되었다. 그 동안 대륙에 전전轉戰하야 혁혁한 전과戰果를 거두어 동아 신질서건설의 혈血의 초석礎石을 놓은 장병將兵 각위各位의 신고辛苦에 대하야 우리는 감사함을 드리는 동시에, 전몰戰歿한 영령英靈의 유지遺志를 이어 그 영화榮華를 만고萬古에 빛내일 결심을 아니 할 수 없다.

금차今次 성전聖戰은 일국 일민족의 일이 아니요, 실로 적게 보면 동아 제 민족의 신역사新歷史의 시초, 크게 보면 세계 개조의 일대국면一大局面의 전개라고 볼 것이지마는, 이 성전의 결과를 맨 처음 받은 것은 실로 조선이라고 아니 할 수 없으니, 그것은 곧 반도민半島民 황민화皇民化의 촉진이다.

반도민은 병합으로 인하야 대일본제국의 신민이 되었지마는 그것은 법적 정치적인 일이오, 진실로 정신적으로 천황의 적자赤子가 되기는 이번 사변 이래라고 보아도 과언이 아닐 것이다.

사변 발발 이래로 조선 민중 속에 기期하지 아니하고 애국심이 울발鬱勃하게 일어나서 그것은 혹은 국방헌금으로, 혹은 공채公債 소화로, 혹은 종군從軍으로, 혹은 지원병으로 가정 일상생활에까지 침윤하게 되었다. 그리고 이 황민화운동의 최후의 일필一筆이라고 할 만한 창씨創氏도 8월 10일의 만기까지에는 상당한 수에 달할 것이고, 설사 아즉 이 대전은大典恩의 취지趣旨가 철저하지 못하여서 굴기屈期 못하는 한이 있다 하더라도, 만기滿期 후에라도 계속 진행하여서 2천3백만이 일인一

1 춘원(春園), 『매일신보(每日新報)』, 1940.7.6. '사변(事變) 3주년과 반도문화의 여명(黎明)'이라는 표제하에 게재되었다.

人도 남김이 없이 황민화 완성의 표상인 신씨명新氏名을 가지게 되리라고 믿는다.

○

그러면 조선 민중의 종차從此로의 목표가 무엇인가. 그 이상이 무엇인가. 그것은 일一이요 유일唯一이니, 곧 완전히 황민이 되는 것이다. 2천3백만 인人이 개개로 천황을 마음에 모시고 개개로 황도皇道의 선양宣揚을 생의 목표로 삼는 것이다. 무엇보다도 먼저 조선인은 '힘 있는 일본국민'이 되지 아니하여서는 아니 된다. 이것은 금일의 목표만이 아니오 자손 영원의 목표다.

나는 '천황의 신민이다'라는 새로운 굳은 신념 속에서 새로운 감격과 새로운 활력을 얻어서 새로운 생활을 건설하지 아니하면 아니 된다.

조선인은 저마다 저를 개조하여야 한다. 제 인생관 사회관을 한번 근저根柢로부터서 두들겨 고쳐서 행주좌와行住坐臥에 몽매夢昧에라도 나는 천황의 신민이다, 일본인이다, 제국의 운명을 부담한 국민이다, 하는 생각이 떠나지 아니하는 그러한 사람이 되도록 저를 개조하지 아니하면 아니 된다.

끌려가는 일본국민이어서는 아니 된다. 구경하는 국민이어서는 아니 된다. 자발적 적극적으로 내지 창조적으로 저마다 신체의 어느 부분을 바늘 끝으로 찔러도 일본의 피가 흐르는 일본인이 되지 아니하여서는 아니 된다.

수줍음을 떼어라. '보아가며'를 떼어라. 이른바 수동주의受動主義, 정관주의靜觀主義를 단연히 버려라. 이런 것은 저 자신을 파멸시키는 것일뿐더러 조선인 전체의 향상을 저해하고 지체시키는 것이다.

○

만일 옛날에 진정으로 반도半島를 위하는 애국심이 있었던 자여든 그 마음은 황민화의 선線으로 돌릴 것이다. 하고何故오 하면, 그는 반도민半島民의 행복을 위하던 마음이 아니냐. 이제 반도민의 진정한 행복이 일본 국민화의 길 이외에 무엇이 있느냐?

조선인은 이제는 결코 식민지인이 아니다. 약소민족도 아니다. 패전국민도 아니다. 위세威勢가 융륭隆隆한 대일본제국의 신민이다. 이것은 결코 허장성세虛張聲勢

가 아니다. 왜 그런고 하면 이제부터는 우리 자신의 역량 여하如何로는 일본제국의 모든 사업과 모든 영광에 참여할 수가 있게 된 것이 아니냐. 늦어도 30년 후의 조선인의 자손은 조선인이라는 비애를 맛보지 아니할 것이요, 내지인의 자손인 일본인과 완전히 평등되고 완전히 융합한, 그야말로 누가 누구인지 모르는 동포가 되어서 영광을 향수享受할 것이다.

그러므로 현재에 이미 성인이 된 우리는 30년 후의 자손의 비료가 되고 발디딤이 되어야 한다. 내선일체內鮮一體라 하여서 우리 성인들이 벌써 평등을 주장하여서는 아니 된다. 의무교육을 받고 병역兵役의 의무를 치르고 난 우리 자손부터가 비로소 그 영광에 참여하는 것이다.

그렇다고 우리에게는 희망이 없다 하느냐. 영광이 없다 하느냐. 아니다. 현재에 우리가 받고 있는 영광도 실로 무궁무진하다.

그러면 금후의 조선문학은 어떠한 길을 밟을꼬?

○

이상以上 술述한 바에서 자명自明하리라고 믿는다. 회고적, 감상적, 원차적怨嗟的인 기분을 청산할 것이다. 그리고 희망과 영광에 환희하는 감정을 기조基調로 할 것이다. 맑시즘은 말할 것도 없거니와 구미식歐米式인 모든 개인주의적, 향락주의적, 신변잡기적, 병적인 그러한 조류潮流에서 탈출할 것이다. 그리고 신생新生, 신흥新興 국민의 문학다운 문학을 건설할 것이다.

순조선적인 문학도 마다할 것은 아니라 하더라도 그보다 더 일본 국민적인 문학의 제작에 진출할 것이다.

이것이 조선문단의 총후봉공銃後奉公이요, 아울러서 황은皇恩에 대한 보답일 것이다.

영화와 사실성映畵と寫實性[1]

나는 영화를 별로 보지 않는다. 고작 한 해에 두세 편 정도다. 일본 영화는 억지로 울리려는 게 마음에 들지 않고, 서양 영화는 □적인 것이 많아서 싫다. 이따금 조용한 유머를 엿보는 경우도 없지 않지만, 아무래도 영화는 아직 영혼에 호소할 정도에는 도달하지 못한 듯하다. 슬프든 우습든 오늘날의 영화는 지나치게 덕지덕지 겉치레를 하고 작위적인 듯하다. 영화야말로 리얼리즘으로 돌아갈 필요가 있지 않을까.

1 원문 일본어. 가야마 미츠로(香山光郞), 『경성일보(京城日報)』, 1940.7.6. '명멸등(明滅燈)'란에 실렸다.

예술의 금일명일今日明日[1]

1
예술의 사치품

일전 어느 사치품 금지 좌담회에서 나는 예술은 사치품인가 하는 질문을 받았다. 묻는 이의 뜻은 지금 국가에서 국민에게 사치품 금지를 요구하는 터이니, 이러한 처지에서 예술은 어찌 되겠는가 하는 뜻인 듯하였다.

이 질문에 대하여서 나는 이렇게 대답하였다—

"의식주와 같이 예술도 인생 생활에 필수품이다. 동시에 의식주에도 사치품은 있다."

의복이 생활필수품이지마는 은호銀狐 목도리나 모피 두루막 같은 것은 없어도 살 것이니 사치품이오, 그러한 것은 수천만인 중에서 불과 수천인이 향락하는 물건이니 사치품이다.

음식이 생활필수품이지마는 주류라든지 한 접시에 수십 원 하는 음식이라든지는 사치품이다. 반드시 값이 비싸서 사치품이 아니라 없어도 좋을 것이니 사치품이다. 이러한 사치품은 영양 본위로 생각할 때에는 도로혀 유해한 것도 있는 것이니, 아편, 주류, 연煙 같은 것은 다 유해한 사치품이다. 더구나 일병一甁 십 원 하는 양주나 일본一本 수십 전 내지 원을 넘는 양연洋煙 등은 더 말할 것도 없이 사치품이다.

무릇 없고도 견딜 것은 다 사치품이라 할 수 있거니와 일 개인의 향락을 위하여서 다수인의 노력과 다량의 자재資材를 소비하는 것은 다 사치품이다. 하물며

1 춘원(春園), 『매일신보(每日新報)』, 1940.8.3~8. '학예(學藝)'란에 실렸다.

유해한 물건이랴.

현대 예술에는 이러한 의식료품衣食料品에 비할 사치품이 과다하다. 회화나 조각이나 무용이나 음악이나 문학이나 영화나 개인생활, 사회생활에 주는 가치로 판단할 때에는 거의 99퍼센트는 사치품이라고 하여도 과언이 아닐 것이다. 하물며 국민생활을 최고 표준으로 보는 금일의 국가주의적 신체제의 이론에서 볼 때에는 예술품의 천분지구千分之九 백분지구百九十九는 사치품이 되지 아니할까 한다.

그러면 이러한 사치품적 예술이 어떻게 이처럼 대량으로 제작되었는가. 그것은 개인주의, 일명 자유주의와 상업주의, 일명 자본주의와의 결합에서 나온 것이다.

자유주의적 예술관으로 보면 예술에는 아모 객관적 표준은 없는 것이다. 고대 희랍의 궤변파의 말과 같이 사람마다 제가 제 척도인 것이다. 남이야 무에라고 하든지 제멋대로 저만 좋게 생각하면 그만인 것이다. 즉 잘 되었거나 잘못 되었거나 제 심미감審美感, 즉 제 예술적 양심?에 만족하면 그만이란 것이다. 그 예술품이 국민 또는 넓히 인생에 어떠한 악영향을 준다고 그것을 규탄하는 것은 이러한 예술의 눈에는 전연 무지요 완고다. 그래서 양풍미속良風美俗을 해하는 춘화도적春畫圖的 회화, 조각, 무용, 음악, 문학도 금하거나 비난하여서는 아니 된다는 것이다. 그렇기 때문에 이러한 예술관은 저열한 양심을 가진 자의 훌륭한 방패가 되는 것이다.

그런데 이 역시 자유주의라는 말로 일컬어지는 상업주의, 자본주의의 경제기구도 예술품도 한 상품을 삼기 때문에 많이 판매되어서 많은 화폐적 수익을 목표로 하게 되고, 그리 하랴면 저열한 대중의 저열한 욕망을 만족시키는 것이 필요하게 된다. 대중 획득은 데모크라시에 있어는 정치에도 필요하기 때문에 정치적 이상은 갈수록 저하하여서 사회의 최대수인 저열한 대중의 비위를 맞추는 것이 정치적 성공의 첩경捷徑이었고, 상업주의에 있어서는 상품을 많이 파는 것이 목적이기 때문에 저열한 대중의 요구에 응하기를 힘쓰게 된다. 예술도 이러한 상업주의자의 자비를 힘입어서 누명縷命[2]을 보전하는 자이기 때문에 그가 제작하는

2 실낱같이 가냘프게 이어지는 목숨.

예술품은 데모스무지한 대중의 저열한 취미를 맞추게 된다. 이리하여서 현대의 예술가는 마치 장타령꾼이나 가두街頭에서 재조를 부리고 한 푼 두 푼의 던지는 돈을 바라는 예인藝人이 되고 말았다. 성적 흥분의 자료를 제공하거나 기괴 병적인 호기심을 만족하기를 목표로 하는 예술품이 조제남조粗製濫造[3]가 되게 되었다. 이런 게 사치품이다. 가다가 은호 목도리나 금강석 반지와 같은 사치품적 예술품도 있겠지마는 대부분은 독한 술이나 병균을 포함한 안가安價 식료품들이다. 어찌 갔든지 인생에 건전한 영양을 주지 아니하는 점으로 보아서, 그것들이 모두 사치품인 데는 틀림없다.

하물며 국민주의이라는 신체제의 관념에서 보면 이 밖에도 사치품의 부류에 넣어질 예술품이 부지기수不知其數일 것이다.(1940.8.3)

2
예술의 가치표준

예술의 가치를 평하는 표준은 각 개인의 예술적 양심, 즉 심미감審美感이라고 하는 것은 말할 것도 없지마는, 이것만이 예술 평가의 표준이라고 하는 것은 이른바 자유주의의 사상이다.

개인의 예술적 양심에 제한을 주는 강제적인 외력外力이 있다. 그것은 나라와 시대를 따라서 여러 가지 있지마는 그것을 대별大別하면,

1) 성인의 가르침, 종교의 교리

2) 국가의 법령

3) 대예술가의 걸작

3　조악한 물건을 함부로 만들어냄.

4) 비평철학적인 것

5) 시대사조 호상好尙, 유행 선전 등이라고 볼 것이다.

성인의 가르침 또는 종교는 인류문화의 모든 부문을 통제하는 힘을 가진 것은 역사에 비추어 보아서 분명하거니와, 실례를 들면 동양에서는 공자의 가르치심이 오랫동안 예술의 방향 내지 성격을 규정하였다. 이 밖에 불교, 야소교耶蘇敎의 예술 통제력도 말할 필요도 없을 것이다.

대가大家의 걸작이 자연히 모범을 작作하는 것이 다만 기술적 방면뿐이 아니라 그 정신에서도 그러하다. 두자미杜子美,[4] 백낙천白樂天,[5] 육방陸放[6] 등은 한시漢詩에 있어서 가장 정신, 기교 양 방면으로 후인後人의 범範이 되었고, 서양으로 보아도 미켈란젤로, 베토벤 등은 각각 이른바 신기축新機軸을 내어서 사계斯界에 지도원리를 세웠다. 이 모양으로 대가의 예술품은 후인을 통제하는 힘을 가진 것이다.

다음에 비평이란 것은 철학적 이론을 가리킨 것이니, 이것은 성인의 가르치심이나 종교에 준할 것이지마는 다만 그 차이는 유지적唯知的이라는 데 있을 뿐이다. 전자는 전인격적이므로 신앙의 심리를 통하여서 오인吾人에게 영향하는 것이지마는, 후자는 다만 이론뿐으로 얼른 보기에 산뜻하고 힘 있는 듯하나 전인격을 흔동掀動 변질變質하는 힘이 없고 또 일과성一過性인 일이 많다. 그러나 19세기 이래로 이 비평이라는 것이 상당히 폭군적 맹위를 가졌었지마는 또한 폭군적 맹위 모양으로 무상無常하였다.

시대사조時代思潮라는 것은 전항前項에 속할 것이지마는 이것은 순이론보다도 환경의 영향과 유행적, 군중심리적, 암시적 영향 즉 감정적인 요소를 다분多分으로 가진 것이기 때문에 철학보다도 더욱 일과성一過性이다. 데카당주의니, 악의惡義의 자유주의니 프로예술이니 하는 것은 대개 이 부류에 속한 것이다.

---

4 중국 당(唐) 시인 두보(杜甫, 712~770)의 자(字).

5 중국 당(唐) 시인 백거이(白居易, 772~846)의 자(字).

6 남송(南宋) 4대가의 한 사람인 육유(陸游, 1125~1210). '방옹(放翁)'은 호(號).

최후에 법령이 예술세계에 통제력을 가진다는 것은 예로부터 있는 일이나 근대국가의 검열제도금지적 선상제도選償制度, 장려적에서 더욱 분명히 실례實例를 지었다. 나체화의 제한, 풍속괴란風俗壞亂, 양풍미속良風美俗 파괴에 관한 문학, 영화 등의 제한과 미술전람회, 문예영화, 음악 등의 국가상國家賞 같은 것이 법령통제의 실현이다.

그러나 더욱 작금昨今에 와서 이태리, 독일 등 전체주의 국가에서는 다른 방면에서와 마찬가지로 예술 분야에 있어서도 강력한 통제력을 발휘하기 시작하였다. 그것은 다만 예술작품만을 일정한 규범 내에 통제하는 것만이 아니라 이러한 작품을 제작하는 작가의 제작의 자유까지도 구속하랴는 것이니, 국가가 원치 아니하는 예술가와 예술품에 대하여서도 일체 존재권存在權을 거부하자는 것이다.

이것은 전국민이 동일한 국가적 이상을 향하야 동일한 정신을 강고히 단합하기를 요구하는 현대의 국가로서는 아마 부득이한 일일 것이다.

아我일본에서도 이미 영화법이 실시되었지마는 예술의 다른 부문에도 동양同樣의 통제가 예기될 것이다. 그러할 것이 예술이란 종교 다음가게 국민의 정신을 흔드는 것이기 때문이요, 또 사상史上으로 보면 예술이 가끔 어떤 시대를 예언豫言하고 선구先驅하기 때문이다. 문예부흥이란 것이 어떻게 구라파의 면목面目과 운명을 변變하였고 혁신문학이란 것이 영불英佛에 어떠한 혁명을 주었는가를 보면 사과반思過半할 것이다.

이러므로 일본에도 조만간 국가로서 예술통제의 강화가 있을 것을 예기하지 아니하면 아니 될 것이다.(1940.8.5)

3
예술적 양심

예술적 양심이라는 것은 예술가가 예술품을 제작할 때에 그가 최선이라고 믿는 바가 아니고는 아니 하는 마음을 가리킨 것이다. 행위에 있어서의 도덕적 양심에 비할 것이니, 양심적인 인물이 아니고는 예술적 양심이라는 것을 논할 필요도 없는 것이다.

그런데 예술적 양심이란 것이 흔히 악용되는 수가 있다. 즉 자기의 작품을 변호하기에 이용하는 둔사遁辭[7]를 삼는 것이다.

사람마다 양심을 가진 것은 사실이지마는, 그 양심이 이기적인 정의情意의 제약을 받아서 즉 물욕物慾의 교폐交蔽를 받아서 원만한 광명光明을 발하지 못할 때에 그러한 개인의 양심적 판단이란 것은 기실은 이기적 감정으로 왜곡된 판단이요 진정한 양적 판단이라고는 할 수 없는 것이다. 그러하면서도 이러한 왜곡된 판단을 양심적 판단이로라고 주장한다 하면 그것은 한 번 더 반反양심적인 과오를 범하는 것이다. 우리는 일상생활에서 항상 나 자신과 및 인인隣人의 이러한 과오를 목격하는 것이니, 이것을 일러서 범부凡夫의 비애라고 하는 것이다. 이러한 비애에서 완전히 이탈하랴면 각고면려刻苦勉勵하는 수련으로 양심의 청명淸明을 안보安保할 수 있는 정도의 인격의 완성이 필요한 것이니, 사람마다 이러한 경계를 목표로 하고 수양은 할 것이지마는, 자기의 양심적 판단이란 것이 절대 권위를 가진 듯이 자부自負 자만自慢하는 것은 참람僭濫이라고 아니 할 수 없는 것이다.

예술적 양심에 있어서도 상술한 바 도덕적 양심과 마찬가지다. 예술적 양심이란 별것이 아니라 청명한 양심이 예술세계에 발동한 것에 불과하다. 그러므로 진정한 의미의 대예술가란 도덕세계에서의 성인과 마찬가지로 청명한 양심의 소유자라야 할 것으로, 사실상 역사상의 대예술가란 다 위대한 인격자들이었다.

---

7 관계나 책임을 회피하려고 억지로 꾸며 하는 말.

그런데 이른바 자유주의 즉 개인주의의 사상은 평등이라는 관념을 오해하고 악용하여서 인형人形을 쓴 자면 다 평등의 양심의 권위를 가져서 유아독존唯我獨尊인 듯이 자처하고 풍습을 양성하였다. 이것이 정치제도에 나타난 것이 이른바 데모크라시 즉 영미적英米的 민주주의요, 거기서 한 층 더 나아가서 국민 중에 가장 두뇌와 교양이 열약劣弱한 자의 집단력으로 우수한 자까지를 지배하려는 것이 노농주의勞農主義, 공산주의다. 노동자, 농민이 반드시 두뇌와 교양이 열등하다고 하는 것이 아니나, 노동자와 농민의 구복욕口腹慾을 근기로 하여서 인류의 향상적 이상을 멸시하고 동물적 본능의 만족을 목표로 삼는 것이 공산주의의 특징이다.

그들은 오직 구복口腹으로 천天을 삼는다. 그들은 인류가 과거에 쌓아 놓은 모든 문화적 전통을 파괴하고 인류를 동물상태에 환원하랴는 자들이다. 인류의 향상은 각자의 이기적 본능을 국가와 인류의 이상의 달성을 위하여서 억압하는 데 있는 것이다. 그런데 공산주의는 이와 역逆이다. 국가의 이상이란 무엇이냐. 그것은 우리 자손으로 하여금 금일今日보다 높은 문화와 행복을 향수享受하게 하자는 것이니, 그러함에는 금일의 오인吾人의 본능적 만족을 추구하는 것을 버리고 우리 중에서 가장 우수한 두뇌와 정신을 가진 자의 지도를 따라서 각각 제 임무를 자기희생의 정신으로써 수행하지 아니하면 아니 된다. 알아듣기 쉽게 말하면 농민, 노동자의 백만 표보다 양심적인 대지도자의 일 표가 가치가 있는 것이니, 백만표를 따르기보다 저 일 표를 따를 것이 국민 전체를 위하여서 또 민중 자신을 위하여서도 유익할 것이다.

그러므로 제 양심을 청명하게 하는 노력을 각 개인이 끊임없이 할 일이지마는, 동시에 이미 청명한 양심을 얻은 자의 지도에 순종하는 일을 실행하는 것이 정도正道다. 이렇게 하는 사람은 필경 청명한 양심에 도달할 날도 있으려니와, 병신이 병신인 줄을 모르고 자기의 권위를 복伏하야 허장성세虛張聲勢하는 자는 영원히 구제될 날이 없을 것이다.

그런데 예술세계에서는 어떠한가. 예술도 인간활동의 하나인 이상에는 이와 다름이 없는 것이다. 저마다 제 양심에 충실하려는 것은 당연하고 또 칭찬할 일이거니와, 문제는 '제 양심'이란 것은 실질에 있는 것이다. 과연 사욕私慾, 개인주의적 이기욕이나 어떤 옳지 못한 사상의 감염에서 완전히 독립하였는가, 그렇지 못한가에 있는 것이다. 사람이 양심 본연의 상태에 돌아가는 것은 오직 대성현大聖賢이라야 능히 하는 것이니, 우리 같은 범부로는 오직 그 경계를 향하고 겸손하게 경건하게 수행함이 이을 뿐이다.

그러므로 예술가로서 가장 위험한 것은 섣불리 독특한 기치旗幟를 세우라는 망상妄想이다.(1940.8.6)

4
국가와 예술

어떤 개인의 양심이 절대로 과오가 없이 청명한 것이라고 가정하면 그는 좌고우면左顧右眄할 필요 없이 제 소신대로 뻗대고 나갈 것이다. 사실상 역사상에는 그러한 학자, 사상가, 예술가도 있었다. 갈릴레오는 제 학설을 지켜서 낙형烙刑을 당하여서 죽었고 초대 기독교의 위인들 중에서도 제 신앙에 순殉한 사람이 많었다. 톨스토이도 제정 러시아의 검열관에 반항한 사람이다.

이 반항이란 것은 상술한 바와 같이 혹은 종교나 성현의 가르침에, 혹은 국민적 사회적 전설傳說 사상에, 혹은 국법에 대하여서 제 양심을 사수死守하랴는 데서 오는 것이니, 이러한 희생을 무릅쓰고 제 소신을 관철하여서 후세의 숭앙을 받는 것이다.

그러나 여기서는 두 가지 조건을 예상하지 아니하면 아니 된다. 첫째는 그 시대의 국정國政이나 풍습이 부패하였다는 것이요, 둘째는 그 반항이 국가의 존립에 협위脅威가 아니 된다 하는 것이다. 어느 시대의 국정과 풍습이 부패하여서 그것을 그냥 두면 국가의 운명이 위태하리라고 확신하는 때에는 그는 의연毅然히 분연憤然히 생명을 도賭하고서 자기의 주장을 고집하야 거기 순殉할 것이다. 이러한 사람을 인인仁人이요 지사志士라고 한다. 이러한 사람은 당시에 있어서는 국법의 죄인, 사회의 지탄자指彈者가 되는 일이 있더라도 후세에 국가의 정당한 인식을 받고 국민의 숭앙과 감사를 받들 날이 있을 것이다.

그러나 그것도 국가를 위한 것이다. 국민을 위한 것이다. 자기 일 개인을 위한 것이 아니다. 이러한 인인仁人 지사志士는 벌써 자기를 잊은 자다. 그의 염두에는 오직 국가와 국민이 있을 뿐이라. 그러므로 그가 반항하는 것은 국가에 대하여서 하는 것이 아니다. 국가를 위하어서 당시의 그릇된 위정자나 민중에게 반항하는 것이라. 반항하는 것이 아니라 가르치려 하는 것이라. 그의 반항은 천국에 대한 충성에서 나오는 것이다.

이제 본 문제인 예술로 돌아가 보자. 예술도 군국君國의 우로雨露[8] 밑에 피는 꽃이다. 군국을 잊은 예술이 있을 리가 없다. 만일 있다면 그것은 유태인이나 집시의 예술이다. 그들은 애국심을 잃었기 때문에 조국을 잃었다. 그래서 그들은 지구상에 부랑浮浪하는 백성이다. 그들은 모든 국가를 미워한다. 이른바 코스모폴리타니즘이란 이러한 민족의 분비물이다. 그렇지 아니하면 그것은 국가를 잊고 오직 본능과 금전의 노예가 되어버린 이기적 개인주의자의 예술이다. 그는 국가의 흥망보다도 일신一身의 고락이해苦藥利害를 앞세운다. 근세近世의 이른바 자유주의는 각 국민 중에 이러한 개인을 상당히 다량으로 제조하였다. 그래서 다만 정치와 경제에서만 그러한 것이 아니라 사상, 예술에서도 그러한 비非국가적 색채를 띠기를 즐겨하게 되어서, 그러한 자들은 이렇게 군국을 잊는 것으로 마치 최고 인텔리, 최고 사상가, 최고 예술가인 것처럼 생각한다. 그것을 탈속이라 하고 고고孤高라고 한다.

그러나 인생의 현실에 있어서 국가생활을 초탈超脫한 개인생활이란 일찍 있어본 일도 없었고, 또 있을 수도 없는 일이다. 옛날에도 오히려 이러하여서 3백 년 전 편양대사鞭羊大師[9] 같은 이는 출가出家한 중이면서도 "날마다 임금을 위하시와

8 우로지택(雨露之澤) : 임금의 넓고 큰 은혜를 비유적으로 이르는 말.

9 편양언기(鞭羊彦機, 1581~1644). 12세의 나이로 금강산 유점사(楡岾寺)에 입산. 22세 때 묘향

일주항一炷香을 피우나이다" 하는 시를 지었다. 탈속脫俗하기로 말하면 선승禪僧보다 탈속한 이가 없을 것이다. 그러나 아모리 탈脫하더라도 군君, 부父, 중생衆生, 사師의 사중은四重恩 사대연四大緣은 탈脫할 수는 없는 것이다. 탈脫한다는 것은 자기의 이기적인 모든 욕망과 감정에서 탈脫한다는 것이지 신자臣子로서의 의무, 제자弟子로서의 의무, 동포로서의 의무에서 탈脫한다는 것은 아니다. 일신一身의 정욕情慾을 탈脫하자는 목적이 어디 있느냐 하면 군부君父를 더욱 잘 섬기고 중생을 더욱 잘 돕자는 데 있는 것이다.

비록 선승禪僧이라 하더라도 오군吾君의 우로雨露 중에서 불도佛道를 수修하는 것이므로, 석가세존도 군은君恩, 부모은父母恩, 중생은衆生恩, 불은佛恩을 사중은四重恩이라고 하신 것이다.

종교에서도 이러하거든 하물며 사상에서랴. 예술에서랴. 군은이나 부모은을 잊은 예술이 있다고 하면 그것은 악마의 예술임에 틀림이 없다. 국가에 해를 주고 중생에 해를 주는 예술이 있다 하면 그것이 예술적 양심의 소산所産이라고 하여서 그 존립을 변호하는 자가 있느냐.

그런데 금일까지의 소위 예술에는 국가생활에서 유리遊離한 것이 상당히 많었다. 더구나 아我일본의 국가적 전통에 비최어 볼 때에는 그 전통과 유리된 예술은 더욱 많아서 금일의 예술품의 거의 대부분이 그 부류에 들지 아니할까 의심 아니할 수 없다.(1940.8.7)

산 청허선사(淸虛禪師)에게 배워 청허, 곧 서산대사(西山大師)의 법통을 이었다.

5
명일明日의 예술

가장 객관적이라 하는 과학에서도 일본적인 과학을 세우자는 오늘이다. 하시다橋田[10] 문부대신文部大臣은 이러한 담談을 발표하였다 —

"현하現下 내외 정세에 즉응卽應하야 국내 체제를 쇄신함에 당當하야 아국我國 문정文政의 근본이 될 것은 좌左의 삼점三點이다.

一, 국체國體의 본의本義를 밝혀서 국체의 정화精華, 발양發揚을 기期할 것

一, 자아공리自我功利의 사상을 절대로 배排하고 국가봉사를 제일의第一義로 하는 국민도덕의 확립을 기期할 것

一, 과학의 진체眞諦를 보급 발전케 하야 국가봉사 실현의 실천적 기초를 확립할 것

이라 하고, 또 과학의 쇄신에 관하야,

"…… 국민생활에서 유리遊離한 학술사상을 배排하고 자유주의의 잔해殘骸를 씻어버리고 국민일체, 국가봉사의 실實을 구현하는 체제를 확립하야……"

라고 하였다. 이것은 다만 문부대신의 일편一片의 담談이라고 볼 것이 아니라, 신新정치체제를 표방하는 고노에近衛[11] 내각의 문교文敎에 대한 주의를 표현하는 것으로서, 결코 문부대신이 갈리고 내각이 갈린다고 변경될 성질의 것이 아니다. 실로 아我일본이 일본의 진면목을 자인식自認識하여서 강한 자신을 가지고 하는 발명發明이다.

'자유주의의 잔해를 씻어 버리고'라는 하시다橋田 문상文相의 말은 명일明日의 일

---

10 하시다 구니히코(橋田邦彦, 1882~1945). 일본 최초로 실험생리학을 제창. 생리학자, 의사로 명성이 높아 고노에 후미마로(近衛文麿)·도조 히데키(東條英機) 내각의 문부대신을 지냈다.

11 고노에 후미마로(近衛文麿, 1891~1945). 1937년 6월 중일전쟁 직전에서 1941년 10월 태평양전쟁 직전까지 3차에 걸쳐 일본의 내각총리대신을 역임하며 국가 주도의 전시체제를 이끌었다. 1940년 10월 창립된 대정익찬회(大政翼贊會)의 당수를 지내기도 했다.

본의 정치, 경제, 문화의 모든 부문에 적용될 표어다. 예술만이 이 규범에서 벗어날 리는 없는 것이다. '국체명징國制明徵', '국체정화발양國體精華發揚', '자아공리自我功利 배제', '국가봉사를 제일의第一義로 하는 국민도덕의 확립' 하여서 무궁無窮한 황운皇運을 부익扶翼하고 황기皇基를 진기振起하삽는 것은 국민생활의 모든 부문의 목적이요 동시에 국민 각 개인의 생존 목적이 되는 것이다. 이것은 다만 현재의 시국을 돌파할 필요에서만 아니라, 이것으로 팔굉일우八紘一宇의 국가적 이상 달성의 근본 신조를 삼자는 것이다. 그러므로 이것은 다만 정치적인 것만이 아니라 실로 획기적 국민정신운동이다.

이 정신운동에 큰 소임을 가진 것이 사상과 예술이다. 이만하면 명일明日의 일본의 예술의 풍모를 짐작할 수 있을 것이 아니냐.

명일의 예술은 자유주의, 공산주의, 이기주의를 용납치 못하는 것이다. 하물며 탐미적, 향락적, 열정적劣情的인 것을 용서하지 아니할 것이다. 부란腐爛[12]된 성생활性生活의 예술 같은 것은 명일의 일본예술에서는 자리가 없다. 또 독자를 음울陰鬱케 하거나 비꼬게 하거나 하는 종류의 예술도 서지 못할 것이다. 하물며 충, 효, 우애, 정조貞操에 어그러지는 예술은 말할 것이나 있으랴.

임금을 사모하고 나라를 사랑하고 부자, 형제, 부부, 붕우, 진리, 용기에 대한 찬탄이 시의 제목이 될 것이다. 재즈의 음탕한 기분을 배제하고 용장勇壯, 숭엄崇嚴, 경건한 기풍이 모든 예술을 관류貫流할 것이다.

예술가는 잠깐 붓대를 던지고 자신의 신체제를 건설하여야 할 것이다. '자아공리', '자유주의의 잔해'의 망상에서 나와서 충성된 신자臣子라는 본연에 돌아간 뒤에 다시 붓대를 들 것이다. 그리하여서 그 붓대로 하여금 또는 화필畵筆이나 바통으로 하여금 '무궁無窮한 황운皇運을 부익扶翼'하는 큰 역사役事에 참여케 하여야 할 것이다.

고노에近衛 공작公爵을 중심으로 하는 신체제운동도 매우 난산難産인 모양이거

---

12 썩어 문드러짐. 생활이 문란함을 비유적으로 이르는 말.

니와 예술가 각자의 신체제도 그만큼 난산일 것이다. 왜 그런고 하면 금일까지의 문사文士는 대부분 영국적이거나 소련적이요, 화가는 불국적佛國的이나 지나적支那的이요, 음악 무용가는 미국의 레뷰적인 것이 많다. 이상은 어느 것이나 장차 오랴는 명일의 것과는 대척적對蹠的이다. 이 분위기 중에서 공부하고 살아온 자들이 일본적인 데로 돌아오기에는 상당한 오뇌懊惱 — 진통이나 갱생에 가까운 고민을 겪을 자도 없지 아니할 것이다. 특히 종래 애국적인 국민생활에서 유리遊離하였던 반도 예술가에 있어서 그러할 것이다. 그래서 혹은 고고孤高를 표방하고 은둔적인 구석을 찾는 이도 없지 아니할 것이다. 그러나 그가 진실로 일본의 참 모양을 인식하고 또 조선사람의 운명적인 진로를 진실로 분명히 인식할진댄 마땅히 대사일번大死一番하여서 일본적인 예술가로 재생할 것이다.

또 예술 자체로 보더라도 구미歐米의 추수, 모방에서 '국체國體의 정화精華를 발양發揚'함으로 비로소 전인류의 문화에도 독창적인 기여를 할 수가 있을 것이다.

신新정치체제라는 것은 모든 국민이 진실로 저마다 국가의 역사役事를 분담하자는 것이 본의本意다. 이로부터는 내 것, 내 일이라는 것이 없고 오직 우리 것, 우리 일 즉 일본의 것, 일본의 일이 있을 뿐이니, 내 직업이 무엇이든지를 물론하고 그것은 국가봉사에 내가 맡은 소임이라고 생각하는 것이 신체제의 정신이다. 예술가가 일편一篇의 시詩, 일폭一幅의 화畵, 일곡一曲의 악樂을 짓는 것도 다 자기의 만족이 목표가 아니오, 일본인으로서의 봉사가 목표다.(1940.8.8)

심적 신체제와 조선문화의 진로[1]

1

내선일체內鮮一體는 단순한 정책적 슬로건이 아니라 이것은 우리들 조선 민중에게는 생활 전체를 의미한다. 나 자신의 사활문제요 내 후손의 사활문제라. 이러한 중대 문제에 마주치기는 인생으로서 극히 희한稀罕한 일이다. 나는 이 문제에 대하여서 어떻게 처리할 것인가.

나는 아침에 잠을 깬다. 오전 6시의 사이렌이 운다. 이 사이렌은 전 일본국민이 다 기상하라는 사이렌이다. 종래에는 이러한 일이 없었다. 몇 시에 자거나 몇 시에 깨거나 자유였다. 그러나 이제부터 조국은 전국민이 오전 6시면 일제히 일어나기를 명령한다. 이렇게 아니 하고는 중대 시국時局을 돌파하고서 국가가 현재에 목적하고 있는 대업大業을 완수完遂하기가 어렵다는 것이다.

나는 오늘 6시 반에야 비로소 잠을 깨었다. 6시의 사이렌을 못 들은 것이다. 나는 작야昨夜에 원고 일로 늦었다. 그 원고도 국가 봉사적 아님이 아니겠지마는 그렇다고 오늘 아침의 늦잠의 변명은 못 될 것이다. 나는 상회常會[2]에서 말한 대로 소제掃除를 하고는 아침 독서를 하고 있었다. 그때에 또 사이렌이 울었다.

'무엇일까.'

아직 이러한 국민생활에 익숙지 못한 나는 이 사이렌이 오전 7시 궁성요배宮城遙拜의 사이렌인 것을 얼른 생각하지 못하였던 것이다. 이 사이렌을 들으면 전全가

---

1 춘원(春園), 『매일신보(每日新報)』 1940.9.4~12. '문화계의 신체제'란에 실렸다.

2 정동연맹상회(町洞聯盟常會). 매월 1일 흥아봉공일(興亞奉公日)에 정동(町洞) 거주민이 정기적으로 모여 국기게양, 궁성요배, 기원묵도, 조서봉독, 회의 등을 진행했다. 관련 내용은 「정동연맹회(町洞聯盟常會)」, 『국민신보(國民新報)』, 1940.8.11. 참조.

족이 사용인使用人까지도 일제히 정결한 곳에 정렬하여서 정성스러운 마음으로 궁성을 요배遙拜하여야 할 것이다. 물론 '재소在所'에서 하라고 하였다. 방에 있던 자는 방에서, 부엌에서 일하던 자는 부엌에서, 길 가던 자는 길에서, 어디서나 그 자리에서 하란 말이다. 그렇지마는 사정만 허할 진대 전가족이 일제히 하는 것이 더욱 정성스럽고 또 인상적일 것이다. 나는 마침 곁에 있던 6세 여아女兒와 둘이서 요배하였다. 그러고 난 뒤에 안방에를 갔더니 학교에 가기 위하여서 미리 밥을 먹던 5학년 남男, 1학년 여女의 양아兩兒가,

"お父さん今のサイレン宮城遙拜のサイレンよ(아버지, 지금 사이렌 궁성요배 사이렌이야)."

하고 내게 일깨워 주었다. 그들은 밥 먹다 말고 궁성요배를 한 모양이었다.

나는 작일昨日 조선대박람회장에서 정오의 '사이렌'을 들었으나 시계를 맞출 것은 기억하고도 묵도默禱할 것을 잊어버렸다.

이 모양으로 나는 아직 국민생활이 서투르다. 이것이 자리가 잡히자면 아마 수년 노력하여야 할 것인가 한다.

대체 내선일체란 무엇이냐 하면 내가 재래의 조선적이란 것을 버리고 일본적인 것을 배우는 것이다. 일언이폐문一言以蔽文하면 이것이다. 그리하여서 조선 이천이백만이 모다 호적戶籍을 떠들어보기 전에는 내지인인지 조선인인지 구별할 수 없게 되는 것이 그 최후의 이상이다. 그러므로 내선일체가 되고 아니 되는 것은 오직 나의 노력 여하에 달린 것이다.

그런데 이것이 일조일석一朝一夕에 될 것은 아니지마는 우선 일본국민이기에 필요한 것은 성화星火같이 습득하지 아니하면 아니 될 것이니, 이것이 빨리 되면 빨리 조선인에게 행복이 오고, 더디 되면 더디 행복이 오고, 만일 조선인이 이 공부에 게으르면 마침내 올 것이 아니 오고 말 것이다.

그러면 그 시급한 것이란 무엇이냐. 그것은 첫째가 황실皇室에 대한 충성의 정조情操의 함양이다. 일본인의 황실에 대한 감정은 실로 독특한 것이어서 조선인으로서 그 정도에 달하자면 깊고 많은 공부가 필요한 것이다. 항용 우리 조상네가

충군애국이라던 그러한 충忠이 아니다.

일본인의 충忠의 감정은 한자漢字의 충자忠字만으로는 설명할 수 없는 것이니, 도로혀 유태인의 여호아에 대한 감정에 근사近似할 것이다. 일본인은 내가 향유한 모든 행복을 천황께서 받잡는 것으로 생각한다. 천황께로부터 받자온 몸이길래 천황이 부르시면 언제나 부탕도화赴湯蹈火[3]라도 한다는 것이요, 자녀도 재산도 천황께서 받자온 것이매 천황께서 부르시면 고맙게 바친다는 것이다. 천황은 살아계신 하느님이신 때문이다. 이것이 지나支那나 구주歐洲의 군주君主 대 신민臣民 관계와 판이한 점이다.

조선인은 이 점을 바로 파악하여야 한다. 그 순간부터 내게 있는 모든 것은 다 천황께서 주신 것으로, 따라서 언제든지 천황께 바칠 것으로 깨달아야 한다. 이것이 마음의 신체제의 초석礎石이다.

더구나 조선 민중은 과거에는 황은皇恩을 편피偏被하여 왔거니와, 앞으로 의지하고 안길 곳이 진실로 황은밖에 업는 것이다. 조선인은 앞으로 내지인보다도 더욱 많은 황은에 욕浴하지 아니하면 아니 될 처지에 있으니, 따라서 더욱 많이 천황께 대하사와 충성을 바치지 아니하면 아니 될 것이다. 이러한 일은 말씀하기 황송한 일이기 때문에 다언多言하기 어려운 것이니, 오직 허심虛心으로 깊이 생각하는 자는 다 절실히 깨달을 것이다.(1940.9.4)

2

그러므로 매일 아침 7시의 궁성요배에 조선인은 특별한 정성과 기쁨으로써 할 것이다. 둘째로 나는 종래의 불평의 감정을 청산하고 그 자리에 감사를 대입하지 아니하면 아니 된다.

---

3 끓는 물에 뛰어들고 불을 밟는다는 뜻으로, 위험을 피하지 않음을 비유적으로 이르는 말.

불평은 조선인에 있어서는 한 경향이 되고 말았다. 첫째의 불평은 병합併合에 관한 오해와 자기인식의 착오에서 왔었거니와, 이것은 이미 지나간 사실이니 거론할 것 없더라도 현재까지도 남은 불평은 이른바 차별관, 대립관에서 온 것이다. 일시동인一視同仁이라 하지마는 이러이러한 차별이 있지 아니하냐, 내선일체라 하지마는 이러이러한 대립이 있지 아니하냐, 하는 사고방법에서 조선인의 불평이 온다. 그러나 모든 불평가가 다 그러한 모양으로 우리도 우리의 불평에는 충분한 근거가 있다고 자신한다. 그러하기 때문에 불평을 말하는 사람의 말이 더 진실성, 타당성이 있는 것처럼 들린다. 그러나 기실은 이 불평이란 것은 자기인식의 착오에서 온 오류에 불과할뿐더러, 다른 오류도 흔히 그러한 모양으로 이것은 불평자 자신의게 대하여서 치명적인 것이니, 백해百害 있고 일리一利도 없는 것이다.

차별이 어찌 있나 그것을 찾아보자. 학령아동이 취학 못한 것을 차별이라고 하였으나, 그것은 의무교육의 실시로 하여서 불원不遠에 해소될 것이다. 고등전문학교의 입학률에 대한 내규內規란 것도 제도의 정신은 조선인 학생을 어떤 수 이상은 넣지 말자는 것보다는 어떤 수 이하로는 떨어뜨리지 말자는 데 있다고 하나, 이것도 의무교육제도 실시와 조선인의 국체관념의 철저를 따라서 소멸될 것이라고 믿는다. 우리는 당국當局의 말을 순順하게 직直하게 듣고 믿자. 그 이면의 이면을 캐어 보려하는 것은 그러한 자 자신의 인격을 낮추는 것이다. 무슨 정책이나 명령이나 말이나 다 액면 그대로 순순히 솔직하게 듣는 것이 우리가 공부할 것 중에 큰 공부다. 약은 체하고 그것을 뒤집고 꼬부리고 하는 것은 결국 저를 낮추고 저를 속이게 되는 것이니, 우리는 유감이나마 이러한 실례를 많이 보았다. 민유民有 임야林野를 신고하라 할 때에 이것은 필시 중세重稅를 과課하라는 혼담魂膽[4]이 되리라 하야서, 혹은 뒤늦게[5] 신고하였기 때문에, 국유國有에 편입이 된 뒤에야 후회한 것 같은 것은 현저한 실례다.

---

4 속셈, 꿍꿍이.

5 맥락상 '뒤늦게' 정도의 단어가 누락된 듯이 보인다.

다음에 차별의 예로 들리는 것은 가봉加俸[6]문제거니와 이것도 과도적인 것이다. 조선인이 국체관념이나 사무 능률이 다 같이 내지인과 동일 수준에 오르게 되면 이러한 차별은 저절로 소멸될 것이다.

다음에 가장 중요하게 생각되던 것은 병역兵役과 선거권 문제다. 병역과 선거권이 공민公民으로서 가장 중요한 자격임은 말할 것도 없거니와, 이에 대하여서는 조선인 자신이 반성할 필요가 있는 것이다.

첫째는 교육문제다. 국민교육을 받지 아니한 민중에게 병역을 징徵하거나 참정권을 부여할 수는 없는 것이니, 이것은 국민교육의 의무제가 실시된 뒤에 문제될 일이다.

그러나 그보다도 더 근본적인 것은 국체명징國體明徵 문제다. 비록 내지인이라 하더라도 국가에 대하야 충성이 없다고 인정하는 자에게 병역이나 참정권을 허할 수는 없을 것이다. 조선인이 황국신민의 자각과 결심을 분명히 가졌다고 인정되기 전에 이 두 가지 공민으로서의 자격이 올 리는 없는 것이다.[7]

그러하길래로 만주사변 이래로 조선인이 표시한 충성에 대하여서 지원병제도가 실시되고 교육의 차별 철폐가 단행된 것이 아니냐. 특별지원병제도란 것은 현재 정년丁年[8]에 달한 자 중에서라도 충성을 기초로 하고 기타의 조건이 구비한 자면 내지인 동양同樣으로 국군國軍에 편입한다는 것을 사실로 보인 것이요, 교육의 차별 철폐와 및 의무교육의 실시라는 것은 이 교육을 받은 조선인부터는 내지인 동양同樣의 황국신민으로 인정하겠다는 국가적 의사표시다. 그러므로 징병령이나 선거권에 관하여서는 천황 대권大權에 관한 것이라 억측할 배 아니나 조선인의 자녀가 모도 국민교육을 받고 황국신민으로서의 국체의식을 굳게 파악하는 날에는 일본국민으로서 받을 모든 것을 받을 것은 명약관화明若觀火한 일이다. 국가는 이미 조선인에게 혹은 말로 혹은 사실로 이것을 약속한 것이 아니냐.

---

6 정해진 봉급 외에 일정한 액수를 덧붙여 주는 급여.

7 원문에는 '것이다'가 누락되어 있다.

8 장정이 된 나이. 남자의 나이 20세를 이른다.

만일 조선인 중에 소수 지식계급이 자기는 내지인에게 불하不下하는 학식 능력을 가졌건마는 내지인이 향수享受하는 모든 공민권公民權을 향수하지 못하는 것을 불평으로 안다고 하면 그것 역시 자기인식의 착오다. 조선인 전체가 황국신민으로 완성되기 전에 그 중 어느 일 개인이 특별한 대우를 바라는 것은 불가능한 일일뿐더러 그 심지心地를 칭찬할 수는 없는 것이니, 그 만일 진실로 유력자일진댄 모름지기 조선인의 황민적 향상을 위하여서 국궁진췌鞠躬盡瘁[9]할 것이다. 자기는 삼척지하三尺地下에 묻히는 기초공사의 일국토一掬土, 일괴석一塊石이 되기를 자기自期할 것이다. 관리 등용에 대하여서도 마찬가지다. 조선인의 국체관념과 덕성德性과 지력知力이 내지인과 동일 수준에 오르는 날, 조선인은 내지인과 다름없이 내각 총리대신도 육해군 대장도 될 것이오 대공사大公使도 될 것이다. 국가가 요구하는 것은 충성 있는 인재다. 조선인이니 아니 쓴다는 이理가 있을 리가 업다. 그러므로 중요한 것은 조선인이 황국신민의 정조情操가 확립하느냐 못 하느냐 하는 문제다.(1940.9.5)

3

위에도 말하였거니와 불평은 우리의 한 습성이 되었다. 남편은 안해에게 안해는 남편에게 대하야서, 부父는 자子에 자子는 부父에, 조선의 가정은 불평으로 찼다. 이것이 밖으로 나와서는 이웃끼리 서로 불평을 하고 마침내는 나라에 대하야도 불평을 하게 된다. 이 끊임없는 불평이 언어 동작에 나타날뿐더러 용모에 불평이 형상形相을 구족具足하게 한다.

평화한 상모相貌와 불평한 상모, 이것은 일목一目에 요연瞭然한 것이다. 감사와 희망에 찬 상모를 우리는 길상吉相이라고 하고 복상福相이라고도 한다. 이러한 상모

9 공경하고 조심하며 몸과 마음을 다하여 힘씀.

를 대하면 우리는 화평하고 유쾌한 인상을 받고 그의 입에서 발하는 언어, 몸에서 발하는 동작이 모도 춘풍春風과 같아서 우리의 정신을 안정케 한다. 그와 반대로 불평, 시의, 조소, 절망, 증오 이러한 감정이 성취한 형상은 우리에게 불안과 고통을 준다. 그런데 유감이거니와 우리 조선인 중에는 후자에 속한 상모가 많다. 이러한 상모를 가진 사람은 남의 환심歡心과 애경愛敬과 신뢰를 받기 어려울 것이다. 취직을 못 하고 댕기는 사람들 중에 이러한 상모가 많다. 그런데 이러한 상모는 다 그의 여러 해 동안의 감정생활에서 나온 것이다. 이를테면 도덕생활의 분비물이 응고한 것이다.

그러면 불평은 어디서 오나. 그것은 자기인식의 착오에서 오는 것이다. 사람이 자기를 알지 못할 때에 불평이 오는 것이다. 다시 말하면 자기의 공덕功德의 차방借方 대방貸方[10]의 밸런스를 모르는 데서 오는 것이다. 자기가 국가와 사회와 가족에게서 받은 은혜가 어떻게 거대한 것은 생각지 못하고 자기의 욕망이 만족되지 아니하는 데서 불평이 생生하는 것이오, 자기가 어떻게나 무가치, 무공덕한 자임을 잊고 자기가 받는 보수가 과소過小하다고 착각할 때에 불평이 오는 것이다. 유치한 아이들이 무엇을 평분平分하여 가질 때에 남이 가지는 것이 늘 크고 제 것이 늘 적은 것같이 생각하는 그러한 착각이다. 남이 가진 것과 제 것과를 바꾸면 아까 제가 가졌던 것이 또 커 보이는 것이다. 이것을 욕망에서 오는 오진誤診이라고 한다.

만일 사람이 진실히 밝히 제 본색을 보아서 냉정 공평하게 제 가치를 평가한다 하면 누구나 현재 제가 향수享受하고 있는 복이 어떻게나 과분하고 어떻게나 황송한가를 깨달을 것이니, 이것이야말로 참으로 지혜요 명철明哲이다. 우리 조선 사람들이 국가에 대한 불평이 또한 이것이라고 생각한다. 만일 30년 전 탐관貪官의 포학暴虐과 도적의 횡행으로 인민이 안도安堵하지 못하던 석昔을 아는 자이면 금일의 치안治安이 어떻게 고마운 것을 알 것이다. 언제 우리가 이만한 교육기

10 장부(帳簿)에서 수입과 지출을 기록하는 왼쪽 란과 오른쪽 란.

관을 가졌던가. 언제 우리가 이만한 교통, 위생, 문화의 시설을 가졌던가. 또 언제 우리가 이만한 부력富力은 가졌던가. 허심탄회로 이런 것들을 생각할 때에 아모리 전형적인 불평가라 할지라도 이 은혜는 승인 아니 할 수 없을 것이다.

조선인에게 남겨졌던 유일한 불평은 다른 좋은 일이 아모리 많이 있더라도 우리 자손은 영원히 식민지 토인土人의 역域을 면免치 못한다는 것이었다. 이것 역시 메이지천황의 병합併合의 성의聖意를 바로 승찰承察 못한 오해에서 나온 것이지마는 그러하더라도 여기는 불평할 만한 이유도 있었다. 그리나 오늘날에 와서는 이 최후적인 불평의 근본 원인이 제거되지 아니하였느냐. 지금에서 누가 조선인을 식민지의 토인이라 할까 보냐. 불원不遠한 장래에 조선인은 호말毫末의 층등層等도 없는 국민의 자격을 완수할 것이 국가로부터 허하여지지 아니하였느냐. 아모리 취모멱자吹毛覓疵[11]를 하더라도 불평의 재료를 찾을 수 없을 것이다. 혹시 개인 대 개인 관계에 있어서 원만치 못한 개별적인 사실이 있다 하더라도 그것은 오직 자기반성과 동포애와 및 명일明日에의 희망으로 다 씻어버릴 것이다. 내지인의 눈에 조선인이 자기 동양同樣의 동포로 비초이게 되는 날 이러한 소마찰小摩擦까지 소실消失되려니와, 그러한 날이 언제 오느냐 하는 것은 오직 조선인 자신의 결의와 노력 여하에 달린 것이다. 이러한 예언 같은 말은 삼갈 일이지마는 조선인의 노력 여하로는 30년 내에 이러한 날이 올 것을 믿어도 좋으리라고 생각한다.

내지인 측에서 조선에 대하야서 우월감을 가지는 것을 책하거니와, 그것은 차라리 자연한 일이 아닌가. 그야 개인으로 보면 혹 어떤 일개 조선인이 어떤 일개 내지인보다 모든 점에서 우월한 경우도 있을 수 있지만 일반적으로 조선인이 내지인에 비겨서 충성과 문화의 수준이 낮은 한 내지인의 우월감은 자연한 일이니, 이에 대하여서 조선인은 항상 일보一步를 양讓하야 일단一段으로 더 경敬하는 태도를 가지는 것이 옳다고 믿는다. 내지인은 그 조상 적부터 많은 피를 흘려서 황군皇軍을 부익扶翼하여 오지 않았는가. 조선인은 금일의 국가 비상시에 있어서 피로

11 흠을 찾으려고 털을 불어 헤친다는 뜻으로, 억지로 남의 작은 허물을 들추어냄을 비유적으로 이르는 말.

나 지知로나 재財로나 내지인만 한 봉공奉公을 못하고 있지 아니한가. 그러므로 조선인이 경敬과 양讓과 또 감사로 내지인을 대하면 지극히 원만히 갈 것이라고 믿거니와, 이와 반대로 불평과 대립의 태도를 취한다면 그것이 아모리 개인의 일이라 하더라도 내선일체의 대목적을 저해하는 일이라고 아니 할 수 없는 것이다.

조선인이 국가에 대하여 보은報恩의 염念을 가진다는 것은 동시에 내지인에 대하여서 보은의 염을 가질 것을 의미하는 것이다. 조선인은 모르미 보은의 염을 염으로 하고서 심신心身을 바쳐 천황께 봉공奉公하는 생활을 하는 곳에 무궁한 희망이 있을 것이다.(1940.9.6)

4

우리는 일상생활에서 각자의 황민화적 개조에 정진하여야 할 것이다. 심적心的 신체제는 일상생활에 실현되고서야 비로소 완성이 될 것이다.

오전 6시의 사이렌을 듣고 일어나서 소세梳洗를 하는 것은 관리나 상인이나 문사文士나 무릇 모든 일본인은 다 하여야 할 일이다. 가미다나神棚[12]나 다이마大麻[13]에 박수 참배하고 또 사당祠堂이나 불단佛壇에 합장하거나 배례拜禮하고, 그리고 가장, 주부, 어른, 아이 할 것 없이 일가一家 총동원으로 비와 쓰레받기와 걸레를 들고 가내家內와 문전門前을 청소할 것이오, 7시의 사이렌이 울거든 궁성요배宮城遙拜를 할 것이다. 이 모양으로 하는 것은 일종의 종교적 경건으로 할 것이다. 이것은 사소한 일로 알아서는 아니 되는 것이니, 더욱 조선인은 일단一段의 정성을 더하여서 여행勵行할 것이다.

다음에 식사를 할 때에도 재래식으로 가장 따로 아이들 따로 이렇게 질서 없이 하지 말고 온 가족이 한 식탁에 모여 앉아서 질서 있게 할 것이다. 될 수 있는

---

12 집안에 신위(神位)를 모셔놓은 감실.

13 신사(神社)나 신궁(神宮)에서 주는 부적.

대로 꿇어앉아 일정한 좌차座次를 정하고 앉아 몸을 꼿꼿하게 하고 아이들까지도 정숙靜肅하게 하는 공부를 하자. 식사는 인생의 중대한 행사요 의식儀式이다. 혼인이 중대하기 때문에 장엄莊嚴한 의식儀式을 차리고 상제喪祭 또한 그러하거니와, 이것은 다 일생에 일차一次밖에는 없을 일이다. 그러나 식사는 매일 이차 또는 삼차 있다. 이렇게 매일 있는 것이라고 소중하지 아니한 것이 아니니, 매일 없어서는 안 될 것이기 때문에 더구나 소중한 것이다.

식사는 늘 제사祭祀다. 우리는 끼니마다 음식을 나누어 먼저 신불神佛께 공양供養하고 다음에 우리가 먹는 것이 일본정신이오, 또 조선 고신도古神道의 정신도 된다. 그러므로 주방廚房은 신성한 곳이요 식사는 신성한 의식儀式이다. 그러므로 식사에 참예하는 식구들은 모든 제전祭典에 참례하는 경건敬虔으로써 할 것이다.

일립일적一粒一滴이 모도 신神과 오황吾皇의 주심을 깊이 느끼고, 동시에 선조와 동포의 신고辛苦로 됨을 생각하여서 감사 보은의 성誠을 발할 것이다. 동시에 식사는 경제생활의 시始요 종終이기 때문에 경제 신체제에 즉응卽應하여서 물질의 절약, 식량문제의 중요성을 염念할 것이다.

식사가 끝나매 우리는 각자의 직장으로 나갈 것이다. 이것도 재래의 생각 모양으로 자기의 사욕私慾을 채우려 함이 아니라 신체제에 있어서의 직역봉공職域奉公이란 것이다. 국민 각자가 제 직역職域에 있어서 제 직분을 다함으로 국가에 봉공한다는 것이다. 종래로 말하면 군인이나 관리의 직분만을 봉공이라고 하였지마는 신체제에 있어는 모든 직업이 다 봉공이다. 사리사욕을 위하여서 하던 직업은 다 소멸되고 마는 것이다. 상공업도 신체제에 있어서는 전부 개인의 이득을 위한 영업이 아니다. 모도가 국가목적을 위하여서 하는 경제활동의 분담에 불외不外하는 것이다.

다시 말하면 상공업자는 산업전선의 병사요 농어업자는 또 그 방면의 병사다. 문사나 예술가도 또 각기 제 직역을 담임擔任한 병사다. 신체제에 있어서는 국가목적에서 유리遊離한 직업을 용허하지 아니하는 것이니, 단적으로 말하면 명철보신明哲保身이라든가 한운야학閑雲野鶴[14]이라든가 하는 개인 임의의 생활을 불허不許

하는 것이다. 재언再言하면 국가의 밥을 먹었으니 국가의 일을 하라는 것이다. 신체제에 있어서는 종래에 흔히 생각하던 모양으로 내 몸뚱이, 내 재산, 내 자식이란 것은 없는 것이다. 모도 나랏님의 것이다. 그러므로 '내 것 가지고 내 마음대로 한다' 하는 사상은 용허容許되지 아니하는 것이니, 이것을 개인주의, 자유주의라고 일컫는 것으로서 일본주의의 신체제 사상과는 불상용不相容하는 것이다.

모든 직역에서 우리는 병사요 직공이오 관리이기 때문에 우리는 각각 명령체제 속에 있는 것이다. 명령 계통의 질서는 오직 복종으로만 유지되는 것이니, 신체제의 국민생활은 오직 복종의 생활이다. 이 복종에는 강제력도 있지마는 자발적으로 기쁘게 즐겁게 복종할 때에 그 속에서 우리는 신체제의 자유와 쾌미를 느끼는 것이다. 하고何故오 하면 우리의 복종은 노예의 복종이 아니다. 일억일심一億一心으로 성취하랴는 대사업을 위한 기쁨의 복종이오 만민익찬萬民翼贊의 광영적光榮的 복종이다.

그러다가 정오의 사이렌이 울매 우리는 각각 재소在所에서 작업을 정지하고 마음을 모아서 황군용사의 무운장구武運長久와 전몰영령戰歿英靈을 위하여서 감사와 기원의 묵도를 하는 것이다. 일억국민이 일제히 하는 것이다. 이 속에서 우리는 무궁한 감격을 받는 것이다.

일일一日의 노역勞役이 끝나매 우리는 직장에서 단란의 가정으로 돌아오는 것이다. 봉공의 생활로부터 향락의 생활로 돌아오는 것이다. 우리는 일일의 노역으로 일일의 봉공을 마치고 피로한 심신을 끌고 안식과 위안의 가정으로 돌아오는 것이니, 봉공의 피로를 경험하는 자만이 오직 이 안식과 위안을 향수享受할 자격을 구비하는 것이다. 맑은 물에 일일의 진구塵垢를 씻고 정의淨衣를 갈아입고 처자와 함께 감사와 애愛의 식탁에 취就하는 것이다. 석반夕飯이 끝나고 안식의 취침이 오는 동안이 우리의 종교의 시간이요 예술의 시간이요 오락의 시간이다.

이러한 생활은 다만 비상시의 신체제에 맞는 생활이 될 뿐 아니라 진실로 인생

14 하늘에 한가히 떠도는 구름과 들에 노니는 학이란 뜻으로, 아무 구속이 없이 한가한 생활을 하며 유유자적하는 경지를 이르는 말.

생활의 정도正道요 진도眞道다. 그런데 우리는 오랫동안 이 정도에서 어그러진 생활을 하고 있었던 것이다. 이제 다행으로 거기 복귀復歸하게 된 것이다.(1940.9.7)

5

소위 인텔리라는 것은 국가에서 가장 고가적高價的인 양육비를 들인 부대部隊다. 그들은 모두 고등한 교육을 받고 고급한 문화의 향락을 허함 받은 자다. 그리고 국가는 그들에게 특별히 융숭한 대우를 준다. 또 민중들도 그들에게 대하여서는 인중상위人中上位로 대접한다. 그들은 간 데마다 상좌上座로 불리운다. 그들은 사체부동四體不動하고 오곡불분五穀不分하건마는 점잖은 의복과 맛있는 음식의 공찬供饌을 받는다. 이것은 국가와 민중이 그들에게서 바라는 바가 큰 까닭이다.

인생의 정도正道를 지시하기를 바라고 고민하는 심혼心魂의 위안을 주기를 바라고 생활을 더욱 풍족하게 안온하게 의의 있게 개선하고 지도하여 주기를 기다리는 까닭이다. 좋은 과학과 철학과 종교와 예술을 낳아 주기를 바라고 후손에게 행복과 영광의 길을 개척하여 주기를 바라는 까닭이다. 이 때문에 인텔리는 고가高價한 양육을 받고 융숭한 대우를 향수享受하는 것이다.

인텔리는 시대의 선구자, 지도자가 되어야 하는 것이 원칙이다. 혹은 교사敎師로 혹은 언론으로 혹은 문학으로 혹은 몸소 실행함으로 민중에게 새 시대를 어나운스[15]하는 것이 직분이다. 그러한 경우에 그들은 흔히 형극荊棘의 길을 길어서 그들의 선혈鮮血로 신개척의 노선을 삼는 것이 통례다. 훨씬 후에야 민중은 이 선도자를 이해하고 그에게 감사와 영광을 돌리는 것이 순서다.

그런데 이러한 신시대 도입의 역할을 하는 인텔리는 혹은 공자라든가 그보다 적은 일一위대한 성현聖賢의 문하門下에서 훈육되는 수도 있으나 현대적 국가에서

15 안내하다(announce).

는 주로 대학이 이 임무를 맡는다. 국가의 모든 기관 중에 대학처럼 고가高價인 기관은 없을 것이다. 그리고 대학처럼 숭앙을 받는 기관도 없을 것이다. 성현이나 대학이 이처럼 국가와 민생民生의 숭앙을 받는 까닭은 거기서 지도자인 인텔리를 산출하는 까닭이다.

그러나 역사의 어떠한 특수 단계에서는 인텔리가 도리어 시세時勢에 뒤떨어져서 지도자의 직능職能을 상실하는 경우가 있다. 인텔리들이 대학 교실이나 서재에서 좀먹은 책장을 넘기고 회고와 한가한 사색思索에 자기도취하고 있는 동안에 그들의 지도를 기다리고 있던 민중은 '들의 소리'에 끌려서 그들을 뒤에 잊어버리고 신출발을 하여서 까마아득하게 멀리 전진하여버리고 만다. 이에 그들은 립 밴 윙클[16]이 되는 것이다. 고도孤島의 유민遺民이 되고 마는 것이다. 나치스 발생 시대의 구舊독일의 인텔리가 그 적례適例다. 독일의 민중은 일개 직공인 히틀러를 따라서 신독일 건설의 노정에 오른 것이었다. 이것은 만주사변 후의 일본에서도 그러하였다. 이 경우에 히틀러의 역할을 한 것은 노구교蘆溝橋를 지키던 무뚝뚝한 군인이었다. 그들은 정치가보다도 상아탑 중의 인텔리들보다도 신시대의 공음跫音[17]을 먼저 듣고 신진로新進路의 발족發足을 먼저 한 것이었다. "아아, 이거 큰일 났다." 하는 인텔리들의 제지制止도 들은 체 아니 하고 전국민은 새 지도자의 나팔소리에 따라나선 것이다. 이에 아연啞然한 인텔리는 자기의 재검토를 아니 하면 아니 되게 되었다. 그래서 그중에서 더러는 신총명新聰明을 발하여서 민중의 열列을 따라나서고 더러는 주저앉아 버리고 말었다. 그들은 화석化石하고 말 것이다.

조선에서도 소규모로나마 이와 꼭같은 현상이 일어나고야 말었다. 사변事變 전까지의 조선 민중의 지도자이던 인텔리의 층은 인제는 강력한 확성기로 외쳐도 소리가 안 들릴 만한 멀리 후방後方에 떨어지고 말었다. 그들의 철학과 정견政見과

---

16 미국의 작가 워싱턴 어빙(Washington Irving, 1783~1859)이 쓴 단편소설 「립 밴 윙클(Rip Van Winkle)」의 주인공. 낮잠 자고 일어났더니 20여 년의 세월이 지나 세상이 바뀌어 있었다는 이야기로, 이후 시대에 뒤떨어지는 사람을 가리키는 용어가 되었다.

17 발자국 소리.

예술을 들어줄 민중을 잃어버리고 자기네끼리 혹은 시대를 원망하고 혹은 허공을 향하야 넋두리를 하여야만 하게 되었다. 그들의 구곡舊穀은 그들이 자력自力으로 깨트리기에는 너무도 견고한 모양이다.

이 조선의 인텔리는 종래에 조선이 가졌던 퍽으나 고가高價한 보물이었으나, 이제 그들은 전연 그 직능을 잃고 유해무익한 장물長物[18]이 되고 말었다. 그들이 부활할 길은 오즉 심적 신체제 개조改組의 단행이다. 그렇지 아니하고는 그들이 천년을 노방路傍에 앉아서 기다려도 역사의 진로는 그들의 노래를 듣기 위하야 그들의 앞으로 통과하지 않을 것이다. 그가 사상가이거나 문사이거나 예술가이거나를 물론하고 그가 가지고 있던 이데올로기를 완전히 청산하고 일본의 신체제의 일중요 부분인 내선일체의 신체제로 돌아오지 아니하고는 다시는 조선 민중의 실생활의 조류潮流에 관련됨이 없이 영원히 유리遊離하여 버리고 말 것이다.

혹 영원한 인간성의 응시를 말하고 또는 진리를 위한 진리, 예술을 위한 예술을 말하야서 그 속에 도피逃避하기를 현명하게 고고하게 생각하는 자도 있는 모양이나, 아마 그러한 자에게 양미糧米의 배급配給이 아니 갈 것이다. 금일의 일본은 금일의 국가목적에 보익補益 없는 자를 용납할 여유도 아량도 없다. 9월 3일 석夕 대본영大本營 해군부海軍部에서는 라디오를 통하야,

"과거 3년 유여有餘의 전쟁에는 일본은 생활에 까딱없이 지내 올 수가 있었다. 그러나 장차 일어날 수 있는 전쟁이 일어날 때에는 일본은 먹거나 먹히거나의 관두關頭에 서게 될 것이다. 일본의 생명선에 누가 손을 대느냐. 대는 자는 반드시 용허容許하지 아니하리라."

하였다. 일본은 금일 이상의 대전쟁을 예기豫期 아니 할 수 없다. 따라서 일본국민은 금일 이상의 봉공주의에 철저 아니 할 수 없다. 우리는 완전히 자신을 바쳐야 한다. 조선인은 이에 대하여서 내지인 이상의 각오와 노력이 필요한 것이니, 조선의 인텔리는 모름지기 전민중을 이 길로 인도하기 위하여서 그 필화筆舌과

18 불필요한 물건, 또는 남는 물건.

심신心身의 힘을 탄진殫盡[19]할 것이다. 이른바 지식 봉사요 문필 봉사다. 문학도 예술도 종교도 이 권외圈外에 나가기를 허할 수 없는 것이다.(1940.9.9)

6

문학은 어찌할까. 지금 조선에 가장 조선적 특색을 가진 문화 부문은 문학이다. 미술이나 음악에도 조선적인 향토적인 색채 향기 등 특색을 가질 수 있지마는 그래도 그것은 언어적이 아니오 색채, 음향, 형상을 주로 한 것이매 조선적이라는 경계선이 명확하지는 아니하다. 그러나 문학은 조선 특유의 어문語文으로 조선인 생활, 사상, 감정을 표현한 것이기 때문에 이것은 오직 조선 어문을 아는 사람만이 감상할 것이다. 그러므로 모든 문화 부문 중에서 가장 조선적인 것은 조선문학이다.

조선인의 생활이 당분간은 조선어로라야 완전히 표현될 것은 말할 것도 없다. '밥을 먹는다'와 '御飯を頂く'와는 문학적으로 보아서 결코 동가同價가 아니다. '御飯を頂く'라는 표현에는 일본적인 경신존황敬神尊皇의 사상이 함축되어 있어서 종교적 애국적 정서를 반伴하지마는 '밥을 먹는다' 하는 것은 진실로 유물적인 외에 아모것도 없다. 불교에서 '공양供養을 잡숫는다' 하는 말에는 종교적 함축이 있는 것이다.

'여보 마누라'와 'おい君子(어이, 기미코)', '山本が(야마모토가)'와 '사랑 양반이'와 이 모양으로 내외간의 2인칭, 3인칭에도 번역할 수 없는 뉘앙스가 있는 것이니, 이것은 생활 자체의 차이다.

이상은 아무렇게나 수례數例를 든 데 불과하지마는 조선인의 생활, 조선인의 감정은 당분간은 조선어 아니고는 완전히 표현되지 않는다는 것만은 이해할 수

---

19 마음이나 힘을 남김없이 다 쏟음.

있을 것이니, 여기 조선문학의 존재 이유의 제일조第一條가 있는 것이다. 게다가 아직 국어國語를 아는 자 3백만에 불과한다 하니 조선 민중 중에 2천만은 조선어만을 아는 자다. 앞으로 의무교육이 실시되어서 아동이 전부 국민교육을 받고 그들이 장성하야 어른이 되고 조선어만을 아는 자들이 다 노사老死하기까지는 조선문학의 필요가 있음이 조선문 신문 잡지의 필요가 있음과 같다. 그러므로 넉넉잡고 금후 50년간 조선문 문학의 독자는 끊어지지 아니할 것이다. 그 후의 조선어와 조선문의 운명에 대하여서는 국책國策에 관계되는 일이라 우리가 추측할 배 아니다.

그러면 이 조선 어문으로 되는 문학은 장차 어떠한 진로를 취할 것인가. 현재대로 방치할 것인가, 또는 일종의 신체제를 취할 것인가.

이에 대하여서 나는 먼저 상술한 심적 신체제의 제항諸項, 특히 국체관념, 일상생활, 인텔리 등 제항을 회상하기를 바란다. 즉 '나는 일본인이다', '나는 천황의 것이다', '나는 국가목적 완수의 일부의 직분을 맡은 병사요 관리요 직공이다', '모든 문화는 국가를 위하여서 있는 것이다' 하는 제 신념을 회상하기를 바란다.(1940.9.10)[20]

7

문학도 국가의 문화의 일부분이다. 그러고 나는 일본인이다, 하는 데서 조선문학의 태도가 결정될 것이라고 믿는다.

다시 나는 졸고拙稿의 일절一節을 인용코저 한다.

"오인吾人은 인류라든가 인생이라든가 하는 말을 수월하게 사용하는 습관을 가

20 이하의 원고는 1940년 9월 11일자 말미에 "정정(訂正). 본논문 금일 게재중 상일부분(上一部分)은 작일분(昨日分)의 오식(誤植)을 정정하야 재게재함"이라는 오식 정정 기사와 함께 7회분에 다시 게재되므로 삭제한다.

지게 되었다. 마치 개인이라는 말을 수월하게 사용하는 것과 같다. 그러나 정당한 인식에서 보면 개인이라고 하는 전연 독립한 개체가 없는 모양으로 인류라고 하는 전연 사실화事實化한 것도 사실에는 존재치 아니하다. 개인이라고 하거나 또 그 반대의 극단으로 인류라고 하거나, 하나는 극히 나이브한 감각적 견해요 다른 하나는 극히 추상적인 비록 공상적이라고까지는 아니할망정 이상적인 개념이어서 둘이 다 현실적 존재는 아니다. 우리가 현실적으로 인식할 수 있는 것은 실로 민족 우又는 국민이 있을 뿐이니, 국민주의에 대하여서 개인주의라는 것이 있거니와 국민적 성격이며 전설 등을 사상捨象하고 뒤에 남는 개인이라는 것은 과연 무엇일까. 그것은 아마 그림자보다도 희미한 것이요 거의 생명력이 없는 것일 것이다. 그러므로 어떤 사람이 자기는 독립한 일 개인이라고 생각한다 하면 이와 반反하야 누가 자기는 세계인이라고 칭한다면 그 역亦 개인의 경우에서와는 다른 의미로 착각이 아니면 환영이다. 인류 진화의 먼 장래의 어떤 단계에서는 몰라도 오인吾人의 인식에서는 국민성을 초월한 세계인이란 있을 수 없는 일이다. 이러한 견지에서 오인은 개인주의나 세계주의의 명名으로 행하는 온갖 인생관은 오류임으로 배제하지 아니하면 아니 된다."

문인을 향하야서 너는 이러이러한 테마로 이러이러한 모랄을 담아서 이러이러한 수법으로 문학을 지으라고 말하는 것처럼 어리석은 일은 없을 것이니, 그것은 마치 여자더러 너는 이러이러한 자녀를 낳으라고 하는 것과 같다.

문학은 짓는 것이 아니라 낳는 것이다. 그러므로 우리가 문인에게 말할 수 있는 유일한 것은 네가 이러이러한 사람이 되라는 것이다. 더 구체적으로 말하면 네가 일본의 국가이상을 잘 이해하고 현 시국을 인식하야서 일본정신을 네 정신의 기조基調로 하는 사람이 되라는 것이다. 네가 먼저 이러한 사람이 되면 네가 낳는 문학은 일본이 바라는, 즉 일본의 국민문학다운 문학이 될 것이다. 그 용어가 국어國語나 조선어이나를 물론하고 요要는 그 정신에 있는 것이다. 이것은 물론 문학에만 한하여서 할 말이 아니라 문화의 모든 부문에 다 공통될 이론이다.

모든 문화는 생활의 줄기에 피는 꽃이라 하는 것은 통념인 동시에 또한 진眞이다. 어떤 생활에서는 그러한 문화가 생긴다는 말이니, 지나문화, 인도문화, 희랍문화라고 우리가 구별하는 것이 곧 이것이다. 상이相異한 생활에서 상이한 문화가 발생하였다는 것이다. 그러나 이것은 진리의 일면이오 전체가 아니다. 즉 어떤 문화는 또 어떤 생활을 형성하기도 하는 것이다. 다시 말하면 어떤 문화를 받음으로 그 문화를 받은 민족의 생활의 방향과 형태와 질이 변한다는 것이다. 이것은 옛날 지나문화, 인도문화의 영향을 받은 아세아 제 민족에서와 히브리 희랍문화를 받은 구주 제 민족에서 분명히 볼 수 있고, 최근에서는 구주문화를 받은 메이지明治 이후의 일본에서도 볼 수 있는 것이다.

그런데 금일의 일본은 어떠한 단계에 있는가 하면 문화가 생활을 지도하는 형성하는 단계에 있다. 아세아 공영권共榮圈을 형성한다는 광고曠古의 대이상大理想을 향하고 혈전적血戰的으로 나아가는 일본은 현존의 생활의 거의 대부분을 두들겨서 재조직하지 아니하면 아니 되게 되었다. 특히 구미식歐米式 자유주의, 개인주의, 이윤주의, 공리주의적인 모든 제도와 습성에서 이탈하여서 만민익찬萬民翼贊의 신체제에 돌입하지 아니하면 아니 될 계제階梯에 있다. 방금方今 이 대진탕大振盪, 대도태大淘汰가 진행하는 중에 있다. 문화 개신改新, 메이지 유신 이래의 대혁신이 방금 진행하는 도중에 있는 것이다. 그런데 조선으로 말하면 이 모든 것 위에다가 내선일체, 즉 황민화라는 또 한 과정이 첨가되어 있는 것이다.

이러한 시대에 처할 사상, 문학, 예술, 종교는 모도 이 대이상의 일점一點으로 집주集注되지 아니하면 아니 된다. 가령 문학을 일례로 든다 하면, 그가 리얼리즘을 표방하는 것일 때에 이 대진탕, 대도태, 대행진, 대건설의 묘사요 영탄이라야 할 것이요, 그가 이상주의적일 때에는 아세아에 신시대를 도입하여서 전에 못 보던 신세계의 건설에 시사와 감격을 주는 것이라야 할 것이다. 성욕 묘사나 신변잡기나 국가생활에서 유리遊離한 나인懶人의 섬어譫語[21] 같은 것을 인쇄할 용지를 배급할 여유는 없는 것이다. 따라서 금일의 문학은 한적한 감상을 위한 것이 아

21 잠을 자면서 자기도 모르게 중얼거리는 헛소리.

니오 감격과 고취와 발분發憤을 주는 문학이라야 한다. 문학은 한인閑人의 소일거리가 아니라 신체제의 각 방면의 병사에게 보내는 위안과 격려와 희망을 주는 격서檄書가 아닐 수 없다.

이러한 것을 가리켜서 문학이 정치의 괴뢰傀儡가 되는 것이라고 한다 하면 그는 금일의 의미를 이해하지 못하고 금일의 호흡에서 유리遊離한 자다. 왜 그런고 하면 문학이나 기타의 예술이나 또는 사상이나 종교를 하는 자에게 금일처럼 위대한 테마는 없는 까닭이다. 금일의 일본에서는 생활 즉 정치, 즉 전쟁, 즉 경제, 즉 문화, 즉 생활이다. 만민익찬체제萬民翼贊體制라는 것이 곧 이것을 말하는 것이오, 일억일심一億一心이라는 것이 또한 이것을 말하는 것이니, 문인이 붓을 들 때에 그 안전眼前에 이러한 금일의 일본이 테마로 나서지 아니한다 하면 그는 정상正常한 심리상태에 있다고는 못할 것이다.

하물며 조선인으로 말하면 오랫동안 세계문화사의 실종자失踪者이던 것이 이제야 아세아 재건설의 담임자擔任者가 되었음에랴. 우리는 이미 반도인이 아니요 대일본제국을 부담負擔한 황국신민이다. 우리의 일적혈一滴血, 일적한一滴汗은 하나도 허虛에 돌아감 없이 아세아 건설자로서의 일본의 광휘 있는 새 역사를 적는 귀한 묵즙墨汁이 되는 것이다. 조선인은 모로미 구곡舊殼을 선탈蟬蛻할 것이다. 삼천리 강산이라든지 이천만 동포라든지 하는 구관념 구감정의 협애狹隘한 껍데기를 분연憤然히 벗고 아세아대륙과 태평양과 인도양을 국토로 하고 일억의 황민을 동포로 하는 신新민족관념과 감정을 포회懷抱할 것이다.

그러므로 조선의 문학 기타의 문화는 이 웅대雄大한 이상의 선전자, 고취자, 찬탄자가 되고 이 이상을 향하여서 행진하는 우리 국민의 생활과 분투의 묘사자가 될 것이다. 여기서야말로 진실로 대문학이 나올 것이다. 문학만이 아니라 미술도 그러하고 음악도 그러하고 일상생활도 그러하다. 금일은 국민적 감격을 요구하는 때다. 방개磅磕[22]한 대정신을 부르는 때다. 모든 묵은 예술론을 한번 깨트려 부

22 천둥소리를 형용하는 말.

시고 거기다가 예술의 신체제를 세울 때다. 관념 유희, 기교 유희, 성욕 유희를 일삼는 문학과 생활을 용납할 여유가 없는 때다.

한번 우리 이상이 실현하여서 대아세아에 신세기新世紀가 임하는 날 우리가 바라는 오랜 태평이 계속될 때에 이 광전曠前한 웅대한 생활 속에서 분비되고 온양醞釀될 신사상, 신예술, 모든 신문화가 찬란히 발화發花할 것이니, 이것은 아마 백년 후의 일일 것이다. 그러나 금일의 오인吾人의 임무는 이러한 새 문화의 밭을 가는 일이오 그 대전당大殿堂의 삼척지하三尺地下에 묻히는 기초가 되는 일이다. 다시 말하면 우리는 첫째로 일억동포에게 이 이상과 이 정신과 이 감격을 전달하여서 일억일심一億一心이 되게 하고, 둘째로는 모든 전선戰線의 병사를 격려하여서 이 대전역大戰役을 이기고야 말게 하는 일이다. 우리의 문학도 예술도 모든 문화도 그 유일唯一이요 구극究極의 목표는 이것이다.(1940.9.11)

8

가령 문학 일 부문을 예로 들어서 금후 구체적으로 어떠한 진로를 취할까를 생각함으로 이 소론小論를 끝막자.

첫째로 제재를 취하되 신생의 제면諸面에서 하자. 가사[23] 농촌생활을 취한다 하더라도 그들이 혹은 한재旱災, 혹은 수재水災, 기타의 곤란을 극복하여 나가는 모양이며 새로운 신념과 희망을 얻어서 묵은 껍질을 벗는 노력이며, 또 개인적 상극相剋의 투쟁에서 집단적 친화親和에로 옮아가는 모양이며, 동물적인 본능을 극복하고 도전적으로 승리하는 모양이며, 이러한 것을 취할 것이다.

또 만일 제재를 도시에서 취한다고 하면 부패한 구생활의 몰락상과 그 자리에서 돋아나는 생기 있는 신생활상, 자유주의적 구사상과 국민주의적 신사상과의

23 가사(假使) : 가령.

충돌, 암취인闇取引[24]의 추상醜狀과 거기 오는 희비극, 청년 학생층의 국민주의, 내선일체에의 신新자각 등을 취할 것이다.

지원병 그 가정 같은 것은 가장 좋은 제재일 것이고, 방공防空 방첩防諜은 훌륭한 탐정소설의 재료가 될 것이다.

이상은 일이一二의 예를 거시하였음에 불과하지마는 무릇 신생면을 묘사하는 동시에 그 속에서 역力과 희망과 희열을 발견할 것이다. 설사 그것이 가슴 터질 비극이라 하더라도 그 속에 우리를 앙양시키는 무엇이 있어야 할 것이다. 우리를 도덕적으로 흥분시켜서 보일보步一步 단일단段一段 전진前進 승등昇登시키는 것이라야 할 것이다.

그것이 설사 연애라 하더라도 퇴폐적인 구식 연애여서는 아니 된다. 보다 높은 경계에 오르랴는 도덕적 앙앙昂揚의 방편을 연상시키는 연애라야 할 것이다. 어떤 남녀의 연애의 성취로 하여서 그 양인兩人이 훌륭한 직역봉공의 용사勇士가 되고 그 주위의 사람에게 도덕적 숭엄을 느끼게 하는 그러한 연애라야 할 것이다.

요컨댄 카메라를 어디로 향하느냐 하는 것이다. 같은 카메라라 하더라도 그것을 향하는 각도를 따라서 엉뚱하게 딴 사진이 되는 것이다. 같은 현실을 묘사한다 하더라도 그 작가의 눈이 향하는 각도를 따라서 딴 시나 소설이 될 것이다. 그런데 이 각도는 심적 태도, 즉 그의 인생관과 정조情操의 방향에서 오는 것이다.

오늘날 일본인이 맨 먼저 되어야 할 것은 참된 일본인이 되는 일이다. 심적 신체제를 완성한 일본인이 되는 일이다. 이것은 다만 애국적인 일만이 아니라 진실로 아세아 제 민족 전체를 위하여서 그러한 것이다. 왜냐하면 현재의 지나를 지나 그대로 두고 몽고, 프랑스령 인도차이나佛印, 네덜란드령 동인도蘭印, 말레이시아馬來 기타를 현재의 상태 그대로 둔다 하면 거기서는 아모 새 광명도 새 문화도 발생하지 못할 것이다. 지나는 공산주의와 영미英米 침략주의의 교란攪亂 밑에 지리멸렬支離滅裂할 것이요, 인도차이나, 동인도 등은 현재 부패 타락한 영불英佛 등

24 암거래.

백인의 착취 밑에서 갈사록 쇠잔할 것이다. 이들을 현재의 노예적 상태에서 구출하여서 공영共榮의 신체제에 오르게 하고서야 비로소 이들 제 민족은 신생명, 신활기를 얻어서 황도皇道 밑에 신문화를 창출하게 될 것이니, 이것이 이미 막다른 골목에 달한 세계 인류를 평화의 신질서로 인도하는 도리도 되는 것이다. 다시 말하면 현재 일본이 기도하고 있는 대사업은 결코 일본 일국一國만의 이해휴척利害休戚[25]의 문제가 아니라 진실로 아세아 전체, 갱更히 일보一步를 진進하여서는 세계 인류 전체의 구제를 의미하는 것이다. 이섯이 팔굉일우八紘一宇의 건국建國의 대정신大精神이란 것이다. 이 일을 위하여서 일억국민은 각자로 병사兵士가 되자는 것이다.

그러할진댄 문화전선文化戰線의 병사인 자의 임무가 무엇인가도 자명하리라고 믿는다. 현재 조직 중의 신체제의 시안試案에도 최고경제회의, 최고문화회의의 양자兩者로써 신체제의 양륜兩輪을 삼는 것을 추측할 수 있으니, 문화전선이 어떻게 중대한 전선임을 알 수 있다.

이제 우리의 문화전선이란 것은 다만 우리 국민 자신의 정신의 앙양昂揚만을 위한 것이 아니라 실로 아세아 제 민족을 온통 위한 문화전선이다. 제국帝國의 육해군이 아세아 전체를 수호하시 아니하면 아니 되는 모양으로 제국의 문화가 — 사상이, 문학이, 미술이, 종교가 아세아 제 민족을 통틀어 교화敎化하고 앙양昂揚하지 아니하면 아니 되는 것이다.

조선인은 쉽게 말하면 제가 조선인인 것을 잊어야 한다. 기억할 필요가 없는 것이다. 나는 일찍 조선인의 동화同化는 일본신민이 되기에 넉넉한 정도면 고만이라는 생각을 가진 일이 있었다. 그러나 나는 지금에 와서는 이러한 신념을 가진다. 즉 조선인은 전연 조선인인 것을 잊어야 한다고. 아주 피와 살과 뼈가 일본인이 되어버려야 한다고. 이 속에 진정으로 조선인의 영생의 유일로唯一路가 있다고.

그러므로 조선의 문인 내지 문화인의 심적 신체제의 목적은 첫째로 자기를 일

---

25 이익과 손해, 안락과 근심.

본화하고, 둘째로는 조선인 전체를 일본화하는 일에 전심력을 바치고, 셋째로는 일본의 문화를 앙양昂揚하고 세계에 발양發揚하는 문화전선의 병사가 됨에 있다. 조선 문화의 장래는 여기에 있는 것이다.

이리하기 위하여서 조선인은 그 민족감정과 전통의 발전적 해소를 단행할 것이다. 이 발전적 해소를 가리켜서 내선일체라고 하는 것이라고 믿는다. 조선인은 협애하던 밀실에서 광활한 천지天地에 대답보大踏步로 나올 것이다. 그때에 그들은 황은皇恩의 고마우심과 전도前途의 양양洋洋함에 감격할 것이다.(1940.9.12)

고협高協의 무영탑[1]

무척 울리고 애태우는 연극이었다. 그리고 주만珠曼과 아사녀阿斯女는 참으로 아름답고 매운 여자였다. 춘향보다 더한 정녀貞女였다.

2막 이하로 5막까지 바짝바짝 마음을 졸이고 눈물이 고이는 중 끝났다. 4시간이란 짧은 시간이 아니건마는 언제 끝난 지 모르게 끝나고 말았다.

이야기는 신라적 불국사佛國寺 무영탑無影塔 조성造成의 백제 명공名工의 전설傳說로서 현빙허玄憑虛가 소설화한 것을 함세덕咸世德[2] 씨가 각색한 것이다. 명공 아사달阿斯達이 애처愛妻 아사녀를 두고 평생 소원인 탑 조성을 위하여서 신라 서울로 가서 3년이나 탑 조성에 정진하는 동안에 신라 이찬伊飡의 딸 주만의 연모戀慕를 받으나, 아사달은 아사녀를 위하여서 주만을 향하야 타오르는 정열을 죽인다. 월야月夜 탑반塔畔에서 아사달과 주만이 이루지 못한 애연을 비탄悲嘆할 때에, 주만을 연모하는 김성金城에게 발견되어 김성은 주만의 부父 이찬에게 청혼을 거절받은 원혐怨嫌으로 이 말을 전포傳佈하여서 주민은 장차 왕이 될 그의 약혼자의 면전에서 그 부父의 국문鞠問을 받을 새, 그는 서슴지 않고 아사달에게 대한 애愛를 자백하고 분살焚殺의 형形을 감수甘受한다.

부여夫餘에도 어떤 신라 승僧이 아사달이 신라 귀인貴人의 여女와 동거한다는 말을 전하야 아사녀는 모든 유혹과 협박을 물리치고 불국사로 오나, 사승寺僧들은

---

1 춘원(春園), 『매일신보(每日新報)』, 1940.9.15. '일일일인(一日一人)'란에 실렸다. '고협(高協)'은 1939년 고려영화협회의 주인규 등이 주도하여 조직한 극단이다. 주로 농어촌을 순회하며 시국 연극을 공연하고 만주 공연으로 일본군 위문에 참여했으며, 1940년에는 조선연극협회에 가입하여 활동했다.

2 함세덕(咸世德, 1915~1950). 유치진에게 사사한 뒤 1936년 희곡 「산허구리」를 『조선문학』에 발표하여 등단했다. 일제 말기에는 유치진이 이끈 연극단체 현대극장에 가담하여 「에밀레종」, 「황해」, 「백색아」 등 국책 협력 작품을 집필 공연했다.

탑 조성에 방해될 것을 겁劫하여서 만나기를 허하지 아니하고 영지影池를 가리킨다. 아사녀는 매일 영지에 탑영塔影이 비초이기를 기다리고 있으나 비초이지 아니한다. 탑이 끝나 국가적으로 성대한 성축慶祝을 하랴는 날, 사승寺僧은 아사달에게 아사녀가 찾아왔던 말을 한다. 아사달은 영지로 달려온다. 주만의 약혼자가 주만의 최후의 소원으로 그가 몸에 지니던 구슬을 아사달에게 전하여 달라는 부탁을 받고 달려와서 주만이 사형을 당하였단 말과 최후의 부탁인 구슬을 전한다.

아사달이 지변池邊에서 아사녀를 부르고 찾을 때에 익사한 아사녀를 촌인村人이 메어온다. 아사달이 시체를 안고 비탄할 때에 아사녀가 소생甦生한다.

이것이 그 경개다. 당시인當時人이 예술을 생명으로 알던 것과 남녀 애愛에 나타난 국선도적國仙道的 정신을 표현한 것이다. 한 번 맺은 의리는 지사불변至死不變하다는 것이다.

의상이나 음악 효과나 연출이나 다 고심과 열성의 빛이 보이는 것이 기뻤다.

흠을 말하자면 명장名匠 아사달의 예술에 대한 정진精進을 좀 더 구체적으로 보여주어서 아사녀와 주만의 애愛와 성誠이 탑의 완성이라는 일점一點으로 집중되었더면 더욱 좋았을걸 하는 감感이 없지 않다. 과백科白[3] 중에 신라나 당唐에 대한 적개심 같은 것은 당시 시대색이라고도 하겠지마는, 이 극을 위하여서는 췌贅[4]인 것 같다.

---

3 연극이나 영화 등의 대사.

4 군더더기.

조선 문예의 오늘과 내일朝鮮文藝の今日と明日[1]

언문諺文의 기원은 아직 확실하지 않다. 반도半島에 한문이 들어오지 않았던 이전부터 오늘날 언문의 모체인 조선 문자가 있었다는 기록도 있고 증거도 있는 듯하지만, 아직 정설은 없다. 그러나 언문이 오늘날 사용되고 있는 형태로 완성되어 일반에 통용되도록 국가에서 정한 것은 이조李朝 제4대 임금이자 동시에 성왕聖王으로 이름 높았던 세종대왕 때이다. 그 유명한 신숙주申叔舟, 성삼문成三問은 언문 정리의 공로자이다. 현재 아악雅樂이라든가 정악正樂 등으로 불리고 있는 조선 고악古樂도 이 세종대왕이 박연朴堧에게 명하여 집대성시킨 것이었다.

언문이 완성되자 세종대왕은 이 언문을 사용하여 『용비어천가龍飛御天歌』라는 웅대한 장편 서사시를 지으셨다. 이것은 이조 태조대왕太祖大王의 건국을 서술한 것이다. 세종의 둘째 아들인 문종文宗과 단종端宗의 2대를 지나 왕이 된 세조世祖가 또한 부왕父王에 못지않은 영왕英王으로 여러 가지 치적治積을 남겼는데, 언문으로 『월인천강지곡月印千江之曲』이라는 석가모니의 수행과 성불을 이야기한 대시편大詩篇을 지으신 것, 『법화경法華經』, 『원각경圓覺經』, 『금강경金剛經』 등의 불전佛典과 사서오경四書五經, 두시杜詩 등을 번역하신 것은 언문문학의 기초를 놓인 것이라고 할 수 있다.

그러나 세조 이후 지나支那 숭배사상이 양반계급을 풍미하여 언문을 업신여기게 되고, 따라서 이후 5백 년간 수백 편의 단가短歌 이외에는 언문다운 문학을 낳

---

1 원문 일본어. 가야마 미츠로(香山光郎), 『경성일보(京城日報)』, 1940.9.30. '시정 30년, 회고와 전망(6)'이라는 표제어가 붙어 있다. 글의 말미에는 다음과 같은 필자 소개가 붙어 있다. "가야마 미츠로 씨는 조선 문단의 거장으로 1892년(明治 25)에 태어났다. 와세다 문학부 철학과 출신으로 반도 언론계가 번영하던 무렵 동아·조선 등의 편집국장으로서 15년간 반도 문화 향상에 힘쓴 공적이 자못 크다. 또 작가로서 왕년의 걸작 『무정』, 『사랑』 그밖에 수십 편의 명작이 있고, 최근에는 역사소설 『세조대왕』의 대작이 있다. 제1회 조선문인협회장을 지내기도 했다."

지 못하고 말았다.

이리하여 일러전쟁에 이르게 되었다. 일러전쟁의 영향으로 조선의 청년들은 혹은 관비생官費生으로 혹은 사비생私費生으로 일본에 유학하는 수가 많아졌고, 이들이 조선으로 돌아와 새로운 사상, 문화운동을 일으켰다. 저 최남선崔南善 씨도 이들 유학생의 한 사람으로, 그가 조선 최초의 문학잡지라고 할 『소년少年』을 창간한 것은 융희隆熙, 즉 1908년明治 41으로, 당시 최 씨는 겨우 19세의 소년이었다.

『소년』 창간호의 권두 삽화에는 "일본에 어유학御留學하옵시난 아我 황태자 전하殿下와 태사太師 이등박문공伊藤博文公"이라는 표제의 사진이 실려 있는데, 황태자 전하란 지금의 이왕李王 전하이신 것은 말할 필요도 없다. 그리고 맨 앞에 「해海에게서 소년에게」라는 신체시가 실려 있는데, 이것은 아마도 조선 시잡지의 효시일 것이다. 최 씨는 『소년』에 왕성히 시를 썼고, 잡지의 거의 절반은 자작시로 채워져 있다.

작자 자신은 문학으로서보다는 어떤 정신과 기백의 고취를 목적으로 쓴 것이겠으나, 이것이 조선 신문예의 시작이었다. 필자도 이 『소년』에 시가와 소설 같은 것을 쓴 일이 있고, 장편소설 『무정』을 『매일신보』 지면에 연재한 것은 1915년大正 4인가로 기억한다. 이것이 조선에서의 소설문학의 시작이라고 언급되고 있다. 그 후 곧 1919년大正 8의 만세사건이 있었고, 사이토齋藤 총독의 문화정치 선언 등이 있어 그때까지 금지되었던 언문으로 된 신문 잡지의 발행이 허가되었다. 그래서 봇물 쏟아져 나오듯 시와 소설이 속속 생겨난 이래 20년, 오늘날 같은 조선문학이 완성되었던 것이다.

음악과 미술도 그러하다. 문학은 병합 이전부터 싹이 텄다고도 생각할 수 있지만, 현대적인 음악, 미술, 연극, 무용 등은 완전히 합병 이후의 산물이며, 좀 더 정확히 말하면 사이토 정치 이후에 시작된 것이다. 그 수준이 어느 정도인가 하는 것은 자주 문제가 되곤 하지만, 손쉽게 말하자면 선전鮮展[2] 출품작 수준이라고 보

---

2 조선미술전람회(朝鮮美術展覽會)의 약칭. 3·1운동 이후 문화통치 정책의 일환으로 조선총독부가 주관한 관제 사업. 1922년 5월 일본 문부성(文部省) 주최의 전람회인 문전(文展)을 본 따 창

아 무방하다고 생각한다. 오직 문학이 보다 나은 수준일지도 모른다.

그러나 조선의 문화는 일대 전기轉機와 조우했다. 조선인의 황민화皇民化, 즉 내선일체內鮮一體가 그것이다. 조선 병합 이래 조선인이 일본 국민이었던 것은 말할 것도 없지만, 알게 모르게 문화 단위로서 민족관념을 지지해 온 것이었다. 이를 민족주의라고 부르는 것인데, 이 민족주의는 정치적인 것이 아니라 문화적인 것이었고, 위정爲政 당국도 그런 의미로 인정해 온 것이었다. 즉 언어, 풍속, 습관에 따라 문학, 사상, 예술, 건축양식, 의상, 예법 등에서 조선인은 민족적 단위를 허용받은 것으로 믿어온 것이다. 1918년大正 8 이래의 민족 인식이라는 것은 해외에 있는 일부 인사들을 제외하고는 지금 말한 것과 같은 문화적인 것이었다. 즉 문화적으로 민족 단위를 유지하면서 일본제국의 구성요소가 되자는 것이다. 오늘날에도 이런 생각은 아직 완전히 청산되지 않았다고 생각한다.

그런데 지나사변 이래 미나미 총독 정치인 내선일체 관념으로는 이것이 허용되지 않게 되었다. 조선인은 민족이라는 관념을 깨끗이 청산하고, 모든 조선적인 것으로부터 일단 벗어나 백지로 돌아간 다음 황국신민皇國臣民으로서 다시 시작하라는 방침으로 해소된다. 바꿔 말하면 조선인은 단지 일본국민이 되는 데 멈추지 않고 야마토大和 민족이 된다, 그리고 완전히 평등하고 단일한 국민으로 융합되라는 식으로 받아들여야 한다고 생각한다. 그리고 이 호소에 대해 조선인은 7할 9푼 3리에 달하는 창씨개명創氏改名으로써 응했던 것이다. 즉 좋다, 우리는 야마토 민족으로 녹아들자고 했던 것이다. 다시 말해 조선 민족은 야마토 민족으로 융합해 들어감으로써 새로운 생명을 획득하자, 영원한 번영을 도모하자고 마음먹고 이른바 민족의 발전적 해소를 단행한 것이다. 이로써 조선 민족은 혈액적으로, 정신적으로 병합되었다고 할 수 있다.

이렇게 되면 조선인의 모든 문화적 태도에 대전환을 가져오지 않으면 안 된다. 대전환이라기보다 차라리 완전히 새로 시작하지 않으면 안 된다. 특히 관념예술

설되었고, 1944년 제23회까지 매년 공모전의 형식으로 열렸다.

인 문학에서 그러하다.

지난 가을 조선문인협회의 결성, 음악가협회의 결성은 이런 이유에서 이루어진 것인데, 그 결과가 작품으로 나타나기까지는 여전히 약간의 시간이 필요할 것이다. 왜냐하면 문학과 예술은 인생관·사회관의 분비물이자 꽃이어서 어떤 관념이나 신념만으로 즉시 산출되는 것이 아니기 때문이다. 술처럼 발효되는 기간이 필요하다. 어쨌든 금후 조선의 문학과 예술은 단지 향토색을 띠는 이외에는 조선적인 전통에서 떨어져 나올 것이다. 조선에 살고 있는 일본인이 만든 문학과 예술이 되어 일본문학, 일본예술의 지방적 한 분야를 형성하는 데 그칠 것이다. 이것은 힘 있는 조선의 문인이나 예술가는 조선인 출신의 정치가나 군인이 그렇듯이 도쿄에서 출세할 것이라는 사실을 의미한다. 마치 규슈인九州人 이나 도호쿠인東北人이 그런 것처럼.

조선문학의 참회[1]

일선日鮮이 합병合併하야 총독 정치가 시작된 지 어언간 30년이 되었다. 내가 고읍역古邑驛 대합실에 병합조서併合詔書의 등사본을 봉독奉讀한 것은 운무雲霧 자옥한 8월 29일 아침이었다. 그때에 겨우 19세인 소년 교사인 나는 통곡하였다. 나는 합병의 진의眞義를 오해한 것이었다. 이 오해는 그 후에도 오랫동안 계속하였다.

나는 합병 후에 혹은 대학교육도 받고 혹은 업業도 하였다. 이를터이면 합병 후에 어른이 되고 나이 50이 된 금일에 이르렀다.

나는 본래 문예가가 되랴는 생각은 없었으면서도 어찌어찌 소설장이가 되고 말았다. 그래서 의외에도 또 외람되게도 조선문학의 개척자라는 영예를 받게 되었다. 그런데 나도 시정始政 30주년의 이 날에 내 문학의 동지들과 및 과거 30년간 내 졸렬한 글을 읽어주신 독자에 대하야 진심으로 참회하고 사죄하지 아니하면 아니 될 경우에 달하였다. 그것은 내 문학의 태도에 그릇된 점이 있었다는 것이다.

『무정』이나 『개척자』에서 개성의 해방을 부르짖은 것이나, 『그 여자의 일생』이나 『흙』에서 동포를 위하여서 제 몸을 희생할 것을 고조高調한 것이나, 『무정』이나 『사랑』이나 『세조대왕』에서 이욕자비離慾慈悲의 불성佛性을 천명闡明코저 한 것이나, 그것이 잘못되었다는 것은 아니다. 내가 내 평생의 창작 중에 인생에 대한 태도에 있어서는 일관一貫한 바 있는 것을 그윽이 자부自負한다. 다만 내가 이에 참회하는 것은 민족관념에 대하여서다.

조선인이 조선인을 위하여서 노력하고 그들의 복리를 위하여서 헌신할 것이 잘못이란 것은 아니다. 그러면 무엇이 잘못인가. 곧 천황을 잊사온 것이다. 조선

---

1 춘원(春園), 『매일신보(每日新報)』, 1940.10.1. '시정(施政) 30년 문화기념 논문집' 기획 원고 가운데 하나이다.

인을 천황의 적자赤子로, 일본의 국민으로 생각하려 아니 한 것이다. 그리고 조선인을 다만 조선인이란 단일한 것으로 관념한 것이 근본적인 착오였다. 그래서 내 수다數多한 작품 중에는 일언一言도 무변無邊한 황운皇運이라든가 일본국민으로서의 애국심에 언급한 일이 없었다. 더구나 이러한 국민정신을 고취한 일이 없고 도로혀 기회만 있으면 조선인만을 포함한 민족의식을 고취하려 하였다. 내 이 태도는 필시 일부 독자를 유의식有意識, 무의식 간에 그릇되게 한 줄로 믿는다. 그리고 황구惶懼함을 말지 아니한다. 내가 이 착오를 완전히 청산하기는 쇼와昭和 9년[2]의 내 종교사상의 일전기一轉機에서 한 것이지마는 그것이 작품에 나타나기는 「무명無明」 이후였다. 「무명」, 『사랑』, 『춘원시가집』 그리고 이번의 장편 『세조대왕』과 기타 단편소설들은 내가 편협하고 착오된 민족관념을 완전히 이탈하고 천황을 내 임금님으로 모시고 일장기를 나와 및 내 자손들이 피로 지킬 국기國旗를 사랑하면서 쓴 작품들이다.

조선인은 과거의 민족관념에 발전적 해소解消를 주어 2천3백만 동포라는 관념을 일억으로 확대하고, 삼천리 반도를 고국으로 알던 것을 양기揚棄하고 일장기 날리는 국토를 전부 내 조국으로 사랑하지 않으면 아니 할 운명에 있을뿐더러, 또 그것이 지극한 환희요 영광임을 자각하여야 할 것이다. 이러한 정상正常한 자각을 얻을 때에 자연自然 문학에 대한 태도도 달라질 것이다.

나는 다른 문인과 그네의 작품에 대하여서 말하기를 꺼리거니와, 다이쇼大正 8년[3] 후 신문학 울흥蔚興 이래로 문단에 나선 수백數百의 시인, 소설가와 그들의 작품의 민족관념이 대개 나와 공통하지 아니하였던가 한다. 그 중에는 맑시스트도 있었고 또 순예술파라는 이도 있었으나, 그 민족관념에 있어서는 거의 일치하였다고 믿는다. 이 말은 결코 그 작품들이 모다 민족의식을 고취하랴는 의도로 쓰였다는 것이 아니다. 다만 삼천리, 이천만이라는 범위 이외에 대하여서는 눈을 감고 오직 삼천리, 이천만만을 시야에 넣으랴고 하였단 말이다.

---

2 1934년을 가리킨다.
3 1919년을 가리킨다.

만일 조선문인들이 더 일찍이 국체國體를 명징明徵하고 조선인의 운명과 처지를 자각하고서 문학하였던들 내선일체의 실實이 더 빨리, 더 많이 촉진되었을 것이니, 우리의 자각이 늦은 것은 국가에 대하여서뿐 아니라 조선 민중을 위하여서 큰 손해라고 아니 할 수 없다. 이렇게 볼 때에 우리는 송구함을 면치 못하는 것이다.

객추客秋에 조선문인협회가 결성된 것은 실로 조선문단이 국가에 대한 또 조선 민중에 대한 지나간 과오를 청산하고 명징明徵된 국체관념에서 문학을 재출발하자는 선언이었다. 조선문학의 길은 일본 국민문학의 일부가 되는 길밖에는 아모 다른 길이 없는 것이오, 또 이리함으로 하여서 일소지류一小支流로서 대국민문학에 합류하는 영광을 얻는 것이다.

과거 30년 내가 황은皇恩 중에 자라난 모양으로, 다른 조선문인도 따라서 조선문학도 황은 중에서 그 고마우신 우로雨露[4]를 받아서 생장하였다. 미술이나 음악이나 무엇은 안 그런가. 그러면서도 우리는 황은을 인식하삽지 못하기를 오래하였다. 어떻게나 편벽偏僻하고 완악頑惡한 마음이던고.

그러나 이미 조선인의 심안心眼은 열렸다. 그는 황민皇民으로서의 제 진면목을 분명히 인식하였다.

이로부터 조선 문인은 과거의 모든 전통적 구속을 벗고 일본국민으로서 문학을 창작할 것이다. 국어國語도 국문國文으로 도쿄東京에 진출하여도 좋고, 또 언문諺文을 사용하여도 좋다. 제재題材로 하여도 반드시 조선의 생활, 조선인의 생활에 국한할 필요가 없고 독자로는 일억국민 전체를 염두에 둘 것이다. 일본의 광고曠古의 대비약大飛躍, 전국민의 애국적 신체제의 생활, 조선인의 새로 자각한 황민화, 즉 대大국민화의 감격 같은 것은 시와 소설의 가장 좋은 제재일 것이다. 그러나 그와 반反하야 자유주의적, 개인주의적, 퇴폐적인 문학은 앞으로는 입장立場을 잃을 것이다. 대국민의 격려가 되고 보제補劑가 되고 위안이 되고 지도정신指導精神이

---

4 우로지택(雨露之澤) : 임금의 넓고 큰 은혜를 비유적으로 이르는 말.

될 만한 문학이 아니고는 아마 인쇄할 용지가 없을 것이오, 그러한 문학을 쓰는 문인에게 배급될 식량도 없을 것이다.

문인도 신체제의 일부문을 담당하여야 한다. 문인도가 아니라 문인이야말로 가장 중요한 일직역一職域의 전사戰士라야 한다. 조선의 문인은 이 대사명을 자각하고 문필보국文筆報國에 정진할 것이다.

『단종애사端宗哀史』와 『유정有情』[1]

—이럭저럭 20년 간에 10여 편을

내 처음 장편인 『무정無情』과 『개척자開拓者』는 다이쇼大正 3, 4년[2] 경에 『매일신보』에 연재한 것이요, 『동아일보』에 처음 소설을 실린 것은 「가실嘉實」이었다. 그 다음엔 『선도자先導者』는 역시 『동아일보』에 연재했었는데, 이 『선도자』는 그 뒤 사정이 있어 단행본으론 나오지 못했다.

그 뒤 『허생전許生傳』, 『일설춘향전一說春香傳』, 『재생再生』, 『마의태자麻衣太子』, 『금십자가金十字架』, 『단종애사端宗哀史』, 『흙』, 『이순신李舜臣』 등 현대물과 역사물을 줄곧 계속해서 연재했었는데, 그동안 나는 독자로부터 과분한 격찬을 수없이 받기도 했지만 욕도 수없이 먹었었다. 제일 욕먹어 보기는 「민족개조론民族改造論」을 썼을 때와 『선도자』를 썼을 때인데, 그때 중추원中樞院 참의參議 일동一同이 연명連名해서 "들은즉 이광수란 놈이 어려서부터 아비 없는 놈이어서 양반계급을 허는 글을 쓴다"고 총독부 당국과 경성일보사 사장에게 금후 이광수의 글을 실리지 말라는 청원서와 경학원經學院에선 반대강연회, 도쿄에서도 이광수 매장埋葬 연설회가 있었으며, 경성 관립학교의 여규형呂圭亨[3] 선생은 학생들에게 이광수의 글을 절대로 읽지 말라고 선언까지 했다. 그러나 학생들은 내 글思想에 공명했기 때문에 도리어 학생들은 내게 연명連名해서 편지하기를, "도무지 굴하지 말고 더욱 용기를 내서 많이 쓰라"고 격려했으며, 이러한 격려문은 도쿄에서까지 쏠어들었다.

---

1 이광수(李光洙), 『삼천리(三千里)』, 1940.10. '동아, 조선 양 신문에 소설 연재하던 회상'이라는 표제 아래 이태준, 한설야, 채만식 등의 회고와 함께 실렸다.

2 1914, 1915년을 가리킨다. 1917년의 착오이다.

3 여규형(呂圭亨, 1848~1921). 1892년에 문과에 급제하여 잠시 관리로 근무했으나 관운이 좋지 못해 여러 차례 유배되었다. 통감부가 설치된 후 유배에서 풀려나 한성부의 사립학교 교사를 지내다가 관립한성고등학교 주임교유가 되어 한문과를 담당했다.

그리고 동아일보 시대에 제일 많이 감사의 편지를 받은 소설로는 『흙』이었으며, 매우 고생하여 쓴 소설로는 『단종애사』였었다. 『단종애사』를 집필하던 때는 내가 병석에서 신음하던 때이기 때문에 누워서 원고지를 들고 연필로 썼으니, 그 때의 괴로움은 독자 제언諸彦도 가히 짐작하실 것이다.

역사소설에 유의하기는 퍽 오래 전이었었다.

메이지明治 43년[4]에 육당六堂 최남선崔南善 군이랑 한 자리에 모여 앉아서 조선 역사소설 5부작을 앞으로 완성하기로 의논했었는데, 5부작이라 하면 제1부가 단군檀君을 주인공으로 하여 그 시대를 그리려한 것이요, 제2부는 동명왕東明王과 그 시대, 제3부는 고려 말과 이조李朝 초, 제4부가 이조 중엽, 제5부가 이조 말엽인데, 이러고 보면 단군으로부터 시작해서 이조 말까지 조선 역사의 대부분을 소설화시키게 되는 것이다. 그러나 모든 것이 여의如意케 되지 않아서 나는 제1부부터 시작 못하고 신라 말, 고려 초, 이조 중엽, 이렇게 순서 없이 쓰기 시작했던 것이다.

현대물 『재생』은 내가 석왕사釋王寺에서 「혈서血書」를 쓴 뒤 계속해서 쓴 장편이며, 그 시절엔 내가 동아일보사 편집국장의 자리에 있어서 사설, 소설, 심지어 횡설종설橫說縱說까지, 말하자면 신문의 사설四說이 모두 내 손으로 되던 때였다.

내가 동아일보사에서 조선일보사로 넘어가면서 처음 조선일보 지상에 연재한 것이 『유정有情』이며, 최초 소설로 쓰려한 것이 아니고 기행문으로 쓰려 한 것이다. 이전에도 시베리아西伯利亞 방랑시절에 한 번 보기는 했지만, 그 후 재차 하얼빈哈爾濱에서 치치하얼齊齊哈爾을 거쳐 만주리滿洲里로 갈 때 보주선寶州線, 滿滿西部線의 그 일망무제一望無際한 넓은 벌을 석양에 지나가게 되는데, 붉은 낙조落照의 세례洗禮를 받는 광야曠野의 특유한 풍경은 실로 한 장관壯觀을 정呈하고 있어서 그것을 꼭 한번 기행문으로 쓰려고 마음먹고 『동아일보』에 쓰려 하다가 그만 조선일보사로 자리를 옮기자 중지했으며, 그 후 이야기를 집어넣어서 소설화시키는 것

4 1910년을 가리킨다.

도 매우 좋으리라 생각하고 『유정』이란 제목을 붙여 소설화시킨 것이다. 그 뒤로 『조선일보』 지상紙上에 『그 여자의 일생』, 『이차돈異次頓의 사死』, 『애욕愛慾의 피안彼岸』, 『그의 자서전』 등 장편을 계속 연재했었다.

조선일보사는 나온 후 전작장편全作長篇으로 『사랑』, 『세조대왕世祖大王』을 썼으며, 『사랑』은 내 장편 중 독자로부터 가장 많은 편지를 받은 작품이었고, 『세조대왕』은 작년 5월에 시작해서 금년 5월에 끝낸 것으로, 참고서적을 보기도 무려 4, 5천 혈頁을 읽기까지 한 내 장편 중에서는 가장 고심한 작품이다.

감격의 영화感激の映畵[1]

데라다寺田[2] 씨, 이번 뉴스 영화는 누구나 꼭 한 번 보았으면 합니다. 궁성宮城 외원外苑의 저 축하장 광경은 감격 그 자체였습니다. 두 분 폐하를 지척에서 모신 듯이 실로 황공했습니다만, 다카마츠노미야高松宮[3] 전하께서 어성御聲을 한껏 올려 천황폐하 만세를 외치시던 그 음성! 기쁘다고 할까, 힘차다고 할까. 그 음성에 화답해 올리는 5만여 참례자의 우레와 같은 소리와 저 치켜든 손! 두 분께서 나란히 축하를 받으시는, 두 분 폐하의 모습! 저는 일본의 고마운 모습을 여기서 볼 수 있었습니다. 이 영화는 전 국민에게 빠짐없이 보여주지 않으면 안 됩니다.

---

1 원문 일본어. 가야마 미츠로(香山光郎), 『경성일보(京城日報)』, 1940.11.23. '명멸등(明滅燈)'란에 실렸다. 11월의 일인 것으로 보아 11월 3일의 메이지절(明治節) 관련 행사에 관한 뉴스영화였을 가능성이 있다.

2 데라다 에이(寺田瑛, (1894~1960). 『경성일보』 학예부장 겸 논설위원을 지냈고, 1943년 조선문인보국회 상무이사로 활동했다.

3 다카마츠노미야 노부히토(高松宮宣仁, 1905~1987). 다이쇼(大正) 천황의 3남(男)이자 쇼와(昭和) 천황의 숙부이다.

1941년

신체제하의 예술의 방향[1]

―문학과 영화의 신출발

예술이라는 말은 묘한 힘을 가지고 있으며 묘한 권력을 가지고 있다. 한 작품을 놓고 이것은 예술이 아니다 하는 단안斷案을 받게 되면 그 작품은 죄를 지은 것이라. 법률로 말하면 사벌死罰이다. 이리하여 예술론 중에는 소위 예술지상주의라는 것이 있다. 그러나 예술로 인해서 많은 사람이 죄를 범하는 것을 우리는 너무나도 흔하게 목격하게 한다.

예술이라는 말은 원래 동양에 없었던 말로 서양 말을 번역한 것이다. 서양의 예술이라는 말은 재주라는 말이다. 교묘한 업業이란 것을 의미한 말이다. 영국 말로는 '아트', 독일 말로는 '쿤스트'로, 교묘한 재주, 교묘한 업을 의미한다. 교묘한 업이라면 동양인이라고 못할 일은 없으나 그래도 예술이라고 하면 신비한 것을 느끼게 된다. 그러면 예술이란 무엇이냐. 옛날로부터 여러 가지로 해석되고 있는데, 최초 영국의 슨자(?)는 예술은 '플레이', 즉 '즐거운 모유母乳'로부터 생겼다고 한다. 아이에게 어머니가 젖을 먹이고는 즐거이 놀기 위해서 춤을 추게 되는 것을 가리킴이다. 그렇다면 예술은 한 개의 즐거움이다. 즉 재미를 의미하는 것이다. 고故로 재미가 예술의 사명使命이다. 그러나 이 재미에는 여러 가지 계급이 있다. 품品이 높은 것과 저열底劣한 것이 있다.

호올은, 예술은 '감정의 말'이라고 정의했다. 즉 감정을 남에게 전하는 것을 예술이라 한다. 공포의 감정, 분노의 감정, 사랑의 감정, 슬픔의 감정, 미움의 감정, 이것은 심리학이 가리키는 기본 감정이다. 그러나 사랑의 감정 중에는 부모의 사랑, 사제師弟의 사랑, 이성異性의 사랑 등이 있으며, 미움이나 슬픔이나 기쁨도 역

1 이광수(李光洙), 『삼천리(三千里)』, 1941.1.

시 각이各異한 것이 있는 것이다. 이러한 감정 중에서 어떠한 감정을 어떠한 말로 민중에게 던지려는가. 이 던지는 것에 소위 예술적 양심이라는 것이 일게 되는 것이다. 예술이라고 해서 우리는 아무 작품이나 만들 수는 없다. 고故로 문학이나 영화를 통해 문화의 발달을 보기 위해선 이 신체제하에 있어서 어떠한 감정을 선택하여 대중에게 전할까 하는 것이 한 개의 문제일 줄 안다.

신체제하에 있어서 예술의 각 부문은 건전한 사상과 건전한 감정을 자극하는 데 유의해야 할 것이다. 세상에서 영화만치 가장 세력을 많이 가진 문화 부문은 없다. 문학보다도 영화는 더 많은 대중을 획득하고 있다. 기독교나 불교의 신자의 수보다도 영화 신자가 몇 배 이상으로, 그 세력은 세계일世界一을 점占하고 있다. 매일 영화관은 초만원을 이루고 있다.

그런데 이렇게 많은 대중을 획득하고 있는 영화가 저열한 작품을 제작하여 대중에게 악영향을 준다면, 그것은 영화가 인간의 혼魂을 살해하는 살인죄를 범하게 되는 것이다. 이 점에 있어서는 문학도 마찬가지다.

우리 문화인의 적敵은 무엇이냐. 문학과 영화는 우리 문화인의 진실한 반려伴侶가 될 수 있는 동시에 우리의 진정한 적이 될 수 있는 것이다. 영화나 문학을 통해서 품品이 높은 즐거움, 즉 건전한 사상과 건전한 감정을 자극시키지 못하고 국민으로 하여금 불건전한 사상과 불건전한 감정을 자극시키게 되면 그것은 우리 문화인에게 있어서 최대의 적이 아닐 수 없다. 전장戰場에서 한 병정兵丁은 적을 열 사람, 최고로 스무 사람을 죽이게 되지만, 나쁜 문학과 나쁜 영화는 수백 명, 수천 명을 살해할 뿐 아니라 후대에까지 나려가며 많은 사람을 죽이게 되는 것이다. 그런데도 불구하고 특히 영화는(다른 예술 부문에도 없는 바는 아니나) 일반대중의 저열한 감정을 사기 위해서, 즉 영리營利를 목적하는 작품이 왕왕往往 제작되는 때가 많다.

예술의 각 부문에 있어서 가장 슬픈 일은 그 예술로 하여금 상품화시키는 일이다. 영화를 제작할지라도 인생의 감정과 영성靈性을 미화美化시키기 위해서나 또는 인생의 감정을 높은 데로 끌어올리기 위해서가 아니고 영리營利를 목적하는 때가 많다. 이것은 자본주의의 한 폐해로, 금일의 말을 빈다면 이윤 추구, 즉 자기의 이익만을 목적하는 자유주의의 폐해인 것이다. 예술은 이윤 추구의 도구가 되어서는 안 된다. 이 자본주의, 자유주의, 상업주의는 메이지유신 때 구미사상歐米思想이 끌고 들어온 것이다.

영화는 예술의 일 부문部門이다. 내가 현재 직업職業하고 있는 문학도 물론 예술의 일 부문이다. 원래 문학예술은 옛날로부터 매우 존경을 받아왔었다. 그것은 옛날로부터 문학예술가인 소위 선비는 대체로 빈한貧寒했었다. 그것은 그들은 돈에 자기의 지조志操를 팔지 않았고 돈 때문에 글을 쓰지 않았으며, 비록 아사餓死할지라도 더러운 일로 얻어진 돈으로서는 목을 추기려하지 않었다. 그랬기 때문에 예술가는, 즉 선비는 인격자로 존경을 받아왔었다. 그렇다면 신체제하의 문학과 영화도 개인주의 사상을 버리고 전체주의 사상 밑에서 국가를 위하고, 다시 한 걸음 더 나아가서 대아세아주의 사상 밑에서 동아신질서건설과 동아공영권東亞共榮圈의 수립樹立을 근저로 한 문화 활동을 계속해야 할 것이다.

우리는 왕왕往往 예술을 대단한 것으로 알고 높이 평가하는 일이 많다. 나도 예술가의 한 사람이지만 예술은 높이 평가할 것이 못 된다. 그것은 자기가 예술가일 경우에 더욱 그러하다. 그렇다고 낮게 평가할 것도 아니다.

히코 아스의 말에 '예술을 위한 예술'이라는 말이 있다. 이 말은 17, 18년 전에 조선에서도 상당히 부르짖은 소위 예술지상주의가 그것이다. 그러나 이사 자로의 말에는 '인생을 위한 예술'이라는 말이 있다. 이 말은 '인생[2]과 함께 예술'이라는 말로 사용된 말인데, 인생을 위한 예술이 아니면 예술이 아니라는 말이다. 예술지상주의자 편에서 볼 때는 예술은 예술문화가 목적이요, 결코 인생을 위해서 좋다든가 나쁘다든가 그러한 법리적法理的 흑백으로 부칠 것이 아니라는 것이 예술지상주의자의 예술론이다. 이러한 주의는 개인주의와 자유주의를 예술에 나타내는 것인데, 이러한 주의는 탐미주의일 수도 있다. 그러나 우리는 이 예술지

2 원문에는 '藝術'로 되어 있으나 맥락으로 보아 오식인 듯하다.

상주의를 청산하는 것이 문학의 신체제요 영화의 신체제, 즉 예술의 신체제가 될 것이다.

그렇지만 인생을 위한 예술주의 중에도 인생이라고 하는 말의 해석 여하에 따라 묘하게 된다. 즉 인생을 하늘보다도 높다고 본다든가 국가보다도 크다고 보아서 국가도 나를 위해 있는 것이요 내가 없으면 국가도 없다는 자기중심주의에 빠지게 되면, 이 역시 신체제하에 허용되지 못할 예술론인 것이다.

나는 지금이 비상시라고 해서 이러한 말을 하는 것은 아니다. 그렇다면 인생이라는 것은 무엇이냐. 인생은 어데 있느냐. 인생은 없다. 이 말은 성서聖書에 있다. 인생이 없다면 '나'는 어데 있느냐. '나'라는 것도 없다. 이것도 성서에 기록된 말이다. 인생이 여기 있다는, 즉 '내'가 있다는 것부터가 벌써 개인주의를 의미하는 것이다. 그러므로 국민 전체를 '나'로 인식해야 하며, 진정한 '나'는 나를 떠나서 있다. 이러한 의미에서 문학과 예술 등 문화의 각 부문은 전체주의, 국가주의를 기조基調로 하는 신체제에 참가하여야 할 것이며, 조선의 예술군藝術群도 내선일체內鮮一體의 기치旗幟 하에서 국가를 위해 그 보조를 같이 해야 할 것이다.

여기에 부언附言하는 것은 내선일체 문제에 있어서 조선인은 야마토족大和族과 조선인의 피가 다르다고 해서, 즉 혈통이 다른 민족이라고 해서 내심內心으로 환영하지 않는 분자分子가 있는 듯싶다. 그러나 내선內鮮 양 민족은 피를 함께 한 민족이다. 2천 년 전에는 한 민족이었으며, 그 후에도 1천2백 년 전 경에 백제로부터 일본에 건너간 백제의 자손들이 내지 사이타마崎玉[3]의 고려촌高麗村에서 일본인과 결혼하여 그 후손은 혼혈한 완전한 일본인이 되였으며, 천8백만 인人이나 산算하게 된다. 그리고 더욱 황송한 말씀이나 황실皇室에도 이차二次나 조선의 피가 섞이셨던 것이다. 이 말은 총독부에서 해도 좋다 해서 나는 기쁜 마음으로 근기謹記한 바인데, 제1회는 역사에도 분명히 기록되어져 있는 진구황후神公皇后[4]께옵서는

3 일본 간토(關東) 지방 중서부에 있는 현으로, 토쿄 북쪽에 인접해 있다.

4 『일본서기(日本書紀)』에 스미요시노 오카미(住吉大神)의 신탁으로 뱃속에 아이를 임신한 채 현해탄을 건너 조선반도에 출병하여 신라의 항복을 받아내고 고구려, 백제도 조공을 약속했다고

신라 아메노 히보코天日槍[5]의 후예後裔시다. 그때 처음으로 일본 황실에 신라의 피가 섞이셨고, 그 후, 간무천황桓武天皇[6]께옵서 교토京都에 서울을 어정御定하옵신 헤이안조平安朝 초初에 간무천황의 어모후御母后께서는 백제의 성왕聖王의 증손녀였었다. 이렇게 황송하옵게도 황실을 비롯하여 신민에 이르기까지 내지인과 조선인의 피는 하나로 되여 있으며, 이로써 우리는 천황폐하의 신민으로서 충의를 다하는 자가 되어야 할 것이며, 및 우리의 예술도 그러해야 할 것이다.

기록되어 있는, 이른바 '삼한정벌(三韓征伐)'의 주인공이다.

5 『일본서기』에 스이닌(垂仁) 천황 3년(기원전 27) 봄 과거 신라의 왕자였던 아메노 히보코가 구슬, 칼, 거울 등의 일곱 가지 신보(神寶)를 가져 왔다는 기록이 있다.

6 일본의 50대 천황으로, 고닌(光仁) 천황과 백제인의 후손 다카노노 니이가사(高野新笠)의 아들이다.

문인의 응소應召
-'육군기념일'에 제際하야[1]

1

조선인의 미안

경성 시내에도 처처에 응소應召, 입영入營, 출정出征의 깃발이 보인다. 문패門牌 옆에 '충훈휘만세忠勳輝萬世', '국민예지가國民譽之家'의 패牌가 보인다. 이것은 전사戰死, 출정군인의 표식標識이다. 만일 조선인도 병역兵役의 의무가 있다 하면 거의 몇집에 하나씩 이러한 깃발과 패가 붙었을 것이다. 내지內地의 도시와 촌락을 상상하면 누구나 혹 은 부형父兄, 혹은 자제子弟 중에 하나나 둘이나 혹은 전사 혹은 출정 아니 한 사람이 없을 것이다.

그것을 생각하면 조선인 된 우리는 죄송하고 미안한 마음으로 얼굴을 들기가 어렵다.

조선인 된 자 감히 일언반구一言半句의 불평을 말할 면목이 없다. 오직 묵묵히 전심력을 내지 동포의 몇 갑절이나 하여야 할 것이다.

우리가 맑은 양심으로 가만히 반성할 때에 누구나 이러한 느낌을 가질 것이다.

이 미안함을 보상하는 길이 무엇이냐 하면 그것은 첫째로 지원병을 많이 보내는 것임은 말할 것도 업다. 금년도 3천명 정원定員에 15만의 응모應募가 있다는 것은 기쁜 일이거니와, 그래도 아직도 조선사람 일반에게 애국심이 충분히 발하였다고 생각할 수는 없다. 아직도 그들에게 많이 글로도 읽혀주고 말로도 들려주어야 할 일이 많다. 교회敎化 선전宣傳의 필요가 많은 것이다. 다음에 생산증가나 자

1 가야마 미츠로(香山光郞), 『매일신보(每日新報)』, 1941.3.10~14. '학예(學藝)'란에 실렸다.

원애호資源愛護나 방공방첩防空防諜의 점으로 보아서도 그러하다. 즉 전 주민이 열렬한 애국심을 가지고 국가의 이상과 목표와 시국의 정세를 잘 인식함이 아니고는 진실로 일억일심一億一心이 되어서 사私를 멸滅하는 직역봉공職域奉公의 적성赤誠을 발하기는 어려운 것이다.

그런데 현금現今 우리나라의 정세는 실로 비상非常의 비상시이다. 태국泰과 프랑스령 인도차이나佛印 문제가 설사 제국帝國의 의사대로 낙착落着이 된다고 하더라도 그것으로 국제관계가 완화된다고 생각할 수는 없는 것이다. 대안對岸의 미국에서는 국력을 경주傾注하여서 대일전비對日戰備를 하고 있는 것을 몽매蒙昧에도 잊어서는 아니 되는 것이다.

그렇다 하면 우리 일본은 최고최대한 국력을 발하지 아니하면 아니 되고 그것도 시급히 발하지 아니하면 아니 된다.

그런데 조선의 인구는 제국 전인구의 사분지일四分之一, 내지 인구의 삼분지일三分之一을 점占한다. 그러므로 만일 조선인이 힘을 발하면 제국의 국력의 사분 내지 삼분지일이 증대하는 것이다.

이에 조선의 2천3백만의 중대한 책무가 있고 이에 조선 문인의 중대한 사명이 있는 것이다.

조선 문인의 응소

군인軍人만이 응소應召되어서 국방國防의 직역職域에 나가는 것이 아니다. 기술자만이 징용徵用되는 것이 아니다. 직업, 연령, 성별의 여하를 물론하고 응소되는 것이 곧 비상시요 고도국방국가高度國防國家의 본색本色이다. 상공업자, 농어민할 것 없이 전부 입영한 것이라고 생각하여야 한다. 그리고 출정하였다고 제일선에 나섰다고 생각하여야 한다.

실상 내지인으로 말하면 부형이나 남편이나 자제나 하나나 둘 입영하거나 출정 아니 한 이가 없다. 그러하기 때문에 총후銃後에 남아 있는 가족도 출정한 사랑하는 이와 같은 비장悲壯, 진지眞摯한 심적 상태에 있다. 그래서 밤낮으로 출정장병의 무운장구武運長久를 신불神佛께 기원하고, 노약老弱까지도 농어農漁의 노역勞役을 하고 위문품 보낼 것을 늘 생각하고 이를 악물고라도 이 난국을 타개하랴고 전심력을 다하는 것이다.(1941.3.10)

2

그러므로 내지인은 총후銃後의 국민까지도 전부 응소應召의 기분으로 있는 것이다.

그런데 심히 미안하고 부끄러운 일이거니와 조선 사람은 출정出征한 가족이 적은 것도 있고, 또 일반으로 교육이 보급되지 못함도 있어서 이처럼 애국하는 열정이 보편普遍되지 못하다. 저마다 나도 제일선第一線에 선 병사다 하는 생각이 절실치 못하지 아니한가.

이에 조선 문인은 소집령召集令 없는 소집에 응할 의무가 있다. 그들은 붓대를 들고 나서 민중에게 애국심을 고취하고 시국時局을 인식시키는 역할을 하여야 한다. 이 일을 하라는 명령은 어느 관서官署에서 오는 것이 아니라 각각 자신의 애국적 양심에서 올 것이다.

이 소집에는 정원定員도 없고 면제免除도 없다. 조선 문인을 한 사람도 빼어놓음 없이 총동원을 하여도 오히려 부족하다. 지금 문필을 잡는 이가 3백명이라고 가정하면 각인各人이 80만 동포에게 국민정신을 주입하고 시국 인식을 시켜야 될 의무를 진다.

문인은 성세한민聖世閒民이라는 관념을 가지기 쉽다. 속세간俗世間에서 초월超越, 은둔隱遁하여서 저 혼자의 세계에 유희遊戲하기 쉽다. 이것을 고답高踏이라고 하고 고고孤高라고 한다. 그리고 세무世務에 관심을 가지고 그것을 위하여서 노력하는 것을 수치로 알기도 한다. 더욱이 지나류支那流의 사상에 그런 것이 있다. 조선에서는 청년문인 계급에도 이러한 사상이 없지 아니하다.

그러나 그것은 평시에나 용허容許할 일이다. 일본에서도 이 비상시가 지나가고 태평시대가 오는 날이면 몇 백 몇 천쯤 이러한 고답高踏·청담자류淸談者流를 먹여 살리는 것도 좋을 것이다. 그것이 문화의 내용에 버라이티[2]를 증增하는 효과를 주기 때문이다. 그러나 금일今日은 전시戰時다. 국민총동원의 시기다. 모두 본업과 부모처자를 버리고 모든 개인적 욕망과 기호嗜好와 향락을 버리고 전쟁의 부서部署에 나가는 때다. 이러한 때에 문인이나 예술가라고 하여서 종래의 제 상아탑象牙塔 속에 안거安居하여서 독자獨自의 기호에 탐닉하기를 용허容許될 리가 없다.

오늘날 문인이 먹는 밥은 군량軍糧이요, 입는 옷은 군복軍服이요, 그가 쓰는 원고지는 군수품軍需品이다. 문인은 군인이다. 그가 이 전쟁을 이기기 위한 글을 쓰지 아니하고 한맹閒氓[3]의 글을 쓴다 하면 그것은 제 직책職責을 잊은 것이다.

시인은 애국가와 군가를 짓고 전선용사의 생활을 영탄咏嘆할 것이다. 그렇지 아니하면 총후봉공銃後奉公의 생활의 노래를 부를 것이다. 푸른 술 붉은 술은 오늘의 시의 테마는 못된다.

일억국민에게 감격을 주고 분기奮起를 주는 시를 지어야 할 것이다. 그 시를 읊을 때에 애국의 열정이 솟고, 멸사봉공滅私奉公의 적성赤誠이 타고, 인고단련忍苦鍛鍊의 기백氣魄이 일어나는 그러한 시를. 그러한 시인이라야 군국시인軍國詩人의 본분本分이라 할 것이다.

소설을 쓰는 자는 먼저 지원병의 가정을 제재題材로 할 것이다. 황은皇恩에 감격하는 생활을 그리고 내선인의 상애상화相愛相和하는 생활을 그릴 것이다.

농민을 그린다면 그의 황국국민으로서의 자각, 천황의 논을 갈아서 천황의 쌀을 지어 바치는 자각과 직역봉공의 정신 속에서 발생되는 연애와 가정애를 주제로 할 것이다.

청년학생을 그린다면 팔굉일우八紘一宇의 대이상大理想을 실현하랴는 황모皇謨를

2 다양성(variety).

3 한가한 백성.

익찬翼贊하랴는 발발潑潑한 야심野心과 이기욕을 억압하고 수도수행修道修行의 생활에 정진精進하는 장壯한 의기意氣를 그릴 것이다. 소설 중의 남자는 건장하고 근면하고 경건하여서 좋은 모성母性될 여성을 애인으로 할 것이다. 소설 중의 여주인공은 창백한 남성을 천대賤待하고 언제나 총을 들고 전선에 나설 수 있는 용사적勇士的인 남성을 사모할 것이다. 그는 신경보다도 근육을 사랑하고 근육보다도 의기意氣를 그리워할 것이다. 그들은 만난萬難을 배排하고 그들의 연애를 성취할 것이다. 충효에 유관攸關함을 볼 때 그들은 능히 연애를 죽일 용사勇士일 것이다.

금일今日 명일明日의 문학은 근로를 찬양하고 안일安逸을 저주할 것이다. 이기주의, 영리주의적 인물에 대하야서는 가차 없는 악보惡報를 내릴 것이다.

충의忠義에 대하여서 신명身命을 홍모鴻毛같이 여기는 남자야말로 금일, 명일의 시와 소설의 제목일 것이다. 애국심이 없고 일신一身의 이해고락利害苦樂을 위하야서 영영급급營營汲汲하는 무리를 충의남녀忠義男女의 발에 밟혀서 으스러지게 하는 스토리야말로 금일, 명일이 요구하는 문학이다.

이에 반反하는 문학은 모도 배격할 것이다. 더구나 인과因果의 이법理法을 무시하고 국민적 이상과 감정에 어그러지는 문학과 인생을 우울하게 하거나 열등감정을 도발하게 하는 문학은 마땅히 박멸할 것이다. 그것은 국력을 소모하는 문학이기 때문이다(.1941.3.11)

3
조선문학의 사명

국민문학의 용어가 국어國語일 것은 말할 것도 없다. 조선문학이 종래에 조선어문으로 씌어 온 것은 부득이한 사정이라 하겠으나, 국민교육이 보급되어 주민 전체가 국어를 이해하게 됨을 따라서 조선어문이 퇴장할 것은 필연한 이세理勢다. 금후로 조선인 문사가 국어를 용어로 하는 문학을 제작하게 될 것도 필연한 일이거니와, 당분간 조선어만을 알고 국어를 모르는 동포를 위하여서 조선어문의 문학도 필요한 것이다.

그러므로 여기 대하여서 잘못 인식하여서는 아니 된다. 즉 조선 문인이니까 조선어문으로 문학을 제작한다는 생각을 가져서는 아니 된다. 국어를 모르는 동포를 위하여서 조선어문으로 문학을 제작한다는 것이 정당한 생각이다.

그러므로 언문문학諺文文學의 주요한 목적은 국어를 모르는 동포에게 국민정신을 주는 데 있어야 할 것이다. 왜 그러냐 하면 국어를 모르는 동포들은 국민정신에 접촉할 기연機緣이 조선어 문학밖에는 없기 때문이다.

조선에서 현재 국어를 모르는 동포가 2천만 있다. 국어를 아는 이가 1할 5분쯤 된다고 하나 그 1할 5분이 다 국문國文을 읽어서 정신을 이해할 정도가 족하다고 생각할 수는 없을 것이다.

국어를 모르는 동포 2천만 중에는 학령 이하의 아동과 노인도 있으니, 이것을 제하고 학령 이상 미취학 아동으로부터 40세 내외에 이르기까지의 5백만 동포는 당장 국가에 유용有用한 계급이다.

생산력으로도 그들이 중심일뿐더러 정신적으로 이세국민二世國民의 양육자, 지도자인 까닭이다. 이들에게 국민정신을 주입하고 시국을 인식시키고 아니 시킴은 당장의 국력 발휘와 조선인 황국신민화에 지대한 영향이 있는 것이다.

이 층에 정신적 양식을 주는 것이 언문문학의 주목적이다.

그러므로 이 주목적에 불합不合하는 언문문학은 존재 이유가 없는 것이요, 만일 이에 배치背馳한다 하면 그것은 용허容許할 수 없는 일이다. 왜 그런고 하면 그것은 다만 국책國策에 위반될 뿐 아니라 조선인 자신에 지대한 위해危害를 가하게 되기 때문이다.

조선인의 최대 행복은 황민화가 일일이라도 속히 되는 것이오, 이에 반反하야 최대 불행은 황민화가 일일日이라도 지체되는 일이기 때문이다.

그런데 조선 문인의 작품은 아직도 이 정신의 반영이 부족하지 아니한가. 이대로 가서 아니 될 것은 물론이다. 조선 문인들은 일대발분一大奮發, 일대결심一大決心

으로 신필新筆을 들지 아니하면 아니 될 것이다. 앞으로 3년이 국가로 보거나 조선인 자체로 보거나 중대한 시기다. 동아공영권을 위한 대투쟁의 클라이막스가 앞으로 3년 이내에 올 것이라고 생각할 사정도 있고 필요도 있다고 믿는다. 즉 이에 대한 국력의 준비가 필요하단 말이다.

그런데 국력이란 곧 국민의 정신적 분기奮起, 단결과 물物의 생산증가다. 그리고 후자도 전자를 기초로 함은 물론이다. 국민의 정신력 없이는 전쟁을 할 수 없는 것이다. 국민이 저마다 제 직역職域을 장병將兵의 직역과 같이 알아야 병력兵力도 강하거니와 생산력도 증가되는 것이다. 절약, 근로, 저축이 곧 생산력이거니와, 이 삼자三者가 다 정신력에 의존하는 것이기 때문이다.

내지內地에서도 시난時艱[4] 돌파突破를 위하여서 정신력 진작振作의 필요를 느낀다 하거든 하물며 조선에서랴. 내지인은 신명身命과 재산이 폐하의 것임을 본능적으로 알고 있다. 그러나 조선인은 국민적 자각을 기다려서야 비로소 이러한 신념을 가지게 될 것이니, 국민적 자각이라 함은 곧 나는 천황폐하의 신민이오 나와 및 내 자손은 대대로 일본인으로 무궁한 영예를 누린다 하는 자각이다. 조선인에게 주어진 운명은 오직 이것 하나뿐이오 이 밖에는 결코 아모러한 다른 길도 없다 하고 확신하는 것이오, 이러한 자각과 확신에 기基하야 일체를 천황께 바쳐서 이에 귀일歸一하여 버리는 것이오, 최후로 이러함에서 안심과 희열을 느끼게 됨을 이름이다.(1941.3.12)

4

내선일체를 신념으로 삼아서 천황께 일체 바친 때에 우리는 마음을 턱 놓는 것이다. 모든 불안과 우려를 벗어버리는 것이다. 이럴까 저럴까 하는 의혹疑惑과 준

4 원문에는 '時限'으로 되어 있다.

순浚巡을 해방하여 버리고 탄탄한 진로進路를 발견하는 것이다. 이것은 종교적인 안심입명安心立命과 같은 것이다. 그의 용모에는 화기和氣와 자신自信이 있고 그의 눈찌에는 생생한 희망의 빛이 도는 것이다.

조선인은 누구나 각개各個로 종래의 불안한 인생관, 국가관에서 대사일번大死一番하고 황국신민으로 재생하는 순간을 경험할 필요가 있다. 문인은 모름지기 — 각각 자신이 이 체험을 가지고 나아가서 이 정신, 이 심경을 문학을 통하여서 조선 동포에게 전할 의무가 있고 사명이 있는 것이다.

'문인文人은 정치에는 무관無關이다' 이러한 소리는 이러한 경우에는 통용되지 아니한다. 왜냐하면 이 문제, 즉 조선인 황민화皇民化 문제는 조선인의 생명 문제이지 일시적인 정치 문제가 아니다. 우리는 생명을 위하여서 모든 것을 돌아볼 여가가 없는 것이다.

만일 조선인이 앞으로 3년 이내에 황민화의 실實을 거擧하지 못한다 하면 이 중대시난重大時艱 극복, 대동아공영권 건설의 성업聖業에 공헌하지 못하고 말 것이니, 그리 된다 하면 나라에 대하여서 심히 죄송할뿐더러 조선인 자신의 장래에 대하여서 막대한 회한悔恨의 일이 없기를 보保키 난難할 것이다.

이러하므로 조선 문인은 제백사除百事하고 국민심國民心을 품고 국민복國民服을 입고 국민필國民筆을 들어서 국민문학을 제작하기에 전력하지 아니치 못할 것이다.

각종의 곤란

일개 문인으로서의 필자의 체험으로 보건댄 조선인 문인으로서 국민문학에 신新출발을 하는 데는 여러 가지 곤란이 있다.

나는 이것을 솔직히 고백하여서 동업同業 제위諸位의 참고에 공供하려 한다.

내가 국민문학인 문학을 쓰겠다 할 때에 느껴지는 첫째 곤란은 국문國文의 힘이다. 국문으로 문학을 쓸 수가 있을까 하면 우리와 같이 조선문만을 쓰던 사람으로는 심히 곤란한 일이다. 국문으로 문학적 문장을 쓰랴면 첫째로 국어, 국문 공부를 하여야 하겠다. 둘째 곤란은 사고, 감정의 습관의 재건再建이다. 즉 국가 본위 아니던 종래의 구미식 자유주의적 사상과 조선을 한 문화 단위로 보아오던 습관을 제거하고 사물을 황국신민이라는 견지에서 보고 느끼는 새 습관을 형성하는 일이니, 이것은 상당한 노력을 요하는 것이다. 사람의 습관이란 그렇게 용이하게 변개變改되는 것이 아니다. 이데올로기는 순간적으로 고쳐지지마는 사고, 감정의 습관은 성성成性이 되어서 일조일석一朝一夕에 혁신되기 어려운 것이다. 셋째 곤란은 그룹 심리다. 종래에 교유交遊하던 그룹이 구태舊態에 머물러 있을 때에 저 혼자 빠져나오기는 여간 어려운 것이 아니다. 마치 갑자기 세상에서 격리되는 듯한 고독의 비애를 느끼게 되는 것이다. 하물며 제 세계를 이루었던 친지親知들이 힐책과 조소로 내 신新 태도를 대할 때에는 일종 이길 수 없는 통고痛苦를 느끼는 것이다. 이 때문에 견권繾綣[5] 되어서 주저 방황하게 되는 동안에 그 주저 방황이 또한 신新 습성을 이루어서 미결불안未決不安의 일경지一境地에 머물게 되는 것이다.(1941.3.13)

5

단斷이 필요하다. 대사일번大死一番이 재생의 비결인 것이다.

나종에 오는 곤란은 이해관계다. 종래의 교유交遊를 잃는 동시에 종래 명예와 독자를 잃는 일이다. 이것이 소소한 일인 것 같지마는 범부凡夫인 오인吾人으로서는 구舊 생활의 제 축적을 일척一擲하여 버리기가 결코 용이한 일이 아니다.

그러나 우리는 용맹스럽게 이 일을 하지 아니하면 아니 된다. 그것을 못하는 것은 우유부단이다.

---

5 서로 정이 살뜰하여 못내 떨어지기 어려움.

그러나 이 모든 정신적 곤란을 다 극복하고 국민문학의 붓을 들고 앉은 때에 또 한 곤란이 온다. 그것은 기술적 곤란이다.

가령 소설을 쓴다고 하자. 어떤 테마로 어떤 인물을 등장시켜서 어떤 플롯으로 스토리를 전개할까.

솔직하게 말하면 학교에서 교과서를 배운 것에도 평소에 읽은 내외의 문학에도 국민문학이 모범이 될 만한 문학은 극히 드물다. 서양문학은 물론이거니와 메이지明治 이래의 일본문학도 대개 서양사상에 감염된 것이어서 참말로 국민문학의 표본으로 볼 수 있는 것이 적다. 자연주의 이하로 맑스주의에 이르기까지 근대문학을 지도하던 모든 원리와 수법은 국민문학의 요구에 합하지 않는 다. 더구나 팔굉일우八紘一宇, 세계신질서건설이라는 대이상大理想을 이상으로 하는 금일의 일본문학의 본本을 과거에 구한다는 것이 불가능한 일이다.

우리가 할 일은 과거의 문사나 문학에서 취범取範하는 일이 아니오 차라리 그 영향에서 이탈하는 일이다. 오늘날에 서양의 모모某某, 메이지明治·다이쇼大正시대의 모모某某를 배운다는 것은 국민문학 건설의 요구와 배치背馳하는 일이다.

오직 신주의新主義, 신수법新手法이 있을 뿐이다. 신개척인지라 치졸稚拙할 것이다. 그러나 완성한 지투智套보다도 치졸한 신경지新境地이야말로 우리가 구하는 바다.

그러므로 재래의 문예비평의 모든 표준을 일체로 포기하고 신입각지新立脚地에서 재출발할 필요가 있다. 재래에 이른바 예술성이라는 것을 일단 부인하고 백지白紙에 돌아갈 필요가 있다. 왜 그런고. 재래의 비평가들이 좋다 하는 작품이 금일의 요구로 보면 배격할 것이 많기 때문이다.

그러므로 우리는 재래의 모든 약속에서 초탈超脫하여서 '어찌하면 국민에게 가장 잘 국가 이상과 애국심을 고취할까, 어찌하면 용건勇健한 국민생활을 묘사할까' 하는 것을 유일한 지도원리로 삼고 치졸하나마 신문학건설의 신출발을 하여야 할 것이다.

비상시의 문학은 비상시 국민의 영양식이기를 절대로 요구한다. 그러므로 금일의 문학은 건전성으로 하여야 한다.

조선문으로 쓰이는 문학은 무엇보다 먼저 조선 동포의 황국신민화에 공헌하기를 목적으로 한 것이라야 한다. 이 점에 대하여서는 아모러한 타협조건도 있을 수 없을 것이다.

건전한 대중성 있는 황국신민의 문학 — 이것이 금일 조선이 요구하는 조선문학이다. 생명에 귀관歸關한 문학이다.

조선 문인은 응소應召한 것을 잊어서는 아니 된다. 군복을 입고 문학을 제작한다는 것을 잊어서는 아니 된다. 그의 직역봉공이 이것임을 잊어서는 아니 된다.(1941.3.14)

일본 문화와 조선[1]
—실생활을 중심으로

1
황실 중심과 가家의 생활

만세일계萬歲一係, 군민일체君民一體, 황실중심皇室中心 — 이러한 관념은 오직 일본에만 있는 것이다. 일본의 국체관념國體觀念이란 곧 이것이니, 이것을 바로 파악하는 것을 국체명징國體明徵이라고 일컫는 것이다. 그러하기 때문에 일본인은 자기의 생명과 자녀를 모도 폐하의 것으로 안다. 매일 라디오 체조를 하여서 자신의 건강을 증진하는 것도 그러므로 폐하를 위한 것이다. 폐하께 구실을 잘 바치기お役に立つ 위하여서 제 몸의 건강을 조심하는 것이다. '내 몸 가지고 내 마음대로 하는데 무슨 참견야' 하는 따위 말은 일본인으로서는 할 말이 못된다. 그것은 진실로 불충不忠한 말이다.

자녀는 부모의 것이 아니다, 폐하의 것이다 하는 것이 일본정신이다. 자녀를 낳아서 잘 길러서 폐하께 바친다 하는 것이 정당한 일본인 부모의 사상이오 감정이오, 그러길래 종두種痘[2]의 의무, 교육의 의무 같은 것이 있는 것이다. '내 자식 내 마음대로'라 함은 일본에서는 불충不忠한 생각이다.

만일 아들을 잘 길러서 가령 병역의 의무를 지게 될 때에 징병검사에 합격하면 그 부모는 제 구실을 잘 한 것으로 만족하여서 신사神社에 감사의 제祭를 드리거니와, 만일 불합격이 되면 '아아, 죄송하여라申譯ない'라 하야 얼굴을 들지 못하는 것이 일본인의 부모다.

1 가야마 미츠로(香山光郎), 『매일신보(每日新報)』, 1941.4.23~5.1. '학예(學藝)'란에 실렸다.
2 천연두를 예방하기 위하여 백신을 인체의 피부에 접종하는 일.

뤼순旅順 휴전시休戰時에 러장露將 스테셀이 노기乃木[3] 사령관에게 "아드님 두 분이 다 전사戰死하셨다니 얼마나 슬프시오?" 하고 물을 때에 노기 대장은,

"아니요, 아들 형제가 다 폐하를 위하여서 잘 싸워 죽었으니 영광이 될지언정 슬픈 일이 아니오." 하고 대답한 것이 이 정신이다.

일본정신이란 이렇게 천황 중심이기 때문에 일상생활에도 그것이 침윤되어 있다. 매일 아침 궁성요배宮城遙拜는 말할 것도 없거니와, 가미다나神棚 배례拜禮도 곧 폐하의 어조선御祖先이신 아마테라스 오카미天照大神[4]께 배례하는 것이니 천황께 배례함과 마찬가지다.

자녀 간 출생하면 출생계出生屆를 제출하거니와 이것도 폐하께 여쭙는 것이요, 출생 후 120일에 초궁참初宮參이라 하야 부모가 신생아를 안고 신사神社에 가서 치제致祭하는 것은 결코 수명壽命 등의 복을 비는 것이 아니라 이 아기를 잘 길러서 폐하께 바칠 것을 서원誓願하는 것이다.

씨氏, 가家, 호주戶主하는 것도 천황을 중심으로 하는 제도다. 작년 중에 조선인이 창씨創氏를 하고 일본 씨가제도氏家制度가 되었거니와, 창씨 시時에 그 씨를 선정選定한 것은 각자 본인이지마는 이것을 허許하신 것은 폐하시다. 폐하의 대권大權이 재판소라는 폐하의 기관을 통하여서 허한 것이다. 그러므로 우리의 씨는 폐하로부터서 받자온 것이다.

조선 민중이 가장 지급至急히 취하여야 할 일본 문화는 황실중심 사상과 그의 관련된 각종 생활방식일 것이다.

우리가 서식棲息하는 일본 국토는 천황의 것이다. 그 중에 산천초목, 전답田畓, 가대家垈,[5] 도로道路, 하해河海가 다 천황의 것이다. 그러길래 천황의 신민이 아닌 외

---

3 노기 마레스케(乃木希典, 1849~1912). 러일전쟁에서 활약한 일본의 육군 군인. 1912년 메이지 천황이 죽자 장례일에 자택에서 부인과 함께 자결했다. 당시 일본군의 최고 지도자로서, 도고 헤이하치로(東鄉平八郎, 1848~1934)와 함께 '해군의 토고, 육군의 노기'라고 불렸다.

4 일본 신화에 나오는 태양을 관장하던 신들의 최고 통치자. 일본 황실의 시조로 받아들여져 황실 숭배의 중심이 됨.

5 집터와 그에 딸린 논밭, 산림 따위를 통틀어 이르는 말.

국인은 이것을 소유하지 못한다. 민유民有라고 하여서 인민人民의 정말 소유로 알아서는 아니 된다. 그것은 일본정신에 위반된다. 그러므로 토지나 가옥이나 농작물이나 어산漁産이나 광산鑛産이 모다 폐하의 일을 하여드린다 하고 신념하고 언행하는 것이 일본정신이다.

그러므로 모든 직업은 다 구실御奉公이다. 우리가 평생에 경영하고 노역하는 것은 다 폐하를 위하삽는 구실이다. 그렇게 하여 드리고 우리는 의식향락衣食享樂의 료料를 타いただく는 것이다. 구실을 하고 료를 타서 고맙게 사는 것이 일본정신이다. 이것은 결코 관리와 군인만이 그러한 것이 아니라, 누구든지 무릇 일본인은 다 그러한 신념으로 사는 것이다.(1941.4.22)

2

그런데 이것은 다만 군신君臣이라는 의義에서만이 아니라 부자父子라는 정情에서라는 것이 일본정신의 가장 큰 특색이다. 폐하는 아버님이시오 황실은 '큰댁'이라는 생각이 가장 일본의 군민관계를 명시하는 것이다. 이것은 비유가 아니라 일본인의 각자의 실감이다.

그러므로 지나支那의 군신사상君臣思想이나 서양의 군신사상으로 일본의 그것을 이해하여서는 도저히 정해正解하지 못한다.

씨氏는 가家, いえ의 칭호거니와, 가家는 폐하께 봉사하기를 위하야서 있는 한 기관이다.

일상에 직업에 근면 하는 것이나 자녀를 양육하는 것이나 모도 폐하께서 명하심 받은 직책職責이다. 내 집이니까 내 멋대로라 하는 것은 일본인에게는 금하여진 생각이다.

일본의 국가는 가家를 단위로 조성이 되었다. 서양 모양으로 개인을 본위로 된 것이 아니다. 그러므로 가家는 국가의 근본적 기관이요 호주戶主는 그 가家에 장관長官이다. 가족은 호주의 지배를 받는 것이니, 비譬하면 일본인의 가家는 소小일본국이다. 모든 소일본국이 건전하여야 이들을 종합한 대大일본국이 충실한 것이다.

가家는 결코 향락처도 아니요 합숙소도 아니다.

또 조선 재래의 관념 모양으로 봉제사奉祭祀 접빈객接賓客만이 가家의 목적이 아니다. 일가一家의 선조先祖를 제祭하는 외에 국조國祖를 제祭하는 것이 다이마大麻[6] 봉안奉安이다. 부모께 효도하는 도장道場이 되는 외에 임금께 충성하는 도장이 되어야 하는 것이니, 그러므로 궁성요배宮城遙拜가 가家의 행사行事에 수首가 되는 것이다.

그뿐 아니라 가족의 각원各員이 가家를 위하여서 멸사滅私하고 직역봉공職域奉公을 하는 것은, 곧 나라를 위하여서 신도臣道를 실천하는 수행修行인 동시에 그 자체가 신도臣道 실천이 되는 것이다. 권위에 대한 존경, 질서의 습관, 예법, 전체를 위하여서 자기를 희생하는 정신, 전체의 명예를 존중하는 정신 등이다. 가家의 생활에서 훈련 함양되는 것이니, 그러므로 가家는 곧 국민의 제일의적第一義的 도장道場이다.

그런데 조선의 가家의 생활은 이러한 일본정신의 견지에 있어서 개량할 바가 많다. 상술한 바로도 다소의 암시가 되었다고 믿거니와 이하에 수처隨處에 언급고저 한다.

종교와 예술생활

『일본서기日本書紀』[7] 게이코 천황景行天皇[8]의 조條에 "신불법 존신도信佛法 尊神道"라는 구句가 있다. 이것은 일본 민족 생활을 단적으로 표현한 말인가 한다. 쇼토쿠

---

6 궁성(宮城)이나 신사(神社)에서 주는 부적(符籍).

7 나라(奈郎) 헤이안시대에 편찬된 일본에서 가장 오래된 정사(正史)로, 신대(神代)에서 지토천황(持統天皇, 645~702)까지의 사적을 적은 편년체 사서.

8 『고사기(古事記)』와 『일본서기(日本書紀)』에 기록되어 있는 12대 천황. 규슈(九州)에 출정하여 구마소(熊襲)를 정벌하고 야마토타케루노미코토(日本武尊)를 파견하여 에미시(蝦夷)를 정벌케

태자聖德太子[9]의 불법존신佛法尊信은 말할 것도 없다. 『법화경法華經』의 웅대한 사상을 일본정신에 침윤케 한 것은 쇼토쿠 태자시다. 고구려 혜자慧慈와 백제승僧 자총慈聰이 쇼토쿠 태자의 사師이었던 것은 우리 반도인半島人으로서는 더욱 영광스러운 일이다.

구스노키 마사시게楠木正成[10]는 법화경 신자이었었다. '신불법 존신도信佛法 尊神道', 이것이 곳 일본정신의 원천源泉인가 한다. 신도神道는 유신도惟神道, かんながらのみち[11]라고 한다. 신도는

"豊葦原ノ千五百秋ノ瑞穗ノ國ハ此レ吾カ子孫ノ王タルヘキ地ナリ宣シク爾皇孫就イテ治ラセサキクマセ寶祚ノ榮エマサンコト將ニ天地ト窮マリナカルヘシ(갈대가 무성한 들판의 영원한 세월 싱싱한 벼이삭이 아름다운 나라, 이는 나의 자손이 왕이 될 만한 땅이니 마땅히 너 황손이 나아가 다스리도록 하라. 보위의 예사롭지 않은 영광됨이 장차 천지에 다함이 없으리니)"[12]라 하신 천손天孫 니니기노 미코토瓊瓊杵尊[13] 강림 시의 신칙神勅에서 원源을 발한다. 이 정신이 진무천황神武天皇에 이르러서,

"겸육합이위도 엄팔굉이위우兼六合以爲都 掩八紘以爲宇"[14]라는 현실적 이상이 된 것

했다고 전해진다. 죽기 직전 야마토(大和)를 그리며 불렀다는 쿠니시노비우타(思国歌)가 태평양전쟁 중 병사들 사이에서 크게 유행하였다고 한다.

9 쇼토쿠 태자(聖德太子, 574~622). 일본 아스카시대(飛鳥時代)의 황족이자 정치가. 아스카 문화의 중심인물로서 중국의 선진 문물제도를 받아들여 17개조 헌법을 제정하는 등 일본 정치체제를 확립하는 한편 일본에 불교를 보급하여 융성시키는 데도 공헌했다.

10 구스노키 마사시게(楠木正成, ?~1336). 가마쿠라시대(鎌倉時代) 말기부터 남북조시대까지 활약한 무장. 고다이고(後醍醐) 천황의 막부 타도에 동참했고, 막부 타도에 동참했던 아시카가 타카우지(足利尊氏)가 천황을 등지고 다시 막부를 세우려 하자 그와 대립해 끝까지 황실의 편에 서서 싸우다 미나토(湊) 강의 싸움에서 패하고 자결했다.

11 신대(神代)부터 전해온 신의 마음 그대로 인위적인 것이 더해지지 않은 길이라는 의미.

12 『일본서기(日本書紀)』에 나오는 일본국의 유래에 관한 구절.

13 아마테라스 오카미(天照大神)의 손자로서 다카마가하라(高天原)에서 강림하여 황실의 조상이 되었다고 여겨지는 천손강림신화의 주인공.

14 『일본서기(日本書紀)』에 실린 원어는 '兼六合以開都, 掩八紘而為宇'. '온 세상을 겸하여 수도를 열고, 천하를 한 집으로 삼는다'는 뜻으로, 일본 천황의 시조로 불리는 진무천황(神武天皇)의 건국이념을 가리킨다. 이 구절에서 따온 '팔굉일우(八紘一宇)'는 근대 초기 일본의 대표적인 니치렌주의자 다나카 치가쿠(田中智學)의 발안에 의해 일본의 세계 침략을 합리화하는 이데올로기

이니, 일언이폐지一言以蔽之하면 신도神道란 다름이 아니라 아마테라스 오카미天照大神의 어자손御子孫이신 만세일계萬世一系의 천황이 팔굉일우八紘一宇의 정치를 하시고 우리 신민臣民은 충성으로써 그것을 익찬翼贊한다는 것이다. 그러므로 신도神道란 결코 종교가 아니요 국가의 이상이다. 이것이 천황에 있어서는 황도皇道요, 우리들 신민에 있어서는 황도皇道를 봉찬奉贊하는 신도臣道가 되는 것이다.

그러나 천황은 만세萬歲에 우리의 군부君父이시요 우리는 만세萬歲에 천황의 신자臣子여서 이것은 영구히 불변한다는 신념에 이르러서는 종교적 신앙과 다름이 없다.(1941.4.23)

3

조선, 대만 등 신부新附한 신민臣民은 천황의 수양收養으로 하여서 신민이 된 것이니, 이를테면 양자養子에 비比할 것이다. 일본은 고래古來로 양자에 혈연을 논하지 아니한다. 아모리 혈연관계가 없는 자라도 일일一日 양가養家에 입入하면 그는 양가養家의 인人이 되는 것이다. 그러므로 조선인이나 대만 본도인本島人도 천황이 황민皇民으로 허許하시는 시각부터 황민의 자격을 얻는 것이니, 본래 야마토大和 민족의 혈연이 아니라고 하여서 황민됨에 무슨 차별이 있는 것이 아니다. 석일昔日에도 백제인, 고구려인이 대량으로 황민이 되었거니와, 그들을 누가 야마토 민족으로부터 구별하느냐. 요要는 정신에 있다. 일본은 국초國初로부터 아니 신대神代로부터 혈연국가는 아니었다. 비록 이혈족異血族으로 작일昨日까지 적敵이던 자도 금일에 정신으로 합하면 금일부터는 무차별한 황국신민이 되었다. 이것은 『일본서기』를 보면 자명自明하다.

이렇게 일본의 군민관념君民觀念이란 구원한 정情과 의義로 맺어진 것이기 때문

로서 고안되어 되어 근대 일본의 종교적 내셔널리즘의 일익을 담당했다.

에 지나支那 기타의 하사군고何事非君[15]고 하는 식과 다르다. 일본인은 천황의 신민으로 태어난 것을 제일第一이요 무상無上의 행복이요 과긍誇矜으로 알고, 천상천하天上天下에 가장 소중한 어른이 천황이시고 고마우신 어른이 천황이시라고 느낀다. 그러므로 이 몸이 생명을 천황께 바치는 것이 일본인의 최대한 기쁨이요 영광이다. 전시戰死하는 병사가 운명시隕命時에 최후의 의식으로 "천황폐하 만세"를 부르는 것이 이러한 진정眞情에서 유로流露한 것이다. 전사자戰死者뿐 아니라, 병사시病死時에도 궁성이 있는 방위方位를 향하여서 배례拜禮하야 생전에 젖은 황은皇恩에 대하야 감사하는 뜻을 표한다.

불가佛家의 승려僧侶들도 '상보 사중은上報 四重恩'이라 하여서 군왕과 부모의 은恩을 보답하기를 수도修道의 목표로 삼는 것이다. 우리네가 편안히 불도佛道를 수修함도 군은君恩인 것을 체감體感함으로써다. 이 모양으로 평생에 황은皇恩을 의식하여서 '황운皇運을 부익扶翼'하기로 목표를 삼는 생활을 하는 것이 곧 신도神道요 일본정신이요 신도臣道여서, 이것은 종교생활은 아니나 종교적인 생활이요 일본인의 제일의적第一義的 생활인 것이다. 이 생활에서만 일본인으로의 기쁨을 체감할 수 있는 것이니, 이것이야말로 반도半島 2천4백만 민중이 하루바삐 배우고 익혀서 제 생활의 기조基調를 만들어야 할 것이다.(1941.4.24)

4

다음에 종교생활이거니와, 일본인은 무척 종교적인 국민이다. 어느 가정이나 신불神佛이나 기독교나 일종의 종교적 신앙을 아니 가진 이는 드물다. 근년近年에 유물주의唯物主義 사상을 받아서 일부 청년 지식계급에 반反종교적 사상이 유행한

15 『맹자(孟子)』의 '만장하(萬章下)'에 나오는 탕(湯)임금의 신하 이윤(伊尹)의 언급 "何事非君, 何使非民. 治亦進, 亂亦進(누구를 섬긴들 임금이 아니며 누구를 부린들 백성이 아니랴. 다스려지는 때도 벼슬에 나아가고 어지러운 때도 벼슬에 나아간다)"에서 따온 구절.

것도 사실이지마는, 그러나 그것은 국부적局部的이요 또 일시적이다. 그들이 조국 일본을 발견할 때에는 동시에 그들의 종교적 감정이 타오름을 본다. 신도神道의 종교적인 일면은 진실로 이 민족적 본질이라고 할 만한 종교적 열정에서 생生한 것이다. 천리교天理敎니 출운교出雲敎니 하는 이른바 종교적 신도는 말할 것도 없거니와, 국조숭배國祖崇拜인 아마테라스 오카미 숭배도 종교적 열정으로써 하게 되는 것이다. 명정직심明淨直心이라든지 청명심淸明心이라든지 하는 것이 신도 수련의 목표거니와, 명정직심을 가지고만 신과 접할 수 있다. 신과 접하는데 필수조건인 명정직심明淨直心 또는 청명淸明이야말로 곧 천황을 섬기는 충忠이요, 부모를 섬기는 효孝요, 형제, 부부, 부자, 붕우, 일반 인류, 일반 사물에 대하는 정당한 태도라 함이 종교적인 신도의 정신이다.

종교란 결코 화복禍福을 비는 것을 가리킨 것이 아니다. 종교란 현실을 기초로 하여서 화化할 수 있는 구극究極의 이상理想에 達하랴는 신념이요 수행修行, 노력이다. 우리의 암예곡暗穢曲[16]한 현실심現實心을 명정직明淨直한 이상심理想心으로 정화淨化하랴는 것이 곧 신도적神道的 수행修行이다. 그런데 이 수행도 결코 자기 일신一身을 위한 것이 아니라 진실로 황운皇運을 힘 있게 보익輔翼하기 위하여서다.

그러므로 이러한 신도적인 종교적 정신은 모든 일본인이 다 가지고 있는 것이다. 신사참배는 명정직심으로 한다. 궁성요배는 명정직심으로 한다. 혼인식은 명정직심으로 하는 신전神前의 서약誓約이다. 외교도 정치도 명정직심으로 하는 신전의 서약이다. 외교도, 정치도 명정직심으로 한다 — 이것이 일본인의 본색이요 이에 어그러지는 자는 진정한 일본인이 아니다.

다음에 일본인은 불교도다. 선종禪宗이거나 정토종淨土宗이거나 일련종日蓮宗이거나 진언종眞言宗이거나, 일본인의 가정은 대부분 불교의 어느 종파宗派를 신행信行한다. 대개는 세습적이다. 근년에 와서는 명색만 교도敎徒인 사람도 많지마는 그래도 조상祖上의 영靈은 불단佛壇에 사祀하고 불식佛式으로 제祭한다. 염주를 팔목에

16 어둡고 더럽고 굽은.

걸고 합장만이라도 한다. 불상전佛像前에 예배한다. 아모리 불교적 신앙을 잃었다는 사람도 이것은 하는 것이다.

그러나 진실한 불교의 신앙을 가진 이가 많은 것을 잊어서는 아니 된다. 이번 사변事變에 전사戰死한 장병의 유서遺書에도 불교신앙을 고백한 이가 많다. 대정치가 군인 중에 불교의 신앙을 가지고 수행한 이도 많다. 사이고 난슈西鄕南洲[17]도 사이토 마코토齋藤實도 다카하시 고레키요高橋是淸[18] 씨도 종용취사從容就死한 것이 불교적 수련의 힘이라고 한다. 무가시대武家時代에 있어서도 무사武士와 좌선坐禪과는 부수附隨하였다. 금일에 있어서도 관리, 군인, 학자로서 불교를 신信하고 불교적 수행을 하는 이가 많다. 일반 민간에도 많다.

이리하여서 금일의 일본인도 불교의 정신에 젖었다. 반야般若의 색즉시공 불생불멸色卽是空 不生不滅의 정신이라든지, 법화法華의 일심욕견불 부자석신명一心欲見佛 不自惜身命의 기백이라든지, 도道를 위하여서는 두목신체頭目身體를 아끼지 아니하고 신명身命을 보기를 초개草芥나 홍모鴻毛같이 여기는 정신이라든지, 선가禪家의 살인부잡안殺人不眨眼[19]하는 정신이라든지, 악의악식惡衣惡食과 간난신고艱難辛苦를 일종의 수행修行으로, 낙으로 알고 의義를 위하여서 목숨을 버리기를 남아의 본의本儀로 알아서 생사관두生死關頭에 종용자약從容自若[20]하는 일본 남아의 기상氣象이 불교의 신앙과 수련에서 옴이 심히 큰 것이다.

불교적 신앙과 수련은 사람으로 하여금 어떠한 곤경에서도 주장낭패周章狼狽[21]

---

17 사이고 다카모리(西鄕隆盛, 1828~1877). 난슈(南洲)는 호. 에도시대와 메이지시대에 걸쳐 활동한 정치인. 메이지유신의 주역이었고 1877년 사츠마번(薩摩藩) 무사들의 반란인 세이난전쟁(西南戰爭)의 패배 후 할복했다.

18 다카하시 고레키요(高橋是淸, 1854~1936). 타이쇼시기에서 쇼와시기에 걸쳐 활동한 일본의 정치가. 1913년 대장대신으로 취임한 이래 재정 정책의 수완을 평가받아 제20대 내각총리대신에 오르기도 했다. 1936년 사이토 내각과 오카다 내각에서도 대장대신으로 일했으나, 인플레이션을 억제하기 위해 군사 예산을 축소하려고 했던 것이 일본 군부와의 충돌을 일으켜 2·26 사건 당시 아카사카의 자택 2층에서 청년 장교들에게 암살되었다.

19 사람을 죽이면서 눈도 깜짝거리지 않는다는 뜻.

20 큰일을 당하여도 아무렇지도 않게 차분하고 침착함.

21 당황하여 일이 실패로 돌아간다는 뜻.

케 아니 한다. 인과응보의 이理를 알고 신불神佛의 조감照鑑을 믿기 때문이다. 어떠한 시련에도 쭈그러지지 아니하게 한다. 제 의義를 믿을 때에 필승의 신념을 가지게 한다. 선인선과善因善果, 악인악과惡因惡果이기 때문이다. 또 무거무래 역무주無去無來 亦無住이기 때문에 생사고락生死苦樂을 일환몽一幻夢으로 보는 여유가 있기 때문이다. 또 불교를 믿는 이는 요행을 바라지 않고 책임 전가를 아니 하고 불평, 우비憂悲 등의 우치愚痴와 떠난다. 그는 금일今日에 수受하는 불행이 불가피의 자기의 업보임을 아는 동시에 명일明日에 수受할 행幸을 금일의 업業으로 인因삼을 수 있음을 아는 바로, 늘 이 희망을 두고 늘 명랑할 수 있는 것이다.

불교를 신信함으로 천황과 나와의 관계를 더욱 분명히 인식할 수 있는 것이니, 이 아비의 아들 됨이 전생다겁前生多劫의 대인연임大因緣과 같이 이 임금의 신민臣民됨이 전생다겁의 대인연임을 안다.

조선인이 천황의 신민臣民이 됨도 그러하다. 이것은 대인연이다. 전생다겁에 약속된 대인연으로 우리는 천황의 신자臣子로 황운皇運을 부익扶翼할 원願을 가지고 태어난 것이다.(1941.4.25)

5

직역봉공職域奉公의 진미眞味를 체득하랴면 종교적 신앙 없이는 아니 된다. 유연중생有緣衆生을 위하여서 제게 맡겨진 직분에 전력을 다하면서 일생을 마치는 것이 가장 정正하고 선善한 생활이요, 또 복福이 약속되는 생활이기 때문이다. 성불成佛에는 직업의 귀천이 없다. 육조 혜능六朝 慧能[22]은 일자무식한 나무꾼이요 사도使徒 시몬 베드로는 일 하급관리다. 페스탈로치는 소학교의 일 훈도訓導다. 귀천은 직업의 종별種別에 있는 것이 아니라, 그 직업을 하는 사람의 심적 태도 여하에

22 혜능(慧能, 638~713). 선종(禪宗)의 제6대조로, 혜능이 설한 설법을 편찬한 『육조법보단경(六祖法寶壇經)』 또는 『육조단경(六祖壇經)』이 선종의 경전으로 전한다.

있는 것이다. 종교적 신앙이 없는 자는 일신의 생사고락生死苦樂에 최고 가치를 둔다. 그는 신외身外에 무물無物이다. 그러므로 그에게는 이익 있는 동안 선善을 하거니와 이익이 있으면 악惡도 한다. 그의 선악은 이해利害를 표준으로 하여서 결정된다. 이해를 초월한 선을 믿는 이만이 능히 살신성인殺身成仁을 하는 것이니, 살신성인은 유물론자의 눈에 요술이다. 그에게는 불가해不可解기 때문이다.

일본이 일러전쟁에 이긴 원인을 어떤 서양인은 일본 장병이 불교를 믿어서 사死를 두려워하지 아니하기 때문이라고 하였다. 부중不中이라도 불원不遠이다.[23]

무엇보다도 종교 없는 가정은 삭막하기 광야와 같다. 신앙 있는 부부는 서로 저 편을 위하거니와 신앙 없는 부부는 서로 저를 위한다. 이기주의다. 부자父子도 마찬가지다. 부모는 자녀를 중심으로 자녀를 위하여서 저를 버리고 자녀는 부모를 중심으로 부모를 위하여서 저를 바치는 데서 부자의 정의情義가 완성되는 것인데, 이와 반대가 되면 부자의 도道가 괴위乖違되어서 상극相克과 불평不平이 생기는 것이다. 자녀는 그 부모가 자비와 이해가 부족함을 불평하고 부모는 그 자녀가 효순孝順이 부족함을 노怒하는 것이다. 이기주의에서 오는 것이다. 부부도 그러하다. 연애도 그러하고 우정도 그러하다. 몰아沒我와 무이無求 — 여기서만 행복된 인人과 인人의 결합이 오는 것이다.

신앙 없는 가정이 삭막한 원인이 여기 있거니와, 부부, 부자가 같은 신앙의 대상을 섬길 때에 무궁無窮한 깊은 정情이 생기는 것이다. 일가족이 조석朝夕 식탁을 대할 때에나 애경哀慶이 있을 때에 상하일심上下一心으로 한 분 신명神明께 기원祈願하는 심경을 상상만 하여 보라.

신앙이 있는 가정은 정결하다. 언제나 신명神明이 임어臨御하심을 믿기 때문이다. 물物이나 심心을 모두 정결히 한다. 구석구석, 고물고물 티끌 하나 없도록 불결한 냄새 하나 아니 나도록 정결하고 정돈한다. 그리고 그림이나 글씨가 화초花草나 향香이나 그런 것으로 방방房房이 고붓고붓이 모도 미려美麗하게 꾸며 놓는다.

---

23 부중불원(不中不遠) : 딱 들어맞는 것은 아니지만 그리 틀린 것도 아니라는 뜻.

남에게 자랑하라는 것이 아니다. 신명을 모시기 때문이다. 자신이 곧 신명이 되기 때문이다.

신명을 모시는 가정의 식구들은 모두 목욕재계沐浴齋戒의 생활을 계속한다. 각자가 제관祭官이기 때문이다. 그러므로 집에는 욕실이 있고 수족手足을 씻는 곳이 있을 것이다. 밖에서 돌아오면 세수를 하고 변소에를 다녀오거나 부정한 것을 만진 뒤에는 손을 씻는다. 미소기하라이禊祓[24]이다. 다만 몸만 정결히 할 뿐 아니라 동시에 마음을 정결히 한다. 앉으면 단좌하고 문창호 하나 여닫는 데도 선법禪法이 있다. 사람이야 보거나 아니 보거나 신명이 언제나 조감照鑑하시기 때문이다. 언제나 제일祭日 같고 언제나 귀빈을 맞는 날과 같다. 정결淨潔, 정제整齊, 경건敬虔, 그리고 화기和氣와 예절다움, 이런 것이 일본 가정의 특색이다. 이 특색이 그 종교심에서 온 것이다. 조선인은 마땅히 종래의 가정생활에 대大반성을 가加할 것이다. 목표는 분명하다. 가정생활을 일본화하면 그만일 것이다.(1941.4.26)

6
예의작법禮儀作法

조선의 금일처럼 예의작법이 혼돈한 시대는 드물 것이다. 관혼상제冠婚喪祭가 모도 제멋대로 되고 말았다. 중추원中樞院의 의례준칙이 있다 하나 권위가 서지 못하고, 예수교인이나 불교도들의 예법도 일치한 것이 없는 모양이다. 가정의 예법도 문란하여서 되는 대로다. 가령 혼례 하나를 들더라도 요리점에서 하는 자, 공회당에서 하는 자, 목사가 주례하는 자, 관리가 주례하는 자, 친구가 주례하는 자, 그리고 절차도 되는 대로다. 어떻게 하든지 혼례는 혼례겠지마는 누구의 앞에서 무엇을 서약하고 무엇을 훈계하는지 분명하지 못한 혼례를 한다는 것은 결국 혼

24 목욕재계하여 부정을 씻음.

인 당사자 간 가家에 아모 인생관도 없다는 자백이다. 예식禮式이란 인생관의 표현이기 때문에. 만일 신랑 신부가 하나님 믿는다 하면 하나님 앞에서 백년해로를 서약할 것이요, 하나님께 이날의 기쁨을 감사하고 그 기쁨에 대한 보은報恩으로 평생에 하나님의 뜻에 순종할 것을 결기決氣할 것이면 이리 하기에 합당한 주례자와 예식을 택할 것이다. 예식이 있음으로 하여서 혼인이 거룩하고 깨끗하고 인상 깊고 그날의 큰 교훈과 감격을 귀중한 것으로 기대할 것이다. 그냥 동서同棲하기는 싱거우니 아모렇게나 예식을 치르자고 생각한다 하면 실로 가여운 일이요, 또 피로披露를 위한 것이라 하면 예식은 불요不要다.

만일 신랑 신부가 쌍방이나 일방이 불교도라 하면 불전佛前에서 화혼례花婚禮를 거행할 것이다. 평소에 존경하는 법사法師의 주례하에 삼귀의三歸依, 사홍서四弘誓를 발하고 세세생생世世生生에 서로 부부되어서 상조상면相助相勉하야 불도佛道를 성成할 것을 약속할 것이다. 여기서 그 부부의 부부되는 의의와 사명이 확립하는 것이다.

그러나 하나님이나 부처님을 믿지 아니하여서 그러한 종교적 예식으로 하기를 원치 아니하는 자도 있을 것이다. 이러한 사람에게는 신전神前 결혼이 있다. 국조國祖 아마테라스 오카미天神 전前에서 부부의 서약을 하는 것이다. 이것은 신앙하는 종파의 여하를 물론하고 무릇 일본인은 누구나 하여도 좋은 결혼예식이다. 화복和服이 없으면 양복도 좋고 조선복도 좋을 것이다.

"저희 부부 좋은 황민皇民으로 평생을 해로偕老하겠사오며 직역職域에 봉공奉公하옵고 좋은 자녀를 나아 폐하께 바치겠나이다" 하는 서약이다.

만일 순조선식 혼례를 한다 하면 신랑 신부의 궁성요배宮城遙拜 일一 절차를 넣을 것이다. 혼인의 기쁜 날을 맞는 것이 황은皇恩임을 깊이 감격함이 자연自然한 인정人情이다.

상례喪禮야말로 순일본식을 채용할 것이다. 유가식儒家式의 삼년상三年喪이란 도저히 행치 못할 것이다. 그뿐더러 그 흉물스러운 상복喪服과 온 동네를 불쾌하게 만드는 곡성哭聲은 단연 엄금嚴禁할 것이다.

일본식 상례喪禮란 곧 불교식 상례다. 조선서도 이조李朝 초엽까지는 불교식이었다. 화장火葬, 송경誦經, 사십구재四十九齋[25] 등 다 그러하고, 불단佛壇이 곧 가묘家廟인 것도 마찬가지다.

그 형식은 어찌 갔든지 장제葬祭의 중심이 망인亡人의 명복冥福을 빌고 그 혼령이 편안하도록 힘쓰는 데 있을 것이다. 망인이 아직 살아있는 것으로 가정하고 모든 예식을 하는 것이 골자일 것이다. 그러하는 동시에 생존자들도 이것을 기회로 인생에 대한 깊은 반성을 할 기연機緣이 되도록 할 것이다.(1941.4.27)

7

영전靈前에 향화香花를 공양供養한다든지, 송경誦經, 설법說法을 한다든지, 유족遺族이 의관衣冠을 정제整齊하고 경건한 마음으로 고인故人을 추억하며 명복冥福을 빈다든지 다 향기로운 일이다. 그러나 머리를 풀어헤치고 흉물스러운 옷을 입고 아이고 아이고 곡성凶聲을 발하는 것은 망인亡人의 혼령으로 하여금 더욱 갈 길을 잃게 하는 것이다. 마땅히 깨끗이 소세梳洗를 하고 정결한 옷을 입고 도량道場에 처하는 태도를 취할 것이다. 주식酒食을 성비盛備하여서 통곡慟哭의 일방一方에 난잡한 경황을 보이는 것은 더구나 말할 나위도 없다.

조상弔喪도 그러하고 제사祭祀도 그러하다. 모도 정신精神을 주로 하여서 허례虛禮를 폐廢할 것이다. 묘지는 단연 공동묘지를 쓸 것이다. 죽어서까지 이기주의, 개인주의를 쓰는 것이 조선 묘지다. 혼魂이 적적하여서 살 수가 없을 것이다. 분묘墳墓를 꾸미는 것은 효성일 것이나, 거기서 복을 비는 것은 선조先祖를 상품商品으로 여기는 것이다. 허황한 미신인 것은 말할 것도 없다.

일언이폐지하면 혼상례婚喪禮는 일본식으로 할 것이다. 그것이 황민화에 일조一

25 사람이 죽은 지 49일 되는 날에 지내는 재. 삼계(三界)와 육도(六道)에 가서 누리는 후생의 안락을 위하여 명복을 빈다.

助도 될 것이거니와 우선 합리적이다.

다음에 일상생활의 작법作法이다. 일상생활의 작법은 2종으로 대별大別할 수 있으니, 하나는 보편적 작법이오 또 하나는 특수적 작법이다.

보편적 작법이라 하면 무릇 어느 사람에 대하거나 통용한다는 뜻이니, 아는 사람이거나 모르는 사람이거나, 남자거나 여자거나, 노인이거나 소년이거나, 귀인貴人이거나 천인賤人이거나를 물론하고, 사람이 사람을 대할 때에는 아니 지키지 못할 작법이다. 좁은 길에서 서로 마주칠 때에 길을 비키는 것, 비켜줌을 받을 때에 감사의 의意를 표하는 것을 예로 들자. 이때에는 대수對手의 연령, 지위를 교계較計할 것이 아니다. 전연 평등의 인격의 존경에서 발할 것이다.

길을 물을 때에 저편이 지위가 낮은 듯하면 아모 예禮도 없이 묻고, 물은 뒤에도 예禮가 없이 지나가는 사람이 있다. 이 사람은 다만 무례한 사람일뿐더러 실로 타기唾棄할 심정心情을 가진 사람이다.

차중에서 노약老弱이나 유아를 가진 부녀에게 자리를 사양하는 것도 그렇다. 거기 무슨 차별이 있을 바가 아니다. 친하다고 사양하고, 저편이 귀인인 듯싶어 사양하고, 생면生面이니 모른 체하고, 빈인貧人이니 모른 체하는 것이 아니다.

노중路中에 단 둘이 만날 때에 인사말 한 마디 건네는 것은 행인의 예다. 예는 인정人情이요 예술이다. 문화란 곧 이것이다.

선차船車의 승무원, 여관, 음식점, 이발소 등 종업원에게 감사의 정을 가지는 것이 문화인이다. 전화 교환수, 우편 배달부, 소제부에 대한 감사와 동정, 문무관료文武官僚, 기타 국가민생을 위하야 노역勞役하는 모든 동포 — 즉 알거나 모르거나 모든 동포에 대한 감사와 친애의 정이 수처촉경隨處觸境하야 발하야 흘러서 이 보편적 작법을 성成하는 것이다. 여기서 평등, 무차별이다. 평등, 무차별의 친애요 존경이오 감사다. 화안소용和顔笑容으로 서로 대하고 동사애어同事愛語로 서로 기쁘게 하는 것이다. 이것을 공덕심公德心이라고 할 것도 없다. 이것은 진실로 사람 된 자, 문화인 된 자의 최저한도의 덕德이다.

특수 작법이라 함은 존비尊卑, 친소親疎를 따라서 자별自別할 것이거니와, 그 정신이 친애와 존경과 감사의 삼점三點에 있음은 다를 것이 없다.

'どうぞ(부디)', 'お先きに(먼저)', 'ありがとう(고맙습니다)', 'ごめん下さい(미안합니다)' 이 네 가지 정신만 가지고 대인待人하면 그 표현 형식은 무엇이든지 통할 것이다. 오직 성誠이다. 진정眞情과 성誠으로 친애와 존경과 감사를 표하면 어느 나라에를 가거나 통할 것이오, 귀신에게도 통할 것이다. 이런 것을 친절이라고 부르거니와, 친절은 일본정신의 한 특색이다.(1941.4.29)

8

'物を大事にする'라는 말은 심히 소중한 말이다. '물物'이라는 말은 다만 물物만을 지칭하는 것이 아니라 '무엇이나'라는 뜻이다. '大事にする'라는 말에는 소중히 여긴다, 사랑한다 하는 뜻이 있다. 길을 걸으면 길을 大事に하고, 산에 오르면 초목, 암석, 조수鳥獸를 大事に하고, 사람을 접하면 사람을 大事に하고 무엇이나 모두 大事に하는 것이다. 제 처자를 大事に하고, 제 몸을 大事に하고 모두 大事に하는 것이다. 그런데 그 大事に하는 데는 전연 이기욕이 없다. 보수를 바라는 희망심이 없다. 오직 그것 자체를 위하여서 大事に하는 것이다. 억지로 말하면 모두 내 것이니 大事に한다는 것이다. 그것은 자비심에서 나온 마음이요 임금님과 신명神明을 존경함에서 나오는 생각이다. 경제적 동기만으로 物を大事に한다면 그것은 더러운 생각이다. 物を大事に한다는 그 자체에 고귀한 가치가 있는 것이다.

예의작법은 '物を大事にする'하는 정신의 발로發露라고 말할 수도 있는 것이다. 그런데 이 정신이 조선인에는 부족하다.

가정과 자연과 예술

우리가 일본 문화에서 가장 사랑하야 섭취할 것 중에 하나는 심미감審美感과 인정적人情的인 것이다.

일본 가옥에는 반드시 '도코노마床の間'[26]와 '오니와御庭'[27]가 있다. 도코노마는 회화繪畫나 서書나 도검刀劍이나 조각彫刻이나 향로香爐나 생화生花나 예술품의 전당殿堂이요, 오니와는 자연미自然美의 일편一片이다. 일본 가옥은 예술과 자연미를 필수조건으로 한다. 그런데 조선 가정은 어떠한가.

조선의 주택에도 옛날에는 '오니와御庭'가 있었다고 한다.

경주慶州의 안압지雁鴨池는 동양 정원의 최고最古한 자 중에 하나다. 또 족자簇子, 주련柱聯,[28] 분재盆栽도 없는 바는 아니다. 그러나 근대에 이르러서는 조선 가옥은 자연미와 예술을 전혀 잊어버렸다고 볼 만하다.

갑창甲窓이나 장자障子에 서화書畵를 바른다. 그러나 이것은 헐가의 장식일지언정 미술품의 완상翫賞은 아니다. 유시호有時乎 산정山亭 같은 데 명가名家의 액額[29]이 붙거니와, 그것은 극히 드문 일이다. 일반 가정에 일폭一幅의 족자簇子도 횡액橫額도 없다는 것이 진眞에 가까울 것이다.

그러므로 조선에서는 미술가의 용처用處가 없다. 공예의 용처도 없다. 입춘立春이나 십장생十長生을 그리기 전에 밥이 아니 생길 것이다. 그리고 조각彫刻이라고 부가옹富家翁의 반신상半身像이 있을 뿐이지, 조각품을 놓고 완상翫賞하라는 자는 드물다.(1941.4.30)

---

26 일본식 방의 윗목에 바닥을 조금 높여 꾸민 곳.

27 정원.

28 기둥이나 벽 따위에 장식 삼아 세로로 써서 붙이는 글씨.

29 종이, 비단, 널빤지 따위에 그림을 그리거나 글씨를 써서 방안이나 문 위에 걸어 놓는 액자.

9

또 오니와お庭는 조선에는 전무全無하다. 화계花堦[30]라는 것을 둔 집이 있으나 이것이 오니와는 아니다. 불과 수평數坪의 창전窓前 공지空地에 산수山水를 표현하랴는 오니와다. 그런 것은 조선에는 없다.

화분을 놓는 집이 있다. 그러나 그것도 드물다.

화병에 절지折技 하나를 꽂는 집도 드물다. 대관절 도코노마도 맨틀 피이스[31]도 없는 조선 가옥에 미술품이나 초를 놓을 자리가 없다. 고려유기高麗硫器의 화병이 금일의 조선인에게는 무용無用이다. 그 향로香爐와 향합香盒이 무용인 것과 같이.

나는 도쿄東京의 어느 조고만한 여관에서 변소에 꽃 한 가지를 꽂아 놓은 것을 보인, 그러한 사람의 심정을 그립게 생각한 일이 있다. 일본인의 가정에도 화병 하나, 그림 한 폭 없는 집이 있을까. 다이마大麻, 불단佛壇, 도코노마의 미술품, 오니와 없는 집이 있을까. 침실과 부엌과 두 칸만이 주택의 전체는 아니다. 도코노마, 오니와도 있고 싶다. 다실茶室, 서재書齋, 객실客室까지는 저마다 못하여도 침실 한 방에 간이하게나마 소박하게나마 이 모든 취미를 갖추고 싶다.

종교와 예술과 자연과 인정과 그리고 경제적 부와 건강과 정치적 이상 — 이것이 진정한 문화인의 생활이다. 인생의 수도修道도 열락悅樂도 이 속에 있는 것이다.

종교, 예술, 자연의 생활이 없는 사람에게는 오직 이해利害가 있을 뿐이다. 그의 감정은 삭막하야 온윤溫潤함이 없다. 오직 식욕食慾생활이 있을 뿐이다.

일본의 농촌을 보자. 울창한 고삼古杉의 수풀 속에 신사神社가 있고 불객佛閣이 있어서 온 동네의 신앙과 예술과 자연미의 중심이 된다.

진쥬노모리鎭守の森[32]는 부락部落의 도코노마다. 사람들은 기쁠 때에 여기 참예하고 슬플 때에 여기 참예하고, 또는 1년에 몇 번 온 동리가 모여서 제사를 드린다.

---

30 뜰 한 쪽에 조금 높게 하여 꽃을 심기 위해 꾸며놓은 터.

31 벽난로 선반(mantle piece).

32 서낭신을 모신 신사(神社)가 있는 숲.

제사의 절차 중에는 신악神樂, 무용, 연극 같은 놀이가 있어서 남녀가 유쾌히 논다. 이 놀이도 신을 기쁘시게 하는 한 절차다.

빈한한 농민의 모옥茅屋에도 매죽梅竹 두어 그루와 화초 두어 떨기는 있을 것이다. 그는 이 빈한한 집을 일으켜서 선조를 빛내게 하랴고 간난艱難과 싸운다. 그는 소학小學을 마치고는 병역兵役을 댕겨온다. 그는 쉴 새 없이 노동한다. 제일祭日이면 그는 새 옷을 갈아입고 신사神社로 가서 신여神輿를 메고 본오도리盆踊[33]를 춘다. 그러나 그는 슬픔에 잡히지 아니한다. 그는 주먹으로 눈물을 씻고 일어나서 일터로 간다. 그는 어머니의 묘소에 첫 번 익은 과일을 따다 놓고 들꽃 한 송이를 꽂아 놓고 한참 동안 어머니의 추억에 잠긴다. 그러나 그는 해지기 전에 해야 할 일을 잊지 아니한다.

그는 새로 혼인을 한다. 신전神前에서 백년해로를 맹세한다. 그는 첫 아기를 낳는다. 그는 내외가 아기를 안고 신전에 가서 아기를 바친다. 그는 기쁨에 넘려서 안해를 힐끗 본다.

그는 수십 년 노력이 공을 이루어서 집 한 채, 고앙[34] 한 채를 짓는다. 그러나 조상 적부터 지어오던 가난할 적 집은 결코 헐지 아니하고 그것을 몸체를 삼는다. 생일이나 또는 사위나 며느리를 맞을 때에는 그 낡은 채에서 한다. 조상祖上을 사모하고 간난艱難하던 시절을 잊지 말자는 것이다.

그는 도코노마를 꾸미고 가정을 만들 수 있게 되었다. 그는 '가케지쿠掛軸'[35]와 '오키모노置物'[36] 같은 미술품을 한두 가지 사들일 수가 있을 것이다. 아마 그는 신사神社나 절에 먼저 무엇을 헌납하였을 것이다.

그는 이제는 부락에서 대접 받는 어른이 되고 도시요리年寄[37]가 되었다. 그는

33 본래 음력 칠월 보름 우란분재(盂蘭盆齋)에서 혼을 달래기 위해 여러 사람이 노래에 맞추어 추는 춤이었으나 무라마치(室町) 말기 이후 민중오락으로 발달하였다.

34 광. 세간이나 그 밖의 여러 가지 물건을 넣어두는 곳.

35 족자(簇子).

36 객실이나 도코노마(床の間) 등에 두는 장식물.

37 노인.

자녀의 동중洞中 청년남녀에게 충효와 아울러 자연의 미와 예술의 미를 사랑하는 전통을 넘겨준다.(1941.5.1)

근로와 문화[1]

1
근로는 왜 고苦인가

구약성서의 작자는 노동을 신이 인생에게 주신 벌이라고 하였다. 신은 아담과 하와를 노동 없이 살게 지으셨으나 이 두 남녀가 신의 명령을 거역하기 때문에 에덴동산에서 내어쫓고 이마에 땀을 흘러서야 먹게 하고 그리고 죽게 하고, 여자는 산육産育 고통을 받게 하였다고 하였다. 이것은 노동에 대한 한 저주의 사상이라고 할 것이다.

하필 구약이랴. 노동을 싫어하는 사상은 인류에 보편하다고도 할 것이다. '놀고 먹겠다'는 생각을 가진 사람이 상당히 많다.

왜 그럴까.

우주를 돌아보면 근로 아닌 것이 없다. 천체天體는 부절不絶히 운전되고 있다. 초목草木은 주야晝夜로 생장한다. 뿌리로 흙을 빨아들이고 입으로 공기를 빨아들여서 줄기를 만들고 꽃을 만들고 열매를 만들고 있다. 제 일을 다하기까지는 그에게는 휴식이 없다. 풀이 만일 입이 있다면,

"일이 싫어. 놀고먹고 싶어."

할까. 그는 생명과 노역勞役의 기쁨의 찬가를 부르지 아니할까.

아이들은 부모가 말리는 것도 듣지 아니하고 장난하기에 미친다. 밥 먹기도 잊는다. 예술가도 그러하다. 농공農工하는 일꾼들 중에도 초목과 같이 묵묵히 제 일에 근로하는 이가 많다. 그런데 근로를 싫어하는 생각이 있다.

---

1 가야마 미츠로(香山光郎), 『매일신보(每日新報)』, 1941.6.28~7.3. '문화'란에 실렸다.

왜 그럴까.

사람은 제가 하고 싶은 일이면 힘드는 줄을 모른다. 노름에 밤을 새이고 유흥에 밤을 새운다. 만일 노역勞役이 이와 같다면 일하기 싫다는 걱정은 없을 것이다.

요컨댄 하기 싫은 일, 마음에 없는 일이라고 생각하기 때문에 근로가 싫은 것이지 사람의 본성이 근로를 싫어하는 것은 아니다. 만일 사람을 가만히 잡아넣고 네 꼼짝 말고 있으라 한다면 그는 일주야一晝夜가 못하여 근로를 주소서 할 것이다.

그러면 어떤 일이 하고 싶은 일인가. 어떤 일이 마음에 드는 일인가.

첫째로는 제 재주와 제 취미에 맞는 일일 것이다. 음악가는 음악이 싫지 않고 아이들은 장난이 싫지 않다. 화초 재배라면 정신없는 이도 있다.

그러므로 이상적으로 말하면, 사람마다 제 마음에 드는 일을 하게 하는 것이 근로생활의 극치일 것이다.

그러나 농업노동이나 공업, 기타의 노동이 반드시 만인萬人이면 만인에게 다 제 비위에 맞는 일이 되기는 어려울 것이다. 사실상 현실생활에 있어서 오인吾人의 근로는 반드시 오인의 취미와 일치하기는 어렵다. 도리어 그 반대인 경우가 많다. 여기서 문제가 일어나는 것이다. 그러면 이러한 경우에 어찌하면 내게 당하는 근로를 고苦가 아니 되고 낙樂이 되게 할 수가 있을까. 대관절 이것은 가능한 것인가. 즉 우리는 평생의 근로생활에 대하여서 고감苦感이 없이 만족과 기쁨과 감사로 대응하여 갈 수가 있을까. 이것은 만인에게 다 긴한 문제라고 아니 할 수 없다.

이하에 이런 견지에서 근로의 심리, 근로의 철학을 생각하여 보자.(1941.6.28)

2
근로와 애愛에 대하야

근로고勤勞苦의 본질은 강박감과 과로감에 있다. 의식衣食을 위하여서 '구복口腹이 원수가 되어서' 아니 할 수 없어서 근로한다 하는 것이 강박감이다. 하기 싫은 일을 억지로 하는 것이다. 노예감이라고도 하는 것이다. 과로감이라는 것은 현대 노역勞役에는 더욱 현저한 것으로, 그날그날의 근로의 시간과 분량이 획일적으로 규정되어 있어서 근로자 자신의 자유의지로 가감加減 신축伸縮하기를 불허不許하기 때문에 쉬고 싶은 때에 쉬지 못하야서 생기는 것이 과로감이다.

또 강박감을 반伴한 노역은 일층 더 과로감을 일으키는 것이다. 마음에 맞는 일은 밤 가는 줄을 모르지마는 하기 싫은 일은 얼른 피로하는 것이다. 이것은 주관적 심리의 농간이다.

근로고勤勞苦를 감減하는 길은 이 강박감과 과로감을 감減하는 데 있다. 이 일을 위하여서는 여러 가지 후생적厚生的 입법立法과 시설施設이 생기는 것이다. 임금賃金이 많으면 근로고勤勞苦가 감減한다. 이것도 주관적 심리의 농간이다. 감독자의 근로자에 대한 대우의 친부친親不親도 근로고勤勞苦를 가감加減한다. 이것도 주관적 심리의 농간이다. 노동의 합리화, 시간의 단축 같은 것도 물론 근로고勤勞苦를 던다. 이것은 객관적이다. 그러나 근로가 고苦가 되느냐 낙樂이 되느냐 하는 것이 갈리는 근본이 되는 것은 결국 근로자의 주관적 태도 여하에 있다. 이것이 요망要望한 것이다.

처자를 가진 사람은 근로를 싫어 아니 한다. 애인을 위하여서 하는 일이면 힘이 들수록 기쁘다. 여기 묘리妙理가 있는 것이다.

근로가 당자에게 대하여서 고苦가 되는 것은 구약舊約 작자作者가 아니라도 부인할 수 없는 일이다. 적당한 노역과 거기서 오는 적의適宜한 피로가 우리 심신에 기쁨이 되는 것은 사실이나, 근로라고 이름 붙일 만한 근로면 대개 적당 이상의 노역인 것이 현실이다.

다만 이 근로를 사랑하는 자를 위하여서 할 때에 비로소 우리는 그 근로고勤勞苦를 변하여서 근로락勤勞樂으로 화하는 것이다. 부모, 처자를 위하여서 근로하는 사람에게는 피로에 정비례하는 기쁨이 있다. 이것은 전 인류를 통하여서 보편된 상식이다.

근로 중에 가장 과격한 근로는 아마 전쟁하는 장병일 것이다. 혹은 염열炎熱에 혹은 혹한酷寒에, 기갈飢渴과 불면不眠과 과로過勞의 심신身心을 가지고 사지死地에 들어가는 것이다. 인생의 근로 중에 최대한 근로다. 더할 수 없는 고생이다. 죽기까지에 이르는 고생이다.

만일 이 근로를 고생이라고 생각하는 군사軍士라면 그는 반드시 패전敗戰할 것이다. 그에게 제 신심의 안락이나 생사를 탐하는 욕망이 있다 하면 그는 망국亡國의 민民일 것이다.

그는 조국을 사랑하기 때문에 싸우는 것이다. 자손만대의 안락과 영광을 위하여서 싸우는 것이다. 그러므로 그는 가슴에 적탄敵彈을 맞아 유혈流血이 임리淋漓하면서도 몽롱하여가는 의식을 마르고 마비하여 가는 힘을 발하여서 죽기 전 최후의 일탄一彈을 더 쏘는 것이다. 칼을 든 자기 시체를 적에게 향하여서 던지는 것이다. 그리고 마지막 호흡으로 조국의 만세萬歲를 축祝하는 것이다.

근로고勤勞苦를 낙樂으로 변화하는 묘리妙理가 여기 있는 것이다. 이 심경을 모르는 사람은 더불어 근로를 담談할 수 없는 것이다.(1941.6.29)

3
일본인의 근로에 대하야

일본인은 '아我'가 없는 국민이다. 일본인은 천황을 아我로 모시고 자기는 천황의 '것'으로 믿는다. '천황이 계신 뒤에 내가 있다' 하는 것이 일본정신의 신수神髓다.

그러므로 일본인이면 모든 근로가 천황께 향할 것이다. 천황이란 말씀은 여러 번 쓰기가 황송하니 '나라'라고 하자.

농부가 경운耕耘[2]을 하는 것도, 직공이 마치를 두르는 것도 구기본究其本하면 나

2 논밭을 갈고 김을 맴.

라를 위하여서다. 일본나라가 잘되면 나와 및 내 자손은 저절로 잘되는 것이거니와, 그러한 생각을 하는 것도 일본정신에 어그러진다. 무변無邊한 황은皇恩 속에 처자의 낙樂을 향수享受하는 보은 감사의 일념으로 분分을 지켜서 근로한다 하는 것이 바른 생각이다.

나의 근로가 나라를 위하는 것이라 할 때에 거기는 아모 불평도 불만도 없고 오직 감사와 희열이 있는 것이다.

내각대신內閣大臣의 직職이 있고 위생인부衛生人夫의 분分이 있거니와, 나라를 위하여서 없지 못할 직분이라 하는 점에서는 호말毫末의 차이도 없다. 그 가치의 고저高低는 오직 근로자 당자의 주관 태도에 달린 것이다. 대신大臣이라도 그가 만일 나라에 대한 직분이란 것을 잊고 사리사욕私利私慾으로 움직일 때에는 그는 타기唾棄할 필부匹夫요 잔맹殘氓[3]이거니와, 위생인부가 오예물汚穢物을 제거하여서 국민의 보건保健을 위하여서 전력을 다할 때에는 그는 대인군자大人君子요 귀인貴人이다. 모친이 아기의 오줌을 쳐줄 때에 불평이 있겠는가, 노고勞苦를 느끼겠는가. 아기의 노란 똥이 향기가 날 것이다. 위생인부가 이러한 마음으로 똥을 퍼내일 때에 그는 벌써 보살菩薩이다.

그러나 그가 구복口腹이 원수가 되어서 이 구린내 나는 일을 한다고 생각하는 순간에 그는 지옥고地獄苦를 받는 것이다. 그의 심서心緖는 어지러워지고 그의 용모에는 불평, 원차怨嗟의 주름이 잡혀서 더욱 다른 사람에게 혐오와 천시를 받으므로 갈수록 그의 생활은 궁곤窮困하고 암담할 것이다.

진실로 일본정신을 체득한 일본인일진대 근로의 고저高低 귀천貴賤을 가려서 불평불만을 가짐이 없을 것이요, 오직 주어진 분分에 대하여서 감사한 마음으로 전력을 다할 것이다. 안분安分이란 이것이다. 제 분分에 안安하면 신身에 욕辱이 없다 하는 것이 이것이다.

"御奉公させて頂いてこんなありがたいことは御座いませぬ(봉공할 수 있어서

---

3 가난에 지친 힘없는 백성.

이런 고마울 데가 없습니다).”

하는 것이 진정한 일본인의 근로정신이다.

자고 깨면 근로할 무슨 일이 있을 때에 그것은 내가 나라에 대하야 무슨 가치가 있다는 증거다. ‘너는 인제 쓸데없다’ 하지 않는 표標다. 그러므로 아모러한 천역賤役이라도 내게 할 일이 있는 동안 나는 행복된 사람이다.

반도인半島人은 결코 나타懶惰한 백성은 아니다. 그러나 근로를 애호愛好하는 자는 드물고 대개는 부득이하여서 근로하는 자들이다. 이것은 첫째 본인을 위하여서 불행한 일이다. 왜냐하면 근로는 그들에게는 강박감을 주는 고苦이기 때문에. 근로는 금전이나 명예의 보상과 상대相對하는 것은 아니다. 근로는 국민의 분分을 지키는 것으로 가치가 있는 것이니, 그 가치는 물질이나 명예의 보상을 초월한 절대絶對다.

국민 중에 일일의 근로를 안 가진 자가 없는 것이 이상理想이다. 그리고 각원各員이 감사로써 제 근로의 분分을 향락할 때에 황운皇運은 더욱 융창隆昌하는 것이다. 우리가 황운皇運을 부익扶翼하는 것이 오직 우리 심신心身의 근로를 통하여서다.(1941.7.1)

4
근로와 불평에 대하야

근로인勤勞人은 왕왕往往히 불평을 가지고 있다. 첫째는 내가 이런 일이나 할 사람이 아니라 하는 것이다. 불우시不遇時, 불우처不遇處의 한限이다. 세상이 자기를 못 알아준다고 하는 원망이다. 사람은 흔히 제가 지금 받고 있는 대우에 만족하지 않는 것이다. 저는 지금 처지보다 훨씬 높아야 한다는 생각이다. 지위도 불만이오 봉급도 불만이다. 더욱이 지식계급에 이러한 병이 많다.

이것은 분명히 병이다. 그 병원病原이 무엇인고 하면, 자아自我의 인식을 결缺함이다. 자기 반성력의 상실이다.

자기가 어떠한 사람인 것을 명찰明察하는 사람이면 대개는 자기의 현재의 복이 과분한 것에 송구할 것이다. 열에 7, 8은 확실히 제가 받을 이상의 분복分福을 받고 있는 것이다.

그런데 우치愚癡에 암폐暗蔽된 마음이라 남이 받는 복은 분에 겨워 보이고 제가 받는 복은 분 이하로 보여서 원질怨嫉을 발한다. 원질怨嫉을 발하므로 제 일일의 근로를 싫어하고 싫어하므로 고苦가 된다. 고苦가 되므로 더욱 능률이 줄고, 능률이 줄기 때문에 더욱 주위의 신념이 적어지고, 그러하기 때문에 점점 제 지위와 보수가 떨어지고, 그러하기 때문에 불평만 갈수록 높아져서 마침내 용모, 언동에 불평의 빛이 발로發露한다. 불평객이란 가장 세상에서 환영 못 받는 종족이다. 불평을 보이는 얼굴처럼 추한 얼굴은 없다.

그러므로 근로자는 마땅히 시시로 거울을 볼 것이다. 그래서 제가 얼마나 잘났나를 보지 말고 얼마나 못났나를 점검할 것이다. 제가 못난 줄을 분명히 알고 신神의 대우하심이 과분함을 느끼는 자에게는 반드시 복이 더 내린다. 겸손하고 감사하는 자에게는 세인世人을 매료하는 신력神力이 있다. 이른바 심덕心德이란 것이다.

원래 불평이란 자부심 있는 자가 가질 감정은 아니다. 불평의 근본은 의뢰성依賴性이다. 걸개심리乞丐[4]心理다.

'더 받았으면' 하는 것이 걸개심리다. 진실로 자주심自主心이 있는 사람이면 이런 못난 마음이 없을 것이다. 남에게 더 주었으면 하는 것이 정상正常한 자주자自主者의 심리다. 원래 탐욕이란 걸개심리다. 탐욕으로 사는 자는 전생前生에 걸개乞丐였거나 그렇지 아니하면 반드시 걸개가 되는 것이다. 남에게 주는 마음을 자애심이라 하거니와, 이 자비심이야말로 부귀기상富貴氣象이다. 부자나 귀인의 원만해 보이는 복상福相은 이 자비에서 온 것이다.

---

4 남에게 구걸하여 거저 얻어먹고 사는 사람. 거지.

제왕帝王에게 불평이 있을 리가 없고 부귀인富貴人에게 불평이 있을 리가 없다. 불평은 빈천자貧賤者의 상표商標다. 부귀하므로 불평이 없는 것이 아니라, 불평이라는 빈천상貧賤相이 없으매 부귀를 누리게 된 것이다. 빈천하니까 불평을 가지게 된 것이 아니라, 불평을 가질 만한 위인이니까 빈천에 처하게 된 것이다.

심상心相은 골상骨相을 이긴다. 수도修道는 숙명宿命을 깨트린다. 빈천貧賤의 궁窮을 깨트리려는 자는 먼저 궁窮의 인因이 되는 불평을 예제刈除[5]할 것이다.

그러할 때에 근로는 고苦가 아니 되고 낙樂이 되는 것이다. 벌써 그의 근로는 강박强迫이 아니고 자발自發이며, 노예적이 아니요 자비심에서 오는 제왕적帝王的 근로가 되는 것이다. 근로의 종류에 귀천이 달린 것이 아니다. 오직 근로자의 마음먹기 여하로 같은 근로건마는 귀천의 차差가 절연截然[6]하게 되는 것이다. 문화인의 인격의 추축樞軸이 여기 있는 것이다.(1941.7.2)

5
근로삼매勤勞三昧에 대하야

문화란 인류 수도修道의 산물이다. 종교뿐 아니라 법률, 정치, 예술, 풍속, 습관이 다 인류의 수도의 과果인 동시에 그 이상의 수도에 자資하는 것이다. 수도하는 개인이 많은 나라에는 높고 깊은 문화가 생하는 것이다. 식색食色밖에 모르는 인종에는 문화가 없다. 식食에 연례宴禮가 생기고 색色에 혼례婚禮가 생기는 것이 문화거니와, 이것은 다 성현聖賢을 통하여서 되는 것이니, 성현이란 곧 수도修道한 인물이다.

그런데 수도修道란 무엇이냐. 도道란 정로正路란 말이요 도道를 수修한다는 것은 정로正路로 정正하게 인생을 걸어가는 습관을 기른단 말이다. 이 경우에 습관을 덕

5 풀 따위를 베어서 없앤다는 뜻.
6 한계나 구별이 분명하여 맺고 끊음이 칼로 끊은 듯 확실함.

德이라고 한다. 도를 깨달아서 수修하여서 덕을 쌓는 것이다. 그러면 수修란 곧 반복하여서 행하는 것이니, 그러므로 수도를 수행修行이라고 하는 것이다.

그런데 『중용中庸』에 불성무물不誠無物[7]이라 하야 성誠을 도道의 중심으로 삼었거니와, 불교나 야소교耶蘇教나 무슨 수도 나를 물론하고 성誠이 기조基調가 되는 것이다.

'神ながらの道'[8]의 중심이 되는 것이 무엇이냐. 그것은 곳 'まこと'[9]다. '청명심淸明心', '정명직심淨明直心' 이것이다. '참'이라 하는 뜻이다. 성誠이란 언言이 성成한다는 작자作字거니와, 말과 행실이 같다는 뜻이다. 언행일치言行一致라는 뜻이요, 또 진심력盡心力이라 하는 뜻이다.

그 반대는 '거짓'이요 '건정례頂禮'[10]요 '어름어름'이요 '얼렁얼렁'이요 '아무렇게나'다.

그런데 이 성誠의 수련修練은 행行을 통하여서 한다. '건정례'라는 것은 속으로는 없는 것을 겉으으만 한다 하는 뜻이니, 불전佛前에 건으로, 헛으로 정례頂禮를 한다 하는 데서 온 말이다.

정례頂禮를 하거든 정성을 다하여서 참으로 잡념 없이 일심一心으로 하는 것이 성誠이다. 그런데 난심亂心의 악습관이 생긴 우리는 이 일심이라 하는 것이 장히 어려운 일이어서 오직 오랫동안 수행함으로만 달할 수 있는 높은 경계다. 능히 제 마음을 주장하야 일심이 되게 할 만하면 그는 벌써 성인의 역域에 든 것이다. 왜 그런고 하면 능히 일심만 되면 모든 것을 다 '바로 알' 수 있고 모든 것을 다 '바로 할' 수 있는 까닭이니, '바로 알'고 '바로 하'는 것이 곧 성현聖賢이다. 불십호佛十號[11] 중에 '정편지正遍知, 명행족明行足'이란 이것이다. 이리되면 선서善逝, 세간해世

---

7 『중용』 25장의 '誠者 物之終始 不誠無物(성이란 모든 사물의 끝이자 시작이니, 성이 아니면 아무것도 아니다)'에서 따온 구절로, 정성을 들이지 않으면 얻어지는 것이 없다는 뜻.

8 신대(神代)부터 전해온 신의 마음 그대로 인위적인 것이 더해지지 않은 길이라는 의미.

9 성(誠)·실(実)·진(真)의 뜻.

10 건성으로 하는 절. '정례(頂禮)'는 이마를 땅에 대고 가장 공경하는 뜻으로 하는 절.

11 부처의 덕을 나타낸 열 가지의 다른 이름. 곧 여래(如來), 응공(應供), 정편지(正遍知), 명행족(明

間解하아서 천인사天人師, 불세존佛世尊이 되는 것이다.

신가神家의 수행에 좌선坐禪이 주가 됨은 말할 것 없지마는 시간으로 보면 좌선보다도 작무作務가 많은 것이다. 작무作務란 소제掃除, 걸레질, 물 긷기, 나무하기, 똥치우기, 종 치기, 이런 것이 곧 육체적 근로다. 이 근로는 아무쪼록 중생의 신세를 더 지지 말자, 노상 중생의 신세를 안 질 수는 없더라도 최소한도로 지자 하는 까닭에 하는 것도 되지마는, 더 주요한 목적은 아我의 극복과 성誠의 수련이다. 아我의 극복이란 내 탐욕을 이기는 일이다. 내가 높다, 내가 남을 부리겠다, 남의 봉사를 받겠다, 나는 편안하겠다 하는 만심慢心을 극복함이오, 성誠의 수련이란 걸레질이면 걸레질에 전심력을 바쳐서 걸레질하는 동안에는 제 심신이 온통 걸레질이 되어 버리는 공부다. 무슨 근로에나 제 심신이 온통 그 근로가 되어버린 때에 그것을 삼마지三摩地, 또는 삼매지三昧地라고 일컫는다. 이리되면 내가 송두리째 성誠이 되어 버리는 것이니, 신명神明과 합일하는 경계다. 여기 강박强迫이니 고苦니 하는 것이 있을 리가 없다. 천하를 다스리는 것이나 내 걸레질이나 다름이 없다.

이렇게 근로삼매에 드는 때에 그 근로자는 신화神化되는 것이다. 일은 힘 안 들고 또 잘 되고, 겸하야 인생의 대단련大鍛錬의 대과大果를 얻는 것이다.(1941.7.3)

行足), 선서(善逝), 세간해(世間解), 무상사(無上士), 조어장부(調御丈夫), 천인사(天人師), 불세존(佛世尊)을 가리킨다.

인고忍苦의 총후문화銃後文化[1]

근로와 문화

우리의 의식주가 근로소득임은 말할 것 없다. 그러므로 근로 없이 의식주하는 사람은 남의 근로를 의식주하는 것이 된다. 이것은 불교 십계十戒의 도盜에 해당하는 것이다.

그뿐 아니라 나 하나가 근로 아니 하기 때문에 남이 내 근로까지 껴하여 주게 된다. 이것은 중생의 고혈膏血을 착취하는 것으로, 마땅히 십계 중에 살생계殺生戒를 범하는 것이 된다. 살생계를 범한 자는 내생來生에 다병요절多病夭折하는 몸을 타고 나고 투도계偸盜戒를 범하는 자는 내생에 빈궁보貧窮報를 받게 된다. 이것은 내생 일이거니와 근로 아니 하는 자는 금생에서 벌써 다병요절과 빈궁보를 받게 된다.

신체제가 점점 철저할수록 근로 아니 하는 사람은 발붙일 곳이 없이 된다. 톨스토이의 『바보 이반』이란 소설에 소경 색시가 식당 입구에 지켜 서서 들어오는 사람의 손을 만져보고 굳은살이 있어야 허입許入한다 하는 말이 있거니와, 금후今後도 우리나라도 그렇게 될 것이다. 근로 아니 하는 자에게 식량食糧 의차衣次[2]의 배급표를 안 주게 될 것이다.

연애도 그렇게 될 것이다. 직업 없는 남자는 장가를 못 들게 될 것이다. 육체적 근로를 견딜 만한 건강체로서 손이 굳은 남자라야 아가씨들의 마음을 끌게 되고, 호리호리한 부귀가富貴家의 알부랑자는 젊은 여성의 멸시를 벌써부터 받게 되었다. 여자도 그렇다. 유요형柳腰型은 아마 기생妓生으로밖에 갈 데가 없을 것이다. 몸

1 가야마 미츠로(香山光郞), 『매일신보(每日新報)』, 1941.7.6.

2 옷 지을 재료.

빼, 두건에 물 가득 담은 양동이를 번쩍번쩍 드는 여자라야 남자들의 사랑을 끌 것이다.

군국軍國의 남자는 모도 군인이 될 만한 능력을 가져야 한다. 그러므로 남자는 모도 군인과 노동자 될 만한 훈련을 받게 된다. 이 힘은 육체적 근로에서 얻는다.

근로의 주主는 물론 육체적 근로다. 이른바 정신적 근로도 육체를 떠나서 있을 수 없는 일이니 건강과 인고력忍苦力이 없이 능히 할 바가 아니거니와, 정신적 근로자도 언제 육체적 근로를 맡아도 감당해 나갈 만한 체력과 훈련을 예비하는 것이 고도국방국가高度國防國家의 필수한 준비다.

만민萬民은 모름지기 육체적 근로를 할지어다. 이것은 맹방盟邦 독일이 벌써 히틀러 유겐트[3]를 중심으로 실시하고 있는 것이다. 아방我邦에서는 남녀 청년단이 모도 육체근로를 훈련 과목으로 하고 있거니와, 남녀 학교의 학생도 매년 1개월 이상의 육체근로를 과課하기로 되었다.

이 육체근로는 성誠의 단련이 되어야만 한다. 군인이 되면 훌륭한 군인, 노동자 農, 工, 運搬가 되어도 훌륭한 노동자가 될 수 있도록 하여야 한다. 심력을 다하여서, 죽기를 기쓰고, 정성으로, 참으로 '眞劍に(진지하게)', '懸命に(필사적으로)' 하는 것이 생명이다.

이러한 근로의 체험과 근로 애호愛好 정신의 함양은 일반문화에 현저하게 반향될 것이다.

첫째로 도덕에서 근로, 특히 육체적 근로에 최고 가치를 주게 될 것이다. 옛날 공자孔子께서 하조장인荷蓧丈人에게 "사체부동 오곡불분四體不動 五穀不分"[4]이라는 책망을 들으셨거니와, 앞으로 육체적 근로를 감당치 못하는 사람은 도덕적으로 가장 치욕이 될 것이다.

---

3 히틀러유겐트(Hitlerjugend). 1926년 국가사회주의 독일 노동자당(나치당)에 의해서 설립된 청소년 조직으로, 독일의 청소년들에게 나치당의 이데올로기인 나치즘을 교육하기 위해 설립되었다.

4 『논어(論語)』 '미자편(微子篇)'에 나오는 "四體不動 五穀不分 孰爲夫子(사지를 움직이지 않고 곡식도 분간하지 못하는데 누구더러 선생이라 하느냐)"에서 따온 구절. 자로(子路)가 공자를 선생이라고 부르는 것을 보고 은자(隱者) 하조장인(荷蓧丈人)이 한 말이다.

둘째로 문학예술에서도 근로형勤勞型, 특히 육체 근로형이 탄미嘆美될 것이다. 현재에도 벌써 그런 경향이 현저하다.

좌익예술에서도 근로형의 인물을 찬미하였거니와 그에게는 계급적 증오와 반항이 있었다. 그러나 금후의 근로형은 감사와 봉공의 기쁨으로 표현될 것이다. 왜 그런고 하면 그는 계급을 초월하여서 국가의 은혜와 이상과 사명을 자각하엿기 때문이다.

근로와 인생

상서相書[5]에 수족手足이 작고 부드러운 것을 귀골貴骨이라고 한다. 수족으로 노동하지 아니할 상相이라 하는 뜻이다. 이것이 전생前生의 적덕積德으로 타고난 복상福相이라고 하자. 그러나 놀고먹으면 은행 예금을 찾아먹는 심이다. 언제 그 복이 다하여서 예금장부預金帳簿가 비는 날이 있을 것이다. 이것이 전신前身에 부자가 아닌 거지 없다는 이유이다. 석복惜福이라는 말이 있다. 이미 쌓아 놓은 복을 찾아 쓸 수 있으면서도 안 쓴다는 것이다. 최소한도로 쓴다는 것이다. 이를테면 부자의 절약이다. 부자가 절약하는 동안 부는 줄지 아니할 것이다. 부자가 근면하면 더욱 부가 늘 것이다.

석가세존은 왕위를 차지할 신분이면서 거지로 팔십 평생을 지냈다. 내게 있는 복을 내가 아니 쓰고 중생에게 주자는 뜻이다. 관세음보살은 불佛의 위位를 버리고 짐짓 중생이 되었다. 우주의 최존우最尊宇의 갑부甲富로서 그 복을 모도 중생에게 회향廻向하시고 당신은 중생 제도濟度를 위하야서 삼십삼 좌신座身을 나누어 주야晝夜 영겁永劫에 근로하시는 것이다.

박림소복薄臨少福한 범부凡夫는 조족지혈鳥足之血만한 복을 쌓으면 자신의 향락에

5 관상서(觀相書). 사람의 얼굴을 보고 운명, 성격, 수명 따위를 판단하는 방법을 써놓은 책.

그 복을 다 써버린다. 돈 십만, 돈 백만 생기면 우선 대하大廈[6]를 짓고 미희美姬를 구하고 안일安逸을 시사是事하는 것이다. 그의 목전目前에 빈궁과 지옥이 있는 줄을 모른다. 부자가 천국에 들어가기가 낙타가 바늘구멍으로 들어가기보다 어렵다 함이 이것을 가리킨 것이다.

부자인 것이 죄가 아니다. 부자로서 석복惜福, 증복增福을 아니 하고 그 부력富力을 국가에 회향廻向하지 아니하는 데서 죄가 오는 것이다. 자신의 일락逸樂을 탐하는 부자에게는 가정의 불리不利가 오고 자녀의 타락이오고 세상의 원질怨嫉[7]이 온다. 그에게 일각一刻의 안락도 없다.

부富는 복福이다. 부는 전생前生과 선조先祖의 근검勤儉과 적선積善의 보報다. 그러면 부자가 조금만 선심善心을 쓰면 빈자보다 큰 영광을 발할 수 있다. 국가와 중생의 찬앙讚仰을 받을 수 있는 것이다.

부富는 살인검殺人劍도 되고 활인검活人劍도 된다. 부는 자신의 장래를 위한 대복大福도 되고 대화大禍도 된다. 용처用處에 의하여서 갈리는 것이다.

부자가 제가 부자인 것을 잊고 빈궁한 사람으로 자처하여서 근로생활에 들어가는 자면 부록福祿이 무궁할 것이 마치 건강한 자가 병약자로 자처하고 보건保健에 전력하면 수한壽限이 무궁할 것과 마찬가지다.

근로자에게는 빈궁은 업다. 거부巨富는 전생의 업보겠지마는 인형人形을 쓰고 태어난 자면 '정직한 근로'만 하면 의식주에 부자유는 없게 인생이 마련되어 있다. 인구의 증가의 자연적 조절, 남녀 양성의 밸런스 등 자연에는 정연整然한 계량計量이 있다. 계량경제計量經濟다. 사회조직에 때로 불합리의 폐막弊瘼이 생기는 일이 있더라도 신의 섭리에는 결코 탈선이 없다. 수목이 다 저 자랄 만큼 자라고 천체가 다 제 길을 찾는 것과 같다.

인생이 근로를 도피할 때에 개인과 사회에 병이 생긴다. 사람이란 근로하는 동안 여간해서 사념邪念이 아니 생긴다. 그러므로 범죄자는 대개 나타자懶惰者다. 빈

6 넓고 큰 집.
7 원망과 질투.

궁자貧窮者도 그러하다.

우리의 입과 손은 부절不絶히 죄를 짓고 있고, 우리의 탐욕은 우리의 수족手足을 독점하려 든다. 음욕淫慾은 안일安逸의 맏아들이다. 죄의 9할은 근로 회피에서 온다.

우리는 종용한 때에 제 죄업이 무서움을 느낀다. 특히 자녀가 병이 나거나 제 몸에 병이 날 때, 기타 무슨 불행이 있을 때에 우리는 신만을 부르고 후회하거니와, 제 근로소득 이외에 것을 아니 먹고 아니 가진다는 것이 속죄贖罪, 면죄免罪의 정경대도正經大道다.

국가와 문화[1]

1

고아가 되어 보아야 어버이의 고마움을 절실히 느낀다. 나도 남처럼 어버이가 있었으면 하고 눈물을 흘린다. 세상에 고아처럼 불쌍한 신세가 또 있는가.

어버이가 있더라도 악한 어버이면 그 자녀의 신세가 어떠할까. 나라 없는 백성이라야 조국의 고마움을 깊이 깊이 안다. 오늘날 유태인을 보라. 민족의식이 그다지 앙양昂揚되지 아니하였던 옛날에도 유태인은 간 데마다 학대를 받았다. '포그롬'[2]이란 유태인 학살이란 말이다. 하물며 오늘날과 같은 민족주의 시대에서랴. 나라 없이는 살 수 없는 오늘날이다. 체코, 폴란드波蘭 등 작금昨今 양년에 나라를 잃은 민족이 십수 개나 생겼다. 그들은 제 운명을 적의 손에 맡기고 있다. 그들에게야말로 자유도 없고 제 것도 없다. 그들은 조국을 잃으매 모든 것을 잃어버리고 말았다. 그들의 전도前途는 암담하다. 그들의 자손은 어떠한 운명을 가지게 될는지 모른다. 그것은 오직 적의 손에 달렸다. 3백 년 번영의 꿈을 꾸고 세계의 오분지일五分之一을 가져서 그 국기國旗에는 해지는 날이 없었다는 영국의 명맥命脈도 풍전등화風前燈火요, 한 대륙이라고 할 만한 소련도 지금 멸망에 빈瀕하고 있다.

그러므로 영국민이나 소련국민은 제 조국을 지키노라고 사력死力을 다하고 있다. 우리 국민은 너무도 팔자가 좋다. 일찍 우리 국토에 적탄敵彈 하나가 떨어져 본 일이 없이 혼인婚姻, 가취嫁娶하고 생활을 향락하고 있다. 좋은 어버이를 가진

---

1 가야마 미츠로(香山光郎), 『매일신보(每日新報)』, 1941.7.31~8.2. '정(政)·전(戰)·문화(文化)의 일체(一體)' 표제하에 실렸다.

2 러시아어 '포그롬(погром)'이라는 단어에서 유래한 것으로 그 자체로 박해라는 뜻을 갖는다. 19세기에서 20세기 사이에 러시아 제국에서 발생한 반유대주의 폭동을 가리키는 고유명사가 되었고, 이후에는 같은 시기에 유럽 곳곳에서 발생한 반유대주의 폭동까지 의미가 확장되었다.

자녀가 어버이 고마운 줄을 모르는 모양으로 우리들은 조국 고마운 줄을 모르고 있다.

만일 우리가 천황의 어능위御稜威이기 때문에 세계가 물 끓듯 하는 오늘에 이러한 태평하는 생활을 하는 줄을 진실로 자각한다 하면 우리 눈에서는 끊임없이 감루感涙가 쏟아질 것이오, 우리 국토를 이렇게 지킨 것이 십만 지난 4년 래에 대륙에 목숨을 버린 황군장병의 덕인 줄을 진실로 깨달을 것 같으면 정오正午 묵도默禱의 1분간이 길다 어떻다 하는 말이 아니 나올 것이다. 우리를 위하여서 죽고 우리 자손을 위하여서 죽고 우리 조국을 지키노라고 죽는 그들의 영령英靈은 곧 우리가 집집에서 대대로 감은感恩의 제사祭祀를 드려야 할 은인들이다. 그들의 영령을 야스쿠니신사靖國神社[3]와 호국신사護國神社에서 나라에서 제사하시는 것이 이 때문이다.

우리 조국은 신神이신 천황이 다스리시고 천황이 주신 공정한 법률이 있고 좋은 교육과 위생시설과 산업과 예의와 풍속과 종교와 문학과 음악과 모든 문물이 있다. 국민은 모두 천황의 신자臣子로서 동포의 형제로 자매와 같이 서로 사랑한다. 아모 차별도 없다.

조선인은 천황의 신민臣民이 된 지 불과 30년이지마는 같이 군인이 되고 관리가 되고 같이 부부가 되고 붕우朋友가 되고 양자養子가 되고 상관上官과 부하部下가 되고 같은 애국반愛國班[4]의 반원班員이 된다. 이제는 서로 이민족異民族이었다는 생각을 가지기를 피차에 미안하게 여긴다. 지금 국민학교에 댕기는 아동들이 어른이 되어버리면 내선관계內鮮關係 혼슈本州, 규슈九州, 시고쿠四國[5] 관계와 다름이 없을

---

3 전몰자(戰歿者)의 영령을 봉안하기 위해 1869년 초혼사(招魂社)로 창건된 국가신사의 하나.

4 1938년 7월 국민정신총동원 조선연맹 창설과 더불어 각 정동리(町洞里) 부락연맹과 관공서, 학교, 은행, 기타 단체들로 결성된 각종 연맹 산하에 10호 단위로 만들어진 하위 말단 조직. 총독부가 주축이 되어 만들어졌고, 전쟁의 확대와 함께 근로봉사, 저금, 국채 구입, 국어보급, 금은 식기 공출 등 전시 동원을 위한 기초 단위로서의 역할을 수행했다.

5 혼슈(本州)가 일본 열도의 본간(本幹)을 이루는 가장 큰 섬이고, 남쪽으로 세토나이카이(瀨戸內海)를 사이에 두고 시고쿠(四国)·규슈(九州)와 마주하고 있다.

것이다.

일전日前 988명의 특별병特別兵 지원자가 훈련을 마치고 황군皇軍의 병사가 되었다. 이렇게도 좋고 고마운 우리나라를 우리 목숨으로 지키자는 조선 민중의 신민의식臣民意識, 보은의식報恩意識의 발로發露다. 뒤를 이어서 금년도 제2기 지원자 천여 명이 훈련소에 입소入所할 것이다. 이 수효는 차차 늘어서 국민개병國民皆兵날까지에 이를 것이다.

이에 우리의 혼魂에는 '일본은 우리 조국이라' 하는 신념이 깊이 박힌 것이다.(1941.7.31)

2

세인世人은 문화라는 것은 국가와 독립하여서 존재할 수 있는 것같이 생각하여 왔다. 그러나 이것은 잘못된 생각이다. 자연과학이나 기계기구의 발명은 보편적일 수가 있다. 그것을 문명이라고 한다. 그러나 도덕, 예의, 풍속, 관습 등은 어떤 국민의 생활 원리에서 나온 생활방식이기 때문에 강하게 국민성國民性의 색채를 띤 것이어서 국가에 뿌리를 박은 것이다.

예例하면 일본의 문화라는 것은 천황중심 사상을 근저로 발생하고 발달한 것이다. 문화의 기조基調는 도덕이거니와 충효일본忠孝一本의 도덕이야말로 일본문화의 기조基調를 성成하는 것이다.

다시 예의禮儀를 예로 들어서 설명하자. 예의에는 국민예의, 사회예의, 가정예의로 나눌 수 있거니와, 이것이 다 그 기조에서는 일치하는 것이다.

국민예의의 주가 되는 것은 천황과 신과 국기에 대한 것이다. 일본 국체國體에서는 천황은 최고의 존재이실뿐더러 국토와 신민은 모도 천황께 속하였다. 그러므로 일본의 신민은 천황께 모든 것을 바치고, 바친다는 것보다도 모든 것을 천황의 대어심大御心을 체體하사와서 행하는 것이라. 제 신명身命이나 자녀나 재산이

나가 모도 천황의 것이요, 따라서 제 몸이 주야晝夜로 하는 일이 모도 천황의 일이다. 이른바 황운부익皇運扶翼이요 이른바 대정익찬大政翼贊, 신도실천臣道實踐이다.

이러한 근본 신념에서 나온 국민예의가 궁성요배宮城遙拜, 칙어봉독勅語奉讀, 만세봉창萬歲奉唱 등인데, 이것은 영미英米 등 제 국민이 그 원수元首에게 대한 예의와는 정신이나 형식에 있어서 판이判異한 것이다. 미국인은 그 대통령에게 경의를 표하거니와, 그가 결코 대통령을 자기가 충忠으로써 사事할 대상으로 또는 자기의 신명身命과 자녀와 재산을 대통령의 것으로 생각하는 일이 없다. 대통령은 국가의 일기관一機關이요 국가는 인민人民을 위한 기관이라고 한다. 'Goverment of the People, For the People, By the People'이란 것이 그들의 사상이다. 영국은 미국과 달라서 군주君主를 재戴하였지마는 역시 민주사상民主思想인 데는 일치하다.

그러나 일본 국민은 천황께 절하사올 때에 임금께 어버이께, 신께라는 생각으로 하는 것이다. 그러므로 이 예의禮儀는 오직 황국신민된 자만이 그 정신을 이해하고 동시에 그 예의에서 다함 없는 감사와 감격을 얻는 것이다.

신께 대한 예의란 곧 신사참배이거니와, 일본서는 제사할 신을 정하시는 권력을 가지신 이는 오직 천황 한 분뿐이시다. 천황께서 그 조선祖先이신 아마테라스오카미天照大神[6]께 제사하시며 우리들 신민은 천황의 뒤를 따라서 절하는 것이다. 다른 신도 그러하다. 헌법憲法의 조문條文에 의하여서 일본 신민은 신교信敎의 자유가 보장되었으므로 개인으로는 불교나 야소교耶蘇敎나 다 신봉信奉할 수 있거니와, 어떠한 종교를 신봉하든지 일본 신민된 자는 그것이 자기가 황운皇運을 부익扶翼하기에 도움이 된다고 믿고 하는 것이 황국신민의 정경대도正徑大道다. 왜 그런고 하면 우리는 팔굉일우八紘一宇의 천황의 정신을 우러러서 그 정신의 실현됨으로만 인류가 구제될 것을 믿기 때문이다. 천황은 사욕私慾이 없으시다. 전인류에게 바른 문화를 주어서 각득기소各得其所케 하려 하심이 천황의 대어심大御心이시므로, 우리는 황운皇運을 익찬翼贊함으로 개인으로서나 부모로서나 자녀로서나 국민

6 일본 신화에 나오는 태양을 관장하던 신들의 최고 통치자. 일본 황실의 시조로 받아들여져 황실 숭배의 중심이 됨.

으로서나의 인생의 의무를 완수할 수 있기 때문이다. 일본의 국가 목적이 곧 인류의 최고 목표이기 때문이다. 그리고 천황이야말로 만고萬古에 긍亘하시와 인류의 최고 지도자이시기 때문이다.

황국신민된 자로 이 근본정신을 인식하지 못하고는 문화를 논할 수 없는 것이다.(1941.8.1)

3

정치는 문화의 주요한 일부문이거니와 일본에 있어서는 정치란 곳 황운부익皇運扶翼이다. 어찌하면 전국민의 정신을 천황께 귀일歸一케 할까 하는 것이 일본 정치의 안목眼目이다. 내선일체의 정치는 그러므로 일본적인 정치다. 상하上下의 상극相剋, 빈부貧富의 상극相剋을 다 제거하고 억조일심億兆一心으로 신도臣道를 실천케 하는 것이 일본의 정치의 이상이다. 개인의 참정권이나 생산 무역의 자유나 신교 사상의 자유나 이런 것이 서양 제국諸國의 정치의 큰 제목이었고 일본도 메이지明治 이래로 이에 모방한 일도 있거니와, 이런 것은 일본의 국체國體에서는 한 방편은 될지언정 목적은 되지 못하는 것이다. 왜 그런고 하면 팔굉일우八紘一宇의 대국책大國策, 즉 천황의 대어심大御心을 익찬翼贊하는 것이 목적이기 때문이다.

대정익찬大政翼贊, 신도실천臣道實踐을 정치의 표어로 삼은 고노에近衛[7] 공公의 공적이 큰 것은 사실이나, 이것이 고노에 공의 발명은 아니다. 일본 국체國體의 전제에서 오는 당연한 결론이다. 조선 사람은 국가에 대한 과거의 관념을 시정是正하여서 이 국토와 민생民生은 영원히 천황의 것이요, 나와 및 내 자손의 영원한 의무는 황운皇運을 부익扶翼함이라는 신념을 가지는 것이 근본문제다. 왜 그런고 하

7 고노에 후미마로(近衛文麿, 1891~1945). 1937년 6월 중일전쟁 직전에서 1941년 10월 태평양 전쟁 직전까지 3차에 걸쳐 일본의 내각총리대신을 역임하며 국가 주도의 전시체제를 이끌었다. 1940년 10월 창립된 대정익찬회(大政翼贊會)의 당수를 지내기도 했다.

면 이런 신념을 아니 가진 사람은 그의 혈통과 출생지 여하를 불문하고 황국신민의 자격이 없기 때문이다. 이와 반反하여서 비록 신부민新附民인 조선인이라도 이러한 신념을 가질 때에는 벌써 완전한 황국신민이니, 그러므로 조선인의 금일의 노력의 전부는 2천4백만 민중에게 이 정신을 고취하는 일이라야 할 것이다. 이것이야말로 조선의 정치의 목표이다. 문학, 예술, 종교도 그러하다. 그것이 일본문화가 되랴면 직접 혹은 간접으로 황운부익의 성격을 가진 것이라야 할 것이다. 그러면 어떠한 문학, 예술, 종교가 황운부익의 성격을 갖출 것인가. 이것은 일률一律로 규정할 수 없는 것이거니와, 국가의 이상을 제 이상으로 하고 이 나라를 사랑하여서 생명으로써 지키랴는 애국심, 즉 충의忠義의 정신을 가진 일본인의 작품이면 그것은 황운皇運을 부익扶翼하는 문화 소산所産이 될 것이다. 국가를 염두에 아니 두고 국민생활에서 유리遊離한 관념유희는 더구나 오늘 같은 비상시에는 허용 못 될 것이다.

다만 비상시에만 그러한 것이 아니라 일본과 같은 확호부동確乎不動하는 국가이상을 가지고 국민의 인생관, 세계관이 미리부터 정하여진 국가에서는 정치와 문화는 그 정신에 있어서 일체 다 곧 황도정신皇道精神이다. 정치와 문화가 괴리하면 그것이 퇴폐나 괴란壞亂의 전조前兆가 되는 것이다. 태평시에도 그러하거든 하물며 국운國運을 도賭하여서 전쟁하고 있는 비상시에랴.

금일의 일본의 형세形勢는 참으로 일억일심一億一心을 요要한다. 조선인은 이때야말로 황은皇恩에 대한 최초의 보답의 기회요, 또 일본의 광전曠前의 대업大業에 공헌하여서 황운皇運의 익찬翼贊에 참여할 기회다. 사변事變 이래 전몰장병 10만에 조선인 출신의 장병은 3인밖에 없다. 인구 비례로 말하면 조선인 장병이 3만 명은 죽었어야 할 것이다. 이에 대하여서 조선인 된 자는 마땅히 송구함을 느껴야 할 것이요, 그 대신에 다른 것으로 보충할 성의를 가져야 할 것이다. 다른 것이란 무엇이냐. 곧 총후봉공銃後奉公이다. 산업부문에서나 문화부문에서나 우리를 대신하여서 죽은 장병의 정신으로 멸사봉공滅私奉公하여야 할 것이다.(1941.8.2)

<그대와 나君と僕>와는 하나다[1]
–일억국민이 개람皆覽할 영화

벽두劈頭에 지도地圖가 나오고 혼슈本洲에 '그대君', 일본해日本海에 '와と', 조선 반도에 '나僕'이라는 자字가 나올 때에 몸이 찌르르 하였다. '君と僕とは一つだ(그대와 나는 하나다)', '君と僕とでこの國土を護らう(그대와 내가 국토를 지키자)', '君と僕と…… われわれが生命を捧げて皇道を宣揚しよう(그대와 나…… 우리가 생명을 바쳐 황도皇道를 선양하자)' 하는 금일今日의 정신의 상징象徵이다. 이 순간 나는 장내場內를 둘러보았다. 모도가 君と僕였다. 내지인이니 조선인이니 하는 구별도 없어졌다.

이 영화는 희곡적으로 볼 것은 아니다. 일종의 실사實寫다. 실사實寫이기 때문에 스토리로나 회화로나 무대적 기교는 부족하다. 그러면서도 이 영화가 우리의 감정을 흔감欣憾하는 것은 그 테마가 하도 절실하게도 나 자신의 생명에 관한 것이기 때문이다. 화면에 나오는 젊은 남녀는 다 내 아들이오 딸이기 때문이다.

지원병志願兵의 씩씩한 모양, 농촌 광이부대部隊의 개척, 부여신궁扶餘神宮 조영造營의 여학생 근로봉사 등은 실사實寫이면서 가장 인상적인 씬이었다. 그리고 아들의 출병을 장행壯行하는 노부老父가 광대를 불러서 놀이를 차린 것도 앞으로 어느 집에나 있을 광경의 표본標本이었다. 부여扶餘 객사客舍의 장면은 이 영화 중의 춘풍태탕春風駘蕩[2]한 대목이었다.

서너 번 울고 너덧 번 웃고 지원병의 출병出兵으로 끝나는 이 영화를 다 본 뒤에 어떤 부인은 "꼭 이렇게 해야겠어. 우리가 할 일 그대로야." 하는 감상을 말하였다.

---

1 가야마 미츠로(香山光郞), 『매일신보(每日新報)』, 1941.11.22. '영화 〈그대와 나(君と僕)〉의 감상(鑑賞), 각계 인사(人士)의 찬사(讚辭)' 기획 원고의 하나이다.

2 봄바람이 온화하게 분다는 뜻.

표현에 결점도 있건마는 일억국민이 다 일람一覽 재람再覽하고 삼상三想 사상四想할 영화라고 믿는다. 한 번 본 이는 반드시 〈君と僕〉 회원이 될 것이다.

앞으로 이보다 더 나은 소설과 영화가 같은 테마와 정신으로 나올 것을 믿는다.

1942년

28일 석간소설부터 연재 『원효대사』[1]

오는 29일부터 '춘원春園' 가야마 미츠로香山光郎 씨의 장편소설 『원효대사元曉大師』가 새로 연재된다. 우리 문단의 거성巨星인 대춘원大春園이 오랜 침묵을 깨트리고 내놓는 연재소설이다. 문단의 대선배인 동시에 특히 불교에 조예가 깊은 '춘원'이 일대 성승聖僧이요 고승高僧인 '원효'의 생애를 주제主題에 올려, 성聖과 인간이 서로 다투는 엄숙한 경계선에서 인정과 사상과 진리의 심오한 세계를 작자의 원숙한 붓으로 그려갈 이 소설은 또한 일대의 걸작임을 의심치 않는다. 이 소설은 오늘날과 같은 시국하에서 희생과 봉공과 고행의 정신을 체득하는 데 하나의 경전이 될 만한 귀한 작품인 줄 생각한다. 삽화엔 향인 리승만 화백. 여기에 또한 금상첨화의 격을 이룰 것이다.

작자의 말

'원효元曉'는 신라가 낳은 가장 큰 사람이요 고승高僧이요 성승聖僧이다. 그의 『대승기신론소大乘起信論疏』와 『화엄경소華嚴經疏』는 불교가 전하는 동안 전할 것이다. 원효는 세계적 위인이다. 그러나 원효는 '요석공주瑤石公主'로 하여서 파계破戒하야 '설총薛聰'을 낳았다. 그는 어찌하여서 파계를 하였던가. 성승의 파계 그것은 큰 사건이다. 오늘까지 해답 못 된 문제다. 인성人性의 근저에 관련된 문제다. 나는 이 "유처무항 용격의위 웅횡문진 흘흘연 환환연 진무전각遊處無恒 勇擊義圍 雄橫文陣 仡仡然 桓桓然 進無前却"[2] 宋高僧傳이라는 원효의 인간으로서의 고로苦勞와 성자로서의 수행을 그려보고 싶다.

---

1 『매일신보(每日新報)』, 1942.2.24.

2 다니는 곳에 일정함이 없고, 의해(義解)의 세계를 용맹히 격파하며, 문장의 진영을 씩씩하게 횡행하고, 굳세고 흔들림 없이, 나아가서는 물러남이 없었다.

'대승보살행'의 진수[1]

—천의무봉의 필치로 엮어질 희대의 역작 춘원의 『원효대사』

춘원春園 가야마 미츠로香山光郎 씨의 소설 『원효대사』는 마침내 오는 3월 1일부터 본지 석간부터 연재된다. 신라가 나은 성승聖僧이라고 일컫는 이 위대한 인물이 어떻게 우리 앞에 자태를 나타내일 것인가는 오로지 거장이 아로새기는 천의무봉의 필치를 기다리는 수밖에 없지마는, 그는 신라 진평왕眞平王 시절에 고고의 소리를 내고 선덕善德 진덕眞德의 두 여왕과 무열武烈 문무文武의 양왕 모다 다섯 대에 걸치어 이름을 떨쳐 온 인물이다. 이 시대야말로 실로 영원히 빛날 '신라 문화'의 호화찬란한 황금시대였으니 대사가 『화엄경소華嚴經疏』와 『대승기신론소大乘起信論疏』의 창술자이며, 또한 불교에 있어 '화엄종'의 시조임은 이미 다 알려진 바이다. 그러나 나아가 한편으로 계율을 깨트리고 요석공주와 바랑[2]을 바꾼 것은 오늘날까지 풀어지지 않은 수수께끼로 되어 있다. 그 시대 그 인물을 통하야 오늘날 미증유의 대전쟁 속에 있는 우리들 앞에 거대한 구상을 가꾸어 오랫동안의 침묵을 깨트리고 붓을 든 작자 춘원을 찾아 그의 포부를 듣기로 한다.

대사가 창술한 소疏란 말하자면 『화엄경』과 『대승기신론』에 주석을 가한 것으로서, 이것은 일찍이 당송唐宋에도 없었던 것이니, 진실로 불교가 남아 있는 한 영원히 빛날 금자탑이다. 당시 불교에 있어 최고의 자리를 차지하고 있던 당의 지엄대사智儼大師가 이것을 보고 크게 감탄하여 "해동사문海東沙門의 원효가 불교 사교四教를 주창했다"고 한 말은 원효대사의 불교에 있어서의 지위를 말하고 남음이 있다. 그런데 원효가 이와 같이 불교에 통한 것은 대체 그 스승이 누구인가 오늘

---

1 『매일신보(每日新報)』, 1942.2.27.

2 승려가 등에 지고 다니는 자루 주머니.

날까지 분명치 않으며, 일설에 원효는 무사사통無師四通한 사람이라는 말까지 있을 만큼 그의 두뇌는 명석하고 시야는 넓었던 모양이다.

그가 어렸을 때부터 성격이 걸걸하고 용모가 수려하야 도가 높았던 한편 인간적인 점이 많았다. 33세에 이르러 드디어 호를 무애無碍라 스스로 하고서 계율을 벗어나 "수허몰가부아작지천주誰許沒柯斧 我斫支天柱(누가 나에게 자루 없는 도끼를 허락하였느뇨. 내 하늘기둥을 치리라)" 하는 노래를 부르고 거리를 헤매었다. 마침내 이 말이 무열왕에까지 달하야 칙사가 그를 다리러 갈 새 그가 요석궁瑤石宮 부근 연못에 거짓 빠지었다가 그 길로 요석궁에 들어가 옷을 말린 것이 인연이 되어 요석공주와 사랑에 빠지고 만다. 이리하야 나은 것이 설총薛聰이다 — 나의 소설은 이 요석공주와의 인연을 맺는 것을 중심으로 원효대사를 그리는 한편, 신라가 삼국통일을 할 때까지에 눈부신 화랑도花郎道와 무열 문무의 양왕, 김춘추金春秋, 김유신金庾信 등의 어진 신하며 또한 절세의 미인으로 이름을 떨친 김유신의 모당 만명萬明을 비롯하야 당시 요란히 피었던 신라 미인의 모습을 더듬어가면서 일체유심一切唯心의 정신과 대승보살행大乘菩薩行의 정신 — 즉 멸사봉공하야 중생을 위한 생활에 나가던 당대의 사기를 총후 독자에게 보내고저 하는 바이다.

3월 1일부日附 석간부터 연재.

국어와 조선어國語と朝鮮語[1]

구마노신사熊野神社[2]의 부적符籍을 열어 보면,

이사나미나미ㄱㅗㄷㅗ

이사나기나미ㄱㅗㄷㅗ

ㅅㅜ사나ㅇㅗ 나미ㄱㅗㄷㅗ

라고 적혀 있다. 이는 천이백 년보다 이전에 쓰인 위패位牌인데, 『고사기古事記』도 이 신대문자神代文字[3]로 쓰인 책이 있다고 한다. 이 문자는 지금은 조선에서만 사용되고 있으나 원래 내선內鮮이 나뉘기 전의 문자였을 것이다.

게다가 조선어로 무스메娘를 다라, 즉 딸이라고 하지 않는가. 그뿐만이 아니니다. 스사노오노미코토素盞鳴尊[4]의 행적이 실로 '사나ㅇㅗ'라는 한마디에 잘 나타나 있지 않은가.

같은 시대에 내지에서는 아마테라스 오카미天照大神[5]를 국조國祖로 받들고, 조선

---

1 원문 일본어. 가야마 미츠로(香山光郞), 『신시대(新時代)』, 1942.6.

2 와카야마현(和歌山県) 구마모토(熊野)에서 유래하는 구마모토 권현(権現, 부처가 중생을 구제하기 위해 임시방편적으로 여러 모습으로 나타난 것)을 제사지내는 신사(神社)로 일본 각지에 약 3천여 신사가 있다. 이광수가 언급한 구마노 신사는 어느 것인지 분명하지 않다.

3 한자가 전해지기 전에 고대 일본에서 썼다고 전해지는 여러 문자들. 예컨대 히후미(日文), 아나이치(天名地鎮), 아히루(阿比留) 문자 등을 일컫는다. 대부분 후대에 만들어진 것으로 간주되고 있으며, 특히 아히루 문자는 한글과 그 자형이 비슷하여 여러 논란이 오갔다.

4 일본신화에 나오는 폭풍을 관장하는 신. 난폭한 행동으로 지상세계로 추방되었고, 그 후 신라의 소시모리(曾尸茂梨)에 내려갔으나 마음에 들지 않아 동쪽의 이즈모(出雲)로 가서 머리 여덟 개 달린 뱀을 퇴치하고 뱀의 꼬리에서 삼종신기(三種神器)의 하나인 구사나기(草薙)의 검을 얻었다고 한다.

5 일본 신화에 나오는 태양을 관장하던 신들의 최고 통치자. 일본 황실의 시조로 받아들여져 황실 숭배의 중심이 됨.

에서는 오카미大神의 동생이신 스사노오노미코토께 제사 지낸 사실로 절로 분명하다.

조선에도 마을마다 신사神社가 있었고 지금도 그 유풍遺風이 남아 있어 혹은 봄 가을에 두 번, 혹은 가을에 한 번 마을에서 제사 지내고 있는데, 그 제신祭神을 '서낭님'이라고 한다.

'서낭님'이란 '사나기님'일 것이다. 즉 이사나기나미ㄱㅗㄷㅗ[6]인 것은 말할 것도 없다.

그런데 이를 분석해 보자.

'이사'는 ᄋᆞᄉᆞ에서 온 말로, ᄋᆞᄉᆞ는 국어國語의 아사アサ, 朝, 사サ, 早, 이자イザ(시작한다는 뜻), 그리고 오늘날 조선어의 '아조 아츰, 일즉, 잇서, 어서'의 어원으로 최초라는 뜻이다. 개벽의 시초라는 뜻이다. 아가나다라마바사가 원시음이고, ㅈㅊㅎㅌㅍㅋ은 후세에 생긴 음인 것은 말할 것도 없다.

'나'는 오늘날에는 '나ナ', '노ノ', 'ㄴ', '는' '네'가 되어 남아 있다. '미'는 ᄆᆞ이고, 하늘, 해, 어머니, 위, 음식, 왕 등등을 뜻한다.

ᄋᆞᄆᆞ는 아마アマ, 天, 오모オモ, 母이고, 조선어에서는 어마, 어미이다. 하늘과 해는 만불의 어버니이다. 따라서,

'이사나미나'

는 '최초의 어머니이시다'라는 의미이다.

'미 '는 ᄆᆞᄀᆞᄃᆞ로, 'ᄆᆞ'는 하늘, 해, 높음, 귀함의 뜻이고, ᄀᆞᄃᆞ 즉 고토コト, 고도는 목이라는 뜻이다. 가타カタ는 어깨가 되었지만 어깨와 목의 총칭이고, 목은 숨을 쉬는 곳이어서 생명이라는 뜻이 되는 것이다. 미코토ミコト에 목숨 명命 자를 붙인 것은 당연하다. 오늘날에도 죽는 것을 고토키레루コトキレル[7]라고 한다. '고토コト'는 목숨命을 가리킨다.

---

6 이자나기노미코토(伊弉諾尊). 일본 신화에서 천신(天神)의 명령을 받아 이자나미와 함께 일본 국토와 신을 낳고, 산과 바다, 초목을 관장한 남신(男神).

7 목숨이 끊어진다는 뜻.

그런데 조선어에서는 어떠한고 하니, 목에서 어깨까지를 고두コト[8]라고 한다. 또 '수壽'자를 수놓아 어린아이의 웃옷 어깨에 붙인 것을 '고두바기'라고 하는데, 이것은 말할 것도 없이 고토브기コトブキ, 壽이다.

그러므로,

'이사나미나미ㄱㅗㄷㅗ'[9]

는 최초의 어머니이신 분이라는 뜻이다.

다음으로,

'이사나기나미ㄱㅗㄷㅗ'

에 대해 살펴보자.

'이사나'는 이미 설명한 대로이다. '기'는 'ᄀᆞ'로, 움직임을 나타내는 말이다. 구ク, 이쿠イク, 유쿠ユク, 가, -거(머거, 사거 등)의 어원이다. ᄋᆞᄀᆞ는 남성이고 ᄋᆞᄆᆞ는 여성이다. ᄋᆞᄀᆞ야말로 신라어의 ᄇᆞᄀᆞ曉, 男兒, 국어國語의 히로ヒロ[10]의 어원이며, ᄋᆞᄆᆞ는 신라어의 ᄇᆞᄆᆞ晝, 女, 국어에서는 히메ヒメ[11]의 어원이다. 따라서 '이사나기나'는 최초의 남성, 즉 최초의 아버지이시라는 뜻이다.

그러면 'ㅅㅜ사나ㅇㅗ나スサナヲナ'는 어떤 의미일까.

'ㅅㅜ'는 ᄉᆞ이고, ᄉᆞ는 수컷, 즉 남성이다. 조선어에서는 오늘날에도 남성을 '수'라고 한다. '수사돈'에서 보는 바와 같다. 국어에서는 '세セ'가 되었고, 세노키미セノキミ,[12] 이모세イモセ[13]에서 보는 바와 같다. 이모세란 조선어의 ᄋᆞᄆᆞᄉᆞ, 즉 암수라는 것은 말할 것도 없다. 세セ가 등背이 아닌 것은 물론, 남편이 등님背の君일 리가 없다.

그러므로 'ㅅㅜ사나ㅇㅗ'의 'ㅅㅜ'는 남자라는 뜻이다.

---

8 '고대'의 평안북도 방언. 깃고대는 옷깃의 뒷부분을 가리킨다.

9 이자나미 노미코토(伊奘冉尊). 이자나기의 누이이자 배우자로 저승을 관장한 여신(女神).

10 용사(勇士), 영웅.

11 여성에 대한 미칭(美稱).

12 세노키미(背の君) : 서방님, 낭군의 높임말.

13 이모세(妹背) : 부부, 여자와 남자, 오누이 등을 가리킴.

‘사나ㅇㅗサナヲ’는 오늘날 조선어의 사나이男, 夫, 사나오猛이며, 국어로는 사노佐野, 세노瀨野, 시노부信夫 등의 성씨 또는 남성의 이름에 남아 있다.

아마테라스 오카미는 스나노오노미코토의 누님이시다. 아마アマ는 하늘이고 태양이며 여성이다. ᄋᆞᄆᆞ, 암이다. 이와 관련하여 데라テラ, 데루テル, 照는 오늘날의 조선어에서는 ‘다라’라고 한다. 다라는 타다, 빛나다, 열나다 등의 뜻이다.

그러면,

이사나미나미ㄱㅗㄷㅗ

이사나기나미ㄱㅗㄷㅗ

아마다라ㅇㅗㅎㅗ가마

ㅅㅜ사나ㅇㅗ나미ㄱㅗㄷㅗ

에서 사주四柱의 부모자식 된 의의가 분명할 것이다.

대동아정신大東亞精神

– 대동아문학자대회의 발언[1]

1

대동아정신의 수립이란 말은 적당치 않다. 대동아정신이라는 말도 오늘날에는 필요하겠으나 사실은 적당치 않다. 대동아정신이란 진리를 가리키는 것이며, 진리는 대동아만이 아니라 전 지구상, 아니 시방삼세十方三世에 보편타당성을 갖지 않으면 안 된다.

따라서 우리가 오늘날 외치고 있는 대동아정신이란 결코 어떤 목적을 위해 만들어낸 것이 아니고, 고금을 통하여 변함없이 나라 안팎에 베풀어 어그러지지 않는 진리이지 않으면 안 된다.

이 진리를 우리 동양인은 무엇이라 불렀는가. 우리 일본에서는 거울과 같이 맑고 밝은 마음이라고 하고 또 팔굉위우八紘爲宇라고도 하며, 지나支那에서는 인의仁義 혹은 자연自然이라고 했고, 석가는 자비慈悲라고 하고 공空, 적멸寂滅이라고도 했는데, 결국 이 정신은 자기를 버리는 것이다. 사리사욕私利私慾을 단념하는 것이다. 이것이 미영사상米英思想과 근본적으로 서로 대척하는 점이다.

그러면 인생 본연의 진리인 청명심淸明心, 인의와 자비는 세계 어느 곳에서 행해지고 있었던가. 그것은 바로 일본에만 있었다고 할 수 있다. 유사有史 이래 3천 년, 이 인류의 보물을, 생명을 기특하게 유지해 온 것이 일본이다.

그리하여 세계를 통하여 자비의 덕을 완전하게 행하시는 분은 만세일계萬世一系

---

1 원문 일본어. 가야마 미츠로(香山光郞), 『경성일보(京城日報)』, 1942.11.11~12. 1942년 11월 4일과 5일 도쿄에서 개최된 대동아문학자대회의 때의 발언이다. 같은 발언이 약간의 수정을 거쳐 1943년 3월 『대동아(大東亞)』에 재수록된다.

일본의 천황뿐이시다. 천황께서는 털끝만큼의 사심私心도 없으시다. 천황께서 소의한식宵衣旰食[2]하며 염두에 두시는 것은 다만 오로지 만방조민萬方兆民의 안녕이지 그 밖의 어떤 것도 아니다. 이 마음을 대어심大御心이라고 하는데, 일본인은 이 대어심을 입고 그 대어심을 구현하여 작지만 응분의 자비를 행한다. 그리고 일본인은 미력이나마 이 대어심에 접근하고자 한다. 이것이 일본인의 생활 목표이다.

따라서 일본인에게는 개인 사상이 없다. 자기는 천황의 것이라는 것만 생각하므로 천황에 대한 감은感恩과 사랑이 있을 뿐이다. 즉 일본인이 충忠이라고 하면 그것은 다른 나라의 충과는 다르다. 주종관계主從關係의 의리를 위한 충이 아니라, 부자지간과 같은 천륜관계天倫關係의 충이다. 이것은 의리라기보다도 애정이다. '우미유카바海ゆかば'[3]라든가 '신민臣民인 나みたみわれ'[4]라든가 하는 것은 바로 그 감정이다. 그렇다, 그 감정이다.(1942.11.11)

2

이 정신이야말로 천황께 대해서는 황도皇道라 하옵고 신민臣民에게 있어서는 일본정신이라고 부르고 있는 것인데, 일본문화는 실로 이 정신 위에 서 있는 것이다. 이 정신을 빠뜨리고 일본문화의 진수를 알고자 하는 것은 마치 인과율因果律을

---

2 날이 밝기 전에 옷을 입고 해가 진 후에 저녁밥을 먹는다는 뜻으로, 임금이 정사(政事)에 바빠 겨를이 없음을 비유적으로 이르는 말.

3 1937년 국민정신 총동원의 일환으로 일본방송협회의 의뢰를 받아 노부토키 키요시(信時潔)가 작곡한 군국가요의 제목. 출정군인 출정식 때, 대본영(大本營) 발표 때, 일본군의 옥쇄(玉碎) 소식을 전할 때면 늘 라디오에서 흘러나왔고, 장엄하고 웅장한 곡조로 인해 국가인 기미가요(君が代)보다 더 인기가 있었다고 한다. 전문은 다음과 같다. '海行かば水漬く屍, 山行かば 草蒸す屍, 大君の邊にこそ死なめ, かへりみはせじ(바다에 가면 물에 잠긴 시체, 산에 가면 풀에 뒤덮인 시체, 임금 곁에서 죽을 수 있다면, 뒤돌아보지 않으리).'

4 총동원체제기 일본의 국가인 '기미가요(君が代)' 및 '우미유카바(海行かば)'과 함께 '국민가요 3부작'으로 불린 대표적인 국민가요의 하나. 1942년 제1기 국민개창운동의 필수곡으로 선정된 '우미유카바'에 이어 1943년 제2기 국민개창운동의 필수곡으로 선정되었다.

무시하고 자연현상과 인사현상人事現象을 알고자 함과 같은 것이다.

과연 일본에는 지나支那 문화도 들어왔다. 인도印度 문화도 들어왔다. 구미歐米 문화도 들어왔다. 그러나 이들 문화의 유입을 무인지경無人之境에 사람이 이주한 것처럼 생각해서는 안 된다. 이들 문화는 일본에 들어와 일본정신에 포옹되어 더욱더 그 특색을 발휘했던 것이다.

여기서 나는 나의 결론에 이르고자 한다. 동양 본연의 정신이 있는 곳은 다름 아닌 일본이다. 비非이기적 대동아정신은 일본에서 찾아져야 하고, 이 정신이야말로 동양 여러 민족으로 하여금 서로 사랑하고 서로 의지케 할 만한 정신일 뿐 아니라, 전 인류를 구하기 위한 진리의 길이다.

공영권共榮圈 각국의 문학자 여러분은 여러분 동포의 생활 속에서 이 일본정신적인 것을 택해야 한다. 그리고 여러분의 동포에게 청명심을 불어넣어야 한다. 일본의 참 모습, 참 마음을 전하는 것도 여러분의 동포에게 이 정신을 불어넣는 인연이 되고 좋은 모범이 되기 때문이다. 마지막으로 나는 한마디 더 덧붙일 의무가 있다.

이 정신을 위해 우리는 우선 이번 전쟁에서 이기지 않으면 안 된다. 만일 전승戰勝 후의 일본의 태도에 관해서 공영권 여러 민족 중에 조금이라도 의심을 갖는 자가 있다면 나는 이렇게 말씀드린다. 일본인 개인 중에는 거짓말을 하는 사람이 있을지도 모른다. 그러나 황공한 말씀이지만 천황의 조서詔書에는 결코 거짓이 없다고.

여러분은 일본을 이해하기 바란다. 일본정신을 배우기 바란다. 일찍이 영미英米정신을 배웠던 열의로써 일본정신을 배우기 바란다. 이런 국제적 회의석상에서 내 발언에는 예의를 잃은 점이 있을지도 모른다. 그러나 지금은 그런 것을 운운하고 있을 때는 아니다. 하물며 우리들은 문학자이다. 흥정이나 외교적인 겉치레 말은 서투르다.

공동의 목적을 위해 공동의 적과 싸우고 있는 것을 생각하고, 함께 싸우고 함께 이기고 함께 살며 좋은 대동아를 건설하지 않겠는가.(1942.11.12)

'대동아정신의 수립'에 대하여'大東亞精神の樹立'に就いて[1]

대동아정신大東亞精神은 진리 그 자체가 아니면 안 되며, 국제연맹國際聯盟이 만들어낸 것과 같은 인위적인 것이어서는 안 된다고 생각합니다. 여기서 우리는 이 대동아정신을 수립하는 것이 아니라 발견하는 것이라고 생각합니다. 이 대동아정신을 가장 알기 쉽게 말씀드리자면, 그 기조基調를 이루고 진수眞髓를 이루는 것은 자기를 버리는 정신이라고 생각합니다. 이를 유교에서는 인仁이라고 하고 불교에서는 자비慈悲라고 합니다. 일본에서는 청명심淸明心 — 인자仁慈라고도 합니다. 이 자기를 버리는 마음이야말로 서양사상과 정반대의 사상으로, 가장 적절한 예는 로마사상과 일본사상의 차이에 있습니다. 로마사상은 자기를 추구하는 사상이어서 권리사상이 발달했지만, 일본정신에는 권리 따위는 없습니다. 개인이라는 것이 없기 때문입니다. 이 정신은 일본뿐만 아니고 널리 동아 여러 민족의 사상적 기조가 되어 있는 정신입니다.

그런데 수십 년 동안 서구사상이 이입되어 다수의 동아인은 이 선조로부터 전래된 귀중한 정신을 벗어버리고자 열심히 노력해 왔습니다. 그리고 서구인의 이기주의 사상을 배웠던 것입니다. 서구인은 동아인에게 그들의 이기주의를 심어놓아 어떤 이익을 얻었을까요. 그것은 동아 민족을 서로 반목하게 하고 분리시켜 그 사이에서 감쪽같이 어부지리漁父之利를 차지한 것입니다. 이기주의는 동아에서만 진리가 아닌 것이 아니라, 인류가 사는 전 세계 어디를 가더라도 진리가 아닙니다. 인간이 가야 할 진정한 길은 자기를 버리는 길이라고 믿습니다.

그렇다면 동아의 인의사상仁義思想은 사라졌을까요. 그렇지 않습니다. 이 사상은 서양사상의 풍미에도 불구하고 착실하게 보존되고 실행되었습니다. 그 주체

---

1 원문 일본어. 가야마 미츠로(香山光郞, 舊名 李光洙), 『대동아(大東亞)』, 1943.3. '11월 중순 도쿄에서 열린 대동아문학자대회에서의 조선측 발언집'이라는 표제가 달려 있다.

는 일본입니다. 전 세계에 자비를 이야기한 성자는 석가이고 공자입니다. 그러나 이 자비를 정말 행한 분은 천황 한 분밖에 없다고 나는 믿고 있습니다. 일본인은 천황께서 자비를 행하시는 일에 힘을 다해 익찬翼贊해 올리는 것이 원칙입니다. 그것이 일본인의 생활 목표라고 믿습니다. 따라서 일본인에게 개인주의는 없습니다. 개인의 인생 목표는 없습니다. 인생의 목표를 갖고 계신 분은 오직 천황 한 분뿐이십니다. 일본인은 이렇게 믿기 때문에 자기를 완전히 없앱니다. 그것이 석가의 이른바 공적空寂[2]에 통하며, 공자 사상의 궁극적인 경지라고 믿습니다.

자기의 모든 것을 천황께 바치는 것을 일본정신이라고 합니다. 또 천황께서 자비를 행하시는 것을 황도皇道라고 합니다. 대군大君께는 황도이고, 그것이 우리 신민臣民에게는 신도臣道입니다. 자기를 바치고 자기를 버리는 이 정신이야말로 인류가 나아갈 길 가운데 가장 고상하고 또 가장 완전한 진리에 가까운 길이라고 생각합니다. 왜냐하면 우리의 목표, 일본인으로서 우리의 목표는 미영米英처럼 국가의 강대함을 도모하는 것이 아니라, 이 세계 인류를 완전히 구원하는 데 있기 때문입니다. 그것은 역사를 통해 유례없는 일입니다. 그리고 이 목적의 달성이 우리의 목적이지만, 그 목적을 달성하는 것은 우리 개인이 아니라 천황이십니다. 우리는 이 천황을 익찬해 올리면서 죽는 것입니다. 저는 자기를 완전히 버리고 자기를 모두 바친다는 이 정신이야말로 대동아정신의 기조가 되지 않으면 안 된다고 생각합니다. 이곳은 국제적 회장會場이어서 제가 드리는 말씀이 어쩌면 국제 예의에 어그러지는 점이 있을지도 모릅니다. 그러나 지금 국제 예의를 운운할 시기는 아니라고 생각합니다. 지금은 전쟁 중입니다. (박수)

여기 모인 분들은 문학자입니다. 양심에 사는 문학자가 지엽적인 데 구애되어서는 참된 문학자라고 할 수 없습니다. 마지막으로 한마디 덧붙이겠습니다. 그것은 아무리 이 정신이 훌륭해도 이를 허공에 드러낼 수는 없다는 점입니다. 이 훌륭한, 자기를 완전히 버리는 정신을 드러내기 위해서는 국토와 민중이 필요합니

2 만물은 모두 실체가 없고 상주(常住)가 없음. 불교에서 공적으로 돌아간다 함은 탐욕과 집착에서 벗어나 해탈함을 뜻한다.

다. 그 국토는 즉 아시아이고, 그 민중은 즉 십억의 여러 민족이라고 생각합니다. 이 아시아의 국토를 확보하고 십억 민중을 하나로 묶기 위해서는 무슨 일이 있어도 이 전쟁에 이기지 않으면 안 됩니다. 따라서 중화민국과 만주국 여러분, 또 여기 계시지 않은 아시아 여러 민족의 여러분들도 우선 이 전쟁에 이기도록 하나가 되지 않겠습니까. 그리고 이 아름다운 정신을 동아東亞에 드러내고 정말 살기 좋은 극락과 같은 아시아를 건설하지 않겠습니까. (박수)

나와 국어我と國語

–국어에 대한 애정[1]

나는 소학교에는 다닌 적이 없다. 중학부터 도쿄에서 교육을 받았다. 나의 국어國語 실력은 중학과 문학서에서 얻은 것이고, 소학 교육을 받지 않은 탓에 매우 불완전한 것이다.

나는 최근 다시 국어 공부를 시작했다. 그것은 완전한 국어를 사용하고 싶다는 야심에서이다.

나는 되도록 라디오를 청취하고 있다. 특히 방송극과 만담漫談, 강화講話 등을 주의해서 듣고 있다. 이들 출연진은 모두 말을 다루는 사람이고, 또 생활의 온갖 분야에서 사용되는 말을 이들 프로그램에서 들을 수 있기 때문이다. 매우 도움이 되는 것 같다.

조선인인 나로서는 가장 곤란한 것이 가정 내에서 사용하는 말을 들을 기회가 많지 않다는 점이다. 그 때문에 내가 사용하는 국어는 '책으로 배운 말'의 영역을 넘지 못한다. 살아 있는, 실제로 말해지고 있는 국어가 되기 어렵다. 나는 이 결점을 라디오와 전차 안에서의 귀동냥으로 보충하고자 노력하고 있다.

쓰는 문장, 이야기하는 말에서 전혀 조선인 티가 나지 않게 하는 것은 정말 어렵다. 어휘의 부족, 말에 의미를 충분히 담지 못하는 것, 발음과 억양, 그리고 마지막으로 사고방식과 표현방식에서의 여러 가지 잘못, 이것들을 전부 제거하고야 비로소 국어를 안다고 할 수 있다. 특히 국어로 문학을 하기 위해서는 이 밖에 일본 그 자체를 충분히 정확하게 이해하고, 느끼고, 그리고 살지 않으면 안 된다. '불확실한 기억'을 '엉터리'로 사용한다면 여행자의 말에 불과하다.

---

1 원문 일본어. 가야마 미츠로(香山光郎), 『경성일보(京城日報)』, 1942.11.26.

오늘날의 국민학교國民學校 아동들은 정확한 국어를 배우고 있다. 나는 아이들의 복습을 도와주면서 거꾸로 배우는 것이 많고, 때로 내가 사용하는 말의 부정확한 지식에 얼굴이 뜨거워지는 일조차 있다.

그러나 어렵다고는 해도 불가능한 것은 아니다. 나는 반드시 완전한 국어를 사용하는 날이 내게 올 것을 믿는다. 나는 아직 나이 오십밖에 되지 않았으니까.

1943년

반도 소설사半島小說史[1]

우리 선인先人들은 소설, 희곡 같은 것은 잡된 것이라 해서 가히 문학 속에 들지 못한다 했습니다. 오직 시詩나 문文만이 문학이라 했습니다. 문文이라 함은 소식蘇軾[2]의 『적벽부赤壁賦』 같은 것입니다. 그러나 우리는 서양의 문학 관념 때문에 그렇지 않습니다. 대체 소설의 할아버지는 이야기입니다. 지금도 우리는 이야기책이란 말로써 소설이라는 것을 대표시킵니다. 문학적 소설과 아야기책적 소설의 구별은 전자가 인물의 성격 묘사를 하는 데 대하여 후자는 오직 이야기를 위한 이야기인 것이고, 또 의도Motive에 있어서 전자는 어떤 감동, 인상을 주려고 목적의식이 있는데 대하여 후자는 들을 때 그냥 재미가 있게만 쓰는 것뿐입니다.

본론에 들어가서 조선문학의 용기容器가 될 수 있는 말은 이두吏讀와 한글인데, 이두는 신라 어느 때 되었는지는 잘 몰라도 신문왕시神文王時에 설총薛聰이 구경九經[3]을 이두로 역譯했다 하는데, 실상 제정制定된 것은 훨씬 그 전 법흥왕法興王 적에 된 듯하니 그때만 해도 벌써 150년 전이나 됩니다. 신라 사람은 노래를 퍽 좋아해서 대체 병에도 노래를 부르면 낫는다, 적병敵兵이 쳐들어 와도 노래를 잘 부르면 제절로 물러간다, 또 사랑을 하는 데도 노래를 하나씩 잘 지어서 부르면 된다 하였습니다. 그래서 진성여왕眞聖女王께서는 대구 화상大矩 和尙이라는 이를 시켜서

1 가야마 미츠로(香山光郎, 李光洙). 『반도사화(半島史話)와 낙토만주(樂土滿洲)』(平山瑩鐵 編) ,만선학해사(滿鮮學海社), 1943.1. 윤치호의 서문에 의하면, 이 책은 "만선(滿鮮) 문화의 교류를 도모코자 만선 사계(斯界) 석학(碩學) 백여 씨(氏)의 전공연구한 사화(史話)와 논문(論文)을 망라하여 출판"한 것이다. 이광수가 조선소설사 집필을 맡았다.

2 소식(蘇軾, 1037~1101). 중국 북송 시대의 시인이자 문장가, 학자, 정치가. 호는 동파거사(東坡居士)로, 흔히 소동파(蘇東坡)로 부른다. 시(詩), 사(詞), 부(賦), 산문(散文) 등에 모두 능해 당송 팔대가의 한 사람으로 손꼽힌다.

3 유학에서의 경전(經典) 분류법. 『구경고(九經庫)』를 쓴 곡야율(谷耶律)은 역(易)·서(書)·시(詩)·예(禮)·악(樂)·춘추(春秋)·논어(論語)·효경(孝經)·소학(小學)을 9경이라고 하였다.

『팔대목八代目』이라는 가집歌集까지 만들었습니다. 그리고 현존한 향가鄕歌만 해도 25수首나 됩니다. 그러나 노래보다도 더 보편적인 소설이 없을 리가 없습니다. 『삼국유사三國遺事』는 일종의 전설집傳說集 같은 겐데, 허황은 하나 문학작품의 경개梗槪를 추려 놓은 것처럼 몹시 소설적이어서 신라적 소설의 구전口傳을 모아 놓은 것 같고, 또는 당시의 서울慶州이 지나支那 문헌에 17만 호戶나 되고 동서東西가 40리里나 되고 초가草家가 아주 없었다는 굉장한 서울이었다 하니, 이두 소설이 꽉 적지 아니 있었을 것입니다. 그런데 현존한 게 없는 것은 나라가 망할 때에 병화兵火로 소멸된 것입니다. 이것은 추측입니다.

조선의 소설의 효시嚆矢는 매월당 김시습梅月堂 金時習, 世宗. 成宗時人의 『금오신화金鰲新話』漢文일 것입니다. 이것은 현대문으로 해도 훌륭한 작품인데 퍽 그로[4]입니다. 그 다음에 된 게 김만중金萬重, 中宗時人의 『구운몽九雲夢』과 『사씨남정기謝氏南征記』인데, 원본原本은 물론 한문이니까 그의 한글 역譯은 그 후 사람이 했을 것인데, 언제 누가 했는지는 잘 모릅니다. 『구운몽』의 한글 역은 조선 소설사상에 큰 영향을 주었습니다. 게일[5] 박사는 동양인의 생활, 동양인의 인생관을 이렇게 아름답게 그려놓은 책은 일찍이 본 적이 없다 했습니다. 이 소설은 규모가 웅대하고 문장이 몹시 유려流麗한데, 내용은 중국이고 인생은 최고 향락, 수복壽福, 건강健康, 덕德, 지위地位 같은 수수 많은 복을 다 타고 나서 실컷 잘 노는 겝니다. 처첩妻妾도 한둘이 아니고 여덟이나, 그 여덟도 이 세상에 둘도 없는 미인美人이고, 또 벼슬도 끝이 없이 높은 것 하는 데 문무文武를 다 합니다. 여기는 '낙이불음 애이불상樂而不淫哀而不傷'[6]하는 유교적 이상과 복서화음福善禍淫[7]하는 불교적 숙명관이 이 책 전부를

4 그로테스크(grotesque)의 준말.

5 제임스 게일(James Scarth Gale, 1863~1937). 캐나다 장로교 선교사이자 신학박사 및 한국어 학자. 1897년 한국 최초의 『한영사전』을 간행했고, 『신구(新舊)성서』와 『천로역정(天路歷程)』의 한글 번역, 『춘향전』, 『구운몽』 등의 영어 번역을 남겼다.

6 『논어(論語)』 '팔일(八佾) 편'에 나오는 구절로, 공자가 『시경(詩經)』의 '관저(關雎)' 편에 대해 붙인 논평이다. "關雎 樂而不淫 哀而不傷(관저의 시는 즐거우면서도 음란하지 않고, 슬프면서도 마음을 상하지는 않는다)." 원문에는 '樂而不厭'으로 되어 있다.

7 착한 사람에게는 복을 주고 악한 사람에게는 재앙을 줌.

꿰뚫고 있습니다.

이후에 나온 수없는 이야기책은 모두 『구운몽』식입니다. 대체 그 당시에 이야기책을 쓰는 것은 사회에서 몹시 천대를 받았기 때문에 도무지 쓰지 않고는 견딜 수 없는 이가 이름을 감추어가면서 남몰래 써두고 했기 때문에 그 작자와 연대가 모두 불분명합니다. 다음으로 『심청전深淸傳』과 『춘향전春香傳』이 있는데, 그 기교와 내용으로 보아서 『심청전』이 먼저 된 듯한데, 대체 이 둘은 한글의 대표적 이야기책이고 조선문학의 지보至寶인데, 그 훌륭한 점은 — 1) 4·4·4·4조調의 운문韻文으로 되어서 가락 맞추어 불러가게 되었습니다. 간혹 가다가 산문적으로 그래야 할 데 가선 산문으로 쓰여졌는데, 거기도 어떤 리듬이 있어서 퍽 아름답게 되었습니다. 2) 조선, 조선인을 그렸습니다. 3) 희곡적 요소가 많습니다. 씬을 염두에 두고 장면을 갈았고 시간, 무대효과도 고려되어 있습니다. 4) 성격묘사에 있어서 거기에는 주인공의 성격을 그리는 개성묘사, 셰익스피어의 작품에서 많이 볼 수 있는 유형Type묘사, 최근의 '맑시즘'이 부르짖고 있는 집단묘사의 세 종류가 있는데, 이 두 소설에는 그중의 유형묘사를 잘했습니다. 가령 맘 좋고 무능한 심봉사나, 뺑덕어멈, 춘향모 같은 한 타입Type을 잘 그렸습니다. 이 주인공 심청이나 춘향이는 플라톤의 이데아적 인물이어서 더할 수 없이 효녀, 열녀, 미인이고 하기 때문에 도무지 개성묘사는 할 수 없는 것이외다. 더구나 『춘향전』은 어휘가 풍부한 점은 놀랄 만한데, 오직 하나의 결점은 소위 문자를 늘어놓은 것과 초인간적 초자연적인 것인데, 후자는 희랍의 이야기나 셰익스피어의 작품 속에서도 나오는 것으로 그리 탓할 것은 아닙니다. 실상 이 결점만 빼었다면 지금 내놓아도 훌륭한 것입니다. 조선 사람의 이상, 인생관 — 복선화음福善禍淫의 숙명관은 비록 우리가 지금 이 『춘향전』, 『심청전』을 읽지 않더라도 벌써 우리의 뇌수에까지 깊이 젖어 있습니다. 또 이 노래적 이야기는 광대 기생의 창극唱劇으로 인因해서 널리 퍼져가서 실로 『논어論語』, 『맹자孟子』나 『팔만대장경八萬大藏經』보다 더 우리의 머리를 차지하고 있는 겝니다.

신소설新小說은 이인직李人稙 씨의 『혈루血淚』, 『귀鬼의 성聲』, 『치악산雉岳山』 등이 청신清新한 소설의 처음입니다. 이게 한 25년 전쯤 됩니다. 나도 그때의 소설 쓴 한 사람인데, 그 당시의 문학사조는 대개로 앤티즘 고전주의古典主義에서 자연주의自然主義로 한창 옮아갈 때입니다.

자연주의는 그저 있는 대로 막 쓰라 하니까 자연 젊은이들은 성욕性慾이나 자유연애 같은 것을 쓰게 되었는데, 다야마 가타이田山花袋[8]의 『이불蒲團』이라는 것 같은 것은 그때에 절찬絶讚을 받던 겝니다.

수법手法으로는 사실주의가 많았는데, 이 주의의 대가大家 톨스토이나 투르게네프의 작품을 보면 무엇 묘사하는 걸 사진 박듯이 써서 여간 지리한 게 아니었었는데, 그 반동으로 상징주의가 일어나게 되었습니다. 이때의 작가 김동인金東仁, 염상섭廉想燮 같은 이는 다 이러한 경향이 있었습니다. 기미己未 이후의 변동으로 해서 모두 형식을 무시하는 '이데올로기' 중심의 소설이 나오게 되었습니다.

끝으로 소설은 스토리와 소설의 뼈가 되는 성격의 묘사 또 사건, 자연의 묘사와 이데올로기와 또한 문체文體가 좋아야 할 것입니다. 소설은 예술이니까 형식을 보지 않는 것은 불가不可합니다. 문체는 소설가 그 예술 특색에 있습니다.

---

8 다야마 가타이(田山花袋, 1872~1930). 메이지시기의 대표적인 자연주의 작가로 『이불(蒲団)』, 『시골교사(田舎教師)』 등의 작품을 발표했다. 특히 『이불』은 중년 작가의 여제자에 대한 복잡한 감정을 적나라하게 그려서 당대 독자와 문단에 커다란 충격을 주었다.

국민문학 문제[1]

'문文은 인人이라'고 하였다. 글은 그 글을 짓는 사람의 인격, 즉 사상 감정의 발로라는 뜻이다. 더욱이 문예라, 문학이라 하는 문文에서 그러하다. 하필 문文이랴. 소리나, 말이나 만드는 물건이나 몸맵시나 걸음걸이까지도 다 인人이다. 그 사람의 표현이다. 발로다. 우리는 맹자孟子의, 그 눈찌를 보고 그 말을 들으면 사람이 어찌 속이리오,[2] 속이지 못한다는 말씀을 잘 안다. 하물며 사람의 혼魂의 소리, 양심의 소리라 할 문학이랴.

우리가 문학을 분석하고 비평할 때에는 1) 재미, 2) 재주, 3) 사상적 배경, 그리하고 그러한 요소들이 종합되어 발하는 미美와 덕德, 모랄으로써 그 가치를 판정하는 것이다. 재미란 독자로 하여금 문학을 읽고 싶게 하는 식욕食慾이요, 재주란 어떤 재료를 빚어서 식욕도 나고 미와 덕의 자양滋養이 생기게 하는 기술이다. 기교라고도 하고 테크닉이라고도 한다.

그런데 '어떤 재료를 집어서'라는 '빚어'에 중대한 의미가 있는 것이다. 잘 빚고 못 빚는 것은 재주이지마는 누가, 어떤 이가 빚었는가 하는 데서 작품의 성격이 결정되는 것이다. 잘 빚고 못 빚는 것은 연습으로 되는 것이니 작품에 양적 가치, 즉 가치의 정도程度를 주는 것에 불과하지마는, 누가, 어떤 사람이 빚었는가 하는 것은 작품의 질적 가치를 결정하는 것이어서 이것은 재주나 재료의 여하에 달린 것이 아니라 작자의 인격에 달린 것이다. 다시 말하면 작자의 인생관 여하에 달린 것이다. 같은 흙과 물과 일광日光과 대기大氣를 마시고 자란 풀에도 약초藥草와

1 가야마 미츠로(香山光郎), 『신시대(新時代)』, 1943.2.

2 『맹자(孟子)』 '이루장(離婁章)'에 나오는 '存乎人者 莫良於眸子 眸子不能掩其惡 胸中正則眸子瞭焉 胸中不正則眸子眊焉 聽其言也 觀其眸子 人焉廋哉(마음이 바르면 눈동자가 밝고 마음이 바르지 못하면 눈동자가 흐리다. 그 말을 듣고 그 눈동자를 보면 사람이 어찌 숨기겠는가)'에서 따온 구절.

독초毒草의 별別이 생기는 것은 그 풀들의 생명 원리가 다르기 때문에다. 문학도 이와 같다. 같은 물을 소가 먹으면 젖이 되고 뱀이 먹으면 독이 된다는 것과 마찬가지다.

문학자가 문학작품을 짓는 것은 꿀벌이 꿀을 빚는 것과 같아서, 화분花粉을 모아다가 꿀을 빚되 제 몸에서 분비分泌되는 일종一種의 액液으로써 반죽을 하는 것이다.

그러므로 꿀의 꿀 된 질을 결정하는 것은 화분花粉보다도 꿀벌의 몸에서 분비되는 액이다. 그러기 때문에 이 꿀을 봉밀蜂蜜이라고 하는 것이다. 다른 밀이 아니라 봉밀이라고 하는 것이다.

이와 같이 문학도 그 작자의 인생관에서 분비되는 정신으로 그 질이 결정되는 것이다. 이것은 과거의 문학론에서도 하여오던 말이지마는 오늘날의 중심 문제가 되는 국민문학에 있어서도 그러하다.

일본의 국민문학의 결정적 요소는 그 작자가 '천황의 신민臣民'이라는 신념과 감정을 가짐에 있다. 이 신념과 감정을 가진 작자의 문학이 곧 국민문학이 되는 것이다.

인생관의 중심을 개인에 두는 것을 개인주의라고 한다. 이 개인주의라는 것은 국가에 대하여서 하는 말이다. 1) 국가는 개인을 위하여 있다, 2) 개인은 국가에 초월하여서 존재할 수 있다, 3) 국가는 인민集團을 위하여서 있다, 하는 것이 모도 개인주의 사상이다.

그런데 일본인의 인생관은 이와 정반대다.

'개인은 천황의 것이다. 인민集團과 국토가 다 천황의 것이오 천황을 위하여서 있다. 개인은 천황을 사모하고 섬김으로써 생生의 목적을 삼고 낙樂을 삼고 영광을 삼는다.'

하는 것이 일본인의 인생관이다. 개인생활, 가정생활, 산업생활, 문화생활이 모도 이 근본 원리 위에 건설된 것이다. 내선일체라든지 반도인의 황민화라든지 하는 것은 조선의 민중이 이러한 인생관을 가지고, 이 인생관의 기초 위에서 종래의 모든 생활양식을 개조한다는 뜻이다.

그러므로 조선에서 생길 국민문학은 이러한 황민생활을 하는 작자의 손으로 된 황민생활의 기록이라야 할 것이다.

그리고 이러한 종류의 국민문학은 참으로 국력을 증강하는 힘이 될뿐더러 조선 동포를 바로 인도하는 손이 되고 아울러 대동아 신문화건설의 기초가 될 것이다.

그러므로 문학에 뜻을 두는 청년은 먼저 제 마음에 앉은 묵은 티끌을 다 떨어 버리고 전황께 귀일歸一하는 청명심淸明心을 얻어 황민皇民으로서의 자기연성自己練成에 힘쓸 것이요, 일기나 시가나 소설이나 수필이나 무릇 문필의 일을 황민생활의 기록에 전향專向할 것이다.

이러함에서만 문학에 무한한 시야가 열릴 것이오 아울러 조선 문학자로서의 무한한 임무가 생길 것이다.

종래로 조선인 문학자 중에는 문학 기술에 있어서 상당한 경지에 달한 이가 많다. 다만 부족한 것은 황민적 인생관이다. 이것만 흡족하게 되면 넉넉히 중앙문단에 각축角逐하여서 많은 공헌을 할 기회를 얻을 것이다.

문학의 신도표新道標[1]

1
문학의 국가화 — 총독상 설정의 요점

고이소小磯[2] 총독은 자기반성, 자기연성自己鍊成을 현하現下 조선정치의 대목표로 삼는 모양이다. 종래의 사람 그대로는 안 된다, 우선 사람을 다시 연성鍊成하여라 하는 것이 고이소 총독의 신념인 모양이다. 고이소 총독은 갱更히 일보一步를 진進하야 관리와 각 직역職域의 지도자가 민중에 솔선하여서 자기를 반성하고 자기를 연성하야 명일明日의 대임무를 감임堪任할 만한 자기를 완성하라는 뜻을 반복 훈유訓諭하였다. 그리고 고이소 총독의 이 신념은 황도수련원皇道修鍊院이라는 대기구大機構로 구체화되어서 조선 내에는 장차 50만 명의 대연성大鍊成이라는 공전空前한 대운동이 전개하게 되었다. 우리는 여기서 종교적이라고 할 만한 일종의 장엄莊嚴을 느낀다. '새로운 큰 아침'을 기다리는 느낌이다. 진실로 이것은 공전空前한 일이다.

고이소 총독은 문학상을 창정創定하였다. 조선 내에서 발표되는 소설, 희곡, 수필 중에서 매년 예술적으로 가치 높고 일본정신을 가진 작품 일 편을 택하여서 수상한다는 것이다.

문학상이란 것은 전례가 많다. 그러나 우리는 자기반성, 자기완성 주의인 고이소 총독이 문학상을 창정한 동기와 목적이 어디 있는 것을 짐작할 수 있다. 그것

---

1 가야마 미츠로(香山光郎), 『매일신보(每日新報)』, 1943.2.5~8.

2 고이소 구니아키(小磯國昭, 1880~1950). 육군사관학교, 육군대학교를 졸업하고 육군성 군무국장, 관동군 참모장, 조선군 사령관 등을 역임했으며, 1938년 현역에서 물러난 후 대동아성(大東亞省) 대신(大臣)을 거쳐 1942년 조선 총독에 부임하여 학도병제 등을 실시했다.

은 문학의 자기반성, 자기완성을 요망하는 것이다. 지금까지의 우리들의 생활의 모든 부문의 구투舊套에 대하여서 반성의 탐조등探照燈과 개조改造의 철퇴鐵槌[3]를 가하여야 되는 모양으로 문학의 부문에 있어서도 그러하다. 명일明日의 문학이 유물주의唯物主義, 개인주의, 향락주의 등 자유주의의 오염에서 정세淨洗되어야 할 것은 벌써 논란할 여지도 없는 일이지마는, 그것만으로써 문학의 개조改造 갱생更生이 완수完遂하였다고 할 수 없는 것이다.

문학의 자기반성은 상품주의 탈각脫脚에서 개시開始될 것이다. 문학은 도道요 신앙의 고백이다. 세존世尊이 법法을 설說하는 모양으로 문학자는 문학을 조작造作할 것이다. 영미류英米流의 상업주의의 짐독鴆毒[4]은 사도師道까지도 상품화하였거니와 종교와 문학까지도 상품화하였다. 국가의 직접 일꾼인 관리의 직職까지도 의식衣食을 구득求得하는 업業이라고 생각하게 하였었다. 이야말로 인류가 도의道義를 잃고 이른바 금수禽獸의 도道에 떨어진 것이었었다. 만일 이러한 사상이 그대로 오래 갔던들 국가도 망하고 마침내 인류도 멸하였을 것이다. 무부무군無父無君의 무도無道한 세태世態의 조짐兆朕을 우리가 목격하였었다. '오직 황금이요 오직 개인의 향락'이라는 인생관이 한창 세계를 풍미風靡하던 작일昨日이 이 구세계, 구질서의 죄악의 관영貫盈이었던 것이다.(1943.2.5)

2

이때에 일어난 것이 만주사변, 지나사변이다. 여기서 일본 국민은 자기반성의 수행을 개시하였고 대동아전쟁에 이르러서 새로운 인생관이 확립하여서 자기연성自己鍊成을 결의한 것이다. 이 인생관, 세계관, 국가관이 단적으로 표현된 것이

3　쇠몽둥이.

4　짐새의 깃에 깃들어 있는 독. 짐새는 중국 남쪽 광둥(廣東)에 사는 새로, 뱀을 잡아먹고 살아 온몸에 독기가 많은 것으로 알려져 있다.

선전宣戰의 대조大詔다. 선전의 대조는 우리의 생사生死의 목표가 '동아 영원의 평화를 확립하야써 제국帝國의 광영을 보전하기' 위하야 '육해장병陸海將兵은 전력全力을 분奮하야 교전交戰에 종사하고', '백료유사百僚有司[5]는 여정勵精하야 직무職務를 봉행奉行하고', '중서衆庶는 각각 그 본분을 진盡하야서' 억조일심億兆一心으로 정전征戰 목적을 달성하는 데 있는 것을 명시하셨다. 여기는 경호輕毫[6]의 상업주의도 개인주의, 향락주의도 개재介在할 틈이 없으니, 이것이야말로 황민皇民 본연의 자태다.

육해장병은 조서詔書의 뜻을 받자와서 피로 얻은 대전과大戰果로써 성의聖意에 봉답奉答하였다. 그런데 문학은 어찌하였는가. 문학자는 어찌하였는가.

문학, 종교, 예술은 정전征戰 목적 달성을 위한 총력권總力圈 외에 설 것이라고 생각하던 자도 일찍은 있었거니와, 지금은 없을 것이다. 그러나 아직도 침묵을 지키고 죽림竹林의 우愚를 흉내내는 문학자가 있지 아니할까. 만일 그렇다 하면 그는 '각각 그 본분을 진盡하라' 하신 성지聖旨를 무엇으로 보답하려 하는가.

이하에 문학과 문학자의 금일 명일에 대하야 무엇이 요긴한가 생각해보자.

문학은 문학자의 혼魂의 성聲이요 향香이요 분비물이다. 문학자는 자연과 인정과 세태를 묘사하거니와, 주관 즉 문학자의 혼으로 발효醱酵 정련精練하여서 창조하지 아니한 묘사는 모종의 기록이 될 수 있으려니와, 문학은 아니다. 그러므로 재료가 문학의 성격을 결정하는 것은 아니다. 여기 시국색을 띤 문학의 제 이차적 반성의 요要가 있다. 그것은 시국을 재료로 한다고 하여서 그것이 반드시 '정전征戰 목적 달성'에 자資하는 문학이 아니라는 것이다. 기교가 문학의 중요한 요소인 것은 부정할 수 없지마는 기교가 아모리 능하더라도 그것은 필의畢意 기교에 불과하다. 기교는 인조인人造人을 지을는지 모르지마는 거기 생명을 넣을 힘은 없는 것이다. 작품에 체온과 체취를 주고 정신을 부여하는 것은 오직 작자의 혼이다. 영미적인 혼을 가진 자가 그 능란한 기교로 일본적인 문학을 지을 수는 없는 것이다.

---

5 관료와 관리.
6 가벼운 털.

여기서 문학자의 연성錬成이란 문제가 생긴다. 문학자의 연성도 다른 직역職域 지도자의 연성과 마찬가지로 황국신민으로서의 사상과 감정과 행위를 가지도록 하는 것이 목표이지마는 문학자는 설도자說道者, 시도자示道者이기 때문에 사상과 감정에 있어서 더욱 고심高深하고 철저함이 있어야 할 것이다. 그 사상 감정이 능히 일본정신에 투철하고 또 완전히 자기의 것이 되어야 할 것이니, 이도 '성성成性'이 되어야 할 것이다.

여기서도 조선적朝鮮籍의 문학자만을 가지고 논하자. 우리네 조선적의 문학자는 내지적內地籍의 문학자보다 현저하게 부족한 것이 있다. 그것은 일본 역사, 일본 전설傳說, 일본 생활, 일본 문학 등 모든 일본적인 것의 지식과 경험이다. 국민학교, 중학교 등의 교육에서 우리가 국민으로 필수한 일본적 지식과 훈련을 받고 있지마는 그것은 일반 국민으로서의 준비요 문학자로서의 준비는 못 된다. 문학자는 일반 국민의 정신적 지도자이기 때문에 가일층 일본적인 학식과 수양을 요要할 것이다. 조선적의 문학자가 무슨 공부가 필요한가는 자명할 것이다.

이상은 작일과 금일의 일본을 아는 일이지마는 이 시대의 문학자는 명일의 일본을 명확히 파악하여야 할 것이다. 명일의 일본이란 곧 일본의 구원久遠한 이상理想이요 현재의 대정전大征戰의 목적이다. 우리의 구원한 이상은 조국肇國의 초初에 이미 정한 것이어서 '엄팔굉이위우掩八紘而爲宇'[7]다. 만방萬邦으로 하여금 각각 기소其所를 득得하게 하고, 조민兆民으로 하여금 각각 기도其堵에 안安케 하는 것이다.(1943.2.6)

---

7 『일본서기(日本書紀)』에 나오는 '兼六合以開都, 掩八紘而為宇(온 세상을 겸하여 수도를 열고, 천하를 한 집으로 삼는다)'에서 따온 구절. 일본 천황의 시조로 불리는 진무천황(神武天皇)의 건국이념을 가리킨다. 여기서 따온 '팔굉일우(八紘一宇)'는 근대 초기 일본의 대표적인 니치렌주의자 다나카 치가쿠(田中智學)의 발안에 의해 일본의 세계 침략을 합리화하는 이데올로기로서 고안되어 되어 근대 일본의 종교적 내셔널리즘의 일익을 담당했다.

3

일언이폐지하면 지地로 하여금 인류의 가장 살기 좋은 세계를 만들려 하시는 성의聖意가 곧 우리 일본의 구원久遠의 이상理想이요 우리 국민의 황운익찬皇運翼贊의 대지大旨다. 이 이외에 다른 이상이 있을 수 없는 것이다. 현재의 정전征戰의 목적은 이 구원의 대이상을 실현하는 일계단一階段으로 대동아에서 비非일본적 세력을 구축驅逐하고 십억 공영共榮의 황도세계皇道世界를 건설하자는 것이니, 태평양의 일단인 과달카날[8]이나 렌넬[9]의 일작전一作戰도 우리 일본 문학자의 필단筆端의 움직임도 다 이것을 위한 것이다. 황군장병이 육陸에서 해海에서 목숨을 바쳐서 싸우는 그 목적이 곧 이것이다.

대동아건설, 황도선양皇道宣揚 이것을 두고 우리나라에는 다른 목적은 없는 것이다.

영토를 확장하고 물질을 획득한다는 것이 전쟁의 직접 목적인 점에서는 일본이나 미영米英이나 다름이 없지마는 미영은 자가自家의 향락을 위하여서 하는 것이오 우리는 '만방공영萬邦共榮'이라는 황도皇道를 위하여서 하는 것이니, 여기 우리와 적과의 전쟁 목적의 근본적 상위相違가 있는 것이다. 일본의 문학자는 마땅히 이 국가적 이상을 지知하는 자요, 시示하는 자요, 설說하는 자가 되어야 할 것이다. 이것이야말로 문학자 수련의 최후요 최대인 과목이다. 그러면 조선은 장차 어떤 문학을 산産할 것인가, 산産할 수 있을 것인가.

첫째로 금후로는 조선문학은 조선인 또는 조선 주민의 독물讀物되기를 목표하던 편협한 생각을 버릴 것이다. 그것은 일본국민 전체를 독자로 할 것이오, 나아

8 태평양의 솔로몬제도에 위치한 섬. 1942년 8월 7일부터 1943년 2월 9일까지 이어졌던 과달카날 전투는 일본에 대한 연합군의 첫 번째 대규모 공세로서, 일본은 이 전투에서 철수한 이후 수세에 몰리게 된다.

9 남태평양 솔로몬 제도에 위치한 섬. 과달카날 전투의 막바지인 1943년 1월 30일 렌넬 해전에서 일본의 항공기 어뢰가 미국의 수상함대 '시카고'를 격파시킨다. 이후 미군은 공격보다 수비에 치중했고, 이 틈을 타 일본군은 과달카날에서 철수할 수 있었다.

가서는 대동아大東亞 전역全域의 문학이 되기를 기할 것이다. 설사 그 용어가 조선어라 하더라도 그 내용 정신은 전국민적이라야 할 것이다. 조선 내의 생활을 재료로 하는 것은 추장推奬할 일이나 ,그것을 묘사하는 것은 일본혼日本魂인 문학자라야 비로소 일본국민 전체의 문학이 될 것이다.

국문학의 용어가 국어일 것은 말할 것도 업다. 당분간 조선문의 문학이 존속하겠지마는 것은 필경은 국어로 번역되어서 국문학에 채택, 흡수될 것이다. 그러므로 새로 문학에 뜻을 두는 이는 국어의 힘을 충분히 기르는 것이 기초가 될 것이다. 하물며 앞으로는 문학자가 등록제가 되리라 하니 국문으로 저작著作하는 실력이 없이 문학자로서 등록되기는 가망이 없을 것이요, 등록 아니 되고는 신문 잡지에의 기고寄稿와 저서 출판도 인정치 아니하리라 하니, 조선에 적籍을 둔 문학자는 도리어 국어 공부에 정진하여야 할 것이다. 문학자는 황국신민이기 때문에 그의 관심은 언제든지 황국皇國 전체에 있을 것이다. 어느 계급에만 관심하는 자, 어느 일지방一地方 일종족一種族에만 관심하는 문학자의 문학은 국민문학의 자격이 없을 것이다. 그것은 국민 전체, 후손까지의 심금心琴을 울리지 못하겠기로다.

그러므로 조선의 문학자는 마땅히 반성일번反省一番, 대사일번大死一番, 분발일번奮發一番하야서 사방만리四方萬里의 국토와 일억황민一億皇民을 전부 포용하야 그들과 함께 그들을 위하야 울고 웃고 사는 대금회大襟懷[10]을 개척할 것이다. 눈과 마음이 모도 한 껍질을 벗어서 신천新天 신지新地에 재탄생할 것이다.(1943.2.7)

4

그러하는 날 문학자의 앞에는 무한한 제재題材와 감격이 있어 대륙과 같고 대양과 같은 시상詩想이 흉용洶湧할 것이다. 국민의 물심物心 양 방면의 생활이 금일今

10 마음속에 깊이 품은 회포.

日과 같이 긴장과 감격과 변화에 찬 시대가 없으리만치 시가든지 소설이든지 무진無盡한 제재題材를 제공할뿐더러, 그러한 제재와 감격으로 된 문학작품이 국민에게 애독愛讀되고 감격 받음도 비상히 큰 것이다. 일본의 금일은 정치, 경제, 문화의 모든 방면에 절호絶好한 비약飛躍의 시기이거니와, 문학자에 있어서도 실로 천재일우千載一遇의 호기好機다. 오늘날이야말로 바야흐로 필진筆陣에 생풍生風할 문학자의 날이다.

이러한 시대에 공수拱手하고 가만히 침묵하는 문학자가 있다고 하면 그는 벌써 생기를 잃은 자다. 국민의 이러한 감격에 불감성不感性인 문학자는 존재할 이유를 잃은 것이다.

나는 조선의 문학자들에게 고하고 싶다. 그대들은 종래의 조선문으로 조선어 독자층을 상대로 문학을 제작하던 구곡舊殼에서 탈출하라고.

그리고 나는 장차 문학을 하랴는 신진 청년에게 고하고 싶다. 그대들은 종래의 형배兄輩의 빈약한 궤도에 구니拘泥치 말고 대일본의 문학자로 당당히 진출할 준비와 용기를 가지라고. 선배나 후배나 모두 정저井底에서 뛰어나오고 하백河伯[11]의 고단固斷한 견見을 버리라고. 그러나 망양望洋의 탄嘆으로 일삼지 말고 그 무변대양無邊大洋을 두 아름으로 안으라고. 그대들을 막을 자가 없지 아니하냐. 그대들의 문학이 조선鮮의 총독상을 받을 수 있음과 같이 일본문학사에 불후不朽의 광光을 발할 수도 있지 아니하냐고.

요要는 조선의 문학자 자신의 반성 수련과 기우氣宇[12]에 달렸을 뿐이다.(1943.2.8)

11 물을 관장하는 수신(水信).

12 기개와 도량.

1944년

전쟁과 문학戰爭と文學[1]

인간이 원하든 원하지 않든 그것을 향해 돌진하지 않으면 안 되는 것이 두 가지 있습니다. 그것은 개인적으로는 죽음이고, 민족적으로는 전쟁입니다. 인간은 — 다른 생물, 즉 유정물有情物도 마찬가지입니다만 — 누구나 죽음을 싫어하고 무서워합니다. 그래도 죽음을 면할 수는 없습니다. 그러나 인간이 죽음을 두려워하는 것은 사실 미혹迷惑에 빠진 탓이며, 죽음은 옷을 갈아입는 것에 지나지 않는 것입니다. 옷을 갈아입는다기보다 군인이나 관리가 제복을 바꿔 입는 것이라고 하는 게 적절할 것입니다. 계급이 올라감에 따라 군인이든 관리든 다른 견장肩章과 금장襟章을 단 옷으로 바꿔 입지 않으면 안 됩니다. 곧 승급昇級입니다. 이 신체는 나의 현재 계급을 나타내는 옷이며, 이 제복을 걸치고 있는 동안의 자기 임무를 완수한 그날 오른 계급의 새 제복으로 바꿔 입는 것이 죽음이자 삶인 것입니다. 이것이 사생死生에 대한 올바른 견해이며, 사생의 정체正體입니다. 다만 복무 성적이 나쁘면 좌천左遷도 있고 징벌도 있으니, 옷 바꿔 입기가 반드시 윗 계급의 옷에 국한되는 것은 아닙니다. 그것이 초라한 수인복囚人服인 경우도 있을 것입니다.

이렇게 보면 죽음이 반드시 두려워해야 할 것이 아니며, 삶이 반드시 기뻐해야 할 것도 아닙니다. 올바른 삶이야말로 기뻐해야 할 삶이고, 나쁜 죽음이야말로 두려워해야 할 죽음입니다. 나쁜 삶은 혐오하고 저주해야 하고, 올바른 죽음

---

1 원문 일본어. 가야마 미츠로(香山光郞), 『신시대(新時代)』, 1944.9. 1944년 8월 조선문인보국회 주최 '적국항복 대강연회'에서의 연설. '적국항복문인대강연록'이라는 표제어 아래 다음과 같은 설명이 붙어 있다. "전국(戰局)은 점점 긴박해진다. 야마토(大和)가 일치하여 격적(擊敵)의 한 길로 매진하는 이때 필검을 휘둘러 문화전선(文化戰線)의 행동 개시에 나선 조선문인보국회에서는 전달 17일 오후 7시 반부터 경성부민 대강당에서 재조선 문사 제씨(諸氏)를 동원하여 '적국항복대강연회'의 장쾌한 막을 열었다. 이에 그 열변을 기록하고 독자 제현(諸賢) 앞에 제공하는 것이다."

은 바람직하고 축하해야 할 것입니다. 우리는 추한 삶과 아름다운 죽음을 수많이 봅니다. 도道에 맞는 죽음을 얻는 것이야말로 인생의 궁극 목표이니까요.

전쟁도 마찬가지입니다. 인생이 있으니 전쟁이 있는 것이며, 전쟁은 민족적 생명을 혹은 갱신更新하고 혹은 쇠퇴시키는 것입니다. 민족이 전쟁 없이 망한 예는 있지만, 전쟁 없이 흥한 예는 없는 것입니다. 역사가 생기고 약 3천5백 년 이래 인류 세계에는 크고 작은 8천여의 전쟁이 기록되어 있다고 합니다. 역사야말로 최고의 전쟁문학이며 전쟁 서사시입니다. 모든 전쟁은 평화를 목표로 한 것이지만, 평화는 전쟁을 준비하는 사이의, 즉 막간의 상연上演 작품 같은 느낌마저 줍니다. 그 정도로 전쟁이 많았던 것입니다.

더욱이 『서경書經』은 지나支那의 가장 오래된 역사문학일 뿐 아니라 세계에서 가장 오래된 고급 역사이자 문학인데, 요전堯典과 순전舜典을 비롯하여 탕서湯誓, 무성武成 등 어느 하나 전쟁 기록문학 아닌 것이 없습니다. 그중에서도 탕湯이 걸桀을 치고 무왕武王이 주紂를 친 그 이념은 의義로써 불의를 친 것이라는 점에서 그대로 오늘날의 대동아전쟁의 이념이 되는 것입니다.

『역경易經』은 세계의 가장 오래된 경전인 것은 말할 것도 없는데, 64괘 중 일곱 번째가 사괘師卦로, 전쟁의 도道를 논한 괘입니다. 게다가 그 앞의 네다섯 번째 괘는 천지가 정해진 후 만물이 생겨나고 인간이 나서 이웃고 나라를 세우는 일을 언급하며, 여섯 번째 괘는 개인의 싸움인 송訟, 그다음이 민족의 싸움인 사師, 즉 전쟁에 관한 것으로 되어 있습니다. 즉 역易의 작자는, 백성이 있으니 나라가 있고, 나라가 있으니 안으로는 인민끼리의 다툼이 있고 밖으로는 외국과의 전쟁이 있다고 본 것입니다.

그런데 역易의 작자인 문왕文王은 전쟁을 어떻게 보고 있을까. 사괘師卦의 괘사卦辭를 봅시다.

"사정장인 길무구師貞丈人 吉无咎"[2]

---

2 전쟁은 명분이 바르고 장인이 나서야 길하고 허물이 없다.

라고 하였고, 공자는 이를 이렇게 해석하고 있는 것입니다.

"사師는 무리이고 정貞은 바른 것이다. 능히 무리를 바르게 하면 가히 왕이라 할 만하다. 강剛과 중中이 호응하고 험난하나 순한 데로 나아가니, 이로써 천하를 해치나 백성이 따른다. 길吉하고 허물이 없다彖曰 師衆也 貞正也 能以衆正 可以王矣 剛中而應 行險而順 以此毒天下 而民從之 吉又 此何咎矣"

라고 썼습니다.

전쟁은 올바르지 않으면 안 됩니다. 올바른 전쟁이라면 민중이 충분히 응하여 어떤 괴로운 일도 참고 견디므로 '길하고 허물이 없다', 즉 목적을 달성한다는 것이며, 올바른 전쟁은 반드시 이긴다는 것입니다. 이것이 문왕文王과 공자의 전쟁관입니다만, 석가세존은 전쟁을 어떻게 보셨을까.

『법화경法華經』 안락행품安樂行品에 이런 말씀이 있습니다.

"비유컨대 강력한 전륜성왕이 위세威勢로써 여러 나라를 항복시키려 할 때 소왕小王들이 그 명령에 순종하지 않으면 전륜성왕이 온갖 병사를 일으켜 토벌한다. … 여래 또한 이와 같아 삼계三界 중에 대법왕大法王이 되어 법法으로써 일체중생을 교화할 새, 현성賢聖 장군들이 오음마五陰魔·번뇌마煩惱魔·사마死魔와 더불어 함께 싸워 큰 공훈이 있고, 또 삼독三毒을 멸하고 삼계三界에서 나와 마구니의 그물을 깨뜨리는 것을 보시고는 여래 역시 크게 환희하시고 … 오래도록 보호하던 명주明珠를 이제야 주는 것과 같으니라譬如强力 轉輪聖王 欲以威勢 降伏諸國 而諸小王 不順其命 時轉輪王 起種種兵 而往討罰 (…중략…) 如來亦復如是 於三界中 爲大法王 以法敎化 一切衆生 見賢聖諸軍 與五陰魔 煩惱魔 死魔 共戰 有大功勳 滅三毒 出三界 破魔網 爾時如來 亦大歡喜 (…중략…) 久護明珠 今乃與之"

이는 물론 직접 전쟁을 의미하는 것은 아닙니다. 여래가 현성賢聖 장군들과 함께 인간세계의 악을 깨뜨리는 것을 전륜성왕轉輪聖王[3]의 정복전쟁征服戰爭에 비유한 것이지만, 그러나 전륜성왕이 현실의 악을 깨뜨리기 위해 전쟁이 없어서는 안 됨을 긍정하신 것입니다. 석존은 전륜성왕이 받들지 않는 소왕들을 정복하는 것과

---

3 고대 인도의 사상에서 말하는 이상적인 군주상으로, 무력이 아닌 정법(正法)으로 전 세계를 통치하며 군주에게 요구되는 모든 조건을 갖추고 있다고 일컬어진다.

마찬가지로,

"역시 이와 같이 선정禪定과 지혜의 힘으로 법法의 국토를 얻어 삼계三界의 왕과 마왕들이 순순히 복종하지 않으면 여래의 현성賢聖 장군들이 함께 이들과 싸우느니라如來亦復如是 以禪定智慧力 得法國土 王於三界 而諸魔王 不肯順伏 如來賢聖諸將 與之共戰如來"

라고 말씀하고 계십니다. 즉 여래如來는 정신의 전쟁 즉 법국法國의 전쟁과 현실계의 전쟁 즉 전륜왕의 전쟁을 둘 다 없어서는 안 되는 것으로 긍정하신 것입니다.

이로써 보면 전쟁은 악을 깨뜨리고 선을 옹호하는 것이 그 본래의 목적입니다. 우리 일본 역사에서 '고토무케ことむけ'와 일치하는 것입니다. '고토무케'란 천황의 말씀에 따르게 하는 것으로, 이를 받들지 않는 사람은 무력으로써 정복하는 것입니다. 즉 전륜성왕의 전쟁입니다.

그런데 전쟁의 동기와 목적을 경제력에서 찾는 사상이 있습니다. 이는 최근까지 일본 학계의 일부에서도 존재했던 사상인데, 이것이야말로 미영사상米英思想의 중심을 이루는 것입니다. 물질을 획득하여 동물적 생존을 유지하고 향락하는 것을 인생의 목표로 여기는, 미영인米英人의 동물주의입니다. 개인의 동물적 생존은 그 도덕적, 즉 신격적神格的 임무를 달성하기 위한 것입니다. 이 육체는 방편方便이고 제복制服이지 생명 그 자체는 아닙니다. 국가도 마찬가지로, 국가는 어떤 도덕적 목표를 달성하기 위해 있는 것이지 미영인米英人이 생각하듯이 그 안에 포함된 국민 각 개인의 동물적 생존을 향락게 하기 위한 것이 아닙니다. 더욱이 개인은 그 국가를 통해서만, 즉 국민의 한 사람으로서만 그 신적神的 책무를 온전히 할 수 있는 것입니다. 단적으로 말하면 국가의 정당한 목표는 전 인류를 신으로 끌어올리는 것입니다. 황도皇道란 이에 다름 아닙니다. 국민 개개인은 그 국가 목적의 달성을 위해 태어난 것이며, 이런 까닭에 국가를 위해서는 기쁘게 모든 것을 바치는 것입니다. 일본정신이 이것이며, 역易의 사상, 공자의 사상, 석존의 사상이 지닌 근본 뜻이 이것입니다. 즉 동양의 사상입니다.

만약 전쟁이 단지 물자物資 획득을 위한 것이라면 그런 어리석은 일은 없습니다. 몸이 죽으면 물자가 무슨 소용이겠습니까. 일본이 자존자위自存自衛를 주장하는 것은 결코 동물적 자존이라든가 경제적 자존을 의미하는 것이 아닙니다. 일본이 없으면 황도皇道가 없으므로 일본의 자존자위를 주장하는 것입니다. 저 미영인米英人의 복지福祉를 위해 일본은 전쟁에 이기지 않으면 안 됩니다. 일본이 이기지 못하면 미영인은 동물의 영역에서 벗어나 신의 영역에 나아갈 수 없기 때문입니다. (박수) 이는 역설이 아니고 문자 그대로입니다. 불교에서는 식사할 때 도道의 그릇을 이루기 위해 음식을 먹고 기갈을 달랜다고 합니다. 이는 불교에 국한된 것이 아니라 유정계有情界 전체에 걸쳐 올바른 생활 대도이며, 이에 어긋나는 것은 잘못된, 인성人性을 그르치는 생활방식입니다.

우리는 천황을 섬겨드리기 위해 태어났다고 믿습니다. 바로 그렇습니다. 그리고 천업익찬天業翼贊을 위해 살고 일하고 싸우고 또 죽는다고 합니다. 바로 그대로입니다. 천황은 도道이십니다. 천황은 가장 올바른 인류의 지도자이시기 때문입니다. 천황께서 이루시려는 업業, 즉 황도皇道 또는 천업天業은 곧 우리 삶의 목표이기 때문이며, 여기에 군민일체君民一體의 실질이 있는 것입니다.

그런데 대동아전쟁은 어떤 전쟁인가. 역사상 팔천수백의 전쟁이 있었다고 하지만, 이 대동아전쟁만큼 신성神性과 동물성의 대립이 명료한 전쟁은 일찍이 없었던 것입니다. 이 전쟁에 미영米英이 이기면 뉴욕과 런던에는 더욱 큰 건물이 들어서고, 더욱더 많은 술집과 댄스장이 생겨 인류의 짐승화가 급템포로 진행되겠지요. 그 반면에 아시아 십억 인구는 미영의 식민지 토인土人의 운명 아래 신음하지 않으면 안 됩니다. 우리들 십억은 더욱더 선조의 문화도 정신도 잃고 미영인의 변소를 치우며 남은 음식을 얻어먹지 않으면 안 됩니다. 죽어서는 그 해골이 미영인의 장난감 원료가 되지 않을 수 없습니다. 그러나 이보다 더욱 슬퍼해야 할 것은 고귀한 아시아의 마음이 상실되어 버리는 것입니다. 아시아의 마음이란 부처의 마음이며 신의 마음입니다. 동물적인 몸에 머무르면서도 신이 되고자 하는 동경과 노력의 마음입니다. (박수) 이를 잃어버리게 되면 인류는 그만 짐승으로 전락하고, 잇달아 망하고 마는 것입니다.

그러나 이 전쟁에 일본이 이기면 어떻게 될까. 그러면 아시아인은 자유로운 백성이 됩니다. 아시아의 땅에서 아시아인이 경작한 가장 맛있는 음식과 가장 향기로운 향료를 마음껏 향락할 수 있습니다. 그 정신력도 체력도 노예적으로 강요받는 일 없이, 선조로부터 물려받은 고귀한 이상理想의 실현을 위해 기쁨과 자랑 속에서 사용할 수 있습니다. 그리고 아시아를 그 본연의 고귀함으로 되돌리고, 아시아에 지상 최고의 문화를 만들어내 극락을 현전現前케 할 수도 있는 것입니다.

마지막으로 문학과 전쟁 문제입니다만, 그전에 이 문학에 대해서 한마디 해두지 않으면 안 되는 것이 있습니다. 그것은 문학에 대한 동서東西 간 관념의 차이입니다.

동양의 문학은 어디까지나 그 도의적道義的 인생관에 기초하여 도의적인 것이었습니다. 즉 문학은 인간성의 동물적 방면이 아니라 그 신적 방면을 대상으로 했던 것입니다. 바꿔 말하면 선악善惡과 정사正邪에 대한 분명한 판단과 신념을 가진 대인격大人格의 목소리가 있고서야 비로소 문학이었던 것입니다. 공자께서 "시삼백 일언이폐지왈 사무사詩三百 一言以蔽之曰 思無邪"[4]라고 말씀하셨습니다만, 이것이 동양적 문학관입니다. 따라서 동양에서는 문학자라고 하면 성현군자聖賢君子와 동의어였던 것입니다. 세계의 가장 오래된 문학인 지나문학도 인도문학도 모두 '경전經典'이라고 불리는 것입니다. 도의道義를 기조基調로 하지 않은 문학은 유희담嬉談으로 멸시되었습니다. 오늘날 서양문학의 대부분은 동양적 표준에서 말하면 유희담에 속하는 것입니다. 특히 문예부흥기 이후 이른바 인성人性 해방이라는 미명하에 숨은 문학이 그렇습니다. 인성 해방이란 인간의 동물본능의 해방을 의미하는 것인데, 인간이여, 동물로 돌아가라는 것입니다. 그래서 인간의 동물생활 방면이 왕성하게 묘사되고 찬미되어, 예컨대 연애 같은 것이 문학의 호제목好題目은커녕 주제목主題目인 듯한 외관을 나타냈습니다. 자연주의, 탐미주의, 관능주의 등등으로 불려온 문학이 그것입니다. 요컨대 춘화春畵를 회화의 본도本道라고 하는 것과 다르지 않은 것입니다. 실제로 춘화적 명작이라는 것이 예술계 전체를 풍

---

4 『논어(論語)』의 '위정편(爲政篇)'에 나오는 구절. 『시경(詩經)』 삼백 편의 시를 한 마디로 말하면 생각함에 거짓됨이 없다는 뜻.

미했습니다. 일본의 메이지明治·다이쇼大正 시대의 문학도 이 부류에 속하는 것이 많다는 것을 여러분도 금방 눈치챌 것이라고 생각합니다.

청교도清敎徒시대의 영미인英米人은 그 정도는 아니었겠지만, 일곱 바다를 영유領有하고부터의 영미인은 완전히 신을 이탈하여 동물로 돌아갔습니다. 아니, 혹은 우리가 신의 자손인 것과는 달리 그들은 원숭이의 자손인지도 모릅니다. 다윈은 그들의 가계家系를 썼던 것인지도 모릅니다. 그들의 문화를 봅시다. 건물이든 생활방식이든 모두 동물적 본능의 만족을 중심으로 하고 있지 않습니까. 그들은 물질을 획득해서 육적 향락을 얻는 것이 목적입니다. 이에 반해 동양인은 '자손을 위해 비옥한 땅을 사지 않는다'고, 다만 육체의 안일과 향락을 목적으로 하지 않을 뿐 아니라 이를 죄악시했던 것입니다. 검소한 집에서 살고 거친 밥과 거친 옷을 달게 여기며, 그러고도 그 가운데서 즐거움과 아름다움을 만들고 또 느끼는 것이 동양적인 올바른 인생관입니다. 이른바 안빈낙도安貧樂道라는 것인데, 이것은 인간의 동물성을 억누르고 그 신성神性을 생장시키는 것을 목표로 하는 인생관의 발로입니다.

부자富者의 도락道樂은 시도 그림도 안 됩니다. 미천한 사람이 자기 집에서 묵묵히 근로하는 모습이야말로 시도 그림도 되는 것입니다. 영미문화는 수욕문화獸慾文化이고 생식기문화生殖器文化이지만, 동양의 문화는 제사문화祭祀文化입니다. 영미문화는 탐욕 문화이고 동양의 문화는 경건한 감사와 봉사의 문화입니다. 영미인은 권리를 주장하지만 동양인은 다만 헌신할 뿐 권리라는 것이 없습니다. 영미인은 자기의 성욕을 만족시키기 위해 결혼합니다. 동양인은 집안과 부모를 위해 결혼합니다. 서양인은 부모의 본능 탓에 자식을 낳고 동양인은 선조와 나라를 위해 자식을 낳습니다. 영어로는 좋은 가정을 스위트 홈이라고 합니다. '달콤한 가정'이라는 의미로 한없는 포옹과 키스를 상상케 하는 말입니다만, 동양의 가정은 엄격한 질서를 기준으로 합니다. 미각을 예로 들자면 담담하다고 해야 할까, 차라리 약간 쓰고 떫은맛을 띠었다고 할 것입니다. (박수) 이렇게 인생관이 서로 반대되는 것입니다.

영미인은 오직 물질밖에 보지 않는 인종이므로 물질문명이 발달했습니다. 동양인이 자연의 의미를 생각하고 삼계중생三界衆生을 위해 극락을 설계하고 있는 동안 그들은 자기의 형편을 충족시키기 위해 배를 만들고 대포를 만들었던 것입니다. (박수) 이것이 바로 그들이 물질문명으로 나아간 원인으로, 그들은 달과 꽃의 아름다움조차 알지 못합니다. 충과 효의 장엄함 같은 것은 고양이에게 금화金貨인 격입니다. 그들은 오직 황금과 생식기에 도취된 민족입니다. 그들에게는 우리가 갖고 있는 것과 같은 정신적인 부富가 없는 것입니다.

그런데 메이지明治 이래 우리도 영미의 문물과 더불어 그 인생관과 문학관까지도 모방했습니다. 왕자이면서도 거지가 되려고 한 것입니다. 신이면서도 짐승에 가까워지려고 한 것입니다. 물질문명에 있어서 그들은 우리보다 조금 나은 점이 있었습니다. 그러나 정신문화에 있어서 우리는 그들보다 훨씬 뛰어났던 것입니다. 그것을 잊고 오랫동안 헤맸던 것입니다.

대동아전쟁은 동양인이 이 영미적 주술로부터 각성케 하기 위한 경종警鐘이었습니다. 이 전쟁에서 그들은 그 보살적菩薩的 가면을 홱 벗어던지고 야차夜叉의 본성을 유감없이 폭로한 것입니다. 우리 선조들은 고심참담하여 악마의 그림과 조각상을 만들었습니다만, 아무리 붉은 뿔과 푸른 뿔을 만든들 거기에 여전히 동양적인 애교가 깃든 것을 어쩔 수 없었습니다. 근본이 선량한 우리의 선조로서는 악마를 그리는 데 매우 서툴렀던 것입니다. 우리는 다행히도 악마의 정체를 눈앞에 볼 수 있습니다. — 바로 루스벨트와 처칠이 그들입니다.

그런데 문학은 어떻게 나아가야 할까. 문학자는 우선 영미적인 악마적 마취에서 깨어나지 않으면 안 됩니다. 그리고 엄격한 참회로써 동양으로 돌아오지 않으면 안 됩니다. 아킴보[5]의 무례한 자세로부터 단좌합장端坐合掌한 경건한 자세로 돌아오지 않으면 안 됩니다. 이욕利慾을 추구하는 아귀도餓鬼道에서 도道를 닦는 인도人道로 복귀하지 않으면 안 됩니다. 개인주의를 떠나서 천황께 삼가 귀일歸一하지

5 손을 허리에 대고 팔꿈치를 양 옆으로 벌린 자세.

않으면 안 됩니다. 이 육체의 생존과 향락을 생의 목적으로 한 축생도畜生道에서 '의롭지 못하게 사느니 정의롭게 죽는다'는 인간적 경지에 되돌아오지 않으면 안 됩니다. 그리고 그 붓의 힘을 다해 동포를 타일러 깨우치지 않으면 안 됩니다. 연애를 찬미하던 붓으로 대의大義에 목숨을 버리는 아름다움을 찬미해야 합니다. 이른바 개성적인 것을 강조하던 붓으로 민족성을 강조해야 합니다. 지금은 요리점의 조리사가 총을 들고 전선에 서고, 샤미센三味線[6]과 가얏고를 울리던 기생의 손가락은 군수공장에서 일하고 있습니다. 문사文士된 자, 군인이 되거나 산업전사가 되거나, 그렇지 않으면 붓을 검으로 삼지 않으면 안 됩니다. 신변잡기나 개인주의의 덧없는 이야기, 관능적인 시구를 농할 때가 아닌 것입니다. 모든 작품은 적을 격멸하는 탄환이 되지 않으면 안 되는 것입니다. 문학자가 영미적 잔재를 탈각하여 본연의 모습으로 돌아올 때 저절로 나아가야 할 길이 발견될 것입니다.

시세가 시세인지라 참된 문학은 할 수 없다고 하는 사람이 있습니다. 자기는 어디까지나 순문학의 보루를 지키겠노라고 대단히 비장한 어조로 말하는 사람을 나는 문학자대회에서 본 일이 있습니다. 나는 아연하지 않을 수 없었습니다. 오늘날만큼 문학자로서 커다란 감격과 테마의 은혜를 입은 시대가 또 있을까요. 일억국민一億國民이 목숨을 건 싸움입니다. 아침부터 저녁까지 감격으로 가득 차 있습니다. 감격은 시詩의 원천입니다. 감격이 문학의 원천이라면, 오늘날만큼 커다란 감격을 시시각각 맛본 적이 또 있겠습니까. 그런데도 문학을 할 수 없다고 합니다. 무엇 때문일까요.

달콤한 연애물이나 하찮은 신변잡기를 쓸 수 없다는 것이겠지요. 천박한 성욕을 묘사하거나 질투라든가 불의不義의 간통이라든가 하는 열등감정을 노래할 수 없다는 것이겠지요. 그렇다면 알겠습니다. 그런 문학자의 렌즈에는 오늘날의 감격이 비춰지지 않을지도 모릅니다. 색다른 취미를 가진 사람의 식욕은 건전한 식단으로는 만족될 수 없는 것도 당연한 이치입니다. 이런 종류의 문학자는 렌즈를

6 일본 고유의 음악에 사용되는 세 개의 줄이 있는 현악기.

다시 닦고 붓을 빨지 않으면 안 됩니다.

오늘날만큼 국민이 정신적 양식, 정신적 위안에 굶주린 일은 없습니다. 그런 까닭에 청신하고 건전한 문학이 요구됩니다. 아니, 저급한 문학 취미가 좀 더 강할지도 모릅니다. 술을 마시고 싶은 것처럼. 그러나 오늘날의 문학자는 화류객花柳客에게 교태를 부리는 매춘부여서는 안 됩니다. 진지한 국민적 감격을 가지고 올바른 인생관을 국민에게 호소하는 열렬한 편지의 발신인이 아니어서는 안 되는 것입니다. 한마디 한마디 폐부로부터 나와 폐부를 찌르는 것이 아니면 안 되며, 게다가 어디까지나 진리성眞理性을 떠나지 않는 것이 아니면 안 됩니다. 이로부터 쇼와昭和 대문학, 대동아의 대문학이 발족發足하게 될 것입니다. (박수)

대동아문학의 길大東亞文學の道

—대동아문학자대회 석상에서[1]

우리 대동아大東亞 민족은 우리 선조의 향토인 아시아를 미영米英의 점령으로부터 되찾기 위해 광복光復을 위한 혈전血戰을 한창 결행 중이지만, 문화 영역에서도 선조의 동아로 돌아갈 날이 왔다. 오늘이 바로 그날이다.

우리 선조들의 문학은 오늘날 영미류의 그것과는 다른 것이었다. 영미류의 문학이 엎드려 누워 성적 충동을 즐기면서 읽는 것인 데 비해, 우리 선조의 문학은 소향단좌燒香端坐하고 하늘의 소리를 듣기 위해 읽던 것이다. 공자孔子는 "시언지詩言志",[2] "시삼백 일언이폐지 사무사詩三百 一言以蔽之 思無邪"라고 하시고, 또 "흥어시 입어례 성어악興於詩 立於禮 成於樂"[3]이라고 하셨는데, 우리 선조의 문학은 그런 의미의 것이었다. 연애나 폭력, 그 밖에 인간의 동물적 본능을 노래한 영미류의 문학은 우리 선조에 따르면 음풍淫風에 지나지 않을 것이다. 주남周南과 소남召南,[4] 아송雅頌[5] 같은 것은 영미인들의 이해 범위를 벗어난 영역의 것이다.

---

1 원문 일본어. 가야마 미츠로(香山光郎), 『국민문학(國民文學)』, 1945.1. 1944년 11월 난징(南京)에서 열린 제3회 대동아문학자대회에서의 발언이다.

2 『서경(書經)』의 '순전(瞬典)'에 나오는 석상 "詩言志 歌永言"이라는 구절에서 따온 말로, 시는 뜻을 말로 표현한 것이라는 뜻.

3 『논어(論語)』의 '태백편(泰伯篇)'에 나오는 구절로, 시(詩)로써 깨우쳐 일어나고 예(禮)로써 바로 서며 악樂으로써 완성한다는 뜻.

4 『시경(詩經)』의 첫머리에 놓인 두 편명. 이들 시편에 대해서는 대개 수신(修身)과 제가(齊家)를 내용으로 삼고 있다는 도덕주의적 해석이 지배적이다. 이와 관련하여 『논어(論語)』의 '양화편(陽貨篇)'에는 공자가 아들 백어(伯魚)에게 『시경』 공부의 중요성을 강조하며 다음과 같이 꾸짖는 대목이 있다. "女爲周南召南矣乎 人而不爲周南召南 其猶正牆面而立也與(너는 주남(周南)과 소남(召南)을 익혔느냐? 사람으로서 주남과 소남을 익히지 않으면 그것은 담벼락을 마주보고 서있는 것과 같다)."

5 『시경(詩經)』에 들어 있는 아(雅)와 송(頌)을 아울러 이르는 말. 전자는 조정의 조회나 연향 때 연주하는 노래이고, 후자는 종묘의 제사에 쓰는 노래이다.

문학에 대한 이 대척적인 차이는 그들과 우리의 인생관의 차이에서 온 것이다. 무릇 문화는 그 민족의 생명의 분비물이다. 우리 동아인은 천손天孫으로 자임하고 있다. 일본 민족의 경전인 『고사기古事記』는 말할 것도 없지만, 한漢민족의 경전인 『서경書經』도 마찬가지로 천명天命에 의거해야 할 것을 말하고 있다. 요순堯舜과 공자孔子를 일관한 사상은 천명을 믿는 것이다. "인심유위 도심유미 유정유일 윤집궐중人心惟危 道心惟微 唯精唯一 允執厥中"[6]이야말로 순舜과 우禹 사이에 전하는 심법心法인데, 인심人心이란 인간의 동물적 본능, 즉 이해고락利害苦樂을 취사선택하는 공리적 욕망이며 도심道心이야말로 천명天命의 본성인 것이다. 우리의 선조는 이 심법으로써 공구수성恐懼修省[7]하며 하늘에 가까워지기 위해 노력한 것이다. 일본의 아마테라스 오카미天照大神의 신경神鏡[8]은 이를 가장 단적으로 나타낸 것이다. 버마도 천손사상天孫思想을 갖고 있다고 들었다. 조선도 마찬가지이다. 동아 여러 민족은 이 사상을 공통으로 하고 있다. 동아 여러 민족의 오랜 전통인 제사와 수행은 하나같이 인간의 동물적 본능을 억누르고 천명에 따르고자 하는 노력 아닌 것이 없다. 불교도 마찬가지이다. 동아인이 불교를 받아들이고 이를 존중한 것은 인욕人慾을 억누르고 천리天理를 보존하는 전통적 이상에 합치한 까닭이라고 생각한다. 천명주의天命主義 — 이것이야말로 동아 여러 민족의 인생관의 근저를 이루는 것이다.

그러면 천명天命이란 무엇인가.

『서경書經』에 의하면 요堯 임금의 덕德을 칭찬하는 최초의 구절이 '흠명欽明'이다. 흠欽, 즉 공경함으로써 천명을 밝게 하여 요 임금은 성인聖人이 되었다는 것이다.

---

6 『서경(書經)』의 '대우모편(大禹謨篇)'에서 순(舜)이 제위를 이어받을 우(禹)에게 충고한 말. 인심(人心)은 위태롭고 도심(道心)은 미약하니 정성을 다하고 한결같이 해야 진실로 그 중심을 잡을 수 있다는 뜻.

7 두려워하며 마음을 가다듬어 반성함.

8 아마테라스가 하사하여 일본 천황에 의해 계승되었다는 삼종신기(三種神器)의 하나인 거울. 참고로 삼종신기란 구사나기의 칼(草薙劍), 야타의 거울(八咫鏡), 야사카니의 굽은 구슬(八尺瓊曲玉) 세 가지를 가리킨다.

불교의 견성성불見性成佛도 같은 이치이다. 그러면 공경함으로써 밝아진 천명의 내용은 어떤 것인가. 경전에서는 아직 인의仁義와 같이 추상적인 말은 사용하고 있지 않지만, 그 쓰임, 즉 천명대로 행하여 얻은 결과를 다음과 같이 적고 있다.

"큰 덕을 밝혀 온 친족을 화친하게 하니 온 친족이 이미 화목하게 되었고, 백성을 공정하게 다스리니 백성들이 사리를 분간함이 밝아졌으며, 만방을 협화케 하니 모든 백성이 감화를 받아 화목해졌다克明俊德 以親九族 九族旣睦 平章百姓 百姓昭明 協和萬邦 黎民於變時雍"

인간이 하늘에서 품부稟賦받은 본성, 즉 천명天命, 즉 도심道心을 밝게 하여 이를 발휘하면 백성들이 사리를 분간함이 밝아지고 만방萬邦이 협화協和하는 이상에 도달할 수 있다는 것인데, 이것이 곧 인의仁義이고 불교에서 말하는 자비慈悲이다. 이 인의의 마음이 언행에 나타나는 그 방식이 예禮이고, 예로써 연성練成하여 얻은 힘을 덕德이라고 하는 것이다.

이 인의仁義의 근본사상 위에 세워진 것이 우리 동아인의 국가이고 문화였다. 이 사상이 정치에 나타나면 황도皇道, 왕도王道이고, 개인에게 나타나면 이른바 윤공극양允恭克讓[9]이 되는 것이다. 공검지기恭儉持己[10]의 공恭이며, 박애급중博愛及衆[11]의 양讓이다. 이 근본사상에 의거하여 연미된 우리 선조의 성격은 그 청명함이 거울에 비유될 만하고, 그 온화함이 옥玉에 비유될 만하며, 악에 대해서는 엄격한 검劍으로 상징되는 것이다. 그 풍격風格은 공손하고 겸양하고 무겁고 두터우며, 그 생활은 편안히 천명天命을 따르는 것이다. 그리고 그 수련은 성誠과 경敬에 의거한 극기복례克己復禮[12]이다.

한편 영미인의 인생관을 보건대, 실로 우리와는 반대이다. 그들이 인생의 목표를 행복에 두는 것은 잠시 그렇다 치고, 그들의 이른바 행복이란 인간의 동물적

---

9 『서경(書經)』의 '요전(堯典)'에 나오는 구절로, 진실로 공손하고 능히 겸양한다는 뜻.

10 공손하고 검소하게 자기를 지키고 다스림.

11 널리 사랑함이 백성에게 미침.

12 『논어(論語)』의 '안연편(顔淵篇)'에 나오는 구절로, 자기를 이기고 예(禮)로 돌아갈 것을 강조한 말.

본능의 만족을 의미하는 것이다. 최대 다수의 최대 행복이라고 해보았자 결국 동물 본능의 만족이다. 즉 우리의 선조가 가장 경멸하고 극복하기 위해 노력해 온 인심人心을 그들은 인간의 본성으로 보는 것이다. 재화의 획득을 가장 중요시하는 그들의 인생관은 여기에서 생겨난 것이다. 여기에 우리와 그들 사이의 조화할 수 없는 근본적 차이가 있는 것이다.

어떤 이는 말할 것이다. 영미인에게도 정의, 자유라는 말이 존재한다고. 과연 그들은 이 두 가지 말을 존중하고 있다. 적어도 그들의 문명인으로서의 체면을 겉꾸미기 위한 간판으로 삼고 있다. 그러나 우리 동아인은 이 두 가지 말을 오해하고 있는 것이다. Justice와 정의, Freedom 또는 Liberty와 자유가 같은 것을 의미한다고 생각하는 것은 큰 잘못이다. 그들의 정의는 give and take이고, eye for eye이다. 기껏해야 just distribution이다. 가장 높이 평가해도 법률적 정의의 영역을 벗어나지 않으며, 보통은 상거래의 개념에 불과하다. 법적 정의조차 우리 동아인에게는 어딘가 부족하다. 우리에게 정의라고 하면 가장 깊고 높은 도덕적, 아니 차라리 종교적인 감정조차 수반되는 것이다. 영미인의 정의란 사실대로 말하면 자기의 획득물을 넘보지 못하게 하는 것이다. 그들은 홍콩이나 말레이시아, 버마나 필리핀을 되찾기 위해 싸우는 것을 정의의 전쟁이라고 칭하고 있다. 인도를 해방시키지 않는 것이 그들의 정의이다.

정의보다도 더 유해하게 오해되고 있는 것은 자유라는 말이다. 자유라는 말은 동아에서는 완전히 욕망에서 벗어난 상태를 말하며, 재차 이해利害와 고락苦樂과 생사生死에 좌우되지 않는 성현지사聖賢志士의 심경을 가리키는 것이지만, 영미인은 윤리학에서 고상한 의미로 사용하는 경우에조차 타인에게 방해받지 않는 것을 가리키는 데 불과하다. 자기의 중심에 자리하여 만악萬惡의 근원을 이루는 이기욕에 속박되지 않는 상태를 나타내는 것이 아니다. 더욱이 일상적 용법에서는 자유라고 하면 대내적으로는 자유무역, 즉 재화와 향락 획득의 자유이며, 대외적으로는 앵글로인의 이민족異民族 착취의 자유를 의미하고 있다. 천도天道의 절대성을 보는 눈을 갖지 못한 그들은 공리주의와 실용주의밖에 갖고 있지 않다. 우리

의 덕德의 궁극窮極이 절대의 천명天命, 천도天道인 데 비해 그들의 궁극은 이해利害이다. 일본의 『고사기古事記』, 중국의 『서경書經』에 비해 영미인의 궁극을 나타낸 경전은 다윈의 진화론進化論이다. 생존경쟁이 그들의 세계관이다. 우리가 신성神性으로 돌아가는 것을 인생의 목표로 삼는 데 비해 그들은 동물 본능의 만족을 목표로 삼고 있는 것이다. 고토무케ことむけ, 덕화德化가 우리 동아의 국가 목적인 데 비해 그들의 국가 목적은 정복征服이다. 우리가 겸양충신謙讓忠信으로써 이민족을 대하는 데 반해 그들은 수렵적狩獵的 폭력과 낚시꾼의 교묘한 속임으로써 대하는 까닭이다.

이렇게 우리 아시아인과 영미인의 인생관, 국가관이 양립할 수 없는데도 불구하고 과거 약 1세기 동안 동아인은 부득이하게 그들을 추수追隨했다. 어떤 동아인은 영미의 학자를 모방하여 감히 우리 선조의 이상과 문화를 고고학적考古學的 흥미로써 바라보기조차 했던 것이다. 마치 사멸死滅한 원시민족原始民族의 유적을 찾는 박물관 관리처럼 신성한 우리 선조의 경전經典과 유적遺跡을 탐험했던 것이다.

바야흐로 동아인은 선조의 동아로 돌아갈 날이 왔다. 그리고 잊혀지려 했던 아시아인의 선조 공통의 이상理想에 기초하여 아시아 공영共榮의 세계를 건설할 때가 왔다. 나는 우리 선조들의 외침을 듣는다. 아들들이여, 아시아로 돌아가라고. 그리고 공손히 하늘의 명명明命을 듣는다. 아시아의 빛이야말로 인류를 생존경쟁의 금수적禽獸的 참극慘劇에서 구원할 것이라고.

보라. 아시아인은 같은 얼굴을 하고 있지 않은가. 같은 인생관, 즉 같은 혼을 갖고 있지 않은가. 눈앞에 공동의 적敵을 대하고 있지 않은가. 여기서 우리는 우리 자손의 장래의 운명이 하나 됨을 깨달아야 한다. 우리 선조의 정신을 살리는 길이 오직 하나 있다. 그리고 우리들 자손의 번영의 길이 오직 하나 있다. 그것은 아시아를 영미인의 마수魔手에서 탈환하여 아시아인끼리의 천손적天孫的 아시아를 만드는 것이다. 아시아의 여러 민족이 각각 천명天命을 기초로 한 국가를 이루고, 그들이 서로 공경恭敬과 겸양謙讓과 호조互助의 아시아 정신을 통해 도나리구미隣組[13]를 만드는 것이다.

지금이야말로 그 기회이다. 아시아의 땅은 이미 우리 동포의 충혈忠血과 충혼忠魂에 의해 정화淨化되었다. 앞으로는 이것을 지키면 되는 것이다. 십억일심十億一心으로 우리 아시아를 지키고, 두 번 다시 다원주의의 패거리로 하여금 우리 신성한 아시아의 땅을 더럽히게 하는 일이 있어서는 안 된다. 그들의 분열 공작에 넘어가서는 안 된다. 적의 말이긴 하지만, 합존분망合存分亡이야말로 우리 아시아 여러 민족의 운명인 것이다.

그리고 이 아시아의 좋은 땅에, 아시아의 천손天孫들이 아시아의 풍부한 산물을 부리고 우리들 선조의 이상理想이자 구상構想인 문화세계, 평화세계를 건설한다면, 그것은 멋진 세계가 될 것이다. 『아미타경阿彌陀經』에 묘사된 극락세계를 실현할 수 있을 것이다. '격석부석 백수솔무擊石拊石 百獸率舞'[14]의 평화경平和境이 나타날 것은 정해진 일이다. 백성소명百姓昭明, 협화만방協和萬邦의 날을 이 눈으로 보게 될 것이라고 믿는다.

문학의 길은 절로 명백하다. 아시아의 백성이여, 아시아로 돌아가라. 아시아인의 운명은 하나다. 인류 구제의 빛은 아시아로부터 발할 것이다. 이 사실을, 이 이상理想을, 이 감정을 우리 문학자는 붓으로써, 혀로써, 우리 동포들에게 외치는 것이다. 이것이 곧 대동아문학이고 우리의 사명이다.

13 제2차 세계대전 당시 국민통제를 위해 만들어진 지역 말단 조직.

14 『경서(書經)』의 '순전(舜典)'에 나오는 구절로, 석경(石磬, 아악기의 하나)을 치고 두드리니 여러 짐승들이 다 같이 춤을 춘다는 뜻.

1945년

전쟁과 문화[1]

1

전쟁은 무기를 잡은 군인이 하는 일이라고 항용恒用 간단히 생각하지마는 전쟁의 승패를 결決하는 역力의 원천은 실로 문화에 있는 것이다.

문화란 무엇이냐. 문화에는 종종 잡다雜多의 부문이 있지마는 일언이폐지一言以蔽之하면 사상과 감정의 분비물이다. 종교는 신앙의 분비分泌요 예술은 심미감정審美感情의 분비요 풍속 관습은 이러한 정신생활의 분비다. 이 문화의 성질 여하로 한 민족은 문文하기도 야野하기도 하고, 강하기도 약하기도 한 것이다.

사상과 감정의 결과가 문화이거니와 문화가 또 사상과 감정을 어떤 방향으로 움직이는 동력도 되는 것이다. 사람의 마음은 가능성이 있어서 무슨 생각이나 한 가지를 오래 반복하면 그대로 자리가 잡히는 것이다. 가령 사람을 대할 때에 자비심을 발하기를 반복하야 힘쓰면 오래 기는 동안에 자연 자비스러운 성격을 이루는 것이다. 사람이 이러한 천성天性이 있기 때문에 교육과 수양이 가능한 것이다. 그러므로 사람이 어떤 문화 속에 오래 잠겨 있으면 부지불식간不知不識間에 그 문화에 젖고 물들어버리는 것이니, 한 번 그리되면 거기서 벗어나기가 어려운 것이 마치 물들었던 헝겊이 다시 희어지기 어려움과 같은 것이다.(1945.1.26)

---

1 가야마 미츠로(香山光郞), 『매일신보(每日新報)』, 1945.1.26~2.1.

2

문화란 일국一國의 문화도 있고 일지방一地方의 문화도 있고 일가정一家庭의 문화도 있다. 일국의 문화의 성질은 그 국민성을, 일지방의 문화는 그 지방 기풍氣風을, 일가정의 문화는 그 가족 그중에도 자녀의 성격과 언행을 좌우하는 것이다. 가령 어떤 가정이 청결을 좋아하야 항상 내외를 깨끗이 하고 신불神佛과 조선祖先을 숭경하고 성인聖人의 가르침을 숭상崇尙하고 건전한 문학예술을 사랑하고 항상 미술과 화초花草를 사랑한다 하면 그 집 가족의 사상과 감정은 매양 고상하고 단아端雅하고 화평할 것이로되, 그와 반대로 만일 어떤 가정에서 주식酒食의 향락을 숭상하고 물욕物慾을 좋아하고 음란한 글이나 노래나 그림을 즐겨하고 신불神佛과 조상祖上을 파괴한다 하면 그 가풍은 말이 아니어서 그 집 자녀는 야비野卑한 인물이 되어버릴 것이다. 이것이 어떤 문화가 어떤 가풍家風을 짓는다는 것이다.

무릇 어떤 가정이나 지방이나 국민이나 문화를 아니 가진 자는 없는 것이다. 다만 그 문화에 고저高低와 건불건健不健이 있을 따름이다. 지금 세계는 큰 전란戰亂 속에 있거니와, 인류의 이 대불행大不幸의 원인이 어디 있는고 하면 인류의 그릇된 문화에 있는 것이다. 그릇된 신앙, 철학, 문학, 예술에 있는 것이다. 우리는 이 전쟁을 미영米英의 이기사상利己思想, 유물사상唯物思想, 인류차별人類差別 사상에 원인原因한 것이라고 말하거니와, 사실 그러하다. 저 미영은 인류를 금수禽獸와 같이 보아서 오직 식색食色의 만족을 목적으로 삼는 이른바 생존경쟁의 동물이라 믿는다. 그들은 그러므로 투쟁의 역力을 믿거니와, 천天의 정의와 자비를 믿지 아니한다.(1945.1.27)

3

그들은 인류의 동물성만을 긍정하고 신성神性을 무시한다. 그들은 국가적 행동에 있어서는 이미 완전히 기독교에서 이탈하였고 가정생활에서와 같은 국민끼리 간에만 약간 기독교적 관습의 타성惰性을 남기고 있다. 그들의 신행信行은 폭력에 있고 철학의 근본원리는 공리주의에 있다. 그들의 미술은 형체와 색채의 미美를 볼 뿐이요 우리 동양인과 같이 정신의 미를 보지 못한다. 그들의 건축은 오직 공리적이오 향락적이다. 그들의 문학은 성욕性慾의 문학이다. 우리 동양인이 성자적 생활을 동경하고 □□와 중생을 위하야 빈궁곤고貧窮困苦를 감수하고 살신성인殺身成仁하는 그러한 정신은 그들이 이해치 못하는 바다. 집을 지으매 사당祠堂을 먼저 짓고, 방을 꾸미매 신불神佛 모실 도코노마[2]나 벽장을 가장 신성神聖하는 심리는 그들이 생념도 못하는 바다. 하물며 인류의 탄생이 천명天命을 건수실행虔修實行하는 충효와 자비의 사명 달성을 위함이어서 의식주 등 개인생활은 이 일을 위한 방편에 불과하다는 숭고한 진리는 저 미영인에게는 도야지와 진주다.

우리 동양인은 일시 미영사상에 감염하여서 하마터면 우리 조상의 귀중한 전통인 천명사상天命思想을 잃어버릴 뻔하였다. 우리가 천명사상을 잃어버리는 것은 인류가 잃어버리는 것을 의미하는 것이니, 그야말로 인류의 법등法燈이 꺼지는 것이다. 상천上天이 뜻이 계시와서 대동아전쟁을 기회로 하야 꺼지랴던 대법등大法燈이 다시 환하게 빛을 발하게 되었다. 우리는 우리가 무엇인지 우리의 사명이 무엇인지를 다시 분명히 깨달은 것이다.(1945.1.28)

2 일본식 방의 상좌(上座)에 바닥을 한층 높게 만든 곳.

4

우리는 대동아전쟁을 이기고 새로운 세계를 건설하려 하거니와, 그 세계는 이기적 유물적인 생존경쟁의 탐욕세계가 아니라 하늘이 우리 혼에 새겨주신 천명天命을 따라서 만방萬邦이 각득기소各得其所하고 억조億兆가 각안공도各安共堵하는 자비와 화합의 세계다. 동포를 살리기 위하야서 흘리는 피는 있어도 서로 미워하고 죽이기 위하여서 흘리는 피는 없는 세계다. 팔굉일우八紘一宇의 세계요 황도실현皇道實現의 세계다.

이 세계를 건설하기 위하야 지금 우리 동포는 피로써 아세아의 더러움을 씻고 있다. 황군장병의 피는 방울방울 악마의 발에 더럽혀진 아세아의 육지를, 바다를 청정하게 하고 있는 것이다. 우리는 이 피가 한 방울도 헛되이 흐르게 하여서는 아니 된다. 이 피로 씻은 우리 향토에 조상祖上의 전통인 천명문화天命文化를 건설하지 아니하면 아니 된다.

우리 일억국민은 우리 마음이 청정 순결하다고 생각하여서는 아니 된다. 이것은 교만驕慢이요 우치愚痴다. 우리는 우리 가정이, 우리 지방이, 우리 각 개인의 정신이 깨끗지 못함을 분명히 인식하고 참회하여야 한다. 감함坎陷[3] 중에 저 스스로 함입陷入함보다 더 해害한 것이 없고 기만중에 저 스스로 기만함보다 더 해로운 기만이 없다. 만일 우리 동포가 스스로 생각하기를 우리는 청정하다 하면 이에 더한 불충불효不忠不孝는 없다. 왜 그런고 하면 우리 동포는 이만한 것으로 될 국민이 아니다. 우리는 황민皇民이 아니냐. 천민天民이 아니냐. 황민이요 천민이라 하기에는 자질의 연마鍊磨가 부족함을 통감하여서 대사일번大死一番의 대결의大決意가 필요하다.(1945.1.29)

3　구덩이와 함정.

5

일억동포가 일대 참회를 하고 일대 발심을 하는 날 우주가 욱신욱신 진동을 할 것이다. 이것이 실로 목하目下의 급무急務다. 이리하여서 우리 동포가 구염舊染과 구곡舊殼을 이탈하고서 비로소 국력의 대비약이 있고 일직一直의 대보살행大菩薩行이 힘차게 진보되어서 아세아 십억동포를 정화淨化 화합和合할 수가 있슬 것이다.

그러므로 금일今日이 요청하는 문화는 이 일점一點에 집중하는 문화라야 할 것이다. 사상이나 문학이나 음악이나 생활의식이나 이 정신을 정신으로 하여야 할 것이다. 금일의 문화는 참회의 문화, 정화의 문화라야 할 것이다. 동물적 본능을 지양하고 신성神性을 강조하는 문화, 개인의 욕망을 발거拔去하고 천명수순天命隨順하는 문화라야 할 것이다. 향락을 혐오하고 사생공영死生共榮을 초월하여서 대의大義를 찬양하는 문화라야 할 것이다. 대중에게 영합하는 문화가 아니오 중생을 훈회訓誨 질타叱咤하야 신성神性에 비약케 하는 문화라야 할 것이다. 미美의 표준을 일변一變하여야 할 것이다. 그렇다고 억지로 짓고 체하는 것을 의미하는 것이 아니다. 자연自然이요 진정眞情이면서 자연과 진정을 초극하여야 할 것이다.

이러한 대문화는 어디서 나오는가. 큰소리는 큰 북에서 나오고 아름다운 소리는 조화된 악기에서 나오는 모양으로 대문화는 대인물, 대정신에서만 나온다. 대정신의 노래는 저절로 크고 향나무는 저절로 향기롭다. 오직 성인聖人이라야 능히 시를 짓고 능히 예禮와 악樂을 짓는다는 것이 이 뜻이다. 문화인은 성인이라야 한다. 만인萬人의 마음을 알고 하늘의 뜻을 아는 이라야 비로소 진정한 문화인이 된다.

우리는 먼저 종래의 문화인이라던 것을 멸시하는 데서 출발하여야 한다. 소설, 시가를 짓고 노래를 부를 작곡을 하고 그림을 그리고 조각를 한다고 문화인이 아니다. 그것이 아모리 교묘한 수법을 보였더라도, 중생을 혼魂을 들추어서 참회와 향상의 열정을 일으키는 힘이 없이는 문화라고 부를 수 없는 것이다. 천명天命에 뿌리를 박지 아니한 문화는 없는 것만 같지 못하다. 인생에 해가 되고 인성人性을 타락시키기 때문이다.(1945.1.30)

6

그러하기 때문에 새로운 대문화를 건설하랴거든 맨 먼저 문화인의 재생再生을 요要한다. 시인이어든 붓을 던지고 먼저 자기를 검토할 것이다. 자기가 금수禽獸냐 악마惡魔냐 천신天神이냐를 성찰할 것이다. 천天의 법정法庭에 자기를 예출曳出하야 적나라하게 엄정하게 탄핵彈劾할 것이다. 결코 '인간성'이라는 구실로 자기의 수성獸性, 마성魔性을 곡변曲辯하여서는 아니 된다. 그리하고 회과자책悔過自責의 연옥煉獄에 자기를 던져서 유황硫黃불, 기름 가마 속에 자기의 죄업을 다스린 뒤에 솟아오르는 참회의 열루熱淚와 광명光明의 환희로 새로운 시편詩篇을 쓸 것이다. 이 시편이야말로 동포의 혼을 정화하고 천명天命의 광명에 욕浴케 하는 힘을 가진 국민시國民詩가 될 것이다. 이리하여야 시인이니, 그대 일인一人이 만중萬衆 대신하야 지옥의 고뇌를 받고 만중萬衆에게 진로를 명시하는 것이다. 그대의 오뇌懊惱의 기록은 만중으로 하여금 그 참회를 면하게 하기 위함이다.

이러한 시인과 음악가와 미술가와 철인哲人과 종교가를 배출함으로 우리 국민문화가 높아지고 커지고, 따라서 우리 국민의 위대하고 고결함이 증진될 것이다.(1945.1.31)

7

전쟁 중에 국민의 마음은 일변 타락됨도 없지 아니하거니와 타 일면으로는 평시에는 볼 수 없는 긴장과 앙양昂揚을 보이는 것이다. 더구나 전선前線에 싸우는 자는 생사를 초월하는 심경을 흔히 경험하기 때문에 보통으로는 십수 년의 고행苦行, 수행修行으로도 하기 어려운 구염舊染 구습舊習의 탈각脫却을 일단일석一旦一夕에 능히 할 수도 있는 것이다. 그러므로 전후戰後에는 문화 전역全域에 대진작大振作이 있을 것을 믿는다.

전쟁은 문화를 위하여서 한다. 진정한 황도문화皇道文化를 세계에 건설하기 위하야서 하는 것이 대동아전쟁이다. 그러므로 엄정한 의미로 말하면 문화란 민족 전체의 역사가 짓는 것이지마는, 그래도 역시 문화를 짓는 것은 개인이다. 문화인으로 태어난 개인은 그 민족의 역사의 첨단尖端이 되어 문화를 지어서 도로 그 민족에게 바치는 것이다. 산호충珊瑚虫이 산호초珊瑚礁에 의생依生하면서 제 분비물인 산호를 산호초에 기여함과 같다.

그러나 유시호有時乎 일 개인이 새로 천명天命을 들어서 그 민족의 역사에 새로한 색채色彩를 가하는 수도 있다. 이른바 성인聖人이요 철인哲人이요 천재天才다. 그들의 전기傳記를 보면 항상 참회의 눈물로 심경心境을 정세淨洗하고 심이心耳를 정세淨洗하고서 천광天光과 천성天聲을 기다렸다. 마치 일광一光과 일성一聲도 놓치지 아니하랴는 감시초監視哨에 선 자와 같았다. 이리하여서 포착捕捉한 음향音響의 형체形體가 문화적 작품이다. 원컨댄 문화인 여러분은 모다 맑은 심경心境 심이心耳로 천명天命을 포착하기를 바란다. 천명주의天命主義야말로 우리의 본령本領이다.(1945.2.1)

제2부

논설·시론

1939년

조선청년과 애국심朝鮮青年と愛國心[1]

국민에게 없어서는 안 되는 것이 애국심이지만, 특히 청년에게 애국심이 없는 것은 병적이며 실로 부끄러워해야 할 일이다.

청년의 가장 바람직한 야심은 임금과 나라를 위해 깨끗한 생명을 바치는 것으로, 폐하의 군인으로서 전쟁에 나가는 것은 청년으로서 더할 나위 없는 기쁨이자 감격이며 숙원宿願이다. 특별지원병特別志願兵 여러분으로 하여금 분연히 일어나게 한 것은 실로 이 순정純情이다.

그러나 애국심은 꼭 전장戰場에만 국한된 것은 아니다. 정말로 애국심을 갖고 있는 사람이면 그의 일상생활 어느 것에나 애국심이 나타나지 않을 리 없다. 사람들이 일상생활에서 나라를 잊을 때 그 나라는 쇠퇴하고 결국 망하는 것인데, 나라의 번영 없이는 개인의 성공도 행복도 없는 것이다. 세계를 위한다든가 전 인류를 위한다고 하여 국가를 떠나 초월하여 진로進路가 있는 듯이 생각하는 것은 미혹일 뿐이다.

그러면 애국심이란 무엇인가. 그것은 일본은 내 집이라고 생각하는 것이고 내 몸, 내 생명이라고 생각하는 것이다. 이 감정은 천황을 내 아버지로 사모해 드리고 섬겨드리는 것이다. 전선前線의 병사들이 죽음의 순간에 천황의 만세萬歲를 외치는 그 마음인 것이다. 경건과 감사와 기쁨에 넘치는 외침이야말로 전사戰死하는 병사의 만세인 것이다. 그것은 병사에게만 한정된 기쁨은 아니다. 실로 애국심에

---

1 원문 일본어. 『국민신보(國民新報)』, 1939년 4월 16일 이하 1940년 11월 3일까지 『국민신보』에 발표된 글은 무기명으로 발표되었다가 나중에 단행본 『동포에게 보냄(同胞に寄す)』(博文書館, 1941.1)이 간행될 때 재수록된다. 단행본에 실리지 않은 글도 더러 있으나 1면 사설란에서 시작하여 3면 '주장'란으로 옮겨 매주 같은 지면에 실렸으므로 모두 이광수의 글로 간주한다. 『국민신보』는 1938년 4월 경성일보사에서 독립하여 새 출발한 『매일신보』의 자매지로, 일본어 해독 가능한 청소년 독자층을 겨냥하여 1939년 4월 3일 창간된 주간신문이다.

사는 사람은 누구나 그 지위나 직업이 무엇이든, 그 임종 시의 한마디 말은 보잘것없는 임무를 수행하고 감사와 만족 속에서 이 생명을 거둡니다, 라는 것이어야 한다.

그런데 조선인은 오랫동안 애국심과 무관한 생활을 해 왔다. 애국심이 확고하게 내 마음이 되어 있지 않다. 국가를 떠나서는 집도 자손의 번영도 없다는 참된 국민적 자각이 아직 희박하다. 그래서는 안 된다. 여기에 조선 청년의 중대한 사명이 있다. 2천3백만 조선 동포를 일본의 역사를 분담하는 강력하고 영예로운 국민의 영역으로 이끄는 것은 실로 조선청년의 신성한 본분인 것이다. 적어도 조선청년 된 이는 마땅히 한번 깊이 반성하지 않으면 안 될 때가 아닌가. 작은 자기를 버리고 일본을 견고히 껴안으라. 설령 학생 신분이더라도 총을 들고 전장에 설 마음가짐이 아니면 안 된다.

죽은 후의 명예死しての後のほまれ[1]

야스쿠니신사 초혼식招魂式

4월 23일부터 야스쿠니신사靖國神社[2]의 임시 대제大祭로, 여기서는 이번 사변에서 나라를 위해 죽은 1만389주柱의 영령을 호국신護國神으로 모시는 초혼식招魂式이 행사의 주를 이뤘다.

23일에는 초혼식이 있었고, 25일에는 황공하옵게도 성상聖上 폐하께서 야스쿠니 신사에 행차, 친히 절을 올리셔서, 그 시각인 오후 10시 15분을 기期하여 전국에서 일제히 묵도默禱를 올렸던 것이다.

야스쿠니 신사에 모셔져 있는 영령 중에는 작년에 합사合祀의 영예를 입은 반도半島 출신자도 있는데, 이번에 또 관동군關東軍 자동차부대 운전수 김자원金子元, 조선총독부 순사 황진식黃辰植과 조연진趙然軫 3인이 이 광영光榮을 입게 되었다. 김자원 씨의 아우님은 "야스쿠니 신사에 모셔지는 것 그것만으로도 만족입니다. 우리들의 충의忠義의 마음은 결코 내지인內地人만 못하지 않습니다."라고 말했다는데, 실로 믿음직한 일이다.

"야스쿠니에서 만나자."

라는 것은 출정하는 군인과 이를 전송하는 부모형제 간의 인사말이다. 살아서는 돌아오지 않는다는 의기意氣를 나타내는 것인데, 동시에 남아男兒가 죽을 자리를 얻은 것을 기뻐하는 의미도 되는 것이다. 더구나 나라를 위해 죽음으로써 조금도 바라는 것은 없다. 다만 멋지게 죽어 호국신護國神이 되는 것, 그것뿐인 것이다. 김자원 씨의 아우님이 말한 "야스쿠니 신사에 모셔지는 것, 그것만으로도 만족입니

1 원문 일본어. 『국민신보(國民新報)』, 1939.4.30. 1면 사설란에 실렸다.

2 전몰자(戰歿者)의 영령을 봉안하기 위해 1869년 초혼사(招魂社)로 창건된 국가신사.

다."—이것인 것이다.

조선인도 이제부터 줄줄 야스쿠니신사에 모셔지지 않으면 안 된다. 조선의 청소년 된 자, 실로 야스쿠니신사를 그의 혼魂을 둘 곳으로 마음먹어야 한다. 조선에도 사단師團 소재지인 경성과 나남羅南[3]에 호국신사護國神社를 세우게 되었다. 이것은 실로 조선 남아의 긍지가 되어야 한다.

조선인은 원래 약한 민족은 아니었다. 고구려인은 수양제隋煬帝나 당태종唐太宗의 대군大軍을 격파했다. 살수薩水나 안성安城의 대승리가 이것이다. 백제에 계백階伯이 있고 신라에 관창랑官昌郞이 있어 그들은 누구나 의를 위해서는 죽음을 보기를 깃털처럼 여겼다.

이러한 선조의 피는 오늘날도 조선인의 혈관에 흐르고 있는 것이다.

이제 조선민족이 나아갈 길은 하나로서, 오직 한 가지가 있을 뿐이다. 그것은 살아서는 황국皇國을 위해 충의忠義를 다하는 백성이 되고, 죽어서는 일본을 위해 호국신이 되는 것이다. 헛되이 사당祠堂이나 무덤을 꾸미는 것이 아니라, 혼을 야스쿠니신사나 호국신사에 맡기는 것이다. 이리하여서야말로 선조의 영예를 잇는 동시에 자손의 번영을 꾀하게 되는 것이다.

3 함경북도 청진시 남부에 있는 행정구역.

자기를 소중히 여긴다는 것自己を大事にする[1]

우리의 생활에는 낭비가 너무 많다. 낭비가 많다는 것은 곧 물건을 소중히 여기지 않는다는 것이다. 값을 따지지 않는다든가 물욕物慾이 없다는 것은 일종의 미덕이 틀림없지만, 이것과 물건을 소중히 여기는 것은 다른 문제다. 언제나 물건을 소중히 여기는 것은 실로 군자君子의 덕德이다. 물건을 소중히 여길 줄 모르는 개인은 가난할 것이고, 이러한 개인이 많은 가정이나 국가도 가난할 것이다. 그런데 불행히도 조선에는 요즘 물건을 소중히 여기는 정신이 스러진 듯하다. 소중히 할 것은 물건만이 아니다. 우리의 일언일동一言一動은 전장戰場의 전투행위에도 견줄 만한 것으로, 성실함 그 자체가 아니면 안 될 것이다. 이 일언일동이 모여 제물祭物이 되고 사업이 되고 일생이 됨을 이해한다면, 그 누구도 종래 자기가 생활력을 낭비해 온 사실에 놀람을 금치 못할 것이다.

그러나 우리가 평소 가장 소홀히 여기는 것은 사람이 아닐까. 우리는 충분히 사람을 소중히 여기고 있는 것일까. 어리석은 중생은 자기를 소중히 여길 줄은 알지만, 다른 사람을 소중히 여기는 것이야말로 참으로 자기를 소중히 여기는 방법이 됨을 깨닫지 못한다. 우리는 전차나 기차 안에서 서로를 소중히 대하지 않는 남부끄러운 광경을 보게 되는데, 민중에게 이러한 정신이 빈곤하기 때문에 교통 도덕의 결핍, 공공도덕의 결핍이 나타나는 것이다.

덧붙이건대, 참으로 자기를 소중히 여기는 사람은 임금과 나라를 소중히 여기며, 부모와 동포, 그리고 물건을 소중히 여길 것이다.

1　원문 일본어. 『국민신보(國民新報)』, 1939.5.7. 1면 사설란에 실렸다.

두 가지 뼈아픈 방망이二大痛棒[1]

지난번 조선군朝鮮軍 당국이 담화를 통하여 특별지원병이 학과學科 및 술과術科에서는 양호한 성적을 보여주었지만 돌격정신突擊挺身[2]의 기세를 결여하고 있음을 발표한 일에 대해 지난 호의 본란本欄에 언급한 일이 있다. 지금 또 조선국민정신총동원연맹朝鮮國民精神總動員聯盟[3] 총재인 가와시마川島[4] 대장의 담화를 통해 신문지상에 다음과 같은 글이 게재되었다. '전쟁의 승패는 정신력, 반도인에게는 그것이 결여되어 있다, 가와시마 대장은 말한다'는 제목하에 "전쟁은 경제전經濟戰이라지만 전쟁의 승패를 결정하는 것은 정신력이다. 대전大戰 전의 독일이 그러했다. 독일은 전쟁에 이긴 뒤 국민이 기세가 꺾인 것이다. 전쟁에는 최후의 5분간이라는 것이 있다. 이런 각오와 정신력이 반도에 거주하는 민중에게는 결여되어 있는 듯하므로, 반도 대중에게 주입해야 할 것은 '정신력'이다(하략)"라고.

이 정신력이라는 말의 내용은 매우 광범위한 것이지만, 앞뒤 맥락으로 보건대 희생정신이라든가 견인지구堅引持久하는 침착한 용기 등을 가리키는 듯하다. 저 '주입한다'는 말로 보아 애국심도 포함하고 있는지도 모르겠다. 여하튼 가와시마 총재의 이러한 평가는 앞서 언급한 조선군 당국의 말과 함께 '조선에 거주하는 민중'을 내리치는 두 가지 뼈아픈 방망이인 셈이다.

이들 방망이는 맞는 입장에서 보면 아플 것이 틀림없다. 이러한 평가를 신문에

---

1 원문 일본어. 『국민신보(國民新報)』, 1939.5.14. 1면 사설란에 실렸다.

2 정신(挺身) : 무슨 일에 앞장서서 나아감.

3 1938년 6월 민간 사회교화단체 대표자들이 총독부의 종용에 따라 "국민정신을 총동원하고 국책의 수행에 협력하여 성전(聖戰) 궁극의 목적을 관철"한다는 취지를 내걸고 조직한 전쟁 동원 단체. 1940년 10월 국민총력조선연맹으로 기구를 개편하고 재출발한다.

4 가와시마 요시유키(川島義之, 1878~1945). 일본 육군 군인. 1931년 조선군 사령관을 거쳐 1934년 육군대장으로 승진했고, 1935년 육군대신에 취임했으나 1936년 2·26사건 당시 일련의 사건에 책임을 지고 물러났다. 1938년 12월 국민정신총동원조선연맹 총재로 부임했다.

서 읽은 반도인들은 필시 고개를 숙이고 깊이 자기를 돌아보았을 것이다. 자기에게 이 정도로 정신挺身의 기세가 결여되어 있는가, 하고 맹렬히 반성했을 것이다.

그러나 반도에 거주하는 민중 된 이는 이 뼈아픈 방망이에 낙담하고 위축되어서는 안 된다. 하물며 화를 내서는 안 된다. 이를 고마운 질책으로 삼아 크게 분발해야 한다. 앞장서 돌격하는 정신挺身의 기세를 길러 강한 정신력을 발휘해야 한다. 이런 정신은 그들 가운데도 잠재해 있을 것이다. 밖으로부터의 주문注文에 의해 얻어질 수 있는 것이라기보다는 적절한 자극과 감격에 의해 눈뜨는 것이고 진작振作되는 것이라고 생각한다.

기대되는 약속期待さるるお約束[1]

이번 미나미南[2] 총독이 상경上京한 것은 조선 및 조선인에 대하여 커다란 의도를 가진 것이었다. 지나사변支那事變 이래 조선인이 보여준 충성을 천황께 상달上達하고, 수상首相 이하 주요 관계자와 금후 조선통치의 새로운 방침에 대해 중요한 협의를 하는 것이 미나미 총독의 의중意中이었음이 각종 보도를 통해 분명해졌다.

일본의 보도기관이 전하는 바에 따르면, 종래의 식민지 관념을 일소一掃하여 조선을 '젊은 일본'으로 간주하고, 조선인을 내지인과 대척적인 존재가 아닌 '순 일본인'으로 취급한다는 것이 그 골자인 듯하다. 그리고 이러한 정신의 구체적인 표현으로서, 30년 이내에 조선인에게 대륙 자치 참정권과 징병의 의무를 실시한다는 것이다. 이 글을 쓰는 지금, 미나미 총독은 도쿄를 출발하여 조선으로 돌아오고 있는 중이지만, 이 글이 독자에게 읽힐 즈음에는 어쩌면 총독이 경성에 돌아와 유고諭告 등의 형식으로 어떤 의사표시를 할지도 모른다. 그 후가 아니면 이번 중앙 당국과 조선총독 사이에 결정된 새로운 조선통치방침의 내용을 확인할 방법이 없다. 그러나 만약 신문에 보도된 것이 사실이라면, 그것은 실로 중대한 한 전기轉機이며 조선에 관한 한 하나의 신기원新紀元을 긋는 국가적 의사표시라고 해야 할 것이다. 원래 일시동인一視同仁이라든가 내선일체內鮮一體라는 말 속에 이러한 의의意義가 포함되어 있다고는 해도, 그것이 일정한 기한을 두고 약속된다는 것은 새로운 의미를 갖는 것이라고 하지 않을 수 없다.

미나미 총독에게 직접 새로운 방침의 실상에 대해 듣기까지는 이런저런 비평

---

1 원문 일본어. 『국민신보(國民新報)』, 1939.5.21. 1면 사설란에 실렸다.

2 미나미 지로(南次郎, 1874~1955). 일본의 군인이자 정치가. 1936년부터 1942년까지 제7대 조선총독을 지냈고, 중일전쟁 직후 내선일체를 슬로건으로 내걸고 지원병 제도, 창씨개명, 조선어 사용 금지 등의 황민화정책을 실시했다.

따위는 삼가자. 지금 조선 및 조선인에 대해 국가가 중대한 의사표시를 앞두고 있다는 사실만을 염두에 두고 우리는 삼가 자기를 다스리고 내일을 전망하자.

자치훈련自治訓練[1]

지난 21일 조선 전도全道에서 일제히 부읍면회府邑面會 의원의 총선거가 실시되었다. 다소의 부정선거 및 기권자도 있었던 모양이지만, 그건 그렇다 치고 투표를 한 사람들은 실로 양심적으로 자기가 속한 자치체自治體를 위해 어떤 후보자에게 신성한 한 표를 던졌을까. 이에 대해서는 각자 반성의 여지가 있는 것이 아닐까.

이번 총선거는 지방자치제도 개정 후 두 번째 총선거이고, 이제 4년이 지나야 다음 번 선거가 올 것이다. 다음 번 선거를 이번보다 진전된, 한층 이상에 가까운 선거로 만들기 위해서는 오는 4년의 기간을 유효하게 활용하지 않으면 안 된다. 그 활용이란 민중의 정치교육과 자치훈련을 말한다. 평소 아무것도 하지 않다가 막상 막판에 이르러 공정한 선거라든가 기권棄權 방지를 외쳐 보았자 소용없다.

우선 첫째, 민중에게 자치自治의 정신을 납득시키지 않으면 안 된다. 민중의 인식이 면협의회面協議會, 읍부회邑府會가 도대체 뭐냐는 수준에 머물러 있어서는 선거열選擧熱이 오를 리가 없다. 이 기관들이야말로 우리의 생활과 밀접하여 뗄 수 없는 관계를 가진 것이고, 문화적으로도 우리의 행복과 불행의 원인이 되는 곳이라는 자각만 있다면 민중은 저절로 선거를 소중히 여기게 될 것이다. 그런데 조선의 민중에게는 아직 이런 정신이 철저하지 못한 것은 아닐까. 그래서 후보로 나서는 일에나 어떤 후보자를 선택하여 투표하는 데도 진정한 성의가 결여되어 있다. 지자체의 의원이 실로 자기 생활의 지배인이라는 실감이 있다면, 마음으로 신뢰하지 않는 후보자에게 무책임하게 투표하는 일은 없을 것이다.

민중에게 정치교육과 훈련을 실시하는 것은 국가의 임무 가운데 하나이지만, 특히 조선처럼 자치생활의 초기에 있고 또 머지않은 장래에 참정권參政權의 부여

1 원문 일본어. 『국민신보(國民新報)』, 1939.5.28. 1면 사설란에 실렸다.

도 고려되고 있는 곳에서는 위정爲政 당국이 민중의 정치훈련에 한층 노력하지 않으면 안 된다. 남녀 각 학교나 청년단체 등에서 자치의 정신과 습관을 양성하는 것이 가장 효율적이고 바람직한 일이라고 생각되지만, 각 도道나 군郡에 학무계學務係, 산업계産業係와 함께 자치계自治係와 같은 부서를 두어 자치 지도의 임무를 맡게 하는 것도 과도기의 한 방책이 아닐까 싶다. 자치에 능숙한 민중이 아니면 현대 국민의 자격이 없는 것이다.

국민개학과 세 가지 의무國民皆學と三皆[1]

시오바라塩原[2] 학무국장學務局長은 1940년昭和 25부터 학령 아동 9할 이상을 수용할 뜻을 발표했다. 이는 조선에 의무교육을 실시하겠다는 비공식적 선언이라 할 수 있는, 실로 획기적인 것이다. 이른바 국민개학國民皆學에 대한 약속이다.

애초에 국민 자격의 기초는 의무교육에 있고, 의무교육 없이는 병역兵役이나 참정參政을 감당할 수 없는 것은 물론 현대적 산업도 달성할 수 없는 것이다. 이런 중대한 계획이 지금 흥아興亞의 성전聖戰으로 국가적 사무가 한창 바쁜 와중에 발표된 데 한층 깊은 의의를 느낀다. 이는 제국帝國의 유례없는 대업大業에 대하여 국가가 조선인에게 기대하고 촉망하는 바가 얼마나 크고 간절한지를 보여주기 때문이다. 바꿔 말하면 국가가 다만 쌀이라든가 돈과 같은 물적 자원을 조선에 요구할 뿐 아니라 실로 인적 자원에 대해서도 조선인에게 크게 기대하고 있음을 의미하는데, 이는 곧 우리 조선인을 국민으로서 전폭적으로 신뢰함으로써 국가의 운명을 분담케 하려는 고마운 참뜻을 드러낸 것이다.

국민으로서 국가를 위해 진력하는 길은 이루 다 헤아릴 수 없으며, 우리 생애 그 자체가 곧 국가를 위해 진력하는 삶이 되어야 한다. 개인생활과 국가생활과는 떼려야 뗄 수 없는 것이므로 이를 상대적으로, 심하게는 상반되게 여기는 것은 잘못된 생각임은 말할 것도 없다. 그러나 국민의 의무는 편의상 병역, 납세, 참정이라고 보통 세 가지로 구분하는데, 이러한 구분 방식은 중요한 요인의 하나를

---

1 원문 일본어. 『국민신보(國民新報)』, 1939.6.4. 1면 사설란에 실렸다. 단행본 『동포에게 보냄(同胞に寄す)』에는 수록되어 있지 않다.

2 시오바라 도키사부로(塩原時三郎, 1896~1964). 1920년 토쿄제국대학 법학부 졸업하고 체신관료로 시작하여 타이완 총독부, 만주국의 교통·체신부 및 총무청 등에서 근무했다. 1936년 조선총독부 비서관에 임명되었고, 1937년 조선총독부 학무국장에 발탁되어 적극적인 황민화정책을 추진했다.

간과하고 있다. 그것은 직업의 의무다. 관리官吏, 군직軍職, 공직公職은 말할 필요도 없고, 교원敎員, 승려僧侶, 농상공農商工, 그 밖에 가장 미천하다고 할 수 있는 여러 직업에 이르기까지, 개인의 직업은 국무國務를 분담하는 것이다. 따라서 그 직업을 통해 얻을 수 있는 개인의 의식衣食과 기쁨과 명예는 차라리 국가에 대한 봉사의 보상으로서 받는 것이며, 우리가 우주의 본래 근원인 신성神性을 섬기는 것조차도 국가에 대한 봉사를 통해서만 이룰 수 있다고 해야 할 것이다. 국가와 개인 간의 이러한 윤리적 관계(단지 법률적, 정치적 관계만이 아니라)야말로 일본 국체國體의 진수眞髓이며, 결국은 모든 국가가 좇아야 할 길 즉 황도皇道인 것이다.

국민개병國民皆兵, 국민개정國民皆政, 국민개업國民皆業의 세 가지는 모두 의무교육 즉 국민개학國民皆學에 기초를 두고 있다. 따라서 10년 후 의무교육을 실시한다는 것과 30년 내에 징병과 참정권을 부여한다는 것은 서로 부합한다. 조선인 자는 마땅히 대사일번大死一番하여 이 세 가지 의무를 감당하는 새로운 기백氣魄으로써 다시 태어나야 하는 것이다.

생활의 미화生活の美化[1]

미술전람회를 계기로

제18회 조선미술전람회가 지금 총독부미술관에서 개최 중이다. 동양화, 서양화, 조각, 흙공예 네 부문으로, 올해 조선에 핀 마음의 꽃을 모은 것이다. 그만큼 나라에 미적 자산이 늘어난 셈이다. 이 귀중한 자산은 자자손손 전해져야 할 것으로, 문예·음악 등과 더불어 민족의 마음을 □□, 아름답게, 높게 또한 강하게 만드는 이른바 예술의 자산인 것이다.

현명하게 살고 올바르게 살고 풍요롭게 사는 것이 인간의 목표이고 동시에 국민생활의 목표이지만, 그것만으로는 충분하지 않다. 더하여 아름답게 삶으로써 우리의 생활은 완전해지는 것이다. 현명하게, 올바르게, 풍요롭게, 아름답게, 이렇게 나누어 생각하는 것은 설명의 편의를 위해서일 뿐 사실 이 네 가지는 하나의 사물이 갖는 여러 면이고, 좀 더 적절하게 말하면 하나의 사물을 이루는 구성요소인 것이다.

현명하게, 라는 것이 교활함을 의미하지 않는 것과 마찬가지로, 아름답게, 라는 것은 화려함이나 호화로움, 사치 등을 의미하지 않는다. 화려한 옷차림에 금이며 옥을 눈부시게 장식하는 것이 아름다움은 아니다. 그것은 오히려 분별 있는 이가 부끄럽게 여기는 바로서 천박한 사치인 것이다. 쓰러져가는 초가집이라도 모두 잘 정돈하고 깨끗이 청소하면 그것이 '아름답게'이다. 누덕누덕 기운 면옷이라도 잘 빨아 깔끔하게 몸에 걸치면 거기에서 아름다움이 나오는 것이다. 작은 방이나 정원은 풀꽃 한 송이로써 미화시키고, 변변찮은 밥상도 무나 오이 써

---

1 원문 일본어. 『국민신보(國民新報)』, 1939.6.11. 1면 사설란에 실렸다. 단행본 『동포에게 보냄(同胞に寄す)』에는 수록되어 있지 않다.

는 방법, 장식하는 방법을 통해 품격을 높일 수 있다. 예의란 말 사용법, 맵시 있게 옷 입는 법, 몸가짐의 아름다움을 가리키는 것으로, 신체의 동정動靜 그 자체가 미화의 대상인 것이다.

현명하게, 올바르게 사는 데 돈이 들지 않는 것과 마찬가지로, 아름답게 사는 데도 결코 비용이 들지 않는다. 생활을 미화함으로써 우리는 대가 없는 기쁨과 즐거움을 향유할 수 있는 것은 물론, 동시에 마음에 이른바 정서적 여유가 생겨 일면 불평 살벌한 기질을 없애고 청신한 활동력과 생활력을 증가시킬 수 있다. 국가가 문예, 음악, 미술 등을 장려하고, 미술관, 음악당, 극장 및 공원, 녹지 등을 만드는 이유가 여기에 있다.

생활의 미화운동은 실로 국민정신총동원운동의 중요한 한 부문이 되어야 하며, 특히 조선과 같이 심미감審美感과는 절연된 듯한 마음이 거칠어진 곳에서는 한층 더 필요함을 느낀다. 문화란 미화된 생활을 의미한다.

근로의 본뜻勤労の本意[1]

요즘 길거리에서 제복을 입은 여학생이 도로 청소 등에 나서는 모습을 자주 본다. 올해 여름방학에는 중등 이상의 학생들이 일정 기간 동안 철도, 도로 등의 토목 공사장에서 근로봉사를 하게 될 모양인데, 이는 무조건 기뻐해야 할 일이다. 이러한 근로 수행은 학생들에게만 국한할 필요는 전혀 없다. 만인萬人이 모두 여기에 참여하지 않으면 안 된다. 그리고 그것을 단지 일시적인 비상시 풍경으로 끝나게 해서는 안 된다. 이런 유례없는 비상시를 절호의 기회로 삼아 근로를 존중하는 국민적 풍습을 영구적으로 만들어야 한다. 특히 '양반은 일하지 않는다'는 망국적 악습을 이번 기회에야말로 절멸시켜야 한다. 황공하게도 성상聖上께서 몸소 논에 나가셔서 모내기를 하셨다고 삼가 들었다. 미나미 총독은 애국반의 일원으로 청소 봉사를 했다. 근로야말로 — 근로야말로 사람이 가장 존중하는 제일의적第一義的 의무임을 이번 계제에 확실히 파악해야 한다.

그러나 지식계급의 경우 이른바 근로봉사는 자칫 하는 척하는 행동에 빠지기 쉽다. '우리는 이런 천한 노동에 종사해야 할 신분이 아니다'라는 오만한 (이것은 잘못된 생각이고 비열한 한계이지만) 마음이 봉사대의 거동에 나타나는 일이 있다면, 이는 도리어 근로의 신성함을 모독하는 것이다. 도로 청소에 나선 여학생들의 움직임에서 유희가 반쯤 섞인 듯한 불성실함을 본 것은 본 사람이 잘못 본 것일까. 실로 한심스러운 일이다. 근로는 엄숙한 근행勤行이지 과시하는 것이 아니다. 특히 학생들의 근로봉사는 그 공리적 결과보다도 오히려 근로를 존중하고 근로를 즐기는 정신적 훈련이 주가 되어야 하므로, 불성실한 근로봉사는 양두구육羊頭狗

---

1 원문 일본어. 『국민신보(國民新報)』, 1939.6.18. 1면 사설란에 실렸다. 단행본 『동포에게 보냄(同胞に寄す)』에는 수록되어 있지 않다.

肉[2]의 가치조차도 없는 것이다.

학생들, 특히 여학생들은 가정에서 근로의 실천자가 되고 근로의 모범이 되지 않으면 안 된다. 학교나 길거리에서 근로봉사를 한 이가 가정에 돌아가면 양반적인 도련님, 아가씨의 빈둥거리는 모습으로 되돌아가서는 근로봉사의 의미가 없다. 실로 근로의 정신에 사는 이라면 가정의 일상생활에서야말로 그 정신을 발휘해야 한다.

'자기 일은 스스로 하라'는 것은 소학생에게 가르치는 훈계이지만, 중등학교 이상의 학생이라면 자기 일을 스스로 하는 것만으로는 부족하다. 가업家業과 가사家事 돕기, 청소, 청결 등은 물론, 학업을 위한 시간을 제외하고는 스스로 할 수 있는 일이면 무엇이든 해야 한다.

위인은 근로자이고 성공하는 사람은 근로하는 사람이다. 비상시의 국민은 평소의 배가 되는 근로를 국가에서 요구받는다. 비상시의 청년남녀는 마땅히 근로의 정신에 살아야 한다.

2 양의 머리를 걸어 놓고 실제로는 개고기를 판다는 뜻으로, 겉으로는 훌륭한 듯이 내세우지만 속은 보잘것없음을 이르는 말.

금장식을 없애라金飾りを除れ[1]

전쟁도 벌써 3주년, 만 2년의 비통한 세월이 흘렀다.

돌아보면 실로 비통한 경과였고, 황군皇軍 장병들이 감내한 인고忍苦와 고투苦鬪가 어느 정도였는지에 대해서는 새삼 말할 필요도 없을 것이다. 그러나 총후銃後의 봉공奉公 또한 만만치 않은 정신력과 비상한 긴장으로 시종일관해 온, 만족할 만한 것이었다고 생각한다.

그런데 요즘 국가를 내건 총동원의 부르짖음이 갑자기 높아진 것은 무슨 까닭일까. 강화에 강화를 거듭하고, 주의에 주의를 거듭하라는 각오로 출발한다면 굳이 아무런 말도 필요 없을 것이다. 그러나 사실은 이 비참한 3주년에 즈음하여 마음가짐이 조금 해이해진 것은 아닐까. 그렇다면 실로 슬퍼해야 마땅하다.

내지內地를 관광하는 외국인이 도쿄, 오사카 및 그 밖의 도시 어느 곳을 가도 실로 느긋하여 3년이나 대전쟁을 계속하고 있는 나라 같지 않다고 감탄한다는 이야기를 종종 듣는다. 그러나 이것은 외국인이 우리 일본을 칭찬하는 것이라고 곧이곧대로 받아들여서는 결코 안 된다.

그 칭찬의 말 속에는 희미한 조소가 담겨 있음을 간과해서는 안 된다.

만약 이를 거짓말이라고 생각한다면 백화점이나 전차 안을 잠시 주시하라. 많은 유한有閑 여성들이 화려한 옷차림을 하고 있는 것은 아직 용서할 만하다고 해도, 팔과 같은 곳에 금장식이 번쩍번쩍 빛나고 있는 것은 무슨 일인가.

노인들이 금니를 빼서까지 나라에 금을 바치고자 하는 이 비상시에 미련이 있어서 나라에 팔 수 없다면, 경대 서랍에라도 넣어 감추어 두는 것이 좋다. 황군 장병들이 위험한 전쟁터에서 목숨을 내놓고 삼복三伏의 더위 아래 잔학한 적과 싸

---

1 원문 일본어. 『국민신보(國民新報)』, 1939.6.25. 1면 사설란에 실렸다. 단행본 『동포에게 보냄(同胞に寄す)』에는 수록되어 있지 않다.

우고 있는 마당 아닌가.

단지 이름뿐인 총동원으로는 아무 소용도 없다. 100억의 금이 없으면 이 시국을 감당할 수 없고, 조선에서도 3억을 떠맡지 않으면 안 된다. 모름지기 반지나 줄, 시계 등 황금색을 띤 것은 모두 몸에서 없애라.

실로 여유 있는 전쟁에 능숙한 대국大國이라는 등, 외국인의 공연한 아첨에 도취되어 우쭐거리며 사치할 때가 아니다.

시국時局 3주년이 다가온다. 황금색 일체를 없애라. 그보다 더 좋은 총후의 봉공은 없다.

진지한 태세真劍の態勢[1]

이번 경성의 방공연습 때 시내 각 곳에서 가정부인의 방공防空・방화防火 실습이 이루어졌다. 그런데 필자가 참관한 바로는 지휘하는 쪽이나 지휘를 받아 실습하는 쪽, 또 이를 견학하는 동네 주민 모두 아무래도 진지함이 부족하지 않은가 생각되어 유감이었다. 연습이니까, 라는 것이 진지함이 부족한 데 대한 변명이 되어서는 안 된다. 국민이 모처럼의 연습에 방공놀이 하듯 불성실하게 임해서는 그 방공은 불안할 수밖에 없다.

혹은 우리 국경 내에 적의 공군이 침입하는 일은 없을 것이라고, 국력에 대한 절대적 신뢰에서 국민의 마음이 해이해진 것일지도 모른다. 그러나 국민의 마음이 해이해지면 국력 그 자체가 해이해진다는 사실을 명심하지 않으면 안 된다.

진검眞劍이란 본래 검술상劍術上의 용어로 칼날이 없는 죽도竹刀가 아니라 진짜 검이라는 의미이다. 죽도를 진짜 검으로 생각하고 싸우는 사람이 아니면 진검승부에 쓸모 있는 검사劍士가 될 수 없다. 그리고 일상의 모든 움직임 가운데 적의 독 묻은 칼날이 내 몸을 엿보고 있다는 기분으로 한 치의 틈도 내보이지 않는 것이 검도劍道의 지극한 뜻이라고 하는데, 이 정신은 반드시 검도에 국한되는 것은 아니다. 신불神佛에 대한 신심信心은 말할 것도 없고, 충忠・효孝・우신友信을 비롯하여 우리의 일상생활은 모두 진지하지 않으면 안 된다. 스포츠나 연극 등은 일견 유희 같지만, 진지한 정신이 없으면 그 기예技藝의 숙달은 요원한 것이다.

진지한 정신으로 심신을 단련하고 급한 쓸모에 대비해둔 사람이 아니면, 유사시에 의연하고 태연하게 어려움을 극복할 수 없을 것이다.

우리의 생활은 지나치게 불성실한 것이 아닐까. 진지하지 못한 것은 아닐까.

1　원문 일본어. 『국민신보(國民新報)』, 1939.7.2. 1면 사설란에 실렸다.

쓸데없거나 엉터리 따위가 지나치게 많은 것은 아닐까. 길에서 스쳐 지나가는 아는 사람끼리 나누는 눈짓 하나, 말 한마디에도 더욱 많은 진지함이 담겨지지 않으면 안 된다. 하물며 시국에 대하여, 즉 장기전長期戰과 장기건설長期建設에 대하여 우리는 더더욱 진지해져야 한다. 소비절약이든 저축이든 자원 옹호든, 또는 일상생활에서의 자계자숙自戒自肅[2]이든 오늘날처럼 구호만 요란하고 진지함이 부족해서는 실로 불안할 뿐이라고 할 수밖에 없다.

여름방학도 가까워졌는데, 학생들의 근로봉사나 인고단련의 수행도 최대한 진지하게 해야 한다고 생각한다.

진지한 자세! 이것이야말로 우리가 갖춰야 할 자세인 것이다.

2 스스로 경계하고 조심하는 태도.

사변 2주년事變二周年[1]

여전히 부족한 긴장감

성전聖戰 2주년의 7월 7일은 일억국민一億國의 감격과 기원, 그리고 새로운 결심으로써 기념되었다. 전쟁은 실로 승리의 연속이어서 이른바 중원中原의 거의 전 지역이 황군皇軍에 의해 제압되었고, 이제 성전 제2기인 잔적소탕殘賊掃蕩과 장기건설長期建設의 단계로 접어든 시점에서의 기념일인 것이다. 끝까지 싸우지 않으면 안 되는 것이 이 전쟁이고, 완수해내지 않으면 안 되는 것이 이 장기건설이다. 그리고 그것은 '억조일심億兆一心'으로써만 달성할 수 있다. 전장戰場에 서든 서지 않든 모두 일선一線에 나선 병사의 마음가짐을 가지라고 조국이 우리에게 호소하고 있는 그 목소리에, 이날 우리는 맹세를 새롭게 다졌던 것이다.

이날을 맞아 우리 조선인은 특수한 감상을 갖지 않을 수 없다. 우리는 이 전쟁에서 지나치게 무력했다는 것이다. 우리의 자식들이 처음부터 전선前線에 서지 못했던 것은 아직 징병제도가 실시되지 않은 조선의 현실로서는 어쩔 수 없는 일이라고 해도, 총후銃後의 봉사만이라도 더욱더 힘을 냈어야 했다. 이까짓 국방헌금이나 그 밖의 봉사 정도로 당국이나 내지內地 동포에게 감격이나 칭찬을 받은 것이 실로 부끄러운 형편이라고 하지 않을 수 없다. 헌금도 더 많이 하자. 기원祈願도 더 많이 하자. 더욱더 자숙자계自肅自戒하여 소비절약하고 국채國債도 사자. 저축도 하자. 출정군인出征軍人의 가족도 돕자. 더더욱 '전장에 선' 마음가짐이 되어 생산 확충과 근로봉사에 나서자고 스스로 자신을 채찍질했던 우리들이다.

이것은 국민으로서의 당연한 의무감이며 또 자연스러운 인정이지만, 동시에

1 원문 일본어. 『국민신보(國民新報)』, 1939.7.9. 이 글부터 3면의 '주장(主張)'란에 실렸다.

자기 자신과 자손의 장래에 생각이 미칠 때 우리는 모든 것을 바쳐 흥아興亞의 대업大業을 달성하는 데 온 힘을 다하지 않을 수 없다. 자기 자신의 안전은 물론 자손의 번영도 이 일전一戰에 달려 있기 때문이다. 만약 이 전쟁에서 패한다고 상상할 때, 우리는 전율을 금할 수 없지 않은가. 그러므로 우리는 경제적으로 거의 무력無力이나 다름없이 미력微力한 존재이긴 하지만, 우리의 왕성한 애국심과 정신력은 반드시 이 결함을 보충하고도 남음이 있을 것이다. 아니, 국가가 우리에게 요구하는 첫 번째 것은 실로 이 '밝은 마음'인 것이다. 지금은 적은 수의 특별지원병이 전선에 나가 있을 뿐이지만, 조선의 장정壯丁 전부가 총을 들고 나라를 지킬 날도 머지않을 것이다. 바라건대 제3주년의 기념일은 한층 감사와 감격 깊은 날이 되기를.

이 상등병의 전사李上等兵の戰死[1]

제1기 특별지원병 상등병 이인석李仁錫[2] 씨는 북지北支의 ○○전선에서 눈부시게 전사戰死했다. 이 소식은 반도 이천만 민중의 가슴에 이루 말할 수 없는 감격을 불러일으켰다. 이 상등병의 전사가 보도된 지 이미 며칠이 지났지만, 우리가 뭐라 말해야 좋을지 아직 적절한 말이 떠오르지 않는다. 그것은 최초의 경험이기 때문이기도 할 것이다. 또는 오랫동안 게으른 잠에 빠져 있던 우리의 혼으로서는 매우 큰 충격이고 감격이었던 탓인지도 모른다. 오직 "이 군, 고맙소, 고맙소." 이 한마디를 되풀이하는 것 말고는 달리 할 말이 없는 것이다.

이 상등병 이전에도 반도 출신의 육군 장교 출정자도 있고 몇몇은 전사하여 야스쿠니신사靖国神社에 모셔져 있긴 하지만, 폐하의 군인으로서의 전사는 이 씨가 처음이다. 똑같이 제국의 신민이면서, 또 전 국민의 4분의 1 남짓을 차지하면서, 이번처럼 대사변大事變을 만나서도 피의 봉사가 불가능했던 우리 반도인의 미안함이 이 씨의 용감한 전사로 인해 얼마간 경감된 듯한 느낌이 든다. 국가가 이 상등병에게 내린 영예는 우리 전체의 것이다. 이 상등병은 자신의 죽음으로써 전 일본 가정의 사랑스런 자식이 된 것이지만, 특히 전 조선 6백만 가정의 사랑스런 자식이 된 것이다.

이에 우리는 두 가지를 맹세하지 않으면 안 된다. 하나는 우리 자식들을 강하게 길러 폐하의 군인으로서 헌신해 드리도록 하는 것이고, 다른 하나는 이 상등병의 유족을 위해 성심성의껏 후원하는 것이다. 이 두 가지 맹세를 지켜 냄으로

---

1 원문 일본어. 『국민신보(國民新報)』, 1939.7.16. '주장(主張)'란에 실렸다.

2 이인석(李仁錫, 1916~1939). 1939년 6월 22일 중국 산시(山西) 전선에서 23세의 나이로 전사한 지원병 1기생. 1938년 조선에 지원병제도가 실시된 이래 제1호 전사자로서, 제1급 무급훈장을 받고 언론에 대대적으로 선전되었다.

써 우리는 실로 국민의 자격에 부끄럽지 않은 국민이 될 것이다.

이인석 상등병이 학생시절은 물론 훈련생시절에도 모범청년이었다는 이야기를 들으니, 한층 더 친숙함과 존경스러움을 느끼게 된다. 그가 평소 의무 관념이 두터운 믿음직한 인격자였고, 바로 그랬기 때문에 용감하게 '적진敵陣 속으로 뛰어들어' 눈부시게 싸울 수 있었던 것을 우리는 배우는 것이다.

"이인석 군, 고맙소!"라고, 독자들이여 한목소리로 감사하지 않으려는가.

영국이여, 물러나라英國よさがれ[1]

영국이 아시아에 그 독이빨을 들이밀어 동방 여러 민족의 생혈生血을 빨기 시작한 지 두 세기가 되어 간다. 그토록 보고寶庫였던 인도도 부富뿐 아니라 생활력까지도 모조리 빨려버리고, 그 대가로 3억 인도인이 영국으로부터 받은 것은 빈궁貧窮과 악정惡政이다. 영국은 구주대전歐洲大戰 당시 인도의 자치를 미끼삼아 인도인에게서 피와 돈을 우려냈음에도 불구하고 전쟁이 끝나고 이제 단 즙을 빨 단계가 되자 기관총탄으로써 인도인의 정당한 요구를 억누르고 말았다. 얼마나 의리 없는 처사인가.

원래 영국의 이민족 통치는 완전히 이기주의적이어서 피통치자의 향상 발전 따위는 염두에 없다. 오직 자기의 부를 증가시키는 데 쓸모 있으면 그것으로 흡족할 뿐, 피통치자의 장래는 될 대로 되라는 식이다. 이런 불친절함을 영국은 자못 자유주의적인 것처럼 꾸몄고, 많은 약소민족 또한 감쪽같이 이 손에 현혹되어 왔다. 여기에 우리 일본의 황도주의皇道主義와 저 영국의 제국주의帝國主義의 대척성對蹠性이 있는 것이다. 그것은 도리道理와 탐욕貪慾의 차이다.

그런데 영국은 유유히 인도라는 접시를 비우고 나서 다음 접시인 지나支那를 향했다. 그들이 아편전쟁 이래 상하이上海, 톈진天津 등의 조계租界에 흡반吸盤을 붙박고 방약무인傍若無人하게도 지나의 고혈膏血에 입맛을 다시고 있는 차에 그들 앞에 불쑥 나타난 것이 신흥新興 일본의 자태였다. 이에 영국은 음으로 양으로 일본을 방해해 온 것이다. 그것이 이번 지나사변에서 드디어 일본에 대한 적성敵性의 본체를 속속들이 드러내고 말았던 것이다. 과거 2년간 우리가 치른 성전聖戰의 진짜 적은 영국과 소련 두 나라임이 분명해진 것이다.

---

1 원문 일본어. 『국민신보(國民新報)』, 1939.7.23. '주장(主張)'란에 실렸다.

만약 우리 일본이 일어서지 않으면 지나는 제2의 인도가 되고 마는 것이다. 아니, 지나만이 아니고 동아대륙 전체가 반드시 영국의 먹이가 될 것이다. 그런데 장제스蔣介石[2] 일파는 왜 영국 의존의 미몽迷夢에서 깨어나지 못하는 것일까. 왜 동문동종同文同種인 일본을 믿지 않는 것일까. 그것은 일본의 국가 이상 즉 황도皇道와 영국류의 제국주의를 분간하지 못하고, 또 일본이 아시아에 관한 한 어떤 장애 세력도 제거할 수 있는 실력이 있다는 것을 인식하지 못했기 때문인 듯하다.

지금 도쿄에서 일영회담日英會談이 진행 중이지만, 그 유일한 해결은 영국이 일본에 대한 적성敵性을 전면적으로 포기하는 길밖에 없다. 영국이 아직도 아시아에 있어서의 역사의 전환을 인식하지 못한다면, 우리는 오직 '영국이여, 물러나라!'라는 일갈一喝과 함께 참고 있던 일본도日本刀를 꺼내 들게 될 것이다.

2 장제스(蔣介石, 1887~1975). 중국의 군인이자 정치 지도자. 1911년 신해혁명에 참가했고 1923년 제1차 국공합작에 관여했다. 1926년 국민혁명군 총사령관에 취임하여 북벌을 시작한 이래 1928년 베이징 점령과 더불어 북벌을 완수한 뒤 난징(南京)에 수도를 정하고 국민정부를 선포했고, 1937년 중일전쟁이 발발하자 제2차 국공합작을 통해 항일전쟁에 나섰다.

가슴과 배의 힘胸と腹の力[1]

휴가·휴일의 새로운 가치

여름휴가라는 관념이 바로잡혀 여름 단련이 되었다. 호흡과 심장박동과 먹고 마시기에 휴식이 없는 인생인 이상 노력에 휴식이 있을 리 없다. 일요일이나 제일祭日이라 해도 빈둥빈둥 노는 날이어서는 안 된다. 그것은 육체의 휴일인 대신 정신수양의 근무일이어야 한다. 원래 일요일은 신불神佛께 예배하는 날이며, 제일祭日은 특히 애국정신을 상기想起하여 국은國恩에 대한 감사와 국가에 대한 충성의 맹세를 새롭게 다지기 위해 근무하는 것이 온당하다. 인생은 쉼이 없다.

오늘날 인생의 생활 양태는 지나치게 머리와 손에 치우쳐 있다. 학교교육은 물론 직장 일도 주로 머리와 손에 한정되고 말았다. 현대인을 만화적으로 표현한다면, 가슴과 배는 오직 호흡과 소화의 쓰임에 그친다 싶을 정도로 가늘고, 머리와 손만 유달리 커다란 괴물이 될 것이다. 가슴은 정의와 인정을 주관하며, 배는 경험과 용기를 주관한다. 가슴과 배의 힘을 갖고 있지 않은 머리와 손은 기계적일 수밖에 없고, 나쁘게는 범죄적이 되는 것이다. 가슴과 배가 없는 인텔리의 나라를 우리는 곳곳에서 보고 있지 않은가.

청소년 학도에게 내리신 칙어勅語[2] 가운데 "국가의 근본과 국력을 배양함으로써 국가 융창隆昌의 기운氣運을 영구히 유지할 임무는 매우 중요하고, 길은 매우 멀다. 그리고 그 임무는 실로 너희 청소년 학도의 두 어깨에 놓여 있다."고 하신 것은 배를 단련하라는 어의御意이며, "너희는 그 기개와 염치를 소중히 여기라."는

---

1 원문 일본어. 『국민신보(國民新報)』, 1939.7.30. '주장(主張)'란에 실렸다. 원문에는 '腦と腹の力'으로 되어 있다. 단행본 『동포에게 보냄(同胞に寄す)』에서 '胸'으로 수정되었다.

2 1939년 5월 22일의 칙어. 『臣民の道』(文部省, 1941.7)에 수록되어 있다.

말씀은 가슴의 힘에 대한 것이라고 받들어 생각한다. 이 배와 가슴이 있을 때라야 "잡은 바가 중심을 잃지 않고 향한 바가 올바름을 그르치지 않으며, 각기 본분을 삼가 지키고 문무文武를 수련하여 실질적이고 강건한 기풍을 떨침으로써 맡은 바 대임大任을 온전히" 할 수 있다는 성지聖旨라고 삼가 배찰拜察한다.

자기 한 몸을 위해 돈과 지위와 향락을 바라고 그에 걸맞은 방편으로서 지식과 기술을 배우는 식으로는 국가의 힘이 될 수 없다. 참으로 맡은 바 큰 임무를 인식하여 가슴과 배를 단련해야 비로소 그 사람의 머리와 손이 참으로 효력을 나타내는 것이다.

그런데 이 가슴과 배의 단련이야말로 수양의 중심이 되는 것이다. 이것은 주로 성인聖人의 가르침을 배우고 행함으로써 이루어지는 것이므로, 이른바 휴일이나 휴가를 이 일에 할당해야 할 것이 아닌가. 특히 종교적 수련과 인연이 멀었던 조선인으로서는 그 필요성을 한층 통절하게 느낄 것이라고 생각한다.

타인에 대한 예의他人への禮儀[1]

조선은 예부터 예의의 나라라고 불렸다. 이것은 일면 자랑스러운 일이지만, 다른 한편으로는 예의의 발달을 심하게 저해한다. 왜냐하면 나는 예의를 지니고 있다는 긍지가 예의에 대해 반성하는 마음을 무디게 만들기 때문이다. 나는 예의를 모른다, 그러므로 예의를 많이 닦지 않으면 안 된다는 겸양[2]의 마음이야말로 예의에 어울리는 것이다.

유교에서는 예의를 군신君臣·부자父子·부부夫婦·장유長幼·붕우朋友의 다섯 가지로 분류하여 이를 오륜五倫이라고 부르고 있는데, 오늘날에도 이런 분류는 문제될 것이 없다고 생각한다. 애초에 예의란 한 개인이 다른 개인 또는 공중公衆을 대하는 언어나 행동 및 도덕성을 말하는 것이다. 이것이 있어서 비로소 가정이나 사회의 질서와 친화가 유지되는 것이며, 이런 질서와 친화가 유지되어야 비로소 가정이나 사회의 행복과 진보를 얻을 수 있는 것이다. 예의를 결여한 것을 무례無禮라고 하는데, 무례한 사람이 모인 곳에는 오직 투쟁과 불행이 따를 것이다. 이것이 바로 『논어論語』에서 "덕德으로 인도하고 예禮로써 가지런히 한다면 부끄러움을 알게 되고 운운"[3]한 까닭이다. 정치와 형벌로써 겨우 다스려지는 식으로는 일등국민이 될 수 없다. 국민 자신이 예의로써 몸소 다스려서야말로 문명국민이라고 할 수 있다는 것이 공자께서 말씀하신 의미인 것이다.

오늘날 우리는 부자父子·부부夫婦·장유長幼의 예절에서도 결코 흠잡을 데가 없다고는 할 수 없다. 오히려 일상적인 가정에서의 예절이 크게 어지럽혀져 있다고 보는 것이 옳지 않을까. 이것은 실로 부끄러워해야 할 일이고 걱정해야 할 일이

---

1 원문 일본어. 『국민신보(國民新報)』, 1939.8.9. '주장(主張)'란에 실렸다.

2 단행본 『동포에게 보냄(同胞に寄す)』에는 '謙虛'로 수정되어 있다.

3 『논어(論語)』의 '위정편(爲政篇)'에 나오는 '道之以德 齊之以禮 有恥且格'에서 따온 구절.

라고 하지 않으면 안 된다. 더구나 벗, 즉 일반 타인에 대한 예의에 있어서는 한층 더 반성해야 한다고 생각한다. 그런데 예의의 정신이 낮은 사람은 모르는 타인에 대해서는 예의를 지킬 필요를 거의 느끼지 않는다. 여행지에서는 창피를 당해도 아무렇지도 않다는 마음가짐일 것이다. 아주 무례한 짓이다. 모든 사람은, 아는 사람이든 모르는 사람이든 나의 동포라는 마음이야말로 바람직한 것이며, 이런 마음만 있다면 예의는 절로 지켜질 것이다. 예의란 결국 존경하고 사랑하는 마음의 표현이므로.

가뭄 피해의 교훈旱害の教訓[1]

재해를 극복하는 기백의 양성

가뭄이 각지의 농민에게 상당한 타격을 주고 있는 모양이다. 특히 지난 몇 해 동안 번번이 가뭄 피해와 수해水害를 만났던 남도 지방은 가까스로 자력갱생을 앞두고 있던 때이니 만큼 무척 동정이 간다. 그러나 이 경우 비탄은 금물이다. 이런 재해에 직면해서야말로 우리는 그 무엇에도 좌절하지 않는 강한 생활력을 발휘해야 한다. 어떤 재해도 극복하는 정신력이 그것이다. 우리는 1923년大正 12 간토대진재關東大震災를 상기하자. 그런 대재해大災害조차도 오직 일본국민의 분기를 촉구하는 하나의 계기에 지나지 않은 듯이 보였던, 그런 기백이야말로 남도의 재해민에게 요망되는 것이다. 아니, 전 조선의 민중에게 요망되는 것이다.

심한 가뭄이나 수해를 천재天災라고 생각해서는 안 된다. 그것은 바로 우리 선조 및 우리들 자신의 무기력과 나태함에 책임을 돌려야 한다. 따라서 우리는 이 타격을 끈기 있게 견디며 한 해의 난관을 돌파하고, 금후로는 우리의 자손을 위해 다시는 이러한 재해에 끄떡없을 식수植樹, 관개灌漑, 배수排水 및 저축을 위해 피나는 노력을 기울여야 한다.

수해 방지와 수원水源 조성을 위해서는 나무 심기보다 좋은 것이 없다. 조선의 산들이 푸르러지고 관개와 배수시설이 적절히 갖추어졌을 때, 가뭄 피해와 수해는 영원히 조선에서 자취를 감출 것이다. 민중에게 그런 자각과 열의만 있다면 정말이지 지금 조금만 더 노력하면 충분할 것이다.

비가 오면 수해에 울고, 비가 오지 않으면 가뭄 피해를 한탄한다. 이 얼마나 무

1 원문 일본어. 『국민신보(國民新報)』, 1939.8.13. '주장(主張)'란에 실렸다.

기력한가. 칠칠치 못한가. 하물며 한두 해의 가뭄 피해와 수해로 주저앉아 버린다면 참으로 한심스러운 일이라고 하지 않을 수 없다. 우선 다가올 흉작의 한 해를 씩씩하게 극복하자. 비탄이나 남의 동정에 의지하는 등의 무기력함으로는 안된다는 자조自助의 정신을 일으키자. 힘들고 고생스러운 일이 그대를 옥玉으로 만든다고 한다. 바라건대 이번 재해가 간토대진재와 같이 우리에게 무한한 용기를 떨쳐 일으킬 기연機緣이 되기를.

청소운동清掃運動[1]

집집마다 매일 아침 문 앞을 청소하면 어떨까

청소라는 말은 실로 아름답고 정겨운 울림을 갖는다. 귀여운 소학교 학동들이 갈퀴와 빗자루를 저마다 손에 들고 신사神社의 경내나 도로를 청소하는 모습은 실로 감격적이다. 종종 중류 이상의 부인이 머릿수건을 쓰고 앞치마를 입고 문 앞에 물을 뿌리거나 청소를 하는 우아한 모습도 눈에 띈다. 청소는 얼마나 아름답고 바람직한 일인가.

가정의 첫 번째 일은 청소라 할 만하다. 『소학小學』에도 닭이 울면 일어나 이를 닦고 얼굴을 씻고 머리를 빗고 방과 마당에 물을 뿌려 깨끗이 청소하라고 되어 있다. 게다가 그것은 하인이나 하녀에게 말한 것이 아니라 모든 자녀에게 명한 것이다. 이는 매우 뜻깊은 일이다. 왜냐하면 청소는 결코 천한 일이 아니라 귀한 일이고, 다른 사람에게 시킬 일이 아니라 몸소 해야 할 일임을 보여주고 있기 때문이다. 특히 부엌이나 변소 등의 청소는 주부 자신이 해야 하고, 문 앞이나 마당 청소는 남편 자신이 해야 한다고 생각한다. 이렇게 함으로써만 자녀나 고용인에게 청소의 정신을 철저하게 심어줄 수 있기 때문이다.

경성을 비롯하여 조선의 각 도시는 부끄럽게도 아직 불결함을 벗어나지 못하고 있다. 파리와 모기는 가는 곳마다 맹렬한 위세를 떨치고, 티푸스 등의 미개적인 병이 해마다 대도시 한가운데 만연하고 있다. 게다가 도로의 불결함, 멋진 포장도로조차 흡사 쓰레기장 같은 광경을 드러내고 있는 것은 시민으로서 얼마나 부끄러운 일인가. 이미 사태가 이러한데, 하물며 농어촌 지역에서랴. 이는 부읍

---

1 원문 일본어. 『국민신보(國民新報)』, 1939.8.20. '주장(主張)'란에 실렸다.

면府邑面 등의 자치 당국이나 경무 당국에도 책임을 돌려야 하지만, 무엇보다 주민 자신의 책임이라는 것은 말할 필요도 없다.

이렇게 하면 어떨까. 집집마다 매일 아침 자기 집 문 앞을 청소하는 운동을 일으키는 것은. 국민총동원의 청소운동을 일으키는 것은. 이는 예산이 들지 않는 일이고, 동시에 주민 전체의 정신적, 근로적 훈련이 되어 그야말로 일석이조一石二鳥의 방책이 아닌가.

집 안이나 동네를 깨끗이 청소하여 먼지 한 톨 남지 않게 될 때 파리나 모기, 전염병균은 자취를 감출 것이다. 동시에 우리 마음의 때도 깨끗해질 것이다.

교통 예의交通の禮儀[1]

다만 한 걸음씩 서로 양보하는 것

배나 차를 막론하고 모든 교통기관은 만원 상태인 것이 오늘날의 모습이다. 이는 국민의 경제적 활동이 왕성해진 징후로서 실로 축하할 만한 일이다. 이런 상태가 언제까지나 계속되기를 바란다. 흥아興亞의 대업大業이 진전되면 될수록 더욱더 교통량은 늘어나기만 할 것이다.

그런데 여기서 문제되는 것이 교통도덕, 즉 교통기관을 이용하는 공중公衆의 예의이다. 오늘날과 같은 저급한 도덕 수준으로는 배나 차 안은 문자 그대로 지옥이다. 서로 밀고 밀리는 것은 그렇다고 해도, 밀어젖히고 떼밀어 넘어뜨리고 서로 으르렁거리며 욕하는 추태醜態, 악태惡態조차 종종 눈에 띌 때는 단순한 불쾌함을 넘어 내 자신의 모습이 비참해지지 않을 수 없다. 더구나 이런 추태는 무지몽매한 민중보다는 번듯한 신사 차림의 사람들에 의해 연출되는 것이다. 하층계급의 사람들에게는 삼가는 태도가 있지만, 양복쟁이들에게는 오만과 뻔뻔함이 있기 때문이다. 이래서는 동양의 지도자인 대국민의 체면이 말이 아니다.

원래 도덕이라든가 예의라는 것은 인생을 살기 좋게 만들기 위해 성인聖人이나 현인賢人들이 발달시킨 것이다. 그러나 그 근원은 인성人性의 '좋은 면'에서 발생한 것이어서, 사람으로 태어난 자는 잠시 돌이켜 성찰만 하면 절로 그 언동이 예의에 맞게 되어 있다. 서로 타인의 마음을 동정하고 다만 한 걸음 서로 양보함으로써 인생의 여로는 즐거워지고, 반대로 다만 한 걸음 나섬으로써 인생은 서로 견디기 어려운 지옥의 모습을 연출하는 것이다. 실로 '먼저 하세요'라는 일념이야

---

1 원문 일본어. 『국민신보(國民新報)』, 1939.8.27. '주장(主張)'란에 실렸다.

말로 지옥과 극락의 갈림길이다. 여기에 '고맙습니다'와 '미안합니다' 두 마디가 더해지면 어느 때, 어느 장소에서도 도덕과 예의는 해야 할 일을 마친 것이다.

서로 이런 마음으로 사는 것은 단지 교통도덕이라든가 공중 예의를 위해서만은 아니다. 실로 이는 인간 수양의 근간을 이루는 것이다. 이 정신을 닦아 이 정신에 통한다면 사람은 훌륭한 국민의 일원이 되고 인류의 일원도 될 것이니, 개인의 완성은 여기에 있다고 할 수 있다.

실로 깨끗하고 아름답게 닦인 국민의 마음을 단적으로 표현하는 공중도덕과 교통 예의야말로 나라를 가장 크게 빛내는 것이다. 이러한 예의를 모르는 애국심은 있을 수 없다.

명예로운 고립名譽の孤立[1]

오직 황도皇道, 용왕매진이 있을 뿐

인류를 불행[2]에서 구하고 동시에 이른바 영불식英佛式 자본주의와 유리주의唯利主義의 부패에서 구하자는 도의적 신념하에 제국帝國과 견고한 동맹을 맺은 독일이 돌연 소련과 불가침협정을 맺었다. 영국과 프랑스에 가까스로 포위된 형세에 놓였던 독일로서는 이른바 배를 등과 바꿀 수 없는[3] 급박한 사정도 있었을 것이다.

독일이 던진 이 하나의 돌이 야기한 구주歐洲 정세의 급변, 그리고 그 결과로서 일어날 독일·이탈리아·소련과 영국·프랑스 간의 대충돌을 바로 눈앞에 둔 지금 우리 제국은 어떤 태도와 결심으로써 나아가야 할 것인가. 한마디로 말하면, 오직 명예로운 고립이 있을 뿐이다. 원래 한 나라의 대사업은 고립으로써만 완수된다는 것이 역사가 가르치는 바이다. 흥아興亞의 대사업은 오직 대일본제국의 독자적인 판단과 실력, 그리고 아세아 여러 민족의 협력으로써만 이루어져야 한다. 도덕적이든 뭐든 선불리 특정한 나라와 모종의 의무관계에 있기보다도 모든 고려에서 벗어나 자유롭게 아시아를 처리하는 것이 손쉬운 이야기가 아닐까. 당장 제국에는 거치적거릴 게 한 가닥도 없는 것이다. 황도皇道가 명하는 바에 따라 용왕매진勇往邁進, 종횡으로 솜씨를 휘두를 기회를 하늘에서 부여받은 것이다. 어떤 나라도 일본에 반항하는 나라는 아시아에서 쫓겨날 것을 각오해야 한다.

이런 때를 맞아 굉장한 울림으로 우리의 가슴에 육박하는 것은 비상시 국민으로서의 책임감이다. 1937년昭和12 7월 7일에 다시 태어났던 우리는 이제 한 번 더

---

1 원문 일본어. 『국민신보(國民新報)』, 1939.9.3. '주장(主張)'란에 실렸다.

2 원문에는 '幸福'으로 되어 있다. 단행본 『同胞に寄す』에 '不幸'으로 수정되어 있다.

3 당면한 큰일을 위해서 다른 일에 마음을 쓸 여유가 없다는 뜻.

다시 태어나자. 모든 사리사욕을 버리고 국책國策 수행을 위해 보조를 맞추자, 온 힘을 다하자. 모두가 일사보국一死報國의 결심을 확고히 하자. 그리하여 각자가 흥아興亞의 성업聖業에 기여할 땅속 깊은 곳의 한 개 돌멩이가 될 각오를 하자.

구주의 동란歐洲の動亂[1]

백인의 이른바 정의란?

지난번 구주대전歐洲大戰이 발발한 지 25년, 그리고 전쟁이 끝난 지 20년 만에 구주는 또 다시 동란 터로 변했다. 영구평화를 입에 올리며 보낸 20년 동안을 구주는 병기兵器의 개량, 군비의 확장에 보냈던 것이다. 아직 이탈리아와 미국의 태도에 따라 대전大戰이 될지 소전小戰으로 끝날지는 모르지만, 만약 대전으로 확장된다면 그 참화는 지난번보다도 훨씬 혹독할 것이다. 그리고 그 참화의 근본 원인은 항공기에 의한 후방의 폭격에 있을 것이다.

이런 참화가 일어날 것을 서로 충분히 속속들이 알고 있으면서도 여전히 전쟁을 하지 않으면 안 되는 데 인생의 비극성이 있는 것이다. 독일은 자기 몫에 상응한다고 믿는 것을 획득하지 않으면 안 되고, 영국과 프랑스는 독일을 억누르지 않으면 오늘날까지 누려온 영달榮達과 영화榮華가 보장되지 않는다. 영국과 프랑스가 약해지면 이탈리아는 코르시카나 튀니지 등을 회복하여 이른바 이탈리아 = 이레덴타[2]의 숙원을 성취할 가능성을 얻게 되며, 러시아는 '구주의 신사들'이 전쟁만 하면 적화공작赤化工作의 호기를 엿볼 수 있게 된다. 이리하여 전쟁은 일어나는 것이다. 욕망의 착종, 원한의 착종, 이것이 힘의 충돌이 되어 전쟁으로 이어지는 것이다.

1　원문 일본어. 『국민신보(國民新報)』, 1939.9.10. '주장(主張)'란에 실렸다.

2　'되찾지 못한 땅 이탈리아'라는 뜻. 1861년에 성립한 이탈리아 왕국은 이후 베네치아와 로마를 합병하며 통일의 꿈을 이루지만, 여전히 오스트리아의 지배하에 남아 있던 몇몇 영토를 회복하기 위해 1877년 '미수복(未收復) 이탈리아 협회'를 설립하고 미수복 영토 회복운동을 벌인다. 이 운동은 애초에 국가통일운동의 흐름을 이어 받은 민족주의 운동이었으나, 20세기 들어서는 제국주의적 팽창정책과 결합하여 이탈리아가 제1차 세계대전에 참전하는 원인이 되었다.

애초에 이번 비극의 원인이 된 것은 베르사유 조약[3]의 부자연하고 불공정한 중재에 있으니, 그 장본인은 영국과 프랑스이다. 영국과 프랑스는 전승戰勝의 위세를 몰아 오로지 이기적으로 구주 문제를 처리했던 것이다. 그들이 체코나 폴란드 같은 안성맞춤의 허수아비를 몰아붙여 자신들의 수족을 삼았을 때, 구주 재동란再動亂의 불길한 씨앗은 뿌려졌던 것이다. 체코라는 허수아비를 위해 고통을 겪어야 하는 영국과 프랑스는 이제 폴란드를 위해 사선死線에 서지 않을 수 없게 된 것이다. 이것이 정의를 위해서라니, 가소롭기 짝이 없다. 그들이 말하는 정의는 이욕利慾과 수사적修辭的으로 동의어이다.

부자연한 구주의 현 정세는 바뀌지 않으면 안 된다. 그것이 시정是正이든 개악改惡이든 구주에 신질서가 도래할 징후인 것은 변함이 없다. 아마도 영국과 프랑스의 시절은 끝나게 될 것이다. 이욕적利慾的 질서 대신 도의적道義的 신질서가 구주에 출현하는 것은 우리로서도 바라는 바가 아닐 수 없다.

몰로토프[4]의 말을 빌리면, 구주의 신사들이 싸우고 있는 동안에 우리는 아시아의 일을 멋지게 해내자. 수세기 동안 저주받을 백인의 질곡桎梏에 고통받아 온 아시아 여러 민족에게 자유의 날을 줄 수 있는 것은 지금이다. 그리하여 '빛은 동방으로부터'라는 옛말이 오늘날을 예언한 것임을 저 오만불손한 구주인들이 깨닫게 하자.

---

3 1919년 6월 독일과 연합국 사이에 맺어진 제1차 세계대전의 평화협정. 영국과 프랑스 등 전승국의 입장에서 영토의 축소, 군사력 제한, 경제적 배상, 식민지 포기 등 독일에게 가혹한 제재를 규정하는 불공정한 내용을 포함하여 이후 유럽의 정치에 커다란 영향을 미쳤다.

4 바체슬라프 미하일로비치 몰로토프(Vyacheslav Mikheilovich Molotov, 1890~1986). 소비에트 연방의 정치가이자 외교가. 1930년부터 1941년까지 수상을 지냈고, 1939년 외상(外相)의 자리에 있을 때 독소불가침조약을 체결한 장본인이기도 하다. 제2차 세계대전 중에는 스탈린의 오른팔로서 소련의 외교정책을 주도했다.

직장과 공명심職場と功名心[1]

청년 학생에게 보내는 경고

공명功名의 정도正道는 직장을 충실히 지키는 것이다. 자신의 길에 정진하는 것이다. 무릇 공명이란 그 길에 뛰어난 것, 즉 그 길의 명인名人이 되는 것이다. 정치의 명인, 교육의 명인, 학문의 명인, 군사의 명인, 또는 농·상·공·예술·문학 등 온갖 직업에서 명인이 되는 것이 곧 공명과 공적을 세우는 것인 셈이다. 남을 앞질러 세운 공명이란 있을 수도 없지만, 설사 있더라도 오래 지속되지 못한다. 공명이란 모두 성심성의껏 하나의 길을 좇아 심혈을 기울이고, 흔들리거나 굽힘없이 용왕매진勇往邁進함으로써만 이룰 수 있는 것이다. 따라서 공명에 지름길 따위는 결코 없다.

보다 좋은 직장을 찾아 전전하는 이 가운데 변변한 사람은 없는 것이다. 하나의 길에 눌러앉지 못하는 이에게 많은 것을 바랄 수는 없다. 주어진 직장에 충실한 인물이야말로 믿음직한 사람이며, 그는 장래에 반드시 큰일을 이룰 것이다. 성의와 힘이 있는 사람은 어떤 직장이 주어진다 해도 즐겁게 해내고 결코 불평하지 않는다. 현재의 처지에 불평하는 사람은 대개 그 일조차 제대로 해내지 못하는 건달이다. 하물며 그 이상의 일에 있어서랴. 곁에서 보기에 실로 하찮고 힘들어 보이는 직장을 감사와 만족을 갖고 다니는 인물이야말로 은근하고 바람직한 국민의 일원이다.

청년과 공명심功名心은 따라다니게 마련이다. 생활력이 왕성한 청년이라면 그만큼 공명심도 왕성하다. 그러므로 청년의 공명심을 책망하는 것은 금물이다. 아

1 원문 일본어. 『국민신보(國民新報)』, 1939.9.17. '주장(主張)'란에 실렸다.

니, 오히려 공명심을 크게 북돋워야 한다. 왜냐하면 명예욕은 인간의 여러 욕망 가운데 가장 고급한 것으로, 열등한 욕정을 억누르는 데 자못 도움이 되는 힘이기도 하기 때문이다. 다만 경계해야 할 것은 그릇된 공명심일 따름이다.

공명심은 두 가지 잘못된 사고방식으로 인해 우선은 자기를 해치고, 나아가서는 사회를 해롭게 한다. 그 하나는 다짜고짜 큰 것, 높은 것만을 동경하고 작은 것, 낮은 것을 멸시하는 것이고, 다른 하나는 한 걸음 한 걸음 입립신고粒粒辛苦[2]하고 근근자자勤勤孜孜[3]하여 자기 힘으로 자기의 지위를 쌓아올리려 하지 않고 요행을 바라는 것이다. 부정행위를 하거나 권세에 아첨하는 것, 기회주의라든가 의뢰심, 부화뇌동附和雷同 등 온갖 악덕은 여기서 생기는 것이다.

---

2 농사를 짓는 농부가 곡식 한 알 한 알에 쏟은 노력이 보통이 아님을 일컫는 말.

3 부지런히 힘쓴다는 뜻.

조선청년과 신념朝鮮青年と信念[1]

청년은 언제나 국가의 생명이지만, 건설이나 부흥 등의 비상시에 특히 그렇다. 이탈리아나 독일 등의 신흥국에서 청년훈련사업을 중시하는 것은 이런 이유에서이다. 우리 일본에서도 현재 비상시를 맞아 청년의 정신력과 체력 수준의 향상을 위해 국가적으로 힘을 쏟게 되었다. 지난 주 경성에서 열린 대일본청년단연맹대회大日本青年團聯盟大會 및 일만지몽강청년교환日滿支蒙疆青年交歡 등의 행사에서 조선 청년은 크게 자극받은 바가 있었으리라고 생각한다.

조선 청년이 일본 청년에 속함은 말할 것도 없지만, 조선청년단이 작년에야 간신히 대일본청년단연맹에 가맹加盟한 것으로 보아도 다소 사정이 다름을 알 수 있을 것이다. 그 다른 사정이란 즉 새롭게 국민에 편입되었다는 점이다. 이 점에야말로 조선 청년의 수양과 훈련이 갖는 특수성이 있는 것이다.

조선 민중이 오랫동안 비국가적 사상 감정 속에서 생활해온 것은 불행이지만, 숨길 수도 없는 사실이다. 따라서 많은 조선 청년이 이러한 분위기 속에서 자랐다고 생각되는 점도 없지는 않다. 조선 민중이 나는 일본의 국민이라는 의식 일반에 도달한 것은 사실대로 말하면 이번 사변事變 후이고, 좀 더 정확히 말하면 미나미南 총독이 내선일체內鮮一體를 천명闡明하고부터라고 해야 할 것이다. 그러므로 조선 민중 가운데는 내심 국민적 의식을 확실히 파악하고 있으면서도 이를 행위로 드러내는 데 아직 약간의 어색함과 겸연쩍음을 느끼는 경우도 없지 않고, 또 한편으로는 국민적 감정이나 사상의 곡조曲調가 완전히 몸에 배지 않은 점도 없지 않다. 이 때문에 내심 정착해야 할 곳에 정착하고 있으면서도 표면적으로는 아직 일종의 답답함을 내보이고 있는 것이 아닐까 싶다. 어른이 아직 이러한데

1　원문 일본어. 『국민신보(國民新報)』, 1939.9.24. '주장(主張)'란에 실렸다.

하물며 이러한 어른 밑에 있는 자녀나 후배 청년, 특히 학생층의 심경이야 헤아릴 만하지 않은가.

조선의 청년은 마땅히 개인과 민족의 앞길에 대한 의혹과 불안, 그리고 새로운 양식의 국민생활로의 급격한 전환을 감내하지 않으면 안 되는 데서 오는 하찮은 어색함이나 겸연쩍음을 내던지고 '나는 일본국민'이라는 강한 신념으로 살아갈 첫 걸음을 힘차게 내딛지 않으면 안 된다. 이것이야말로 조선 민중에게는 단 하나의 유일한 정로正路이기 때문이다. 조선 청년이 지녀야 할 근본적이고 제일의적인 정신은 천황께 맹세해 올리는 충성과 대일본제국에 대한 사랑이 아니면 안 된다. 그 밖의 모든 것은 이것에 종속되며, 이것에서 파생되지 않으면 안 된다.

신질서의 근본원리新秩序の根本原理[1]

오늘날은 우리 제국帝國에 의해 동아東亞에 신질서가 건설되고 있는 빛나는 역사의 한 시기이다. 제국은 이를 성전聖戰이라고 명명하나 구미歐米의 여러 강국은 지나支那에 대한 일본의 침략이라고 칭하고 있다. 그들이 우리의 성전을 침략이라고 부르는 것은 꼭 악의 때문만이라고는 할 수 없다. 왜냐하면 그들에게는 팔굉일우八紘一宇의 황도정신皇道精神이 이해되지 않으며, 오직 유리주의唯利主義에 기반한 자기의 마음으로써 타인의 마음을 가늠하기 때문이다.

원래 오늘날의 제국주의라든가 민주주의 또는 공산주의란, 그 형태에는 여러 가지 잡다한 변화가 있을지언정 그 근본을 이루는 것은 자기중심적인 유리주의이다. 그리고 그 근원은 로마인의 권리사상에서 나온 것이라고 할 수 있다. 석가나 공자, 예수의 가르침은 모두 이러한 인간의 유리적唯利的 일면을 억누르고 의義를 위해 자기를 비울 것을 가르친 것이었다. 이러한 도의주의道義主義 정신은 동양정신이라고 불리고 있는데, 이 동양정신이야말로 황도皇道의 진수眞髓를 이루고 있으며, 그것이 수천 년 동안 발효하고 생장하여 오늘날 인류 구제의 대사명을 위한 흥아성전興亞聖戰이 되어 나타나기 시작했던 것이다.

여기서 우리는 각각 자기 마음의 질서의 재건이라는 큰 문제에 맞닥뜨린다. 즉 절반 이상 서양의 유리주의로 인해 잘못된 길로 들어선 구질서를 단호히 파괴하고 도의주의라는 우리 본연의 모습으로 되돌아가는 일이 그것이다. 즉 자식은 부모를 섬기고 아내는 남편을 섬기며, 사람들이 서로를 섬기고 우리는 모두 대군大君을 섬기는 본연의 질서로 돌아가는 것이다. 자식이 부모에게 자식의 권리를 주장하고 아내가 남편에게 아내의 권리를 주장하며, 백성이 나라에 백성의 권리를

1 원문 일본어. 『국민신보(國民新報)』, 1939.10.1. '주장(主張)'란에 실렸다.

주장하고 사람들이 서로 상대에게 자기의 권리를 주장하는 것, 이것이 바로 지금 우리가 잘못 빠져든, 따라서 당장 파괴하지 않으면 안 되는 구질서인 것이다. 개인의 마음속에 자리한 이 구질서가 청산되지 않는다면 새로운 사태에 걸맞은 국내 사회의 신질서도 태어날 수 없다. 하물며 많은 이민족異民族을 포용하여 이상적 신동아新東亞를 만들고자 하는 신질서 건설에 있어서랴.

우리가 누리는 부와 지위는 모두 신과 임금에게서 '받은 은혜'이지 우리의 권리로 '획득한 전리품'이 아니다. 우리의 신체 및 생명조차도 신과 임금께서 맡기신 것이다. 이 정신은 전선前線의 병사에 의해 가장 잘 발휘되었다. 이것은 총후銃後 국민 전체의 정신이 되지 않으면 안 된다. 아니, 이제부터 자자손손 이어갈 영구한 정신이 되어야 한다. 그리고 이 정신이야말로 인류를 구제할 팔굉일우八紘一宇의 대정신인 것이다. 우리가 지나 4억 민중을 위해 지나에서 싸우고 있다는 사실은 이 정신으로써만 이해될 것이다.

전사자와 우리戰死者と吾等[1]

전몰장병의 유족이 돼라!

요즘 북지전선北支戰線에서 전몰장병戰歿將兵의 유골遺骨이 귀환하여 경성과 그 밖의 곳에 차분한 동네 장례 행렬 등이 보인다. 지나가던 학생과 마음이 있는 통행인은 잠시 발걸음을 멈추고 모자를 벗고 정중히 절하여 호국용사護國勇士의 영령英靈에 애도와 감사의 뜻을 표하지만, 전몰자戰歿者의 장례식이라는 표지가 분명치 않아서 그냥 지나치는 사람도 있는 것은 실로 유감이다. 특히 자동차가 먼지를 일으키며 지나가는 것을 보니 격분하는 마음까지 일어난다. 어떻게 해서든 지나다니는 사람들이 빠짐없이 영령에게 경의를 표할 수 있도록 하고 싶은 것이다.

조선인에게는 전사자와 부상자에 대한 예의범절에 익숙해질 기회가 없었다. 말하자면 이번이 처음인 것이다. 그러나 전사자의 유골과 상복을 입고 뒤따르는 유족들의 슬픈 모습을 볼 때, 우리는 우리가 누리는 평화와 번영이 얼마나 비싼 대가를 치르고서 얼마나 많은 동포의 피와 슬픔을 통해 얻어진 것인지 통절히 느끼지 않을 수 없다. 우리의 생명은 전선前線에 선 장병들의 피로써 수호되고 있고 우리 가정의 기쁨은 그들 장병 유족의 슬픔으로써 길러지고 있는 것이다. 이것은 비유譬喩도 수사修辭도 아니다. 문자 그대로이다. 그렇다면 우리는 이들 전사자 및 유족에게 어떻게 하면 좋을까. 전사자의 장례 행렬을 보낼 때는 감사와 애도의 눈물을 흘리자. 유족에 대해서는 있는 힘껏 위로와 도움의 손길을 내밀자. 그것은 당연한 일이다. 그러나 그것만으로는 부족하다. 우리는 그들 용사가 품었던 뜻을 완수하지 않으면 안 된다. 돌을 물어뜯든 진흙을 움켜쥐든 무슨 일이 있어

1 원문 일본어. 『국민신보(國民新報)』, 1939.10.8. '주장(主張)'란에 실렸다.

도 흥아興亞의 성업聖業을 완수해내야 한다. 쌀을 절약하자. 온갖 물자를 절약하고, 이를 악물고 생산하고 저축하자. 공채公債를 사자. 나라의 비밀을 지키자. 그리고 언제 어느 때든 전선에 설 각오를 하는 한편, 다음 세대의 담당자인 자녀를 충의忠義 있고 역량 있는 국민으로 기르자. 이렇게 해야 비로소 전몰장병과 그 유족의 존귀한 희생에 보답할 수 있을 것이다.

우리 조선인은 겨우 몇 사람의 전사자戰死者를 낸 데 불과하다. 피와 슬픔으로써 나라를 위해 애쓴 일이 너무 적다. 뭔가 다른 방법으로 그만한 보상을 하지 않으려는가. 그 방법은 우리 자신이 모든 전몰장병의 유족이 되는 것이다. 병사자病死者의 상喪을 치르는 것밖에 할 수 없는 우리의 한심스러움을, 전사자의 상을 치르고 있는 유족을 위로하고 도움으로써 갚지 않으려는가. 그리고 총후銃後의 봉공奉公을 혼자 도맡겠다는 결심으로 해나가지 않으려는가. 특히 죽어 마땅한데 살아 있는 조선의 장정이 그러해야 한다.

총후의 사치를 부끄러워하라銃後の奢侈を恥ぢよ[1]

이 비상시에, 나라 전체가 봉공奉公에 힘을 쏟고 있는 이 비상시에, 거리에서 값비싼 새 양복을 차려입은 신사 차림의 남자들을 본다. 화려한 옷을 걸치고 금은 보석을 과시하는 숙녀 차림의 여자들을 본다. 얼마나 한심한 풍경인가. 특히 부인들의 사치가 근래 눈에 띄게 늘어난 듯이 보이는 것은 어찌된 일인가.

일본인 된 자는 당분간 모직毛織을 소비해서는 안 된다. 그것은 출정병사의 동복冬服과 수출輸出에 대주어야 한다. 면은 물론 비단이나 인조견人造絹도 최소한도로 소비하지 않으면 안 된다. 이것도 군용軍用이나 수출품이 되기 때문이다. 금이나 금제품은 모두 정부에 팔지 않으면 안 된다. 그것이 결혼반지든 부모에게서 물려받은 내력 있는 비녀든, 적어도 금인 이상 갖고 있어서는 안 된다. 그만큼의 국력을 도둑질하는 셈이 되기 때문이다. 생명조차 국가에 바치는 오늘날이 아닌가. 금이 뭔가. 기념이 뭔가. 이런 때 금제품을 몸에 두르고 걷는다든가 옷장에 넣어 두는 것은 얼마나 부끄러운 일인가.

모든 것은 있는 물건으로 임시변통하자. 되도록 새것을 보류하자. 해진 옷이라면 꿰매면 된다. 잡곡을 먹어 쌀을 절약하자. 전선前線에 선 병사의 고생을 생각하고, 가뭄 지역 주민의 노고를 생각하면 절약 정도는 아무것도 아니지 않은가.

일반 민중의 물자절약은 주부의 손으로 이루어져야 한다. 부엌과 바느질과 응접실의 절약 없이 물자절약은 이루어지지 않는다. 그런데 이러한 물자절약의 근본이 되는 부인들이 총후銃後의 사치에 몰두하는 것은 얼마나 얕은 생각인가.

일반적으로 조선 민중은 신분 이상의 사치를 하는 습관이 있다. 이 비상시의 절약을 철저히 하는 것이야말로 우리의 부의 수준에 어울리는 생활이 될 것이다.

---

1 원문 일본어. 『국민신보(國民新報)』, 1939.10.15. '주장(主張)'란에 실렸다.

힘껏 생산하고 힘껏 절약하고 힘껏 자숙자계自肅自戒하고 힘껏 저축하는 것이야말로 총후보국銃後報國의 주류를 이루는 것이니, 특히 조선 민중에게 이렇게 호소하고 싶은 것이다.

서로 총후의 사치를 부끄러워하자.

개인의 진면목個人の眞面目[1]

신과 임금의 은혜 아래

자기를 독립한 하나의 개체로 생각하는 것만큼 잘못된 사고방식은 없다. 따라서 또 이것만큼 자기를 해치는 악惡은 없다. 모든 악은 여기에 뿌리를 둔다. 이러한 잘못된 인생관은 자기가 가정의 일원이고 직장의 일원이며 국가의 일원이라고 생각하는 대신, 가정이나 직장, 국가가 자기의 사욕私慾을 채우기 위해 있는 것처럼 생각하게 한다. 이를 제멋대로라고 하고, 염치없다고 한다.

나는 구성원의 하나이지 중심도 전체도 아니다. 나는 가정과 직장의 일원으로서 국가의 일원이다. 따라서 나는 섬기는 자이지 섬김을 받는 자가 아니다. 내게 맡겨진 역할을 감사와 성의로써 섬기는 것이 모든 개인의 본분이다.

줄기를 떠난 가지가 없고 전체를 떠난 지체肢體는 없다. 그런데 세간에서 종종 자기가 독립독존獨立獨存하는 개체인 듯이 생각하거나 행동하는 것은, 자기의 육체 및 정신의 생명이 어디에서 오는지 의식할 정도의 현명함에 아직 도달하지 못했음을 증거할 따름이다. 바꾸어 말하면 단순한 무지이고 어리석음 외에 다른 것이 아니다.

또 한 가지. 신神 없이 내가 있고, 내가 사는 것은 내 힘이지 신의 은혜 덕분이 아니라는 생각만큼 어리석고 송구한 것은 없다. 내게 생명을 주신 것도 신이고, 내게 일용할 양식을 주시는 것도 신이시다. 신체, 재산, 재능, 지위 등 내가 누리는 모든 것은 신에게서 받은 것이라고 인식하는 것이야말로 윤리의 제일요체第一要諦가 되어야 한다.

---

1 원문 일본어. 『국민신보(國民新報)』, 1939.10.22. '주장(主張)'란에 실렸다.

신을 삼가 인식하지 못하는 이가 어떻게 임금께서 현인신現人神이심을 삼가 인식하랴.

신과 임금께서 나를 낳으시고, 기르시고, 다스리신다. 그 마음에 부합해 드리고 그 은혜에 보답해 드리는 일이야말로 내 일생의 목적이라고 믿는 일은 무릇 어떤 종교나 종파를 불문하고 모든 국민의 근본 신조되어야 한다. 이는 곧 일본정신의 원칙이고, 동시에 전 인류에게 베풀어도 사리에 어긋나지 않을 보편적 진리이다.

그렇다고 해서 개성을 몰각하는 것은 아니다. 봄에 야산野山의 아름다움을 이루는 천자만홍千紫萬紅은 실로 일자일홍一紫一紅의 개성이 발휘되어 이루어진 것이다. 우리나라의 위업偉業도 결국 위에 계신 한 분上御一人[2]의 위광威光 아래 우리 국민 한 사람, 한 사람의 역할로써 이루어지는 것이다. 여기에야말로 개인 생활의 진면목眞面目, 참된 가치, 참된 기쁨이 있는 것이다.

2 천황을 높여 부르는 말.

쌀의 절약お米の節約[1]

이제부터 내년 수확기까지 국민은 줄이고 줄여 쌀을 절약하지 않으면 안 된다. 올해의 가뭄은 조선 지방에 유례없는 쌀의 흉작을 가져왔을 뿐 아니라, 실로 일본 전국에 상당한 쌀 부족 현상을 초래하기에 이르렀다. 이렇게 부족한 쌀을 우리는 칠분도미七分搗米와 잡곡을 사용함으로써 보충하자는 것이다. 지금 정동연맹精動聯盟[2]은 각 애국반을 통해 쌀 절약운동에 힘껏 노력하고 있지만, 사실상 쌀 절약의 실행 당사자는 가정이다.

나라의 부름에 응하여 쌀을 절약하자. 우선 백미白米를 먹지 말고 칠분도미를 사용하자. 그리고 조·보리·옥수수·콩·고구마·감자 등을 섞어 먹자. 이로써 각 가정에서 쌀 소비량을 반으로, 3분의 1로, 적어도 4분의 1로 줄이도록 노력하자. 그리고 우리 국민의 일심일체一心一體의 예를 여기서도 멋지게 보여주자.

빈핍하기 때문에 쌀을 절약하자는 것은 아니다. 한 가정의 생계를 위해서도 아니다. 국가 전체를 위해 쌀을 절약하자는 것이다. 창고에 수백만 석의 쌀을 쌓아둔 큰 부자라도 칠분도미七分搗米에 잡곡을 섞어 먹자는 것이다. 이리하여 쌀 부족의 난국難局을 타개하는 동시에 억조일심億兆一心의 국민적 훈련의 또 하나의 과정을 훌륭하게 완수하자는 것이다.

이미 조선에는 5백만 석 쌀 증산계획이 세워졌다. 내년부터는 관개시설灌漑施設과 더불어 경작 면적이 계속 늘어날 것이다. 영구히 먹는 데 곤란을 겪지 않는 나라라는 목표를 향해 매진할 것이다. 그런데 이를 기회로 조선의 농업이 일대 비

---

1 원문 일본어. 『국민신보(國民新報)』, 1939.10.29. 『국민신보』 영인본에는 누락되어 있으나 단행본 『동포에게 보냄(同胞に寄す)』에 수록되어 있어 단행본의 원고에 따른다.

2 국민정신총동원조선연맹. 1938년 6월 민간 사회교화단체 대표자들이 총독부의 종용에 따라 "국민정신을 총동원하고 국책의 수행에 협력하여 성전(聖戰) 궁극의 목적을 관철"한다는 취지를 내걸고 조직한 전쟁 동원 단체. 1940년 10월 국민총력조선연맹으로 기구를 개편하고 재출발한다.

약을 이룰 수 있는 관건은 산의 이용에 있다. 이른바 임야林野를 널리 개간하여 잡곡을 경작하는 밭이나 소, 말, 양, 돼지 등을 기르는 목장으로 만드는 것이다. 산이 많은 조선에서 얼마나 광대한 지역이 이용되지 않은 채 방치되어 있는가. 당국에서는 올해 백두산 일대의 이용 가치를 조사했다. 그런데 조선은 어디를 가도 산이 있다. 산이 있으면 경작이 가능한 기슭이 있을 것이다. 조·고구마·감자·보리·밀·옥수수는 어디나 심을 수 있는 토양을 가진 조선이 아닌가. 손바닥만 한 평원에 달라붙어 쌀만 먹어야 하는 법은 없는 것이다. 조리법만 적절함을 얻으면 밭에서 나오는 곡물만으로도 어떤 맛있는 요리든 만들지 못할 게 없다. 실제로 구미인歐米人은 쌀 없이 훌륭한 식탁의 사치를 누릴 수 있지 않은가. 밭농사와 목축과 어업을 합치면 좋을 것이다.

나라에서 쌀을 절약하라고 하니 절약하자. 나라에서 잡곡을 먹으라고 하니 먹자. 정동연맹에서 말하는 것은 나라에서 말하는 것이고, 정동회町洞會나 애국반[3]에서 말하는 것은 나라의 명령인 것이다. 나라의 호소에 응하고 나라의 명령에 따르는 것은 얼마나 즐거운 일인가.

3　1938년 7월 국민정신총동원 조선연맹 창설과 더불어 각 정동리(町洞里) 부락연맹과 관공서, 학교, 은행, 기타 단체들로 결성된 각종 연맹 산하에 10호 단위로 만들어진 하위 말단 조직. 총독부가 주축이 되어 만들어졌고, 전쟁의 확대와 함께 근로봉사, 저금, 국채 구입, 국어보급, 금은 식기 공출 등 전시 동원을 위한 기초 단위로서의 역할을 수행했다.

애국일 자숙愛國日自肅[1]

그날만으로는 아무것도 안 된다!

애국일이 정해진 뒤 제2회 자숙일自肅日이 지난 1일에 실시되었다. 경성이라는 소비도시를 가진 경기도에서는 정동연맹 경기지역 총재 간쇼甘蔗[2] 지사知事가 자숙엄수自肅嚴守에 박차를 가한 결과 이날 조선의 수도는 훌륭한 성적을 거두었다고 한다.

그런데 자숙이란 게 자숙일 당일만 자숙하고 다른 날은 흐트러져도 좋은 것이 아니다. 정해진 당일보다도 오히려 평소가 중요한 것이 아닐까. 봉공일奉公日 당일 완전히 자숙했으니까 이날을 전후해서는 좀 해이해져도 좋다는 식의 오해가 있어서는 큰일이다. 도道의 가르침에 '평상심이 도'라는 말이 있다. 사람에게 소중한 도란 일단 일이 있을 때라든가 지정된 때에 한정되는 것이 아니라, 매일의 마음가짐이 곧 '평상심'인 도가 되어야 한다는 것이다.

매달 있는 이 자숙도 자숙일 하루만 충실히 엄수하고 다른 날은 그렇게까지 긴장하지 않겠다는 마음가짐으로는 엄격하게 자숙한 자숙일 당일의 정진精進이 아무런 소용도 없게 될 것이다.

그러나 사람이란 끊임없이 감정의 움직임에 지배되는 존재이므로 기계에 맞춘 듯이 조금의 어긋남도 없이 1년 내내 긴장한 채로 지낼 수 없는 것도 당연하다.

그래서 1년에 한두 번의 호령으로는 자칫 잊기 쉽고 해이해지기 쉬우므로 매달 1일을 봉공일로 정한 것이다. 따라서 오는 12월의 자숙일은 한층 더 자계자숙自戒自肅의 초긴장이 요구된다.

---

1 원문 일본어. 『국민신보(國民新報)』, 1939. 11. 5. '주장(主張)'란에 실렸다.

2 간쇼 요시쿠니(甘蔗義邦). 1937년 7월 3일부터 1940년 5월 30일까지 경기도지사를 지냈다.

지난 1일 밤 환락가가 특히 호평을 얻은 듯한데, 이는 환락가 당사자가 자숙한 것은 물론 환락가의 손님들이 일제히 흥아봉공興亞奉公의 긴장으로 자숙했기 때문이다. 만약 당일을 전후하여 떠들썩한 음주가무가 이어졌다면, 이것은 누가 짊어져야 할 죄일까.

반도인과 국민정신半島人と國民精神[1]

이달 7일부터 국민정신작흥주간國民精神作興週間이었다. 우리는 혹은 신사神社에 참배하여 국운융창國運隆昌과 무운장구武運長久를 기원하고, 혹은 총후봉공銃後奉公의 맹세를 새롭게 다졌으며, 자원애호資源愛護 및 물자절약을 철저히 실행하는 등 흥아興亞 비상시 국민으로서의 자각과 결심을 떨쳐 일으켰던 것이다.

국민정신이란 무엇인가. 그것은 첫째, 나는 대일본제국의 신민이라는 굳건한 의식과 긍지를 갖는 일이다. 둘째로는 내지와 조선이 하나임을 분명히 인식하는 일이다. 셋째는 몸을 닦고 업業을 익히고 각각 그 직장을 충실히 지켜 인고단련忍苦鍛錬하며, 이로써 황도선양皇道宣揚을 위해 자기를 국가에 바치는 일이다. 정신작흥주간은 우리가 이 길로 좀 더 정진하도록 하기 위해 만들어졌다.

이 주간을 맞아 반도인半島人으로서 특히 명심해야 할 바가 있었을 것이다. 바꿔 말하면 반도인이기 때문에 특히 수양하고 힘쓰지 않으면 안 되는 것이 있었을 것이다. 그것은 무엇인가.

"나는 천황의 적자赤子이고 천황은 나의 임금大君이시다. 내가 입는 옷과 먹는 음식, 가정의 화평한 향락은 물론 자손의 번영도 모두 우리 임금의 은혜이므로 나는 충성으로써 황은皇恩에 보답하고 우리 자손 대대로 그렇게 해야 할 것"이라는 염원이 그것이다. 거듭 반복해서 이렇게 염원하고, 입으로 내뱉어 말하며, 몸으로 행함으로써 날마다 우리는 참된 황국신민皇國臣民으로 성숙해 가는 것이다. 이 한 주간 동안 반도인은 그만큼 심도 높은 황국신민화의 길을 내딛었을 것이다.

내선일체의 실현도 이러한 반도인의 성의와 수련으로써만 달성될 것이다. 국가는 반도인에게 내선일체를 허용했다. 그러나 허용되었다고 해서 내선일체가

---

1 원문 일본어. 『국민신보(國民新報)』, 1939.11.12. '주장(主張)'란에 실렸다.

이루어지는 것은 아니다. 반도인이 믿음직하고 든든한 신민이 됨으로써 내선일체는 이루어질 것이다. 그러므로 내선일체의 영광을 얻는 열쇠는 반도인 자신의 손에 쥐어져 있는 것이다. 이미 내선일체는 허락되어 있다. 반도인은 내지인과 동격同格의 제국 신민이다. 그러나 단지 격이 같다는 것만으로는 아무것도 아니다. 반도인이 실질적으로 내지인과 같은 황국신민이 되려면 상당한 공부가 필요함을 반도인 자신이 깊이 자각해야 한다. 국민정신의 공부가 바로 그것이다. 거듭 반복해서 황은皇恩의 고마움과 이에 대한 보은報恩의 지성至誠을 염원하고, 입으로 내뱉어 말하고, 몸으로 행함으로써만 참된 내선일체는 진전되고 고조되어 가는 것이다. 거듭 말하건대 '내선일체는 반도인이 애써 노력함으로써만 달성될 수 있는 것'이다.

만약 국민정신 작흥을 위한 이 한 주간을 헛되이 보낸 사람이 있다면 한 주 간을 더 연장하자. 아니, 그보다도 반도인은 요 몇 년 국민정신작흥주간을 계속하지 않으려는가.

존폐의 선택存廢の選擇[1]

씨제도氏制度 실시의 세 가지 정신

조선인에 대한 씨제도氏制度 실시에 의해 성姓은 사라지게 되었다. 조선인은 1940년昭和 15 1월 1일부터 향후 6개월 이내에 새롭게 씨氏를 삼을 만한 씨명氏名을 호적 담당에게 제출하지 않으면 안 된다. 만일 이 기간 내에 제출하지 않는 사람은 종전의 성姓을 씨氏로 인정하게 되어 있다.

그런데 이 씨제도 실시의 정신은 크게 세 가지로 나눌 수 있을 듯하다. 일본의 특색인 가족제도의 강화가 그 하나이고, 조선 가족제도의 내지화內地化가 다른 하나이며, 그리고 이를 기회로 조선인의 씨명을 내지화하여 내선인內鮮人의 차이 가운데 가장 현저한 것 하나를 없애고자 하는 것이 나머지 하나이다. 마지막으로 언급한 씨명의 내지화는 강제적이 아니라 자발적으로 이루어지도록 되어 있지만, 미나미南 총독의 담화에 비추어 보건대 가능한 한 조선인 전체가 내지식의 씨명에 따를 것을 바라고 있는 태도를 분명히 엿볼 수 있다.

원래는 조선인도 멀리 삼국시대는 물론 고려 중기에 이르기까지 오늘날 사용하고 있는 것과 같은 지나식支那式 성명姓名을 보편적으로 쓰지 않았고, 당송唐宋 유학자나 지나문화에 심취한 소수의 사람들만이 이를 사용한 데 불과하다. 고구려의 시조 고주몽高朱蒙은 이름이 주몽이고 성이 고高라거나, 신라의 시조 박혁거세朴赫居世는 성이 박朴이라 함은 받아들이기 어려운 속설俗說이다. 또한 거문고의 대가인 옥보고玉寶高도 성이 옥玉이 아니라 '옥을 보고'라는 뜻의 조선어 이름이며, 그 유명한 장보고張保皐도 궁복弓福, 즉 '활弓을 보고'라는 상서로운 꿈을 그대로 이름

---

1 원문 일본어. 『국민신보(國民新報)』, 1939.11.19. '주장(主張)'란에 실렸다.

으로 삼았던 것인데 이를 당인唐人 식으로 한자를 쓴 데 불과하다. 오늘날 아이들의 호명은 옛 조선의 전통을 이어받은 것이고, 야마시타山下라든가 가와카미川上, 우에무라上村, 시타무라下村 등 집의 위치나 직업의 명칭을 이름 위에 붙여 씨氏를 삼았던 고대의 흔적 또한 지금까지도 친족이나 이웃 간에 서로 부르는 칭호로서 전해지고 있을 정도이다.

그러므로 조선인이 약 7백 년 동안 사용해 온 지나식 성은 이제 단호히 버리는 것이 오히려 당연하며, 하등 아쉬워할 이유가 없는 것이다.

이제 조선인의 목표는 내선일체에 있으므로 이 큰 목적에 지장을 주는 것은 하루라도 빨리 버리지 않으면 안 된다. 그리고 종래의 지나식 성명은 버려야 할 최우선의 것이 되어야 한다.

그러나 이 경우 유념해야 할 것은, 조선적 문물 가운데 존폐의 선택을 그르치지 않는 일이다. 조선적인 것 가운데도 장래에는 일본 전체의 문화에 보급 공헌할 만한 것이 있을 것이다. 만약 잘못해서 이런 것을 없앤다면 그것은 국가 전체의 손실이 될 것이 분명하다. 또 내지인에게는 아무런 관계나 영향이 없는 것이라도 조선인에게는 의의 있는 것이 있을지도 모른다. 이런 것도 무리하게 없앨 필요는 없다. 요령은 선한 것과 해롭지 않은 것은 보존하고, 악한 것과 내선일체에 지장을 주는 것만을 없애는 데 있다. 그 방법에 있어서도 아주 나쁜 것은 강제를 필요로 하지만, 그렇지 않은 것은 자연적인 소멸을 기다려야 할 것이다.

한파와 우리들寒波と吾等[1]

전쟁터를 떠올리고 위문품을 보내자

올해 겨울은 예년에 비해 따뜻하다고 생각하고 있던 참에 요 며칠 사이 갑자기 한파寒波가 내습했다. 이런 기후의 격변이 우리 신체에 미치는 영향이 큰 것은 말할 필요도 없지만, 특히 생각하게 되는 것은 지나支那 중부 지역과 만몽滿蒙에 있는 황군장병皇軍將兵과 남선南鮮 지방의 이재민罹災民이다. 지나 남부 전선의 용사들은 찌는 듯한 더위에 고생하고 있다고 한다.

우리들 총후銃後에 있는 자, 하물며 남선 지방의 이재민도 아닌 자가 모직물, 면류, 연료의 부족함 따위에 불평을 내뱉는 것은 실로 제멋대로의 극한이라고 하지 않을 수 없다. 우리가 오늘날 누리는 화평한 생활이 얼마나 과분한 것인지 뼈저리게 느끼지 않으면 안 된다.

그런데 우리는 이 한파를 맞아 무엇을 하면 안 되는가. 또 무엇을 해야 하는가.

게으름을 피워서는 안 된다. 나라를 위해 뭔가 보탬이 되기 위해서는 하루도 빠지지 않고 열심히 일하지 않으면 안 된다. 생산확충生産擴充이란 필경 각자 열심히 일하는 것 외에 다른 것이 아니다. 그리고 우리는 안일하게 생활하고 낭비를 해서는 안 된다. 건강을 해치지 않을 정도로 곡류든 직물류든 연료든 모든 물자를 절약하지 않으면 안 된다. 이렇게 함으로써 개인적으로는 저축이 증가하고 국가적으로는 자원옹호, 수출증진이 이루어지는 것이다. 이것이야말로 애국심의 실천이고 일상생활 속의 총후봉사銃後奉仕이다.

그러나 이 한파를 맞아 혹한이 예상되는 이때 우리가 특히 고려하지 않으면 안

---

1 원문 일본어. 『국민신보(國民新報)』, 1939.12.3. '주장(主張)'란에 실렸다. 단행본 『동포에게 보냄(同胞に寄す)』에는 수록되어 있지 않다.

되는 것이 있다. 그것은 직접 전선장병前線將兵과 이재동포罹災同胞에게 추위를 막을 수 있도록 뭔가 힘을 보태는 것이다. 방한 장비 한 가지씩을 장병에게 보내자. 조선 전체 5백만 세대에서 한 세대 당 하나의 방한장비를 전쟁터에 보낸다면 5백만 건이 될 것이다. 남선 지방 이재민에게도 마찬가지로 한 세대 당 10전만 갹출해도 5십만 원이 당장 모일 것이다. 하물며 백 원, 천 원에서 십만 원, 백만 원을 기부해도 거의 고통을 느끼지 않을 자산가도 적지 않은 오늘날 조선에 있어서랴.

춥다! 전선 장병에게 위분품을 보내자.

춥다! 남선 지방 이재민에게 보낼 구제금품救濟金品을 모으자.

남선 지방 이재민에게 보낼 구제금 모집은 현재 사회사업협회가 중심이 되어 진행하고 있지만, 한기寒期와 새해가 성큼 다가온 이때 방한 장비 위주의 황군皇軍 위문품 모집운동을 일으켰으면 한다.

총동원의 한도總動員の限度[1]

총동원이나 비상시라는 말은 현재 왕성히 사용되고 있어 언제, 어디서나 거의 듣지 못할 때가 없을 정도이다. 그러나 인간성의 약점 탓에 하나의 표어가 어느 순간 익숙해지면 이른바 귀에 못이 박혀 처음 들었을 때의 감수성이 마비되어 간다. 총동원이나 비상시라는 말도 이미 이런 시기에 도달한 것은 아닐까 싶다. 만일 그렇다면 그야말로 심각한 사태이다.

비상시는 이제부터이고, 따라서 총동원도 이제부터이다. 비상시는 북지사변北支事變이 일어난 때부터 시작된 것이지만 불똥이 지나 중부로 튐에 따라 비상시의 내용이 확대되었고, 더구나 그것이 지나 남부에 파급되면서 비상시의 중대성은 북지사변의 몇 배에 달했다. 그러나 비상시적 성격의 확대, 가중加重은 결코 이것으로 끝날 리가 없다. 오늘날 우리가 부르고 있는 지나사변이라는 말이 아세아사변 또는 아구사변亞歐事變과 같이 일찍이 역사에 유례가 없는 광범한 의의意義를 포함한 말로 바뀔 날이 머지않다는 예상은 결코 근거 없는 것이 아니다.

물론 동아 신질서의 건설이라는 말속에는 이미 아세아 전체라는 의의가 포함되었을 것이다. 그러나 구주대전歐洲大戰의 확대 및 그에 뒤따라 일어나는 여러 현상, 예컨대 소련의 인도 침략설 등은 듣고 흘려버릴 수 없는 문제이고, 지나支那·만몽滿蒙 문제만 보더라도 사건이 아시아·구주적歐洲的 성격을 띠는 요인은 얼마든지 있는 것이다. 이렇게 보면 비상시적非常時的 성격의 확대는 이제부터라고 해야 한다.

비상시에 대응하는 것이 총동원인 이상 비상시적 성격의 확대에 정비례하여 총동원의 범위와 깊이, 강도가 확대되어야 할 것은 자명한 이치이다. 그렇다면 오

1 원문 일본어. 『국민신보(國民新報)』, 1939.12.10. '주장(主張)'란에 실렸다. 단행본 『동포에게 보냄(同胞に寄す)』에는 수록되어 있지 않다.

늘날의 총동원은 아직 총동원의 완성이 아니라 오히려 총동원의 준비기라고 할 수 있다. 이것은 국민정신총동원연맹운동에 비추어 보더라도 그러하다. 이제 겨우 각 담당부서의 연맹과 애국반이 조직되었을 뿐으로 시범 운전기라고나 할까, 아직 본격적인 활동에는 돌입조차 하지 않은 상태이다. 서민층에게 비상시임이 실감된 것이 바로 최근의 일이고 쌀과 연료를 통해 겨우 이를 느꼈을 정도이니, 비상시의 영향이 침투하는 것은 바야흐로 이제부터라고 보지 않으면 안 된다. 이에 응하여 서민층 가정의 각 구성원까지도 전원 총동원으로 신시세新時勢에 대응하는, 그야말로 본격적인 총동원 활동기에 들어가는 것은 금후의 일인 것이다.

아직 국민의 자숙自肅이 부족하다든가, 비상시 국책國策에 대한 성실한 노력이 부족하다는 소리를 듣는 것은 바로 이런 사정을 말하는 것이라고 생각한다.

이 사변事變, 아직 어디까지 확대될지 그 한도조차 전망하기 어려운 이 사변을 뚫고 나가는 것이야말로 국가의 당면 목표이며, 동시에 국민 각자의 목표임을 국민이 철저하게 자각하는 날에 이르러서야 사변은 비로소 타개된다는 것을 재인식할 필요가 있다.

흥아의 기본 사상興亞の基本思想[1]

지난 11월 18일 흥아원興亞院[2] 제2회 위원회에 흥아원 총재總裁가 제출한 동아 신질서 확립의 기본사상에 관한 자문諮問과 답신答申에 관한 안건이 금일 11일 만장일치로 가결되고 흥아원에 회부回附되어 실행에 옮겨지게 되었다.

우선 동아신질서의 근본성격으로서 1) 동아의 공동방위共同防衛, 2) 제국주의적 기구機構의 폐지, 3) 아시아적 공동체제의 수립, 4) 신동방문화新東方文化의 앙양이 거론되었다. 신경제체제로서는 구미歐米의 제국주의적 착취 지배를 배제하고 동시에 일본 자신의 이기적 독점 활동을 억제하며, 열강의 식민지적 탐욕의 쟁탈장으로서의 지나支那를 동아 여러 민족이 공영共榮하는 낙토樂土로 만듦으로써 동아 신경제질서의 안목眼目을 삼아야 함을 언급했고, 또 지나로 하여금 명실공히 근대적 독립국가로서의 자격을 갖추게 하는 것은 동아 추축樞軸의 한 축으로서 신질서를 분담케 할 목적에 관해서는 커다란 희생을 치르며 지나사변支那事變을 수행하고 있는 데 빠질 수 없는 요건임을 명시했다.

다음으로 국가 일본이 바라는 것은 영토나 배상賠償의 문제가 아니라 실로 동아 신질서의 건설에 있는데, 그 이유는 한 민족의 정복과 강력지배의 방법이 일본민족의 머릿속에 내재한 황도적皇道的 지상명령에 적합하지 않아서, 즉 '소유하는' 것이 아니라 '다스리시는' 것을 국가의 본의本義로 삼은 것은 우리 황도皇道의 근본 원칙인 동시에 지나의 왕도王道의 이상이기도 하기 때문이라고 언급하고, 한 걸음 더 나아가 "민족주의 발달 이후의 근대세계에서 민족주의를 경시하는

---

1 원문 일본어. 『국민신보(國民新報)』, 1939.12.17. '주장(主張)'란에 실렸다. 단행본 『동포에게 보냄(同胞に寄す)』에는 수록되어 있지 않다.

2 1938년 고노에 후미마로(近衛文麿) 내각에 설치된 내각 직속의 대중국(對中國) 첩보기관으로 외교 업무를 제외한 중국 관련 정치, 경제, 문화에 관한 행정 업무를 관장했다.

것은 큰 위험이 따르는 세계 정책이며, 따라서 우리 일본의 세계 경륜은 필연적으로 여러 민족의 자주적 연합의 지도자가 되는 방향이 되어야 할 것"임을 명시했다.

이상 흥아원 위원회의 답신 내용은 동아 신질서 건설의 기본 사상을 이루는 것이지만, 동시에 제국帝國의 국가 목적 즉 제국의 정신을 선언한 것이기도 하다.

이러한 도의적道義的 국가 의사의 표명은 실로 역사상 유례가 없는 일이며, 저 구미인歐米人 또는 구미의 이익사회 사상에 감염되어 있는 자들에게는 그 참뜻이 이해되지 않을지도 모른다. 이것마저 그들 부류의 견해에 따라 이른바 외교적 수사修辭인 듯이 곡해할지도 모른다. 그러나 금후 제국의 실천을 통해 이들 의사표명이 문자 그대로 한 점의 수식修飾 없는 진의眞意 그 자체임을 머지않아 보이게 될 것이다. 일본의 황도皇道가 어떤 것인지를 천하에 알리는 것이 곧 세계를 구제하는 일이 되지 않으면 안 된다.

우리 국민 된 자는 우선 황도皇道의 진수眞髓를 체득하고 각자가 이 정신에 살고 이 정신의 구현자가 되지 않으면 안 된다. 그리고 우선 아시아의 여러 민족에게 이 고귀한 정신을 깨닫게 하고 체득시키는 역할이 실은 우리 국민 각자의 책무임을 자각해야 한다.

개성개명에 대하여 改姓改名に就て[1]

드디어 내년 봄부터 씨氏의 실시를 보게 되었다. 씨제도氏制度는 국가에서 만든 것이지만, 성을 바꾸는 것만큼은 인민의 자유의지에 맡겨져 있다. 따라서 호주戶主 된 자가 아무런 신고를 하지 않으면 재래 지나식支那式의 성姓이 자동적으로 씨氏로 정해지도록 되어 있다. 즉 성 바꾸기를 원하지 않는 사람은 재래의 성을 그대로 두어도 좋은 것이다.

그러나 우리는 국가가 개성改姓을 허용한 정신을 신중히 음미하지 않으면 안 된다. 만일 성 바꾸는 것의 필요성을 인정하지 않았다면 개성改姓을 허용한다는 법령을 내자고 했을 리가 없지 않은가. 자발적이라고는 하지만, 성 바꾸는 것의 필요성을 인정하기 때문에야말로 개성改姓에 관한 법령을 낸 것이다. 그러면 그 필요성이란 무엇인가.

한마디로 말하면 내선일체內鮮一體의 취지로서 비본질적인, 즉 가변적인 모든 것을 통일하려는 것이다. 이는 국가적 견지에서도 그렇지만 조선인 각 개인의 입장에서도 고마운 일이고 바람직한 일이다. 그런데 이 가변적인 것 가운데 가장 두드러지고, 그러나 고치는 데 조금도 고통을 느끼지 않아도 되는 것이 이름이다. 이 지나식 성명姓名은 일견 어떤 차별을 시사示唆하여 내선일체의 감정을 크게 해친다. 이러한 차별감에서 오는 불이익을 받는 것이 조선인 자신임은 말할 필요도 없다. 한번 과감하게 이름을 일본식으로 바꾸지 않겠는가, 하는 것이 이 법령의 정신이 되지 않으면 안 된다. 강제적이 아니라 자발적으로 한다는 것은 우리의 자유의지를 존중하는 국가가 베푼 고마움이지 결코 성을 바꾸지 않아도 좋다는 의미는 아닐 것이다.

---

1 원문 일본어. 『국민신보(國民新報)』, 1939.12.24. '주장(主張)'란에 실렸다. 단행본 『동포에게 보냄(同胞に寄す)』에는 수록되어 있지 않다.

어쩌면 이렇게 말하는 이도 있을 것이다. 아무리 조선인이 내지식內地式 씨명氏名을 따른다고 해도 곧 내지인과 똑같이 되는 것은 아니라고. 원적原籍을 내지에 두는 것도 허용되지 않고, 병역도 참정권도 봉급 외의 수당도 허용되지 않는다고. 그것은 바로 말한 그대로이다. 그러나 내선內鮮의 완전한 평등을 향한 일보 전진인 것만큼은 논자도 부인하지 않을 것이다. 그것으로 좋은 것이 아닐까. 일보 전진만으로도 충분한 가치가 있지 않을까.

그것만이 아니다. 개성改姓 신고 기한은 1940년昭和 15 6월까지인데, 그 기한이 끝난 후에야 비로소 성을 바꾸는 것을 미룬 것을 후회하게 될 것이 분명하다. 일찍이 임야林野 소유권 신고 때에도 늑장을 부리거나 혹은 고의로 회피하기까지 해서 애석하게도 선조 대대의 유산을 국유지國有地로 넘기고 난 후에야 소동을 피운 경우가 있었다. 그 전철前轍을 반복하지 않도록 해야 한다. 국가의 고마운 정신을 의심 없이 순수하게 받아들이지 않으려는가.

근래 신문지상에 개성改姓에 관한 기사가 조금씩 보이게 된 것은 실로 훌륭한 일이지만, 주로 구성舊姓이나 관습에 묶여 있는 듯하다. 김해金海 김씨金氏를 긴카이金海로 바꾼다든가, 하동河東 정씨鄭氏를 가토河東로 바꾸는 식으로. 선조를 잊지 않으려는 정신으로서는 수긍하지 못할 것도 없지만, 오히려 국민으로서의 새 출발의 의기를 보여 과감히 일본적인 씨명氏名으로 바꾸었으면 하는 것이다. 구씨具氏의 오카씨丘氏라든가 하야시씨林氏, 미나미씨南氏와 같이 옛 성을 어느 정도까지 보유하는 데 융통성 있는 것은 내버려두고, 그렇지 않은 것은 다카야마高山, 기타무라北村와 같이 차라리 고향과 관련된 일본식 씨氏[2]로 바꾸어야 한다. 그리고 이름도 이치로一郎, 다로太郎, 사부로三郎, 다케오武雄, 후미오文夫, 유키코雪子, 하나코花子와 같이 과감히 일본식으로 바꾸어야 한다. 흐지부지하게 할 필요는 없지 않은가.

---

2 원문에는 '姓'으로 되어 있다.

1940년

기원 2천6백 년紀元二千六百年[1]

쇼와昭和 15년! 올해는 빛나는 황기皇紀 2천6백 년 되는 해이다. 동시에 일한병합日韓併合 30주년을 맞는다. 때마침 성전聖戰 중이다. 이제 막 동아신질서東亞新秩序의 건설에 착수하려는 비상시이자, 비상시의 비상시이다. 1억의 백성은 마음을 하나로 모아 제1선에 선 병사의 마음가짐으로 자기를 잊고 봉공奉公하지 않으면 안 되는 때이다. 이런 이유에서야말로 이 기원 2천6백 년은 뜻 깊은 것이다.

황기皇紀 2천6백 년! 황국皇國은 성장과 향상의 한 길을 더듬어 더욱 번영하는 오늘에 이르렀다. 이제 우선 아시아 10억의 여러 민족을 고마운 황도皇道의 빛 속으로 끌어들이고, 이 신국神國의 새로움과 올바름과 광영光榮을 그들에게 골고루 나누어 주고자 우리 조국은 일어난 것이다. 현재 세계의 정세를 보라. 일본만큼 고마운 나라가 또 어디 있는가. 이 나라 임금의 백성으로서 이 나라에서 삶을 누리는 것은 얼마나 행운인가. 실로 황공함에 눈물겨운 일인 것이다.

병합 30주년! 조선 2천4백만 민중은 메이지 천황의 고마운 뜻에 의해 이 일본의 신민臣民이 된 것이다. 그리고 지금 천황폐하의 적자赤子가 된 것이 얼마나 고맙고 영광스러운 일인지 마음으로부터 느끼게 된 것이다. 조선의 민중은 우리 임금을 위해 물에 잠긴 시체, 풀이 우거진 시체[2]가 되는 것을 신바람 나는 일로 여기게 된 것이다. 그리고 영광스런 대일본제국을 지키고 천대 만대에 이 나라를 더욱 번창케 할 신성한 책임과 의무의 부담자가 된 것이다.

조선의 백성이여, 이때에야말로 낡고 작은 감정을 청산하자. 그리고 부정不淨을

---

1 원문 일본어. 『국민신보(國民新報)』, 1940.1.7. '주장(主張)'란에 실렸다.

2 1937년 국민정신 총동원의 일환으로 일본방송협회의 의뢰를 받아 노부토키 기요시(信時潔)가 작곡한 군국가요(軍國歌謠) 「우미유카바(海行かば)」에서 따온 구절. 전문은 다음과 같다. "海行かば水漬く屍, 山行かば草蒸す屍, 大君の邊にこそ死め, かへりみはせじ(바다에 가면 물에 잠긴 시체, 산에 가면 풀에 뒤덮인 시체, 임금 곁에서 죽자, 뒤돌아보지 않으리)."

씻어 없앤 새롭고 큰마음으로 살아가자. 이제 우리의 고향은 작은 조선 반도가 아닌 것이다. 일장기가 번뜩이는 곳이야말로 모두 우리의 고향인 것이다. 북쪽으로는 치시마千島, 남쪽으로는 신남양군도新南洋群島 이르기까지 모두 우리의 자손이 지켜야 할 낙원인 것이다. 1억의 천황의 적자는 모두 우리의 동포인 것이다. 우리의 자손은 충성과 힘만 있으면 제국을 짊어질 국가의 중심인물도 될 수 있는 것이다. 아직 제거되지 않은 다소의 차별을 괴롭게 여겨서는 안 된다. 우리의 충성은 가까운 장래에 이 차별까지도 일소一掃할 것이다. 그리고 그것은 오직 우리의 충성에 달린 것이다. 광대무변廣大無邊한 천황의 인자하심은 우리 2천4백만 조선 민중을 완전한 일시동인一視同仁의 뜻에 품을 날이 하루라도 빨리 오기를 기다리신다고 삼가 배찰拜察하는 바이다.

그렇다면 조선 민중이여. 황기 2천6백 년을 우리는 무엇으로써 축하하고 무엇으로써 기념할까. 그것은 다른 것이 아니다. 더욱 적극적으로 천황에 대한 충성을 떨쳐 일으켜 훌륭하고 믿음직한 신민臣民이 되는 데 있다고 생각한다.

연두의 서年頭の誓[1]

나는 맹세하는 것을 두려워합니다. 그것은 내가 약한 사람이라 좀처럼 맹세대로 하지 못하기 때문입니다. 나는 몇 번이나 맹세하고는 또 몇 번이나 그 맹세를 깨뜨렸습니다. 내가 맹세한 횟수는 맹세를 깨뜨린 횟수와 같을 것이라고 생각합니다.

맹세를 하고 그것을 지켜내고 끝까지 해내는 그런 사람은 내가 볼 때는 대단한 위인偉人인 듯이 생각됩니다. 맹세에도 여러 가지가 있겠지요. 부처님의 제도중생濟度衆生의 넓고 큰 서원誓願도 있겠고, 또는 평범한 개인적인 맹세도 있겠지요. 그 어느 것이든 맹세를 끝까지 견지한다는 것은 매우 어렵고 위대한 일이 틀림없습니다.

그러나 맹세는 신앙으로써 성취된다고 이야기됩니다. 신불神佛의 도움으로 그 대신력大神力, 대원력大願力에 의해 완수된다는 것입니다. 과연 역사상의 위인은 뭔가 하나의 신앙을 지닌 사림들이었던 듯합니다. 신앙이라는 말을 싫어하는 분께는 신념이라고 해도 상관없습니다만, 역시 신앙 쪽이 좋지 않을까요. 우주의 근본인 어떤 힘을 믿고 그것을 의지하는 것입니다. 이것이 신앙인 것입니다. 이 신앙의 힘에 의지함 없이는 평범한 맹세라도 좀처럼 끝까지 관철해 내기 어렵다고 믿습니다.

따라서 나는 다른 모든 맹세의 어머니인 신불神佛을 받들어 굳게 믿고, 언제 어디서든 믿으며, 행불행幸不幸을 가리지 않고 믿고 받들어, 내가 조우遭遇하는 모든 것은 그것이 이른바 복福이든 화禍든 나의 과거의 행위에 상응하는 신불의 지극히 공평한 판결임을 믿을 것을 맹세하고자 합니다.

1　원문 일본어. 가야마 미츠로(香山光郎), (李光洙氏 改名), 『국민신보(國民新報)』, 1940.1.7.

그리고 내가 생각하고 말하고 행하는 모든 업業은 신불을 기쁘게 해드리는 것, 즉 신불의 뜻에 맞지 않으면 안 됩니다. 이것이 도道인 것입니다. 나는 도에 맞는 생활을 하지 않으면 안 됩니다. 도에서 벗어났을 때 이미 내게는 생명이 없는 것입니다. 영원한 죽음이 있을 뿐입니다. 게다가 그 죽음이라는 것은 잠깐을 의미하는 것이 아닙니다. 잠깐이 된다면 정말 다행입니다. 그런데 여기서 말하는 죽음이란 비유컨대 잘못 산 데 대한 수치羞恥의 연장延長을 의미하는 것이며, 이해하기 쉽게 말하면 지옥도地獄道, 아귀도餓鬼道, 축생도畜生道를 향한 끝없는 윤회輪廻인 것입니다.

바라건대 나는 이번 일 년을 도道에 따르는 일 년으로 만들고자 맹세하고 싶은 것입니다. 커다란 일, 좋은 일 등은 나 같은 사람에게는 애당초 무리이지만, 최소한 이번 일 년간 집안은 물론 친구에게도, 나라에도, 모르는 사람에게도 폐가 되지 않고, 그리고 내 존재가 최소한 불유쾌한 또는 해독을 끼치는 그런 일은 없었으면 하고 생각하는 것입니다.

소학교 선생님께 小學校の先生方へ[1]

지금 필자는 젊은 남녀 한 사람씩을 눈앞에 그리며 이 글을 쓴다. 이 두 사람은 모두 22, 3세의 소학교 선생이다. 그리고 결혼 직전으로 각각 연담緣談이 진행 중인데, 이 결혼이라는 현실의 문제에 부딪쳐 매우 큰 번민에 빠진 것이다. 독신자일 때는 적은 봉급으로도 큰 부자유함은 없었다. 설령 부자유함이 있다 해도 혼자라는 홀가분함으로 웃어버릴 수도 있지만, 막상 가정을 갖게 되면 그렇게는 안 된다. 남자 쪽에서 보면 귀여운 아내에게 부자유한 생각을 갖게 하고 싶지 않고, 태어날 아이들에게도 남루한 옷을 입히고 싶지 않다. 장래의 교육 등도 걱정이 된다.

그래서 당신네는 생활의 방향 전환을 생각하게 된다. 한마디로 말하면 좀 더 돈이 들어오는 직업을 원하게 되는 것이다. 그리고 대개는 무리를 해서까지 상급학교에 가려 하는 것이다. 상급학교를 나오면 좀 더 좋은 월급을 받아 아내와 자식에게 부자유함을 느끼게 하지 않고 살 것이라고 생각하는 것이다. 이것은 일단 수긍할 만한 일이어서 실로 동정하지 않을 수 없다. 오늘날과 같은 소학교 교원에 대한 대우는 실로 딱한 것이다.

그런데 이에 대해 한말씀 올리고 싶다. 그것은 당신네가 인생을 어떻게 보고 있는가, 그리고 소학교 교원이라는 직업을 어떻게 생각하고 있는가 하는 점이다.

부富가 욕심부려 얻을 수 있는 것이라면 세상에 가난한 사람은 없을 것이다. 저 수없이 가난한 노인들은 모두 욕심을 좇아 한평생을 보낸 것이다. 또 가령 부가 욕심을 부리고 욕심을 좇아 얻어지는 것이라 해도 부가 과연 안심입명安心立命과 이른바 행복을 가져오는 절대적인 것일까. 세상에는 가난하고 불행한 사람보다

---

1 원문 일본어. 『국민신보(國民新報)』, 1940.1.14. '주장(主張)'란에 실렸다.

는, 부유하지만 그래서 불행한 사람이 많다는 사실을 확실히 인식하지 않으면 안 된다.

사람이 가야 할 올바른 길은 주어진 임무에 부지런히 힘쓰는 일이다. 밭을 가는 소는 결코 굶주리지 않는다. 자기의 정업正業을 위해 혼魂을 집중시키고 있는 자에게 의식衣食이 궁해지는 일은 결코, 결코 없는 것이다. 그것은 이 세상이 신이 섭리攝理하시는 세상이고 이 나라가 임금이 다스리시는 나라이기 때문이다. 신을 믿고 임금께 의지하여 주어진 직무를 위해 일생을 바치는 — 성誠을 다해 몸도 혼도 집중하는 자라면 반드시 영탈穎脫[2]의 영예도 얻게 될 것이다. 하물며 소학 교육이야말로 국가의 모든 부문 가운데 가장 기본적인 직무임에랴.

따라서 여러분! 어떻게 하려는가. 아내와 자식에게 어떻게 해주겠다는 따위의 미혹에 빠져서는 안 된다. 아침저녁으로 어떻게 하면 학생을 잘 이끌지, 이 국민을 신神의 자식에 걸맞게 훈육할 것인지에만 전념하라. 무엇을 먹고 무엇을 입을지, 내일은 어떻게 할지, 가득한 공명심功名心은 어떻게 충족시킬지 등에 대해서는 모두 신께 맡겨 드리라. 한 가지 일에 전 생명을 바치는 자는 반드시 국가의 위인偉人이 될 것임을 믿으라.

2 주머니 속의 송곳 끝이 밖으로 튀어나온다는 뜻으로, 재능이 밖으로 드러날 정도로 뛰어나고 훌륭함을 이르는 말.

신내각의 사명과 국민新內閣の使命と國民[1]

요나이米內 신내각新內閣[2]은 사변事變 처리를 주목적으로 국제관계의 정돈, 국내 문제의 정리를 목표로 내걸고 등장했다. 사변 처리란 말할 것도 없이 동아신질서의 건설을 가리키는데, 그 당면의 문제는 지나支那의 중앙정권에 왕징웨이汪精衛[3] 정부를 성립시키는 것이다. 왕씨가 장제스蔣介石에게 최후의 통첩을 보내어 일본에 의지하지 않으면 안 될 것을 설명하고, 만일 장제스가 말을 듣지 않으면 단연코 충칭重慶 정부를 뒤엎을 결심을 보인 것은 주목할 만하다. 그러나 그렇다 해도 왕씨가 세우려 하는 새로운 지나 중앙 정권의 대일관계對日關係에 관해서는 아직 여러 가지 어려운 문제가 가로놓여 있는 듯하다. 이 문제의 해결이 가장 먼저 요나이 내각의 솜씨를 기다리고 있는 셈이다. 원래 지나사변은 육군이 주역이 되어 일어난 것이지만, 이번 요나이 내각의 손에 의해 해군의 의사意思가 반영될지의 여하가 주요 관심사가 되고 있는 모양이다.

국제 문제로서는 전前 내각[4]의 손에 의해 일영日英・일미日米・일소日蘇 관계가 교섭 진척 중이지만, 모두 아직 윤곽이 잡히지 않은 채 요나이 내각의 손으로 넘어

1 원문 일본어. 『국민신보(國民新報)』, 1940.1.21. '주장(主張)'란에 실렸다. 단행본 『동포에게 보냄(同胞に寄す)』에는 수록되어 있지 않다.

2 해군대장이었던 요나이 미츠마사(米內光政, 1880~1948)가 제37대 내각 총리대신으로 임명받아 1940년 1월 성립된 내각. 친미・친영 정책을 취했던 탓에 일본・독일・이탈리아의 3국 동맹을 선호하는 육군의 압박으로 그해 7월 사임했다.

3 왕징웨이(汪精衛, 1883~1944). 중국 국민당의 일원으로 쑨원(孫文)과 친밀한 관계이자 장제스(蔣介石)와 대립하는 라이벌이었으나 중일전쟁 발발 이후 친일파로 변절하여 1940년 3월 난징(南京)에 친일정권을 세웠다.

4 육군대장이었던 아베 노부유키(阿部信行, 1875~1953)가 제36대 내각총리대신으로 임명받아 1939년 8월부터 1940년 1월까지 이끌었던 내각. 제2차 세계대전 발발 당시 일본의 중립을 유지하기 위해 노력하는 한편 격화되고 있던 중일전쟁을 종식시키려 하였으나 육군의 반대로 1940년 1월 총리직을 사임했다.

왔다. 영국은 아직 장제스와 더러운 인연을 청산하지 않고 있고, 미국은 여전히 이미 골동품이 되어 버린 9개국 조약[5]의 환상에 매달려 1월 26일부터의 일미日米 무조약無條約 상태를 기다리고 있다. 소련과의 관계는 어느 정도 호전好轉되어 있는 듯하지만, 근본적인 국교國交 조정의 성립 여부 또한 요나이 내각의 손에 달려 있는 것이다.

이와 같이 영국, 미국, 소련에 대한 국교 조정 문제는 사변 처리와 서로 표리表裏를 이루는 중대한 문제이지만, 독일과 이탈리아에 대한 문제도 그 중대성에 있어서 결코 이에 뒤지지 않는다. 제국帝國으로서는 독일과 이탈리아 양국이야말로 오히려 언제까지나 친교 이상의 것을 보유해 가지 않으면 안 되는 사정이 있어서 여기에 일종의 모순과 번민이 있다. 아리타有田[6] 외상外相의 솜씨를 배견拜見할 수 있는 대목일 것이다.

마지막으로 국내 문제인데, 이에 대해서 요나이 수상은 내각을 조직한 직후 이렇게 말했다. 모두 사이좋게 가자. 물자가 있는 곳에는 있고 없는 곳에는 없지 않도록, 그리고 모쪼록 자제하자고. 실로 맛깔스러운 말로, 이것으로 할 말은 다했다고 생각한다. 화和와 평平과 인忍, 화和란 국민 총동원의 요긴한 방법이고, 물자의 배급을 평등 원활하게 하는 것은 국민생활 안정의 관건이며, 간난艱難 궁핍窮乏을 견디는 것은 비상시를 타개하는 골격임은 말할 것도 없다. 요나이 수상은 내각 조직에 있어서 우선 과거 민民·정政 양당[7]과 연락을 취하여 사쿠라우치櫻內 씨

---

5 1922년 워싱턴 회의에 참가한 미국, 영국, 네덜란드, 이탈리아, 프랑스, 벨기에, 포르투갈, 일본, 중국 등 9개 국가 간에 체결된 조약. 문호개방, 영토보전, 기회균등, 주권존중의 원칙 속에서 일본의 중국 진출을 억제함과 동시에 중국의 권익 보호를 표명한 것으로, 동아시아에서 열강들 사이의 질서를 재편하는 데 목적이 있었다.

6 아리타 하치로(有田八郞, 1884~1965). 일본의 정치인이자 외교관. 1936~1937·1938~1939·1940년 세 차례 외무대신을 지냈다.

7 근대 일본의 양대 정당인 민정당(民政黨)과 입헌정우회(立憲政友會). 민정당이 중도 우파 자유주의를 표방했다면, 지주계급과 재벌세력의 지지를 받았던 입헌정우회는 보다 보수적인 강령을 채택했다. 그러나 1930년대에 이르러 점차 군부에 밀려 세력을 잃게 되고 결국 1940년 정부 통제하의 대정익찬회(大政翼贊會)에 흡수 통합되었다.

를 장상藏相[8]으로 삼아 민정당이 재정에 대한 책임을 지도록 하고 시마다島田 씨를 농상農相으로 삼아 농촌문제를 정우회政友會에 맡기는 한편, 후지와라藤原 씨를 상공상商工相에 앉혀 물자의 생산·배급에 대한 책임을 상공업자 자신에게 맡겨 종래 민원民怨의 대상이 되었던 관료 독선의 폐해를 바로잡고자 하였다. 둘째, 혁신사상을 지닌 인물인 요시다吉田 후상厚相[9]을 임명하여 국민생활의 조정을 도모케 하며, 셋째, 마츠우라松浦 문상文相[10]을 임명하여 교육전문가에게 문교文敎를 맡겼다. 상당히 면밀하게 총친화주의總親和主義의 의도를 내보인 것이라 할 만하다.

그러나 아무리 강력한 거국일치擧國一致 내각이 출범해도 국민의 정신이 총동원의 궤도에 올라 이에 잘 화답하지 않으면 국책國策은 수행될 수 없다. 유흥세遊興稅의 증가, 암거래의 발호跋扈, □□풍조의 유행, 청년학생의 무기력 등이 오늘날의 상태 같아서는 안 된다. 국민 된 자는 모름지기 애국의 지성至誠, 즉 국책을 위해 목숨을 내던지는 기백을 떨쳐 일으켜 신내각으로 하여금 이번에야말로 사변事變 처리의 완성에 매진하도록 협력하지 않으면 안 된다.

8 재무대신(財務大臣).

9 후생대신(厚生大臣).

10 문부대신(文部大臣).

영국에 항의함英國に抗議する[1]

우리나라 배를, 더구나 제국帝國의 근해近海에서 불법 임검臨檢[2]에 나선 영국 함대는 아직도 제국 근해를 서성이고 있을 것이다. 이 얄미운 처사는 오랫동안 잠잠하던 우리 국민 전체의 영국에 대한 분격을 부채질했다.

외무성, 해군성, 육군성 세 당국이 재빨리 협의하여 영국 측에 강경하게 항의한 것은 말할 것도 없지만, 우쭐해진 영국이 한 번의 항의 정도로 움츠러들 것이라고는 생각되지 않는다. 그 노회老獪하고 교만하기 짝이 없는 정수리에 예리한 일침을 가하여 정신이 번쩍 드는 아픔을 알게 하지 않으면 안 된다.

난폭한 영국이 인도와 지나支那를 비롯해 세계 도처에서 저지른 인도적, 국제적 죄악은 해가 지지 않는다는 그 넓은 영토보다도 클 것이다. 이러한 가공할 만한 죄악은 난폭한 영국 자신의 피로써 속죄할 수밖에 없을 것이다. 과거 3년간 지나사변을 통해 영국이 우리 제국에 드러낸 적성敵性만으로도 충분히 응징의 철퇴鐵槌를 내리치기에 족하다. 공공연히 우리의 적인 장제스蔣介石 정권을 원조하고 있는 영국을 어째서 건드리지 않고 있는 것인가. 지나 대륙에서 흘린 우리 충용忠勇의 피 1할이면 충분히 사나운 영국에 본때를 보여줄 수 있었을 것이 아닌가.

지금 영국의 함대는 해적海賊으로 전락하여 있다. 독일과 싸운다면서 당당히 정면의 적에게 칼을 겨누는 게 아니라, 무장武裝하지 않은 중립국 선박에 대해서만 폭위暴威를 휘두르고 있는 것이 해적 행위가 아니면 무엇이랴. 우리 데루쿠니마루照國丸도 필시 이런 해적과 같은 비겁 행위의 희생이 되었던 것이라고 생각된다.

아시아 근해에서 돌아다니는 영국 함대를 일소一掃하라. 그것이 상선商船인 경

1 원문 일본어. 『국민신보(國民新報)』, 1940.1.28. '주장(主張)'란에 실렸다. 단행본 『동포에게 보냄(同胞に寄す)』에는 수록되어 있지 않다.

2 국제법에서 선박을 포획할 때 포획 이유를 확인하기 위해 선박을 조사하는 일.

우는 장제스 정권에 물자를 수송하고, 그것이 군함軍艦이면 무장하지 않은 중립국 배를 엿보는 해적이다. 영국 국기 유니언 잭이 일장기 앞에 모조록 잘못을 뉘우치고 장래를 맹세하지 않는 한, 배 한 척의 그림자도 싱가포르 동쪽 이하로는 머물지 않게 하라. 우리 해군력은 충분히 이를 감당할 여유가 있을 것이다.

영국의 보복 수단이 두려운가. 제국帝國의 사명은 영국과 미국을 지도 세력으로 하는 세계의 현상을 타파하는 데 있다. 이 점에서 독일과 이탈리아 양국은 우리와 맹우盟友인 것이다. 현상의 타파는 충돌에서 □□하는 것이지 한때의 편안함을 꾀하는 타협에서 오는 것이 아니다. 물론 평지平地에 파란波瀾을 일으키는 것은 우리 국시國是에 어그러지는 일이지만, 정의의 칼을 치켜들고 불의를 벌주는 것 역시 우리의 혼인 것이다. 데루쿠니마루照國丸, 아사마마루淺間丸, 게다가 장제스 정권 원조 및 그 밖의 일을 생각한다면, 우리 칼은 바로 칼집을 떨쳐버릴 때가 아닌가. 그는 바야흐로 무너지려 하는 늙은 □□이요 우리는 바로 하늘에 떠오르려 하는 아침 해의 기세이다. 올바름이 우리에게 있고 기세가 또한 우리에게 있으니, 단호히 이에 임해야지 □하지 않고 건드리지 않는 것을 꿈꾸어서는 안 된다.

성심의 기원절誠心の紀元節[1]

올해 기원절紀元節[2]은 황기皇紀 2천6백 년 되는 기원절이다. 일억 국민이 마음과 목소리를 하나로 모아 황통皇統이 천지天地와 함께 무궁함을 경축드리는 기원절이다.

반도 2천4백만 동포도 황화皇化를 입은 지 30년이라고 하지만, 옛날로 거슬러 올라가면 원래 내선일가內鮮一家였다. 30년이란 잠시 떨어졌다가 다시 한집이 된 지 30년이라는 말이다. 즉 어떤 의미에서는 반도인은 새롭게 황국신민皇國臣民에 편입되었다고도 할 수 있지만, 참된 의미에서는 옛날로 돌아간 것이며, 이번 기원절을 기회로 이에 대한 인식을 확실히 가져야 할 것이다. 신부민新附民도 아니고, 의붓자식도 아니며, 적자嫡子라는 사실에 생각이 미쳐 이에 어울리는 자부심과 신념을 가져야 할 것이다.

이렇게 함으로써 반도 동포는 조선 반도라든가 조선 민족이라는 좀스러운 편견에서 벗어나 대일본제국이라는 넓디넓은 우리 집의 광영 있는 일원이 되는 것이다. 이것은 바깥에서 이루어 주는 것이 아니라 스스로 이루는 것이다. 나는 제국 신민이고 천황폐하의 적자赤子라고 성심으로 인식하는 순간에 이루는 것이다.

그러나 지금도 여전히 어떤 편벽된 소견을 청산치 못한 자는 그야말로 자기를 해치고 2천4백만 반도 동포를 해치며 나아가 제국을 해치는 자라고 해야 할 것이며, 실로 세기世紀의 완명頑冥한 무리, 세기의 죄인이라고 하지 않을 수 없다.

뿐만 아니라 나는 폐하의 적자이고 나는 떳떳한 황국신민이라는 외침이 의식 깊숙한 곳에서 일어나지 않으면 안 된다. 신사참배, 국기게양, 궁성요배, 만세호창萬歲呼唱 등 모든 것이 성심誠心에서 솟아나오지 않으면 안 된다. 그것이 단지 겉

1 원문 일본어. 『국민신보(國民新報)』, 1940.2.4. '주장(主張)'란에 실렸다.

2 기원전 660년 일본의 초대 천황인 진무천황(神武天皇)이 즉위한 날.

치레나 흉내, 임시변통, 특정 장소에 국한된 행동이어서는 안 된다. 왜냐하면 그것은 신神을 속이고 임금을 속이며 자기 혼魂을 속이는 일이기 때문이다.

그러므로 우리는 이번 기원절을 각자 성심의 기원절로 삼자. 성심으로 혼을 다하여 천황께 충성을 맹세하고 조국을 지키는 데 생명을 바칠 것을 맹세하자. 동시에 우리들의 일상생활에서도 불성실과 허위를 일소一掃하여 천지에 부끄럽지 않고 신급돈어信及豚魚[3]에 통할 정도의 참된 생활의 신기원을 기획하자. 그리고 황기 2천6백 년 이후 일본에는, 일본인에게는 거짓은 없었다고 역사에 대서특필케 하자. 황기 2천6백 년부터 반도 2천4백만은 성심으로 갱생하고 완전히 황국皇國의 신민이 되어버렸다고 역사에 대서특필케 하자.

반도 동포여!

3 돼지나 물고기 등 무심한 생물조차 믿어 의심치 않는다는 뜻으로 신의(信義)의 지극함을 이르는 말.

건국제의 아침建國祭の朝[1]

2월 11일 기원절. 오늘은 황기皇紀 2천6백 년을 맞는 건국제의 날이다. 오늘 아침 우리 일억 국민은 한결같이 감사와 참회와 기원의 마음가짐으로 지내야 할 것이다.

세상에는 불행한 국민도 많다. 일일이 헤아리지 않아도 우리는 지구상 도처에서 혹은 조국을 잃고, 혹은 전쟁에 패하여 불행히 흐느껴 우는 민족의 모습을 많이 본다. 그런데 우리는 얼마나 행복한가. 더욱 번창하는 훌륭한 나라의 백성으로서, 싸우면 이기는 나라의 백성으로서 광영을 누리고 있는 것이다. 이 아침, 신 앞에 경건하게 박수를 치고 궁성을 향해 다 같이 받들어 몸을 굽혀 성심 어린 감사를 바칠 일이다. 좋은 나라의 백성으로 태어난 것이 얼마나 고맙고 황공한가를 마음속 깊이 느끼자.

천도天道는 친근親近을 따지지 않는다. 오직 덕 있는 자에게 가담할 뿐이다. 일본이 조국肇國 이래 번영을 거듭하여 오늘날에 이른 것은 위로 한 분 되시는 어른上御一人[2]은 여쭙기도 황공하거니와, 우리 선조들이 천도를 잘 지켰기 때문이다. 결코 하늘이 일본만을 친히 여겨서는 아닌 것이다. 그러므로 오늘날 일본의 광영을 기뻐하는 자는 항상 역대 천황의 위세와 선조들의 덕에 감사를 올려야 마땅하다.

천도는 지극히 공평하여 사사로움이 없다. 물이 아래로 흐르는 것과 같고 불이 위로 타오르는 것과 같다. 덕이 있는 편에 권위를 주어 세상을 다스리게 하신다. 그러나 일단 그 덕을 잃으면 하늘은 그 권위를 빼앗으시는 것이다. 오늘날 하늘은 우리 일본에 아시아를 다스릴 권위를 주셨다. 그것은 우리 임금님의 위세와 선조들의 덕분이다. 우리 국민은 이 사실에 생각이 미치지 않으면 안 된다. 감사

---

1 원문 일본어. 『국민신보(國民新報)』, 1940.2.11. '주장(主張)'란에 실렸다.

2 천황의 존칭.

와 기쁨 속에서도 황송한 마음을 잃어서는 안 된다.

천황은 현인신現人神이시다. 십선十善의 천자天子[3]이시다. 일억국민一億國民의 덕德의 이상理想이시다. 천황께는 사사로움이 있을 수 없다. 덕을 잃을 우려가 있는 것은 오직 우리들 아랫사람뿐이다. 우리가 국민으로서 덕을 잃으면 황운皇運을 부익扶翼해 드릴 수가 없다. 바야흐로 제국은 동아 신질서 건설이라는 성전聖戰·성업聖業에 전력을 다하고 있는데, 이 성전·성업이 속히 완성될지의 여부는 한 마디로 말해 우리 국민의 덕 — 멸사봉공滅私奉公의 지성至誠에 있는 것이다. 일억 국민이 모두 단지 전쟁에만 한마음이 되는 데 그치지 않고, 지나支那 4억 민중을 사랑하고 공경함으로써 황도皇道의 참뜻을 철저케 하는 데도 한마음이 되지 않으면 안 된다. 일억국민 전체가 마음의 청정함에 있어서는 신관神官과 같고, 정치 방면에서는 수상首相과 같고, 군사 방면에서는 총사령관과 같고, 외교 방면에서는 대공사大公使와 같고, 방공방첩防共防諜 방면에서는 경찰관과 같은 마음가짐을 갖지 않으면 안 된다.

이번 건국제를 맞아 우리 국민은 참회를 기조基調로 하여 감사와 기원을 올리자.

---

3 열 가지 선을 행한 과보(果報)로 얻은 천자(天子)의 지위를 일컬음.

인애와 충후仁愛と忠厚[1]

황기皇紀 2천6백 년의 경사스런 때를 맞아 우리 일억의 신민臣民은 황공하게도 고마운 조서詔書를 삼가 받았다. 실로 두려울 정도로 감격의 극치이다.

진무천황神武天皇 창업의 큰 뜻과 어려움을 생각하고 오늘날의 비상시에 견주어 선조들의 충후忠厚의 미덕을 이어받아 성상聖上의 인애仁愛에 보답해 드릴 것을 교시하셨다고 삼가 배찰拜察한다.

물고기가 물에 살면서 물의 은혜를 모르고 창생蒼生이 군은君恩을 입으면서 임금의 은혜를 의식하지 못하니, 제왕의 힘이 내게 무엇이랴, 하는 동요童謠는 태평한 기상을 읊고 있지만, 그것이 문명 국민의 마음가짐은 아닐 것이다. 내가 존재하는 것도 대군大君의 은혜이고 사는 것도 즐기는 것도 모두 대군의 은혜이다. 사회의 질서, 교육, 산업, 문화 등 내가 향유하는 모든 것 가운데 나라의 은혜 아닌 것이 무엇인가. 나라의 은혜란 대군의 은혜이고, 태어나서 죽기까지 자자손손, 매일 밤낮, 시시각각 나는 대군의 은혜 속에서 생활하며 향락하고 있는 것이다. 석가여래도 인생의 사중은四重恩[2]의 하나로서 대군의 은혜를 가르쳐주셨다. 충효로써 근본을 삼는 일본정신은 대군의 은혜에 감사드리는 일에서 시작되는 것이다.

대군은 인애로써 우리 신자臣子들을 기르고 다스리신다. 이런 하해河海와 같이 무거운 은혜에 대하여 우리 신자들은 충후忠厚로써 섬기고 보답해 드리는 것이다.

그런데 대군의 인애는 또한 우리 신자들이 배우지 않으면 안 되는 것이다. 충후忠厚란 단지 대군께 대해드리는 정신에 그치지 않는다. 윗사람은 모두 인애로써

---

1 원문 일본어. 『국민신보(國民新報)』, 1940.2.18. '주장(主張)'란에 실렸다.

2 『대승본생심지관경(大乘本生心地觀經)』의 '보은품(報恩品)'에 나오는 '부모은(父母恩), 중생은(衆生恩), 국왕은(國王恩), 삼보은(三寶恩, 佛法僧)의 네 가지 무거운 은혜를 일컬음.

아랫사람을 대하고 아랫사람은 충후로써 윗사람을 섬기는 것이 대어심大御心이 아닐까 삼가 배찰拜察한다. 부자·부부·형제·자매·군軍·관官·사회 등 모두 상하 질서로 성립되어 있지만, 이들 질서를 인애와 충후의 정신으로 유지하는 것이 성의聖意에 보답해 드리는 것이라고 배찰하는 것이다.

이 고마운 조서詔書는 황공하게도 우리 신민 각 개인에게 주신 것으로 알아야 한다. 따라서 나에게 인애의 마음이 있는가, 충후의 정신이 있는가, 진무천황 창업의 큰 뜻과 어려움을 삼가 생각하는가, 오늘날의 비상시를 타개하는 것은 나의 책무라고 여기는 기백氣魄이 있는가 등을 각자 반성하는 것이 조서를 받드는 신자臣子의 본분이라고 생각한다.

이렇게 반성하면 우리는 오싹한 사실에 놀랄 것이라고 생각한다. 인애충후仁愛忠厚의 정신이 사라지고 있는 것은 아닐까. 혹은 가정에서, 혹은 관청이나 학교, 회사에서 더욱 더 인애충후의 정신을 진작振作시키지 않으면 안 된다고 생각한다. 요나이米內 수상, 미나미南 총독, 가와시마川島 총재 등은 각각 이번 조서에 관하여 유고諭告를 내어 충심 협력하여 성지聖旨를 받들 것을 맹세했다. 이는 곧 우리 국민을 대신한 것이지만, 각 애국반, 각 가정, 각 개인 또한 똑같이 맹세하여 성지聖旨를 받들 것을 기약해야 할 것이다.

창씨創氏와 나[1]

내가 가야마香山라고 씨氏를 창설創設함에 대하야 혹은 면대面對하여서, 혹은 서간書柬으로 내 창씨創氏의 동기를 묻는 이가 있다. 대다수는 나의 가야마香山이라는 창씨에 대하여서 비난하지마는, 또 그중에는 찬성하는 이도 있고, 창씨에 대한 의견을 묻는 이도 있었다. 오늘 내가 받은 익명인匿名人의 편지에는 나의 창씨를 강하게 비난하고 그 동기와 이유를 발표하는 것을 요구하였다. 반드시 이 익명인의 서간에 응함만이 아니나, 이때를 당하야 나의 태도에 대하야 일언一言할 필요가 있음을 통감한다.

창씨創氏의 동기

내가 가야마香山라고 씨氏를 창설創設하고 미츠로光郞라고 일본적인 명名으로 개改한 동기는 황송한 말씀이나 천황 어명御名과 독법讀法을 같이 하는 씨명氏名을 가지자는 것이다. 나는 깊이깊이 내 자손과 조선민중의 장래를 고려한 끝에 이리하는 것이 당연하다는 굳은 신념에 도달한 까닭이다.

나는 천황의 신민臣民이다. 내 자손도 천황의 신민으로 살 것이다. 이광수라는 씨명氏名으로도 천황의 신민이 못 될 것이 아니다. 그러나 가야마 미츠로香山光郞가 조금 더 천황의 신민답다고 나는 믿기 때문이다.

---

1 이광수(李光洙), 『매일신보(每日新報)』, 1940.2.20. '일일일인(一日一人)'란에 실렸다.

내선일체

내선일체內鮮一體를 국가가 조선인에게 허하였다. 이에 내선일체 운동을 할 자는 기실其實 조선인이다. 조선인이 내지인內地人과 차별 없이 될 것밖에 바랄 것이 무엇이 있는가. 따라서 차별의 제거를 위하여서 온갖 노력을 할 것밖에 더 중대하고 긴급한 일이 어디 또 있는가. 성명 3자를 고치는 것도 그 노력 중에 하나라면 아낄 것이 무엇인가. 기쁘게 할 것이 아닌가. 나는 이러한 신념으로 가야마香山라는 씨氏를 창설創設하였다.

편의便宜

앞으로 점점 우리 조선인의 씨명氏名이 국어國語로 불려질 기회가 많을 것이다. 그러할 때에 이광수李光洙보다 가야마 미츠로香山光郞가 훨씬 편할 것이다.

또 만주나 도쿄東京, 오사카大阪 등에 사는 동포로는 일본식의 씨명을 가지는 것이 실생활 상에 많은 편의를 가져올 것이다.

결심

우리의 재래의 성명은 지나支那를 숭배하던 조선祖先의 유물遺物이다. 영랑永郎, 술랑述郞, 관창랑官昌郞, 초랑初郞, 소회所回, 巖, 이종伊宗, 거칠부居柒夫, 흑치黑齒 이런 것이 고대古代 우리 선조의 이름이었다. 서라벌徐羅伐, 달구화達久火, 재차파의齊次巴衣, 흘골, 엇내 이런 것이 옛날의 지명이었다. 그러한 지명과 인명을 지나식支那式으로 통일한 것은 불과 6, 7백 년래의 일이다.

이제 우리는 일본제국의 신민臣民이다. 지나인과 혼동되는 성명姓名을 가짐보다도 일본인과 혼동되는 씨명氏名을 가지는 것이 가장 자연스러운 일이라고 믿는다.

그러므로 나는 일본인이 되는 결심으로 씨氏를 가야마香山라고 하고 명名을 미츠로光郞라고 하였다. 내 처자妻子도 모조리 일본식 명名으로 고쳤다. 이것은 충성의 일단一端으로 자신하는 까닭이다.

정치적 영향

금년 8월 10일까지 조선인의 창씨創氏의 기한이 끝난다. 그날의 결과는 정치적 영향에 큰 관계가 있다고 나는 믿는다. 즉 일본식 씨氏를 조선인 전부가 달았다고 하면, 그것은 조선 2천4백만이 진실로 황민화皇民化할 각오에 철저하였다는 중대한 추리자료가 될 것이다. 만일 그와 반反하야 일본식 씨氏를 창설創設한 자가 소수에 불과하다 하면, 그것은 불행한 편의 추리자료가 아니 될 수 없는 것이다. 왜 그런고 하면 국가가 조선인을 신임하고 아니 함이 조선 자신의 행불행幸不幸에 크게 관계가 있을 것은 자명하기 때문이다. 그러므로 일본적인 씨氏를 창설創設하는 것은 일종의 정치적 운동이라고 나는 믿는다.

황민화의 한 길皇民化の一路[1]

의회의 중의원衆議員 의원 나카지마 야단지中島彌團次 씨는 이번 지나사변支那事變에서 보인 조선인의 특수성과 관련해 뭔가 다른 정책이 필요한 것이 아닐까라는 질문을 했고, 이에 대해 고이소小磯[2] 척상拓相과 오노大野[3] 정무총감政務總監은 번갈아 황민화皇民化라는 말로써 대답했다. 즉 조선인은 이번 사변에서 황민적皇民的 애국심을 잘 드러냈으며, 또 정부에서도 조선인의 황민화로써 정책의 근간을 삼고 있다는 것이다. 또한 그것은 곧 미나미南 총독의 내선일체內鮮一體의 슬로건이자 금후 영원히 계속되어야 할 정책이다.

오노 정무총감은 의회에서의 질문에 대해 금년도 지원병 모집 성적이 반도인半島人의 애국심의 정도를 보여 주었다고 대답했다. 즉 3천 명 정원에 9만 명 가까운 응모자가 있었다는 것이다. 이것은 무엇보다도 조선인의 국민적 의식을 웅변적으로 설명해준다.

이제 조선인의 유일한 진로는 황민화이며, 이에 대해서는 정부도 민중도 모두 일치하는 바이다. 그리고 다음은 그 실현 수단인데, 척상과 정무총감의 답변을 종합하면 지도적 교육이라는 한마디로 충분한 듯하고, 그 교육은 학교 교육의 보급과 정동연맹精動聯盟[4]을 통한 교육에 있는 듯하다. 시오바라鹽原 학무국장은

---

1 원문 일본어. 『국민신보(國民新報)』, 1940.2.25. '주장(主張)'란에 실렸다.

2 고이소 구니아키(小磯國昭, 1880~1950). 육군사관학교, 육군대학교를 졸업하고 육군성 군무국장, 관동군 참모장, 조선군 사령관 등을 역임했으며, 1938년 현역에서 물러난 후 대동아성(大東亞省) 대신을 거쳐 1942년 조선 총독에 부임하여 학도병제 등을 실시했다.

3 오노 로쿠이치로(大野錄一郞, 1887~1985). 일본이 관료이자 변호사. 제37대 경시총감을 지냈고, 1936년부터 1942년까지 조선총독부 정무총감을 지냈다.

4 국민정신총동원조선연맹. 1938년 6월 민간 사회교화단체 대표자들이 총독부의 종용에 따라 "국민정신을 총동원하고 국책의 수행에 협력하여 성전(聖戰) 궁극의 목적을 관철"한다는 취지를 내걸고 조직한 전쟁 동원 단체. 1940년 10월 국민총력조선연맹으로 기구를 개편하고 재출발한다.

1942년昭和 17 경까지 학령學齡 아동의 6할을 수용할 만큼 초등교육을 확장하고 1950년昭和 25 경까지는 의무교육의 실시를 볼 것이라는 확신을 재차 언명했다. 또한 정동연맹 쪽에서는 올해부터 각 군郡에 인원을 배치하여 4백6십만의 애국반원을 적극적으로 훈련시키도록 되어 있다. 이로 보건대, 금후 10년을 기期해 조선인의 황민화를 완성시키려는 계획이라고 미루어 판단할 수 있다.

한편 조선특별지원병朝鮮特別志願兵 모집이 첫해에 4백 명, 다음해에 6백 명이던 것이 3년차인 올해에는 일약 3천 명에 달했고, 가이다海田[5] 훈련소장의 말에 의하면, 내년부터는 정원을 한층 더 늘려 향후 4, 5년 후에는 사실상 징병徵兵과 다르지 않을 정도로 확장한다고 한다.

의무교육이 이루어지고 징병령이 실시를 보게 되면 씨제도氏制度의 확립과 아울러 조선인은 완전히 황민화皇民化되는 것이며, 그 전망은 이미 명료해지고 있다고 해야 할 것이다. 남은 것은 조선인 측의 성의와 노력 여하이다. 바꿔 말해 국가에서 조선인의 황민화를 위해 온갖 노력을 하고 있는 데 대하여 조선인 자신은 감격과 열성, 그리고 자발적 노력으로써 보답하지 않으면 안 된다.

여기에만 조선인의 행복과 광영이 있는 것이다.

---

5 원문에는 '鹽原'으로 되어 있으나 착오이다. 가이다 훈련소장에 대해서는 「지원병 훈련소를 보고」(『매일신문』, 1940.3.2~3.6) 참조.

생활 개선의 급무急務[1]

생활 개선은 조선인을 위하여서는 초미焦眉의 긴급사緊急事입니다. 부족한 금일今日의 우리로서 향상向上의 명일明日을 가지랴면 그 유일한 길은 우리의 생활을 혁신함입니다. 구舊의 불합리를 버리고 합리의 신新을 취取하는 것입니다. 이 밖에는 도리가 없습니다. 그러므로 생활혁신운동은 하로 바삐 전조선을 풍미風靡하지 아니하면 아니 될 긴급사입니다.

외우畏友 오억吳億 씨는 일찍부터 이 문제에 깊은 관심을 가지시어 특히 음식물의 영양적 개선에 많은 연구를 쌓으시다가 이제 분연히 생활개선운동의 진두陣頭에 나서시니, 씨의 근저近著 『생활 진로生活進路』와 및 도해圖解는 그 제일성第一聲입니다. 이 한 권 글, 한 폭 그림은 실로 가가필비家家必備, 인인필독人人必讀할 양서良書요, 특히 일가一家의 생명과 건강을 맡았다고 할 만한 주부로서는 암송할 필요가 있는 것이라고 믿습니다.

음식물의 영양학적 개선은 실로 사람의 건강에만 영향할 뿐더러 수명에 관한 대문제입니다. 이것을 과학적으로 합리화하는 것이야말로 무병장수無病長壽, 백자천손百子千孫의 요결要訣이 되는 것이니, 대개 정상正常한 영양營養이야말로 백약百藥의 장長인 까닭입니다. 그런데 오억 선생의 저著인 『생활 진로』와 그 도해는 금일의 과학이 도달한 이 문제에 대한 결론을 알기 쉽게 우리에게 가르쳐 줍니다.

나도 이 책과 도해를 얻어 아이들까지도 흥미 있게 읽고 듣고 소득이 많았으며 그 도해는 조석朝夕의 참고參考로 상용常用하옵니다. 감히 일반一般에 추장推奬하오며, 아울러 오억 선생의 이 대사업 — 생활개선운동의 대사업이 각 방면의 공명共鳴을 얻어 크게 성취하기를 축원하옵니다.

---

1 이광수(李光洙), 『삼천리(三千里)』, 1940.3.

지원병 훈련소를 보고[1]

1

2월 22일. 청晴. 문인협회文人協會 유지有志 일행을 따라 조선총독부 육군병지원자훈련소를 참관하였다. 일행에 박영희朴英熙, 데라다 에이寺田瑛,[2] 김동환金東煥, 가라시마 다케시辛島驍,[3] 스기모토 나가오杉本長夫[4] 5씨와 필자와 합 6인. 성동역城東驛[5]을 떠난 것이 오전 11시 45분 묵동역墨洞驛에 나린 것이 오후 0시 20분.

함경도서 왔다는 농업학교생 일행도 우리와 같은 목적으로 하차하였다. 바람은 불고 차나 일기日氣는 심히 청명하야 수락산水落山 용容이 무척 맑았다.

역에서 동북으로 훈련소 건물이 보인다. 논길을 걸어서 15분 정程 조선총독부 육군병지원자훈련소라는 간판이 붙은 대문을 들어서서 드높은 국기 게양탑揭揚塔의 금주金球가 일광日光에 찬연히 빛나는 것을 우러러보고 현관에 들어갔다. 얼굴 깨끗한 지원병 하나가 활발하고 엄격한 어조로 "はい, さやであります(예, 날씨가 맑습니다)" 하는 것이 무척 인상이 깊었다.

소장실所長實에서 우리 일행은 가이다海田[6]대좌大佐의 접대를 받았다. 대좌는 훈

---

1 가야마 미츠로(香山光郞, 李光洙), 『매일신보(每日新報)』, 1940.3.2~3.6. 「지원병 훈련소 방문기」(李光洙)라는 제목으로 『삼천리(三千里)』(1940.5)에 재수록되었다.

2 데라다 에이(寺田瑛). 『경성일보』 학예부장으로 조선문인보국회 상무이사로도 활동했다.

3 가라시마 다케시(辛島驍, 1903~1967). 1928년 도쿄제국대학 중국문학과 박사이자 경성제국대학 법문학부 지나어문학 전공 교수로서 중국 연구의 권위자였다. 조선문인협회(1939) 핵심 간부, 조선문인보국회(1943) 이사장 등으로 활동했다.

4 스기모토 나가오(杉本長夫). 경성제대 영문과 교수 사토 기요시(佐藤清)의 제자. 최재서의 인문사(人文社)에서 간행된 『국민시인(國民詩人)』(1945년 2월 창간)의 편집 겸 발행자이기도 하다.

5 현재 지하철 1호선 제기동역 인근에 위치했던 역으로, 1939년 7월 경춘선의 시작점으로 영업을 개시하여 1971년 10월 성동-성북 구간의 폐선에 따라 폐지되었다.

6 가이다 가나메(海田要). 육군 대좌 출신으로, 조선총독부 학무국장 시오바라 도키사부로(鹽原

련 창설 이래로 벌써 7백 명을 훈련하여서 군대로 보내고 현재 3백 명을 훈련 중이며 장차 금년에 들어올 2천 명 육군병 지원자의 훈련을 맡을 이다. 키 큰고 눈 큰, 목소리 웅장하고 억세어 보이는 무인형武人型이다.

한훤寒喧[7]이 끝나자마자 가이다 대좌는 조선지원병에 관한 설명을 시작하였다. 우리 일행은 원탁에 환좌環坐하여서 들었다. 이하에 가이다 대좌의 설명을 내 기억이 허하는 대로 적는 것이 지원병을 아는 데 가장 효과적이라고 믿는다.

현재는 전원 2백 명, 교관敎官 8인이다. 현재의 3백 명은 입소한 지 2개월째 된다.

가이다 대좌는 특히 지원병제도 창설 이유에 대하야 세상에 혹시 지나사변支那事變 직접 관계인 것처럼 오해하는 자가 있는 것을 유감으로 여긴다고 하고 이렇게 말하였다.

"조선에 지원병제를 실시하게 된 것은 결코 지나사변 때문이 아니다. 만주사변 이래로 반도 동포가 혹은 국방헌금으로 혹은 군대의 송영送迎과 위문慰問으로 표시한 애국의 적성赤誠이 위에 상달上達이 되어서 폐하께옵서는 조선인에게도 국가에 가장 중대한 일인 국방國防에 참여하는 기회를 주자 하시는 성의聖意에서 발한 것이다. 지원병 수만 하여도 매년 육군대신이 상주上奏하와 어재가御裁可를 받잡게 되는 것이다."

다시 말하면 사변의 필요상 조선인에서 육군지원병을 채용하게 된 것이 아니라, 조선인이 사변 중에 표시한 충성을 가상히 여기시어서 조선인으로 하여금 신성한 국방의 의무를 지게 하도록 길을 열어주셨다는 뜻이다.

제1회에는 3천명의 응모자應者가 있었다. 이 중에서 엄선을 가하야 정원定員인 4백 명을 선발하았다. 이 4백 명을 전기 후기로 반분半分하여서 각 6개월의 본소本所의 훈련을 마친 후에, 전기생前期生은 장기長期로 하야 입영 연한을 2년으로 하고 후기생後期生은 단기短期로 하여서 치중輜重,[8] 고사포대高射砲隊[9]에 부속케 하여서 입

時三郎)가 초대 소장을 맡은 데 이어 제1육군병지원자훈련소장을 맡았다.

7 날씨의 춥고 더움에 대해 나누는 인사말.

8 군수품의 수송을 담당하는 부대.

영 연한은 2개월 내지 3개월이다.[9]

그러나 이 전기, 후기라는 것은 결코 인물이나 성적의 우열優劣에 의하는 것은 아니다. 당자의 특장, 가정의 사정, 기타로 장기 입영키 어려운 자를 조선군朝鮮軍 독자적 견해로 장기, 단기로 가르는 것뿐이다.

제2회인 작년에는 응모자 1만2천 명 중에서 정원인 6백 명을 선발하였다. 그랬더니 금년에는 정원이 3천 명이건마는 응모자가 6만4천을 초과하였다.

4백에서 6백으로 6백에서 일약 3천으로 지원병 모집정원이 증가하게 된 것은 갈사록 더욱 표시되는 반도 동포의 애국의 적성赤誠과 제1, 제2 양회兩回 지원병의 성적이 양호함에 의함인 것은 말할 것도 없다.

사실상 처음 조선 지원병 문제가 났을 때에는 군부뿐 아니라 다른 방면에서도 의문시되었었다. 첫째로 응모자가 얼마나 되겠느냐, 설사 응모자가 잇기로서니 군인으로 합당하겠느냐, 또 평시에는 몰라도 전시戰時에 과연 일본군인의 정신을 발휘할 수 있겠느냐, 이렇게 의문시하였던 것이다. 그러나 이인석李仁錫, 이형수李亨洙, 박종화朴宗華 제군諸君을 필두로 하여서 선배 지원병들의 우수한 성적은 이러한 제諸의문을 장쾌하게도 분쇄하여 버렸다.

그 밖에 또 한 가지 염려가 되던 것은 입영 중에 내지인 병사들과 조선 지원병들과의 조화였으나 지금까지의 경과로 보면 그것은 전연 기우에 불과하였다는 것이다. 내지인 병사들은 지원병과 무척 의가 좋아서 간 데마다 호감이었다.

이러한 말을 할 때에는 말하는 가이다 대좌도 희열의 빛이 만면하였거니와, 듣는 우리의 눈에도 가끔 감격의 눈물이 빛났다.(1940.3.2)

9 항공기 공격을 담당하는 포대.

2

가이다 대좌는 금년 응모자 중에 중등학교 졸업생이 2백십 명이 있는 것을 대단 중대한 기쁜 현상이라고 말하고, 다시 지원병의 성적에 관하여서 이러한 말을 하였다.

처음 제1회 지원병들이 각 연대聯隊에 입영하였을 때에 각 방면에서는 내지인 병사들과 오伍하여서[10] 잘 치러 나갈까 하는 것을 근심하다가 병영생활에 막힐 것이 없이 됨을 보고는, 평시에는 그렇지마는 지원병을 보고 "자네들이야 전장戰場에야 아니 나가겠지." 하고 농담을 한 일도 있었다. 사실상 지원병은 전장에는 아니 보내리라고 생각한 사람도 있는 모양이었다.

그러나 제○○부대가 출정出征하게 되매 그 부대에 있던 지원병 중에서 병자病者 2인을 제하고는 전부 산시전선山西戰線에 출동하게 되어서 지원병 최초의 실전實戰 경험을 보게 되었다.

그러나 첫째로 지원병들은 상관에 대한 복종에서나 동료 전우와의 우의友誼에서나 군인의 생명인 책임감에서나 조곰도 간연間然[11]한 바가 없는 것이 기뻤다.

그렇지마는 하나 남은 것은 전투력의 시험이었다.

"그런데" 하고 가이다 대좌는 목소리가 떨리면서 이인석李仁錫[12] 상등병이 전사戰死하였다는 보報를 들었을 때에 어떻게 감격하였는가를 말하였다.

"이인석이 전사하였다는 보報를 접할 때에 개인적으로야 참 애석하였다. 아직 23세의 젊은 몸으로 좀 더 오래 나라를 위하여서 일하게 하고 싶었다. 그렇지마는 금기錦旗[13] 밑에서 일명一命을 던진 것은 참 고마운 일이라고 생각하였다."

---

10 섞여서.

11 이의를 제기함.

12 이인석(李仁錫, 1916~1939). 1939년 6월 22일 중국 산시(山西) 전선에서 23세의 나이로 전사한 지원병 1기생. 1938년 조선에 지원병제도가 실시된 이래 제1호 전사자로서, 제1급 무급훈장을 받고 언론에 대대적으로 선전되었다.

13 해와 달을 금은실로 수놓은 비단 깃발로서, 천황의 깃발을 가리킨다.

이인석 군의 전사를 말할 때에 가이다 대좌는 감정의 격동을 금하지 못하는 모양이 분명히 보였다.

가이다 대좌는 조선 지원병의 실전實戰의 전투력을 실증하랴고 이형수李亨洙, 박종화朴宗華 양 지원병의 이야기를 하였다.

이형수 군은 전상戰傷 후 2개월 간이나 치료하다가 후송 중 도중에 절명絶命하여서 전사戰死가 아니라 전상자戰傷死가 되었기 때문에 세상에 그리 알려지지 아니하였지마는, 기실 이형수 군은 이인석 군보다도 더 공이 컸다. 더한 수훈殊勳이었다. 척후斥候로 수훈殊勳을 세우고 나서 적을 박격迫擊하는 중에 수류탄手彈에 맞아 경부頸部에 중상을 입고 일시 위독하였으나 그 후 대단히 경과가 양호하여서 다시 건장한 몸이 되는가 하였더니, 더 완비한 야전병원野戰病院으로 후송되는 도중에서 아깝게도 절명하였다. 그러나 이형수가 척후대斥候隊의 일원으로 적진敵陣의 후방으로 용전돌입勇戰突入하여서 그 부대의 그날 승인勝因을 짓고 나서 패퇴敗退하는 적을 추격하다가 치명적인 중상을 받고도 총을 꽉 부르쥐고 놓지 아니하여서, 4, 5의 전우가 달려들어서 그를 안고 가까스로 그 총을 놓게 하고 담가擔架에 담아서 후송하였다. 몸이 부서져도 총을 떨어트리지 아니하는 것이 일본 군인정신의 진골수眞骨髓[14]다. 총에는 국화菊花[15]의 어문장御紋章이 있어 군인은 총으로 폐하께 봉사하는 것이므로 어떠한 경우에나 총을 지키는 것이 군인정신이 되는 것이다. 그런데 이형수 군은 의식이 있는 동안 결코 총에 흙을 묻히지 아니하였다. 그는 일본군인의 정신을 끝까지 발양發揚하였다.

가이다 대좌는 이처럼 이형수 군의 군인정신을 칭찬하였다. 이형수 군은 장차 발표될 행실에 반드시 수훈殊勳 갑甲이 될 것이라고 한다.

다음에 대좌는 이종화 군이 다리와 팔과 어깨와 세 곳에 탄환을 맞고도 제 부상을 감추고 포연탄우砲煙彈雨 중에 전령傳令의 중임重任을 다하다가 마침내 기진하여서 비로소 부상한 줄을 전우가 알고 부대장에게 보고하야 부대장을 감격케 하

14 원문에는 '眞骨頭'로 되어 있다.

15 일본의 국화(國花).

였다는 말을 하고, 이것이 일본정신이다, 하고 어성語聲을 높였다.

지원병의 6할은 상등병이 되었고 그 중에서 하사관 후보생이 될 특별 교련을 받는 지원병이 30명 가량 된다. 상등上等이란 정원으로 보면 전원의 오분지일五分之一이기 때문에 만일 내지內地의 일촌一村에서 10명이 입영하여서 그 중에 6명이 상등병이 되었다 하면 그것은 놀랄 만한 성적이다. 그러므로 지원병의 6할이 상등병이라 함은 보통의 3배를 의미하는 것이다. 이것은 지원병의 우수함을 표하는 동시에 군대가 어떻게 공평한가를 증명하는 것이다. 군대에서는 내지인이니 조선인이니 하는 차별은 전혀 없다.(1940.3.3)

3

이러한 지원병의 우수한 실적이 종래의 각 방면의 모든 의구疑懼를 분쇄하여버린 것이다. 어떻게나 기쁜 일인가 — 가이다 대좌는 친자손親子孫을 자랑하는 듯한 희색喜色을 보였다. 기실은 국가의 경행慶幸에 대한 희색喜色일 것이다.

이리하여서 금년도에는 일약 3천 명의 지원병을 모집하기로 되었다. 금후로 점점 수가 증가되어서 징병령 실시에 이를 것이다.

육군병 지원자에 대하여서 가이다 대좌는 그 동기와 결점에 관하야 이런 말을 하였다.

육군병 지원자의 동기를 물어보면, 9할은 아시兒時부터 병정이 되고 싶었으나 부모나 어른들 말씀이 조선 사람은 병정 될 길이 없다고 하므로 유감으로 알았고, 낫살 먹어서는 군인이 되어서 천황폐하께 봉공奉公하고 싶다는 마음으로 지원하였다는 것인데, 이러한 사람들은 모도 순진하고 열심이 있어서 혹은 혈서血書로 탄원歎願한다는 이가 있는 것도 이런 사람이다.

그러나 또 그중의 일부분은 전선戰線에서 이름을 내고 싶어서, 신문 잡지에서 전선미담戰線美談을 칭양稱揚하는 것이 부러워서, 이러한 동기로 지원하는 자도 있다. 도道에서와 군軍에서 세밀하게 추리노라고 하지마는 그러한 공리적 동기를 가진 자가 이 훈련소까지 들어오는 일도 없지 아니하나 그러한 자는 성적이 나쁘다. 진심에서 우러나오는 감격이 아니기 때문이다.

그러나 처음에는 이러한 동기로 입소하였던 자도 입소 후에 각성하는 자도 있다.

아무려나 지원병의 성적은 예상 이상이라고 할 수가 잇다. 처음 생각으로는 6개월의 훈련으로 군에서 요구하는 인물을 만들어 내일 수가 있을까 하고 겁도 났으나 지난 2개년 간의 실적으로 보아서 인제는 확신이 생겼다. 앞으로는 6개월 다 아니 가지고도 4개월쯤의 훈련만 가지고도 소기의 목적을 달할 것 같다(이 기간 단축에 관한 항은 시오바라 소장에게 그 후에 들은 말이요 가이다 대좌의 말이 아니다).

그런데 이렇게 성적이 양호한 원인은 물론 지원자 제군諸君이 순진한 것, 순종 잘 하는 것, 모든 것을 선생에게 맡기고 전연 신뢰하는 것, 정성 있는 것, 이러한 정신에 있다.

그러나 결점도 없지 아니하다 하야 가이다 대좌는 일반 지원자의 결점을 솔직하게 말하였다.

결점의 첫째는 책임 관념이 부족한 것이다. 공사사公私事를 물론하고 책임 관념이 부족한 자의에는 일을 맡길 수가 없는 것이다. 하물며 군대로 말하면 책임 관념이 생명이다. 제가 맡은 직무에 대하여서는 그 대소경중大小輕重을 물론하고 모든 이해고락利害苦樂을 초월하여서 전력을 다하는 것이 책임 관념이다. 군대에서는 이 책임을 생명으로 지키는 것이다. 즉 생명보다 직무를 더 중히 여기는 것이 책임 관념이다. 그런데 이것이 부족하다.

다음에는 협동 동작이 부족하다. 전체를 위하고 남을 위하여서 제가 수고를 아끼지 아니하는 것이 협동생활의 정신인데, 이것이 부족하고 매양 자기 중심이 되기 쉬운 것이 유감이다.

셋째는 물질적, 공리적이라는 것이다. 정신적으로 높은 무엇에 순殉하랴는 정신이 부족하다.

다음에 제 향토의 명성을 사랑하여서 그것을 떨어트리지 아니하랴는 정신이 부족하다.

그러나 이러한 결점의 책임을 모도 청년 자신에게 돌리는 것은 미안한 일이다. 그 죄는 역사와 가정에 있다. 과거의 좋지 아니한 정치 밑에서 고상한 정신적 교양을 못 받은 까닭이다. 그리고 가정교육이 불철저하다. 그것은 부인들이 사회를 인식하지 못한 허물인가 한다. 학교 교육자의 죄, 사회 교육자의 죄, 지방 자치체의 죄라고도 아니 할 수 없다. 그러므로 사실만을 책責하는 것은 가혹한 일이다. 청년뿐 아니라 아동도 그러하다. 가정과 사회가 아동을 잘못 교양하는 책임을 맹성猛省할 필요가 있다.(1940.3.4)

4

조선 청년이 질이 나쁜 것이 아님은 이 훈련소의 훈련 결과를 보아도 알 것이다. 6개월의 훈련소 생활을 마치고 고향에 돌아가면 고향 사람들은 그들의 변한 것이 눈에 띄어서 놀란다고 하며, 병영생활을 마치고 제대된 뒤에는 전혀 딴 사람같이 변한다고 한다. 이 사람이 그 사람인가 하고 향리 사람들은 놀란다고 한다. 이것은 조선 사람이 변할 수 있는 소질을 가진 때문이다.

세상에는 조선 청년이라면 일종의 선입견을 가지고 보는 이가 있으나 그것은 크게 불가不可하다. 만일 조선 청년에게 부족한 점이 있다 하면 그것은 소질素質이 불미不美한 까닭이 아니라 교양을 잘못한 죄다.

그런데 이 교양의 책임자 중에 가장 큰 책임자는 어머님들이다. 즉 가정의 부인들이다. 부인이 무식하여서 자녀들을 버리는 것이다. 그러므로 좋은 어머니를 짓는 것이 좋은 청년을 얻는 근본이다. 가이다 대좌는 이렇게 말하였다.

이렇게 지원병에 대한 대체의 설명을 하고 우리 일행 중에서도 몇 가지 질문이 있었다.

"청년들의 결점 중에 거짓말하는 버릇은 없는가." 하는 질문에 대하여서는 가이다 대좌는 청년들이 거짓말을 그리 대수롭지 아니한 허물로 아는 모양이라고 하고 웃었다.

그들의 신앙생활은 어떠하냐는 질문에 대하여서는 가이다 대좌는 대부분은 가정이 불교라고 하나 독실한 신앙생활을 하는 자는 극소수요, 기독교 신자는 1인도 없다고 대답하였다.

우리는 가이다 대좌의 안내로 장차 지원병이 될 육군병 지원자의 숙사宿舍와 교실의 수업 상황과 욕실, 주방 등을 관람하였다.

첫째로 눈에 띈 것은 복도의 청결이었다. 마루창 널이 금시 대패로 밀어놓은 듯이 깨끗하고 그러고도 거울같이 어른어른하였다. 어느 구석에 먼지 하나 없었다. 실내도 그러하였다. 어디나 그러하였다.

우리 일행이 그 청결에 놀래어서 책책탄상嘖嘖嘆賞하는 것을 보고 가이다 대좌는 이렇게 설명하였다. — 청결은 가장 힘 있게 훈련하는 과목 중의 하나다. 청결은 일본인의 귀중한 특색 중에 하나다. 일본인은 항상 신神을 섬기는 몸이기 때문에 신체나 정신이나 의식주의 청결을 숭상한다. 불결은 일본인이 가장 싫어하는 것이다. 청결은 일본정신의 표상이다. 그러므로 씻고 닦아라. 마루를 번쩍번쩍하게 닦고 창도 말끔하게 닦아라. 그리고 너희 몸도 어른어른하게 닦아라. 사람이란 정신을 수양하면 몸에서 빛을 발하는 법이다. 너희 몸에서 빛을 발하는 법이다. 너희 몸에서 빛이 발하도록 너희 마음을 닦아라 — 이것이 청결의 교훈이다. 가이다 대좌도 이렇게 말하였다.

지원자들은 처음 입소할 때에는 청결사상이 부족하였다. 수족手足의 불결도 개의치 아니하고 수건도 더러운 채로 두었다. 목욕은 입소 후에 처음 한다는 자가 많았다. 그러나 입소 후 60일에 이제는 청결의 새 습관이 형성되었다. 인제는 그들은 불결한 예전 생활을 견디지 못할 것이다.

"우리도 제대되어서 고향에 돌아가면 가정과 동리를 이렇게 청결히 하겠다."고 그들은 말한다고 가이다 대좌가 부언하였다.

침실에는 1실에 10대의 청초한 침대가 있고 그 위에 침구를 꼭 같은 규모로 개켜 놓고 그 위에는 베개를 놓았다. 침대 머리맡에는 책장이 있고 그 옆에는 흰 주머니가 걸렸다. 가이다 대좌는 그 주머니 하나를 끌러 보였다. 그것은 알루미늄 식기였다. 오목한 밥그릇과 국그릇, 벌떡한[16] 반찬그릇 그리고 물그릇 이 네 가지가 한데 포개지게 된 것이 중의 바리대[17] 격식이요, 거기는 행주 하나가 있었다. 이것은 절에서 하는 법 그대로였다. 식기는 다 제 손으로 말짱하게 씻어서 행주를 쳐서 주머니에 담아서 걸어두는 것이었다.

책장에 책이 꽂힌 양도 다 한 모양으로 정돈되어 있었다. 서랍에 넣은 물건들도 다 한 모양으로 정돈되어 있다. 가이다 대좌는 말하였다.

이 모양으로 질서 훈련을 하기에 1개월이 넘어 걸린다. 처음에는 깨끗한 것과 더러운 것을 구별 없이 한데다가 처박았다. 지필紙筆을 두는 곳에 양말을 두는 사람도 있었다. 그러나 입소한지 60일이 된 오늘에는 질서정연하게 되었다 — 이렇게 말하고 가이다 대좌는 만족한 빛을 보였다.(1940.3.5)

5

복도 좌우에는 복검木劒들이 정연하게 꽂혀 있었다. 변소의 게다 나막신들도 가지런히 놓여 있었다. 이것도 처음에는 함부로 벗어버려서 산란하였다고 한다.

"다음 사람의 불편을 생각하여라. 이것이 생활의 정신이다."

이 말로 뒷간 게다를 다음 사람이 신기에 편하도록 정돈시키는 훈련을 하였다고 한다. 욕실에서도 다음 사람을 생각하야 물을 깨끗이 하기 위하여서 몸에 더러운 것을 먼저 씻고 탕湯에 들어가게 한다. 무슨 일에나 반드시 다음 사람을 생각하는 습관을 기르게 한다. 이것도 입소 60일이 된 오늘에는 제꺽제꺽 되어 간다고 한다.

---

16 벌떡하다 : 아가리나 위쪽이 젖혀 있거나 벌어져 있다는 뜻의 북방 방언.

17 바리. 절에서 승려들이 쓰는 밥그릇.

질서는 인사人事에 있어는 예절과 겸양이 되고 사물에 있어서는 물각유소 사각유시物各有所 事各有時다. 무슨 물건이나 꼭 제자리에 있게 하고 무슨 일이나 다 제때에 하게 한다는 말이다. 인사의 예절이 될 것도 필경은 상하上下와 평교平交의 서序를 차리는 것이다. 청결의 관념과 함께 질서의 관념은 조선 청년에게 가장 결여한 것이오 또 가장 중대한 결함이다. 따라서 이 훈련소에서 가장 주력하여서 훈련하는 과목이다.

욕실을 보았다. 격일隔日하여서 입욕入浴을 시킨다는데 아주 통창通暢하게 되었다.

주방을 보았다. 마침 석반夕飯 준비를 우동과 무말랭이며 쌀이며 보리쌀이며 이런 것을 탐스럽게 물에 씻어 놓고 채소들도 클로르칼크[18]로 소독하여서 놓고 있었다. 커다란 가마솥이 여남은 걸려 있었다. 절반은 밥 짓는 가마요 절반은 국 끓이 가마다.

큰 저울이 있었다. 이것은 지어진 음식의 척량斤量을 다는 것이다. 가이다 대좌는 이렇게 설명하였다—

밥은 2합合[19]밥 삼시三時요, 보리 4 쌀 6의 상반相半밥이다. 처음에는 모두들 배가 고파 하나 1개월쯤 지나면 모도들 장위腸胃가 건전하여져서 밥이 꿀같이 맛나다고 한다. 처음에는 고춧가루를 주나 1개월 후에 전연 일본식日本食을 준다. 그래도 짠 것, 매운 것을 생각하지 않는다.

이렇게 배가 고프다고 하는 것은 영양이 부족한 까닭이 아니오 종래에 과식하던 까닭이다. 조선인은 과식의 폐가 많다. 과식하기 때문에 정력이 소화기消化器에 많이 소모되고, 따라서 다른 기능이 희생이 된다.

소화기 자체도 병이 든다. 소화기가 불건不健하기 때문에 입맛이 없고 영양 흡수가 잘 안 된다. 이것은 다 과식에서 오는 폐이다. 논論보다도 증거다, 하고 가이다 대좌는 우리 일행을 방금 수업 중인 강당으로 데리고 가서 6개월 훈련기간의

18 표백분(chlorkalk).

19 두 홉. 한 홉은 한 되의 10분의 1로 약 180mL에 해당한다.

체중重 증가표를 보였다. 최고는 14킬로 반, 최저 2킬로 여餘의 증가다. 4킬로 반이라면 8척斤이나 체중이 는 심이다. 그것도 단 반년간!

식후食後에 크레오소트[20]환丸 1개씩을 먹인다. 이것은 보약인 동시에 건위健胃, 소독제消毒劑다.

매일 오후 7시 반에서 8시까지는 정신수양을 위하여서 교관教官 생도生徒 일동一同이 강당에 모여서 30분 정좌靜坐를 한다.

이 정좌靜坐의 정靜이라는 것이 정신수양의 기조基調다. 이 속에서야 반성도 있고 진정한 인식도 얻는다. 그리고 제 정신을 제가 통일하는 힘을 얻는다. 가이다 대좌의 말에 의하면 지원자들이 처음 입소한 때에는 대개는 정신이 가라앉지 못하고 통일이 되지 못하여서 매사에 주의력이 부족하고 허둥지둥한다. 그래서 무슨 말을 일러도 그 뜻을 바로 이해도 못 하거니와 또 곧 잊어버린다. 그러나 정좌로 정신통일을 수련하노라면 2개월이 못 하야 침착하게 되고 주의력의 집중이 된다고 한다.

우리는 참관을 끝내고 다시 소장실로 돌아와 다과茶菓의 향응饗應을 받고 가이다 대좌에게 깊이 사의謝意를 표하고 함께 촬영한 뒤에 훈련소를 나왔다. 우리는 이날 중식中食을 소생所生들과 같이 할 예정이었으나 시간 예정이 틀려서 이 귀중한 경험을 못한 것이 한이다.

'엄한 사부師傅가 촉망 많은 제자들 교육하는 기관, 누구나 한 번씩 치러나고 싶은 훈련, 조선 청년이 모두 이런 훈련을 받았으면.'
하는 것이 훈련소에서 묵동역黑洞驛으로 돌아올 때의 필자의 감상이었다.

금년에 대확장을 보게 된 각지 청년훈련소는 곧 이 정신의 보급이다.

반도호텔에서 시오바라鹽原 훈련소장이 다화회茶話會에 온 것이 오후 3시 반. 우리는 진심으로 지원병제도 창설에 중요 역할을 한 인물인 시오바라씨에게 감사의 뜻을 표하고 지원병제도 탄생의 진통담陣痛談도 들었다.

---

20 creosote. 너도밤나무를 증류하여 만든 무색 또는 담황색의 유액(油液). 살균력이 강하여 방부제·소독제·국부 마취제 등으로 쓰이며, 소량의 글리세롤 등을 섞어 위장약으로 사용한다.

쇼와昭和 25년[21] 경이면 의무교육제가 실시될 희망이 서고 징병徵兵은 그보다도 먼저 될 듯도 하다.

의무교육, 징병, 씨氏 창설, 이것이 곧 내선일체의 완성이다. 이른바 내선차별 철폐의 완성이다. 오직 남은 것은 조선 사람의 충성 여하다. 협력 여하다.(1940.3.6)

21 1940년을 가리킨다.

지식층의 외딴섬知識層の孤島[1]

어떤 세상에도 지식층의 외딴섬은 있는 법이다. 현세現世에 불평불만을 품고 이른바 독선기신獨善其身,[2] 명철보신明哲保身[3]을 목적 삼아 세상일에 관여하는 일을 업신여기는 일군一群의 사람들이다. 이들은 스스로 고고孤高하게 머물며 차가운 눈초리로 세상을 경멸하고 있는 자들이다. 지나支那의 난세亂世나 조선의 고려 말 같은 시기에 많이 보였다.

그런데 오늘날 조선에도 이런 지식층의 외딴섬이 형성되고 있다. 이들은 모두 지식계급으로 스스로를 현자賢者로 자임했고 실제로 문화운동의 각 방면에서 지도자적 활동을 했지만, 최근 시국의 격변을 만나 그들이 지도했던 일반 민중에게 버림받은 자들이다. 그들이 민중에 대한 지도권이 언제까지나 자기 손바닥에 있을 것이라고 깔보고 있는 동안에 민중은 새로운 조류潮流를 타고 옛 지도자군을 따돌리고 척척 머나먼 저편으로 나아가고 말았다. 그리고 이들 지도자군은 본래 자리에 우두커니 남겨진 것이다.

이들 지식군을 어떻게 하면 좋을까. 국가적 견지에서 보면 그들은 모두 많은 비용을 들여 양성한 인재이며 그대로 버려두는 것은 실로 아까운 일이다. 어떻게든 그들을 다시금 쓸모 있도록 하지 않으면 안 된다.

이들 폐물화廢物化되려고 하는 지식층에게 활기를 불어넣기 위해서는 우선 올바르게 시국時局을 인식시키는 일에서부터 시작하지 않으면 안 된다. 그러나 곤란한 것은 오랫동안 상층부의 대우를 받던 범부凡夫의 습관 탓에 이들의 마음에 증

---

1 원문 일본어. 『국민신보(國民新報)』, 1940.3.3. '주장(主張)'란에 실렸다.

2 자기 한 몸의 처신만을 온전하게 함.

3 총명하고 사리에 밝아 일 처리를 잘하여 자기 몸을 보존함.

상만增上慢[4]이 있고, 자기는 다른 사람에게 가르침을 받을 수 없다고 하여 굳게 마음의 문을 닫아 보통의 선전宣傳이나 타이르는 말로는 이들의 마음을 움직일 수 없으며, 또 이들은 신문 잡지 등을 자기 수준에 맞지 않는다고 여겨 잘 읽지 않고 설령 읽었다고 해도 그것에 감화되지 않는다는 점이다.

그러면 어떻게 해야 이 시대의 외딴섬 인사들을 다시금 현세로 복귀시킬 수 있을까. 그것은 구호대救護隊의 열성적인 활동에 의지하지 않으면 안 된다. 즉 개인적 접촉과 권설勸說로써만 이룰 수 있는 일이다. 이 구호의 임무에 적임자는 큰 인물이 아니면 안 된다. 이들이 경의를 표할 만한 인물이 아니고서는 목적은 이룰 수 없다.

이 시대적 외딴섬의 은둔자는 조선을 통틀어 어쩌면 수백 명을 넘지 않을지도 모른다. 혹은 그 대표자적인 자는 수십 명 정도일지도 모른다. 그러나 그들에게는 많건 적건 추종하는 소지식군小知識群이 따르고 있다. 그러므로 수가 적다고 해서 결코 내버려 두라고 해서는 안 된다. 산 응달의 얼음이 녹아야 봄은 무르익는 것이다.

4 최상의 교법과 깨달음을 얻지 못하고도 이미 얻은 것처럼 교만하게 우쭐대는 마음을 일컫는 불교 용어.

잘못된 구복술間違つた求福術[1]

20세기, 혹은 과학의 세기라고 일컬어지는 오늘날 여전히 미신이 행해지고 있는 것은 한탄스러운 일이다. 더구나 그것이 무지몽매한 우부우부愚夫愚婦의 일이라면 몰라도 당당한 현대적 신사들 사이에서 행해지고 있는 것이다. 예컨대 이름에 대한 미신으로 이번 창씨개명創氏改名의 기회를 엿보는 이런 어리석은 미신이 드디어 큰길을 횡행하기 시작했다. 마음이나 몸을 바꾸면 운명도 고쳐지겠지만, 이름의 획수나 발음의 변경으로 길흉이 변하는 일이 있다면 우주 인과因果의 법칙은 엉망으로 파괴되어 버릴 것이다. 태양의 양陽자에 한 획을 더하거나 뺌으로써 태양의 열량熱量을 가감한다는 말과 똑같이 실로 어리석은 헛소리다.

왜 이런 어리석은 일이 일어나는 것일까. 탐욕 때문인 것은 물론이지만, 그보다도 무서운 죄가 이 미신의 원인을 이루고 있다. 그것은 바로 우치愚痴이다. 우치란 인과의 이법理法을 분별하지 못하는 일이다.

선인善因을 짓지 않고 선과善果를 바라고 악인惡因을 지으면서 악과惡果를 피하려는 일이다. 위생의 법칙을 지키지 않고 건강과 장수를 바라고, 근검저축하지 않고 부富를 바라며, 덕을 쌓지 않고 명예를 얻으려는 것이다.

이것이 우치인 것이고, 온갖 죄악은 이 우치에서 생기는 것이다. 인과의 이법을 분별하지 못하기 때문에 우연이나 요행을 기대한다. 요행으로 부와 명예를 탐하려 하기 때문에 사기꾼이 되는 것이다. 사기詐欺란 단지 법률상의 죄명을 가리키는 것만이 아니다. 선악善惡과 정사正邪의 행위에 의거하지 않고 어떤 욕망을 달성하려 하는 것은 모두 사기이다. 무릇 이름 따위를 고침으로써, 또 선조의 묏자리나 방향을 바꿈으로써 복운福運을 바라는 사람은 우선 자기가 사기에 걸려 있

---

1 원문 일본어. 『국민신보(國民新報)』, 1940.3.10. '주장(主張)'란에 실렸다.

는 것은 물론이지만, 이런 사람은 또 다른 사람에게도 사기를 행할 가능성이 있는 자이다. 왜냐하면 선善과 정正의 행위에 의거하지 않고 복락福樂을 탐하기 때문이다.

오늘날의 시세時勢는 무한히 부와 향락에 대한 탐욕을 돋운다. 이 마음을 고치지 않으면 민심은 점점 타락의 일로를 밟을 것이다. 올바른 신불神佛에 대한 신앙과 올바른 과학의 지식을 병행해야 비로소 이러한 시대적 폐습弊習을 바로잡을 수 있다고 생각한다. 어쨌든 인과의 신념을 사람들의 마음에 심어주는 것은 적게는 한 사람과 한 가족을 구하고, 크게는 국운國運을 수호하는 방법이다.

조선의 불교朝鮮の佛教[1]

그 옛날 반도半島는 불법佛法이 융성했던 국토였다. 원효元曉, 의상義湘, 보각普覺, 보조普照, 서산西山, 사명泗溟 등의 성승聖僧·걸승傑僧을 배출했고, 반도 중생의 혼魂에 깨달음의 밭을 이식移植하여 삼국시대와 고려조 대략 1천 년을 통해 찬란한 불교문화를 만들어 냈던 것이다.

긴메이 천황欽明天皇[2] 어대御代에 처음 일본에 불교를 소개한 것은 백제이고, 쇼토쿠 태자聖德太子[3]에게 『법화경法華經』을 외워 바친 것은 고구려의 승려 혜자慧慈이다.

그런데 오늘날 반도의 불교는 어떤 상태에 있는가. 세조世祖의 호법護法을 마지막으로 이조李朝의 불교 배척이 반도 불교를 쇠약게 한 외적 요인을 이룬 것은 아쉽기 그지없지만, 병합倂合 이래 불교도는 예전의 자유와 보호를 부여받았는데도 불구하고 도리어 타락의 일로를 걷고 있는 듯이 보이는 것은 무슨 까닭일까. 승려가 제멋대로 육식肉食을 하고 아내를 두는 것은 그렇다 해도, 양복을 입고 구두를 신고 머리를 갈라 전혀 승려로서의 위의威儀를 돌아보지 않는다. 그리고 속인俗人조차도 빈축을 살 만한 세력과 이익 다툼이 불교계 내에서 끊이지 않을 뿐 아니라 공공연해지는 일조차 거의 매년 일어나는 모양새다. 무지한 염불승念佛僧이나 비구니들에게는 지금도 여전히 불자佛子의 전통을 알 만한 이가 있지만, 이른바 지식승智識僧, 상층부의 승려에 이르러서는 거의 두타행頭陀行[4]의 흔적조차 남아 있

---

1 원문 일본어. 『국민신보(國民新報)』, 1940.3.17. '주장(主張)'란에 실렸다.

2 긴메이 천황(欽明天皇, 509~571). 일본의 제29대 천황. 『일본서기(日本書紀)』에 의하면 539년에 등극했고, 이해 2월 기사에는 백제인이 건너와 왕실의 고관(高官)으로 활약한 내용이 기록되어 있다.

3 쇼토쿠 태자(聖德太子, 574~622). 일본 아스카시대(飛鳥時代)의 황족(皇族). 중국의 선진 문물제도를 수입하고 17개조 헌법을 제정하는 등 정치체제를 확립하고, 일본에 불교를 보급·융성시켰다.

4 산과 들로 떠돌면서 온갖 괴로움을 무릅쓰고 불도를 닦는 행.

지 않다. 이 무슨 부끄러운 소행인가.

경성京城을 비롯해 먹고 마시고 음란한 마경魔境에 침윤되어 있던 대도시 근처의 사원寺院이 당국의 대탄압으로 청산된 것은 고맙고 다행한 일이지만, 승려들의 심행心行의 정화淨化는 승려 자신의 자각에서 비롯되지 않으면 안 된다. 다만 한 가지 당국에게 바라는 것은 승려의 위의威儀에 대한 엄격한 단속이다.

승려의 위의란 무엇인가. 첫째는 삭발이다. 머리를 기른다든지 바리캉으로 깎는 것을 금지하고 면도칼로 깎아야 한다. 둘째는 법의法衣 착용의 엄수이다. 양복이나 비단과 같은 속의俗衣를 금지하고 조선의 이른바 착가사장삼着袈裟長衫의 위의를 갖추고 염주를 지녀야 한다. 원래 이러한 승려의 외관外觀은 단지 승속僧俗의 구별을 위해 필요할 뿐만 아니라, 실로 일종의 몸으로써 하는 설법說法이다. 중생에게 승려의 모습을 보임으로써 염불念佛의 마음을 일으키게 하는 것이다. 그것은 또한 동시에 승려 자신의 지계섭심持戒攝心[5]에 강력한 도움도 되는 것이다. 이러한 승려의 단속은 사찰 그 자체의 단속과 하등 다를 것이 없다. 속인俗人의 복장을 한 승려는 곧장 승적僧籍에서 없애야 한다.

바야흐로 불교는 국가를 위해, 세도인심世道人心을 위해 큰일을 할 시세時勢를 맞았다. 특히 반도半島에서 그러하다. 계율도 지키지 않고 염불도 외지 않으며 좌선坐禪도 하지 않고 승려의 위의도 갖추지 않은 이런 승려는 불문佛門의 적敵이다. 이런 무리는 하루라도 빨리 승적에서 없애야 하고, 헛되이 불조佛祖의 이름을 팔아 사원寺院과 사회의 재산만 소모하는 게으른 기생충이 되게 해서는 안 된다.

조선 승려의 맹성猛省을 촉구하는 동시에 당국이 이제 한 번 외호外護의 칼을 뽑을 것을 바라 마지않는다.

---

5 계율을 지키고 마음을 한 곳으로 모아 집중함.

졸업생에게 주는 말卒業生への言葉[1]

대학이나 전문학교를 졸업한 이도 있을 것이다. 중등학교를 마치고 상급학교에 진학하지 않고 사회생활을 시작하는 이도 있을 것이다. 또는 소학교를 나왔을 뿐으로 인생의 거센 파도를 헤쳐 나가려는 용감한 이도 있을 것이다. 이들 청소년 남녀를 통틀어 졸업생이라고 부르고자 한다.

졸업생 가운데는 자산가의 자녀로 태어나 먹고 입는 데 드는 돈을 벌지 않아도 좋은 이도 있을 것이다. 그러나 대다수 졸업생의 관심은 우선 첫째로 취직에 있을 것이라고 생각한다. 취직을 하지 않으면 당장 먹고사는 데 곤란하다는 이유도 이유이지만, 인생의 야심을 달성할 길 또한 직업에 있기 때문이다. 생활에 필요한 돈벌이와 더불어 인생의 이상을 실현하려 하는 것이 취직의 목적인 것이다.

비상시 경기로 기술 방면의 졸업생은 물론 일반적으로 취직난의 완화를 보이는 듯하지만, 그래도 역시 취직난은 취직난이다. 희망하던 직업이 나를 기다리고 있는 것과 같은 운이 좋은 경우는 좀처럼 바라기 어렵다. 이것이 학교를 마친 청년에게 가장 심각한 번민임은 동정할 만하다. 그러나 이 번민의 책임을 사회에 돌리는 것은 가장 잘못된 사고방식이며, 결국 그 책임은 자신에게 있다고 자각하는 것이 올바른 생각이다. 자기만 신뢰하기에 충분한 인물이라면, 아무리 취직난의 시대라 해도 결코, 결코 직업을 놓치지 않을 것이라고 생각한다.

어떤 실업가實業家는 말했다. 훌륭한 사람의 소개장 같은 것을 가지고 직업을 찾으러 돌아다니는 사람 가운데 변변한 녀석이 없다고. "나는 이런 사람입니다. 부디 시험해 주십시오." 하는 기백으로 와 주었으면 한다고. 이것은 실로 음미할 만한 말이라고 생각한다. 본인의 인격과 실력, 이것이 사람을 구하는 실업가가 바

1 원문 일본어. 『국민신보(國民新報)』, 1940.3.24. '주장(主張)'란에 실렸다. 단행본 『동포에게 보냄(同胞に寄す)』에는 수록되어 있지 않다.

라는 것이며, 훌륭한 사람의 힘에 의지해 요행으로 직업을 얻으려는 패기 없는 자는 필요 없는 것이다. 학력의 간판이 도움이 되었던 것도 옛날 옛적의 일이고, 어디서든 인물 본위라는 것이 사업가의 채용 방침이라는 것을 명심해 주었으면 한다. 인격의 수양과 학술의 향상을 게을리하는 자는 설령 요행으로 직업을 얻게 되더라도 장래의 가능성은 없다. 결국은 어디까지나 실력의 세상인 것이다.

졸업생의 두 번째 번민은 결혼 문제일 것이다. 누구나 최상의 배우자를 바라는 것은 취직의 경우와 다르지 않지만, 최상의 인물이라야 최상 인물의 배우자가 될 수 있으니 결코 요행을 바라서는 안 된다. 우선 자기의 모습을 확실히 확인하고 배우자를 선택해야 할 것이다. 너만 좋은 사람이라면 네게 좋은 배우자가 있을 것이다.

요컨대 취직이든 결혼이든 또는 인생의 성공과 실패든 제비뽑기라고 생각해서는 안 된다. 그것은 제비뽑기가 아니라 거래인 것이다. 자기의 상품 가치야말로 자기의 운명을 결정하는 것인 셈이다.

왕정권의 성립汪政權の成立[1]

왕정권汪政權의 성립이라는 말은 온당치 못하다. 새로운 지나支那의 탄생이라고 해도 적당치 않다. 갱생更生 중화민국의 난징南京 환도還都라고나 해야 할까. 혹은 이 셋을 합하여 생각하는 것이 가장 적절할지도 모른다. 어쨌든 실로 기쁜 일이자 경사스런 일이다. 나반 지나 중화민국을 위해서 기쁜 것만이 아니고, 또한 3년 가까이 다수의 생명과 재력財力을 희생하여 싸운 제국帝國을 위해서 기쁜 것만이 아니며, 실로 아시아 전체를 위해, 더 나아가 세계 인류를 위해 기뻐할 만한 일이다.

만약 왕징웨이汪精衛[2] 씨가 정권을 세우지 않았다면 동아東亞의 불행은 얼마나 컸을까. 동우구안同憂具眼[3]의 지사志士를 호소한 고노에 성명近衛聲明을 믿고 이에 응하여 왕징웨이 씨와 같은 유력한 지사가 감연敢然히 일어났으니,[4] 이제야말로 동아신질서 기초의 정초식定礎式을 축하할 날이 온 것이다. 이번 기회에 왕 씨를 중심으로 한 중화민국의 동우구안의 지사에게 진심으로 감사드리는 동시에 아직 태양을 향해 활을 쏘는 미몽迷夢에서 깨지 못하고 창생蒼生을 도탄塗炭에 빠뜨리고 있는 장제스蔣介石[5] 일파의 반성을 촉구하지 않을 수 없다.

---

1 원문 일본어. 『국민신보(國民新報)』, 1940.3.31. '주장(主張)'란에 실렸다. 단행본 『동포에게 보냄(同胞に寄す)』에는 수록되어 있지 않다.

2 왕징웨이(汪精衛, 1883~1944). 중국 국민당의 일원으로 쑨원(孫文)과 친밀한 관계이자 장제스(蔣介石)와 대립하는 라이벌이었으나 중일전쟁 발발 이후 친일파로 변절하여 1940년 3월 난징(南京)에 친일정권을 세웠다.

3 함께 근심하는 마음과 아울러 사물을 판단하는 식견과 안목을 갖춤.

4 1938년 11월 3일 고노에 내각은 동아신질서성명을 통해 국민당 정부가 인사조직을 교체하고 동아신질서 건설에 참여한다면 거절하지 않겠다는 방침을 표명했는데, 이는 당시 국민당 부총재였던 왕징웨이를 옹립하여 장제스를 배척하는 방침을 견지한 것이었다.

5 장제스(蔣介石, 1887~1975). 중국의 군인이자 정치 지도자. 1911년 신해혁명에 참가했고 1923년 제1차 국공합작에 관여했다. 1926년 국민혁명군 총사령관에 취임하여 북벌을 시작한 이래

동아인東亞人의 동아, 동아의 독특한 인의仁義의 정신으로 다스려지는 동아의 건설을 완료할 때까지 제국帝國이 뽑아 든 칼은 결코, 결코 칼자루로 돌아가지 않을 것이다. 이 싸움은 영미인英米人이 사사롭게 추측하는 것처럼 침략을 목적으로 한 것이 아니다. 이는 비병합非併合, 비배상非賠償이라는 고노에 성명과 아울러 그것이 실현된 왕징웨이 정권의 성립이 분명히 보여준다. 이 전쟁은 이상理想을 위한 전쟁이다. 제국 건국의 대정신인 팔굉일우八紘一宇라는 국가 목적을 위한 전쟁이다. 이런 까닭에 제국 측에서는 타협이라는 것도 없거니와 양보라는 것도 없다. 영·미·불이 떼를 지어 와도 한 걸음도 후퇴하는 일은 없는 것이다. 오직 결연하게 온갖 방해를 일삼는 마력魔力을 깨뜨리는 길이 있을 뿐이다.

신생 국민정부의 난징 환도의 성대한 의식을 축하하는 이때를 맞아 국민은 한층 장기전쟁長期戰爭, 장기건설長期建設의 대결심을 확고히 하지 않으면 안 된다. 빛나는 조국의 영원한 대이상大理想에 감격하면서 자기를 내맡기고, 이 이상의 실현을 위해 믿고 협력하여 총친화總親和의 태세를 견고히 하여 온갖 어려움과 희생을 기쁘게 감내하는 정신을 단련하지 않으면 안 된다.

특히 우리 조선은 더욱더 병참기지兵站基地의 중요성이 가속화되고 있는 것이다. 다만 지리적, 산업적으로 그러할 뿐만이 아니고 머지않아 인적으로도 중대한 사명이 부여될 것이 예기豫期된다. 조선인 된 자, 이 국가의 대大비상시를 맞아 분골쇄신粉骨碎身, 진충보국盡忠報國의 정신을 잘 발휘하지 않으면 안 된다. 실로 이것은 천재일우의 호기好機이며, 조선 민중을 위해 가장 영예 있는 시기인 것을 자각하지 않으면 안 된다.

우방友邦 갱생 중화민국의 장래를 축복함과 동시에 우리 국민 자신의 반성과 분기奮起를 부르짖자.

1928년 베이징 점령과 더불어 북벌을 완수한 뒤 난징(南京)에 수도를 정하고 국민정부를 선포했고, 1937년 중일전쟁이 발발하자 제2차 국공합작을 통해 항일전쟁에 나섰다.

청년의 길青年の道[1]

잘못된 허세와 외양을 배척하라

우선 일본인의 첫째 덕德은 공손함, 얌전함이다. 이는 윗사람 앞에 있을 때의 태도이지만, 우리는 어떤 경우에도 이 태도를 지키고 싶은 것이다. 만일 우리가 언제, 어떤 장소에서든 신 앞에 있음을 잊지 않는다면 이 공손함과 얌전함을 잃지 않을 것이다. 그리고 장소를 가리지 않고 침을 뱉는다든지 단정치 못한 모습을 보이지 않을 것이다. 이렇게 '홀로 삼가는 것'이 몸에 배면 얼굴 모습에서, 언어 동작에서 일종의 거룩함을 발하게 되어 실로 은근하고 믿음직한 위의威儀를 갖추게 된다.

그런데 많은 청년들은 외양부터 칠칠치 못하고 오만하며 침착성이 없다. 또 안색도 태도도 말투도 야비하고 품위가 없다. 이대로 나이를 먹으면 결코 존경받을 만한 아버지나 윗사람은 되지 못할 것이다. 마치 영원한 술주정꾼 같고, 얼굴은 바보 얼굴 아니면 악당 얼굴이 될 것이다.

활발함은 결코 칠칠치 못함이 아니며, 건방지거나 난폭함도 아니다. 평소 실로 침착하고 공손하고 얌전한 사람이야말로 해야 할 일, 해야 할 경우라고 믿을 때는 불 속이든 물속이든 태연히 들어가고, 주저하거나 머뭇거리지 않고 벌벌 떨며 미적지근하게 굴지도 않는다. 실로 확실하고 단호하고 시원스레 질풍뇌우疾風雷雨처럼 해치우는 것인데, 이것이야말로 진짜 활발함이라는 것이다.

신불神佛을 믿으며 어떤 이상理想을 품고 하나의 길을 따라 매진하는 사람이야말로 이러한 공손함, 얌전함과 동시에 건강한 활발함을 보여줄 수 있다. 공연히

1 원문 일본어. 『국민신보(國民新報)』, 1940.4.7. '주장(主張)'란에 실렸다.

외양을 뽐내고 허세를 부리며 사소한 일에도 당장 싸울 듯이 덤벼드는 뻔뻔한 자는 양철 인형 같아서 외양은 강한 듯해도 조금만 힘겨운 일을 만나면 결국 납작하게 찌부러지고 마는 것이다. 신앙과 이상과 수행이 있어야 비로소 참으로 강한 사람이 되는 것이다.

일본인의 특징은 신을 공경하는 것이다. 신을 공경하는 길은 밝고 맑은 마음을 갖는 것이다. 청명심淸明心은 거짓말을 허용하지 않고 불결을 허용하지 않으며, 방종을 허용하지 않고 허세를 부리거나 남을 깔보는 것을 허용하지 않는다. 그러나 악이나 부정不正에 대해서는 의연히, 분연히 일어나서 결코 한 걸음도 물러서지 않을 것을 명하는 것이다. 지극한 정성과 지극한 충성은 이 청명심에서 발하는 것인데, 이런 마음을 가진 사람의 특색은 실로 공손하고 얌전하다.

잘못된 허세나 외양에 물들어 있는 오늘날 청년의 반성을 바란다.

기본 예의基本禮意[1]

핏대를 올릴 필요 없다

예의가 바르다는 것은 참으로 아름다운 일이다. 예의는 그 사람을 빛나게 하고 향기롭게 하는 것이다. 특히 공중公衆에 대한 예의가 그러하다. 일본인은 예의를 중시하는 국민이지만, 모르는 사람 앞에서는 아직 예의에 민감하다고는 할 수 없다.

예의의 비결은 상대에게 사랑과 공경의 뜻을 표하는 것인데, 그 기본이 되는 것은 '고맙습니다', '먼저 하십시오', '죄송합니다' 이 세 마디면 충분하다. 그리고 이런 마음가짐을 말뿐이 아니라 얼굴과 몸과 마음을 아울러 나타내는 것을 성誠이라고 하는 것이다. 이런 마음가짐으로만 다니면 어느 나라에 가더라도 예의바른 사람이라고 존경받을 것이다.

다른 사람에게 무엇을 받으면 반드시 "고맙습니다"라는 말과 함께 인사를 한다. 물건만이 아니라 사소한 일에도 감사하는 것을 잊어서는 안 된다. 신사神社나 불각佛閣 앞을 그냥 지나치는 것은 예의가 아니다. 반드시 걸맞은 예禮를 갖춰야 한다. 신사라면 박수하고 절해야 하고, 불각이라면 합장해야 한다. 사원寺院 같은 곳에서 웃옷을 벗고 담배 따위를 입에 문 채 불상佛像을 기웃거리는 것은 정말 꼴사나운 모습으로, 그 사람의 내력이 드러난다고 할 수 있으리라. 서양인은 장례식 행렬을 만나면 반드시 모자를 벗고 묵도默禱하는데, 이는 따르고 싶은 예절이다. 공동묘지 같은 곳에서 가까운 사람의 묘에 참배하기 위해 다른 사람의 묘를 밟고 지나가는 사람이 있다. 무슨 마음인지 알 수 없지 않은가. 전차 같은 곳에서

---

1 원문 일본어. 『국민신보(國民新報)』, 1940.4.14. '주장(主張)'란에 실렸다.

밀치락달치락 먼저 타려고 짐승처럼 다투는 모습은 정말 보기 싫다. 아무리 그런 추태醜態를 연출해 보았자 5분쯤 시간이 절약되는 것도 아니다. 출구 가까이에 찰싹 달라붙어 있다든지 좋은 좌석을 차지하려고 혈안이 되어 있는 모습은 어처구니없고 한심스럽다. 좌석이 비어 있는데도 그 앞에 막아서서 양 손으로 두 개의 손잡이에 매달려 있는 따위는 얼마나 품위 없는 행동인가. 옆 사람에게 폐가 되지 않도록 시종일관 마음을 쓰는 사람은 반드시 장래에 다른 사람에게서 존경받는 사람이 될 것이다.

오가며 침을 뱉는다든가 담배꽁초를 버리는 신사 차림의 인사가 종종 눈에 띈다. 도로가 자기 집 정원이라고 생각하는 것이 그토록 어려운 일일까. 길에서 마주치는 사람은 모두 내 친척이고 아는 사람이라고 생각할 수 없는 것일까. 공원이나 산의 나무와 꽃을 자기 집 정원의 것처럼 소중히 생각지 않는 마음의 소유자는 한심한 일본인이라고 하지 않으면 안 된다. 하물며 상당한 교육을 받고 상당한 차림을 한 자에게 있어서랴.

실수로 다른 사람의 발을 밟을 정도의 경솔함은 누구에게나 있는 것이다. 그렇게 딱딱거리며 고함칠 것까지는 없지 않을까. '죄송합니다', '아니요, 괜찮습니다' 정도로 해결될 그런 일을 핏대를 올리며 으르렁거리다니, 어지간히 한가한 사람들이다.

정말 약간의 노력이면 된다. 서로 예의를 지키고 서로 유쾌하게 세상을 살아가지 않으려는가.

청년의 마음 하나青年の心一つ[1]

유럽은 결국 대동란大動亂에 빠졌습니다. 네덜란드령 제도諸島에 대한 영국과 프랑스 측의 태도 여하에 따라서는 우리 일본도 일어나지 않으면 안 될지도 모릅니다. 그것은 수입 자원의 보호를 위해서이고, 또 태평양의 평화를 위해서입니다. 그러므로 지나사변支那事變이 왕정권汪政權의 확립으로 일단락되었다고는 해도 아직 우리 제국帝國에는 여러 가지 큰 문제가 남아 있는 것입니다. 그리고 이런 큰 문제를 해결하는 데는 커다란 국력이 필요하고, 커다란 국력을 발휘하는 데는 국민이 이기심을 버리고 일치단결하는 것이 근원이 되는 것입니다. 이 마음의 단결 외에 국가 당면의 큰 문제를 해결할 길은 없는 것입니다. 이 큰 문제가 잘 해결되면 우리 일본의 국운國運은 더욱더 융성해질 것이므로, 이것은 국난國難이 아니라 실로 천재일우千載一遇의 호기好機인 것입니다.

이런 시기를 맞아 특히 조선 청년에게 바라는 것이 있습니다. 그것은 뭔가 하면 '황국신민皇國臣民으로서 크게 분발하라'는 것입니다. 반도半島의 국민으로서의 실력과 성가聲價를 더욱더 높이라는 것입니다.

반도의 인구는 내지內地 인구의 3분의 1 남짓 됩니다. 따라서 적어도 국력의 3분의 1 남짓을 부담하라는 것입니다. 국방, 산업, 기타 국가 사무의 모든 분야에서, 인적 자원이든 납세, 생산, 헌금 그 밖의 물질적 자원이든, 적어도 반도가 전국의 3분의 1 남짓을 부담할 기백으로 나아가자는 것입니다.

일시동인一視同仁, 내선일체內鮮一體라는 폐하의 고마우신 뜻에 의해 반도인半島人은 국법상 내지인內地人과 평등한 신민臣民이 된 것입니다만, 실질적으로 평등하게 되느냐 되지 못하느냐는 전적으로 반도인 자신의 태도 여하에 달린 것입니다. 그

---

1 원문 일본어. 『국민신보(國民新報)』, 1940.4.21. 원문에는 제목이 '青年の心の一つ'로 되어 있다. 단행본 『동포에게 보냄(同胞に寄す)』에서 수정된 제목에 따른다.

태도란 다른 것이 아닙니다. 실행으로써 신민臣民다운 성誠을 보이는 것입니다. 혹은 납세로써, 혹은 병역에 나아감으로써, 혹은 자녀 교육으로써, 혹은 산업에 힘쓰고 국책國策에 순응함으로써, 그리고 무엇보다도 우선 자기를 믿음직한 사람으로 만들어냄으로써 황국신민皇國臣民으로서의 실實을 나타내는 것입니다.

그런데 조선에는 아직 의붓자식 근성을 버리지 못한 사람, 기회주의적 태도를 취하고 있는 사람, 옆 사람의 움직임을 엿보며 끌려가는 미적지근한 태도를 가진 사람이 상당한 듯합니다. 이것은 실로 패기覇氣 없고 꼴사납고 괘씸한 일이며, 이런 불길하고 발칙한 기분을 일소一掃할 고귀한 역할이 실로 청년 여러분의 마음 하나에 달려 있는 것입니다.

청년 여러분, 식민지 토인土人의 저열한 근성을 벗어던지고, 대사일번大死一番하여 폐하의 적자赤子로서 다시 태어나도록 크게 분발해 주십시오.

마음을 다스려라心を治めよ[1]

미나미南 총독 각하는 이번 도지사道知事 회의에서 일장 훈시訓示를 하셨는데, 그 요지는 흥아유신興亞維新을 위해서는 병참기지兵站基地로서의 반도半島의 사명을 완성시키지 않으면 안 된다, 이를 위해서는 반도의 물적 자원도 그렇지만 인적 자원의 육성이 필요하며, 더욱이 그것은 국민 총동원체제의 강화 차원에서 행해지지 않으면 안 된다는 것이었습니다. 이 말씀 가운데 무언가 얻으려면 먼저 마음을 다스리지 않으면 안 된다고 하신 구절이 있습니다.

생산증강生産增强이라든지 절미節米, 저축貯蓄, 자숙자계自肅自戒 등은 모두 나라를 사랑하는 마음에서 출발하는 것인데, 이 마음이 다스려지지 않아서 암거래라든가 유언비어, 비밀 누설 등 여러 가지 꺼림칙한 일이 일어나는 것입니다. 그뿐만 아니라 마음을 다스리지 못한 개인은 결코 가정의 구성원이나 사회인으로서는 물론 국민으로서도 믿음직하고 쓸모 있는 사람이 될 수 없으며, 또 당자의 일생도 비참할 것이 틀림없습니다.

그러면 마음을 다스리기 위해서는 어떻게 하면 좋을까. 첫째 나의 행주좌와行住坐臥[2]를 신명神明께서 보고 계신다는 신념을 갖는 것입니다. 이는 단순한 신념이 아니고 엄연한 사실이며, 신명이 보고 계심을 믿고 또 느끼지 못하는 사람 가운데 선인善人은 없는 것입니다. 이런 신념을 가지고 밤낮으로 밝고 맑게 마음을 닦는 사람은 절로 신체와 언동에서 빛과 향기를 발하여 만인의 신뢰와 애경愛敬을 얻고, 하는 일 모두가 번창하는 것입니다. 그렇지 않은 사람은 설사 한때는 잘나갈지라도 결코 오래 지속되지 못합니다.

둘째로는 천황께서 나를 촉망하고 계시다는 신념을 갖는 것입니다. 크든 작든

1 원문 일본어. 『국민신보(國民新報)』, 1940.4.28. '주장(主張)'란에 실렸다.
2 가고 머물고 앉고 눕는 곧 모든 행동을 가리킴.

우리는 천황께 무슨 일인가를 분부받고 있는 것입니다. 우리가 자기의 임무를 다하고 그러지 않고는 곧 국운國運의 소장消長에 영향을 주며, 그것이 이번에는 역으로 우리 자신과 자손의 행불행幸不幸이 되어 돌아오는 것입니다. 원래 올바르게 인식하면 우리 생명의 안전도 재산도 행복도 모두 대군大君께 받은 것입니다. 만약 이를 인식하지 못하고 그것이 모두 자기 것이라고 생각하는 사람이 있다면, 그것은 매우 잘못된 생각이며 우치愚癡 아니면 죄악입니다. 그러므로 순종하고 신실信實한 폐하의 신자臣子라는 신념을 한시라도 벗어나지 않는 것이 우리의 본분입니다. 이런 신념만 있다면 법률이나 국책國策, 국토의 풀 한 포기 나무 한 그루도 우리 대군大君의 것으로서, 또한 우리의 자녀와 우리 자신도 대군의 것으로서 소중히 여기고 더럽히지 않도록 할 것입니다.

청년 여러분! 여러분은 현세대의 희망이며, 다음 세대의 주인입니다. 이상에서 말한 두 가지 신념을 확실히 파악하여 죽어도 이것을 놓치지 않도록 마음을 다스리십시오. 그리고 흥아유신興亞維新의 대업大業을 보익輔翼하는 동시에 여러분 자신을 광영되게 하십시오.

국민의 보건과 정신國民の保健と精神[1]

지금은 국민 건강 주간週間입니다. 건강은 개인의 힘이자 동시에 나라의 힘이므로 연중 내내 건강에 주의하지 않으면 안 되는 것이지만, 특히 5월 2일부터 8일까지 한 주간을 정하여 건강의 유지·증진에 대한 의식을 강화하려는 것입니다. 그러므로 국민은 이 주간을 제정한 취지에 맞도록 각자의 건강, 공중의 건강, 특히 일생 건강의 기초가 될 아이들의 건강을 위해 가능한 한 모든 주의를 기울여야 할 것입니다.

첫째로 건강을 위해 필요한 것은, 건강은 각자의 노력 여하에 따라 유지되고 증진될 수도 있다는 신념입니다. 그것은 각 국민의 평균 수명에 현저한 차이가 있는 것, 즉 독일은 평균 60세, 영국은 50세, 우리 일본은 40세 등으로 수명의 길이가 다른 것, 또 위생과 운동, 그 밖의 보건을 위한 시설이나 노력의 향상으로써 평균 수명이 늘어나는 것, 예컨대 덴마크에서는 이른바 덴마크 체조가 일반적으로 보급됨으로써 국민의 평균 수명이 8년이나 늘어난 것 등으로 보건대 분명한 사실입니다. 오늘날 조선 지방의 평균 수명은 내지보다도 훨씬 떨어져 30세라고 합니다. 그러나 국민이 각성하여 보건保健을 위해 노력만 하면 적어도 독일 국민의 평균 수명인 60세까지 수명을 늘릴 수 있을 것이 당연하고, 이는 오늘날 조선인 평균 수명의 두 배인 셈입니다.

그러면 어떻게 해야 이 목적이 달성될 수 있을까. 그것은 한마디로 말하자면 생활의 합리화에 있습니다. 합리화란 진리에 맞도록 하는 것이고, 좀 더 구체적으로 말하면 의식주나 질병의 치료를 과학적으로 검토하고 개조하는 것입니다. 그중에서도 조선의 현실에서는 주택이나 음식에 많은 개량이 필요하며 병이 났

1 원문 일본어. 『국민신보(國民新報)』, 1940.5.5. '주장(主張)'란에 실렸다.

을 때의 조처에도 아직 미신적이고 비과학적인 방법이 많이 사용되는 것은 참으로 유감이고 부끄러운 일이라고 하지 않을 수 없습니다. 특히 국민 보건의 기초가 되는 아동의 보건이 그렇습니다. 매년 수만 명의 어린아이가 부모의 무지함에 희생되어 죽어 가고, 또 죽지는 않더라도 병약한 몸이 되어 가는 것입니다.

둘째로 국민의 건강을 위해 필요한 것은 국민의 정신입니다. 정신과 건강, 우선 마음이 맑지 못한 사람은 병에 잘 걸리기 쉽고 질병의 원인이 되는 것은 누구나 경험하는 일일 것입니다. '청심과욕淸心寡慾이 장생술長生術'이라는 옛말이 있습니다만, 오늘날 의학의 견지에서 말해도 보건과 요양의 가장 중요한 방법인 안정은 정신의 안정을 위주로 하는 것입니다. 맑은 신앙을 가지고 있는 사람이 약한 몸으로도 능히 무병장수無病長壽하는 것은 이 때문입니다.

다음으로 공중보건은 실로 국민 각 개인의 도덕적 소양 즉 높은 정신에 의한 것이며, 따라서 길가에 침을 뱉는다든가 전염병을 숨긴다든가 공중公衆이 사용하는 기물器物을 더럽히는 그런 국민에게 공중보건의 열매는 거두어지지 않는 것입니다. 모든 사람은 모두 내 형제이고 자녀이며 소중한 내 가족이라는 정신이 있고서야말로 국민보건은 완전히 달성되는 것입니다.

바라건대 올해는 작년보다, 내년은 올해보다 조선을 건강한 곳으로 끌어올립시다.

어린이와 청년子供と青年[1]

'어린이를 소중히 여깁시다'라는 뜻에서 지난주는 특히 어린이 주간週間이라고 명명했던 것입니다. 어린이 주간은 이미 지나갔습니다만, 그러나 우리는 연중年中 모든 주간을 어린이 주간으로 생각하지 않으면 안 됩니다. 어린이는 국민의 꽃이고 기쁨이고 희망이며 후계자이기 때문입니다. 우리 어른들의 모든 걱정과 행동은 어떤 의미에서는 모두 어린이를 위한 것이라고 할 수 있을 것입니다. 우리가 훌륭한 국가와 사회를 만들고자 열심히 노력하고 있는 것도 결국 우리의 어린이들이 더욱 행복한 생활을 하도록 하려는 데 지나지 않습니다.

일찍이 유럽에서는 어린이의 세기世紀라는 말이 유행한 적이 있습니다. 그것은 어린이를 소중히 여기는 데 각성한 세기라는 말입니다. 그리고 이후 세계 각국은 어린이를 소중히 여기는 여러 운동을 일으켜 오늘에 이른 것입니다. 어린이의 보건, 어린이의 교육, 어린이의 읽을거리, 어린이의 음악, 어린이의 공원, 어린이의 오락 등등. 세계의 여러 문명국에서는 어린이를 건강하고 영리하며 즐겁게 자라도록 하기 위한 새로운 시설이 많이 생겼고, 또 어른들 각자가 어린이를 소중히 여기는 사상과 습관을 갖게 된 것입니다. 집을 지을 때도 어린이의 놀이와 공부를 위한 방을 만들고, 공원에도 어린이를 위한 특수한 공원을 만드는 식으로, 어린이라는 것이 오늘날 문명인의 상식이 된 것입니다.

그런데 우리 조선은 어떻습니까. 5백만의 어린이는 학대받고 있는 것입니다. 가정에서 어린이의 응석을 받아주는 것은 지나칠 정도일지도 모르지만, 소중히 여기는 점에서 말하자면 전혀 아닌 것입니다. 첫째로 조선의 가정에는 어린이 방이라는 것이 없습니다. 어린이는 유랑민입니다. 이쪽으로 가면 어머니에게서 내

1 원문 일본어. 『국민신보(國民新報)』, 1940.5.12. '주장(主張)'란에 실렸다.

쫓기고, 저쪽으로 가면 아버지에게 내쫓기는 식으로 머물 곳이 없는 것입니다. 둘째로는 어린이를 위한 요리라는 것이 없습니다. 어른이 먹는 것을 조금 받아먹는 정도여서 어린이의 식욕이나 소화력, 영양은 고려되지 않고 있습니다. 그러면 사회적 시설은 어떤가 하면, 공원이나 극장, 식당도 모두 어른 자신을 위한 것이고 어린이들이 느긋하게 즐길 수 있는 곳이 적은 것입니다. 그뿐 아니라 도시 등지에서는 전차나 버스 등 탈것에서도 완력 있는 어른에게 밀려나 쫓기는 형편이고, 또 어른들은 어린이에게 친절하게 군다든가 이끌어주는 대신 놀리지 않으면 속이거나 위협하는 것이어서 어린이들의 입장에서 보면 세상은 실로 사면초가四面楚歌, 가는 곳마다 가시밭길인 것입니다. 이래서는, 이렇게 학대받아서는 어린이가 순진하고 점잖고 튼튼하게 자랄 리가 없습니다.

청년 여러분, 여러분도 이렇게 학대받았던 과거를 갖고 있겠지요. 여러분이야말로 착한 형님 누님이 되어 귀여운 동생들의 믿음직한 우군友軍이 되어 주십시오.

여행의 아름다움과 추함旅の美しさ醜さ[1]

문을 나서면 그것이 여행입니다. 아니, 인생 그것이 여행입니다. 우리는 모든 도덕이 이 여행의 도덕이라고 할 수 있을 것입니다. 그런데 많은 사람들은 여행지에는 아는 사람이 없으니까 무슨 짓을 하든 괜찮다는 마음으로 여행을 하고 있습니다. 얼마나 비열하고 한심한 마음가짐입니까.

지금은 초여름 신록新綠, 바로 여행 시즌입니다. 학생들의 소풍, 수학여행, 일요 축제일의 하이킹이나 가족 동반 피크닉, 또는 아침저녁의 산책 등 실로 여행의 행락이 끝없이 펼쳐지는 때입니다. 단, 농부를 제외하고 하는 말이지만…….

여행은 향락인 동시에 보건保健을 위한 것이기도 합니다. 그러나 여러분, 여행은 수행修行이라는 점도 잊어서는 안 됩니다. 자연과 인정의 아름다움을 맛보는 것이 향락이라면, 자연과 인간의 노력의 고마움, 관대함을 느끼는 곳에 수행이 있을 것입니다. 자연과 인생은 미美인 동시에 도덕입니다. 종교입니다. 우리는 경치 좋은 산이나 들로 걸어 들어갈 때 신궁神宮에 참배할 때의 황공하고 고마운 마음을 잊어서는 안 됩니다.

이러한 아름다움을 즐길 수 있는 것은 신神의 은혜임을 잊어서는 안 됩니다. 동시에 우리에게 질서와 평화를 주신 임금의 은혜를 잊어서는 안 됩니다. 그리고 신을 잘 공경하고 임금을 섬겨드리며 모든 인생의 길을 개척한 선조와 동포 중생의 은혜를 잊어서는 안 됩니다. 그것만은 일생 행주좌와行住坐臥 어느 순간에도 잊어서는 안 되는 것입니다. 일상생활이나 바쁜 노동으로 종종 잊어버리게 되는 것은 슬픈 일이지만, 또한 부득이한 일입니다. 그러나 여행 때는 이와 달리 모든 일상의 번거로움에서 벗어나 느긋하고 편안한 기분이 될 수 있으므로, 이런 때야말

1 원문 일본어. 『국민신보(國民新報)』, 1940.5.19. '주장(主張)'란에 실렸다.

로 우리는 맑고 고요한 마음으로 차분하게 신과 임금님과 선조와 동포의 은혜를 느끼고 감사하는 순수한 생활을 할 수 있는 것입니다. 그리고 어린이들에게도 몸소 모범을 보여 이들 은혜에 대한 깊은 감사의 마음을 심어줄 수 있는 것입니다.

야산野山의 풀 한 포기, 나무 한 그루라도 사랑합시다. 소중히 여깁시다. 산불이 나지 않도록 불을 조심합시다. 식사한 자리는 깨끗이 청소하여 나중에 올 사람들의 즐거움을 해치지 않도록 주의합시다. 추한 옷차림이나 언동으로 모처럼 나들이 나온 사람의 흥을 깨는 일이 있어서는 안 됩니다. 적극적으로 서로 즐거움을 나눌 수 있도록 마음을 씁시다. 길에서 마주치는 사람에게 친애親愛하는 말 한마디, 눈짓을 나눕시다. 생판 남, 길 가는 사람에게도 경애敬愛하는 표정을 보이는 것은 얼마나 고상한 일입니까.

교통수단이나 여관에서는 특히 질서와 정숙과 친절 그 자체가 되어야 하지 않겠습니까. 탈것을 이용할 때는 다른 승객을 우리 집에 초대한 중요한 손님으로 생각합시다. 그리고 승무원의 수고를 생각하고 감사와 친절한 마음으로 대합시다. 여관에서도 마찬가지로 동석한 손님에게 대해서는 물론 고용인들에게도 진심으로 감사하는 마음으로 대하고 수고를 위로합시다.

이런 마음가짐으로 여행을 끝낸다면, 우리의 기쁨은 참으로 크고 우리의 인격은 한층 높아질 것입니다.

기개를 숭상하고 염치를 중히 여길 것尙氣節, 廉恥重[1]

5월 22일은 황공하게도 청소년 학도에게 칙어勅語를 하사下賜하신 기념일로, 경성京城을 비롯해 전 조선 각지에서 50만 청소년 학도는 봉독奉讀, 분열식分列式, 행렬 행진 등으로써 고마운 칙어를 받들어 모시려는 맹세를 새로이 하고 동시에 결의와 늠름한 기백을 보였다.

"국가의 기초를 북돋고 국력을 기름으로써 국가 융창隆昌의 기운을 영세永世에 유지케 할 임무는 극히 중요하고, 그 길이 심히 멀다. 그 임무가 실로 너희 청소년 학도의 두 어깨에 놓여 있다. 너희는 기개氣槪를 숭상하고 염치廉恥를 중히 여기며, 고금古今의 역사를 헤아리고 나라 안팎의 사세事勢를 살피며, 그 사색思索을 정밀히 하고 그 식견을 키우며, 행하는 바 중용中庸을 잃지 말고 향하는 바 올바름을 그르치지 말며, 각각 그 본분을 조심히 지키고 문무文武를 익히고 닦아 질실강건質實剛健한 기풍氣風을 떨침으로써 맡은 바 대임大任을 온전케 할 것을 기약하라."

고 말씀하셨다.

청소년 학도 된 자는 마땅히 이 고마운 칙어를 아침에 받들어 외우고 저녁에 받들어 외워 그 대어심大御心을 삼가 체득해야 할 것이다.

우선 암송하는 것이 중요하고, 반복하고 반복하여 암송하는 가운데 나타난 귀중한 정신을 받들어 감득感得하는 것이다.

말씀에 대해 이러쿵저러쿵 해석하는 것도 황송한 일이지만, 특히 '기개를 숭상하고 염치를 중히 여긴다'고 말씀하신 것에 대해 반도半島 청년 학도 여러분의 주의를 환기하고 싶다. 이 두 구절은 청소년 학도의 수양의 중심이고, 또 국민으로서 일생의 추축樞軸이 되는 말씀이라고 배찰拜察한다.

---

1 원문 일본어. 『국민신보(國民新報)』, 1940.5.26. '주장(主張)'란에 실렸다.

기개를 숭상한다는 것은 무엇인가. 그것은 공적 생활에서는 충군애국忠君愛國을 위해 목숨도 재산도 바치는 것, 즉 충의忠義에 순殉하는 것이다. 그리고 사생활에서는 소극적으로는 부정不正과 불의不義에 유혹되거나 굽히지 않고, 적극적으로는 정의라고 믿는 바는 이해利害와 고락苦樂, 생사生死를 돌보지 않고 용왕매진勇往邁進하는 것이라고 삼가 배찰한다. 따라서 이 기개야말로 인격의 추축樞軸이고 기조基調가 되지 않으면 안 된다.

다음으로 염치를 중히 여긴다는 것은 무엇인가. 이는 이욕利慾, 명예, 지위, 고락苦樂 등에 관한 욕망을 의義와 법法에 어긋나지 않도록 절제하는 것이라고 삼가 배찰한다. 굶어 죽는 일이 있어도 의롭지 않은 음식을 먹지 않는 정신이라고 배찰한다. 세상이 유물론唯物論에 지배되어 문자 그대로 황금만능주의에 빠진 오늘날 청소년 학도의 청순한 마음이 이러한 공리功利의 악습에 감염되는 것을 경계하여 주신 말씀이니, 참으로 황공하기 짝이 없다.

바라건대 청소년 학도여, 기개를 숭상하고 염치를 중히 여기는 인격을 단련하여 국가 융창隆昌의 기운을 영세永世에 유지할 큰 임무를 온전히 하는 사람이 되자. 고마운 대어심大御心에 보답해 드려야 할 것이 아닌가.

잘못된 사고間違つた考[1]

내선일체內鮮一體에 대해 일부 조선인 식자識者 가운데는 잘못된 사고방식을 갖고 있는 사람이 있다. 첫째는 보수報酬를 생각하는 것이다. 내선일체가 됨으로써 우리가 무엇을 얻을 수 있는가를 따지는 것이다. 바꿔 말하면 내선일체를 외치기 전과 오늘날 아무것도 변한 것이 없지 않은가, 하는 사고방식이다. 이 추론推論은 일견 일리가 있어 보이지만, 그 근저에는 치명적인 인식 착오가 내재해 있다.

오늘날은 조선인 쪽에서 완전히 일본 신민으로 다시 태어나고자 하는, 확고부동한 한 사람 몫의 일본인이 되고자 하는 새로운 결심을 하고 그에 따라 열심히 노력하기 시작하는 시기일 뿐, 아직 그렇게 된 것은 아니다. 우리 조선인 각자가 마음속 깊은 곳에서부터 우리는 일본인이라고 느끼고, 또 우리는 일본인으로서 한 사람 몫의 봉공奉公을 할 수 있다고 확신하게 되었을 때 비로소 내선일체는 실현되는 것이다. 만일 국가로부터 조선인에게 어떤 종류의 보수報酬가 부여되는 일이 있다면, 그것은 즉 이날에 이르러서일 것이다. 그런데 지금 내선일체 운동을 시작하면서 벌써 어떤 종류의 보수를 염두에 두고, 그것이 즉시 주어지지 않는다고 하여 불평 따위를 생각하는 것은 실로 한심하기 그지없는 일로, 그런 사람은 일본인으로서의 성의誠意가 의심된다고 하지 않을 수 없다.

우리는 이미 국가에서 분에 넘치는 은혜와 대우를 받고 있음을 고맙게 생각해야 하며, 마치 한 곡을 연주하고는 손을 내미는 것 같은 구걸 근성을 가져서는 안 된다.

'진인사대천명盡人事待天命'이라고 한다. 우리 조선인이 현 단계에서 열심히 노력해야 할 것은 자신의 지적, 도덕적, 기술적 향상과 그리고 국민화이다. 올바르고

1 원문 일본어. 『국민신보(國民新報)』, 1940.6.2. '주장(主張)'란에 실렸다.

강하고 능력 있는 나를 완성하여 폐하께 바치고자 하는 일념 이외에 아무것도 있어서는 안 된다. 우리는 이 있는 그대로의 몸과 마음으로는 아직 나라에 쓸모 있는 한 사람 몫의 신민이 아니다. 성심성의껏 상당한 세월을 들여 두드려 고치고 갈고 닦아서야 비로소 폐하의 백성 자격을 갖춘 사람이 되는 것이라는 사실을 진지하게 염원하지 않을 수 없다. 이제 겨우 입학이다. 졸업까지는 아직 멀었다는 마음을 꿈에도 잊어서는 안 된다.

창씨개명創氏改名도 그렇다. 모처럼 국가가 우리 조선인을 위해 차별을 없애고 평등의 영예를 향수享受케 하려고 만든 제도이므로 자발적으로 기쁘게 이 부름에 응해야지, 이렇게 하면 개인적으로 어떤 이해利害가 있을까 따위의 비열한 마음을 일으켜서는 안 된다. 폐하의 적자赤子가 되겠다는 맹세, 또는 기념으로서, 새롭게 국민생활을 시작하는 선언으로서 하루라도 빨리 참여해야 한다. 기회주의적이고 질질 끌려서 하는 태도는 참으로 타기唾棄해야 할 비겁한 행동이라고 하지 않을 수 없다.

보수報酬를 생각하는 것은 충성도 아니고 도의道義도 아니다. 성심으로 우리가 해야 할 것을 하면 그것으로 좋은 것이다. 그리고 우리와 자손의 운명을 대어심大御心에 맡겨 드려야 하지 않겠는가.

마음과 얼굴과 복心と顔と福[1]

맹자孟子는 "그 눈동자를 보고 그 언어를 들으면 사람이 어찌 숨기랴."[2] 고 했다. 눈의 표정과 말에 그 마음이 나타난다는 것이다. 이는 진리로, 사람의 얼굴은 그 사람의 과거 역사와 현재 마음가짐의 총목록總目錄이다. 그것은 사람만이 아니고 동물도 그러하다. '외양은 보살菩薩 같고 내심은 야차夜叉 같다.'는 말도 있지만, 가면 혹은 연극에서 말의 다리 역할을 맡은 사람과 같이 모든 것은 언젠가 정체를 드러내는 것이다.

사람의 얼굴 모습으로 우선 판단할 수 있는 것은 그 사람의 마음이 안정되어 있는가 들떠 있는가 하는 점이다. 안정되었다는 것은 신념을 가졌다는 것이다. 인생에 대해, 또는 어떤 특정한 경우에 있어서 확실한 신념을 갖고 있는 사람의 용모에는 산과 같은 침착함과 범하기 어려운 위엄이 갖추어져 있는 것이다. 그러나 신념을 갖지 못한 자는 두리번두리번, 비틀비틀, 불안과 의혹에 찬 모습을 보이며, 설령 침착함과 위엄을 꾸미더라도 부자연스러운 것이 되어 오히려 약점을 드러내는 역효과를 낳는 것이다.

이는 바꿔 말하면 성誠과 위僞의 차이다. 성은 신념에서 나오는 것이어서 신념 없는 사람에게 성은 있을 수 없다. 어떤 나라, 어떤 시대 사람들의 얼굴을 보면 그 나라의 성쇠盛衰를 점칠 수 있다고 하는데, 이는 참으로 있을 법한 일이다. 우울, 무기력, 빈상貧相, 경박함, 교활狡猾과 같은 상판을 한 사람이 많이 눈에 띄면 그 지방, 그 나라의 운세는 비관적인 것이 당연하다. 한 가정이나 한 개인의 운명에 대해서도 똑같이 말할 수 있을 것이다. 이는 결코 미신도, 미신을 믿는 것도 아니다.

조선인의 얼굴은 과거 30년간 몇 단계의 변화를 보내고 맞았다. 처음은 무기

---

1 원문 일본어. 『국민신보(國民新報)』, 1940.6.16. '주장(主張)'란에 실렸다.

2 『맹자(孟子)』 '이루장(離婁章)'에 나오는 "聽其言也 觀其眸子 人焉廋哉"에서 따온 구절.

력이었다. 다음은 비분悲憤과 시의猜疑의 상相을 드러냈던 일이 있다. 또 일시적으로는 자포自暴와 유사한 부루퉁한 형상을 보인 적도 있었다. 마르크시즘의 전성기에는 흉악하고 살벌한 기운이 넘친 적도 있어서 그런 표정을 일부러 따라하는 사람조차 있었다.

그런데 현재는 매우 명랑하고 건강한 얼굴이 늘어나 사람들은 정상적인 감정을 갖게 된 듯하다. 즉 인생에 희망도 있고 낙樂도 있는 사람의 풍모를 갖추게 되었다고 생각한다. 이는 실로 사변事變 후에 시작된 현상으로, 상당히 중대한 의미를 갖는 것이라고 하지 않을 수 없다.

그러나 '성誠 있는 얼굴'이라는 점에서는 아직 멀었다. 어딘가 눈치를 너무 많이 본다. 추종追從하는 웃음과 아첨阿諂하는 입이 너무 많다. 늠름한 점이 부족하다. 위엄을 갖춘 공손함과 친절함이 부족하다. 얼빠진 얼굴은 없어졌지만 잔꾀부리는 얼굴이 많아진 것은 아닐까. 덤벼들 듯한 면상面相이 사라진 대신 핑계나 불평을 좋아하는 그런 입매가 늘어난 것은 아닐까. 서로 대하면 왠지 경애와 신뢰의 마음을 불러일으키는 품위 있고 견실하며 게다가 세련된 얼굴 표정, 눈의 표정이 길거리에 가득하면 얼마나 기쁠 것인가.

얼굴은 마음을 드러낸다. 특히 젊은 남녀의 반성과 수양을 진심으로 바란다.

지성의 서약至誠の祈誓[1]

6월 19일 가시하라 신궁橿原神宮[2]을 비롯하여 전국 각 신궁神宮과 신사神社에서 일제히 국운國運 융창隆昌을 위한 대기원제를 집행하고, 이어서 각 단체의 총후보국銃後報國을 위한 대서약식이 거행되었다. 조선신궁에서도 이날 오노大野 정무총감을 비롯하여 관민官民 5천여 명이 모여 기원 2천6백 년의 조칙詔勅을 봉독奉讀하고 성의聖意에 받들어 응할 것을 맹세했던 것이다. 조선의 각 지역에서도 동일한 서약이 있었다.

일억민초一億民草의 이 대서약은 앞으로 날이 갈수록 열매를 맺을 것이다. 그 열매란 무엇인가. 그것은 팔굉일우八紘一宇의 대이상大理想의 실현이다. 그 첫걸음으로서 내선內鮮이 빈틈없이 일체一體가 되는 것이고, 일만지日滿支가 떼려야 뗄 수 없는 관계로 공존공영共存共榮의 지역으로 나아가는 것이며, 아시아 여러 민족이 구미歐米의 식민지적 질곡에서 벗어나 우리 일본을 맹주盟主로 하여 자유와 번영을 향락하는 것이다. 그리고 나아가서는 유리적唯利的, 반수반마적半獸半魔的 인생관, 정치관, 사회관으로 인해 수라도修羅道에서 아귀도餓鬼道, 축생도畜生道로 전락에 전락을 거듭하고 있는 인류가 도의道義의 세계로 구제되는 것이다. 이것이 우리 일억신민一億臣民이 성의聖意에 응해 드리고자 맹세한 내용이다. 얼마나 위대하고 장엄한 서약인가.

그런데 불성不誠이면 무물無物이다. 지성으로 해야 능히 대원大願을 이룬다. 혹시라도 우리의 맹세가 거짓이 되지 않기 위해서는 우리가 지성의 사람이 되지 않으면 안 된다. 일억의 백성이 모두 한 점의 거짓 없이, 무책임한 일 없이, 성誠 그 자

---

1 원문 일본어. 『국민신보(國民新報)』, 1940.6.23. '주장(主張)'란에 실렸다.

2 가시하라(橿原)는 일본의 초대 천황인 진무(神武)천황이 즉위한 곳으로, 『일본서기(日本書紀)』에 일본 건국의 땅으로 기록되어 있다. 신궁은 1890년(明治 23)에 창건되었다.

체가 되지 않으면 안 된다. 신神 앞에 지성으로 참회하고 기도하자. 정성이 없는 사람에게 신은 보이지 않는다. 눈이 없는 사람에게 빛이 보이지 않는 것과 마찬가지이다. 정성이 있는 사람의 기원은 반드시 신을 움직인다. 정성 없이 신을 참배하는 사람은 대군大君께도 세상에도 쓸모가 없다. 쓸모가 없을 뿐 아니라, 나라의 독이 될 것이다.

부富도 국가의 힘이다. 재지才智도 없어서는 안 된다. 학문, 기술도 연마하지 않으면 안 된다. 그러나 그것도 성誠이 있고서의 일이다. 비상시일수록 성誠 있는 인간이 몹시 필요하다. 군국君國에 보답하는 기본적인 것은 지성이고, 억조일심億兆一心 단결을 공고히 하는 것도 지성이다. 인고단련忍苦鍛錬, 황도선양皇道宣揚의 동력이 이 지성이 아니고 무엇이랴. 성誠 없는 사람들끼리는 단결이 불가능하다. 믿어서야 비로소 사랑하고, 사랑해서야 비로소 단결한다. 그런데 믿음은 성誠에서만 오고 지성으로 서로 믿어서야 비로소 참된 내선일체도 오는 것이다.

우리는 신 앞에서 뜨거운 눈물을 흘리며 참회하지 않으면 안 된다. 그것은 거짓에 대한 참회이다. 이 순간까지의 불성실을 몹시 원통히 여기지 않으면 안 된다. 가슴을 도려낼 각오로 우리의 청명淸明해야 할 마음에 뿌리를 내린 거짓과 불성실의 악초惡草를 뿌리째 뽑지 않으면 안 된다. 그리고 두 번 다시 내 마음에 부정不正이 집을 짓고 내 입술에서 거짓의 말이 흘러나오지 않도록 맹세하지 않으면 안 된다. 그리고 내 몸도 마음도 성誠 그 자체가 되도록 수행하지 않으면 안 된다. 이것이야말로 총후국민銃後國民의 정당한 봉공奉公의 방식이 아닐까. 전선前線에서 생명을 바칠 각오로 우리 마음과 혀의 거짓에 최후의 일격을 가하자.

성전聖戰 3주년[1]

성전聖戰 3주년. 나는 아모것도 한 것이 없습니다. 나이 50이니 출정出征이나 종군從軍도 못 하고 가세家勢가 빈한貧寒하니 총후銃後의 봉공奉公도 한 것이 없습니다. 몸이 병약病弱하여서 병사兵士의 송영送迎도 못 하였습니다. 자식子息도 유약幼弱하여서 지원志願도 못 보내었습니다. 성전聖戰 3년에 나는 아모것도 한 것이 없습니다. 오직 신전神前, 불전佛前에 기원祈願함이 있을 뿐입니다. 황군皇軍의 승첩勝捷이 있을 때에 혼자 기뻐할 뿐이었습니다.

아모리 하여서라도 이 전쟁은 이겨야 하겠고, 아모리 하여서라도 동아東亞의 신질서新秩序는 건설되어야 하겠습니다. 이것은 우리나라의 천년대계千年大計인 동시에 내 자손의 천년대계인 까닭입니다.

일장기 날리는 곳이 내 자손의 일터입니다. 아세아대륙과 태평양 인도양에 일장기 날리는 구역이 넓을사록 내 자손이 활동하고 번영할 무대가 넓어지는 것입니다. 그런데 이 일에 대하여서 나는 아모것도 공헌한 것이 없으니 죄송도 하고 부끄럽기도 합니다. 내 피도 못 바치고 돈도 못 바치고 황군용사皇軍勇士가 피로 얻은 영광을 향수享受하기가 어찌 죄송하고 부끄럽지 아니하겠습니까.

하물며 성전聖戰 3년 간에 조선인의 지위는 격세隔世의 감感이 있는 향상向上을 하였습니다.

이것은 결코 우리 자신의 노력으로 획득한 것이 아니오 오직 광대무변廣大無邊한 성은聖恩을 망녕되이 힘입은 것입니다. 우리가 무슨 공로가 있기로 내선일체

---

1 이광수(李光洙, 創氏名 香山光郎), 『삼천리(三千里)』, 1940.7. 사변(事變) 3주년 기념 '성전기념문장(聖戰記念文章)' 특집 '7월 7일의 지나사변(支那事變) 3주년에 제(際)하여 조선문인협회 간부(幹部) 제씨(諸氏)로부터 성전기념 시가(詩歌)와 문장(文章)을 특히 청하여 싣기로 하다'는 편집자의 말이 붙어 있다.

의 영예를 바라겠습니까. 그런데 교육도 평등되고 국방國防의 영예로운 신뢰도 받게 되었습니다. 내선內鮮 양 민족 간에 혼인과 양자養子가 허하여지게 되었고, 공통한 씨명氏名을 칭하게 되었습니다. 이것은 어느 치자治者, 피치자被治者 양 민족 간에도 보지 못한 광고曠古의 신례新例입니다. 이제부터는 조선인이 이 성은聖恩에 보답答하도록 성의 있게 노력만 하면 조선인은 모든 점에서 완전한 황국신민皇國臣民이 되는 것입니다. 우리 자손은 완전한 황국신민이 되는 것입니다.

조선인이 금일今日에 재자각再自覺, 재인식再認識하지 아니하면 아니 될 것이 있으니, 그것은 황은皇恩의 황송함과 자신自身의 부족함입니다. 사람은 흔히 은혜에 둔감한 대신에 제 욕망에 민감하고 자신의 부족에 어두우면서 제가 받는 복을 과소평가하는 결점이 있으니, 이것은 다 손복損福하는 부덕不德입니다.

조선인은 오늘날 오직 감사하고 오직 자수自修하고 오직 봉공奉公함이 있을 뿐입니다. 모든 것을 천황께 바치고 천황께 맡기삽고 충성을 다함이 있을 뿐입니다. 그리고 선배인 내지인內地人에게 대하여서는 존경하여서 일보一步를 피避하는 마음을 가질 것입니다. 그의 조상祖上이 어떻게 많이 피를 흘리고 신고辛苦한 것을 잊어서는 안 될 것입니다. 그를 선배로, 형으로 공경하고 믿고 사랑하고 추존推尊하는 것이 조선의 정당한 태도일 것입니다. 이러하는 데서 복이 올 것입니다.

그리고 지원병을 많이 가야 합니다. 소학교를 졸업한 사람은 전부 지원병 검사를 받도록 하여야 할 것입니다. 이리하여서 조선에 징병제도가 하로바삐 실시되도록 촉진하여야 될 것입니다. 우리 자제子弟가 전부 징병徵兵 되는 날이 우리가 완전한 황국신민皇國臣民이 되는 날임을 뇌기牢記[2]하여야 합니다.

다음에는 총후봉공銃後奉公을 더욱 힘써야 할 것입니다. 조선인은 전선戰線에 못 나가니, 그 대신 될 일을 하여야 하겠습니다. 국채國債도 사고 헌금도 하고 기타 모든 일에 일심一心으로 국책國策에 순응할 것입니다. 모도가 일선一線에 선 각오를 가져야 할 것입니다.

---

2 똑똑히 기억함. 굳게 마음에 새김.

그러니 역사적 대제도인 창씨創氏에 대하여서 대분발할 것입니다. 새로운, 일본적인 씨명으로 일본인이 된 것을 맹서하고 선언할 것입니다.

이 창씨야말로 조선 민족의 황국신민화의 최대의 성명聲明이요 서원誓願인 동시에, 또 최후의 차별철폐라고 할 것입니다. 우리는 창씨를 황은皇恩에 대한 감사에 충의忠誠의 표로 하는 것이지 결코 어떠한 소득을 희구하는 심사가 있어서는 아니 됩니다.

성전 3주년, 그 동안에 조선인은 무한한 희망과 영광을 얻었습니다. 그런데 조선인은 피로나 재물로나 봉공奉公이 부족하였습니다.

성전 제4년 이후로 조선인은 더욱더욱 충성과 역량을 발휘하여야 하겠습니다. 그래서 우리 대제국의 옹호에 힘 있는 소임所任을 성취하여야 하겠습니다.

만일 조선인이 아직 그 거취에 대하여서 방황彷徨 저미低迷하는 자가 있다고 하면 그는 스스로 저와 및 제 동족의 발전을 저해하고 오는 모든 복을 물리치는 자라 아니 할 수 없습니다.

7월 7일, 조선인은 마땅히 재자각, 재인식으로 재출발을 서원誓願할 날인가 합니다.

모母, 매妹, 처妻에게[1]

어머니, 아들이 있습니까. 그러면 지원병으로 보내시오. 그 아들이 소중하십니까. 그러길래 더구나 지원병으로 보내시오. 외아들밖에 없습니까. 그렇더라도 지원병으로 보내시오.

누이들, 오라비들이 지원병으로 가도록 권하시오.

"오빠, 병정 가셔요. 나는 계집애니까 못 가지요. 오빠는 사내대장부가 아니야요. 그러니까 병정 들어가서요. 용감한 군인이 되셔서 천황폐하를 위하여서 싸울 사람이 되셔요. 전장에 나가서 사내답게 싸오다가 '우리 임금 만세'를 부르고 죽는 것은 저마다 못 가질 복이지요마는 병정만 되어서 저 한 직분만 하여도 나랏님 은혜를 갚는 것이 아니야요. 오빠, 어서 병정 가셔요."

누이들, 이렇게 오빠들을 권하시오.

또 젊으신 안해들, 남편더러 병정 가라고 하세요.

"왜 건장한 젊은 양반이 병정을 안 들어가시오. 지금 여러 백만 동포가 전장에서 나랏님을 위해서 피들을 흘리지 아니해요? 그런데 당신님은 무슨 면복으로 가만히 계시오? 죄송하진들 아니 하며 부끄럽진들 아니 해요? 부모님 걱정을 하세요? 나라가 없으면 부모님은 어디 사셔요? 자식들이오? 나라가 없으면 자식들은 어떻게 살아요? 제 나라 없는 백성들과 전쟁해서 진 백성들을 보지 못 하셔요? 어서 병정으로 나가셔요. 연약한 여자의 몸이지마는 내 혼자서 부모님 봉양하고 자식들 기르오리다. 당신님이 만일 전장에 나가셨다가 승전하고 돌아오시면 더욱 좋고요. 만일 싸우시다가 돌아가신다 하면 내 한 몸으로 끝까지 상봉하

---

1 이광수(李光洙), 『삼천리(三千里)』, 1940.7. '지원병 10만 돌파(突破) 기념특집－지원병 모자자(母姉)에 송(送)하는 서(書)'라는 표제하에 수록된 글의 하나이다.

솔[2]을 할 테니 어서 염려 말고 병정으로 가셔요.

내가 불쌍하다고요. 천만에, 나도 일본의 아내입니다. 당신님이 다른 일로 집을 떠나신다면 나는 슬퍼서 울어요. 그러나 천황님을 위하여서 병정으로 가신다면 나는 기쁨과 영광으로 울겠습니다. 당신이 병으로 돌아가신다면 나는 청춘에 과부된 것이 가슴이 터지도록 아프겠습니다. 그러나 당신이 나랏님을 위하여서 전장에서 돌아가신다면 나는 당신님을 신으로 뫼시고 일생 절하겠어요. 남들은 다 병정으로 가시는데, 다 전장에 나가시는데 당신은 멀쩡한 몸으로 집에 계신다면 천황님께 황송하고, 남이 부끄러워서 어떻게 삽니까. 자, 여보세요. 부모님 걱정도 아이들 걱정도 내 걱정도 마시고 뚝 떠나셔요. 그것이 자식으로는 효도요, 남편으로도 아버지로도 옳으신 길입니다. 옛날 우리 조상님네는 다 그러시지 아니하였습니까."

젊으신 안해들, 이렇게 남편을 권하시오.

내 옛날이야기 하나를 하오리까. 한 천여 년 전 일이야요. 1천2백 년쯤 전이겠습니다.

조선이 고구려와, 백제와 신라 세 나라로 갈려 있을 적 일입니다.

신라 나라에 황창랑이라는 열일곱 살 된 서방님이 있었지요. 그때에 백제 나라가 자주 신라를 침노하여서 번번이 신라 군사가 싸움에 져서 땅을 많이 빼앗겼어요. 백제에는 계백階伯이라는 유명한 장수가 있었습니다. 그는 나라만 사랑하고 제 몸과 제 집을 몰랐습니다. 그러므로 무서운 장수였습니다. 이것은 그 후 백제가 망할 때 일이지마는 계백은 신라와 당나라 연합군을 도저히 이기지 못할 줄을 알고 먼저 제 처자를 다 죽이고 전장에 나가서 끝까지 싸와서, 힘껏 싸와서 죽은 사람입니다. 이러한 장수가 있으니까 그 부하 군사들도 계백과 같이 나라만 알고 제 몸을 몰랐습니다. 그러니까 싸우는 대로 신라를 이긴 것이었습니다.

이때에 신라 임금님은 크게 걱정하셔서 제신을 부르시와 백제 막을 묘책을 물

---

2 상봉하솔(上奉下率) : 위로는 부모님을 모시고 아래로는 처자식을 거느림.

으셨는데, 그때에 한 대신이 아뢰기를,

"죽기를 무서워하지 아니하는 장수 한 사람만 있으면 백제를 막을 수 있소."

하였습니다.

한 사람이 죽기를 무서워 아니 하고 나가면 다른 군사들도 그를 따른다는 것입니다.

임금님이나 신하들이나 다,

"참 그렇다. 옳은 말이다."

하고 찬성하였습니다.

그러나,

"그러면 누가 나가 죽을꼬?"

하고 임금님이 물으시는 말에는 아무도 대답하고 나서는 이가 없었습니다.

임금님이나 신하들이나 다 그만 기운이 줄고 낙망이 되고 말았습니다.

이때에 어떤 소년 하나가,

"신이 나가 죽겠소."

하고 나섰습니다. 다들 돌아보니 그는 아직 열일곱 살밖에 아니 된 화랑花郞 황창랑黃倡郞이었습니다.

임금님은 대단히 기뻐하셨습니다. 그래서 군사를 주셔서 백제진과 싸우라 하셨습니다.

황창랑은 집에 들어서 그 조부께 하직하였습니다.

"오, 살아서 내 눈 앞에 보이지 말렷다. 네 아비도 나라를 위하야 싸와서 살아 돌아오지 아니하였나니라."

하고 조부는 이 어린 손자를 격려하였습니다.

그리고 어머니께 하직하였습니다. 어머니는 황창랑을 데리고 그 남편의 사당으로 갔습니다. 그리고 이렇게 남편의 신주 앞에 고축[3]하였습니다.

3　고축(告祝) : 천지신명에게 고하여 빎.

"미망인은 지아비님 영전에 아뢰나이다. 당신님의 혈육은 길러 이제 임금님의 일로 전장에 나아가게 되었사오니, 이 몸이 졌던 무거운 짐을 벗어놓은 듯 안해의 도리를 다한 듯하나이다. 당신님 명명 중에 도우시와 당신님 아드님다웁게 싸와 죽게 하옵소서."

이렇게 고축하고는 아들을 향하여서,

"잘도 대답하였어라. 이제 임금님께 바치온 몸이니 시각 지체 말고 나가라."

하였습니다.

다음에 황창랑은 혼인한 지 얼마 아니 된 안해 방에 이르러 작별하였습니다.

"우리 부부 인연이 길지 못하여 이제 임금의 일로 아조 떠나게 되니 슬픈 일이라. 내 이제 가면 다시 돌아오지 아니하리니, 늙으신 조부님과 어머님을 부탁하노라."

하였습니다.

그런즉 그 새아씨는,

"대장부 세상에 나서 임금님 일로 죽는 일이 어찌 저마다 할 일이오리까. 이 몸이 비록 미거하오나 조부님, 어머님 봉양하옵고 또 복중에 든 당신님 혈육이 천행으로 남자 되거든 당신님 뒤를 있도록 양육하오리이다."

하였습니다.

황창랑은 말을 채쳐 전장에 나갔습니다. 죽기를 작정하였으니 무서울 것이 없었습니다. 돌격, 또 돌격, 황창랑이 용감하게 싸우는 바람에 그렇게 약하다고 하던 신라 군사들이 다 용사가 되어서 며칠 싸움에 신라 지경에 들어온 백제 군사를 다 쳐 물렸습니다.

그러나 죽기를 맹세한 황창랑이라, 승전을 하고 나서도 더욱 깊이 백제 진중으로 들어가 다시 백제 군사 수십 명을 목을 버히고, 마츰내 백제 군사에게 포위되어서 잡혀 계백 장군 앞에 끌려갔습니다.

계백 장군이 보니 황창랑은 아직 이십 전 소년이라 그 용기와 재주에 놀래어서,

"신라의 국운이 아직도 길리로다, 너 같은 사람이 있음이여."

하고 특별히 살려서, 황창랑이가 버힌 백제 군사의 머리들을 황창랑의 말께 달아 황창랑을 살려서 돌려보내었습니다. 용사가 용사를 알아본 것입니다.

황창랑은 할 일 없이 필마단기[4]로 밤중에 집으로 돌아왔습니다.

하인들은 서방님이 승전하고 살아서 돌아온 것을 보고 기뻐서 그 어머니께로 가서,

"서방님이 돌아오셨소."

하고 아뢰었습니다.

그런 즉 어머니가 깜작 놀라며,

"서방님이 돌아오시다니. 어떻게 돌아왔단 말이냐."

하였습니다.

"백제 군사의 머리를 주룽주룽 말께 달고 돌아오셨소."

하고 하인들이 대답하였습니다.

"내 아들은 살아서 돌아올 리 없으니 필시 요괴라. 물러가라 하여라."

하고 어머니는 대노하였습니다.

황창랑은 하인들이 전하는 어머니의 말씀을 듣고 한참이나 고개를 숙였다가,

"어머님 처분 지당하시니 또 싸와 죽으러 나갈 것이오나, 이왕 돌아온 길이니 한 번 어머님 자안[5]이나 뵈옵고저 하나이다."

하고 아뢰게 하였습니다.

"임금님께 죽으러 나간다 맹세 여쭙고 비록 승전하였다 하더라도, 살아서 돌아오는 자식은 내 자식이 아니라고 일러라."

하여서 어머니는 듣지 아니하였습니다.

황창랑은 또 한 번 고개를 숙였습니다.

"그러면 미진한 부탁 있으니 아씨나 잠깐 만나자 하여라."

하야 하인을 보내어 통하였습니다.

---

4 필마단기(匹馬單騎) : 혼자 한 필의 말을 탐.

5 자안(慈顔) : 자애로운 얼굴.

그러나 그 회보는 이러하였습니다.

"서방님 떠나신 날이 서방님 제일이라. 그날부터 이미 거상을 입었으니, 어떤 서방님이 다시 오시랴. 그러한 서방님께 문 열어드릴 안해 아니이다 하여라."

이에 황창랑은 대궐과 집을 향하여서 한 번 절하고 다시 전장을 향하여서 말을 달렸습니다.

황창랑 다시 싸와서 백제군을 많이 무찌르고, 마침내 잡혀서 계백 장군 앞에 끌려갔습니다.

"한 번 용서하여서 살려주었거든 또 칼을 들고 왔는가?"

계백 장군은 이렇게 황창랑을 보고 호령하였습니다.

"이 목숨이 있는 동안 열 번이라도 칼을 들고 오겠노라."

황창랑은 이렇게 대답하였습니다.

"마즈막으로 무슨 소원이 없는가. 내 네 용기와 재조를 아껴 한 번 네 소원을, 무엇이라도 들어 주리라."

계백 장군은 이러한 인물을 죽이기가 아까웠습니다. 황창랑이 원하기만 하면 살려주자는 생각이었습니다.

"계백 장군의 목이 소원이오. 그 밖에는 아모 소원도 없노라."

황창랑은 이렇게 대답하였습니다.

계백은 그 뜻을 굽히지 못할 줄을 알고 손수 칼을 들어서 황창랑의 목을 버혔습니다. 그것이 황창랑에게 대한 최후의 우대였으니, 낮은 사람의 칼에 이러한 용사를 죽게 하기를 아낀 것이었습니다.

계백은 황창랑이 죽은 연유를 적은 편지 한 장을 써서 황창랑의 말안장에 달고 또 황창랑의 머리를 함에 넣어 말께 실어서 신라 진중으로 놓아 보내었습니다.

말은 밤도와 달려서 황창랑의 집으로 왔습니다. 집 앞에 와서 말이 크게 소리를 질렀습니다.

"서방님의 말이 돌아왔소."

하고 하인들은 그 말은 안으로 끌어들였습니다.

황창랑의 조부와 어머니와 안해가 소복을 입고 뛰어 나왔습니다. 조부가 계백의 편지를 읽었습니다.

어머니는 황창랑의 머리를 품에 품고,

"오, 내 아들이여."

하였습니다.

"오, 내 손자여."

"오, 내 지아비님이여."

하고 조부도 안해도 황창랑의 머리를 향하여서 합장하였습니다.

어머니들이여,

안해들이여,

누이들이여,

이것이 우리 조상님네들이 살아가던 법이었습니다.

이제 우리는 거룩하신 임금님의 은혜 속에서 크나큰 일본나라를 지키는 영광스러운 신민이 되었습니다. 옛날에 신라와 백제와 고구려가 한 나라가 된 것같이 우리 조선 사람도 인제는 내지와 하나가 되어서 꼭 같은 일본나라의 신민이 되었습니다. 우리는 이 크신 은혜를 깊이 느껴서 보답하지 아니하면 아니 됩니다.

일본의 어머니는 아들을 제 것으로 생각하여서는 아니 됩니다. 그것은 임금님께서 맡기심 받은 것으로 알아야 합니다. 아드님을 길러서 임금님께 바치는 것이 어머니의 거룩한 직분입니다. 이러함으로 우리는 임금님의 은혜를 보답하는 동시에 우리와 우리 자손의 복과 영광을 받게 되는 것입니다.

당신의 오빠는 임금님의 것입니다.

당신의 남편은 임금님의 것입니다.

당신의 몸은 임금님의 것입니다.

이것이 일본정신입니다.

공리주의의 몰락功利主義の沒落[1]

공리주의功利主義 윤리설의 발상지는 영국으로, 벤담과 밀 등이 그 창도자唱導者이다. 최대 다수의 최대 행복이 윤리와 정치의 목표라고 주장하는 것까지는 좋아도 그 행복이란 것이 각 개인의 생리적 쾌락에 있다고 규정한 스펜서에 이르러서는 공리주의가 그 극에 달했다고 할 수 있다.[2] 유리주의唯利主義는 실제에 있어서는 이른바 데모크라시를 신봉하는 세계 각 국민의 근본사상이기도 한데, 정사正邪와 선악善惡의 표준을 '자기의 이해利害'에서 구하는 것이다. '이해'라는 말이 개인간에도 국제간에도 최고의 도덕 표준이 되고 말았다.

이에 도덕과 의리는 마치 공상이나 폐물과 같이 비웃음의 표적이 되어버린 것이다. 그런데 이 개인의 물질적 이해를 정치의 극단으로까지 끌어올린 것이 바로 공산주의共産主義이다.

데모크라시는 자본주의를 낳고, 자본주의는 공산주의를 낳았다. 공산주의를 끝까지 추구하다 보면 축생아귀주의畜生餓鬼主義로 나아가는 것은 필연이고, 이렇게 되면 인류는 무시無始 이래의 최고선最高善으로 향상한다는 웅장하고도 거룩한 전통과 이상을 파기하고 마는 것이다.

그래서 구주歐洲에서 가장 먼저 일어난 것이 이탈리아 무솔리니[3]의 파시즘이다. 그는 국가적, 계급적, 개인적 행위의 표준을 이利에서 의義로 되돌렸고, 개인은

---

1 원문 일본어. 『국민신보(國民新報)』, 1940.7.7. '주장(主張)'란에 실렸다.

2 원문에는 누락되어 있으나 단행본『동포에게 보냄(同胞に寄す)』에는 수정되어 있다.

3 베니토 무솔리니(Benito Andrea Amilcare Mussolini, 1883~1945). 이탈리아의 정치인. 1922년 국가 파시스트당을 창당하고 국가주의, 협동조합주의, 생디칼리즘, 팽창주의, 사회진화론, 반공주의와 같은 다양한 정치 이념들을 조합하여 이탈리아 파시즘을 만들었다. 1930년대 중반 공공사업과 대중교통을 위한 기반시설 확충 등을 통해 이탈리아 전반의 경제적 안정을 실현하였으나, 1935년 3월 나치 독일의 베르사유 조약 파기와 재군비 선언을 계기로 침략 노선으로 전환하고 1940년 추축국의 일원으로 제2차 세계대전에 참전했다.

국가의 이상, 나아가서는 세계의 이상 실현을 위해 살아야 하는 존재가 되었다. 이어서 일어난 것이 독일의 히틀러[4]이다. 이 두 사람은 국민을 이상理想과 도의道義의 길로 이끌어 훈련한 것이다. 그리하여 이번에 일어난 것이 영국과 프랑스를 상대한 전쟁이다.

독일과 이탈리아가 영국과 프랑스에게 구하는 것이 똑같이 이利가 아니냐고 해서는 안 된다. 물론 독일과 이탈리아가 영국과 프랑스의 영토를 분배하리라는 것은 쉽게 상상되는 일이지만, 영국과 프랑스가 과거 수세기 동안 의롭지 못한 방법으로 쌓아올린 대제국을 붕괴시키는 것 그 자체에서 우리는 일종의 하늘 뜻을 알아차리지 않으면 안 된다. 만약 독일과 이탈리아가 영국과 프랑스에게 승리를 거둔 뒤에 종래의 이상주의, 도의주의道義主義를 버리고 영국과 프랑스의 탐욕적인 유리주의唯利主義로 치닫는다면, 그들은 머지않아 또 다시 영국과 프랑스의 전철을 밟게 될 것이다. 우리는 독일과 이탈리아가 어디까지나 도의에 대한 생각에서 벗어나지 않고 유종有終의 미美를 거두기를 기도하지 않을 수 없다.

그런데 우리 일본이 지금 진무천황神武天皇의 조국肇國 정신을 받들어 아시아의 재건을 위해 일어선 이상 아시아 재건을 정책의 근간으로 삼아야 할 것은 말할 것도 없지만, 국제정책에 있어서는 우리와 신념을 같이 하는 방공防共과 도의道義의 맹우盟友인 독일과 이탈리아 편에 서야 하는 것이 자명한 이치다. 특히 제국帝國의 이번 성전聖戰에서 저 영국과 프랑스가 무슨 일을 저질렀는가. 그들은 철두철미 역도逆徒 장제스蔣介石를 도와 우리를 방해했다. 지금 홍콩香港에서, 프랑스령 인도차이나 국경에서 마침내 황군皇軍은 그들을 응징하기 위해 행동에 나선 것인데, 실로 몹시 분하여 이가 갈리고 팔이 부들부들 떨려 참기 어렵다. 패전敗戰의 오늘에 이르러 영국과 프랑스가 우리에게 아양 부리는 태도를 취하고 있지만, 그것이

4 아돌프 히틀러(Adolf Hitler, 1889~1945). 독일 나치의 지도자이자 정치가. 1920년 국가 사회주의 독일 노동자당NSDAP을 세우고 민주공화제 타도, 독재정치 강행, 베르사유 조약 타도, 반유대주의 등을 포함한 나치당 강령을 발표했다. 1934년 총통의 지위에 오른 뒤 경제의 재건과 번영을 이루는 한편, 군비를 확장하여 독일을 유럽에서 최강국으로 발전시키면서 국민의 열광적인 지지를 받았다. 1939년 9월 폴란드를 침공하여 제2차 세계 대전을 일으켰다.

무슨 성의誠意인가. 도의를 분별하지 못하고 오직 이익만 따지는 무리에게는 오로지 실력으로써 고통을 맛보게 해야 한다. 하물며 영국과 프랑스의 무도한 압제와 착취 아래 괴로워하고 있는 아시아 여러 민족이 지금 우리 일본에게 구원의 손길을 청하고 있음에랴.

영국과 프랑스의 공리주의는 몰락했다. 도의를 지향하는 인류에게 빛은 동쪽에서 떠오를 것이다.

한 병졸의 마음가짐—兵卒の心構[1]

성전聖戰 제4주년차, 일본은 드디어 아시아 맹주盟主의 지위를 확립했다. 얼마나 커다란 전과戰果인가. 그러나 아시아 재건설의 완성까지는 아직 요원하다. 역도逆徒 장제스蔣介石의 반항 및 장제스를 지원하는 적성국가敵性國家를 물리치고 태평양 서남부 지역을 진정시키기 위해서는 여전히 몇몇의 대규모 군사행동도 필요하고, 요사스러운 기운을 일소一掃한 후 팔굉일우八紘一宇의 신건설로 옮기고 나서부터가 정말 일억일심一億一心의 지구전持久戰이 될 것이다. 그러나 어쨌든 성전 3년간의 전과戰果가 유례없는 것이라는 데는 변함이 없는 것이다.

그런데 성전聖戰의 업적業績을 돌아볼 때 무엇보다 우리 총후국민銃後國民의 가슴을 치는 것은 한 병졸의 마음가짐이다. 애초 전쟁의 승패는 장병 각자가 지닌 한 병졸의 마음가짐에 달린 것이다. 한 병졸의 마음가짐은 결코 병졸만의 마음가짐을 가리키는 것이 아니다. 위로는 총사령관에서 병졸에 이르기까지 그 지위에 수많은 차이는 있어도 한 병졸로서의 마음가짐은 하나인 것이다. 군인정신이란 요컨대 한 병졸의 마음가짐과 다르지 않다고 생각한다.

그러면 한 병졸의 마음가짐이란 무엇인가. 그것은 명령받은 위치에서 목숨을 바치겠다는 마음가짐이다. 일단 어떤 책무를 명령받고 나서는 다음 명령이 있기까지 한 걸음도 내딛어서는 안 된다. 주춤해서는 안 된다. 다른 생각이 있어서는 안 된다. 이야말로 일의전심一意專心으로 그 위치를 지키고 이를 위해 최선을 다하여 죽은 뒤에야 그만둔다는 정신인 것이다. 이 정신에 상하上下와 대소大小의 구별이 있을 리 없지 않은가. 이 정신이 강한 군대는 이기고 약한 군대는 지게 되어 있는 것이다.

---

1 원문 일본어. 『국민신보(國民新報)』, 1940.7.14. '주장(主張)'란에 실렸다.

그런데 이 정신은 군대에서만 기본이 되는 것은 아니다. 현대국가에서는 전쟁과 평상시를 불문하고 국민 한 사람 한 사람에게 이 병졸의 마음가짐이 기본이 되는 것이다. 특히 국방체제 국가, 전쟁 중의 국가에서 그러하다.

우리는 이번 구주전쟁歐洲戰爭에서 맹방盟邦 독일 국민이 전투원이든 후방의 일원이든 모두가 얼마나 이 한 병졸의 마음가짐에 불타고 있는지 목격할 수 있었다. 그리고 이 한 병졸의 마음가짐이 그들의 조국에 얼마나 찬란한 승리를 가져왔는지 실증할 수 있었다. 독일 국민에게서 일본정신과 비슷한 것을 발견한 셈이다.

돌이켜 우리 자신을 반성할 때 과연 부끄러운 점이 없는가. 과거 3년간 우리 장병은 실로 잘 싸워주었다. 장병에 관한 한 한 병졸의 마음가짐에서 나무랄 데 없음을 보는 것이지만, 우리 총후국민銃後國民의 봉공奉公의 태도에는 아직 부족한 점이 있는 듯하다. 특히 반도인半島人이 그렇지 않을까. 한결같이 고쳐지지 않는 사치, 일상생활과 사교생활의 칠칠치 못함, 암거래의 횡행, 절미節米와 저축의 불철저 등 우리는 한 병졸의 마음가짐이 부족함을 통절히 느끼는 것이다. 이는 방관자의 마음가짐, 무관심자의 마음가짐이어서 국가 비상시에 처하여 자기의 위치를 자각한 한 병졸의 마음가짐이라고 할 수 없다. 어떤 때라도 그러해야 하지만, 특히 전시체제의 경우에는 그것이 군사적이든 행정적이든 또는 자치적이든 우리 국민을 부르는 국가 기관의 명령 및 희망은 절대적인 것으로 간주되지 않으면 안 된다. 국민 각자는 한 병졸의 마음가짐으로 그에 응하지 않으면 안 된다. 일신一身과 일가一家의 이해利害를 염두에 두는 것은 허용되지 않는다. 즉시 명령받은 위치에 자리하여 명령받은 책무를 수행해야 한다. 그리고 이것은 죽은 후에야 그만둘 종류의 것이다.

성전 제4주년의 첫머리에서 국민이여, 한 병졸의 마음가짐을 다잡으라.

정변과 우리들政變と吾等[1]

요나이米內[2] 내각이 돌연 총사직했다. 이는 새로운 정치체제로 옮아가기 위한 일대 변화의 조짐이라고 생각된다. 표면적으로는 내각에 대한 육군의 태도가 동기動機가 되어 있지만, 그것은 구일본에서 신일본으로 이행해 가는 역사적 과정의 한 계기에 지나지 않은 것이니, 던져진 돌이 어느 쪽으로 튀더라도 그것이 결국 역사의 명령인 데는 변함이 없다고 생각한다.

지나사변 발생 이래 제국帝國의 동아 신질서 건설의 내용과 외연이 전쟁 국면의 진전에 따라 확대된 것은 사실이다. 최초의 목표는 지나支那 북부의 평정, 다음은 양쯔강揚子江 이북, 그다음은 지나 전역, 그리고 마지막에는 프랑스령 인도차이나, 태국, 네덜란드령 인도네시아 등을 포함하는 팽대膨大한 지역을 포함하지 않을 수 없게 발전해 온 것이다. 장래에는 어쩌면 영국령 인도까지도 더하여 동아東亞에 국한되지 않고 아시아 신질서의 건설이라는 방침으로 진전할 수도 있다고 생각한다. 또 거기까지 가지 않아서는 시원치 않다.

지나사변의 진전에 따라 영국, 미국, 프랑스, 소련(이미 모모국某某國 등으로 은어隱語를 사용하는 것은 적합지 않다)이 우리의 진짜 적성국가敵性國家라는 것이 분명해졌다. 게다가 역대 내각은 이른바 지나사변의 처리라는 명제에 자기 임무를 국한하여 이들 적성국가에 대해 극히 원만한 대응을 해왔던 것이다. 그런데 이른바 프랑스령 인도차이나 루트, 홍콩, 버마 루트 등의 진상이 폭로됨으로써 분명해졌듯이, 이들 적성국가들은 일본이 조심하는 것을 좋은 기회로 여기고 마치 일본을 조소

---

1 원문 일본어. 『국민신보(國民新報)』, 1940.7.21. '주장(主張)'란에 실렸다. 단행본 『동포에게 보냄(同胞に寄す)』에는 수록되어 있지 않다.

2 요나이 미츠마사(米內光政, 1880~1948). 일본의 해군대장이자 제37대 내각총리대신. 1940년 1월 요나이 내각이 출범했으나 친미·친영 정책을 취했던 탓에 일본·독일·이탈리아의 3국 동맹을 선호하는 육군의 압박으로 그해 7월 사임했다.

하듯 장제스蔣介石 지원의 악습을 청산하려 하지 않고 오히려 더욱더 악랄함과 음험성을 더해갔다.

저 영국 등은 프랑스와 함께 우리의 맹방盟邦인 독일에 의해 엉망진창으로 박살났음에도 불구하고 여전히 제국帝國에 대해 불손한 태도를 고치지 않는다. 이것은 애초에 무모한 미국의 선동에 의한 것으로, 미국이 그 가냘픈 함대艦隊를 하와이 근해에 집중시켜 남양南洋 방면을 엿보고 있는 것도 이 때문인 것이다. 요나이 내각에서는 영미英米와의 국교國交 조정을 제일 목적으로 삼아서 아리타有田 외상外相에게 그 임무를 맡긴 것이지만, 결국 무엇을 얻었는가.

그것은 버마 루트의 봉쇄에 대해 우기雨期 3개월 동안은 어차피 사실상의 폐쇄에 지나지 않으니까 운운하는, 사람을 바보 취급하는 지껄임에 지나지 않는 것이 아닐까.

일본은 자기 사명의 위대함과 동시에 자기 실력을 좀 더 자각하지 않으면 안 된다. 그리고 이 사명의 달성을 위해 정치를 좀 더 일원화一元化하고 강력화하지 않으면 안 된다. 영미 추수追隨가 고질痼疾이 되어 있는 노인배 신사들은 한시라도 빨리 물러나게 하고, 이상理想에 불타는 투지鬪志 넘치는 젊은 사람에게 키舵를 쥐여주지 않으면 안 된다. 그리고 좀 더 단호하고 이해하기 쉬운 목표를 분명하게 널리 밝히는 한편, 좀 더 정신적, 경제적 통제를 강화하고, 여전히 아시아에 준동蠢動하면서 최후의 몸부림을 치고 있는 적성국가들에 맹렬히 일격을 가하고 용왕매진하여 그들을 혼내주지 않으면 안 된다. 그러기 위해서는 지금이야말로 천재일우의 호기好機로, 이 기회를 놓치면 천추千秋에 후회를 남길 것이다. 신정치新政治는 모름지기 독일, 이탈리아와 단단히 손을 잡고 당당히 적성국가들에 대한 태도를 분명히 해야 한다.

그렇기는 해도 근본은 국민의 태도이다. 제국帝國 천년의 대계大計를 위해 신애협력信愛協力, 일치단결, 자기를 버리고 각자 총을 들고 일어서 전선前線의 일원이 될 각오를 한층 철저히 해야 할 필요가 있다. 어떤 어려움도 견디고 어떤 희생도 바치겠다는 기백이 감돌 때라야 이 대업大業은 이루어지는 것이다.

반도의 동포여, 여러분의 책임은 더욱더 무거워지는 것이다. 이제 끌려다니는, 의붓자식 같은 마음가짐을 깨끗이 청산하고 일장기日章旗를 머리에 동여맬 때다. 이 전쟁에 승리하지 못하면 우리는 망하고 이 전쟁에 승리하면 우리에게 영원한 안락과 광영이 있는 것이다. 내지內地 동포가 어떻게 생각할지 따위를 마음 쓰는 것이 아니다. 이쪽은 이쪽 나름대로 제국의 운명을 홀로 짊어진다는 마음으로 매진해야 하지 않을까.

장정壯丁도 바치자. 물자도 바치자. 온갖 것을 나라를 위해 바칠 때가 온 것이다.

확대된 신질서의 내용과 높아진 국가의 목표는 특히 반도 동포의 각오와 분기奮起를 촉구하고 있다. 우리 제국帝國의 천재일우의 호기好機는 반도 동포에게는 이중의 천재일우의 호기인 것이다.

새로운 자랑新しき自慢[1]

이제 거국적으로 사치를 금지하게 되었다. 사치품의 제조 및 판매는 결코 용납되지 않게 된 것이다. 그러나 각 개인의 사치품 사용을 규제하는 법도는 없다. 사치품 판매 유예 기간인 3개월 간 사치품을 잔뜩 사재기하여 과시하려는 분별없는 사람도 없다고는 할 수 없다.

사치품의 판매를 금지하는 것은 관청에서 하는 일이지만, 사치품을 사용하지 않는 것은 우리 국민 각자의 마음가짐에 달려 있다고 할 것이다. 이는 나라를 위해서이고, 자신을 위해서이자 자손을 위해서인 것이다. 재산이 많으니 쓰고 싶은 대로 써도 좋다고 생각하는 사람이 있다면, 국민의 본분을 인식하지 못하는 분별없는 자이다.

검소와 절약은 어떤 나라, 어떤 시대에도 미덕이다. 이런 미덕이 있는 나라는 흥하고, 이런 미덕이 없는 나라는 망한다. 사치, 남용으로 망하지 않는 나라가 있을까.

사치를 자랑하는 시대는 지나갔나. 이제 소박함을 자랑하는 시대이다. 몸에 사치한 옷을 걸친 사람은 오늘날의 시세에서는 이미 웃음거리, 비난의 대상이 되었다. 순모純毛나 비단을 걸치고는 첫째 남들 눈이 부끄러워 거리로 나갈 수 없는 것이 아닌가.

금제품金製品을 몸에 걸치고 활개치고 다니는 사람은 이제 보이지 않게 되었듯, 양심 있는 사람이라면 화려한 옷이나 새 옷을 입고는 남들 앞에 나설 수 없는 날이 다가온 것이다. 돼지나 고래 가죽으로 만든 구두에 인조섬유人造纖維로 만든 옷, 그리고 보리밥, 이것이야말로 비상시 일본인의 자랑스러운 모습인 것이다. 만약

1 원문 일본어. 『국민신보(國民新報)』, 1940.8.4. '주장(主張)'란에 실렸다.

그 인조섬유로 만든 옷이 누더기가 되었다면 더욱 명예로운 일일 것이다.

그런데 여전히 순모가 어떠니, 비단이 어떠니 운운하며 그런 것을 몸에 걸치고 득의양양해 하는 남녀가 있다면, 그런 사람은 바보이거나 철면피가 틀림없다. 이런 분별없는 사람은 친지와 이웃이 가르치고 이끌어야 한다. 그래서 비상시의 일본에서 이런 분별없는 사람이 자취를 감추도록 노력해야 하지 않을까.

낡은 옷은 아쉬운 대로 입자. 깨끗하게 세탁하고 더럽혀지지 않도록 신경을 쓰자. 찢어진 것은 꿰매고 덧대어 입자. 음식도 미식주의美食主義를 버리고 영양주의營養主義로 나아가자. 그렇게 물자를 절약함으로써 한편으로는 전쟁 수행과 외화外貨 획득 쪽으로 돌리고, 다른 한편으로는 저축을 하자. 각 가정에서, 애국반에서, 학교와 회사, 모든 기관에서 이를 철저히 하자.

정동연맹 상회町洞聯盟常會[1]

조선에서 정동연맹精動聯盟[2]의 실적은 참으로 눈부신 바 있는데, 그 가장 중요한 활동의 하나는 물론 매월 1일 흥아봉공일興亞奉公日의 정동연맹 상회常會이다. 정동町洞 거주민이 이날 아침 일찍 한곳에 모여 국기게양國旗揭揚, 궁성요배宮城遙拜, 기원묵도祈願默禱, 조서봉독詔書奉讀, 회의 등을 진행하는 것은 실로 국민적 수련과 생활 개선, 시국時局 인식을 위한 더없이 좋은 행사이다.

그러나 이 계제에 한층 다잡지 않으면 안 될 일이 있다. 그것은 상회에 반드시 호주戶主가 출석하는 일이다. 가정에서 지도와 명령권을 가진 호주가 출석해야만 소기所期의 목적이 달성될 수 있을 것이다. 그런데도 실제 상황을 보면, 아이들, 식모, 하인 등에게 명찰을 주어 대리 출석하게 하는 사람이 상당히 많고, 더욱이 이렇게 탐탁지 않은 마음가짐을 갖고 있는 계층은 지식과 재산을 갖춘 중류 이상인 경우가 많은 듯하다. 이런 일은 단지 그 자신에게 해가 될 뿐만 아니라, 일반에게도 적지 않은 악영향을 미친다. 참으로 지식계급이고 중류 이상이라면, 도리어 솔선率先하여 상회常會에 출석하고 다른 사람의 모범을 보여야 할 것이다. 그들이 어떤 연회宴會나 구경거리에 식모, 하인, 사환 등을 대신 보내지 않으면 안 되는 사정이 있다면 그것은 별문제이다.

다음으로 절약, 저축, 보건 등 생활개선을 위한 행사의 거의 대부분은 주부主婦의 손에 달려 있다. 어떻게든 주부의 상회常會를 한 달에 한 번 정도 열면 어떨까. 매월 1일이 호주를 위한 상회라면 매월 15일경을 주부의 상회로 지정하고, 주부

1 원문 일본어. 『국민신보(國民新報)』, 1940.8.11. '주장(主張)'란에 실렸다.

2 국민정신총동원조선연맹. 1938년 6월 민간 사회교화단체 대표자들이 총독부의 종용에 따라 "국민정신을 총동원하고 국책의 수행에 협력하여 성전(聖戰) 궁극의 목적을 관철"한다는 취지를 내걸고 조직한 전쟁 동원 단체. 1940년 10월 국민총력조선연맹으로 기구를 개편하고 재출발한다.

는 아침 일찍 외출할 수 없는 사정이 있으니 저녁 식사 후의 시간을 골라 모여서 좀 더 평이한 회의나 취미 강연을 하나 정도 듣게 해도 좋을 것이고, 영화나 그림, 연극 등을 보게 하면 더욱 훌륭할 것이라고 생각한다. 정동精動 당국자가 한번 생각해 주기를 당부하는 바이다.

이렇게 정동町洞 내의 호주와 주부가 한 달에 한 번 모인다면, 모이는 것만으로도 이미 커다란 효과가 있을 것이다. 호주여 나오라, 주부여 나오라. 반드시 힘써 행해지기를 바라는 바이다.

8월 10일의 기쁨八月十日の喜[1]

황기皇紀 2천6백 년을 맞는 동시에 병합 30주년을 맞는다. 쇼와昭和 15년 2월 11일의 기원절紀元節[2]부터 시작된 반도 동포의 창씨創氏 신고는 8월 10일 오후 12시에 끝났다. 실제 신고 숫자가 판명되기까지는 아직 상당한 시일이 필요하겠지만, 전체 호수戶數의 5할 이상인 것은 확실한 듯하다. 10할 전부 창씨에 참여하지 않은 것이 유감이라고도 할 수 있지만, 겨우 6개월 동안 1천2백만 이상의 인구가 창씨한 것만으로도 우선 경이로운 일이라고 할 수 있으리라. 게다가 창씨의 문이 완전히 닫힌 것은 아니다. 이후에라도 재판소의 허가를 얻어 얼마든지 창씨할 수 있으니, 아마도 금후 1, 2년 내에는 반도인 전부가 일본인에 어울리는 씨명氏名을 갖게 될 것이라고 생각한다.

그런데 창씨제도는 실로 역사적인 것으로, 단지 각자 이름 적힌 부첩符牒을 갈아치우는 것이 아니다. 이 기쁜 날을 맞아 다시 한 번 창씨의 의의를 상기해 보자.

첫째, 우리는 창씨를 통해 과거 7백 년 동안 사상적으로 한족漢族에 굴종해 온 쇠사슬을 끊는 것이다. 지나화支那化 이전의 조선인의 모습은 고신도古神道로 보나 전설傳說로 보나 풍속과 관습으로 보나 불교로 보나 내지內地의 그것과 큰 차이가 없는 것이었다. 혈통적으로도, 또 문화적으로도 내선內鮮은 동일한 흐름을 이어받았기 때문이다. 그런데 지나사상支那思想에 심취하여 우리들 본연의 모습을 잊어버린 것이니, 실로 지나식 성명姓名 석 자에는 주술적 매력이 있었다고 할 수 있다. 이번의 창씨에 의해 이 주술로부터 해방된 것이다.

둘째, 우리들이 황국신민皇國臣民으로서 살고자 하는 굳은 결심과 감격을 창씨로써 선언한 것이다. 우리가 새로운 씨명氏名의 새 표찰標札을 내걸 때, 다시금 황

---

1 원문 일본어. 『국민신보(國民新報)』, 1940.8.18. '주장(主張)'란에 실렸다.

2 기원전 660년 일본의 초대 천황인 진무천황(神武天皇)이 즉위한 날.

국신민으로서의 맹세를 새롭게 하는 동시에 무한한 환희의 감격에 젖을 것이다.

셋째, 개인주의에서 국민주의로 옮아간 것이다. 새로운 씨氏를 선정한 것은 우리 자신이지만, 이를 허락한 것은 폐하의 재판소이다. 즉 우리는 폐하께 허락받은 씨를 갖게 된 것이다. 우리는 창씨로써 우리 자신을 폐하께 바친 것이다.

넷째, 가족제도의 강화이다. 씨氏는 가家의 칭호이지 성姓과 같은 개인의 칭호가 아니다. 명名이야말로 개인의 칭호이다. 어떤 혈통을 가졌든 어떤 씨를 가진 집안에 들어가면 그 집안의 씨을 가지며, 따라서 그 집안의 전통과 가풍家風을 따르는 것이다. 가家는 국가의 구성단위이다. 씨氏를 가진 가족과 과거의 가족은 그 정신면에서 동일하지 않다. 이번의 창씨에 의해 반도半島의 가家도 일본적인 가家가 된 것이다.

창씨는 결코 단지 성명姓名을 변경하는 것이 아니다. 국민으로서, 가족으로서 새로운 출발을 하는 맹세이자 선언인 것이다.

여자교육女子教育[1]

바야흐로 일본은 거국적으로 일대 민족개조운동을 벌이고 있는 참이다. 남자든 여자든 국민 전체를 바로잡아 팔굉일우八紘一宇의 이념을 구현하는 투사로 양성하려는 것이다. 이기주의, 개인주의, 자유주의, 파벌주의 등 모든 계급을 타파하여 천황 직속의 황국신민皇國臣民으로 만들려는 것이다. 한마디로 말하면 대군大君을 위해 자기를 잊는 남녀를 만드는 일이다. 자기를 중심으로 하여 이해利害와 고락苦樂을 계산하는 것은 이미 금일 이후의 일본인에게는 통용되지 않는 것이다.

반도半島 동포라고 해서 이 대운동의 권외圈外에 있는 것은 아니다. 아니, 오히려 반도 동포는 내지內地 동포에 비해 배倍 이상의 각오와 노력이 필요하다. 그것은 문화 정도나 국민적 훈련이라는 점에서 볼 때 뒤떨어져 있는 자기를 책려策勵하여 뒤떨어진 그만큼을 따라잡고, 또 내지와 동일선상에 도달하고자 하는 까닭이다.

그 노력의 중심이 되는 것은 애국심과 국법國法 및 국책國策에 충실하는 것인데, 애국심의 가장 단적인 발로가 병역兵役에 복무하는 것이라면 국법과 국책에 충실함의 가장 단적인 발로가 오늘날의 경우 물자절약과 저축임은 말할 것도 없다. 그런데 이는 국민 전체의 마음가짐이 아니면 안 되는 것이지만, 특히 그 중축中軸이 되는 것은 부녀자이다. 그중에서도 가정부인이다. 절미節米 및 그 밖의 물자절약과 사치 폐지가 주부 관할 내의 일일 뿐 아니라, 장정壯丁이 지원병이 되거나 사관학교士官學校에 들어가는 것은 대부분 어머니의 영향이라고 생각한다. 또 경시되어서는 안 되는 것이 누이나 그 밖의 젊은 여성의 영향이다.

---

1 원문 일본어. 『국민신보(國民新報)』, 1940.8.25. '주장(主張)'란에 실렸다.

"오빠, 왜 군대에 가지 않아?"

하는 누이의 한마디는 청년에게 심상치 않은 감동을 줄 것이다.

"저 남자, 몸이 튼튼한데도 군대에 가지 않는군요."

하고 젊은 여성에게 비웃음을 받으면 어떨까. 일본 군인이 강한 것은 일본 여성이 온순하기 때문이라고 한다. 그 온순한 여성이 강한 남성을 격려하기 때문이다. 반도의 여성도 혹은 어머니로서, 혹은 아내로서 누이로서 연인으로서, 젊은 남성이 국민다운 국민이 되도록 격려하지 않으면 안 된다.

따라서 여자교육이 필요하다. 성인인 부녀자나 취학이 어려운 젊은 여자의 교육이 필요하다. 긴요하다. 야학도 좋고 강연도 좋다. 하루라도 빨리 조선의 여성들에게 국민정신을 주입하지 않으면 안 된다. 전 조선 각 소학교에 부녀자 교육기관을 병설倂設하는 일은 청년훈련소에 못지않은 중요성이 있다고 생각한다.

의무교육과 우리 각오[1]

조선인에게 의무교육제를 실시할 것이 정무총감담政務摠監談으로 발표되고, 이에 대하야 시오바라鹽原[2] 학무국장으로부터 의무교육 실시 준비에 대한 명령을 받아 감격한다는 담談이 발표되었다. 특별지원병特別志願兵, 창씨創氏와 함께 내선일체內鮮一體의 기본정책의 정鼎의 삼족三足을 이룬다고 볼 것이다. 이러한 대사업이 근근 3년 간에 연속하여서 실현하게 된 것은 진실로 경이라고 아니 할 수 없다. 이것이 다 반도인半島人을 하로라도 속히 황민皇民으로다 완성합시라는 황공하옵신 성려聖慮의 발현임은 물론이거니와, 또한 미나미南 총독 이하 조선통치 당국자의 열성과 노력의 성과라고 아니 할 수 없다.

의무교육이 실시되기 까지에는 물적物的, 인적人的 기타의 준비상 앞으로 상당한 일자를 요하려니와, 당국의 의향으로 전하는 바에 의하면 늦어도 쇼와昭和 25년[3] 이내에는 완성되리라고 하니, 자금自今 10년 후면 반도인의 자녀는 전부 국민교육을 받게 되는 것이다. 그뿐 아니라 비록 의무교육제도 실시 전이라 하더라도 금일의 학령아동學齡童 취학률 4할 5분으로부터 연년年年 수용력을 확충하야 쇼와昭和 17년[4]에는 6할의 취학就學을 보게 되고, 점차 사범교육, 학교, 학급증설을 증가하여서 늦어도 쇼와昭和 25년까지에는 의무교육제의 실현을 보게 하자는 것이다.

---

1 가야마 미츠로(香山光郎), 『매일신보(每日新報)』, 1940.8.28. '일일일인(一日一人)'란에 실렸다.

2 시오바라 도키사부로(塩原時三郎, 1896~1964). 1920년 토쿄제국대학 법학부 졸업하고 체신관료로 시작하여 타이완 총독부, 만주국의 교통·체신부 및 총무청 등에서 근무했다. 1936년 조선총독부 비서관에 임명되었고, 1937년 조선총독부 학무국장에 발탁되어 적극적인 황민화정책을 추진했다.

3 1945년을 가리킨다.

4 1942년을 가리킨다.

국민교육은 국민생활의 기초가 되는 것이니, 국민정신은 국민교육을 통하여서 국민의 심혼心魂에 각인되고 함양되는 것이다. 교육은 결코 개인의 생활 욕망을 만족시키랴는 방편이 아니오 국가의 존재와 그 이상理想 실현에 필요한 국민을 조성하기 위하여서 하는 국가의 일이다. 그러므로 아동에게 의무교육을 수受케 함으로 그 아동을 국가 목적에 적합한 국민의 일원을 만들기 위함이니, 이는 다만 소학교육에 대하여서만 할 말이 아니오 중학교육은 물론이거니와 전문專門, 대학교육에서도 동양同樣이다. 국가가 어떤 개인에게 어떤 교육을 허하고 시施하는 것은 그 개인에게 대하여서 직역봉공職域奉公을 요구하는 소이所以요, 또 돌이켜 개인 편으로 보더라도 각각 제 직역職域에 있어서 국가에 봉공奉公함으로 자기의 인간적인 직책과 사명을 다하야, 이른바 난 보람 있는 일생을 성취할 수가 있는 것이다. 이러한 사상은 소위 자유주의자적 인생관으로는 명확히 파악치 못하던 것이니, 자유주의적 개인주의자는 도리어 교육을 받는 것은 자기의 생활욕을 만족하는 한 방편으로 본다. 이러한 견해는 금일의 일본정신과는 전연 배치되는 것이니, 의무교육이나 기타의 교육을 이러한 각도로부터 본다 하면 그것은 용허容許할 수 없는 인식착오라고 아니 할 수 없는 것이다. 우리는 국가가 주는 교육을 받고 그로 인하여서 얻은 심신력心身力으로 국가에서 명하는 직분을 하는 것이다. 공부도 국가학國家學이요 직업도 국가사國家事다. 내 생사生死가 모든 국가사國家事다, 하는 것은 정당한 일본인적 인식이다.

그러므로 어떤 민중에게 교육을 받는 의무를 과課한다는 것은 병역兵役의 의무를 과課한다는 것과 아울러서 그 민중에게 국가를 의탁依託하는 것, 즉 그 민중을 국민으로 신임한다는 것이니, 조선의 경우에 있어는 반도인을 완전한 황국신민皇國臣民으로 인정한다는 것을 사실로 선시宣示하는 것이다. 이에 반도인은 더욱 더욱 황은皇恩이 무궁無窮하심에 감사하여서 황민皇民으로서의 의무가 더욱 중대하여진 것을 각오할 것이다.

내선 청년에게 보냄內鮮青年に寄す[1]

청년 여러분, 여러분은 내선일체內鮮一體의 진의眞義를 충분히 인식하고 있는가. 내선일체가 우리 제국帝國에 얼마나 중대한 의의를 갖고 있는지 참으로 인식하고 있는가. 내지內地의 청년 여러분 중에는 무슨 조선 따위를, 하고 얕잡아 보는 사람은 없는가. 반도半島 청년 여러분 중에는 될 대로 되라고 소극적인 생각을 갖고 계신 분은 없는가. 만일 그런 마음가짐을 가진 사람이 있다면 그것이야말로 큰일이다. 왜냐하면 내선일체는 실로 아시아 신질서의 기점基點이기 때문이다. 내선일체의 열매를 거둠 없이 아시아 여러 민족의 융합을 바랄 수는 없다. 뿐만 아니라 앞으로 국방의 견지에서 보아 내선일체는 실로 생명선이라고도 할 수 있을 것이다. 내선內鮮 양 민족이 폐하의 군인으로서 국방선상에서 하나가 되어서야말로 제국의 국기國基는 태산반석泰山盤石 위에 놓이는 것이다. 내선 청년 여러분은 이 점에 대해 충분히 인식하고 있는가.

우선 조선 청년의 입장에서 보자. 여러분의 일생 — 가령 앞으로 약 30년 동안 — 은 내선일체 사업을 위해 바쳐지지 않으면 안 된다. 여러분의 일생에서 그 밖의 모든 개인을 위한, 가족을 위한 이익과 향락, 권리, 요구를 없애고, 오로지 내선일체에 대한 봉사로써 여러분의 일생을 채우지 않으면 안 된다. 지금부터 30년 후에 완전한 내선일체의 업業을 성취하기 위해 모든 노력, 모든 희생을 다 바칠 각오로 임하지 않으면 안 된다. 내선일체를 완수하여 반도 민중으로 하여금 대대로 황국신민으로서의 광영을 입도록 노력하는 데 여러분의 일생을 바치지 않으면 안 된다. 이것이야말로 청년 여러분의 신성한 의무이자 동시에 위로는 성

---

1 원문 일본어. 가야마 미츠로(香山光郎, 舊名 李光洙), 『총동원(總動員)』, 1940.9. 단행본 『동포에게 보냄(同胞に寄す)』에 수록되었다.

명聖明[2]에 응해드리고 아래로는 자손을 위해 진력할 방법이라고 믿는다.

그런데 이 일은 결코 반도 청년에 의해서만 달성될 만한 성질의 것이 아니다. 내지 측의 청년과 빈틈없이 장단을 맞춤으로써 비로소 그 성과를 얻을 수 있으며, 이야말로 수레의 두 바퀴처럼, 악기와 연주자처럼, 그 가운데 하나라도 없으면 소용없는 것이다.

내선일체는 양 민족의 역사적 숙명이고, 메이지 대제明治大帝의 유모遺謨이며, 금상今上 천황폐하께서는 반드시 이 홍업鴻業을 완수하실 생각이라고 삼가 배찰拜察한다. 조선인의 교육 차별 철폐로 보아 그러하고, 특별지원병제도로 보아 그러하며, 씨제도氏制度의 마련으로 보아 그러하다. 이들은 실로 반도의 적자赤子를 완전히 황민화皇民化시키려는 고마우신 대어심大御心의 발로이며, 따라서 내지인과 반도인 모두에게 나아가고 노력해야 할 방향을 보여주신 것이며, 성심성의껏 노력할 것을 명하신 것이라고 배찰拜察하는 것이 당연하다고 생각한다. 따라서 만약 내선 청년의 무자각과 태만으로 인해 이러한 존귀한 황유皇猷에 대한 익찬翼贊의 성의가 부족하여 내선일체의 성과를 한 세대 지연케 되는 일이라도 생기면, 그것이야말로 신자臣子 된 도리로서 황공하기 짝이 없다고 하지 않을 수 없다. 뿐만 아니라 국운國運의 진전과 양 민족의 행복이 그만큼 저해될 것이다.

청년 여러분, 그러면 여러분은 무엇을 해야 할 것인가. 총명한 여러분은 내선일체라는 역사적으로 중차대한 황모皇謨를 인식함으로써 각자 수행해야 할 역할을 자각하는 것이라고 믿는다. 이 한 가지가 동시에 대군大君을 위하고 나라를 위하고 동포를 위하고 자손을 위하며, 그리고 또한 아시아를 위한 모든 의무의 기조가 되기 때문이다. 이렇게 여러분은 다른 사람이 제시해 주지 않아도 자기의 진로를 발견하겠지만, 시험 삼아 두세 가지 구체적인 순서를 언급하고자 한다.

내지의 청년 여러분, 여러분은 우선 조선 및 조선인을 알라. 조선에 관한 서적을 읽고, 조선인과 친구가 되라. 많은 친구가 생기면 더할 나위 없겠지만 한 사람

---

2 임금의 밝은 지혜.

의 친구라도 괜찮다고 생각한다. 그 조선인 친구 한 사람의 마음을 알고, 동시에 여러분의 마음을 그 조선인 친구 한 사람에게 털어놓고 이야기하여 알려 주어라. 조선인 청년에 대해서도 똑같이 말할 수 있다. 여기에는 서로 다소의 노력과 희생이 필요하다. 오랫동안 다른 역사와 풍습 가운데 자란 사람끼리 처음에는 조금 어색한 점도 있고 오해하기 쉬운 점도 있으며, 종종 불유쾌한 감정이 따르는 점도 있을 것이다. 그러나 오랫동안 참을성 있게 교제하는 가운데 절로 서로 상대방에게서 자기를 발견할 것이다. "아아, 그랬던가. 알고 보니 같은 마음을 가진 형제였구나." 하고 환호성을 지를 것이 틀림없다. 이런 친구 관계가 한 쌍 생기면 내선일체의 강력한 밧줄이 한 가닥 생긴 셈이며, 이런 밧줄이 하나씩 늘어남으로써 이들 수천수만의 그물을 통해 신경과 혈액이 서로 통하여 마침내 내선內鮮 일억의 동포가 한마음 한뜻으로 뭉칠 것이다. 이 개인적 접촉과 결합이야말로 내선일체의 기초공사이며 동시에 주된 공사이고 또한 마무리 공사이기도 해서, 이것 없이는 수많은 선전이나 구호도 결국 공염불에 그칠 것이 틀림없는 것이다.

다음으로 반도 측 청년으로서는 자기를 황민皇民으로 개조하기 위해 부지런히 힘써야 할 것이다. 일본정신을 잘 연구하고 그것을 자기의 정신으로 삼게끔 일상적으로 노력하는 것이다. 이를 위해 우선 국어國語를 완전히 학습하여 진짜 모국어가 되도록 노력하고 신사참배와 그 밖의 예의범절에 익숙해지도록 이를 습득하며, 몸도 마음도 완전히 순수한 일본인이 되도록 매일, 시시각각 수행하지 않으면 안 된다. 이렇게 자기 한 사람을 완전하고 모범적인 일본인으로 만드는 것은 자기 자신에 관한 일이므로 이것이 불가능할 리는 없을 것이다. 반도 청년 여러분, 여러분에게 이 일이야말로 생명보다 중요한 일인 것이다. 대군大君을 위한 최대의 의무이자 동시에 2천4백만 조선 동포와 그 자손만대를 위한 신성한 의무인 것이다.

마지막으로 조선 청년 여러분, 여러분은 특별지원병에 나서라. 지원병에 나갈 수 없는 사정이란 하나밖에 없을 것이다. 병약함이 그것이다. 그 이외의 사정이란 결코 사정이 아닌 것이다. 따라서 병약자를 빼고는 전부 특별지원병에 지원하

라. 조선의 장정이 전부 병역의 의무를 완수하는 날이야말로 조선에 황민화 완수의 영광이 오는 것이다. 그리고 불행히 지원병 의무 선발에서 누락된 경우 여러분은 혹은 방호단원防護團員으로서, 혹은 애국반원愛國班員으로서 어떤 직업이든 불문하고 그 직업을 통해 총을 들고 전선에 선 각오로 나라를 위해 진력하라. 이렇게 하는 것이 여러분 자신과 여러분의 가정과 여러분의 동포에게 행복과 광영을 가져오는 유일한 길임을 명심하라.

청년 여러분, 제국帝國의 전도는 광영光榮에 차 있는 것이다. 우리 일본은 바야흐로 세계의 지도자 되기라는 목표를 향해 당당히 매진하고 있는 것이다. 여러분의 땀과 피는 한 방울도 헛되지 아니하고 영원한 빛의 원천이 될 것이다. 이러한 영광 있는 나라, 이토록 희망에 빛나는 성대聖代에 때마침 태어난 것은 실로 드문 일일 것이다. 내선內鮮의 청년 여러분, 이 천재일우千載一遇라고나 할 생生의 봄날을 축하하지 않으려는가.

잇따른 기쁨失繼早の喜び[1]

조선인에게 의무교육 제도를 실시해야 한다는 것이 정무총감政務總監의 담화로 발표되고, 이에 대해 시오바라鹽原 학무국장이 준비를 명받았다고 발표했다. 의무교육은 특별지원병, 창씨와 함께 내선일체의 세 축이라고 할 만하다. 게다가 이들 대사업이 겨우 3년 동안 잇달아 열매를 맺게 된 것은 얼마나 놀라운 일인가. 얼마나 고마운 일인가.

의무교육이 결국 실시되기까지 재정적, 인적 및 그 밖의 준비를 위해 상당한 시일이 필요할 것은 당연하지만, 당국의 의향이라고 전해들은 바에 의하면 1950년昭和 25까지는 국민개학國民皆學의 실현을 보리라는 소식이다. 만약 그렇다고 하면 지금부터 10년 후에는 반도인半島人의 학령아동 남녀를 불문하고 전부 국민교육을 받게 될 것이며, 그때까지는 오늘날의 취학률인 4할 5푼에서 점차 증가하여 1942년昭和 17에는 6할에 이르고, 이렇게 매년 소학교의 학교와 학급 수가 증가하여 늦어도 1950년昭和 25까지는 의무교육의 완성을 보리라는 것이다.

말할 것도 없이 국민교육은 국민생활의 기초를 이루는 것이고 국민정신은 실로 국민교육을 통해 국민에게 전수傳授되고 훈육訓育되는 것이다. 교육은 결코 개인의 생활욕을 만족시킬 힘을 주기 위해서가 아니라, 국가 이상 실현에 필요한 국민을 만들기 위해 시행되는 것이다. 따라서 아동에게 국민교육을 주는 것은 그 아동을 국가 목적에 어울리는 국민으로 양성하기 위해서이다.

이는 단지 소학교 교육만 그런 것이 아니다. 중등교육은 물론이고 대학, 전문교육도 마찬가지이다. 국가가 어떤 개인에게 어떤 종류의 교육을 시행하는 것은 그 개인에게 직역봉공職域奉公을 요구하는 까닭이고, 거꾸로 말하면 국가에 봉사

1 원문 일본어. 『국민신보(國民新報)』, 1940.9.8. '주장(主張)'란에 실렸다.

함으로써 자신의 인간적 직책을 다하고 이른바 태어난 보람 있는 삶을 온전케 하려는 것이다. 이 사상은 저 이른바 자유주의 시대에는 분명하지 않았다. 아니, 개인이 교육을 받는 것은 자기의 생활욕을 충족하기 위한 방편인 듯이 생각되던 시대도 있었다. 오늘날도 이런 잘못된 견해를 갖고 있는 사람이 없다고는 할 수 없지만, 이러한 견해는 일본정신에 어그러지는 것이다. 의무교육을 이런 각도에서 보는 사람이 있다면 용납되기 어려운 착각이라고 하지 않을 수 없다.

의무교육이 문제되는 이때에 중등학교 이상에 재학하는 남녀 학생은 모쪼록 배움의 의의를 재검토하여 개인적 욕망 중심의 사상을 청산하고 일본을 위한 나, 국가를 위해 직역봉공하기 위한 배움의 의의를 명료히 파악해야 할 것이다.

개인의 신체제個人の新體制[1]

우리 제국帝國은 든든하게 비상시국을 극복하고 만몽滿蒙, 지나支那, 프랑스령 인도차이나, 태국, 네덜란드령 인도네시아, 그 밖에 서남西南 태평양 제도를 포함한 대동아공영권大東亞共榮圈을 완성하기 위해 신체제新體制를 만들고 있습니다. 신체제란 일억국민一億國民이 일심일체一心一體가 되어 고도국방국가高度國防國家를 만드는 것이고, 고도국방국가란 일억의 국민이 각각 맡은 바 직역職域에서 병사兵士가 되는 것입니다. 신체제에서는 농부도 어부도 상인도 직공도 학자도 예술가도, 또는 가정의 부인까지도 지금까지의 자유인의 태도를 버리고 병사가 되는 것입니다.

병사란 단지 총을 들고 전선戰線에 선 용사勇士만 가리키는 것이 아닙니다. 고도국방국가에서는 모든 직장이 전선戰線입니다. 상인도 농부도 병사처럼 국가의 명령에 절대 복종하는 태도를 취하고, 할당된 의복과 식료에 만족하며, 할당된 직무職務에 생명을 바치는 것입니다. 지금까지는 전선에 선 장병을 제외하고는 우리 국민은 임의로 후방後方에서 봉공奉公을 한다는 원칙이었지만, 이제부터는 우리 자신이 일선一線에 선 장병과 마찬가지로 명령 계통 아래 서는 것입니다. 이제 우리에게는 제멋대로 구는 일이 조금도 용납되지 않습니다. 불평도 변명도 통하지 않습니다. 단지 묵묵히 위에서 오는 명령에 복종하지 않으면 안 됩니다. 보리밥을 먹으라고 명령받으면 "예.", 사치를 해서는 안 된다고 명령받으면 "예.", 이런 것을 만들어서는 안 되고 사용해서도 안 된다고 명령받으면 "예.", 이런 장사는 그만두라고 명령받으면 "예.", 이렇게 모든 것을 "예, 예."로 가는 것이 신체제입니다. 비평적 태도도 용납되지 않는 것입니다.

그러나 우리는 이 복종을 기쁨으로 여기고 광영光榮으로 여기지 않으면 안 됩

1 원문 일본어. 『국민신보(國民新報)』, 1940.9.15. '주장(主張)'란에 실렸다.

니다. 왜냐하면 이것은 모두 우리나라를 위해서이고 우리 자손의 영원한 행복을 위해서이기 때문입니다. 이런 고도 국방국가적 신체제가 아니고서는 지금 제국帝國이 목적으로 삼아 나아가고 있는 동아 신질서의 성업聖業은 완수될 수 없기 때문입니다.

그러므로 우리는 각자 엄격한 반성을 통해 자기의 신체제를 만들지 않으면 안 됩니다. 우선 자기 한 개인의 생활부터 바로잡읍시다. 6시의 '기상' 사이렌이 울리면 반드시 일어납시다. 7시 궁성요배宮城遙拜 사이렌에는 반드시 궁성요배를 합시다. 정오의 묵도默禱 사이렌에 반드시 묵도합시다. 그 밖에 애국반장을 통해 오는 모든 명령에 기쁘게 복종합시다. 그리고 종래의 자기 직업을 일단 나라에 봉환奉還하고 새롭게 그 직분에 임명된 마음가짐으로 열심히 일합시다. 이제 그 일은 우리 자신을 위한 것이 아니라 나라를 돕기 위한 것입니다. 장사를 하는 것은 돈을 벌기 위해서가 아니라 나라를 돕기 위해서입니다. 한마디로 말하면, 우리는 이제 병사인 것입니다. 이윤경제利潤經濟 시대는 이미 일본에서는 자취를 감추었습니다. 이제부터는 직역봉공職域奉公의 시대입니다. 병사와 같이, 또는 가족의 일원처럼 이윤을 도외시하고 일하는 것입니다.

종래의 제멋대로의 생활, 이윤을 위한 생활에서 봉공의 생활, 복종의 생활로 들어가는 데는 각오와 노력이 필요한데, 그러나 이제 그것은 단지 도덕적이고 임의적인 것이 아니고 싫든 좋든 그렇게 하지 않을 수 없게 된 것입니다. 강제적으로 그렇게 되는 것입니다. 다만 이 경우 자각하여 자발적으로 임하는 사람은 자유의 기쁨과 국민으로서의 긍지를 맛보겠지만, 그렇지 못한 사람은 노예적인 고통과 함께 부끄러움을 느껴야 할 것입니다.

배움의 감격學びの感激[1]

음력 8월 15일 밤, 동쪽 하늘에 구름이 드리워 있어 때로 보름달의 모습을 가렸다. 용두정龍頭町이라면 청량리와 가까운 변두리인데, 가난한 집들에도 달은 비치고 있어 전등 빛 아래서 저녁을 마친 단란한 식구들의 그림자가 더러운 장지문에 비치고 있었다.

나는 이 동네에서 오늘 밤 있을 여자 야학夜學의 수료식修了式을 보기 위해 좁은 한데 길을 더듬어 지팡이를 끌었다.

낡고 초라한 교사지만 밝게 전등이 켜져 있고, 한가위와 경사스런 졸업식이 함께 온 터라, 낮 동안 직장에서의 피로를 잊고 새 옷으로 꾸민 젊은 부인네와 여자아이들이 마당과 입구에 모여 있거나 창밖으로 얼굴을 내밀고 있어 몹시 활기차 보여 기뻤다.

"이제부터 식이 시작됩니다. 모두 착석해 주십시오."

하고 남자 교원과 여자 교원이 알리며 돌아다니자 졸업생들은 눈 깜짝할 사이에 식장式場으로 사라졌다.

식장이란 교실로, 칠판 쪽에 막을 드리워 대형 일장기日章旗를 꾸몄고 그 앞에 테이블이 한 개 놓여 있었다. 그 좌우는 내빈석內賓席과 직원석職員席, 그리고 생도生徒들은 모두 흰 버선을 신고 차렷 자세로 가득 들어찼다고 해도 좋을 정도로, 그러나 정확한 간격으로 정렬하여 늘어서 있었는데, 모두의 얼굴은 기쁨으로 빛났다. 책상도 걸상도 모두 치워버리고 마루는 새하얗게 닦여 있어 잘 정돈되어 있었다. 이것이 기역자도 모르고 인사법도 몰랐던 교육 받지 못한 부녀자들로, 3개월 150시간의 수업과 훈련을 받은 사람들인 것이다. 그 150시간이라는 것은 그

---

1 원문 일본어. 가야마 미츠로(香山光郎), 『경성일보(京城日報)』, 1940.9.19.

들이 평생 받은 교육의 전부인 것이다.

"경례."

"궁성을 향해 최경례最敬禮, 바로."

까지는 크게 놀라지 않았지만,

"기미가요[2] 합창."

하는 대목에서 65명의 부녀자가 실로 훌륭하게 국가를 부른 데는 정말 감격하지 않을 수 없었다.

'둥근달처럼 빛나 달라'는 설립자 측의 훈시訓辭가 있고 나서 졸업생 대표에게 수료증 수여가 있었다. 대표라는 이는 조선식으로 머리를 묶은 24, 5세 가량의 가정부인으로, 그 걸음걸이며 예절, 증서를 받는 예법 등 모두 훌륭한 것이었다.

"이제 조금 있으면 여러분의 동생들과 자제분이 모두 학교에 들어갑니다. 의무교육이 실시되는 것입니다. 그리고 여러분의 남동생과 아들들은 병약하지 않은 한 모두 나라를 위해 군인이 될 것입니다. 이른바 징병이라는 것입니다. 올바른 아내가 되고 어머니가 되어 폐하께서 맡기신 아드님을 훌륭하게 키워 주십시오. 좋은 일만 하면 신께서는 반드시 우리에게 좋은 것을 해주시는 것입니다."

하는 의미의 내빈內賓 측의 축사가 있었고, 마지막에 나를 놀라게 한 것은 그들이 기미가요와 마찬가지로 훌륭하게 「우미유카바海行かば」[3]를 부른 것이었다.

식을 끝내며 교원教員은,

"위층에 졸업생들이 준비한 사은회謝恩會가 있습니다. 다과茶菓가 마련되어 있습니다."

---

2 천황의 영원한 치세(治世)를 노래하는 일본의 국가(國歌).

3 1937년 국민정신 총동원의 일환으로 일본방송협회의 의뢰를 받아 노부토키 기요시(信時潔)가 작곡한 군국가요(軍國歌謠). 출정군인 출정식 때, 대본영(大本營) 발표 때, 일본군의 옥쇄(玉碎) 소식을 전할 때면 늘 라디오에서 흘러나왔고, 장엄하고 웅장한 곡조로 인해 국가인 기미가요(君が代)보다 더 인기가 있었다고 한다. 전문은 다음과 같다. '海行かば水漬く屍, 山行かば 草蒸す屍, 大君の邊にこそ死なめ, かへりみはせじ(바다에 가면 물에 잠긴 시체, 산에 가면 풀에 뒤덮인 시체, 임금 곁에서 죽을 수 있다면, 뒤돌아보지 않으리).'

하고 말하며 우리를 이층으로 안내했다. 이층도 정말 깨끗하게 청소되어 있다. 책상 위에 하얀 양지洋紙를 가로세로 다섯 치 정도로 잘라 과자 접시와 찻잔 받침으로 삼았고, 그리고 같은 크기의 종잇조각으로 과자와 찻잔을 덮어 놓았다. 그 세세한 마음 씀씀이도 기뻤다.

잘 끓여진 보리차가 나오자 앞서의 졸업생 대표가 감사의 말을 했다. 종잇조각을 손에 들고 낭독하는 것이었지만 발음도 꽤 정확했다. 그것은 선생이 써준 것인 듯 어려운 말도 있고, 두세 군데 막히는 곳도 있어서 저절로 미소가 나왔다. 설사 서투르더라도 자기의 말로 감사의 말을 해주었으면 싶었다. 그러나 겨우 150시간의 교육이다. 그것으로 용케 이 정도의 지식과 훈련을 얻었구나 하고 감탄하지 않을 수 없었다.

"어떻습니까, 감상이?"

하고 설립자인 노무라 고엔野村弘遠[4] 씨가 묻길래 나는,

"정말 경이롭고 감격스럽습니다. 모두 문화인의 풍격을 갖추지 않았습니까?"

하고 대답했다. 내 말은 결코 □□이 아니라고 생각한다.

이 생도들은 3개월의 훈련만에 내지식內地式의 예의범절에도 친숙해졌고, 국어國語도 일상회화가 가능하며, 라디오 체조도 외우고 산술算術도 곱셈까지는 배웠다고 한다.

"처음에는 싸움을 하는 사람도 있었지요. 반성하는 훈련을 한 덕분에 나중에는 싸움이 없어졌습니다."

이는 담임선생의 설명이었다.

이제부터 생도들끼리의 이별 다화회茶話會가 있다고 해서 우리는 자리에서 일어섰는데, 졸업생들이 현관과 문까지 나와 정중히 허리를 굽히며,

4 손홍원(孫弘遠, 1893~?). 1930년 경성중앙번영회 이사로 활동하면서 삼영상회(三永商會)를 운영하며 메리야스 도매업에 종사했다. 1940년 내선일체 촉진을 위한 국민훈련후원회를 조직하여 회장으로 활동하며 일본어 보급운동에 적극적으로 나섰다. 그 밖에도 황도학회 이사, 조선임전보국단의 평의원, 국민총력조선연맹 사무국 훈련부 참사 등으로 활동했다.

"아리가토 고자이마시타. 사요나라(감사했습니다. 안녕히 가세요)."
하고 국어國語로 이별 인사를 해주었다. 얼마나 진심 담긴 '사요나라'인가. 바라건대 그들에게 행복 있으라.

덧붙여 말하면, 이는 노무라 고엔 씨를 회장으로 하는 국민훈련회가 작년부터 시작한 야학운동의 하나로 현재 경성京城 부내府內에는 16곳에서 행하고 있다고 한다. 소학교의 교사를 빌리고 교원에게 월 30원의 수당을 지급하는데, 한 학급 1기 3개월간의 총경비는 백 원으로, 그 경비 백 원은 노무라 회장이 부담한다고 들었다. 각지의 유지有志는 노무라 씨를 본받기를 바란다.

두세 가지 제안二三の提案[1]

국어國語의 보급을 위해서는 야학夜學을 많이 만들지 않으면 안 된다. 전 조선의 소학교 교사校舍를 이용하여 한 학교에 한 학급, 또는 몇 학급의 야학을 만들어 3개월 동안 150시간을 가르치면 낫 놓고 기역 자도 모르는 부녀자도 일상회화를 하고 가나假名로 편지를 쓸 수 있고, 3백 자 정도의 한자를 익힐 수 있으며, 그리고 내지식內地式의 예의범절과 국민도덕 요령要領을 훈련할 수 있다고 한다. 이는 현재 경성京城에서 수십 곳에 걸쳐 시도되고 있는 국민훈련후원회의 야학 경영 실적으로 보아 확실한 일이라고 한다. 게다가 그 경비는 한 학급 당 1회 백 원이면 충분하다. 각 지방의 교육 당국 및 지방 유지有志에게 권하고 싶은 바이다.

이것도 국어에 대한 것인데, 조선인 학교와 내지인만의 학교가 병존하는 곳에서는 이따금, 예컨대 한 달에 한 번 정도 양쪽 학교 학생들의 친목회親睦會를 열었으면 하는 것이다. 전교생의 만남은 인원이 너무 많을 우려가 있으니, 5학년이라면 5학년끼리 만나는 식으로 하면 좋을 것이다. 그리고 내지인 한 사람과 조선인 한 사람이 파트너가 되어 서로 이야기를 나눈다든지, 또는 함께 이야기를 경청하는 것이다. 이렇게 함으로써 제2세의 친목과 상호 이해를 도모하는 동시에, 조선인 측에서는 실제로 국어를 사용할 기회를 얻을 수 있다. 만나는 횟수를 거듭하는 가운데 파트너끼리는 친한 친구가 될 것이다.

7시의 궁성요배宮城遙拜, 정오의 묵도黙禱는 길 위에서라도 힘써 행해 주었으면 하는 사항이다. 역시 전차도 자동차도 딱 멈추는 것이 좋다. 보행자는 물론이다. 이는 국민정신 앙양昂揚에 참으로 효과가 있을 것이라고 생각한다. 현재 각 학교의 학생들은 모두 실행하고 있는데, 길에서 어른들이 행하지 않는다는 것은 첫째

1 원문 일본어. 『국민신보(國民新報)』, 1940.9.22. '주장(主張)'란에 실렸다.

로 교육에 좋지 않다. 이런 일은 경찰과 경방단警防團,[2] 학생을 총동원하여 교통정리하듯 일정 기간 중에 훈련하면 큰 효과가 있을 것이라고 생각한다.

다음으로 큰 사치품, 큰 낭비이면서도 돌아보지 않는 것이 있다. 그것은 유한계급有閑階級의 고용인이 너무 많은 것이다. 조선의 유복한 가정에서는 식모食母니 찬모饌母니 침모針母니 상노床奴니, 실로 지나치게 많은 사람을 부리고 있다. 그것은 두세 사람의 나태와 사치를 위해 낭비되는 노동력인 것이다. 이런 고용인이 있기 때문에 주인 가족은 손가락 하나 까딱하지 않고 있다. 근로의 풍습을 위해서도 이런 고용인은 정리해야 하고, 그 노동력은 유익한 일에 돌려야 할 것이다.

마지막으로 근래 변소치기가 한 달에 한 번 정도밖에 오지 않는 곳도 있고, 청소계清掃係에 요청하면 "요즘 인부가 없다. 변소를 고치라."고 쌀쌀맞게 응대한다. 인부가 없으면 변소 차와 통만이라도 보내주었으면 한다. 그러면 나 스스로 퍼낼 것이다. 한 달이나 그대로 두면 어떤 결과를 초래할지는 당국도 잘 알고 있을 것이라고 생각한다.

2 유사시 방공(防空)에 완벽을 기하여 치안을 확보하기 위해 1937년 11월 '방공법 조선 시행령' 제정·공포 및 1939년 7월 '경방단 규칙' 제정 공포와 더불어 조직된 단체. 농촌 면 소재지까지 조직되어 경찰부장 또는 경찰서장의 지휘에 따랐던 전시 동원 조직이다.

쓸모 있게 되자お役に立とう[1]

청년훈련소의 훈련생 한 부대가 현역 군인에게 인솔되어 남소문南小門 언덕을 오르는 것이 보였다. 청년들에게 군사 훈련을 실시하기 시작한 것이다. 이는 전 조선에 걸쳐 실시될 예정이다. 모든 청년은 군사훈련을 받고, 언제 어느 때라도 나라에 쓸모 있게 되자는 것이다.

나라에 쓸모 있다는 것은 단지 국방國防의 일원에게만 해당되는 것이 물론 아니다. 농장, 공장, 관청, 회사, 그 밖의 모든 직장에서의 자기 역할을 완수하는 것은 모두 나라에 쓸모 있는 일이다. 그러나 장차 고도국방국가高度國防國家가 되려 하는 우리 일본에서는 국방의 일원으로서의 임무에 복종하는 것이야말로 가장 쓸모 있는 일이다. 현재 군적軍籍에 몸을 두지 않은 사람이라도, 언제 어느 때 부름을 받더라도 곧 부름에 응하여 쓸모 있을 만큼의 준비가 긴요하다. 이것은 청년의 사명이자 특권이기도 하다. 청년 된 자는 평소 체위體位의 향상을 꾀하고 간난신고艱難辛苦의 생활을 견디는 한편, 죽음으로써 황은皇恩에 보답하겠다는 각오를 다지고 수련에 전혀 손색이 없는 마음가짐으로 살지 않으면 안 된다.

신체제新體制의 준비가 갖추어졌다. 머지않아 마침내 중앙 간부의 조직이 만들어지고, 이어서 지방 조직도 만들어져 일억일심一億一心 대정익찬大政翼贊의 유례없는 대운동의 수레바퀴가 지축地軸을 흔드는 큰 소리를 울리며 구르기 시작할 것이다. 그리고 그 수레바퀴가 구르는 곳마다 동아공영권東亞共榮圈의 정지整地, 기초 다지기가 척척 진척될 것이다.

그런데 이 대운동의 생명은 어디에서 나올 것인가. 그것은 일억국민一億國民이 팔굉일우八紘一宇의 대어심大御心을 받들어 체득하고 각각 그 직장에서 맡은 바

1 원문 일본어. 『국민신보(國民新報)』, 1940.9.29. 『국민신보(國民新報)』 영인본에는 누락되어 있다. 단행본 『동포에게 보냄(同胞に寄す)』에 수록된 문장으로 대신한다.

역할을 멋지게 완수함으로써이다. 이를 직분봉공職分奉公이라고 한다. 국민 각자는 노인이든 젊은이든 윗사람이든 아랫사람이든 이 대기관의 톱니바퀴이고 축軸이며, 벨트이고 못釘이다. 하나라도 없으면 안 된다는 점에서 똑같이 중요한 것이다.

그렇기는 해도 그 중심은 역시 청년에게 있다. 국방國防에서는 물론 산업을 비롯한 어떤 것에서도 그 활동 주체는 청년층이다. 청년에게 힘이 있고서야 비로소 나라에 힘이 있으니, 청년의 사명이야말로 크다.

모든 청년은 각자 나라에 쓸모 있게 되자. 동아공영권의 완성이라는 고마운 국가 목표를 위해 언제 어느 때, 어떤 방면의 직장에서 부름을 받아도 곧 쓸모 있도록 준비하자. 마음의 준비, 신체의 준비, 가정 사정의 준비도 해두자. 국민은 누구나 그렇지만, 특히 청년은 자기가 가진 모든 것을 — 몸도 마음도, 자녀도, 재산도 폐하께 되돌려 드리는 것에서 다시 시작하자. 이것이 새로운 일본인으로서의 재출발인 것이다. 모든 것은 폐하의 것이고, 우리는 폐하의 것이라는 신념에서 재출발하자. 그리하여 폐하의 부름에 응해 쓸모 있게 되어 드리는 것을 일생의 목표로 삼아야 할 것이다.

동포에게 보냄同胞に寄す[1]

1
자네와 나

여보게, 나는 자네에게 모든 것을 털어놓겠네. 이제 때가 된 것이지. 인연은 자네의 마음과 나의 마음을 동시에 성숙시킨 것이라고 믿네. 그리고 내게 말하고 싶은 마음이 일어나면 자네에게는 듣고 싶은 마음이 준비되어 있을 것이고, 내가 호소하는 것은 즉각 자네의 가슴속에 통할 것이라고 생각하네. 그리고 내가 자네라고 부르는 것은 야마토大和 민족 전체를 가리키는 것이고, 나라고 자칭하는 것은 반도인半島人 전체를 일괄한 것이라고 생각해 주기 바라네.

여보게, 우리는 이제부터 정말로 하나가 되지 않으면 안 되네. 그리고 일본이라는 같은 배를 타고 영원의 바다를 건너지 않으면 안 되지. 이는 실로 예삿일이 아니라네. 일찍이 인류가 상상조차 하지 못했던 대사업인 것일세.

그래, 자네가 보기에 내가 하는 말은 그다지 새로운 것이 아닐지도 모르네. 뭐 조선이 일본과 하나가 된 것은 이미 30년 전부터의 일이 아닌가, 라고 말해 버릴지도 모르지. 음, 그건 지당한 이야기네. 일한병합日韓併合이 이루어진 것은 1910년明治 43, 1940년昭和 15인 지금으로부터 셈하면 딱 30주년이지. 그러니 내가 이제부터 우리들 — 자네와 나 말일세 — 이 정말로 하나가 되지 않으면 안 된다 따위를 외치는 것은 우습게 들리겠지.

그러나 여보게, 신중히 생각해 주게. 병합 당시부터 오늘날까지 양 민족의 결속은 실은 불완전한 것이었다네. 그러니까 진심에서 이루어진 것이 아니었다는 말

---

1 원문 일본어. 가야마 미츠로(香山光郎), 『경성일보(京城日報)』, 1940.10.1~9. '학예란(學藝欄)'에 실렸다.

일세. 이는 매우 온당치 못한 말일지도 모르지만, 내가 보는 바로는 그것이 진실이라네. 적어도 내 마음은 과거 30년간 마지못해 끌려왔던 것이네. 참으로 나는 천황의 적자赤子이고 나는 대일본제국의 신민臣民이라는 자각에서가 아니었지. 그것은 부득이한 복종이라고 생각했던 것이라네. 과거에도 또한 나는 일장기를 달고 만세도 불렀지만, 그러나 그것은 진짜 감격에서 나온 것은 아니었던 것일세.

자네 쪽에서도 나의 이런 마음은 알아채고 있었다고 생각하네. 그리고 괘씸하다고 분개도 했겠지.

여보게, 자네의 분개도 당연하네. 일본 국민이 되어서도 국가에 충성을 맹세하지 않는다면 그것은 용납될 수 없는 죄악이겠지. 죽여 버려도 아깝지 않겠고. 하지만 말이네, 같은 일본 국민이면서 같은 일본 국민이 국가에 대해 느끼는 감격이 느껴지지 않았던 내 처지도 되어 보게. 그것은 그대의 마음보다 몇 배나 괴롭지 않았겠는가. 총명한 그대는 그간의 사정을 헤아릴 수 있을 테지.

그러나 여보게, 그것은 이미 과거의 일이라네. 이미 덮어버린 일이라네. 그러니 새삼 그런 신상 이야기 따위를 할 필요는 없는 것이지. 이제부터의 일을 말하려는 게 아닌가. 자네와 내가 하나로, 언제까지나 하나로, 강제로가 아니고 마지못해서도 아니고 한쪽이 다른 한쪽에 끌려가는 것도 아니고 참으로 서로 마음과 마음이 맞닿고, 참으로 서로 사랑하고 서로 격려하여 더 힘센, 더 문화 높은 일본을 만들어갈 상담을 하자는 것이 아닌가.(1940.10.1)

2
나의 참회

여보게, 자네는 곧잘 내게 마음이 비뚤어져 있다고 말했지. 외고집에다 매정하다고 말했지. 다른 사람이 하는 말이나 마음을 순순히 받아들이지 않는다고 말했지. 여보게, 자백하네. 자네가 하는 말은 모두 맞다네. 한마디로 말하면 그것은 모두 양아들 근성이었던 것이지. 위정자들이 반도인半島人에게 행하는 정책은 모두 나의 의사意思나 이해利害를 안중에 두지 않은 것이라고 의심하고 있었던 것일세.

그러나 의심에서 눈을 뜬 오늘날의 눈으로 보면 과거 30년간 나를 위해 행해진 모든 일은 모두 나를 생각하시는 대어심大御心의 표출이었다는 것이 확실해지네. 교통이 열리고 교육이 보급되고, 위생 시설이 완비되고 치안이 확보되고 산업이 진흥된 오늘날, 우리는 30년 전에 비해 매우 높은 문화를 향수享受하고 있지. 이것이 모두 일시동인一視同仁의 대어심의 표출이 아니고 무엇이겠나.

그런데 여보게, 나는 왜 지금까지 이런 사실조차 나를 위한 것은 아니라고 곡해하지 않으면 안 될 정도로 마음이 비뚤어졌던 것일까. 그렇지. 이런 사실을 얼마간 나도 몰랐을 리는 없네. 알긴 분명히 알았지만, 단지 그것은 나를 위한 것이 아니라고 굳게 굳게 스스로 타이르기까지 한 것이지. 조선의 산업이 발달하면 발달할수록, 문화가 높아지면 높아질수록 나는 이들 영역에서 발생하는 나쁜 점을 속속들이 분명하게 밝혀 수집했네. 그리고 이런 이유로 이런 점은 나의 이익이 되지 않고, 아니, 반대로 나의 행복과 생명을 해치는 것이라는 결론으로 이끌었던 것이네.

여보게, 내가 하는 말은 과장도 뭣도 아니라네. 문자 그대로 진실이지. 이상하게 생각되면 반도인 아무나 붙들고 탁 털어놓고 물어 보시게. 누구라도 나와 마찬가지로 자네에게 이야기할 것이 틀림없네.

자네처럼 순진하게 자란 사람은 나의 이런 비뚤어진 마음을 이해하기 어려울지도 모르지. 그러나 지금 와서 생각해 보니, 이렇게나 오랫동안 이렇게나 철저하게 나의 눈을 미혹한 원인이 있었다네.

그 원인이란 첫째, 구주歐洲 열강의 식민지 정책이네. 나는 인도와 베트남의 운명을 눈앞에서 보았고, 도쿄의 대학에서 식민정책植民政策에 대한 강의를 들었네. 그래서 나는 조선도 인도나 베트남과 운명을 같이할 것이라고 생각했고, 피착취와 노예화, 이것이 내게 부여된 운명이라고 생각했던 것일세.

여보게, 과거 30년간 위정자나 민간의 의인義人들이 내지와 조선의 관계는 결코 모국과 식민지의 관계가 아니다, 일시동인一視同仁의 대어심大御心을 명심해 받들어 통치되는 것이다, 이렇게 매우 친절하게 내게 말해주기도 했네. 그러나 내게는 순순히 그것을 받아들일 마음의 준비가 되어 있지 않았지. 그리고 어쩌면 그것은 나를 무마하기 위한 허황된 위안의 말이라고 생각하거나, 그렇지 않으면 그 의인 자신도 위정자의 진짜 의도를 모르는 인도주의자일 것이라는 정도로밖에 생각하지 않았던 것일세.

어째서? 어째서 나는 이렇게까지 위정자와 민간 의인들의 친절한 의견조차 악의惡意로만 해석했던 것일까. 여기에 두 번째 원인이 있다네.

그것은 얼마간 구체적인 어떤 약속도 없었다는 점일세. 나는 지금으로부터 14, 5년 전까지는 어째서 나에게 병역兵役의 의무를 주지 않는가, 그러니까 일시동인一視同仁이 아니라고 결론지었던 것인데, 그 후 좀 더 실제적이 되어서 나는 이런 식으로 추리하게 되었네. 즉 만약 반도인半島人을 참으로 일본신민으로서 평등하게 취급한다면 우선 의무교육을 시행해야 할 것이고, 그 후 조선에 징병령徵兵令을 시행해야 할 것이라고. 그렇게 되면 나도 일시동인의 대어심大御心을 받들어 조선이 통치되고 있다고 비로소 믿을 수 있을 것이라고.

그렇지 않은가. 여보게, 나의 추리도 그다지 무리는 아니지 않은가.(1940. 10.2)

3
거짓없는 참회

참정권參政權은 왜 말하지 않는가 하면, 그것은 말할 필요가 없는 것이 아닐까. 의무교육이 실시되고 징병령이 실시되어 조선인 아이들이 전부 국민교육을 받고, 그리고 그 장정이 — 나의 아들이지 — 군인이 되어 총을 들고 전선戰線으로 간다.

여보게, 이렇게 되면 나는 완전히 일본신민이 되어버린 것이 아닐까. 그것은 형식적인 제도만은 아닌 것일세. 내 아이가 폐하의 군대에 들어가면 나는 마음으로부터 일본신민이 되지 않을 수 없는 것이 아닌가.

자네는 내 말이 본말전도本末顚倒라고 할 것인가. 내가 완전히 신민이 되고 난 다음이 아니면 아이는 군인이 될 수 없다고 할 것인가. 아니, 아니, 자네야말로 원인과 결과를 뒤바꾸는 오류에 빠져 있는 것일세.

여보게, 나는 자네에게 중대한 사실을 이야기할 작정이네. 그것은 다름 아니라 조선의 민중은 사실 조국祖國에 주려 있다는 사실이네. 설령 내가 마음이 꼬인 모습을 보인다 해도 그것은 내 자신 공공연히 일본신민이 될 수 없기 때문이고, 또 될 수 있을 것 같지도 않으며, 될 수 있을 리도 없다는 자포自暴에서 나온 것이라네.

여보게, 나는 몇 번이고 몇 번이고 '너에게는 국가에 대한 충성이 없다'고 질책받아 왔네. 그것은 바로 그대로이네. 나에게는 충성이 하나도 없었던 것일세. 충성은커녕 기회만 있으면, 하는 반역反逆의 마음조차 전혀 없었다고는 할 수 없네.

그러나 여보게, 나는 이렇게 말하고 싶었던 것이라네. 내게 충성을 보일 기회를 달라고. 내게 식민지의 토인土人으로서가 아니라 폐하의 적자赤子로서, 평등한 국민의 일원으로서 일본을 사랑하고 일본을 조국으로 삼고, 그리고 그것을 지키기 위해 목숨을 바치도록 해 달라고. 기회를 달라고.

그러나 나는 일찍이 이런 말을 입에 올린 적이 없네. 왜냐하면 그것은 통하지 않을 것이라고 체념하고 있었기 때문이지.

여보게, 실제로 내가 자네에게 호소하는 것은 이것이 처음이라네. 나는 다른 것은 어떨지 모르지만, 조선을 어떻게 해 달라, 이렇게 해 달라는 이야기는 이때까지 한마디도 한 일이 없고, 글 한 줄 쓴 일도 없네. 그것은 그런 것을 말해봤자 아무런 소용이 없다고 굳게 체념하고 있었기 때문이지.

여보게, 인도인에게 영국을 사랑하라고 해보았자 그것은 한갓 취흥醉興일 뿐이지. 베트남인에게 프랑스를 위해 목숨을 던지라고 해보았자 억지로 내몰면 모를까 마음으로부터 충성을 바칠 마음이 될 리가 없지 않은가. 그래서 나는 나의 비뚤어진 마음을 관철해 온 것이라네.

그러나 오늘만큼은 나는 친밀함과 기쁨으로 자네에게 호소하고 싶었다네. 나의 마음을 30년 동안이나 가뒀던 엄청난 얼음이 녹은 것이지. 나는 마음으로부터 자네를 동포라고 부르게 된 것일세. 나는 기쁘네. 무척 기쁘다네. 이 편지를 쓰고 있자니 마치 연인에게 편지를 쓸 때처럼 가슴이 두근거리는군. 자네도 이 편지를 읽을 때는 이 변변치 않은 글에서 내 심장의 거센 고동을 느낄 것이라고 생각하네. 그리고 내가 지금 기뻐하고 있는 것처럼 자네도 기뻐해 줄 것을 믿네.

내가 어째서 이렇게 변했느냐고? 그래, 그걸 말하지. 그것이야말로 내가 가장 말하고 싶은 것이고, 자네 쪽에서도 가장 듣고 싶은 것이겠지.

나는 천황의 대어심大御心을 느낀 것이라네. 한마디로 말하면 바로 그것일세.

완고한 내 마음의 문을 열어준 것은 지나사변支那事變과 미나미南 총독이었네. 지나사변은 아시아 장래의 운명과 일본의 국가적 공헌 및 정신을 보여주었고, 미나미 총독은 "동아신질서의 건설은 내선일체內鮮一體를 기초로 한다"고 언명하여 교육차별의 철폐, 지원병 제도 등을 실행했네. 그리고 최근에는 씨제도氏制度를 실시했지. 조선총독부 당국자의 언명에 의하면 1950년昭和 25까지는 의무교육의 준비가 완성될 것이고, 또 가까운 시일 내에는 사실상의 징병徵兵 — 즉 지원병의 증가를 통해 국민교육을 받은 자 전부 징병검사를 실시하게 될 것이라고 하며, 또 미나미 총독 자신도 될 수 있는 한 빨리 조선에 징병령徵兵令을 실시하도록 하고 싶다고 말했네. 더욱이 이들 정책은 결코 사람이 바뀐다고 바뀌는 종류의 것이 아니고, 천황께 아뢰어 국책화國策化된 것이라고 삼가 들었지.

그래서 아무리 비뚤어진 나도 마침내 조선에 대한 국가의 진의眞意를 이해하고 신뢰하게 된 것이네.

"천하를 다스리시는 신, 그리고 자네와 나란히 야마토大和도 고려高麗도 하나가 되어지이다."

하고 노래 부르게 된 것이지. 이는 나의 거짓 없는 참회라네.(1940.10.3)

4
내선일체의 가능성

자네는 앞서 언급한 나의 참회를 듣고 과연 다행이라고 생각하겠지. 반도인半島人이 그런 식으로 생각해 주는 것은 국가를 위해 축하할 일이라고 생각하겠고. 그러나 자네의 마음속을 들여다보면 여전히 석연치 않은 점이 한두 가지 남아 있을지도 모르네. 그것은 첫째, 반도인을 얼마큼 신용할 수 있을까 하는 것이겠고, 둘째로는 꽤 오랫동안 역사를 달리했던 양 민족이 그렇게 쉽게 혼연일체가 될 수 있을까 하는 의문이라고 생각하네.

여보게, 나는 우선 두 번째 의문부터 문제 삼고 싶네. 그것은 두 번째 의문이 해결되면 첫 번째 의문은 저절로 풀리는 성질의 것이기 때문일세.

역사가 다른 양 민족이 — 라는 문제는 자네만의 염려는 아닐 것이네. 반도인 자신 또한 이 문제에 대해서는 확신을 갖지 못한 사람이 많다고 생각하네.

만약 영국과 인도인이 혼연일체가 된다고 하면 아마도 천하의 누구 하나 이를 믿을 사람은 없을걸세. 그것은 혈통도 문화도 매우 동떨어져 있고, 게다가 지리적으로도 결코 순치보거脣齒輔車[2]의 관계는 아니기 때문이지. 마하트마 간디[3]나 라빈드라나트 타고르[4]가 아무리 영국의 언어에 뛰어나고 영국의 풍속과 관습에 완전히 동화했다고 해보았자 그 누구의 눈에도 그는 영국인이라고는 비치지 않을 것이네. 더욱이 그리스도교 문명과 인도교 문명은 결코 조화할 수 있는 성질의 것이 아니지. 그러나 영국민과 아메리카 합중국민이 하나가 된다고 하면, 그것은

---

2 입술과 이 중에서 또는 수레의 덧방나무와 바퀴 중에서 어느 한 쪽만 없어도 안 된다는 뜻으로, 서로 없어서는 안 될 깊은 관계를 비유적으로 이르는 말.

3 마하트마 간디(Mohandas karamchand Gandhi, 1869~1948). 영국의 제국주의에 맞서 식민지 인도의 독립운동과 무저항 비폭력운동을 전개했던 인도의 정신적, 정치적 지도자. 위대한 영혼이라는 뜻을 가진 '마하트마'는 인도의 시인 타고르가 지어준 이름이다.

4 라빈드라나트 타고르(Robindronath Thakur, 1861~1941). 인도의 시인이자 철학자. 방글라데시와 인도의 국가를 작사·작곡했고, 1913년 아시아에서 최초로 노벨문학상을 수상했다.

수긍할 수 있지 않은가. 이 양국이 만약 지리적으로 서로 접근해 있었다면 처음부터 분리하지도 않았을 것이고, 또 일단 분리했더라도 벌써 다시 하나가 되었을 것이라고 생각하네.

여보게, 일본과 조선과의 관계는 영국과 인도의 관계에 비교할 수 있는 것이 아닐세. 물론 과거 수천 년간 다른 지역으로 나뉘어 다른 국민생활을 해온 것은 사실이지만, 상고시대上古時代의 동조동근同祖同根은 별도로 생각하더라도 다른 국민생활을 해온 동안에도 피와 문화는 끊임없이 교류했던 것이지. 오늘날의 일본인 가운데 조선 반도계의 혈통을 직접 이어받았다고 추단推斷할 수 있는 사람만 해도 그 수가 1천8백만 이하는 아니라고 하네. 그것은 헤이안조平安朝 시대의 『신찬성씨록新撰姓氏錄』[5] 및 기타 기록에 남아 있는 자료로부터 추산推算한 것인데, 성씨록에도 오르지 않은 이주민이 그보다 많았을지도 모르네. 이렇게 보면 일본 민족과 조선 민족의 관계가 영국과 아메리카 합중국인의 관계에 혈통적으로 견줄 수 있다는 내 말은 결코 사리에 어긋난 것이라고는 할 수 없을 테지.

첫째, 얼굴이 닮지 않았는가. 언어와 의복을 제외하면 어느 쪽이 어느 쪽인지 구별되지 않지 않는가. 자네와 내가 어딘가에서 우연히 마주친다면 서로 이야기해 보지 않고는 일본인인지 조선인인지 알 수 없을 것이 아닌가.

다음으로 문화를 생각해 보세. 첫째, 신도神道에서부터 양토兩土가 공통이네. 조선에서 고신도古神道의 색채를 없애기 시작한 것은 이조李朝 성종成宗·중종中宗 무렵부터로 4백 년 남짓 전의 일이지. 그것은 유교가 왕성해져 지나숭배支那崇拜 사상에 중독된 탓이었네. 하지만 지금도 조선 민중의 종교 감정은 고신도와 불교가 혼합된 것으로, 이것은 내지內地와 다르지 않지.

오늘날 내지에서 숭배되고 있는 신神으로 조선에서 옮겨간 내력이 명료한 것

---

5 헤이안(平安)시대 초기인 815년 편찬된 일본 고대 씨족의 일람서. 출신별로 황별(皇別, 황실의 자손), 신별(神別, 일본 신의 자손), 제번(諸蕃, 도래인의 자손)으로 분류하여 그들의 조상과 그 씨족명의 유래 및 가문의 분기를 기술했다. 도래인계인 제번 씨족에는 '한(漢)'에 163씨족, '백제'에 104씨족, '고려'에 41씨족, '신라'에 9씨족, '가야'에 9씨족이 속한다.

만 해도 교토京都 히라노 신사平野神社의 신령神靈을 비롯하여 수많은 하쿠산 신사白山神社 등 수를 헤아릴 겨를이 없을 정도라네.

다음으로 불교에 있어서 양토兩土의 관계는 너무나 잘 알려진 사실로 새삼 늘어놓을 필요도 없다고 생각하네. 일본에 불교가 전래된 것이 백제로부터였고, 쇼토쿠 태자聖德太子에게 『법화경法華經』을 강의해 올린 것이 고구려의 승려 혜자慧慈이며, 어디어디의 불상佛像과 사원寺院이 어떻다고 — 새삼스레 죽 늘어놓을 필요도 없다고 생각하네. 유교도 그렇지. 미술, 공예도 그렇고.(1940. 10.4)

5
병참기지兵站基地로서

신도神道, 유교, 불교, 미술, 공예 그리고 언어, 이것들을 합한 것이 문화가 아닌가. 이 문화로부터 생긴 것이 사상이고, 인정과 풍속, 국민정신이지. 언어의 경우도 일본어에 흡수되어 있는 조선어를 어원語源으로 하는 말은 영어에 흡수되어 있는 라틴어의 수보다 적지 않다고 생각하네.

그러니 여보게, 자네와 나는 혈통으로 보나 문화로 보나 종형제從兄弟 동지란 말일세. 그럴 수밖에 없지. 따라서 나는 혈통과 문화 면으로 보아 자네와 내가 같은 신의 자손氏子[6]이 되고, 같은 천황의 신민이 되는 데 아무런 무리도, 사리事理에 어긋남도 없다고 생각하네.

그러나 혈통과 문화만으로 내선일체가 완수되는 것도 아니겠지. 그것은 영국과 아메리카 합중국이 하나가 되지 않는 것을 보아도 알 수 있네. 양 민족이 하나의 국민으로 결합하려면 이상理想과 이해利害의 일치가 필요한 것일세. 그러면 자네와 나는 이상과 이해가 일치하고 있는 것일까. 이 점이 확실해지면 우리의 이

6 씨신(氏神) 즉 조상신의 자손을 가리키는 말.

론은 이제 끝이 나는 셈이지.

여보게, 조선은 일본 대륙 경영의 병참기지兵站基地라고 불리고 있네. 그것은 당연한 일이지. 그러나 단지 병참기지라고만 말해버리면 마치 그 땅만을 가리키는 것처럼 받아들여지기도 한다네. 조선 반도의 땅이 지리적 관계 면에서 병참기지의 역할을 하는 것처럼 들리지. 그러나 나는 그렇게만 생각하지 않네. 조선 반도의 주민도 병참기지의 임무를 띤 것이 아닐까 생각하네. 즉 조선인의 마음이 일본 대륙 경영의 병참기지가 되지 않으면 안 된다는 것이지.

자네는 내 말을 갑자기 수긍할 수는 없겠지. 무리도 아닐세.

첫째, 조선이 제국의 병참기지가 되려면 조선인의 충성이 첫 번째 요건이라는 의미라네. 가정하는 것조차 매우 불길한 일이지만, 그 어떤 시기에 2천3백만이나 되는 조선인이 나쁜 마음을 일으켰다고 가정해 보게. 그리고 그것이 어떤 비상시라고 상상해 보게. 그러면 병참기지는 어떻게 될까. 논할 것까지도 없는 것이 아닌가.

조선인이 일본은 우리의 조국이다, 일본이 번영하는 데서야말로 조선의 생존도 번영도 있는 것이다, 이렇게 확신하는 것을 전제로 해서야말로 병참기지는 안전성을 확보하는 것이지.

조선 반도가 병참기지가 된다는 것에는 중공업의 그것도 포함될 것이네. 바야흐로 압록강, 한강 하류는 대공업 지대가 되려 하고 있네. 풍부한 물과 노동력, 부지 그리고 대륙 시장과의 거리 관계로 지나사변도 원만히 수습되면 조선은 급속도로 공업지대화될 것이라고 생각하네. 그런데 군사적, 정치적 병참기지에 못지않게 이 산업적 병참기지를 지키는 것도 조선인의 애국심을 기대하지 않으면 안 되지.

그리고 여보게, 더욱더 중요한 것으로, 국가가 조선인의 충성을 기대하는 영역이 있네. 그것은 인적 자원일세. 다른 방면은 잠시 제쳐두고 국방國防에 있어서 인적 자원을 조선인에게서 구하지 않을 수 있을까. 국경은 사변 전의 열몇 배나 늘지 않았나. 만주국滿洲國뿐 아니라 신생 지나支那[7]까지 방호防護할 임무를 맡고 있지 않은가. 그런데 적국敵國이 될 개연성이 있는 상대국의 수는 늘고, 위기는 하루하루 심각해지고 있는 것이 아닌가. 그렇다면 일본은 앞으로 더욱 더 병력을 필요로 하겠지. 더욱이 이번 사변事變 관계로 지금부터 20년 후 장정의 숫자는 감소될 테고. 장황하게 말할 필요도 없네. 조선인은 일본 국방력의 3분의 1을 담당할 필요가 있는 것이지.(1940.10.5)

6
백일몽일 것인가

여보게, 나는 이것을 기뻐하고 있네. 즉 내가 참으로 제국帝國의 운명에 중요한 역할을 맡고 있음을 기뻐하는 것일세. 이런 무거운 책임을 느끼는 것이야말로 내선일체의 요점이기도 하고, 보람도 있다고 하겠지.

여보게, 지금까지 위정자爲政者는 조선인에게 이런 책임의 중대함을 이야기해준 적이 없네. 혹시 이런 이야기를 들려주면 조선인이 우쭐할 것이라고 생각한 것일 테지. 우리는 이만큼 국가에 대해 중요한 임무를 지고 있다고 거만하게 굴며 기어올라 무리한 난제難題라도 꺼낼 것을 우려한 것일 테지. 실제로 조선인은 기어오른다는 이야기를 일부 인사人士들이 입버릇처럼 입에 올리고 있는 듯한데, 그것은 어른답지 못한 사고방식이네. 이런 점에서라면 크게 기어오르게 해도 좋지 않은가. 크게 기어오르게 해서 크게 애국심을 분기奮起케 하면 그보다 더 좋은 일은 없지 않은가. 굳이 국방의 필요상 조선인이 나와 주지 않아도 좋은데, 같은 부자연스러운 말을 할 필요는 없다고 생각하네. 물론 조선인 지원병을 뽑게 된 것은 — 사변事變 이래 조선인이 보여준 애국심을 기뻐하신 자비심 깊으신 천황께서 조선인에게도 신성한 국방에 참여할 기회를 하사下賜하셨기 때문이며, 당장

7 1940년 3월 왕징웨이(汪兆銘)가 일본의 협력을 얻어 난징(南京)에 세운 괴뢰정부.

3천이나 1만의 병력을 보충할 필요에 몰려서가 아니라는 것 정도는 우둔한 나 같은 사람이라 해도 잘 알고 있고 감사하고 있네. 그러나 장래에 너희들은 제국帝國의 국운國運을 양 어깨에 짊어질 것이다 — 라고 말해 준다면 조선인들은 얼마나 기쁘고 얼마나 감격하겠는가.

반대로 이를 조선인 자신의 입장에서 보면, 지금 조선인에게 남아 있는 유일한 희망은 평등하고 동등한 일본국민이 되는 것이네. 이것 말고는 아무것도 없는 것이지. 그들은 이미 일본에서 분리하려는 따위의 공상은 포기해버렸네. 자자손손 평등하고 동등한 일본국민으로서의 광영을 누릴 수 있다면 무엇 때문에 대일본제국이라는 넓디넓은 일터를 버리고 좁은 소국가小國家를 세우려는 따위의 나쁜 마음을 일으키랴. 오직 그들이 두려워했던 것은 서자庶子 국민의 운명에 언제까지나 묶여 있는 것은 아닐까라는 불투명한 전망이었네. 그것은 실제로 견디기 힘든 고통인 것이 틀림없지.

그런데 우리는 이미 특별지원병 자격이긴 하지만 반도인 장정이 훌륭히 국군에 편입되는 것을 보았고, 가까운 장래에는 국민개병國民皆兵으로서 국방의 의무를 짊어질 것을 약속받았네. 반도인이 이 의무만 훌륭히 완수한다면 더 이상 문제될 것이 없지 않은가. 폐하의 육해군陸海軍 가운데 조선인 병사兵士와 사관士官이 4분의 1, 또는 3분의 1이나 참여해 있다고 상상해 보게. 이것으로 내선일체는 완성된 것이 아닐까.

정치 참여의 문제도 조만간 해결되리라는 것은 말할 필요도 없네. 요점은 내가 자네와 같은 수준에 오르고 같은 감정으로 맥박 치는 것이지. 일시동인一視同仁의 취지는 나를 반드시 완전한 무차별의 수준으로 끌어올리시리라고 믿네.

그것이 어떤 형식을 취하게 될지 그것은 내가 알 도리가 없지만, 가령 내지와 마찬가지의 선거권이 조선에도 부여된다면 국회의원 전체의 약 4분 또는 3분의 1은 조선인이 될 것이 아닌가. 그리고 그러는 동안 조만간 조선인 출신의 대신大臣과 대장大將을 보게 될 날도 있겠지.

이렇게 되면 이제 내선일체라는 말도 단지 역사적 존재로서만 남게 될 걸세.

그때에는 자네의 아이도 내 아이도 서로 원적지原籍地를 찾아보고서야, 아아, 자네는 조선인이었나 — 이런 이야기를 나눌 테고. 나는 그런 때가 반드시 온다고, 그리고 그것은 머지않았다고 믿고 있네.

자네는 내 말을 백일몽白日夢이라고 생각하는가. 만약 그렇다면 분명히 말해 주게. 아니, 결코 자네는 그렇게 생각하지 않을 것이라고 믿네. 불행히 자네가 내 말을 백일몽이라고 생각한다면 모든 것은 엉망진창이 되네.(1940.10.6)

7
자네와 나의 노력

그런데 실제로는 내지인 중에도 또 조선인 중에도 아직 어떨까, 하고 의구심을 품고 있는 사람이 없지는 않다네. 그래서 자네와 나의 노력이 필요한 것이지.

첫째, 내지 측 사람의 입장에서는 조선인은 문화의 정도가 낮을 뿐만 아니라 언어와 풍속, 사상이 달라서 그렇게 쉽게 내지인 수준을 따라잡기 어렵다고 보고 있을지도 모르네. 그러나 그것은 기우일세. 자네와 나의 노력 여하에 따라서는 지금부터 사반세기가 지나면 대부분 함께 해나갈 수 있을 만큼의 동일한 수준에 도달할 것이라고 믿네. 내 입으로 이런 말을 꺼내는 것이 어떨까 싶지만, 자네도 나도 인종人種이 다르다든가 두뇌에 우열優劣이 있는 정도는 아니라고 생각하네. 또 문화의 차이도 그리 크지 않지 않은가. 조선인은 고대에도 고도高度의 문화를 소화하고 또 창출했지만, 현재에도 또 장래에도 그런 능력을 갖고 있다고 믿네. 자네도 꼭 이를 믿어 주게. 단지 과거 수백 년간 유례없는 비합리적인 정치 때문에 민심民心이 도덕적으로 타락하고 기력적으로 위축되었을 뿐이지. 이제부터 새로운 국민적 감격 속에서 노력한다면 반드시 훌륭히 내지인과 발맞춰 갈 만한 능력을 회복하고 발휘할 것이라고 믿네.

여보게, 나는 자기도취에 빠져 있는 것이 아닐세. 나는 충분히 자기반성의 공功

을 쌓았네. 나는 내 자신의 추한 결점을 똑똑히 응시하고 있는 동시에 자네의 여러 가지 우수한 점도 잘 이해하고 존경할 만큼의 분별은 갖추고 있다고 생각하네. 이를테면 내가 자네보다 정신력이 부족하다든가, 자네는 순진한데 나는 비뚤어져 있다든가, 자네는 책임감이 강한데 내게는 그것이 부족하다든가, 자네에게는 신불神佛에 대한 믿음이 깊은데 내게는 그것이 매우 박약하다든가, 또 자네에게는 각고면려刻苦勉勵하는 기풍氣風이 있는데 나는 나태하고 고식적이라든가, 또 내 쪽은 자네 쪽보다 불결하고 불친절하다든가, 이런 점은 부끄럽지만 깨끗하게 인정한다네. 하지만 우리는 열심히 우리 쪽에 있는 이러한 결점들을 고쳐가려는 것이 아닌가. 아니, 지금도 비상한 노력으로 계속 고치고 있지 않은가. 나는 이렇게 내 자신의 결점에 대해 스스로 매질을 가하고 있네만, 또 내 쪽에도 장점은 있다고 생각하네. 내 입으로 말하는 것은 그만두지. 만약 필요하다면 자네 쪽에서 찾아내어 격려든 칭찬이든 해주시게.

그러니까 여보게, 조선의 옛 문화를 전부 바로잡을 필요는 없는 것일세. 내선일체는 마음의 문제, 즉 이상과 국민적 감정의 문제이지 모든 것을 일색一色으로 칠하는 것을 의미하지는 않네. 하물며 앞에서도 언급했듯이 조선 문화는 일본 문화와 동원同原이고 동질同質임에랴.

그렇다면 자네와 나는 어떤 선상에서 노력하지 않으면 안 될까. 그것은 서로 사랑하고 서로 이해하며 서로 존경하는 일이라고 생각하네. 나는 자네를 형뻘로서 존경하려네. 하지만 자네는 나를 함부로 동생 취급하지는 말게. 여보게, 오해는 말게나. 내 제의를 잘 음미해주게.

이렇게 우리는 서로를 연구하세. 친애하는 형제의 애정을 가지고 서로를 알아가세. 그렇게 하려면 우선 접촉이 제일이네. 개인과 개인, 가정과 가정의 이해관계를 떠난 단순한 우정의 접촉이야말로 상호간의 이해와 결속의 불이법문不二法門[8]인 것이지. 약 만 명쯤 양쪽이 접촉하여 얻을 내선일체 촉진의 효과는 그야말

8 상대적이고 차별적인 것을 모두 초월하여 절대적이고 평등한 진리를 나타내는 가르침.

로 산술적 비유로는 헤아리기 어렵고, 그 공덕은 무량 무한할 것일세. 여보게. 자네가 만약 도쿄에 살고 있다면 도쿄에 있는 조선 학생들을 자네의 가정에 맞아주지 않겠나. 따뜻하고 깨끗한 자네의 가정에서 보낸 하루는 능히 그들의 마음의 결빙結氷을 녹일 것이네.(1940.10.8)

8
궁극적으로 도달할 곳

그런데 조선에서조차 내지인과 조선인 간의 개인적, 가정적 접촉은 매우 적은 편이네. 관공서나 회사 등에서는 서로 친구인 듯해도 서로를 가정에 맞아들이는 일은 주저하고 있는 모양새이지. 이래서는 진정한 접촉은 불가능하다네.

여보게, 내 집에 와 주게. 누추하고 넉넉하지 않은 가정이긴 하네. 차 한 잔 대접하지 못하는 일이 많을 것이네. 음식이라 해도 자네의 입에는 맞지 않을지도 모르지. 그러나 여보게, 내 가족과 함께 저녁밥을 먹도록 하세. 그리고 때 묻은 내 이불을 덮고 내 좁은 온돌방에서 나와 베개를 나란히 베고 누워서 조용히 서로 이야기를 나누지 않으려는가. 그리고 나도 자네 집의 아름다운 안방에 불러 주시게. 그리고 서툰 내 예의범절을 친절하게 고쳐주게. 자네 집의 순수하고 온화하며 친절하고 부드러운 분위기에 나를 적셔주게.

그것뿐일세, 결국 그것뿐이지. 자네와 내가 이제부터 사반세기 동안 성심성의껏 노력해야 할 것은 필경 그것뿐이라네.

이제 붓을 놓겠네. 자네는 어색한 내 말을 잘도 참고 들어주었군. 고맙네.

"천하를 다스리시는 신 — 그리고 자네와 나란히 야마토도 고려도 하나가 되어지이다."

추신再伸

이 글은 올해 3월 말쯤 쓴 것으로, 나는 이 생각이 옳은지 옳지 않은지를 그 후 5개월가량이나 음미해 왔다. 최근 『경성일보京城日報』의 미타라이御手洗[9] 사장에게 보였더니 이것으로 괜찮다고 했지만, 4월 이래 내외內外의 정세는 꽤 변했다. 그 하나는 창씨創氏가 전체 인구의 7할 9푼 3리에 달한 것이고, 또 하나는 의무교육 실시가 드디어 정식으로 발표된 것이다. 게다가 현재 그 준비가 서둘러 진행되고 있어서 1945년昭和 20 이내에 실시될 것이라고 한다.

또 4월 이래 변한 것은 구주歐洲의 정세다. 역사도 문화도 오랜 몇 나라가 픽픽 쓰러지고, 저 프랑스마저 무조건 항복을 했다. 그리고 이제는 지난 3백 년간 세계를 제 것인 양했던 영국이라는 노老대제국의 운명도 다분히 위험하게 되었다. 구질서는 일소一掃되고 세계적으로 신질서가 탄생될 모양이다. 이 사실은 일본의 사명使命을 좀 더 확실하게 해주었다고 생각한다.

아리타有田 전 외상外相의 성명聲名에 의해 남양南洋까지도 일괄한 대동아공영권大東亞共榮圈의 확립이 목표가 되었고 보면, 제국帝國이 이제부터 해야 할 사업은 동아 신질서 시대보다도 배가되었다고 할 수 있을 것이다. 따라서 인적으로나 물적으로도 더욱 많은 자원이 필요할 것이고, 국민의 자각과 결속도 좀 더 긴밀하게 다잡지 않으면 안 될 것이다.

고노에近衛의 신체제[10]도 이 글을 쓴 후의 일이지만, 이로 인해 조선과 조선인의 사명이 한층 확실해지고, 또 그 책임도 한층 무거워진 것이 아닐까.(1940.10.9)

---

9 미타라이 다츠오(御手洗辰雄, 1895~1975). 다이쇼·쇼와시대의 정치평론가, 신문인. 1914년 게이오대학을 중퇴하고 오이타신문(大分新聞社)에 입사, 1917년 호치신문사(報知新聞)로 옮겨 사회부·정치부 기자를 거쳐 사회부장을 지냈다. 1939년에 경성일보 부사장, 1939년에 사장 자리에 올라 1942년까지 경성일보에서 근무했다.

10 1940년 7월 요나이(米內) 내각의 총사직에 이어 출범한 제2차 고노에(近衛) 내각은 출범 즉시 대외적으로 독일, 이탈리아와의 정치적 결속을 강화하는 한편 장제스 지원 루트의 차단 및 남방 진출을 위한 기지 확보를 위해 무력 남진 정책을 결정하고, 대내적으로는 「기본국책요강」(1940.8.1)을 통해 '팔굉일우(八紘一宇)'의 정신에 기초하여 일(日)·만(滿)·지(支)를 근간으로 한 '대동아신질서'의 건설과 고도국방국가의 완성을 목표로 내건 신체제의 수립을 천명한다.

가두의 훈련街頭の訓練[1]

아침 7시의 궁성요배, 정오의 묵도黙禱를 길거리에서도 힘써 행하기 바라는 바이다. 각 관청, 회사, 학교에서만 행하면 되는 것이 아니라, 국민 된 자 어떤 장소에 있더라도 반드시 이를 준수해야 할 것이다. 그런데 길거리에서 이것이 행해지지 않는 것은 실로 변명의 여지가 없는 일이라고 하지 않을 수 없다. '재소在所에서'란 어떤 곳에 있어도, 라는 말이다.

아침 7시의 사이렌이 울리기 시작하면 가정에서는 말할 것도 없고 거리에서도, 혹은 걷고 혹은 차를 운전하고 있던 사람도 일제히 딱 멈추자. 그리고 궁성宮城을 향해 대어능위大御稜威가 더욱 번창하기를 삼가 염원하고, 천황폐하의 존안御尊容을 눈앞에 그리며 가장 정중하게 경례하자. 사이렌이 멈추고 나서 행동을 계속하자. 기차와 기선汽船은 멈출 수도 없겠지만, 전차와 자동차 등은 일제히 멈춰야 할 것이다. 도쿄東京나 오사카大阪 등지에서는 이미 이것이 실행되고 있다고 한다. 조선에서 실행되지 않을 이유가 어디 있는가. 일반 국민 및 연맹 당국의 일고一考를 촉구한다. 구호口號와 문서文書만 요란할 뿐 실행이 따르지 않으면 아무것도 안 될 뿐만 아니라, 오히려 민중에게 신용을 잃게 된다. 그러므로 뭔가 한 가지 시작했다면 철저하게 힘써 행해야 한다. 7시와 정오에 길거리에서의 일제 정지 등을 바로 그 표본으로 삼아야 할 것이다.

특히 이제 곧 조선박람회 때문에 지방에서 다수의 민중이 경성에 몰려들 텐데, 이 시기야말로 이런 훈련의 모범을 보일 절호의 기회라고 생각한다. 그 실행 방법으로는 경성역과 그 밖의 각 역의 대합실, 조선은행 앞, 부청府廳 앞, 종로 네거리, 안국정安國町 광장, 광화문 십자로, 동대문, 박람회장, 남대문시장 및 그 밖의

1 원문 일본어. 『국민신보(國民新報)』, 1940.10.13. '주장(主張)'란에 실렸다.

시장 등 사람이 모여드는 여러 장소에 7시와 정오 두 번 인원을 배치하여 깃발을 흔들며 메가폰으로,

"7시의 사이렌입니다. 모두 궁성을 향해 정중히 경례!"

라든가,

"정오의 사이렌입니다. 모두 황군장병皇軍將兵의 무운장구武運長久와 전몰영령戰歿英靈을 위해 감사의 묵도黙禱."

하고 외치게 하면 좋을 것이다. 이는 참으로 엄숙하고도 아름다우며, 눈물겨운 감격의 순간일 것이다.

1분간은 지나치게 길다는 사람도 있지만, 그렇지 않다. 겨우 하루에 2분이다. 아침 1분간 성상聖上 폐하를 사모해 드리고 정오 1분간 황군장병을 위해 기도하는 일은 지나치게 짧을지언정 지나치게 길다고 할 수는 없다.

젊은이의 감격若人の感激[1]

10월 9일, 경성 시가에는 전선연합청년단全鮮聯合青年團의 대행진이 있었다. 국민복에 목총을 메고 4천여 명의 건아健兒가 찬란한 단기團旗도 높이 치켜들고 진군나팔에 맞춰 당당한 발걸음으로 행진하는 모습은 실로 감격 그 자체였다. 저들에게 총을 쥐여 주면 무적황군無敵皇軍이 될 것이다. 어떤 적도 일장기가 나부끼는 영역 내에는 한 걸음도 들여놓지 못하게 할 것이라고, 강력한 인상을 받지 않은 사람은 없었을 것이다. 사실 저 정도라고는 생각하지 못했다고 경탄한 사람도 있을 것이다.

연합청년단대회에서 미나미南 총독은,

"청년 조선의 추진력은 국민 총훈련과 정신총동원운동의 일대 요소가 된 바이다. 따라서 조선 반도의 사명은 흥아유신興亞維新과 세계 신질서 건설에 중요성을 가지므로 모름지기 조선 청년은 이 사명을 위해 질실강건質實剛健한 기품氣品과 기백氣魄을 가지고 국가 활동력의 원천으로서 부단히 활동하라."

고 훈시했고, 조선연합청년단대회 선언에서는,

"우리 청년단원은 황국皇國의 성대聖代에 삶을 누리는 행운에 감격하고 황국의 더욱더 번창함을 기원하는 동시에, 바야흐로 부과된 중임重任을 자각하고 서로 이끌어 황국신민皇國臣民으로서의 충성보국忠誠報國의 맹세를 다져 더욱더 협심육력協心戮力함으로써 황운익찬皇運翼贊에 참여하여 성지聖旨에 삼가 따를 것을 기약한다."

고 했다.

미나미 총독의 촉망과 청년단의 포부는 실로 완전히 일치하여 조금의 차이도

---

1 원문 일본어. 『국민신보(國民新報)』, 1940.10.20. '주장(主張)'란에 실렸다.

개입할 여지가 없다. 한마음의, 한목소리라고 해야 할 것이다.

조선 청년 된 자는 모름지기 이 마음을 깊이 명심해야 한다. 즉 황국신민 된 자의 감사와 긍지로써 떨쳐 일어나 "팔굉일우八紘一宇의 황모皇謨에 따라 흥아성업興亞聖業의 완수에 일익一翼을 담당하여 동아공영권의 확립에 기여할 것을 기약"하고 "국방국가 신체제의 완성을 기약"하며, "생활의 전시화戰時化에 힘쓰고 직장을 봉공奉公의 전장戰場으로 삼아 맹세코 직분보국職分報國에 몸을 던질 것을 기약"해야 한다. 그 밖의 길은 모두 용납되지 않을 사도邪道이고, 반反국가적, 비非국민적이라는 것을 깊이, 분명히 인식해야 할 것이다.

불행히 아직 조선청년 중에는 자기의 진로를 헤매고 있는 사람이 있다는 이야기가 들린다. 선각자先覺者는 모쪼록 성심성의껏 그들을 계몽하고 손을 잡아 국민 대진군大進軍에 참여하도록 해야 한다. 한 사람의 청년이라도 내버려두지 않고 낭비되지 않도록 노력하는 것은 첫째 선각자의 책임이라고 하지 않을 수 없다.

지원병 훈련소의 하루志願兵訓練所の一日[1]

10월 12일 조선문인협회원 일행 38명은 아침 8시 반 성동역城東驛 앞에 집합하여 묵동墨洞의 육군지원자훈련소로 향했다.

이날 날씨는 쾌청, 여기저기 벼 베기가 한창이다.

평소 칩거벽蟄居癖이 있는 문인들에게는 오랜 교분을 덥힐 좋은 기회이기도 하여 차 안에서도 떠들썩했고, 조선군朝鮮軍의 가바蒲[2] 소좌少佐도 오늘 하루는 문사文士가 된 기분으로 그 까다로운 얼굴이 시종 펴져 있었다. 쌀 세 홉을 지참한 보자기와 종이 봉지를 가지고 일행은 11시에 훈련소에 도착했다. 훈련생도 일대一隊가 정문 바깥에 정렬하여 일행을 맞아 주었고, 다른 일대一隊는 넓은 운동장에서 가이다海田 소장所長에게서 뭔가 훈시訓示를 듣고 있었다.

일행은 위층의 훈화실訓話室로 안내되어 소장 가이다 대좌大佐에게서 자세하게 훈련소에 관한 설명을 들었다. 현재 수용된 생도는 1천 명, 조선 각 군郡에서 빠짐없이 몇 명씩 나와 있어 제주도 4명, 울릉도 2명이라고 지도에 기록되어 있는 것이 눈에 띄었다.

필자는 작년에도 참관하여 오늘과 똑같이 가이다 소장에게서 설명을 들었는데,[3] 언제나 변함없는 대좌의 열성에는 몇 번이고 눈물을 글썽이지 않을 수 없었다. 이인석李仁錫, 이형수李亨洙 두 사람이 전사戰死한 일, 박종화朴宗華 군의 무훈武勳

---

1 원문 일본어. 가야마 미츠로(香山光郎), 『국민총력(國民總力)』, 1940.11. 단행본 『동포에게 보냄(同胞に寄す)』에 수록되었다.

2 당시 조선군 사령부 보도부에 근무했다. 가바 소좌에 대해서는 다음과 같은 유진오의 회고가 남아 있다. "조선군(朝鮮軍) 사령부(司令部) 보도부(報道部)에 근무하는 '가바(蒲)' 소좌(原名 鄭勳)라는 자는 문인보국회의 회합석상에 와서, 면종복배(面從腹背)하는 자는 종로 네 거리에 내다 세우고 기관총(機關銃) 소사(掃射)로 없애버리겠다는 폭언을 공공연하게 떠들어댔다." 유진오, 『양호기(養虎記)』, 고려대 출판부, 1977, 99면.

3 「지원병 훈련소를 보고」, 『매일신보(每日新報)』(1940.3.2~6) 참고.

등에 대해 이야기할 때는 그 눈이 빛나고 목소리는 몇 번이나 잠겼다. 오늘도 정동암鄭銅岩, 改名 松山 상등병이 정근장精勤章 네 개를 받은 것을 이야기하는 데 이르러서는 눈이 빛나고 목소리는 잠겼다. 내 자식을 생각하는 부모 마음이다.

사범학교를 졸업하고 교직에 있던 세 사람이 군대 생활의 체험 없이는 장래에 장병 될 소국민小國民을 훈육訓育하는 데 열성을 쏟을 수 없다는 이유로 지원병이 될 것을 결심하고 이제 학생뻘인 다른 생도生徒와 어깨를 나란히 하여 진지하게 열심히 훈련받는 모습을 보니 감격스럽다고, 대좌는 반복하여 말하는 것이었다. 이 세 사람은 혹은 급장級長, 혹은 반장班長으로서 부지런히 다른 사람을 돌봐주고 있다고 한다.

그다음은 교실 방문으로, 가이다海田 대좌는 시종 앞장서서 안내와 설명에 힘썼다. 복도도 마루도 3년 가까이 수천 명이 밟았던 것이라고는 생각되지 않는다. 겨우 1주일 전에 판자를 바꿔 깐 것처럼 깨끗하고 원래의 흰빛이 그대로 보존되어 있는 데다 반짝반짝 빛을 내고 있다.

"청결은 일본정신이다, 일본인은 신을 경배하므로 몸도 거처도 언제나 청결히 한다, 라고 생도들에게 청결 훈련을 하고 있습니다."
하고, 지난가을 가이다 소장은 복도와 변소를 보여주면서 우리에게 설명했었다.

교실에는 생도들이 마루 위에 반가부좌半跏趺坐 비슷한 자세로 앉아 있다가 소장이 들어가자 교관의 "차렷." 하는 호령에 단좌端坐했고, 소장과 일행이 교실에서 나오자 "쉬어." 하는 호령에 원래의 책상다리 자세로 돌아갔다. 그러나 상체는 똑바로 하고 눈은 한 치의 흐트러짐도 없이 교관을 주목하고 있어 이제 곧 뭔가 덤벼들 듯한 긴장과 날램을 보이고 있었다.

교관이 무엇을 물으면 생도들은 손을 드는 것이었는데, 주먹을 꽉 쥐고 하늘을 찌를 듯한 기합과 함께였고, "예."라든가 "그렇습니다."라는 대답도 힘차서 깜짝 놀랄 정도로 씩씩했다.

교실을 한 바퀴 돈 후 우리는 침실을 견학했다. 의회에서 예산 통과가 늦어진 관계로 아직 건물이 없는데, 천여 명을 수용하고 있는 까닭에 침실을 전부 없애버리고 마루 위에 매트리스를 깔고 8인용 방에 23명씩이나 합숙하고 있다는 것이다.

생도들의 식기 주머니와 사물함 등도 열어 보여 주었는데, 이번 기수 생도는 8월에 입소하여 두 달 정도밖에 지나지 않아서 모포毛布를 개는 법과 쌓는 법, 서적과 소지품 정리에 허술한 점이 있다지만 우리 눈에는 무척 깔끔히 정돈되어 있는 것 같았다.

"앞으로 두 달 후 졸업, 12월에는 경사스러운 입영入營인데, 그때가 되면 생도들은 몸도 마음도 훌륭한 군인답게 되어 있을 것입니다."

하고 가이다 대좌는 자기 일처럼 기뻐했다.

"이 변소의 게다下駄 말입니다만, 나중 사람을 위해 이것을 가지런히 놓아두는 게 아직 철저하지 못합니다. 이것도 한 달 전부터서야 겨우 하게 되었습니다."

이것도 작년에 가이다 대좌가 말한 것이었다.

"모든 것을 질서 바르게 정리한다 — 이는 실로 중요한 훈련입니다. 만약 밤중에 적의 습격이 있을 경우 불을 전부 끄고 새까만 어둠 속에서 소리 없이 무장하지 않으면 안 되고, 따라서 자기 물건은 어디 어디에 무엇이 있는지 손으로 더듬어 정확히 알 수 있도록 해두지 않으면 안 되는 것입니다."

이것도 가이다 대좌의 설명이었는데, 듣고 있자니 내 자신이 부끄러워져 쓴웃음을 짓지 않을 수 없었다.

언제 적에게 습격당해도 당황하지 않도록, 실수하지 않도록 평소 주의하는 것은 단지 군인에게만 해당하는 정신이 아니다. 우리도 언제 죽더라도 허둥대지 않도록 후회하지 않도록 해야 할 것이라고 생각했다.

일행은 일단 조금 전의 본거지로 돌아와 점심을 먹기로 했다. 보리가 반 섞인 밥이 한 공기, 토란과 작은 도미조림 한 접시, 단무지, 야채절임의 식단이다.

"맛있어. 정말 맛있는걸."

하는 감탄의 연발이다. 정말 맛있었다.

"밥을 많이 지으니 맛있는 것입니다."

하고 가이다 대좌는 우리가 덥석덥석 먹어치우는 것을 만족스러운 듯이 보면서 말했다.

“이게 바로 생도들의 식사입니다. 군대도 이렇지요. 이것으로 영양은 충분합니다.”

이는 가바 소좌의 말이다.

“생도들은 대부분 입소入所할 무렵에는 위가 늘어나 있습니다. 평소 너무 많이 먹기 때문입니다. 그래서 처음 한 달은 공복을 느끼는 듯하지만, 두 달째부터는 위 확장 증세가 고쳐져 눈에 띄게 살찌게 되는 것입니다. 또 대개 기생충이 있었는데, 그것을 완전히 구제驅除한 이유도 있겠지요. 6개월에 두 관貫[4]이나 체중이 느는 사람도 있고, 평균적으로 한 관 이상은 늡니다.”

이는 조선 가정 전체가 참고할 만한 말이라고 생각했다.

“잘 씹는 것이 중요합니다.”

라고 가이다 대좌는 말하기도 했다. 불충분하게 씹어 세 공기의 밥을 먹는 것보다 충분히 씹어 두 공기의 밥을 먹는 쪽이 영양이 많다고 한다. 따라서 훈련소에서는 식사 시간이 한 시간이나 된다고 하는데, 각 학교 생도의 점심시간도 다시 고려해야 할 필요가 있지 않을까.

우리는 곡선으로 표시된 훈련소 생도의 평균 체중의 증가에 관한 이야기를 들으며 ‘과식過食’의 폐해를 절실히 느꼈다. 그리고 우리의 가정 경제는 식사의 합리화로써 보건적 효과를 증진하면서 금전적으로도 절약할 수 있는 여지가 있다고 생각했다. 전국적으로 보면 그것은 아마도 매년 몇 억이라는 막대한 액수에 달할 것이다. 주방의 신체제新體制는 더욱더 소홀히 할 수 없는 문제다.

“여러분, 이제부터 생도들의 식사 상황을 보시죠.”

가이다 대좌는 식사는 하셨을까. 아마도 우리 문인들에게 훈련소의 진상과 실상을 이해시키기 위해 열심인 나머지 식사도 잊으신 것 아닐까.

---

4 1(貫)은 한 근의 열 배로 3.75kg에 해당한다.

각 방의 식사 당번은 취사장에서 밥과 야채가 든 커다란 양동이 같은 것을 가지고 왔다. 생도들은 마루 위에 단좌端坐하고 각각 식기 주머니에서 크고 작은 네 벌의 알루미늄 식기를 꺼내 규정대로 자기 앞에 늘어놓는다. 그리고 차례로 밥과 반찬과 물을 받는다. 그것이 끝나면 손을 무릎에 얹고 단좌한 자세로 교관의 호령號令을 기다린다. 조용하다. 반장은 방 입구에서 차려 자세로 교관의 지시를 기다린다. 이윽고,

"서일구西一區 부대, 식사해도 좋다."

하는 호령이 떨어진다. 그러면 전원이 일제히 있는 힘껏 소리를 높여,

"잘 먹겠습니다."

하고 외친다. 엄청나게 큰 소리이다.

일행은 복도를 따라 동쪽으로 안내되었는데, 그곳에는 이미 식사가 끝나 교관의 지시를 기다리고 있다. 식사를 시작할 때와 똑같다. 식기에는 밥 알갱이 하나 남아 있지 않다. 반찬 그릇도 마찬가지로 부신 듯 다 비었다.

"밥 알갱이 하나가 우리 입에 들어오기까지의 노고勞苦를 생각하라고, 언제나 이야기하고 있습니다. 물건을 소중히 여기라. 물 한 방울도 헛되이 쓰지 마라. 쌀 한 톨, 물 한 방울이 말미암은 바를 생각하라. 신神의 은혜와 동포의 노고를 잊지 마라. 이 정신으로 식사하고, 이 정신으로 물건을 사용하는 것입니다."

과연 교관의 호령이 떨어지자 생도들은 세척장에서 식기를 씻었는데, 우선 밥그릇 하나에 찻잔 하나 분량의 물을 떠서 그 그릇을 씻으면 그다음에는 그 물을 다음 그릇에 옮겨 그것을 씻고, 또 그것을 다른 그릇에 옮기는 식이다. 물 한 방울도 헛되이 쓰지 않는 정신의 발로이다.

이렇게 씻은 식기는 수건으로 깨끗이 닦아 각각의 식기 주머니에 넣는다. 이것으로 식사가 끝나는 것이다.

이는 승당僧堂에서도 병영兵營에서도 마찬가지로, 감사와 질서와 청결과 절약의 정신이다. 가정에서도 이래야 한다고 생각한다.

식사 견학이 끝나자 일행은 훈련 상황을 보기 위해 운동장으로 나갔다. 소춘小

春[5]의 푸른 하늘에는 구름 한 점 없고, 햇빛은 반나체의 건아健兒들의 구릿빛 얼굴과 몸통 위에 눈부시게 쏟아져 내리고 있다.

"일광욕을 시켜 피부를 건강하게 만들고 겨울의 추위에 대비하는 것입니다. 두 달 만에 저런 구릿빛이 되었습니다."

가이다 대좌는 이렇게 말했다.

한 무리는 반나체로 목검木劍 체조를 하고 있었다.

"저 생도들의 가슴을 보세요. 상당히 불룩해졌지요. 입소 당시에는 저렇지 않았습니다. 저것이 알통이지요. 두 달 후 입영할 때가 되면 저 알통이 상당하게 되겠지요. 저게 없으면 안 됩니다. 넉 달 만에 저걸 만들려니 힘이 듭니다. 맹훈련이지요. 좀 불쌍하다고도 생각되지만, 뭐 나라를 위해서고 본인들을 위해서니까 하고 있는 것입니다. 낮 동안 아홉 시간의 학과와 훈련으로 피곤하니까 밤에는 모두 정말 잘 잡니다."

"그런데 그것을 모두 기뻐하고 있는 것이지요. 나중에 누구 한 사람 붙들고 물어보세요. 옆에서 보고 있으면 갑갑한 듯도 하고 고통스러운 듯도 하지만, 군대생활이란 익숙해지면 유쾌한 것이지요. 뭔가 말로 표현할 수 없는 맛이 있지요."

이것은 가바 소좌의 체험담이었다. 모든 수행 생활은 그럴 것이다. 쓸데없는 것, 제멋대로인 것을 없애버리기까지는 갑갑한 생각이 들어도 그 나쁜 습관들을 극복하여 거기서 벗어날 때는 해방의 기쁨, 자유의 기쁨을 느끼는 것이다. 군대생활은 결국 인생 도량道場인 것이다.

마지막으로 교직敎職을 쉬고 군대를 지원한 세 사람을 만나 두세 가지 문답을 나눈 뒤 가이다 소장을 비롯한 여러 교관들에게 정중히 인사를 올리고 훈련소를 나온 것은 오후 두 시가 지나서였다.

이날 훈련소에서는 가이다 소장을 비롯하여 실로 전원 모두가 우리 문인부대文人部隊를 접대해 주었다. 이는 민중과 사상적 접촉이 많은 우리 문인에게 촉망하는

5 음력 시월을 달리 이르는 말.

바가 크기 때문일 것이다. 실로 황송하기 짝이 없다.

이날 일행에 참가한 문인은 거의 전부 35, 6세 이상 50세까지로 어차피 병역兵役에는 도움이 되지 않는 사람이다. 나 역시 여차하면 후방 경비警備의 역할 정도나 생각하고 있지만, 후방 경비라고 손쉬운 일은 물론 아닐 것이다. 있는 힘껏 서투른 문장을 써서 총후銃後의 국민에게 위안과 고취를 주는 정도가 고작이다.

그러나 온갖 직역職域은 모두 국방國防을 위해 기여하지 않으면 안 된다. 붓의 직역도 그러할 것이다. 문인 된 자, 부름에 응할 각오로 문장보국文章報國에 힘써야 한다고 생각한다.

일행은 만감에 젖어 묵동역까지 왔지만, 왠지 그대로 헤어지고 싶지 않은 기분이어서 모두 과수원에 들어가 배를 먹으며 훈련소며 지원병, 문장보국에 관한 이야기 등을 서로 나눴다. 특히 가바 소좌가 문인을 위해 일장 연설을 늘어놓았다. 250여 명의 조선 문인은 틀림없이 직역봉공, 문장보국을 위해 분기奮起할 것이리라.

천황께 바쳐서 쓸 데 있는 사람[1]

지원병훈련소를 보는 것은 두 번짼데 볼 때마다 가장 많이 느껴지는 것은 신체와 정신의 개조改造입니다. 소화기消化器의 개조, 근육筋肉의 개조, 피부皮膚의 개조, 이것은 지원병들이 공통으로 감사하는 바거니와, 습관의 개조를 통하여서 되는 정신의 개조는 그 이상以上인가 합니다. 그들이 군대생활을 마치고 오는 날은 전혀 신인新人이 되는데, 이 신인화新人化야말로 2천3백만이 모조리 통과하여야 할 필연必然 당연當然의 과정인가 합니다. 일언이폐지왈一言以蔽之曰 '천황께 바쳐서 쓸 데 있는 사람'이 되는 것입니다.

---

1 춘원(春園), 『삼천리(三千里)』, 1940.12. '문사부대와 '지원병'이라는 표제하에 "10월 12일, 군사령부 가바 소좌(浦少佐)의 안내로 조선문사부대 38명이 양주(楊州) 지원병 훈련소에 이르러 가이다 대좌(海田大佐)의 인도(引導), 설명을 받아가며, 일일입소(一日入所)를 하고 돌아왔다. 이 장거(壯擧)가 있는 즉후(卽後), 당일 참가하였던 문인 제씨(諸氏)의 소감을 청(請)하여 여기 기록하는 바이다"라는 편집자의 설명이 부기되어 있다.

신체제의 윤리新體制の倫理[1]

일본은 신체제가 되었다. 신체제란 무엇인가. 그것은 개인주의個人主義와 유물주의唯物主義, 따라서 국제적으로는 침략주의의 구세계를 개조하여 팔굉일우八紘一宇의 도의세계道義世界를 건설하기 위해 일본을 고도국방국가高度國防國家로 만드는 일이다.

그러면 신체제에서는 국민이 어떤 윤리倫理에 따라야 하는가. 그것은 개인주의를 버리고 자기를 완전히 국가에 바치고, 유물주의와 이익주의를 버리고 국가를 위한 직분職分에 목숨을 바치는 것이다.

'내가'라든가 '나의'라는 생각에 '우리나라가' '우리나라의'를 대입시키지 않으면 안 된다.

이는 결코 수사修辭도 과장誇張도 아니다. 문자 그대로 그러한 것이다. 예컨대 장사를 해도 자기의 이익을 위해 해서는 안 된다.

장사는 생활필수품 배급을 위한 하나의 기능이며, 따라서 그것은 국민생활을 위한 것이고 국방을 위한 것이 되지 않으면 안 된다.

농부도 그러하다. 농업은 농사짓는 자신의 이익을 위해서라고 생각해서는 안 된다. 그것은 신체제의 윤리에 맞지 않는다. 농업은 병사兵士 및 후방後方 국민의 식량을 위한 것이다. 공업, 의사, 어떤 직업도 그러하다.

고도국방국가란 국력國力을 전쟁에 집중하는 것이므로 사람은 여자든 남자든 모두 병사이고, 물자는 개인의 소유일지라도 전부 군수품軍需品이다. 우리들의 재산은 국가가 우리에게 잠시 맡긴 것이어서 언제, 어느 때라도 국가가 필요하다면 바치지 않으면 안 된다.

1 원문 일본어. 『국민신보(國民新報)』, 1940.11.13. '주장(主張)'란에 실렸다.

물자만이 아니다. 우리의 자식도 그러하다. 우리의 자식은 우리의 자식이 아니다. 폐하께서 맡기신 황국皇國의 병사이다. 전선戰線의 병사이고 맡은 바 직역職域의 직원이다. 내 자식을 내 것이라고 생각하는 것은 주제 넘는 것이고 부도덕한 것이다. 내 자식을 장부丈夫답게 훌륭히 길러 폐하께 바친다, 이것이 부모가 따라야 할 신체제의 정도正道이다. 머지않아 의무교육이 실시될 텐데, 내 자식의 교육은 내 자유라고 해서는 안 된다. 또 징병령徵兵令이 조선에 실시된 그날, 우리 자식이 신체나 그 밖의 조건으로 불합격된다면 그것이야말로 폐하께 죄송한 일이다.

마지막으로 우리 몸에 관한 일인데, 우리 자신도 우리 것은 아니다. 언제 부름이 내리든 무슨 일을 분부 받든 감격과 기쁨으로 이에 응해 드리지 않으면 안 된다. 변명은 전혀 쓸모없는 것이며 부도덕한 것이다.

신체제하 우리 국민은 이러한 각오를 갖지 않으면 안 된다. 이로써 우리는 천양무궁天壤無窮한 황운皇運을 부익扶翼해 드리는 것이다.

얼굴이 변한다顔が變る[1]

오늘은 10월 1일, 일한병합日韓併合 30주년 기념일이다.

조선에서는 집집마다 기쁨의 일장기日章旗가 나부끼고 있다.

요전 날 친구 하나와 거리를 걷고 있자니 맞은편에서 젊은 남녀 몇 명이 다가왔다. 거리에서 사람 만나는 것은 하등 신기할 게 없겠지만, 이때만은 묘한 기분이 되어 같이 가던 친구에게,

"여보게, 맞은편에서 오는 이들은 내지인內地人일까, 반도인半島人일까?"

하고 물었던 것이다. 그 친구는 이 뜻밖의 질문에 놀란 듯했는데,

"모르겠네. 자네는 어떻게 생각하나?"

하고 내게 되묻는 것이었다. 실제로 나도 몰랐다. 내지인 같기도 하고, 또 반도인 같기도 했다.

실제는 양쪽이 섞여 있었을지도 모른다. 혹은 어느 한쪽만이었는지도 모르고.

도쿄에서 온 어느 영화 관계자가 조선적 풍모風貌의 소유자를 찾는 데 고심했다는 말을 들은 일도 있다. 지난번 기쿠치 간菊池寬[2] 씨가 조선에 왔을 때 부산에서 야마자와山澤 경남지사와 첫 대면 인사를 하며,

"당신도 창씨개명創氏改名하셨습니까?"

하고 물은 것에 대해 야마자와 씨는 민망한 듯이,

---

1 원문 일본어. 이광수(李光洙), 『분게이슌쥬(文藝春秋)』, 1940.11. 글의 말미에 '작가, 제1회 조선예술상 수상자'라는 편집자의 설명이 붙어 있다.

2 기쿠치 간(菊池寬, 1888~1948). 소설가이자 극작가. 1916년 교토대학 문학부를 졸업한 후 『지지신보(時事新報)』 기자로 출발하여 희곡, 단편소설 등을 썼고, 장편 『진주부인(眞珠夫人)』(1920)이 인기를 끌면서 주로 통속소설 집필에 주력했다. 1923년 『분게이슌쥬(文藝春秋)』를 창간한 뒤 1928년 사장으로 취임해 사업가로 활약했고, 일본의 권위 있는 문학상인 아쿠타가와상(芥川賞), 나오키상(直木賞) 등을 제정하기도 했다.

"아니요, 저는 예전부터 야마자와입니다."

하고 대답했다고 신문에 씌어 있었다. 기쿠치 상도 풍모만으로는 내지인과 반도인을 구별할 수 없었던 듯하다.

지금 와서 생각해 보면 과거 30년 이래 반도인의 얼굴은 확실히 변했다. 변한 것은 얼굴만이 아닐 것이다. 옷맵시도 걸음걸이도 예의범절도, 그리고 생각도 변했을 것이다. 그런 것들이 하나가 되어 얼굴이 변한 결과를 낳았을 것이다. 나이가 어리면 어릴수록 구별되지 않게 되었다. 여자 쪽이 더욱 알아채기 어렵다.

게다가 말 역시 요즘 중학생과 소학생, 특히 여학생의 경우 조선적인 발음에서 완전히 벗어난 사람이 많고, 모표帽標라도 보지 않고는 내지인인지 반도인인지 알기 어려운 경우가 많다.

지금 경성에는 대박람회가 열려 시골에서 소학생 단체가 계속 올라온다.

그들은 미아 되는 것을 예방이라도 하듯 가슴에 씨명氏名을 적은 하얀 쪽지나 명찰을 달고 있는데, 거의 전부 야마무라 요시오山村義雄, 가네다 도미지로金田富次郎라는 식으로 일본식 씨명이어서 그야말로 어느 쪽이 어느 쪽인지 알 수 없다. 이따금 여학생들은 조선옷을 입은 채 가슴에 요시다 기미에吉田君江 같은 씨명의 명찰을 단 경우도 있다.

경성에서 교육과 교화사업에 열심인 츠다 세츠코津田節子[3] 상이라는 부인이 있다. 그녀는 순수 에도江戶 토박이로 창씨개명한 패는 아니지만, 주로 조선옷을 입고 있어서 자주 반도인으로 잘못 알아본다고 한다.

츠다 부인의 말로는 본정통本町通을 걸어다니는 조선옷 차림의 여자 중에는 내지內地 부인도 상당하다고 한다.

내 친구로 지금은 만주국의 고관高官을 거쳐 어느 큰 회사의 중역重役으로 유명

---

3 츠다 세츠코津田節子(1902~1972). 룍키연맹綠旗聯盟 창설자인 츠다 사카에津田榮의 아내로 룍키연맹에서 주로 여성운동 부문을 담당했다. 룍키연맹은 1930년 재조선 일본인 중심의 수양단체로서 출발했으나 1937년 중일전쟁 이후 조선총독부의 황민화 시책에 호응하여 내선일체 이념과 실천을 내걸고 출판 및 강연 등의 활발한 대외활동을 펼쳤다.

한 하타 마나부秦學[4]라는 사람이 있다. 그는 반도인이지만 그의 부인은 에도 토박이다. 부인은 만주에서는 어떤 복장을 하고 있는지 모르지만, 경성에 있었을 때는 꼭 조선옷을 입었다. 게다가 조선어와 조선식 예의범절도 몸에 배어 누구도 부인을 내지인이라고 생각한 사람은 없을 것이다. 덧붙여 말하면 조선 내에서 내선결혼으로 정식으로 신고를 마친 사람이 5백여 쌍 있다고 한다.

나는 1919년大正 8까지 도쿄에 있었고 그 후 14년이나 지난 1933년昭和 8 처음 다시 도쿄를 방문했는데,[5] 긴자銀座를 걸으며 놀란 것은 청년 남녀의 얼굴과 자세, 걸음걸이가 바뀐 것이었다.

몹시 느긋한 데다 얼굴은 길고 코는 높아 저 사람들이 일본인일까 의심될 만큼 달라져 있었다. 자세만 보면 서양인 같기도 하고, 얼굴까지 보면 지나인 같기도 했다.

그 후 내가 보지 못한 수년 동안 상당히 변하지 않았을까 생각한다.

바로 4, 5일 전인데, 경성역의 식당에 들어가니 국방복國防服을 입은 한 무리가 진을 치고 있었다. 예의 시골에서 경방단警防團인가 뭔가 하는 사람들이 박람회 견학을 온 것인가 보다 생각했는데, 자세히 보니 야마구치현山口縣 사람이라는 완장腕章을 두르고 있었다. 어쩐지 말이 능숙하다고 생각했다.

반도인 특별지원병이 조선 내의 각 부대部隊에 들어가 있는데, 군軍 관계자에게 물어 보았더니 이름을 보지 않으면 구분되지 않는다고 한다. 이야기해 보아도 알 수 없는 사람도 있다는 것이다.

그런데 이제는 이름도 내지식이 되었으니 더더욱 알 수 없게 되었을 것이다.

---

4 진학문(秦學文, 1894~1974). 게이오의숙(慶應義塾), 와세다대학, 도쿄외국어학교 등에서 두루 수학했다. 1917년 귀국한 뒤 『경성일보』에 입사하여 기자가 되었고, 『동아일보』 창간과 더불어 초대 정경부장, 학예부장, 논설위원을 지냈으나 6개월만에 사퇴하였다. 1922년 최남선과 주간지 『동명』을 창간해 주간을 맡았고 1924년 일간지 『시대일보』로 개편, 발행했다. 1934년 관동군 촉탁을 거쳐 1937년 7월부터 1939년까지 만주국 국무원 참사관으로 근무했으며, 이후 일본 국책 기업의 간부가 되어 만주생필품주식회사의 상무이사로 근무했다.

5 쇼와(昭和) 7년(1932)의 착오.

하긴 마츠모토 잇페이松本一平 같은 문패를 걸고 있으면서도 아이우에오アイウエオ 조차 모르는 사람도 있기는 있다.

그러나 같은 교육을 받고 같은 신사참배를 하고, 같은 말을 하고 같은 생각을 하고, 친구가 되고 부부가 되고, 이리하는 가운데 반도인의 얼굴은 완전히 달라져 호적 조사라도 하지 않는 한 내지인인지 반도인인지 알 수 없게 될 것이다. 호적의 이동까지 허용되게끔 되면 호적을 조사해도 알 수 없게 되지 않을까. 이를 가리켜 내선일체라고 하는 것이겠지만, 얼굴도 말도 완전히 구분되지 않게 되는 날에는 내선일체라는 말조차 역사에나 나오는 용어가 될 것이다.

내선 양 민족이 이렇게 구분되지 않게 되는 것 그 자체가 양 민족이 같은 피라는 사실의 산 증거라고 생각한다. 영국인과 인도인은 몇만 년이 지나도 같은 얼굴이 되는 일은 없을 것이다.

여기에 하나의 커다란 시사점이 있다. 그것은 대동아공영권大東亞共榮圈이라는 것에 혈액적 기초가 있다는 사실이다.

혈통이 가깝기로 말하면 내선內鮮 양 민족보다 더 가까운 경우는 없겠지만, 만주인, 몽골인, 지나인, 베트남인, 말레이시아인 등은 같은 얼굴이 될 수 있는 민족인 듯하다. 내가 긴자銀座를 걷고 있는 청년을 보고 지나인이 아닐까 착각한 것은 실로 많은 시사를 담은 착각이 아니었을까.

조선이라는 시험관에서 이루어진 내선일체의 실험은 잘 진척되었다.

일만지일체日滿支一體라는 것도 다만 정치적, 경제적, 군사적인 것에 한정되지 않을지도 모른다.

이들 6억 민중이 일본의 지도 아래 일대민족一大民族을 이룰 수 있다는 것은 과연 공상일까.

더 나아가 베트남, 말레이시아, 남양제도南洋諸島의 사람들도 똑같은 얼굴이 될 날이 머지않은 듯한 기분이 든다.

이렇게 되어서야말로 실로 동아공영권이라 할 것이다.

1941년

신시대의 윤리[1]

귀일歸一

금일今日 조선인의 신윤리는 천황께 귀일歸一하삽는 것이다. 그리고 신도臣道를 실천하는 것이다. 내 목숨과 자녀와 내 재산을 전부 천황께 반환返還하삽고, 내 마음조차도 천황께 바치삽고 천황의 대어심大御心으로써 내 마음을 삼는 것이 신윤리의 근본 원칙이다.

충忠

이렇게 모든 것을 천황께 바치는 것을 충忠이라고 한다. 충은 신도臣道의 근본이오 전체다. 내 거주좌와居住坐臥가 모도 천황을 위함인 것이 충이다.

네가 농부냐. 근농勤農으로 농산물을 증식增殖하는 것도 천황을 위함이요, 네가 학생이냐. 장차 봉공하사올 준비로 공부를 힘쓰는 것도 천황을 위하사옴이다. 이것이 직분봉공職分奉公이란 것이니, 직분봉공을 완수하는 것이 곧 충忠이다. 군인이나 관리에만 충이 있는 것이 아니라 신도臣道를 실천하는 자는 소재所在의 직분職分에서 부단不斷히 충忠을 하는 것이다.

그러므로 직분을 아니 가지든가 제 직분을 게을리 하는 자는 곧 불충不忠이다.

---

1 가야마 미츠로(香山光郎), 『신시대(新時代)』, 1941.1.

직분보국職分報國

고도국방국가高度國防國家에서는 국민 중의 일인一人도 무직無職하기를 허許치 아니한다. 일 아니 하는 자는 먹지 말아라 하는 말이 있거니와, 일 아니 하는 자는 차라리 죽어라, 하는 것이 신체제新體制다.

최고의 국방력國防力을 발휘하자면 최고의 단결, 최고의 생산, 최고의 문화를 가지고 최고의 능률을 발하여야 한다. 그리하기 위하여서는 노는 사람, 게으른 사람이 있어서는 아니 된다.

신체제에서는 제 이익을 위하여서 일하는 것이 아니오 나라를 위하여서 일한다. 오직 일하는 자에게 나라에서 의식주와 영예를 줄 뿐이다. 천황이 주시는 것이다.

제 욕심을 채우기 위하여서 일하는 것은 구체제다. 지금은 상점이나 공장이나 농장이나 모두 나라의 기관이다. 종래에 우편郵便 전신電信이 나라의 기관이란 것이나 다름이 없다. 그러므로 사원社員이나 직공職工이나 농부나 모도가 천황의 일꾼이다. 천황께서 명하시는 일을 순실順實히 하는 것이 직분보국職分報國이다.

좀 더 편한 일, 좀 더 수입이 많은 일 — 이러한 생각을 하여서는 아니 된다. 그 대신에 조금이라도 더 일을 하자, 조금이라도 더 생산을 하자 — 이렇게 노력하여야 한다.

요料를 탄다

조선 옛날 말에 '요料를 탄다' 하는 말이 있다. 임금님의 일을 하고 먹을 것을 탄단 말이다. いただく 라는 뜻이다. '태어난다'고 하고 생명이나 복을 탄다고 한다. 이것은 검님께서 탄다는 말이다. 神さまからいただく (신에게서 받는다)라는 말이다. 이것은 옳은 인생관이다. 그런데 근래에 이러한 생각을 잊어버렸다. 타는 것이 아니라 '제 것'인 줄로 생각들 하고 있으니, 이것은 마치 부모를 잊어버린 것과

같이 근본을 잊어버린 것으로서 죄악 중에 가장 큰 죄악이다.

부처님께서는 사람은 사중은四重恩을 졌다고 가르치셨다. 군은君恩, 부모은父母恩, 중생은衆生恩, 사은師恩이다. 그러므로 우리 중생은 이 사은四恩을 생각하고 감사보은의 생활을 하는 것이 정도正道라고 하셨다.

이중에 제일 크고 중심이오 근본인 것이 군은君恩이다. 천황폐하의 무변대은無變大恩이시다. 이 은혜를 느끼고 생각하고 이 은혜를 갚기에 일생을 바치는 것이 일본정신이니, 곧 충忠이라 하는 것이다.

그 길이 어떠하뇨. 첫째는 제 몸과 재물과 집과 자녀를 다 천황께서 주신 것으로 아는 일이다. 지금까지는 그것을 내 것으로 알던 것을, 이 순간부터 천황의 것이라고 깨닫는 것을 봉환奉還이라 하고 황민화皇民化라 하는 것이다. 내선일체라는 것이 필경 이것을 가리킨 것이다.

일본인의 특색이 황실중심皇室中心에 있다. 천황폐하를 가장家長으로 모시고, 살아계신 신神으로 모시고, 유일唯一하신 선善하신 대지도자大指導者로 모시는 데 있다. 그러므로 어느 민족이나 종족을 물론하고 천황께 저와 및 제 모든 것을 봉환奉還하고 천황의 일을 하여드리고 요料를 타는 마음을 가진 자는 곧 황국신민皇國臣民이다. 그러므로 조선인도 이리함으로만 황국신민이 되는 것이다.

내선일체內鮮一體

내선일체는 조선인의 이상理想이다. 그러나 이미 내선일체가 된 것이 아니라 천황의 인자하신 성의聖意로 내선일체의 문이 열린 것이다. 조선인이 그 문으로 들어가면 내선일체가 되고 아니 들어가면 아니 되는 것이다.

조선인이 이 성은聖恩의 문을 감사히 알아서 봉환귀일奉還歸一의 노력을 하면 불원不遠한 장래에 당당한 천황의 신민臣民으로서 모든 영예를 받을 수 있거니와, 그렇지 아니하고 주저준순躊躇逡巡하고 방관적傍觀的 태도를 취하면 영예의 날은 점점 멀어갈 것이다.

황민화의 절호한 기회

지금은 국가의 비상시다. 인력人力이 심히 귀한 때다. 이른바 인적 자원을 무척 요구하는 때다. 아我일본은 지금 고도국방국가高度國防國家를 건설하랴는 때다. 이때에 2천6백만 조선인이 크게 발분發憤하여서 나라 일을 도우면 나라에서는 우리의 충성을 깊이 느낄 것이다. 그래서 조선인에게 중책重責을 줄 것이다. 그러나 그와 반대로 이러한 비상시의 조선인이 성력誠力을 발하지 아니하면 나라에서는 크게 우리를 괘씸하게 생각하여서 우리에게 주랴고 예비하였던 것도 도로 걷어지고 말 것이다. 왜 그런고 하면 충성 없는 국민에게 지식이나 재산이나 권력을 주는 것은 마치 적敵에게 무기를 주는 것과 같아서 해害가 되기 때문이다. 그러므로 조선인이 충성을 발하면 발할사록 조선인의 지위는 높아지고 이와 반反하면 천인절벽千仞絶壁 밑으로 떨어질 것이다.

그러나 조선인이 충성을 발하여서 국가를 위하여서 각 방면으로 멸사봉공滅私奉公만 하면 조선인의 장래는 양양洋洋한 것이다.

대동아공영권 건설에 조선인은 황국신민으로 주인 되고 지도자가 되는 것이다. 동아 제민족諸民族의 도사導師가 되는 것이다. 조선인으로 일찍 이와 같은 대사명을 가져본 일이 있었던가.

이 영광스러운 지위는 오직 천황께 귀일歸一함으로써만 얻어지는 것이다. 그런데 지금이 그 절호絶好의 시기다.

직역봉공職分奉公

팔굉일우八紘一宇의 대이상大理想을 삼아서 성업聖業에 봉공奉公하는 길이 무엇인가. 그것은 여러 가지 있다. 군인이 되는 것도 하나다.

조선의 장정壯丁은 분연奮然히 지원병이 될 것이다. 징병徵兵이 되기를 기다릴 것이 없다. 지원병의 문이 있지 아니한가. 작년도에는 3천 명 정원에 8만 명의 지원이 있었거니와, 금년도에는 5백만 청년이 전부 지원하여야 할 것이다. 그래야 충성인 것이다.

그러나 군인으로서만 봉공奉公을 하는 것은 아니다. 관공리로도 봉공하는 것이다. 다만 지위나 월급을 바라는 관공리는 진정한 관공리는 아니다. 그는 일종의 매직자賣職者다. 일병졸一兵卒이라는 신념을 가진 이라야 비로소 신체제에 맞는 관공리다. 월급이나 관등官等이 목적이 아니요 나라 일이 목적이다. 나라 일을 하기 위하여서 그 방편으로 의식주를 요要하는 것이다. 그런데 종래에는 이것이 전도顚倒가 되었다. 나라 일을 하는 것이 의식주를 구하는 한 방편이 되었다. 그래서 더 월급이 나은 곳이 있으면 직職을 버렸다.

그대는 이 마음을 아니 가졌는가. 가졌거든 곧 버리는 것이 신체제新體制다, 충忠이다.

군인이나 관공리만이 나라에 봉공奉公하는 것인 줄 아는 것이 종래의 그릇된 인생관, 사회관이다. 회사원이나 직공이나 점원이나 농부나 다 나라 일을 하는 나라의 직원職員이다. 신체제란 이러한 것이다.

구복口腹을 위하여서 노역勞役한다는 관념을 버리는 것이 신체제의 입문入門이다. 구복을 위하여서 노역하는 자는 이른바 이기주의자다. 이것이 자유주의, 자본주의 사상이다. 사람이 구복을 위하여서 노역한다 할 때에 그 노역은 고통이 된다. 노예적이기 때문이다. 그러나 나라를 위하여서 하는 일이라고 생각할 때에는 전쟁의 기초도 무상無上한 열락悅樂인 것이다. 전사하는 병사들이 임종에 천황폐하 만세를 부르는 것은 결코 억지가 아니오 자연한 인정人情이다. 나는 임금님을 위하여 죽습니다, 할 때에 자기의 생명이 성聖하여지고 고상하여지고 영광과 환희에 차기 때문이다. 전사뿐 아니라 무슨 일에나, 아무리 미미한 일이라도 이것이 옳은 일이거니 나라 일이거니 하는 신념으로 생활을 일관한 사람이면 임종에 반드시 천황폐하 만세를 부르고 신명神明께 감사와 환희의 기도를 올릴 것이다. 이것이야말로 인생의 본회本懷다.

부유계급의 봉공奉公

부유계급이 지나간 시대에는 근로를 아니 하고 호사豪奢한 생활을 하여왔다. 그중에는 산업産業 기타의 공로자도 많겠지마는 부조父祖의 부유富裕를 계승한 자는 불로不勞의 습관이 있는데다가 향락자가 되기 쉽다. 이제 국國의 비상시를 당한 금일에 이러한 계급은 우선 재물을 바쳐야 할 것이다. 혹은 국방헌금으로, 혹은 국채國債를 삼으로, 혹은 은행이나 금융조합에 저금을 함으로, 또 혹은 국가의 예산부족으로 못한 사업을 자담自擔함으로 — 즉 학교, 강습소, 청년훈련소, 대중 교화기관教化機關의 창설 혹은 유지로 재물을 바쳐야 할 것이다.

그리하는 동시에 부자 자신도 무슨 생산적인, 국가에 유조有助한 노역勞役을 하여야 할 것이다.

부유한 자로서 이상의 일을 아니 한 자는 자기의 영광스러운 특권을 포기하는 동시에 국가에 죄인이 되기를 자청自請하는 것이다.

지금이야말로 일푼전도 쇳소리가 나게 써질 때다. 부자일수록 더욱 봉공할 힘과 기회가 많은 것이다.

어떤 해군장교가 이런 말을 하였다. 국채國債를 안 살 만한 사람은 국민이라고 믿어서 군함에 태울 수는 없다고. 그리고 그러한 자에게 이권利權을 줄 수는 없다고. 이것은 특히 우리들 조선인이 재사再思 삼사三思하고 재성再省 삼성三省할 말인가 한다.

만일 언제까지 자유주의, 이기주의의 구습에서 깨어나지 못한다 하면 그러한 부자의 부는 당연히 그에게서 떠날 것이다. 왜 그런고 하면 그 부는 나라 것이기 때문에, 그 부가 나라의 소용에 이용되지 못한다 하면 그것은 국력의 감살減殺이기 때문이다.

청년의 직분봉공職分奉公

청년은 국가의 생명이다. 총을 들어서 국방國防의 일선一線에 서는 것도 청년이오 망치를 들어, 혹은 괭이를 들어 농農, 공工, 광鑛 등 생산업生産業의 원천이 되는 것도 청년이다. 또 청년 자체의 지도자가 되고 전국 추진력이 되는 것도 청년이다.

조선에 약 5백만의 청년이 있다. 이 5백만의 청년이 멸사봉공滅私奉公의 정신으로 충성을 다하여서 직분봉공職分奉公을 하고 아니 하는 데 우리 국력에는 큰 관계가 있는 것이다.

그런데 청년의 윤리의 제일조第一條는 멸사滅私다. 즉 나를 잊고 내 것이라는 것을 잊는 일이다. 아침 궁성요배 시간에 나는 폐하의 것입니다, 하고 맹서하고 그러고는 그날 하루를 나를 잊고 힘써 일하는 것이다. 일신一身의 안일安逸을 바라서는 아니 된다. 금전의 이득을 바라서도 아니 된다. 지위나 명예를 바라서도 아니 된다. 불평이 있어서는 더욱 아니 된다. 잠자코 직분을 지켜서 한 방울이라도 더욱 땀을 흘리려 하는 청년만이 오직 신체제의 황도청년皇道青年이다. 이러한 청년이 진실한 지도자다.

이론理論을 버리고 비판을 버려야 한다. 하물며 방관傍觀, 공담空談, 조소嘲笑하면서 아무것도 아니하는 자는 식량배급을 받을 자격이 없는 자일 뿐더러 이적행위자利敵行爲者다.

위의威儀

비상시의 국민은 비상시의 위의威儀를 가질 것이다. 머리를 바투 깎고 국민복을 입을 것이다. 모든 유한계급적有閑階級的 장속裝束[2]을 버릴 것이다.

관혼상제冠婚喪祭도 그러하여서, 정성精誠은 배가倍加하여도 물자와 시간은 간단히 할 것이다. 이러한 시대에 감히 사치를 하는 자는 몰염치한沒廉恥漢이다. 그러한 자는 나태한 자로 아울러 배격함이 가할 것이다.

총 들고 전선戰線에 선 각오

국민은 남녀를 물론하고 전선에 선 각오를 가질 것이다. 목표는 언제나 국가에 있다. 일거수일투족이 전혀 국가를 위한 일이오 내나 내 것을 위하는 일이 없다. 이해利害니 고락苦樂이니 하는 것이 염두에 없다. 이 몸이 천황께 바친 몸이거니 무슨 사념私念이 있으랴.

이러한 심경은 종교적 심경과 통한다. 모든 사욕과 사념을 절絶한 경계다. 마음이 이 경계에 달한 때에 사람은 모든 속박에서 벗어나서 신통력神通力을 얻는다. 그는 놀라운, 초인적超人的인 능력을 발하고 그의 몸에서는 일종의 빛을 발한다. 사욕과 사념을 절絶한 자의 용모에서는 광채를 발하여서 보는 자에게 감화感化와 위압威壓을 주는 것이다. 그의 말에는 불가항력이 있다. 이것이 곧 완성된 인격이요 도사導師다.

그는 사욕 사념이 없기 때문에 무외無畏다. 무공포無恐怖다. 무외요, 무공포이기 때문에 그의 마음은 늘 자유로워서 정당하게 진선미眞善美를 판단하고 무량無量한 능력을 발한다.

---

2 몸을 꾸며서 차리는 것, 차림새.

이렇게 되는 것이 곧 수양修養이요 조련調練이다. 먼저 제가 이러한 경계에 달한 때에 동포 대중을 지도하게 되는 것이다. 파시스트의 훈련, 나치스의 훈련이 곧 이것이거니와, 일본정신의 극치란 곧 천황일념天皇一念 외에 타념他念이 없게 되는 것을 가리키는 것이다.

지식계급의 반성과 임무

지식계급의 병은 교만驕慢에 있다. 제가 잘 알고 제가 가장 높은 문화인이라는 아만我慢에 있다. 그리고 저는 사색하고 감상하는 사람이요 근로하는 사람이 아니라는 데 있다. 그것을 가리켜 그는 고답高踏이라 하고, 고고孤高라 하여서 자기를 미화하고 자기에 도취하는 데 있다.

금일 조선의 지식계급은 오로지 이것을 청산하기를 물고 매어달리는 독사毒蛇를 뿌리치듯이 하여야 한다. 그리하고 일병졸一兵卒의 경지境地에 내려와야 한다. 기실은 그것이 올라가는 것이다. 금일의 조선의 지식계급은 대개 방관적이요 비판적이다. 그는 내선일체의 조류에도 뛰어들지 아니하고 국민총력운동의 대행진에서도 비켜서서 있다. 그리고 그것을 자랑으로조차 아는 자도 있다.

그러나 그들은 이것이 조선 전민중을 다독多毒하고 자신을 파멸하는 일인 줄을 모른다. 혹은 알면서도 무기력하여서 뛰어들지를 못하고 겁나怯懦한 병신病身 모양으로 주춤주춤하는 동안에 세월을 다 보내고 있다.

그들은 그들이 지식층이라는 칭호를 얻게 되기에 어떻게나 국은國恩을 편피偏被하였는지를 모른다. 진실로 편피便被다. 그들은 소학, 중학, 대학 등 국가의 교육기관의 은혜를 받았고, 어디를 가나 상좌上座에 앉고 선생이란 대접을 받게 된 것이 뉘 은혜인 줄을 모른다. 그런데 그들은, 저 무자각無自覺한 부자들과 같이 국방국가건설의 전선戰線에 일병졸一兵卒로 나서려 아니 한다. 그리고 기껏 하는 말이,

"무엇을 다오." 하고 있다.

우리는 오직 바치는 일이 있을 뿐이다. 무엇을 달라는 것이 있어서는 아니 된다. Give and take라는 것은 구미식歐美式 상업주의자의 국민도덕이다. 일본정신은 오직 천황께 바침이 있을 뿐이다.

조선 민족이 충성을 바치고 무슨 대가를 요구하는 동안 조선 민중은 결코 아무것도 얻지 못할 것을 각오하여야 한다. 조선 민중이 근근자자勤勤孜孜히 배울 것은 천황께 모든 것을 바치는 공부다. 그래서 그것이 완성된 때에 황민화皇民化가 완성되어서 나라에서 줄 것을 줄 것이다.

충忠에는 조건이 없다. 교환적交換的인 사념邪念은 충忠에 멀기 무한無限이다. 그것은 충忠이 아니라 용傭이다. 조선인은 용인傭人[3]이 되기를 바라느냐. 아니다! 충성되게 신도臣道를 실천하는 완전한 황민皇民이 되기를 바라는 것이다.

3 고용된 사람.

중대한 결심重大なる決心[1]
―조선의 지식인에게 고함

1
필연적이고도 당연한 길

반도인半島人은 중대한 결심을 하지 않으면 안 된다. 그것은 반도인 전체로서의 중대 결심일 뿐만 아니라, 실로 각 개인, 각 가정의 중대한 결심이 아니면 안 된다. 이 결심 여하에 따라 한 개인, 한 가정 및 반도인 전체의 운명이 갈리는 것이다.

그 중대한 결심이란 무엇인가. 나는 천황께 귀일歸一해 드린다는 결심이 그것이다. 번연飜然하고 철저하게 완전한 천황의 신민臣民이 되는 것이며, 더욱이 이는 피할 도리 없는 일이어서 이래도 좋고 저래도 좋으며 하지 않아도 좋은 그런 성질의 것이 아니다. 반드시 그렇게 될 수밖에 없는 성질의, 필연적이고도 당연한 귀결이다.

그런데 일부에서는 아직 이러한 결심은커녕 이러한 인식조차 결여되어 있는 사람이 있는 듯한데, 이 때문에야말로 커다란 불행이 생기는 것이다.

---

1 원문 일본어. 가야마 미츠로(香山光郎), 『경성일보(京城日報)』, 1941.1.21~24. 같은 글이 『동아신문(東亞新聞)』에 재수록되었으나 현재 남아 있는 원문 1회분(1941.1.26)이 동일한 내용이라 따로 싣지 않는다. 『동아신문』은 『동아일보』 나고야(名古屋)지국에서 근무하던 임용길이 1935년 1월 발간한 신문이다. 1939년 12월 주식회사 형태로 동아신문사를 설립했으나 1941년 9월 나고야일보에 합병시켰다.

무지無知와 오해

조선인들이 이러한 필연적이고도 당연한 길을 인식하지 못하는 것은 일본에 대한 무지 또는 오해에 의한 것이다. 일본의 성격, 일본의 의도, 일본의 힘을 올바르게 이해하지 못하고 있기 때문이다. 실제로 반도인은 일본을 모르고 있다. 종래에 그들은 어리석게도 일본을 알고자 하는 노력을 하지 않았다. 50년래 도쿄東京의 각 학교에서 수만 명이 교육을 받으면서도 일본의 역사라든가 문학, 일본의 풍속이나 습관 등 이런 것을 배운 사람은 거의 없다고 해도 좋을 정도였다. 오늘날조차 그들은 진지하게 일본을 알고, 그 도道를 배우려고 하지 않는 것이다. 이는 실로 어리석은 일이며 미친 짓이다.

조선의 학생들은 영미英米나 러시아에 대해 알고 있는 것을 자랑으로 여기고 있지만, 일본에 대해서는 모르는 것을 자랑으로 여기고 있는 것 같다. 게다가 자기가 일본을 모른다고는 생각하지도 않는다. 일본에 대해서는 무엇이든 안다고 생각하고 있다. 모르면서 안다고 생각하는 것만큼 위험한 것은 없다. 자기가 무지하고 오해를 일삼으면서도 그 잘못된 인식을 주위 사람에게 전파하기 때문에 큰일인 것이다. 사실대로 말하면, 오늘날의 반도인은 전부라고 해도 좋을 정도로 조국 일본에 관하여 무지하다. 무지할 뿐이면 그래도 괜찮은데, 오해하고 있다. 조국 일본의 성격도 의도도 힘도 오해하고 있거니와, 이러한 가공할 만한 결과를 초래한 죄는 실로 조선의 지식계급에게 있는 것이다.(1941.1.21)

2
주된 오해

반도인이 조국 일본에 대해 오해하게 되는 원인의 하나는 국가의 의사표시를 순순히 받아들이지 못하는 것이다. 내선일체라는 것조차도 그대로 순순히 받아들이지 않고, 뭔가 이용하고자 하는 것이 있는 일종의 정책인 것처럼 곡해하고는 스스로 영리하다고 생각하는 것이다.

이는 대어심大御心이 일본의 국가 의사意思임을 모르기 때문에 생긴 오해임은 말할 것도 없다. 무한한 인자함과 끝없는 성은聖恩을 삼가 느끼지 못하는 완고頑固한 마음의 착각인 것은 물론이다. 반도인은 모름지기 순순히 위정자爲政者의 말을 받아들여야 한다. 순순하지 않다는 것은 그 자체가 이미 악도덕惡道德이다. 다른 사람이 말하는 것을 순순히 받아들이지 않고 그 배후를 짐작하는 것은 결코 현명한 일이 아니다. 그는 이렇게 함으로써 결국 자기를 속이고 자기를 해치는 것이다.

일시동인一視同仁은 글자 그대로 말씀 그대로이고, 내선일체도 그러하다. 이 말은 혹 그릇된 추측을 하는 자들이 해석하는 것처럼 일시적인 정책도 아니며, 더구나 미나미南 총독만의 표어도 아니다. 이는 실로 제국의 국책國策의 근저로부터 나온 것으로, 만약 이것이 거짓이 되는 일이 있다면 세상에 신용할 만한 것은 아무것도 없을 것이다.

반도인들이 이렇게 의심해서는 안 되는 것에 의심을 하는 데는 약자 특유의 시의심猜疑心 외에도 이유가 있다. 그것은 영국과 미국, 프랑스 등이 자국 내에서는 매우 높은 도의성道義性을 가지면서도 이민족異民族을 대할 때는 기만을 일삼는다는 데 있다. 요컨대 현대 국가가 외국 또는 이민족에 대해 취하는 정책 등은 일단 의심하고 믿지 않는 게 현명한 일이며, 이를 완전히 믿어버리는 것은 유치하고 어리석고 경계해야 할 것이라고 보는 것이다. 이는 영국이 인도인에 대하여, 또는 미국이 필리핀인에 대하여 취한 종래의 몇몇 예에서는 실로 진실이었다. 그러나 이를 일본이 반도인을 대하는 경우에 적용하고자 할 때는 두 가지 커다란 오류를 범하는 것이다. 즉 하나는 일본의 국체國體는 여러 외국과 달리 그 정치가 모두 대어심의 발현이며 결코 그들처럼 유리적唯利的 권모술수를 부리는 데 있지 않다는 점을 인식하지 못한 것이고, 다른 하나는 반도인은 이제 외국인도 이민족도 아닌 천황의 적자赤子라는 사실을 무시한 것이다.

일본은 안으로 인민에 대해서나 밖으로 타국에 대해서도 거짓말을 하지 않으며 기만의 술책을 부리지 않는다. 그것은 일본의 자기 부정이며, 일본 국체國體의 존엄상 있을 수 없는 일이기 때문이다. 반도인은 구舊한국시대 이래 이 점을 인식할 안목을 가지지 못하여 성誠에 대하여 거짓이라고 간주하는 의심암귀疑心暗鬼[2] 탓에, 성誠을 거짓으로 대한 탓에 수많은 슬픈 오해를 범했다. 오늘날에는 장제스蔣介石 역도逆徒 일파가 바로 그 전철을 밟고 있다. 그들이 일본의 진의眞意, 즉 국체로부터 필연적으로 연역演繹되는 진실성을 인식했다면, 일본과 지나 간의 오늘날의 불행은 면했을 것이다.

그런데도 반도인 가운데 아직도 의심해서는 안 되는 것을 의심하고 믿어야 할 것을 믿지 못하여 그들의 어리석은 선배의 과오를 반복하고자 하는 사람이 있으니, 어찌 걱정되지 않으랴.

나는 조선의 동포에게 강력히 절규하고 싶다. 조국 일본에 대한 모든 의심의 마음을 버리고 갓난아이가 어미에게 의지하듯이 순순히 그 나라의 품에 자기를 던지라고. 이렇게 함으로써만 반도인은 구제될 것이다. 조국의 진의에 의문을 품는다든가 하는 것은 그 자체가 불충不忠인 것은 말할 것도 없지만, 그 결과는 커다란 불행의 형태로 반도인 전체 위에 떨어져 내릴 것이 틀림없다.(1941.1.22)

3
최후의 결심

반도인은 조국에 대한 일구이언一口二言이나 이심二心을 버리지 않으면 안 된다. '충성으로써 군국君國에 보답한다'는 입장에서 나아가지 않으면 안 된다. 국기를 게양할 때, 폐하의 만세를 받들어 외칠 때, 신사神社에 참배할 때, 애국반 반상회에 출석할 때, 모두 가슴 깊이에서 솟아오르는 충성으로써 해야 한다. 조금이라

2 의심하는 마음이 있으면 대수롭지 않은 일까지 두려워서 불안해 함.

도 국가의 진의真意에 대해 의심을 품는 것 같은 언동이 있어서는 안 된다. 그런 생각마저 뿌리째 태워버리는 것이야말로 반도인 전체를 사랑하고 그 복리福利를 증진하는 방도이며, 이에 어긋나는 것은 국가와 조선 동포를 해치는 것이다.

이는 2천4백만 반도인 전체에게 하는 말이지만, 특히 지식인의 반성을 촉구하는 것이 매우 긴요한 일이며 시급한 일이다. 수만의 반도인 지식계급의 임무는 실로 중대하다. 그들이 오늘날 올바른 인식과 마음가짐으로써 궐기한다면 내선일체의 촉진과 반도인의 지위 향상에 훌륭한 결과를 가져올 것이다. 국어 보급, 일본정신 보급, 문화력과 생산력 향상을 위한 귀중한 사도使徒가 될 것이다. 그리고 조선 민중으로 하여금 위대한 정신력, 생산력을 발휘케 함으로써 국무國務와 산업에서 국가에 공헌하는 바 매우 클 것이다. 국민적 신참자인 반도인으로서는 국가를 위해 보람을 다하고 충忠을 발하는 데 오늘날의 비상시가 실로 천재일우千載一遇의 더할 나위 없이 좋은 기회이다. 지식인들의 어리석음, 불성실 탓에 뻔히 눈뜨고 보면서 이런 절호의 기회를 놓치는 것은 조국 일본의 불행인 것은 말할 것도 없지만, 반도인 자신을 위해서는 두고두고 회한을 남기게 될 것이 틀림없다.

더구나 지식인이 변함없이 회색의 방관적이고 기회주의적인 태도를 고집함으로써 조선 민중이 이 기회에 발휘하지 않으면 안 될 힘을 발휘할 수 없다면, 그들 지식인은 자기들이 사랑한다는 조선 동포를 돌이킬 수 없는 큰 불행에 끌어들이는 무서운 책임을 지지 않으면 안 된다. 그들이 머지않아 그들이 태어난 날을 저주하고, 어머니가 자기들을 잉태한 날을 원망하게 될 것은 필연의 결과라고 하지 않을 수 없다.

따라서 오늘날 조선의 지식인으로서 취해야 할 길은 하나이다. 그리고 그것은 오직 하나밖에 없는 것이다. 즉 대사일번大死一番의 대결심으로써 충의忠義 있는 일본인으로 갱생하여 조선 민중의 황민화와 문화력, 생산력의 향상을 위해 한 병졸의 마음가짐으로 진력하는 일이다.

우선 망국민 근성, 의붓자식 근성의 근원인 허위와 잘못 추측하는 마음을 확 벗어던지고 순수한 마음이 되는 것이다. 총독이 하는 말을 순순히 받아들이도록 하는 일이다. 일본의 역사를 순순히 받아들이고 국책國策을 순순히 받아들이고 애국반장과 정동町洞 대표가 하는 말을 순순히 받아들여서 마침내 모든 것을 순순히 받아들이는 마음이 되지 않으면 안 된다.

이 순수한 마음으로 조국 일본의 도道를 배우자. 역사를 배우고 문학을 배우고 풍속과 습관, 특히 예의범절을 배우고 또 익히자. 순수한 마음은 겸허의 마음이고, 감사의 마음이며 사랑의 마음이다. 일본에 관한 모든 것을 내 것으로 삼아 이를 사랑하고 소중히 여기는 마음이다. 그리고 식민지니 신부민新附民이니 민족이니, 그런 것은 일체 물에 흘려버리고 일장기 휘날리는 모든 곳을 우리 국토로 생각하며, 그 국토에 살고 있는 폐하의 적자赤子 모두를 동포로 여겨 거기에 우리의 애정을 쏟자. 요컨대 일본의 것이라면 무엇이든 사랑하고 무엇이든 내 것으로 삼자.

이런 경지에 달할 때 우리는 모든 어색함과 불안에서 벗어나 긍지와 희열과 희망으로 빛나게 될 것이다. 우선 자기 자신을 이렇게 완전한 한 사람의 일본국민으로 완성해내고, 다음으로 동포를 가르치고 이끄는 것이 지식인의 광영光榮 있고 일할 보람 있는 직역職域이어야 한다.(1940.1.23)

4
위기를 보라

앞서 나는 결심 여하에 따라 한 개인, 한 가정 및 반도인 전체의 운명이 갈린다고 말했다. 이것은 무엇을 의미하는가.

나는 감히 이것을 반도인의 위기라고 부르고 싶다. 그것은 정말 위기인 까닭이다.

사변事變이 일어난 지 이미 제4주년에 접어들었다. 일본은 유사有史 이래 미증유의 국난國難을 헤쳐가고 있다. 이 국난이야말로 위대한 것을 낳기 위한 국난이지만, 그렇다 해도 국난은 국난이어서 이 미증유의 국난을 극복하여 아시아를 일본정신으로 개조하는 일을 완성하기 위해서는 실로 문자 그대로 일억일심으로 낼 수 있는 최대의 힘을 내지 않으면 안 된다. 이른바 고양이 손이라도 빌리고 싶은 시기인 것이다. 이러한 시기에 만약 일부의 국민 가운데 냉담한 눈으로 국책國策에 대하여 방관적, 기회주의적 태도를 취하는 사람이 있다면 그것은 바로 반역적 사보타주라고 해야 할 것이다. 이러한 국민에게 내려져야 할 형벌이 어떤 것일지는 문제 삼을 필요도 없을 것이다. 그것은 최악의 것이 아니면 안 된다.

그런데 오늘날 조선에는 확실히 이런 일부가 존재한다. 그들은 지식인, 유산계급에 속하는 사람들이며, 아직도 내선일체라는 근본 국책國策에 대하여 그 항구성과 진실성을 의심하고, 심지어는 냉담한 비평으로 민심民心의 귀추歸趨를 갈팡질팡케 하고 있다. 더욱이 그들은 종래 일반 민중과 청년층에게 존경받았던 계급인 만큼, 그들의 언동이 미치는 영향은 이만저만한 게 아니다.

그러면 어째서 그들은 아직도 해묵은 미몽迷夢에서 깨지 못하는 것일까. 나는 감히 단언한다. 그것은 그들에게 일본이 올바르게 인식되지 못한 탓이라고 — 일본의 국체國體가, 일본의 사명使命이, 일본의 힘이. 따라서 어떤 방법으로든 그들이 조국 일본의 진정한 모습을 인식하게 되면 그들은 반드시 국가를 위해 몸도 재산도 바치는 그런 인물이 될 것이라고 확신한다.

따라서 나는 당국에 대해서는 이들 완미頑迷한 반도인에게 납득이 가도록 일본의 진정한 모습을 보여주기를 바란다. 그리고 조선의 지식인에게는 지금 당장 다시 시작하는 기분으로 조국 일본의 진정한 모습을 파악하기 위해 학습을 시작하기를 바란다. 나는 지식인 여러분에게 이 한 가지는 단언할 수 있다. 그것은 나 자신이 그랬던 것처럼 여러분은 일본을 모른다고, 혹은 오해하고 있다고. 여러분은 일본의 역사를 알고 있는가. 일본정신이 무엇인지 진지하게 연구한 적이 있는가. 만주사변과 지나사변이 어떻게, 왜 일어났는지, 일본은 무엇을 위해 싸우고 있는지, 일본은 조선을 어떻게 할 작정인지, 일본의 국가 목표는 무엇인지, 일본의 진심, 일본의 진정한 힘은 무엇인지, 이들 질문을 받았을 때 그대는 과연 자신 있게 설명할 수 있다고 생각하는가.

조선의 지식인 여러분은 무엇보다도 우선 일본을 공부하지 않으면 안 된다. 종래의 의혹과 그릇된 추측을 버리고, 일본에 대한 모든 선입관을 버리고, 겸허하고 순수한 마음으로 일본을 인식하지 않으면 안 된다. 황도학회皇道學會[3]는 실로 이 목적을 위해 창립된 것이다.

여러분은 양심적인 인물이므로 조국 일본의 진의眞意를 알고 반도인의 역할을 깨닫게 되면 반드시 신바람이 나서 조국을 위해 생명을 바칠 것이라고 믿는다. 여러분은 하루라도 빨리 여러분이 사랑하는 반도 민중을 올바른 길로 이끌 강력하고도 믿음직한 지도자가 되지 않으면 안 된다.

더욱이 일본을 배우는 이 일은 시급하다. 하루라도 빨리 일본을 알고 황도皇道를 배워 현재 진행 중인 성업聖業을 위해 우리도 응분의 봉공奉公을 하지 않으면 안 된다. 우선 우리가 조국 일본을 잘 알고 그 도道를 배운 신민臣民이 되어 2천3백만의 다른 동포를 가르치고 이끌어 일억일심에 보탬이 되지 않으면 안 된다. 만약 여러분의 각성이 늦어 이후 3년도 오늘날과 같은 뜨뜻미지근한 상태가 계속된다면 국가는 '괘씸하다, 반도인은 믿을 수 없다'고 판단하게 될지도 모른다.(1941.1.24)

---

3 1940년 12월 '내선일체의 완성'을 목표로 황도사상의 학습과 보급을 위한 취지에서 설립된 학회. 이광수가 발기인 대표를 맡았다. 야마토주쿠(大和塾)에서 황도강습회를 개최하여 황도사상을 학습 선전했고, 1941년 5월 부여신궁 건립 근로봉사대를 파견하기도 했다.

내선일체 수상록內鮮一體隨想錄[1]

내선일체內鮮一體란 조선인의 황민화皇民化를 말하는 것이지 쌍방이 서로 다가서는 것을 의미하는 것이 아니다. 조선인 쪽에서 어떤 일이 있어도 천황의 신민臣民이 되겠다, 일본인이 되겠다고 밀어붙이는 기백氣魄에 의해서야말로 내선일체는 이루어지는 것이다. 따라서 내선일체의 열쇠는 조선인 자신이 쥐고 있는 셈이다.

조선인 식자識者 계급에서 "정말 내선일체를 해줄까." 하고 아무래도 불안한 듯이 두런거리는 소리를 자주 듣는다.

진짜 내선일체가 되면 내지인內地人의 조선인에 대한 특권이 사라지므로 내지인은 조선인이 정말로 일본인이 되는 것을 싫어할 것이라는 마음이다. 이것은 얼핏 바보 같은 기우杞憂 같지만, 실제로는 상당히 뿌리 깊은 기우이다. 또 의외로 내지인 가운데서 그런 말을 하는 사람도 있다.

그러나 내선일체가 되는 것을 허용하고 허용하지 않고는 천황의 대어심大御心이지 내지인이라고 해서 이러쿵저러쿵할 성질의 것은 아니다. 더욱이 내선일체, 즉 조선인은 일시동인一視同仁으로 내지인과 다름없이 폐하의 적자赤子임은 황공하게도 메이지 대제明治大帝의 조칙詔勅에 의해 명백하고 확고하게 움직일 수 없는 황모皇謨가 되어 있는 것이다. 다만 송구하게도 꽤 오랫동안 조선인은 이를 삼가 인식하고 느끼지 못했을 따름인 것이다.

따라서 조선인 측에서 말하자면, 오로지 자기를 황민화해 가면 된다. 내선일체를 해준다든가 해주지 않는다든가 그런 걱정은 일절 쓸데없다. 문제는 조선인 자신의 마음가짐과 노력에 있다. 만약 조선인이 분발하여 국어國語를 배우고 일본정신을 배우고 일본의 예의범절을 배우고, 그리고 내지인과 마찬가지로 신민臣民의

---

1 원문 일본어. 가야마 미츠로(香山光郎)(舊 李光洙), 『협화사업(協和事業)』 3-2, 1941.2. 동년 5월 중앙협화회에서 소책자로 간행되었다.

길을 실천하는 날이 10년 이내에 온다고 하면, 내선일체는 10년 이내에 완성될 것이다.

그러나 만약 또 조선인이 분발하지 않고 일본정신의 실천자가 되기를 꺼리거나 게을리 한다면, 백년 천년이 지나도 진정한 내선일체는 오지 않을지도 모른다. 만약 그런 일이 있다고 가정한다면, 일본을 위해서나 조선인 자신을 위해서나 이만큼 커다란 불행은 없을 것이다. 어쩌면 이 경우 조선인의 자손은 국가에서 버림받고 응징되어 자멸自滅의 운명을 겪게 될지도 모른다.

그러나 물론 그런 일은 없을 것이다. 내선일체는 반드시 된다. 요점은 하루라도 빨리 그날이 오도록 하는 일이다. 하루 늦어지면 하루 손해다.

그렇다면 어떻게 해야 좋을까. 모든 조선인이여, 오늘부터 국어를 배우자. 그리고 내지인과 나란히 국어를 읽고 쓰고 말하도록 하자. 뜻이 통하면 충분하다는 정도가 아니라, 문법도 발음도 억양도 완전하게 되도록 배우자. 황민화의 제일 요건은 국어를 아는 것이기 때문이다.

그리고 아내와 자식에게, 이웃에게 국어를 가르치자. 2천3백만이 전부 내지인과 마찬가지로 국어를 읽고, 쓰고, 말할 수 있도록 열심히 대대적인 운동을 일으키자. 조선인이 전부 국어를 알게 되면 첫째로는 일본이 강해지고, 둘째로는 조선인의 국민으로서의 지위가 향상되며, 셋째로는 조선인의 지식과 문화가 향상되고, 넷째로는 각 개인의 생활이 나아진다. 이렇게 좋은 국어를 무슨 까닭으로 배우지 않는 것인가. 왜 좀 더 가르치는 운동을 일으키지 않는 것인가.

3개월, 일요일을 제외하고 수업 일수 75일, 하루 두 시간으로 150시간. 120시간의 국어, 30시간의 산술算術 교육으로 '아이우에오アイウエオ'도 몰랐던 사람들이 일상회화도 가능하고, 기미가요君が代나 우미유카비海行かば를 부르고, 가나假名로 편지도 쓸 수 있게 되었다. 이는 경성京城의 노무라 고엔野村弘遠을 회장으로 하는 국민훈련후원회가 과거 1년 동안 2천여 성인을 가르친 실적을 통해 시험을 마친 바이다.

또 이 후원회에서는 방학 중의 중등학생으로 하여금 각자의 고장에서 미취학 아동 및 성인에게 국어를 보급하는 계획을 세워, 이번 겨울방학에는 8백 명의 남녀 학생이 총독부가 발행하는 교과서를 한 사람당 5권씩 가지고 현재 국어 보급을 위해 봉공奉公하고 있다. 오는 여름방학에는 학무당국의 후원을 얻어 2만 명가량의 남녀 학생을 동원하려 하고 있다.

앞으로 10년 간 5백만 명의 조선인에게 국어를 가르치지 않으면 안 된다. 5백만 명이라 함은 30세 이하의 남녀에 해당한다. 이들은 고도국방국가高度國防國家 건설을 위해 즉각 봉공奉公할 수 있는 전사戰士이다. 산업전선에서뿐만 아니라, 직접 병사로서 일선에 서야 할 황군용사皇軍勇士이기도 하다.

국어의 다음에, 아니 그것과 동시에 오는 것이 일본정신의 학습이다.

일본인이란 일본정신을 가지고 있고 또 이를 실천하는 사람을 가리킨다. 우리 제국帝國은 과거에도 그랬지만 이후 더욱더 혈통국가血統國家여서는 안 된다. 마침 내지와 조선은 혈통에 있어서도 적어도 전체 인구의 3분의 1이 혼혈混血이라고 하니 일체가 되어 하나의 국민을 만드는 데 실로 안성맞춤인 것은 말할 것도 없지만, 대동아공영권大東亞共榮圈 건설을 위해서는 오히려 혈통이 방해가 되는 경우조차 있을 수 있다. 하물며 팔굉일우八紘一宇의 대이상으로써 전 인류를 포용하고자 함에 있어서랴.

그러면 어떤 사람이 황민皇民이고 일본인일까. 그것은 천황을 우러러 받들고 일본의 조국이상肇國理想인 팔굉일우를 이상으로 하는 인민이어야 할 것이다.

따라서 조선인이 황민이 되려면 황도皇道를 배우지 않으면 안 된다. 황도를 배우지 않고 황민이 될 수 없다. 바꿔 말하면 조선인은 본래부터 일본인이었던 내지인과 똑같은 마음가짐으로 천황을 우러러 받들고, 똑같은 마음가짐으로 신사神社에 참배하며, 똑같은 마음가짐으로 총을 들지 않으면 안 된다. 그 사이에 아주 작은 간극이 있어도 일체는 아니기 때문이다.

조선인이 이 황도정신皇道精神, 즉 일본정신을 자기 것으로 삼기 위해서는 국사國史를 배우지 않으면 안 된다. 국문학國文學도 배우지 않으면 안 된다. 신도神道와 무사도武士道도 배우지 않으면 안 된다. 예의범절도 배우지 않으면 안 된다. 무엇보다도 군대에 가지 않으면 안 된다. 열심히 이를 배운다면 그 개인도 훌륭하게 되고 조선인 전체가 훌륭하게 될 것이며, 그리고 일본이 오늘날의 국민보다 3분의 1만큼 더 강해질 것이다. 조선의 인구가 2천 3백만, 내지인의 약 3분의 1이기 때문이다.

조선에서는 황도를 배우기 위해 황도학회皇道學會[2]라는 것이 생겼다. 이것은 동지를 모아 황도를 학습하자는 것이다. 제1회 강습회가 1월 18일부터 2월 15일까지 일요일과 수요일을 제외하고는 매일 열리게 되었는데, 청강 회원은 약 60명. 경성제대의 마츠모토 시게히코松本重彦[3] 교수의 국사國史, 『일본서기日本書紀』, 『고사기古事記』와 축사祝詞 같은 경성제대의 오다카 도모오尾高朝雄[4] 교수의 국가론세계와 일본, 조선군朝鮮軍 가와고에河越 참모대좌의 군인칙유軍人勅諭, 같은 조선군 야마노우치山之內 참모중좌의 고도국방국가론高度國防國家論, 해군 구로키黑木 참모대좌의 해군 강의가 있고, 그 밖에 만요萬葉,[5] 다도茶道, 예절 등의 강의가 있을 예정이다.

이 황도학회의 강습회는 연속적으로 조선 각지에서 개최될 예정이며, 역시 10년 간 5백만 명의 학습을 목표로 진행될 것이라고 한다. 이 학회는 경성 야마토주쿠大和塾[6]에 본부를 두고 있고, 회장은 가라시마 준辛島純[7]이라는 조선인이다.

---

2 1940년 12월 '내선일체의 완성'을 목표로 황도사상의 학습과 보급을 위한 취지에서 설립된 학회. 이광수가 발기인 대표를 맡았다. 야마토주쿠(大和塾)에서 황도강습회를 개최하여 황도사상을 학습 선전했고, 1941년 5월 부여신궁 건립 근로봉사대를 파견하기도 했다.

3 마츠모토 시게히코(松本重彦, 1887~1969). 경성제대 국사학 담임교수.

4 오다카 도모오(尾高朝雄, 1899~1965). 경성제대 법철학과 교수.

5 『만엽집(萬葉集)』. 7세기 후반에서 8세기 후반에 걸쳐 만들어진 현존하는 고대 일본의 시가집. 천황, 귀족에서부터 일반인에 이르기까지 여러 신분의 사람들의 이야기를 읊은 4,500여 수 이상의 시가가 수록되어 있다.

6 1941년 1월 사상범의 보호관찰, 집단수용, 조선인의 황민화를 실현하기 위해 조직한 단체. 황도정신의 수련을 위한 도장과 일본어 강습을 위한 교육 기관, 호전적인 미술 작품을 제작하는 미술 제작소 등이 부설로 운영되었고, 전시의 물자 공급에 기여하기 위한 생산 시설도 설치되었다. 전향자들을 동원한 강연회와 좌담회, 군가 부르기 행사 등을 통해 사상 교화를 실시했고, 전향하지 않은 사상범 등 일부는 감금되기도 했다.

7 신봉조(辛鳳祚, 1900~1992). 1930년 도호쿠(東北) 제국대학 법문학부를 졸업하고 배재고등보통학교 교사, 이화여자고등학교 교장을 지냈다. 1940년 황도학회 발기인 겸 회장을 맡았고, 1941년 9월 조선임전보국단 발기인으로 참여했다.

이러한 국어 및 황도 학습 운동은 조선 내에서만 행해지면 그만인 것은 아니다. 내지에서든 만주국에서든 북부 지나, 중부 지나에서든 대체로 조선인이 살고 있는 곳이라면 어디서든 행해져야 하고, 그것도 급속히 행해져야 한다. 이는 비상시 일본의 힘을 증대시키는 운동이기 때문이다.

특히 내지에 살고 있는 조선인은 국어와 황도를 배우기에 절호의 지위에 있다. 현재 내지 거주 조선인은 백만을 넘고 도쿄에 유학하고 있는 학생만 해도 2만 명을 헤아린다고 하는데, 이 정도의 인원을 전부 황민화皇民化하는 것은 매우 중요한 일이라고 하지 않을 수 없다. 그중에서 조선의 학생들에게 착실히 일본정신을 학습시키는 것은 급한 중에도 급하다고 할 수 있으리라.

중앙협화회中央協和會[8]에서 이를 위해 진력하는 것은 마음 든든한 일이다. 또 노구치 시타가우野口遵[9] 씨가 도쿄 유학생을 위해 조선총독부에 5백만 원을 기부하여 학무국學務局에서는 이를 기본금으로 삼아 연간 25만 원의 수입으로 도쿄의 조선 학생을 도와 이끌 것이라고 한다. 크게 기대할 만하다.

내지에 거주하는 조선 동포의 황민화에 대해서는 내지인이 크게 책임을 져야 한다고 생각한다.

백만의 내지 여러분이 의용병義勇兵이 되어 주지 않겠는가. 내지인 한 사람이 조선인 한 사람에게 국어와 일본정신을 가르쳐 주지 않겠는가. 내가 바라는 것은 가르치는 것보다도 내지인 한 사람이 조선인 한 사람을 형제처럼 자매처럼 사랑해 달라는 것이다. 그것으로 충분하다.

그대가 조선인 한 사람을 — 학생이라도 좋고 노동자라도 좋으며, 또는 여행자라도 좋다 — 형제처럼 자매처럼 사랑해 준다면, 사랑받는 그는 그대를 통해 국

---

8 1939년 6월 재일(在日) 조선인의 치안 대책 조직 및 전국적인 재일 조선인의 통제망의 확립을 목표로 설립된 관료 주도의 관제 단체.

9 노구치 시타가우(野口遵, 1873~1944). 1908년에 세운 일본 질소비료주식회사를 기반으로 중화학공업 분야의 재벌로 성장한 일본의 실업가. 1927년 함경북도 흥남에 조선 질소비료주식회사를 설립하여 1930년대 조선의 식민지 공업화에 중추 역할을 담당했고, 1941년에는 두 회사를 합병하여 군수공업 분야에 진출하여 일제의 대륙침략을 뒷받침했다.

어와 일본정신을 배우고, 그대를 통해 일본을 사랑하고 모든 일본적인 것을 사랑하여 점차 자기의 것으로 삼을 것이다. 그리고 나라를 위해 생명을 바칠 것이다. 그대는 폐하를 위해 한 사람의 전사戰士를 얻은 셈이 된다. 아니, 한 사람의 전사가 아니라, 그의 가족과 형제, 자손까지도 획득한 셈이 된다. 동시에 그에게 최상의 행복을 준 셈이 된다. 정말 보람 있는 일이 아닐까.

그대가 만일 한 사람의 우수한 학생을 사랑으로써 획득했다고 한다면 그것은 단지 한 사람의 전사일 뿐만 아니라, 폐하를 위한 한 사람의 장군을 얻은 셈이 된다.

마음을 누그러뜨리는 것은 인정人情이다. 백 가지 법령法令이나 설법說法보다도 한 방울의 눈물이다. 눈물은 흉악한 사람의 마음조차도 누그러뜨리는 힘을 지닌다. 조선의 민심을 위세威勢로써 억누르는 시기는 이미 지났다. 이제는 조국 일본에서 분리되려는 따위를 몽상하고 있는 사람은 아무도 없을 것이다. 다만 우리가 정말로 일본인이 될 수 있을까, 정말로 우리를 똑같은 보통의 일본인으로 대해줄 생각일까, 하고 불안해하고 있을 뿐이다.

이런 불안을 일소一掃하려면 어쩌면 정치적, 입법적 수단도 필요할지도 모른다. 그러나 요점은 '그대와 나'가 눈물로 서로 얼싸안느냐 아니냐에 달려 있다고 생각한다. 눈물이다, 눈물인 것이다.

필자는 전후 11년간 도쿄에서 생활했다. 대부분은 학생 생활이었는데, 그때 일을 돌아보며 나는 두 가지 유감을 느낀다. 하나는 나 자신이 일본을 배우려고 노력하지 않았던 일로, 참으로 어리석기 짝이 없는 일이었다고 후회하고 있다. 이는 특별히 나 한 사람에게 국한된 일은 아니다. 당시 유학생의 거의 전부가 나와 마찬가지로 어리석은 자였다. 오늘날의 유학생들도 아직 일본을 배우는 데 그다지 열심이 아니라는 얘기가 들린다. 만약 그것이 정말이라면 그들은 나와 내 동시대 사람들보다도 훨씬 더 어리석은 자라고 하지 않을 수 없다.

도쿄에 있는 조선의 학생 여러분! 여러분은 무엇을 배우러 도쿄에 가 있는 것인가. 각종 과학과 기술인가. 그것은 참으로 훌륭한 일이다. 그러나 여러분은 깊이 반성하지 않으면 안 된다. 여러분은 학자가 되기 전에, 기술자가 되기 전에, 시인이나 예술가, 교육가가 되기 전에 먼저 되지 않으면 안 되는 것이 있다. 그것은 천황폐하의 신민臣民이 되는 것이다. 황도皇道를 배우는 것이다. 일본을 알고 일본 정신을 여러분의 정신으로 삼는 것이다. 이것이 없고는 여러분의 우수한 두뇌도, 학문도 기술도, 아깝게도 쓸모없는 것이 되고 만다.

여러분은 입버릇처럼 여러분의 전도前途에 희망이 적다는 것을 한탄한다. 여러분의 선배가 훌륭하게 공부하고 있으면서도 직업 없이 죽치고 있다든가 관官이나 그 밖의 직업을 갖게 되어도 만년萬年 남의 밑에서 끝나는 것을 여러분의 음울한 전도를 보여주는 사실적 표시인 것처럼 생각하고 있다. "조선인은 써 주지 않는다."고 불평하고 있다.

그런데 여러분, 여러분이 눈을 씻고 분명히 인식하지 않으면 안 되는 것이 실로 이 점이다. 잠시 내 말에 귀를 기울여 주었으면 한다.

과연 비상시 일본은 많은 인재人材를 요망하고 있다. 실은 현재 인적 자원이 부족한 것이다. 그러나 일본이 아무리 인재를 요망한다 해도 일본인이 아닌 자를 쓸 수는 없다. 아무리 인재가 부족하더라도 영국인을 관리로 맞아들이고, 미국인을 기술자로 공장에 고용할 수는 없다. 하물며 독일인이나 이탈리아인이라 해도 일본의 군대에 이들을 채용할 리는 없지 않은가. 일본이 요망하는 것은 일본정신을 지닌 일본인이다.

도쿄에서 공부하고 있는 조선의 학생이여, 자네에게 묻는다. 솔직하게 대답해 주시게. 자네가 다니는 학교의 내지인 학생이 그런 것처럼 자네는 폐하를 위해 생명을 바칠 충성을 가지고 있는가. 자네는 모든 일본적인 것을 자네의 보물로 삼아 자네의 피로써 그것을 지킬 만한 애국심을 갖고 있는가. 그럼에도 불구하고 자네가 만약 국가로부터 천덕꾸러기 취급을 받는다면 자네의 불평에는 이유가 선다. 만약 도쿄에 있는 2만의 조선인 학생이 전부 자네처럼 대군大君에 대한 충성과 일본의 국토와 문화, 국가 이상에 대한 애국심을 품게 되었다면, 직업을 얻을 수 없다든가 차별을 받는다든가 그런 걱정은 결코, 결코 하지 않아도 좋은 것이다. 여러분의 선배는 아직 완전히 일본인이 되지 못했기 때문에 국가의 여러

기관에서 신뢰받지 못하고 있는 것이다. 신뢰받지 못하므로 쓰이지 못하는 것이다. 그것을 차별 때문이라고 생각하는 것은 우리들의 의심 이외에 아무것도 아닌 것이다.

따라서 유학생 여러분! 어리석은 선배의 전철을 밟지 마시게. 여러분이 혹은 4,5년, 혹은 좀 더 오래, 혹은 그보다 짧게 도쿄에서 학업을 마치기까지 열심히 일본을 공부하시게. 국사國史와 국문학國文學을 배우고, 국어國語에 정통하고, 일본의 풍속과 습관, 예의범절에 자유자재가 되고, 일본의 가정과 마을, 일반 사회를 잘 관찰하고, 전문가가 될 것까지는 없어도 평범한 한 사람의 일본인으로서 정신에 있어서나 실천에 있어서도 눈총을 받지 않을 만큼의 수행을 하시게. 그렇게 하면 여러분의 전도에는 광명이 있고, 나아가 조선인 전체의 국민적 지위가 내선일체內鮮一體의 수준으로 끌어올려지게 될 것이다.

오직 이 길이 있을 뿐, 이 외에는 길이 없는 것이다.

다음으로 필자가 11년 간의 도쿄 생활에서 유감으로 생각하는 것은 내지인과의 사귐이 적었던 일이다. 그 책임은 나에게 있다. 내가 원래 비사교적이고 편협한 민족감정을 품었기 때문이라고 생각한다. 그래도 몇 사람의 친구는 있었다. 여러 가지로 신세도 졌다.

그러나 여기서 약간 나쁘게 생각하는 것을 용서해 주기 바란다. 내지의 동창들도 나를 그다지 소중하게 여겨 주었다고는 할 수 없다. 그들이 좀 더 나를 소중하게 여겨 주었다면, 좀 더 집에도 불러주고 내 하숙에도 찾아와 주었다면, 나는 좀 더 일찍 일본정신을 체득하고 내선일체에 눈떴을지도 모른다. 저 겨우 몇 사람의 내지인 친구의 온정溫情조차 나로 하여금 일본을 정겹게 생각게 하는 강한 동기가 되었던 것을 생각하면, 좀 더 많은 친구가 있었더라면, 하고 생각하지 않을 수 없다.

나는 단 한 번 내지內地 친구의 가정에서 묵은 적이 있는데, 그 따뜻하고 아름다운 일본 가정의 인상이 내 혼魂에 깊이깊이 각인되어 지금도 잊을 수 없다. 지금 도쿄에 있는 2만의 학생에게 이 체험을 갖게 하고 싶다.

보통 조선인이 내지인과 접촉한다고 하면 학생으로서 선생에게, 인민으로서 경찰관이나 그 밖의 관리官吏, 그리고 상인商人에게 국한되어 있지만, 그것은 모두 정겨운 인상을 남기는 종류의 것은 아니다. 오히려 그 반대의 경우가 많다. 적어도 과거에는 그러했다.[10]

가정의 도코노마[11] 앞에서야말로 일본인은 그 본연의 친절과 아름다운 인정미人情味를 보이는 것이다. 협화사업協和事業은 선생이나 경찰관, 관리, 그 밖의 사람들이 딱딱한 상하관계를 벗고 도코노마의 인정미로써 임하려는 것이리라. 나는 간절히 그랬으면 좋겠다고 희망하지 않을 수 없다.[12]

두서도 없는 수상隨想에 결론 따위를 붙일 필요는 없다. 요구된 지면도 다했으므로 붓을 놓자. 한 마디만 하자면, 조선인은 국어를, 일본정신을 배우자. 그리고 내지인은 조선인을 모현某縣의 사람과 마찬가지의 일본 동포로 보고, 느끼고, 사랑하기를 배우자. 그것만 실천한다면 일본은 반드시 강대해질 것이다. 우리의 자손은 무한의 광영을 함께 향수할 것이다.

1942년昭和 16 1월 16일 경성에서

10 단행본에 삽입된 문장이다.

11 일본식 방의 윗목에 바닥을 조금 높인 곳으로, 족자를 걸거나 꽃과 같은 장식품을 놓아 둠.

12 단행본에 삽입된 문장이다.

인생과 수도修道[1]
-반도 6백만 청년남녀에 고하노라

3중의 신시대

이제야 세계가 왼통 신시대로 들어가는 여명黎明입니다. 독이獨伊 대 영불英佛의 개전開戰으로 구주歐洲의 구질서의 최후의 만종晩鐘이 울었습니다. 흘러간 물은 다시 돌아오지는 아니합니다. 구주는 다시는 지나간 구주는 아니 됩니다.

아세아의 구시대는 루거우차오蘆溝橋의 포성砲聲에 깨어지고 말았습니다. 다만 지나대륙만이 아니라 인도차이나印度支那, 남양군도南洋群島를 포옹抱擁한 대동아공영권이 바야흐로 우리 제국帝國의 손으로 힘차게 건설되고 있습니다. 아마 인도와 이란, 이라크 등 서아세아 제국諸國도 신질서 권내圈內에 포함될 것입니다.

아메리카 대륙도 불원不遠에 대진탕大振盪을 당하여서 세계는 지도地圖의 색별色別과 아울러서 공전空前한 대혁신大革新의 전야前夜에 있고 도정道程에 있습니다.

이 공전空前한 세계의 신시대는 결코 다만 국제관계에만 올 것이 아닙니다. 국제관계로 보면 여러 소小국가들이 소멸하여서 2, 3의 대공영권大共榮圈으로 통합되려니와, 그것만으로 신질서가 끝날 것이 아니니, 이 신시대의 추세는 각 국민생활의 내부와 근저를 침투하야 개조하고야 말 것입니다. 정치형태는 물론이거니와, 경제조직, 사회, 도덕, 풍습, 문학, 예술, 종교, 가정생활까지에도 혁신 대개조가 일어나고야 말 것입니다.

아니, 벌써 기其 일부의 대개조는 진행 중입니다. 정치적으로 말하면 국민총단결, 총동원과 중앙집권이라는 원리로 개조되고 있고, 경제는 국방국가를 목표로

---

1 가야마 미츠로(香山光郞), 『신시대(新時代)』, 1941.6.

하는 계획경제로 개조되고 있습니다. 개인주의의 윤리가 퇴장하고 국민주의의 신윤리가 등장하고 있습니다. 향락생활이 부인되고 국가를 위하는 인고단련忍苦鍛鍊, 자기희생의 정신이 시대를 지배하고 있습니다. 가정은 가족의 향락장이 아니라 국민생활의 도장道場이요, 정치로나 산업으로 국가조직의 최저 세포로 뚜렷이 규정이 되었습니다. 애국반은 국민총동원 조직의 기본 조직이거니와, 그 애국반은 개인을 원員으로 한 것이 아니라 가家를 원員으로 하는 것을 보아도 알 것입니다. 이것은 결코 일본에서만이 아니라 독이獨伊는 물론이거니와, 이 시대적 진탕振盪에 생존을 유지하랴는 국민은 모두 이러하니, 이 조직, 이 훈련이 잘 된 국민은 생존하고 그렇지 못한 자는 열패劣敗할 것입니다.

이상에 말한 것은 세계에 오는 신시대이거니와, 다음에 우리는 우리나라의 신시대를 건설하고 있습니다.

우리나라는 지금 황도문화皇道文化로써 아세아 제민족을 교화하여 공존공영共存共榮의 신질서를 건설하랴고 분투 중입니다.

우리는 조국祖國 일본의 대이상을 분명히 인식하여야 합니다. 벌써 아노라고 하지 말고, 아직 알지 못하니 잘 알도록 노력하여야 한다고 생각하여야 합니다.

우리 일본의 국가적 이상은 팔굉일우八紘一宇에 있습니다. 전세계 각 민족으로 하여금 각안기소各安其所하게 함에 있는 것인데, 이 대이상이 바야흐로 동아에서부터 실현되기 시작한 것입니다.

우리는 저 구미歐米의 이기적 침략주의에 대조對照할 때에 일본의 국가 이상을 분명히 인식할 수가 있습니다. 구미는 과거 수세기 간 세계 각지에서 영토를 획득하고 그 인민을 착취하여서 자가自家의 부원富源을 삼았습니다. 그 영토의 주민의 문화와 복리와 지위를 증진하여서 자기네와 평등이 되거나 일체가 되게 하려 한 일은 없습니다. 인도가 그러하고 베트남安南이 그러하고 남양南洋이 그러하고 기타 어디든지 그러하였으며, 지나에서도 그러하였습니다. 그러나 일본은 조선을 병합함에 조선인을 모국민母國民과 동등의 지위에 인상引上하려 함이 통치의 목표였고, 만주국滿洲國을 건설함에 일억일심一億一心의 정신으로 만주의 왕도낙토화王道樂土化를 목표로 매진하고 있습니다. 지나사변도 비병합非併合 비배상非賠償으로 요구하는 바는 일본과 동일한 이상으로 상부상조相扶相助한 지나의 건설에 있음은 물론입니다.

일본의 이 정신이야말로 명일明日의 세계의 신질서의 기본 원리를 작作할 것이니, 이것이 곧 팔굉일우八紘一宇의 이상인가 합니다.

다만 국제관계에 있어서만 그러한 것이 아니라 황도정신皇道精神의 일본문화는 세계에 가장 아름다운 문화입니다. 일군만민一君萬民, 충효일치忠孝一致의 이 정신이야말로 만국萬國 만민萬民이 다 배워야 할 정신입니다. 이 정신은 구미歐米의 개인주의적 인생관과는 정히 대척적인 것이어서, 이상의 본체이신 일군一君을 위하여서 살고 일하고 죽기를 인생의 본분으로 아는 일본정신과 자기 일 개인의 이해고락利害苦樂을 표준으로 하는 구미정신歐米精神과의 간에는 그 논리적 가치에 있어서 소양霄壤[2]의 현격懸隔이 있습니다. 지상地上에 평화의 이상향을 건설할 수 있는 정신이 어느 것인 것은 일목요연一目瞭然할 것입니다.

이러한 일본정신, 일본문화가 이제야말로 세계에 광휘光輝를 발할 날이 온 것입니다. 앞으로 우리는 안으로 이 황도皇道의 대정신을 각자가 수련하면서 밖으로 이것을 현양顯揚하는 성업聖業에 종사하고 있습니다.

물론 이 일본정신은 어떤 이론체계가 아닙니다. 그야말로 정신입니다. 이론을 초월한 것입니다. 위로 한 분 되시는 어른께 무한한 숭앙崇仰과 사모思慕를 가지고 그 어른의 지도하심을 따라서 순순히 직역職域에 봉공奉公하는 정신입니다.

그 어른 한 분을 위하여서는 죽는 것이라도 무상無上한 환희로 영광으로 아는 정신입니다. 일본의 문화란 모도 이 정신의 발로이니, 이 정신을 체득體得함이 없이는 일본문화를 해득解得할 수 없습니다. 시가詩歌나 일상생활이나 모도 이 정신을 중심하고 된 것이 일본문화입니다. 일본인은 이 정신에 무한한 감격과 용기와 환희를 느끼는 것입니다. 이 감격이 일본인으로 하여금 몰아沒我의 경계에 입入하

2 천지(天地)를 달리 이르는 말. 높은 하늘과 넓은 땅.

게 하는 것입니다. 그런데 이 정신으로 사는 것이 인생 생활의 가장 행복된 방식이라 함이 팔굉일우八紘一宇의 정입니다.

그런데 우리 조선의 2천4백만이나 되는 민중은 이제 이 정신에 깨어서 7천3백만의 내지內地 동포와 완전한 일체가 되어서 이 대이상 실현의 전사戰士의 영예를 지게 된 것입니다. 이것이 조선인이 3중의 신시대를 맞는다는 뜻입니다. 세계의 신시대, 일본의 신시대, 그중에서 특히 조선 민중이 황도皇道에 의하여 재출발하는 신시대라 하는 말입니다.

그런데 이 신시대의 책임과 영예를 짊어진 자는 청년입니다.

조선 청년의 자각과 수도修道

이러한 중대한 책임을 진 조선 청년은 중대한 수도修道를 필요로 합니다. 각인各人이 제국帝國을 쌍견雙肩으로 지고 버틸 기백과 실력을 길러야 할 것입니다.

이러하기 위하여서는 첫째로 대사일번大死一番이 필요합니다. 대사일번이란 불교의 말이니 한 번 죽으란 말입니다. 예수의 말씀에 거듭나라 하심도 이 뜻입니다.

첫째로는 묵은 조선인으로 죽어서 일본국민으로 재생하는 것입니다. 이것이 가장 근본적인 것이니, 이리함으로 그대의 인생관이 확립하여서 새로운 희망과 감격을 얻고 산 보람 있는 살림, 일하는 보람 있는 일이 생기는 것입니다.

일본국민으로 재생한 표標는 폐하께 저를 바치는 심정입니다. 내 집과 재산과 처자와 내 신명이 모도 폐하 것임을 인식하는 것이니, 이 속에 생활의 근저와 중심이 확립한 기쁨이 용출湧出하는 것입니다. 이 감정을 체득하지 못한 사람은 영원의 방랑자입니다. 집시요 유태인이 되고 말 것이니, 그 생애는 오직 참담할 뿐입니다.

둘째로는 개인주의, 이기주의인 '나'로 죽어서 나라와 의義와 남들을 위하는

'우리'로 재생할 것입니다.

'나'를 죽이는 것은 모든 수도修道의 근본이 되는 것이니, 나를 완전히 죽여 버린 때에 불성佛性이 현전現前하는 것입니다. 불성이라 함은 모든 고苦의 속박에 초탈超脫하여서 자유자재自由自在가 되어 수원수생隨願受生하는 능력을 갖게 되는 것이니, 관세음보살觀世音菩薩은 한 번 성불成佛하셨다가 중생衆生의 고苦를 불쌍히 여기시와서 다시 보살菩薩로 수생受生하시와 '역순경계 여기동사逆順境界 與其同事'[3]로 삼십이종三十二種[4]으로 중생신衆生身을 나투셔서 중생을 교화하시고 계십니다.

우리는 내 일가문一家門을 번영케 하고 일족一族을 교화하기 위하여 소관세음小觀世音이 될 것입니다. 일동一洞, 일면一面, 일지방一地方을 제도濟度하기 위하여서 소관세음이 될 것입니다.

이러한 소관세음으로 전심력을 다하는 동안에 일국一國, 일세계一世界를 제도濟度하는 대관세음大觀世音도 되어지는 것입니다.

조선은 바야흐로 동네마다 소관세음을 부르고 있습니다. 조선 민중을 모도 폐하의 훌륭한 신민臣民으로 만들어 바치는 데는 수없는 소관음小觀音이 필요합니다.

한 동네나, 한 학교나, 한 회사나, 관청官廳이나 거기서 요구하는 인물은 능히 '저'를 극복하는 인물입니다. '저'를 잊는 인물은 모든 사람의 신뢰와 애경愛敬을 받는 것이오, 그와 반대로 저만 생각하는 인물은 도처到處에 배척을 받는 것입니다. 그러므로 저를 잊는 정도를 따라서 사람의 가치에 고저高低가 생기는 것입니다. 저를 왼통으로 잊는 사람은 위인偉人입니다.

사람이란 저를 잊을 때에는 위대한 능력을 발휘하는 것입니다. 혹은 집을 위하여, 혹은 어떤 개인을 위하여, 혹은 한 동네나 단체를 위하여서 저를 잊을 때에 그

---

3 『원각경(圓覺經)』 가운데 "菩薩 唯以大悲方便 入諸世間 開發未悟 乃至示現種種形相 逆順境界 與其同事 化令成佛 皆依無始淸淨願力(보살은 오직 대비의 방편으로써 세간에 들어가서 깨닫지 못한 이를 깨우쳐 주고 혹은 갖가지 형상을 나타내어 역경과 순경에서 그들과 함께 하며 부처를 이루도록 교화하나니, 모두 끝없고 청정한 원력에 의한 것이다)"에서 따온 구절.

4 삼십이응신(三十二應身) : 부처나 보살이 중생을 교화할 목적으로 나타내 보이는 서른두 가지 몸을 가리킨다.

는 영웅입니다. 민중은 그의 지도에 순종합니다.

그러면 저를 잊는 수도방법이 무엇이냐. 그것은 저를 잊고 우리나 남을 위한 '행行'을 함에 있습니다. 한 좌석이 있을 때에 그것을 제가 차지하지 아니하고 남에게 주는 행에서 한번 저를 죽였습니다. 동네에 어려운 일, 힘 드는 일, 남들이 손을 대기 싫어하는 일이 있을 때에 내가 발 벗고 나서 하면 또 한 번 저를 죽였습니다. 이 모양으로 저와 우리, 또는 저와 남이 대립되는 경우에 언제나 저를 죽여 이러기를 두고두고 연습하면 마츰내 나는 저를 잊는 인물되는 것이니, 의인義人이나 위인偉人은 다 이러한 사람입니다. 이 공부야말로 인생공부에 가장 큰 공부인데, 이것만 하면 자연히 명예도 오고 지위도 오고 안락도 와서 현재안온現在安穩하고, 또 극락, 천당에 가서 후생선처後生善處도 하게 됩니다. 이 일에는 결코 위산違算[5]도 없고 예외도 없습니다.

그런데 조선 동포는 아직 이 정신이 부족합니다. 크게, 크게 이 정신을 늘릴 필요가 있습니다. 그리하자면 6백만 청소년이 다 각기 '나로 죽어서 우리로 태어나'야 합니다. 인고단련忍苦鍛錬, 공익우선公益優先, 직역봉공職域奉公, 이것이 다 저를 죽이는 데서 완성되는 것입니다.

셋째로 기회주의자로 죽어서 자력주의자自力主義者로 부활하여야 합니다. 기회주의자는 신앙을 믿고 타력他力에 의뢰依賴합니다. 자력주의자는 오직 천지天地의 공도公道인 인과因果를 믿고 무의무구無依無求입니다. 그러므로 기회주의자는 비굴하고 아첨한 빛이 용모와 언동에 나타나지마는 자력주의자는 철두철미 당당합니다. 그에게는 자신自信이 있고 자존自尊이 있고 안심입명安心立命이 있습니다. 그의 용모와 언동에는 화평과 자비의 빛이 있을 법하되 엄연儼然 불가범不可犯의 위의威儀가 있습니다. 이러한 사람은 어디를 가든지 신뢰와 존경을 받습니다. 그러하기 때문에 이러한 사람이 되기만 하면 혼인 못할 걱정도 없고 취직 못할 걱정도 없습니다. 그는 반드시 일생에 성공한 사람이 될 것입니다.

---

5 계산이나 계획이 틀림.

이상 말한 바와 같이 낡은 조선인으로 죽어서 황민皇民으로 재생하고 '저'로 죽어서 '우리'로 부활한 사람이라야 신시대를 담당하는 사람이 될 것입니다.

사변事變과 조선[1]
―국민의식의 앙양과 지위 향상

메이지明治 13년[2] 8月 29일에 발하옵신

메이지 천황明治天皇 구舊 한국 융희황제隆熙皇帝 양 폐하의 조서詔書에 의하여서 일한日韓은 일국一國이 되었다. 그것은 곧 반도 민중이 영원 차且 완전히 황국신민皇國臣民이 됨을 의미함이었다.

이러한 지 21주년인 쇼와昭和 6년[3]에 만주사변滿洲事變이 생기고, 다시 6년을 경과한 쇼와 12년[4] 7월 7일에 지나사변支那事變이 벌어졌다.

지나사변은 세계의 역사에 일신기원一新紀元을 획할 만한 대사건이어서 그 영향의 광심廣深함은 자연한 일이거니와, 이 사변이 조선인에 미친 영향은 가장 심각하였다. '신생新生', '재생발再生發', '국민으로서의 자기 발견' 등의 문구를 써도 과언이 아니리라고 생각한다.

지나사변은 처음에는 북지北支만에 한한 국부적 해결을 볼 것같이 일반은 생각하였으나, 장 정권蔣政權의 인식 부족과 적성敵性 제3국군第三國群의 장 정권 원조로 사변은 갈사록 확대되어서 황군皇軍은 황하黃河를 넘고 양쯔강揚子江을 넘고, 다시 남지南支에 원정遠征하여서 전국戰局이 지나支那 전폭全幅에 벌어지고 있다. 이제 와서는 사변의 명칭은 벌써 지나사변이 아니요 전全아세아성을 띠었을뿐더러, 영미英米의 적성敵性을 고려할 때에는 사변은 거의 전全세계성을 띠게 되었다. 실로 제국帝國으로서는 유사이래有史以來의 대웅도大雄圖이다.

---

1 가야마 미츠로(香山光郞), 『신시대(新時代)』, 1941.7. '지나사변(支那事變) 4주년 특집'란에 실렸다.

2 1910년을 가리킨다.

3 1931년을 가리킨다.

4 1937년을 가리킨다.

이러한 광고曠古의 대사업大事業을 기연機緣으로 하여서 조선인은 절실한 국민의식에 눈뜨지 아니치 못하게 되었다.

부녀婦女가 금채金釵[5]를 바치고 전조선으로 국방헌금의 운동이 일어났다. 내지와 다름없는 총후봉공銃後奉公의 자각과 실천이 아직 미력하나마 거의 반도 전민 중에 미쳤다. 행行을 통한 최초의 국민적 봉공奉公이었다.

다수의 장정壯丁은 군속軍屬으로 종군從軍하여서 약간의 전사자戰死者를 출出하였다. 조선인이 전사자로 야스쿠니 신사靖國神社[6]에 합사合祀되는 이가 이 사건 이래로 해마다 늘었다. 생명을 버려서 보국報國하는 이상의 보국이 없다.

지원병 제도도 이 사변 중에 생겼다. 황군皇軍 중에는 홍洪 소장小將[7] 이하 반도 출신의 장병이 섞였다. 금년도에는 3천 명의 지원병이 황군皇軍 속에 섞이게 된다.

조선인 장정이 전부 국방의 의무를 지게 될 날도 멀지 아니하려니와, 조국을 지키게 되는 날 조선인의 황민화는 완성되는 것이다.

조선인을 황군皇軍에 편입하게 된 것은 실로 일시동인一視同人 성려聖慮시다. 우리는 모르미 이 성려에 감격하여 더욱 천황께 향하는 충성을 깊이 하여야 할 것이다. 부모되는 자는 그 아들을 군인으로 기르고 그 딸을 군인의 처로 기를 각오와 성의를 가질 것이요, 청년된 자는 마땅히 일사보국一死報國의 충용忠勇을 연성練成할 것이다.

내선인 교육의 차별 철폐는 이 사변 중에 되었다. 국민학교, 중학교, 고등여학교의 명칭만 해도 그 속에서 배우는 조선인 자녀를 내지인 자녀와 평등으로 대우하는 국가의사國家意思의 표시다. 하물며 의무교육 실시의 준비랴.

조선인의 자녀는 이제 국민교육을 받는 것이니, 곧 모국인이 된 것이요 식민

5 금비녀.

6 전몰자(戰歿者)의 영령을 봉안하기 위해 1869년 초혼사(招魂社)로 창건된 국가신사.

7 홍사익(洪思翊, 1889~1946). 조선인 출신으로 일본 육군사관학교와 일본 육군대학을 졸업하고 일본 육군 중장 지위까지 올랐으나, 제2차 세계대전 종전 이후 필리핀 마닐라 국제 군사 재판에서 전범(戰犯)으로 처형당했다.

지인이 아니다. 조선인 자신의 수행修行만 있으면 이른바 차별은 자연 소멸될 것이다.

지난 5월 22일 청소년 학도만學徒에게 주신 칙어勅語 기념일에 경성에서만도 1만8천 인人의 청소년 학도가 호우豪雨를 무릅쓰고 총독부에 집합하여서 칙어勅語를 봉독奉讀하였다. 남녀 1만8천 인의 청소년! 그때에 그것은 오직 일본의 청소년이오 그중에 내선의 아모러한 구별도 없었다. 오직 정성으로 고개를 드리우고 폐하의 가르치시는 말씀을 듣잡는 모양 — 이것이 본연의 실상實相이다. 일체一體란 이것이다.

창씨創氏도 이 사변 중에 되었다. 창씨한 자 이미 반도 전인구의 9할이어니와 불원不遠에 다 될 것이다. 성명姓名까지도 일본인이 된다는 데 창씨의 의미가 있는 것이다.

국민총동원운동國民總動員運動이 생겼다. 정신총동원조선연맹精神總動員朝鮮聯盟[8]으로부터 국민총력조선연맹國民總力朝鮮聯盟[9]으로 개조되었으나 정신은 마찬가지다. 이 운동의 출생으로 하여서 국민정신과 국민생활의 통일을 강화하였다. 애국반과 정동회町洞會는 아직 초기이지마는 이것이 국민생활을 근저로부터 개조 혁신할 원천을 작作하는 것이다. 환난상구患難上求, 과실상규過失相規, 경조상문慶弔相問은 옛날 조선의 향약鄕約의 정신이거니와, 금일의 애국반과 정동회는 이 정신 이외에 위생, 경제, 생활개선의 기능을 가지고 무엇보다도 가가호호에 국민정신을 주입 훈련하는 대임무를 가진 것이다.

다음에 사변 중에 시작된 행사 중에 가장 중요한 것 중의 하나는 학생의 근로봉사다. 공부하는 사람은 손발에 흙은 아니 묻힌다 하던 조선에서 남녀학생의 근

---

8 1938년 6월 민간 사회교화단체 대표자들이 총독부의 종용에 따라 "국민정신을 총동원하고 국책의 수행에 협력하여 성전(聖戰) 궁극의 목적을 관철"한다는 취지를 내걸고 조직한 전쟁 동원 단체. 1940년 10월 국민총력조선연맹으로 기구를 개편하고 재출발한다.

9 1940년 10월 국민정신총동원조선연맹을 개편하여 발족시킨 전시동원 조직. 조선총독이 총재를 맡았고, 중앙조직에 조선의 모든 단체와 개인을 구성원으로 편입시키는 한편 지방조직에는 각종 지방행정 단위와 말단의 애국반을 포함시켰다.

로봉사라 하는 것은 실로 놀라운 일이다. 하기 휴기 중에 일정 기간 근육노동을 하는 일이거니와, 금년부터는 더욱 실질적으로 더욱 대량적으로 될 모양이다. 여학생들이 수건을 쓰고 가로街路를 소제하는 양을 경성京城 시내에서도 가끔 목격한다. 아직 근로작업에 전심혼全心魂을 경주傾注한다 하는 정신이 부족한 것은 유감이나 첫술에 배부른 것은 아니다. 근로봉사의 진정신眞精神이 각원各員에게 철저되면 점점 근로의 태도가 진지하게 향상될 것이다. 근로봉사는 다만 학생에 한할 것이 아니라 모든 비노역계급非勞役階級에 균점均霑되어야 할 것이다. 근로를 애호하는 정신만이 능히 인류를 이기욕利己慾과 안일安逸의 타락에서 구출할 것이다.

근로봉사라는 말은 독일의 Arbeitsdienst의 번역이겠지마는 근로봉사의 사실은 동양에도 고래古來로 있었다. 메이지 신궁明治神宮 조영시造營時의 근로봉사가 독일의 것보다 먼저라고 한다. 조선의 부역賦役[10]도 본래는 근로봉사다. 도로 기타 공공公共한 토목土木을 매호每戶 일부一夫의 출역出役으로 한 것이다. 다만 이것이 공평을 잃어서 양반은 탈頉[11]하고 관리가 사복私服을 채우는 데 악용하기 때문에 폐막弊瘼[12]이 된 것에 불과하다.

독일의 도로, 비행장 등은 대부분 청년남녀의 근로봉사로 되었다고 한다. 물론 근로봉사의 진정신眞精神은 멸사봉공의 애국심에 있겠지마는 육체의 노역勞役을 애호하는 정신은 인격수양의 근본이 되지 아니하면 아니 된다. 독일에서 근로봉사의 성적 우수한 자에 한하여서 지도자의 자격을 준다 함은 옳은 일로 일본에서도 반드시 배울 일이다.

다음에 출정장병出征將兵을 송영送迎하고 위문하는 일이라든지, 양미糧米, 의복차次 기타其他를 평등으로 배급을 받는 일이라든지, 애국일이라든지, 대용식일代用食日이라든지, 궁성요배, 묵도라든지 모도 이번 사변 중에 비롯 조선인이 행하기 시

---

10 국가나 공공 단체가 특정한 공익사업을 위하여 보수 없이 국민에게 의무적으로 책임을 지우는 노역(勞役). 원문에는 '夫役'으로 되어 있다.

11 칭탈(稱頉) : 무엇 때문이라고 핑계함. 원문에는 '頃'으로 되어 있다.

12 고치기 어려운 폐단.

작한 일이요 신사참배도 이 기간에 성행하게 되었다. 이 모든 것은 다만 비상시 기간에만 행할 것이 아니라 영구히 국민생활의 습관이 될 만한 것이다.

사상 방면에 있어서는 기독교의 전면적 국민정신화를 비롯하여 조선문인협회가 일본정신을 기초로 한 문학을 표어로, 쇼와昭和 14년[13] 추추秋에 결성된 것을 제일성第一聲으로 하여 음악가협회, 영화인협회, 연극협회, 미술가협회 등 문화인의 국민정신에 대한 각성은 특필特筆할 일이다.

또 금춘今春에 전선全鮮 고승高僧 34인이 경성에 회집會集하여서 고승 법회法會를 개최하여 국민정신 진작振作, 불교정화佛敎淨化를 목표로 한 범행단梵行團을 결성하고, 이어서 본부의 지도로 총본산總本山 태고사太古寺가 창립되고[14] 정종宗正 방한암方漢岩[15]이 초대初代로 선거된 것도 불교 일본정신화, 불교 자신의 정화淨化, 강력화를 위한 큰 사실로서 역사적인 일이라고 아니 할 수 없다.

이제 조선인은 황민皇民의 의식에 깨었고 황도선양皇道宣揚의 대사명에 자부自負를 가지게 되었다. 대동아공영권大東亞共榮圈 건설의 근로봉사자요 병사인 자각을 가지게 되었다. 이제야말로 조선인은 황국신민皇國臣民으로서 세계 역사 운전의 조타실操舵室에, 기관실機關室에 든 것이다. 남은 것은 오직 노력뿐이다. 그리고 무한한 영광뿐이다.

---

13 1939년을 가리킨다.

14 1941년 4월 23일 조선불교 조계종 총본사 태고사가 총독부 법령에 의해 정식으로 인정됨.

15 방중원(方中遠, 1876~1951). 근세 한국 불교계를 대표하는 승려의 한 사람. 22세에 금강산 장안사에서 수도를 시작하여 1925년부터 오대산 상원사에서 후학을 지도했고, 1941년 조계종이 출범하면서 초대 종정(宗正)으로 추대되었다.

긴박한 시국과 조선인[1]

시국의 전모全貌

지나간 4년은 지나사변支那事變만이 우리나라의 일이었으나, 지금은 장제스蔣介石 이외에 영英·미米·소蘇 3국이 직접 우리나라의 적이 될 가능성이 많다. 영·미는 일방一方으로 장제스와 네덜란드령 동인도蘭印를 휘하揮下에 넣고, 타방他方으로 소련에 물자를 주어서 일본을 압박하려 한다. 독소전獨蘇戰이 오래 끌면 끌사록 영·미의 적성敵性은 거거去去益甚[2]하게 된다. 이리 되면 우리나라는 이 적성국가敵性國家의 모든 세력을 아세아와 서남西南 태평양에서 구축驅逐하는 동시에 그들의 조아爪牙[3]가 시베리아에 접하지 못하게 하여야 한다. 즉 우리는 육陸에서 해海에서 적을 분쇄하지 아니하면 아니 된다. 이것이 현하現下의 시국의 전모全貌다.

시국과 국민

전쟁은 육해군陸海軍이 한다. 그러나 국민도 함께 한다. 금일今日의 전쟁은 국민 총력전이다.

첫째, 국민이 일체로 적국敵國에 대한 강렬한 적개심과 사전필승死戰必勝의 기백으로 불타야 한다.

---

1 가야마 미츠로(香山光郎), 『신시대(新時代)』 1941.9. '전시하(戰時下) 반도 민중의 나갈 길은……'이라는 표제어가 붙어 있다.

2 갈수록 더욱 심함.

3 손톱과 어금니.

이 적성국가군敵性國家群의 아세아에서의 세력을 섬멸하지 아니하고는 대동아 공영권大東亞共榮圈은 서지 못한다. 그러면 아세아 제민족은 여전히 적성국가군의 노예로 남아 있어서 진정한 문화와 화평과 번영을 바랄 수가 없다.

이 적성국가군을 격파함이 아니면 우리 일본은 그들의 제압하에서 침음沈吟하게 된다. 부원富源은 전부 그들에게 농단壟斷[4]되어서 우리는 빈궁하게 아니 살지 못하게 된다.

이러므로 우리나라를 위하여서나 동아 전민족을 위하여서나 우리는 이 적성국가군을 철저히 응징하여야 한다.

그러므로 우리는 고도국방국가의 국민인 각오에서 경일보更一步 전진前進하여 임전태세臨戰態勢의 결심을 하여야 한다. 그것은 모든 것을 — 생명이나 물자나 — 국가에 바쳐버리는 결심이다. 무엇이나 국가에서 "하라." 하면 하고 "말라." 하면 말고 "내어 놓아라." 하면 내어놓는 결심이다. 거기는 고려도 없고 주저도 없다. 전시국가의 의사는 절대다. 반문反問도 비판도 있을 수 없는 것이다. 하물며 불평이랴, 거역이랴.

조선인의 실천

조선 2천4백3십만(조선 외 거주 약 2백만 합하면 2천6백만) 민중은 아직도 전시국민의 각오에 부족함이 없는가 하고 깊이 반성할 시기에 서 있다. 지나사변 4년에 10만여 전몰장병 중에 조선인은 3인밖에 없다. 인구 비례로 하면 3만은 되어야 할 경위다. 이에 대하여서 조선 동포는 깊이 미안한 생각을 가져야 할 것이다.

사변 이래 2백억 가까운 국채國債가 전국민 중에 소화消化될 때에 정상하게 말하면 그중에 3분 1 즉 6,70억은 조선인이 소화하였어야 옳을 것이다. 그런데 사

4 이익이나 권리를 독차지함.

실인즉 조선 내에서 소화된 액額의 8푼 3리昭和 15년 통계가 겨우 조선인의 힘으로 소화되었다고 한다.

이러고야 어떻게 조선인이 국민 전체의 앞에 낯을 들랴.

앞으로 조선 동포는 깊이 반성하고 크게 분발하여서 과거의 부족함을 보충하는 동시에 자금自今 이후로는 애국심으로나 피로나 물건으로나 다른 어느 부분의 국민에 지지 아니하도록 노력하지 아니하면 아니 될 것이다.

그러면 실제로 어떠한 일을 할까.

1) 개인생활과 가정생활의 합리화로 물자의 소비를 절약할 것.
2) 빈부를 물론하고 노는 손이 없이 생산력 증가에 노력할 것. 저마다 한 직업을 가지고 배전倍前한 근로를 할 것.
3) 궁성요배, 묵도, 신사참배 등으로 자신과 및 가족의 애국정신을 발양發揚할 것.
4) 국방헌금, 위문품 헌납 등으로 직접 황군장병을 도울 것.
5) 저금을 힘쓰고 국채國債를 살 것.
6) 유언비어를 삼가고 방공방첩에 협력할 것. 국가에 절대로 신뢰할 것.
7) 애국반을 힘 있게 도울 것.
8) 만일 근로봉사대나 의용대義勇隊를 조직하는 일이 있을 경우에 용약勇躍하여 나설 것. 특히 지원병에 응모할 것.
9) 무릇 국가 제 기관의 명령이나 요청이나 권유에 흔연히 응할 것.
10) 자신이 일선一線에 선 듯한 성의로 조석朝夕으로 나라를 생각하여서 언동할 것.

이것이면 족하다고 생각한다. 누구나 이 일을 못할 사람은 없을 것이니, 이 일은 동시에 저 개인과 제 집의 이익도 되는 일이다.

조선인 지식계급의 의무

지식계급은 가장 국은國恩을 많이 입은 계급이다. 그러므로 그는 국가에 봉사하면 큰 힘을 발할 수 있거니와, 또 국가를 해치랴면 크게 해칠 수 있는 처지에 있다.

첫째면 일반 무식계급은 지식계급을 앙모仰慕하고 있다. 그가 하는 일이 일반 민중의 본本이 되는 것이다.

이 긴박한 시국에 대하여서 지식계급의 임무는 실로 크다.

첫째로 직職에 있는 지식계급의 일대 반성을 촉促하지 아니할 수 없다. 관공리, 교원, 문필가, 종교가, 사상가 등의 동향은 가장 민중에게 주는 영향이 크다.

지식계급의 독악주의獨惡主義는 더욱 말할 것도 없지마는 독선주의獨善主義의 해害도 크다. 그들은 지식에 대한 자부심이 있기 때문에 남의 말을 들으려 아니 하고 국가의 의사에 대하여서도 비판적 태도를 가진다. 그것은 그들의 지식이 자유주의, 개인주의 시대에 얻은 것이기 때문이다. 그들은 냉연히 국외局外에 서서 제3자의 태도를 가지는 것을 자랑으로 아는 버릇이 있다. 이것이 가장 해독害毒 있는 버릇이다.

그러므로 지식계급은 재교육 받을 필요가 있다. 유지有志한 자는 스스로 저를 교육할 것이지마는 그렇지 못한 자는 강제로라도 재교육할 필요가 있다. 재교육의 중심이 되는 것이 국가관國家觀인 것은 말할 것도 없다.

이상에 말한 것은 반드시 조선인에 한할 것이 아니지마는 조선인이기 때문에 특히 제거할 것이 있으니, 그것은 과거의 민족적 관념이다.

그가 만일 진정으로 조선 민족을 사랑하는 자라면, 그리고 건전한 판단력을 가진 자라면, 필시 천황의 충성된 신민臣民이 되는 속에서 조선 민족의 생명과 번영을 발견할 것이다. 이번 대국난大國難에 일본을 위하여서 생명을 바치는 속에만 조선 민족의 생명이 있음을 통찰할 것이다.

그러므로 조선의 지식계급의 제일의적 의무는 먼저 자기가 자각 있는 황국신민皇國臣民이 되어서 2천4백3십만 민중의 마음속에 천황께 모든 것을 바치자는 적성赤誠이 발하도록 함에 있다.

애국심의 본분

애국심은 수단이 아니다. 무상명령이다. 충효는 무엇을 바라고 하는 것이 아니다. 생명 있는 자가 호흡을 하는 모양으로 신민臣民은 충忠을, 자녀는 효孝를 하는 것이다. 그런데 영미류英米流의 애국심에는 일종의 상업관념이 있다. 그것은 주권자와 인민이 일종의 계약관계에 있는 까닭이다. '이렇게 해 줄 테니 이렇게 해라' 하는 교환관념交換觀念, 보채관념報債觀念이 있기 때문이다.

그러나 일본의 충忠의 관념은 그런 상대적인 것이 아니라, 신민臣民이면 충하는 것이다. 어떠한 보채報債를 염두에 두고 하는 것이 아니다.

조선의 지식인은 구미풍의 인생관을 가진 이가 많기 때문에 조선인이 국가에 충성을 바치려 할 때에 그 보채報債가 무엇일까를 논하는 일이 없지 아니하니, 이것은 심히 더러운 생각이다. 그러므로 애국심은 무조건이다, 절대다. 조선 지식인은 먼저 일본적 애국심, 즉 충忠의 관념을 분명히 파악하여야 한다. 충효일본忠孝一本이란 말 속에 모든 설명이 다 들어 있는 것이다.

반도 민중의 애국운동[1]

1 조선 민중의 애국심[2]

조선 민중의 애국심은 금차今次 시국時局의 긴박을 계기로 하여서 근래에 구체적으로 발현하기 시작하였다. 마츠야마 마사가쿠松山昌學[3] 씨가 단독으로 육군기陸軍機 8기機를 헌납한 것이라든지 유기鍮器 헌납이라든지 공채公債 소화消化의 급증이라든지 다 그 발로거니와, 흥아보국단興亞報國團, 임전대책협력臨戰對策協力 같은 단체적 애국운동이 치열히 일어난 것은 특필特筆할 일이다.

이러한 애국운동을 촉진한 원인이 무엇인가. 그것은 독소전獨蘇戰 이래의 세계의 변국變局, 특히 영미英米의 일본에 대한 태도다. 루스벨트, 처칠의 대서양상大西洋上 회담과 그 결과로 발로된 영미의 대일對日 적성敵性은 아我국민 상하上下에게 새로운 결심을 빌하지 아니치 못할 중대한 충동을 주었다. 일언이폐지하면 언제든지 영미소英米蘇가 개전改悛[4]하지 않는 한에서는 여하如何한 방법에 의할지라노 응징하지 아니하면 아니 될 것을 인식한 것이다.

이 때문에 조선인도 일어날 날이 온 것을 각오하였다. 단지 지나사변支那事變에만 그친다면 조선인은 오직 총후봉공銃後奉公으로써 족할 줄로 조선인 자신 생각

---

1 가야마 미츠로(香山光郞), 『매일신보(每日新報)』, 1941.9.4~7. 『동아신문(東亞新聞)』에 일본어로 번역되어 재수록되었으나 현재 남아 있는 원문은 6회분(1941.9.28)뿐이다. 동일한 내용이라 따로 싣지 않는다.

2 원문에는 소제목이 없으나 글 전체의 체제를 고려하여 편자가 삽입하였다.

3 최창학(崔昌學, 1891~1959). 평안도 출신으로 평안북도 일대의 금광을 개발하여 거부(巨富)가 되었다. 일제 말기에는 경성부 육군지원자 후원회 이사, 조선임전보국단 이사, 국민총력조선연맹 평의원을 지냈고, 거액의 국방헌금을 헌납하여 전쟁물자 지원에 나섰다.

4 행실이나 태도의 잘못을 뉘우치고 마음을 바르게 고쳐먹음.

하고 있었다. 그러나 적의 실력이 종전從前의 수배됨을 볼 때에 조선인은 종래와 다른 종래 이상의 봉공의 필요를 느낀 것이다.

흥아보국단이 청년훈련을 기치로 삼은 것이나 임전대책협력회가 "일사보국一死報國의 성誠을 서誓"하고 반도半島 의용화義勇化를 목표로 세운 것이나 다 조선인의 배전倍前 봉공의 정신을 표현한 것이다.

그러나 조선인으로 하여금 금차今次의 분기奮起가 있게 한 데는 또 한 가지 조선인 자신의 주관적 동기가 있다는 것을 간과하여서는 아니 된다. 그것은 무엇인고 하면 조선인이 과거에 나라에 바친 것이 너무나 적다는 것이다. 사변 4주년 간에 10만6천여의 장병이 생명을 바칠 때에 조선인 장병은 3인밖에 없었다. 인구 비례로 말하면 그중에서 3만여 명은 조선인이라야 할 것이다. 10만여의 가정이 자子와 부夫를 나라에 바칠 때에 조선의 5백만 가정에서는 오직 셋을 바친 것이다.

생명에서 그러하거니와 물物에서는 어떠한가. 2백억 가까운 사변事變 공채公債 중에 70억은 조선인이 소화하였어야 옳을 인구 비례이면서 사실에 있어서는 조선에서 소화된 총액의 8푼 3리 강强[5](쇼와昭和 15년도)이 겨우 조선인의 손으로 소화되었다고 한다. 이러한 형편으로 무슨 면목을 가지고 국가에 대하랴. 임전대책협력회의 지방연설 행각단行脚團이 국채권매國債勸買를 주요 제목의 하나로 삼는 것은 당연한 일이다.

또 조선인의 주관적 동기가 있다고 하면 그것은 금일의 국난國難을 기회로 제국帝國의 대건설에 한몫 듬뿍 공헌함이 있어서 후곤後昆[6]으로 하여금 장래에 미안함이 없게 하자는 것이다.

대동아공영권 건설이라는 것은 전인류의 역사에 전례가 없는 대이상大理想이요 대경영大經營이다. 아세아를 영英, 기타의 식민지의 질곡에서 해방하여서 팔굉일우八紘一宇의 황도문화皇道文化 사회 중에 행복과 번영을 장향長享케 하는 사事 등이다. 영국은 당시 세계에 최부最富한 인도를 2세기 간의 통치로 세계에 극빈자를

5 남짓, 가량의 뜻.

6 여러 대(代)가 지난 뒤의 자손.

만들었다. 네덜란드령 동인도蘭印, 프랑스령 인도차이나佛印도 모두 영英의 인도 통치와 동공이곡同工異曲[7]이다. 그들은 식민지의 토민土民을 유우乳牛 이상으로 생각지 아니하였다. 오직 착취하기 위하여서만 그 생존을 허하였고 그 주민 자신의 문화 번영은 염두에 없었다. 이것이 과거 영불의 대죄악이다.

그런데 일본의 공영권이란 이러한 영불의 정책과는 대조적이다. 각 민족으로 하여금 각득기소各得其所케 하면서 공존공영共存共榮하자는 것이다. 이것은 오래 탐욕이 지배하던 지구상에 황도皇道의 신낙원新樂園을 건설하자는 성聖된 사업이다. 이러한 대사업에 익찬翼贊하게 되는 것은 조선인으로서 무상無上의 영광이라고 아니 할 수 없다. 이번 사업에 대공헌을 함이 없으면 길이 후곤後昆에게 유감이 될 것이오 수치가 될 것이다. 이것을 생각하면 금일의 조선인은 마땅히 '일사보국一死報國의 성誠을 서誓하고' 이 시국을 위하여서 전력을 탄진殫盡하지 아니치 못할 것이다. 이런 것이 모두 이번 애국운동의 동기일 것이다.(1941.9.4)

2
전향운동의 정체正體

사변 이래로 조선 민중 간에는 여러 가지로 애국심의 발로를 보였다. 국방헌금, 부녀들의 금채金釵[8] 헌납, 장병의 송영送迎과 위문대, 소액이나마 국채國債 소화消化 등등. 그러나 이런 것은 다 개인적 애국심의 발로요 조직적인 것은 아니다. 그러나 금차 사변에 제際하야 조선인이 애국심을 발한다는 일증좌一證左는 되었다 할 것이다.

조선인의 애국심이 조직적으로 발로되기 시작한 것은 아마 천도교, 기독교, 불교 등의 국가에 대한 충성 표명이었다. 이것을 당시에는 전향이라고 칭하였다.

---

7 재주나 솜씨는 같지만 표현된 내용이나 맛이 다름을 이르는 말.

8 금비녀.

전향이라는 문자가 표시하는 모양으로 이러한 종교단체들은 종래에는 흔히 비애국적이었다고 간주되었던 것이다. 심하면 반국가적이라고까지 국민의 타부분에 인상印象되었던 것이다. 즉 이들 교도들은 반일본적이라는 의미의 민족주의자로 간주되었던 것이다.

종교단체와 아울러 좌익적인 사상단체들의 전향이란 것도 있었다. 혹은 개인적 전향이란 것도 있었다.

그런데 이 전향이란 것을 일부에서는 의문시한 일도 있었다. 정말 전향일까, 시세의 압력으로 되는 가짜 전향이 아닐까 하는 것이었다. 이것은 조선인 편에서 보면 극히 불명예한 일이었으나, 또한 종래 일부의 선입견으로 보아서 부득이한 사정이라고도 볼 수 있었다. 그러나 금일에 와서도 아직도 이른바 이 전향의 진의眞意를 의심하는 자가 있다 하면 그는 진실로 조선 민중의 양심을 모욕하는 것일 것이다.

원래가 전향이란 사실에는 맞지 아니하는 용어用語이다. 진실로 국가에 대하여서 반의叛意를 포회抱懷하였던 자가 새로 애국심에 자각하는 것이 정당한 의미의 전향이거니와, 이런 의미의 전향자도 없지는 아니하겠지마는 그것은 아마 굴지屈指할 만한 소수에 불과할 것이다. 만일 전향이라는 이름으로 일컬어지는 수십만의 조선 지식계급(소위 전향자란 대개 유식有識에서나 유산계급有産階級이라)이 전향 전에 진실로 반국가적 이상을 가졌었다 하면 그것은 과거의 조선통치의 효과를 부인함과 마찬가지일 것이다.

그러면 그들은 어떠한 전향을 하였는가. 소극적, 수동적인 피통치자적인 의식을 버리고 적극적으로 자신의 황민화皇民化와 아울러 국책國策에 대한 협력을 하기로 결의한 것이 소위 전향이다. 이런 의미의 전향은 내지인內地人에도 다수 있을 것이다.

그렇지 아니하고서 만일 그처럼 수십만 조선인 지식계급이 반反국가적 사상(예하면 독립사상)에서 일조一朝에 황민주의皇民主義로 전향하였다 하면, 이것을 기적이나 허위라고 보는 것도 있을 법한 일이다. 이 점은 내지인의 조선인관朝鮮人觀에 대하야 심히 중요한 점이다.

사실 아직도 내지인 간에는 조선 민중의 충성에 대하여서 의혹을 품는 자가 없지 아니한 것이기 때문이다.

굴지屈指할 만한 소수를 제除하고는 조선 2천4백만 민중은 지우知愚, 빈부貧富를 막론하고 일본국민으로 살아갈 운명을 저마다 자각하고 있었던 것이다. 다만 국가의 조선인에 대한 의향이 철저히 알려지지 못하고, 또 국가에서 조선인의 애국심을 요망함도 느끼지 못하여서 수동적으로 살아왔던 것이 금차 사변과 미나미南 총독의 내선일체의 정책 표시로 하여서 민중의 국가에 대한 신뢰와 감사의 염念이 격발激發한 것이다. 이것이 전향의 요체要體다.

문인, 음악가, 기타의 예술가 등의 전향이란 것도 이와 마찬가지다. 다만 그들은 구미식 자유주의 문화에 침윤浸潤됨이 다른 민중보다 심각하였던 것이 마치 금융 상공업자, 지주, 기타 유산계급이 이기적 이윤주의利潤主義에 더 심각히 침윤되었던 것과 마찬가지다.

진정보편眞正普遍한 전향

그렇다고 전향이란 것을 경시한다는 것은 아니다. 이른바 전향정책은 조선 민중의 애국심의 적극적 발로를 촉진한 효과는 있었다. 흉중에는 이미 신신념新信念이 성숙하였으면서도 종래의 구습 깨트리기가 어려워서 번민하던 자들이 조기적早期的으로 태도를 표명하게 된 것은 전향정책의 일공적一功績이다.

그러나 이로부터야말로 진정한 전향시대요 보편적 전향시대다. 자유주의, 개인주의, 이윤주의의 구습舊習에서 천황귀일天皇歸一, 멸사봉공滅私奉公의 신체제新體制에의 전향이다. 관공리는 자기의 공적과 승진을 목표하는 마음에서, 상인은 자신의 이윤을 추구하는 마음에서, 문화인은 이른바 개성의 발전과 향락에서 각각 직역봉공職域奉公의 황민생활皇民生活 이념에 전향하여야 할 것이다.

이러한 말은 작년까지도, 아니 영미英米 양 거두하巨頭下 대서양회담[9] 전까지도 한 수신강화修身講話와 같이 격려 수양담같이 들렸을는지 모르거니와, 이른바 임전태세臨戰態勢의 금일에 와서는 이것은 문자 그대로 사실이다. 관리는 행정사무를 맡은 병정이요 상인은 배급사무를 맡은 병정이요 농부는 국민의 식량을 제조하는 직공인 것과 같이, 문화인은 국민의 정신적 양식을 제조하는 직공이다.

임전臨戰의 금일의 일본인은 남녀를 물론하고 응소應召 상태에 있다. 전원 입영入營 상태에 있다. 건강한 장병이 총을 들고 공성야전攻城野戰의 전선戰線에 섰는 모양으로 모든 국민은 각각 제 연장을 들고 제 전선戰線에 출정한 것이다. 이미 일억의 국민은 저도 없고 제 것도 없는 것이다. 모든 것을 나라에 바친 것이다.

산업에 통제가 있다. 기술자는 등록되었다. 노동자는 노무수첩勞務手帖을 가지게 된다. 이미 당국에서는 국민개로國民皆勞의 제도를 고려하고 있다. 이것은 유식遊食을 금절禁絶하는 동시에 적재적소適材適所의 취업을 규정하는 것이다. 재산이 있다고 놀고먹는 것이 허하여지지 아니하고, 제가 원하는 업業이니 하고, 원치 아니하는 업業이니 아니 한다는 것도 허하여지지 아니한다.

총력전總力戰이다. 인人과 물物과 전錢을 총동원總動員하고 총조직總組織하여서 하랴는 전쟁이 명일明日의 아제국我帝國의 전쟁이다. 마부치馬淵[10] 정보부장의 말과 같이 국운國運을 도賭하여서라도 ABCD포위권[11]을 파쇄하지 아니하면 아니 된다. 이 파쇄전破碎戰에는 장제스蔣介石 외에 영미英米와 네덜란드령 동인도와 호주濠洲가 다 우리의 적이 될 것이다. 이 전쟁에 이기면 대동아공영권은 완성되고 아제국我

---

9 1941년 8월 영국의 윈스턴 처칠과 미국의 루스벨트가 대서양에서 회동하여 진행한 회담. 이 회담에서 전후의 세계 질서에 대한 14개조의 평화조항 구상 및 8개 조항으로 이루어진 대서양헌장(Atlantic Charter)을 발표했고, 소련을 위시한 33개 국가가 승인했다.

10 마부치 이츠오(馬淵逸雄, 1896~1973). 육군사관학교와 육군대학을 졸업하고 일본 육군 군인으로 복무. 1939년 중국 파견군 참모를 거쳐 1940년 12월 대본영(大本營) 보도부장에 취임했고, 1941년 10월 보병 제78 연대장에 발령되어 한반도에 주둔 중 태평양전쟁을 맞았다.

11 제2차 세계 대전 중이던 1941년 동아시아에 이권을 갖고 있던 나라들이 일본에 대한 무역 봉쇄를 취하던 당시 일본에서 부르던 무역 봉쇄망 이름. 미국(America), 영국(Britain), 중국(China), 네덜란드(Dutch)의 영어 첫 글자를 따서 붙여졌다.

帝國의 국운國運은 융륭양양隆隆洋洋하게 된다. 그러나 만일 이 전쟁에 지면 우리 일억국민은 — 그러나 그럴 리는 없다. 마부치 정보부장의 말과 같이 우리는 전全국토가 초토焦土가 되더라도 최후의 일인一人의, 최후의 일적一滴의 피를 흘려서라도 성운皇運을 부익扶翼하지 아니하면 아니 된다.

마부치馬淵 대좌의 이 말은 국가가 외로는 관계 제국에 아국我國의 단호斷乎 확호確乎한 결의를 알리는 동시에, 내로는 일억국민에게 일대 결의를 촉促하는 국가의 의사표시다. 이 의사표시 — 이 일대결의의 요청은 어느 특정한 계급에만 향하여서 하는 것이 아니다. 필자인 여余에게도 독자인 제군諸君에게도 각개各個로 향하여진 요청이다.

철저전향徹底轉向의 요청이요 보편전향普遍轉向의 요청이다.

국민 총전향의 호령이다.

조선인은 고래古來로 국가로부터 이러한 정녕叮嚀[12]하고도 중대하고도 긴급한 요청을 받은 경험이 없었다. 그래서 이러한 국가의 요청에 응답하는 방식이 서투르다. 그러나 서투르기 때문에, 또 국민으로서의 최초의 응답이기 때문에 더욱 순진하고 강렬할 것을 기대할 수도 있다.(1941.9.5)

3
임전체제 정비에서 실천에

이 글 집필 중에 흥아보국단과 임전대책협력회의 대동단결의 보報를 들었다. 그것은 당연한 일이다. 조선임전보국단朝鮮臨戰報國團[13]이라는 신명칭은 가장 직재

12 간곡함. 정중함.

13 황도정신의 선양과 전시체제하 국민생활 쇄신의 추진을 목표로 1941년 10월 최린, 김동환이 주도한 임전대책협의회와 윤치호 계열의 흥아보국단이 통합하여 결성한 대일협력단체. 단체의 강령으로는 황도정신 선양과 사상의 통일, 전시체제의 국민생활 쇄신, 국민 전체의 노동보국, 국가우선의 원칙하에 저축, 생산, 공출 등에 협력, 국방사상의 보급 등의 다섯 가지를 내걸었다. 산하

간명直裁簡明하게 이 단결체의 목표를 표시하는 동시에 반도 2천4백만의 금일의 윤리를 표시한다고 할 수가 있다. 조선인 전체가 이 보국단원報國團員이어야 할 것이다.

금일까지 조선인은 보국報國이 너무도 적었다. 사변 4주년에 10만의 황군장병皇軍將兵이 전사戰死한 중에 반도 출신은 겨우 3인밖에 없고, 국방헌금에서도 그러하거니와 국채國債 소화에서도 조선인은 1인당 평균액이 내지인內地人의 1할도 못 된다. 대만인臺灣人의 육분지일六分之一도 못된다. 실로 면목 없는 일이다.

그러나 아직 앞이 남았다. 제국帝國의 국난國難은 실로 이로부터다. 이른바 ABCD포위권 파쇄전破碎戰은 오늘부터다. 조선에는 2천4백만(재외자在外者 합하면 2천6백만이 넘을 것이다)의 인구가 있다. 그중에는 5백만의 청장년이 있다. 이것이 우리가 나라에 바칠 큰 자원이요 큰 전투력이다.

부력富力으로 보더라도 우리가 임전보국臨戰報國을 결의하고 일어서는 날에는 가령 국채 소화에 있어도 금일의 5, 6배의 역力은 발휘할 수가 있을 것이다.

그러면 우리는 구체적으로 어떤 일을 하여서 임전보국臨戰報國의 성誠을 다할까.

첫째로는 임전보국의 정신을 고취할 것이다. 2천4백6십만 인에게 임전응소臨戰應召 태세에 있다는 자각을 철저할 것이다. 내선일체란 표어도 이제는 역사적 용어다. 내지인이니 조선인이니 하는 것은 이미 거주하는 지리적 칭호에 불과하다. 조선인 특별지원병이 군대에 있어서 다 같은 황군병사皇軍兵士인 모양으로 일억국민은 다 같은 임전응소臨戰應召 병사다. 이러한 정신을 반도 전민중에게 시급히 철저하는 것이 첫째 일이다. 그러하기 위하여서는 유설대遊說隊도 필요하고, 국어國語 강습, 이동극단移動劇團, 영화도 필요하고, 관리의 대對민중 신태세新態勢도 필요하고, 애국반의 강화도 필요하다.

그러나 가장 필요한 것은 실천이다. 이 실천을 위하여서 제2, 제3 등의 임전보국臨戰報國 행사가 나오게 된다. 그것은 무엇인가.

에 여성계 인사들로 구성된 조선임전보국단 부인대를 두는 등 약 1년 동안 활발한 활동을 하다가 이듬해 국민총력조선연맹으로 흡수 통합되었다.

첫째로는 국채國債를 사는 것이다. 1회 보국채권報國債券이라도 발행될 때마다 빠지지 말고 사는 운동이 다 매호每戶에서 국기를 다는 모양으로 세납을 바치는 모양으로 발행시마다 채권을 사는 운동을 전개할 것이다. 이 채권을 삽시다 운동은 보국운동인 동시에 저축운동이 되는 것이다.

다음에는 생활혁신 운동이다. 이 생활혁신이라는 것은 종래에 말하던 그런 미온적, 수편적隨便的의 것이어서는 아니 된다. 그것은 민간에서 하는 자발적 운동이라야 하지마는 강력한 조직성을 가져야 한다. 부락적인 동시에 전반적이라야 한다. 이 생활혁신은 1) 생활의 황민화, 2) 생활의 합리화, 3) 생활의 임전화臨戰化의 3강령에 의하여서 하여야 할 것이다.

생활의 황민화라는 것은 사상 감정, 풍속 습관 중에 비非일본적인 것을 제거하고 일본적인 것을 대입 순화하는 것이다. 예例하면 혼상예의婚喪禮儀의 일본화, 가족 친족 관념의 일본화, 경신숭조敬神宗祖 천황중심의 생활의 신건설新建設이다. 차제此際에 지나숭배支那崇拜의 잔재는 단연 제거할 것이다. 왜 그런고 하면 일본 예의에 상반하는 예의는 있을 수 없기 때문이다. 생활의 합리화라는 것은 과학화, 경제화, 전시통제화戰時統制化를 의미하는 것이다. 과학화는 의식주의 개량이요, 경제화는 노력과 물자의 낭비를 피함이요, 전시통제화라 함은 물자절약, 매석매류賣惜買溜[14] 암취인闇取引[15]의 절멸과 유한노력遊閑勞力, 불긴요不緊要 노동을 필요, 생산증가 방면에 전향 집중하는 것이다.

과학화의 중심이 되는 것은 보건이거니와, 영양, 위생에 관하여서 조선인 생활에는 혁신할 바가 다다多多하다. 보건은 결코 개인의 인적 자원 문제가 아니오, 국가의 인적 자원의 문제다. 특히 임산부와 유이乳兒, 유이幼兒 보건시설이 거의 없다 할 만한 금일의 조선 농촌은 국운國運의 장래에 영향하는 바가 심다甚多하다. 신염辛鹽의 과용過用, 지방 단백의 부족, 조리법의 불합리 같은 영양문제는 직접 생산

14 매점매석(買占賣惜)과 동의어. 물건 값이 오를 것으로 예상하여 물건을 팔기를 사재고 아울러 팔기를 아까워 함.

15 암거래.

능률에 영향이 크다. 모某 전문가의 말에 의하면 조선인의 노동력이 지나인支那人의 그것보다 열劣한 것은 영양 관계요 체질 관계가 아니라고 한다. 지나 쿨리苦力[16]의 체력은 그가 일상에 섭취하는 돈지豚脂와 두부豆腐에서 오는 것이라고 한다.

생활의 합리화라는 것은 물자와 인력의 낭비를 방두防杜한다는 뜻이다. 그리하여서 여기서 남아나는 물자와 노력勞力을 유용 생산 방면에 전향하자는 것이다. 가령 백의白衣와 다듬이 폐지 하나에서만 떠오는 조선 부녀의 노력만을 생각하라. 1천3백만 부녀가 1년에 그것으로 허비되는 노력이 10일, 즉 열 품이라고 쳐도 1억3천만 품이 되는 것이니, 이것을 30전가錢價의 생산에 전용轉用한다면 3천9백만 원 가치의 물질이 나오게 되는 것이다.

만일 부락 공동취사, 공동구매, 공동판매 등이 실현된다면 거기서 절약되는 물자와 노력은 실로 천문학적 숫자에 달할 것이다. 그런데도 금일 일본 전체에서 노력이 부족한 것이다.(1941.9.6)

4

생활의 합리화란 일조일석一朝一夕에 되기 어려운 것이거니와, 금일과 같은 비상시에 비상한 결심을 가지고 비상한 조직으로 보국報國의 성誠을 하자면 결코 불가능의 사事는 아니다. 요要는 이러한 운동을 할 의용정신대義勇挺身隊의 출현 여부에 있다.

여기서 노무봉사대의 조직의 필요가 생기는 것이다.

노무봉사에는 대분大分하여서 셋에 나눌 수가 있다. 1) 지도봉사, 2) 피지도봉사, 3) 전선봉사戰線奉仕다.

지도봉사란 것은 민중을 지도하는 일에 봉사한다는 뜻이니, 가령 애국반장이

16 중국에서 하층 인부를 가리키는 말.

라든지 구장이라든지 지도원이라든지 국어야학國語夜學의 교원이라든지 하는 노동 봉사는 다 지도봉사의 류다.

피지도봉사라는 것은 기타의 모든 노무봉사勞務奉仕를 지칭하는 것이다.

전선봉사戰線奉仕라는 것은 필요한 경우에 군軍의 요구에 응하여서 할 것이니, 혹은 총을 들 수도 있고 혹은 치중輜重[17]이나 후방근무後房勤務도 할 수 있을 것이다.

이 모양으로 국채國債삽시다 운동, 생활혁신 운동, 노무봉사 운동이 조선인 임전보국臨戰報國의 실천 내용이 될 것이다.

그런데 이 운동도 결코 일조일석에 될 것이 아니니, 이 3종 운동을 하기 위한 기초공작이 필요하다. 그 기초공작이란 전조선인적인 일대 조직이다.

조선임전보국단은 이 요구에 의하여서 일어난 것이라고 믿는다.

끝으로 이 기초공작에 대하여서 일언一言하고 이 발견의 소론小論을 끝막으려 한다.

임전보국운동臨戰報國運動의 기초공사

임전보국운동의 골자는 일변 생활혁신, 국채보급운동을 자주적으로 하여가면서 노무자勞務者를 조직화하야 국가가 요구하는 때에 내어놓을 만하도록 준비 대기함에 있다.

이리하자면 이 운동의 중추가 되고 근원이 될 중심단결이 필요하다. 이 운동의 특색은 1) 임전臨戰, 2) 보국報國, 3) 단결團結의 3점에 있다. 임전臨戰이라 함은 민중 전체가 다 장將이나 병兵으로 응소應召되었다는 각오를 가지는 일이니, 여기 가맹인 인원은 입영入營한 것과 상이相似한 의무 밑에 있다. 그에게 오직 복종과 희생이 있을 뿐이다. 그러하고 그의 제대 기일은 자연사自然死가 아니면 제국帝國의 성전聖

17 군수 물품을 운송하는 책임을 맡는 일.

戰과 건설이 끝나는 날이다.

이것은 실로 비상한 결심이다. 그는 어떤 임무에나 명하여지는 대로 취하여서 생명을 도賭하고 근무하여야 한다.

보국報國이란 것은, 충忠은 절대絶對다. 거기서는 근무할 생명을 유지하는 자료 이외에 아모 보상도 바람이 없는 것이다. 일변一邊 과거의 국은國恩에 보報하고 타변他邊 후손을 위하여서 영광스러운 국운 발전에 기여하는 것일 뿐이다. 그러므로 이것은 시속時俗의 여수관념與受觀念, Give and take과 전연 상관이 없는 것이다. 만일 소호小毫라도 그러한 관념이 복재伏在하다 하면 그것은 전율할 만한 사념邪念이다. 갱언更言하거니와, 충忠은 절대다. 결코 여수與受는 아니다.

단결이란 곧 조직이거니와, 2천4백만이 저마다 일사보국一死報國의 염念을 가졌다 하더라도 이것이 뭉쳐지지 아니하고는 대력大力을 발하지 못하는 것이다. 독일의 힘은 독일국민의 단결에 있다. 그는 겨우 8천만의 인구로 수억의 적을 압복壓伏하고 있는 것이다. 우리는 장차 일억의 단결로 수억의 적을 파쇄破碎하라는 것이다. 그러므로 '서로 신애협력信愛協力하여서 단결을 굳게' 하는 것이 절대로 필요하다.

여余는 임전보국단이 이러한 중심단결이 되기를 바라는 바이거니와, 전조선 민중은 이 임전보국단이 진정하고 강력한 임전보국단이 되도록 협력할 의무가 있다.

첫째로 조직될 것은 지도봉사대다. 이것은 보국운동의 지도력이요 추진력일 것이다. 이 임무를 맡을 자는 지식계급이다. 백百에서 천千에, 천千에서 만萬에 전조선의 지식계급이 조직되어야 한다. 그리하여서 제일착第一着 자기훈련을 하여서 자기 먼저 황민皇民의 지도자인 자격을 구비하고, 그러고는 각명各命하여지는 부서部署에 취하여야 한다. 조직체의 명령에 복종하는 것이다.

다음에는 피지도 노무봉사대, 즉 청장년의 의용대가 조직되고 훈련되어야 한다. 이것은 지역 단위, 직역職域 단위로 되어서 중앙에 통합될 것이다. 만에서 십만에, 십만에서 백만에, 점차로 그러나 시급히 성책成冊이 되고 조직이 되고 훈련이 되어서 국가의 요구에 대하야 대기하고 있어야 한다.

이 모든 운동은 순전히 자발적인 애국운동이거니와, 일억일심이란 군관민軍官民 일체를 의미한다. 그러므로 이 운동은 군軍이나 관官의 위威나 역力에 의뢰할 것이 아니나 군軍이나 관官과는 상즉불리相卽不離의 관계에 있는 것이다. 환언하면 군이나 관이 직접으로 못할 것을 민간에서 자발적으로 협조하는 것이 이 운동의 성격이다.

총력연맹은 관官과 민民의 간間에 있어서 상의하달上意下達을 위주하는 조직이거니와, 금일의 시세時勢는 총력연맹과 표리일체되는 순수 민중을 다시 요구하는 것이다. 군軍, 관官, 총력總力과 아울러서 이 민중 보국운동은 방형方形의 사각四角 사변四邊이다. 사위일체四位一體가 되어서 비로소 국난 타개의 목적을 달하는 위대한 실력을 발할 것이다.

최후로 조선이라는 특색이 있다.

1) 신국민新國民인 조선 민중의 충성이란 것이 내외에 미치는 정신적 영향, 2) 조선 민중이 처음으로 국가의 광고曠古의 대업大業에 참여하는 것, 3) 조선 민중이 처음으로 내지內地 동포와 일심일체一心一體가 되어서 황운皇運을 부익扶翼하는 것, 4) 조선 민중이 병역봉사兵役奉仕를 못한 것, 그리고 최후에 조선 민중이 처음으로 국민으로서의 충성과 실력을 발휘하는 기회인 것이다. 2천6백만 조선 농포여, 황민皇民으로 보국報國의 전선戰線에 나설지어다.(1941.9.7)

반도의 제매에게 보냄半島の弟妹に寄す[1]

1
머리말

젊은이들 중에는 내 집에 찾아와서 자기가 장래에 어떻게 하면 좋을지 등에 대해 상담을 청하는 사람이 있다. 또 먼 곳에서 편지로 똑같은 고민을 문의해 오는 사람도 있다. 남자도 있고 여자도 있다. 그들은 모두 진지하고 길을 찾는 열의를 가지고 있으면서도 헤매고 있는 사람들이다. 그들의 얼굴과 눈에는 의혹과 번민의 빛이 보인다.

나는 이 젊은이들에게 충분히 납득이 가도록 지도해 줄 힘이 없는 것이 슬프다. 그러나 나이로 보아 하루라도 더 살았고 세상 풍파에 부대껴 온 경험을 얼마쯤 가진 나로서는 그들의 질문에 대해 뭔가 대답을 하지 않을 수 없다. 실제로 나는 여러 가지로 그들에게 충고를 건넸다. 나는 이 불충분한 충고가 그들의 번민을 해결하는 데 과연 얼마나 도움이 되었는지는 알지 못하지만, 한 사람의 형님된 입장에서 성심성의를 다했던 셈이다.

그래서 나는 나를 찾아오거나 내게 편지를 보내서 번민을 호소했던 젊은이들과 같은 처지에 있는 동생들이 많을 것이라고 가정하고, 그들 귀여운 동생들에게 이 편지를 보내는 것이다.

1　원문 일본어. 가야마 미츠로(香山光郎),『신시대(新時代)』, 1941.10~11.

K 훈도의 이야기

어느 날 모 국민학교의 훈도 K 씨가 나를 찾아왔다. 그는 나와 안면이 있는 정도로, 원래 친교가 있는 사이는 아니었다. 그는 호소하기를, 자기는 훈도직을 지낸 지 5년이지만 현재 상태로는 장래성이 없으니 전문학교에 들어가 공부하고 싶은데 어떻겠느냐는 것이다.

그는 모친과 처자까지 다섯 식구로, 아내가 임신 중이라 아이가 늘면 초등학교 훈도의 봉급으로는 생활할 수 없다는 말을 덧붙였다.

그는 사범학교에 들어갈 정도니까 머리가 좋은 쪽일 것이다. 또 말하는 태도로 보아 인생에 대한 야심도 있는 듯했다. 국민학교 훈도로는 평생 일해도 먹고 입을 것이 궁하고 야심도 달성될 수 없다는 것이다. 아마도 K 씨와 같은 번민을 가지고 있는 국민학교 훈도가 다수 있을 것이다. 이는 매우 위험한 일이다.

나는 K 씨에게 물었다. 전문학교를 마치면 반드시 인생의 야망을 달성하고 생활도 윤택해지느냐고. K 씨는 쓴웃음을 지었다.

나는 또 말했다. 대학을 나온 사람으로 직업을 얻지 못해 먹는 것조차 곤란한 사람도 있지 않느냐고. K 씨는 한 번 더 쓴웃음을 지었다.

그래서 나는 톨스토이의 말을 인용했다. 모스크바의 큰길을 오가는 그 많은 군중은 모두 부와 야망을 좇아온 이들이다. 그러나 그 백발白髮의 패거리 중에 과연 몇 사람이나 그것을 얻었는가. 부든 야망이든 모든 행복은 욕심으로 얻을 수 있는 것이 아니다. 그 백발의 거지가 만약 평생 하루하루 주어진 일에 힘쓰며 올바른 길을 걸어왔다면 먹고 입을 것에 궁할 일도 없고, 이웃에게서는 감격과 존경을 받는 신분이 되었을 것이다. 이 이야기를 듣자 K 씨의 얼굴에는 심상치 않은 빛이 떠오르는 듯했다.

세계 초등교육의 아버지인 페스탈로치 선생은 시골의 일개 소학교 교원이 아니었는가. 당시 유럽의 총리대신들과 부호들은 이미 훨씬 전에 잊혀졌지만, 이 가난한 교원은 역사가 진전함에 따라 더욱더 빛을 발하지 않는가. 이토伊藤[2] 공이나 야마가타山縣[3] 공도 위대한 것은 틀림없지만, 미래에 길이 받들어 모셔지는 것은 아마도 요시다 쇼인吉田松蔭[4] 선생일 것이다.

우주를 지배하는 것은 인과因果의 법칙이지 결코 우연이 아니다. 인사人事 현상도 인과의 법칙에 의해 섭리攝理되고 있는 것이다. 강한 나무는 동량棟梁이 되고 쓸모없는 나무는 땔감밖에 안 된다. 힘 있는 인물은 중요하게 쓰인다. '도리불언 하자성혜桃李不言 下自成蹊'[5]라고, 주머니 속의 송곳은 반드시 돌출하여 드러날 날이 있는 것이다. 용은 연못 속에 살지 않는다. 직업에 높고 낮음은 없는 것이다. 석존釋尊은 거지였고, 공자孔子는 부랑자였다. 스피노자는 렌즈 갈기를 업으로 삼았고, 니노미야 손토쿠二宮尊德[6]는 머슴이었다. 제갈량諸葛亮은 남양南陽의 일개 촌 학자였다.

빛나는 성공은 그 직업이 무엇인지에 달려 있는 것이 아니라, 그 직업에 어떻게 임했는가에 달려 있는 것이다. 백정白丁도 성불成佛한다.

---

2 이토 히로부미(伊藤博文, 1841~1909). 메이지유신 이후 정부의 요직을 두루 거친 법학자이자 정치가. 일본제국헌법의 기초를 마련했고, 일본 초대 내각총리대신 및 조선통감부 초대 통감을 지냈다. 1909년 6월 통감직을 사퇴하고 추밀원 의장에 임명되었으나 같은 해 10월 하얼빈에서 안중근의 총탄을 맞고 사망했다.

3 야마가타 아리토모(山縣有朋, 1838~1922). 일본 육군 원수이자 제3대 및 9대의 내각통리대신을 지냈다. 1873년 징병제의 도입, 1890년 교육칙어의 반포를 비롯하여 근대 일본의 군사와 정치 토대를 마련하여 '일본 군국주의의 아버지'로 불린다.

4 요시다 쇼인(吉田松蔭, 1830~1895). 일본 막부 말기의 교육자. 사쿠마 쇼잔(佐久間象山)에게서 서양 학문을 배웠고, 페리의 흑선 외교를 계기로 존왕양이에 관심을 가져 외국 유학을 위해 밀항을 시도했다가 실패하여 투옥되었다. 이후 쇼카손주쿠(松下村塾) 숙장을 지내며 학생들을 가르쳤으며, 기도 다카요시(木戸孝允) 야마가타 아리토모, 이토 히로부미 등 존왕양이 지도자들을 배출하여 메이지유신의 주역이 되게 했다.

5 사마천의『사기(史記)』'이장군열전(李將軍列傳)'에 나오는 구절. 복숭아와 자두는 말하지 않아도 아름다운 꽃과 열매가 있어 나무 아래 절로 길이 생긴다는 뜻으로, 덕이 있는 사람은 잠자코 있어도 그 덕을 사모하여 사람들이 따름을 비유한 말.

6 니노미야 손토쿠(二宮尊德, 1787~1856). 일본 에도 말기의 농정가. 가난한 농민의 아들로 태어났으나 독학으로 학문에 힘써 '보덕사상(報德思想)'을 내걸고 농촌 자립과 재건에 커다란 역량을 발휘했다. 메이지시대에 수신 교과서를 통해 널리 본받아야 할 인물로 교육되었고, 쇼와시대에 이르면 그의 사상이 일본정신의 진수로서 널리 현창되기에 이른다.

불성不誠이면 무물無物이다.[7] 성誠은 하늘의 도道이다. 지성至誠이면 감천感天이다. 어떤 직업이라도 주어진 직책에 성을 다하면 먹고 입을 것은 물론 명예도 절로 오는 것이다. 여름은 엄청 덥고 겨울은 엄청 춥다. 이것이 성이다.

K 군이여, 자네의 현재 직업이 성직聖職이다. 자녀들을 이끄는 성직이다. 그 직업에 성을 다하게. 정혼精魂을 쏟아붓게. 일생을 바치게. 그리고 과연 자네의 처자가 굶는지 어떤지 시험해 보게. 신은 자네보다 훨씬 총명하게, 훨씬 전지적全知的으로 자네의 생애를 감시하고 자네의 장래를 위해 준비하고 계신다.

K 군은 돌아갔다. 그리고 일 년간 교직에 있었으나 올 봄에 모 전문학교에 들어가고 말았다. 나는 K 씨의 성공을 빌지만, K 씨가 종전의 직업에 일생을 바칠 만한 큰 인물이 아니었던 것을 유감으로 여기지 않을 수 없다.

P 시인의 이야기

어느 날 P 시인이 내 집에 명함을 들였다. 맞아 보니 이제 막 유치장에서 내동댕이쳐진 듯한 차림새다.

"어찌 된 일입니까?"

나는 놀라서 물었다.

"직업은 없고, 하숙비가 밀려 하숙집에서 쫓겨나 어젯밤은 역 의자에서 밤을 새웠습니다. 어제 아침부터 아무것도 먹지 못했습니다."

"왜 취직하지 않았습니까?"

"아무리 구해도 자리가 없는걸요."

"없는 게 아닙니다. 당신이 좋은 일자리를 구하기 때문이겠지요."

"아니요, 어떤 일이라도 좋습니다."

---

7 『중용(中庸)』 25장에 나오는 "誠者 物之終始 不誠無物"에서 따온 구절. 성(誠)은 사물의 시작과 끝이니 정성을 들이지 않으면 얻어지는 것이 없다는 뜻.

"그렇다면 위생인부衛生人夫가 되세요."

"위생인부라니요?"

"변소를 치는 인부 말입니다. 지금 경성부는 인부가 모자라 동네마다 변소가 넘치고 있습니다."

P 시인은 묘한 얼굴을 하고 잠자코 있었다. 아마 모욕을 느꼈을 것이다.

"위생인부란 얼마나 아름다운 직업입니까. 사람들이 싫어하는 일을 하여 그들을 기쁘게 하는 일이지요. 친구에게 걸식하며 돌아다니지 말고 위생인부가 되세요."

하며 나는 시인에게 약간의 돈을 주어 돌려보냈다.

이 주일쯤 지나 P 시인은 또 메신저를 보내 내게 염치없이 돈을 요구했다. P 시인도 위생인부가 될 정도의 큰 인물은 아닌 듯하다. 도무지 조선에는 큰 인물이 나지 않아 유감이다.

문학과 조선문朝鮮文

도쿄의 모 대학 문학부에 적을 둔 미지의 한 학생에게서 편지를 받았다. 동아일보와 조선일보가 폐간된 당시의 일이다. 자기는 문학으로 세상에 나설 예정이었는데, 조선문의 발표 기관이 없어지기만 하는 것이 불안하다, 문학을 그만둘까 어쩔까 하는 상담이었다.

"문학을 하려면 일본문日本文으로 써서 도쿄에 출판하라. 조선의 문사가 되기보다 일본 전체의 문사가 되라."

나는 이렇게 답장을 보냈으나 그 후로 소식이 없었다.

문학에 대해서는 같은 번민을 호소해 오는 이가 많았다. 조선문으로 쓰면 출세가 빠를지도 모른다. 그러나 작은 출세가 아닐까. 지금 중등학교 이하에 있는 조선인으로 조선문 문학을 읽을 수 있는 조선어문 능력을 가진 사람은 드물 것이다. 조선인으로서 조선어에 일종의 애착을 느끼는 것은 당연하지만, 우리는 천황께서 쓰시는 말을 우리 국어國語로 삼지 않으면 안 된다. 조선어를 일본의 국어로 삼을 수는 없지 않은가. 또 두 개의 국어를 병용할 수도 없지 않은가. 사실을 똑바로 보아야지 편협한 기분에 구애되어서는 안 된다. 일본어는 우수한 일본정신을 담고 있고, 일본문은 지금 세계 문화를 전부 포섭하고 있다. 따라서 일본어를 배우는 것은 일본정신을 배우는 동시에 세계문화의 곳간 열쇠를 쥐는 셈이다. 더구나 일본어는 지금 일약 아시아 여러 민족의 공통된 국어가 되어가고 있다. 따라서 조선인은 모름지기 국어에 정통해야 한다. 하물며 문학에 야심이 있는 이는 척척 일본문으로 써야 한다.(1940.10)

2
대사일번大死一番의 선탈蟬脫[8]

하루는 올봄 모 의전醫專을 졸업한 한 청년이 지방의 모 병원에 부임하는 길에 내 집에 들렀다. 모르는 이로, 내 저서의 독자라고 한다.

나의 내선일체 이론에는 수긍할 수 있지만, 그러면 조선적인 전통이 송두리째 끊어지고 마는 것은 아닌가, 그것을 어떻게 할 것인가, 그 감정을 어떻게 할 것인가, 묻는 것이었다.

그러나 그것은 단순한 하나의 기분에 지나지 않는다. 게다가 그것은 이 세대와 함께 소멸해갈 것이고, 현세대의 자손은 보통의 일본인으로서 당연하게 살아갈 것이다. 요점은 오늘날의 우리 세대가 현세대의 자녀를 위해 방해가 되지 않게끔 명심하여, 조금이라도 그들의 체면을 세우는 봉공奉公을 하는 데 있다.

어떻게 하면 다음 세대의 자녀에게 방해가 되지 않을까. 우리가 종래의 작은 마음을 버리지 않고 우리 조선, 우리들 조선인 따위를 말한다면 반드시 다음 세

8 매미가 허물을 벗는다는 뜻으로, 낡은 인습이나 습관에서 벗어남을 이르는 말.

대의 자녀에게 방해가 될 것이다. 우리가 옛 조선인으로서 대사일번大死一番하여 황국신민皇國臣民으로 다시 태어나야 한다. 핑계도 불평도 용납될 여지는 없는 것이다. 그러면 참으로 후련하게 될 것이다. 또한 조선, 조선이라고 생각하고 있었던 것을 일본, 일본이라고 생각하게 되면 가슴이 탁 트일 것이다. 내지인이, 조선인이, 이런 식으로 생각해서는 안 된다. 스즈키鈴木가, 가네모토金本가, 이런 식으로 생각해야 한다. 스즈키가 나쁘면 스즈키 한 개인이 나쁜 것이고, 가네모토가 나쁘면 가네모토 한 개인이 나쁜 것이다. 누구도 스즈키로 하여금 내지인을 대표케 할 일이 없고, 가네모토 역시 그렇다. 이렇게 생각하게 되면 불평도 우울도 날아가버릴 것이다.

제매弟妹여, 만약 여러분이 위대한 사람이 되고 싶다면 조선에서 제일가는 따위의 옹졸한 생각을 말고 일본에서 제일가는 사람이 되게. 큰 지도자가 되고 싶다면 조선인의 지도자 따위 옹졸한 생각을 말고 일억 일본인의 지도자가 되게. 대신大臣이 되고 싶으면 대신이, 장군이 되고 싶으면 장군도 되게. 폐하를 섬겨 드리는 일이라면, 황국신민 된 자 누구에게라도 허용되어 있는 것이다. 일본은 이미 우리나라가 아닌가. 그 누구도 일본을 우리에게서 빼앗을 수 없다. 그것을 위해 우리는 피로써 싸울 것이다. 자자손손 혼으로써 우리 조국 일본을 꾸미고, 피로써 우리 조국 일본을 지킬 것이다. "내가 후세에 전하는 마음은 천대千代에 일본국을 받들어 모시고 또 지켜 모신다"는 노래가 절로 흘러나오지 않는가.

수행修行과 봉사

나는 많은 청년과 만나 이야기하는데, 그때마다 통감하는 것이 조선 청년에게는 수행과 봉사의 관념이 지극히 부족하다는 점이다. 수행修行은 조선어로는 수도修道라고 하는데, 수도란 극소수의 승려나 유별난 사람이 하는 것처럼 생각한다.

누구나 노래를 부르는 능력은 갖고 있지만, 그렇다고 해서 누구나 성악가는 아니다. 노래의 수행을 쌓아야 비로소 성악가가 될 수 있는 것이다. 어떤 기술이라도 수행만 하면 각각의 것은 누구나 할 수 있는 것이다.

그런데 많은 청년들은 학교만 졸업하면 인생 수행은 끝났다는 듯이 생각하고 있다. 그것은 큰 잘못이다. 수행은 자기가 하는 것으로, 다른 사람에게 배울 수 있는 성질의 것이 아니다.

데모스테네스[9]가 폭포나 해변에서 연설 수행을 한 것은 유명한 이야기인데, 어떤 방면에서 무릇 대가大家라고 불리는 사람치고 피나는 오랜 수행을 거치지 않은 사람은 없다. 같은 문하門下의 제자, 즉 동창이면서도 어떤 사람은 크게 이루고 어떤 사람은 무명인 채 사라지는 것은 수명이나 그 밖의 다른 이유도 있지만, 대개는 수행을 계속하는지 그렇지 않은지에 달린 것이다.

수행은 단지 기술을 연마하는 것이 아니다. 아니, 기술은 오히려 말단이고 수행의 근본은 정신이다. 유도柔道나 검도劍道만 해도 근본은 그 정신에 있는 것이며, 이른바 각오가 되어 있지 않으면 아무리 기술을 연마해도 크게 이룰 수 없는 것이다. 글씨와 그림도 그렇고, 장사도 가르치는 일도 그렇다. 세상에서 재자才子라 불리면서도 영락零落하는 자가 많은 것은 정신의 수련을 결여한 까닭이다.

정신의 수행이 있는 사람과 없는 사람은 안목이 있는 사람에게는 한눈에 구분된다. 눈빛만으로, 한마디만으로 이미 그 사람의 수행의 정도가 보이는 것이다. 따라서 취직을 하는 데 있어서도 윗사람에게 그 녀석은 틀렸다고 보인다면 그것으로 끝으로, 이것도 마음의 연마 여하에 달린 것이다.

노기乃木[10] 대장은 무예武藝 외에 한자漢字와 선禪 수행을 했다. 구스노키楠[11] 공

---

9 데모스테네스(Dêmosthenês, 기원전 384~322). 고대 그리스 아테네의 저명한 정치가이자 웅변가. 아테네의 지도자로 그리스의 여러 폴리스의 자립을 호소하며 패권을 추구하는 필리포스 2세에 맞서 반 마케도니아 운동을 전개했다. 필리포스 탄핵 연설로도 유명하다.

10 노기 마레스케(乃木希典, 1849~1912). 러일전쟁에서 활약한 일본의 육군 군인. 1912년 메이지 천황이 죽자 장례일에 자택에서 부인과 함께 자결했다. 당시 일본군의 최고 지도자로서, 토고 헤이하치로(東郷平八郎)와 함께 '해군의 토고, 육군의 노기'라고 불렸다.

11 구스노키 마사시게(楠木正成, ?~1336). 가마쿠라(鎌倉)시대 말기부터 남북조(南北朝)시대까지 활약한 무장. 고다이고(後醍醐)천황의 막부 타도에 동참했고, 막부 타도에 동참했던 아시카

도 선 수행을 했다. 조선의 화성畵聖으로 불리는 추사秋史 김정희金正喜도 선으로 정신을 단련한 사람이다. 조용히 죽음을 맞는 그런 인물은 반드시 수행을 한 사람이다.

수행의 안목은 무엇인가. 그것은 정성된 사람이 되는 것이다. 말 한마디, 일거수일투족이 모두 성誠에서 나오도록 하는 것이다. 확호한 신념을 파악하여 생사고락生死苦樂을 아랑곳하지 않고 자기의 소신을 향해 매진하는 것이다. 신도神道에서 말하는 청명심淸明心, 또는 정명진심淨明眞心이란 곧 이 성이며, 불교의 불佛도 이 성을 가리킨다.

성誠이 없는 사람은 어떠한 모습을 보이는가. 거짓과 의심, 변심이 그것이다. 기세등등하고 엉터리, 기회주의이며, 요행과 우연을 믿는다.

각오가 되어 있다 함은 신념을 갖고 생사고락을 초월하여 유유자적하게 길을 나아가는 것이다. 이런 사람을 인간이 되었다고 하며, 그렇지 않은 사람을 일러 인간이 되지 못했다고 한다. 인간이 되면 결코 굶는 일은 없다. 국가는 인간이 된 사람을 요구하고 있는 것이다. 어느 때 세상이든 그렇지만, 특히 비상시에 그러하다.

진지함이라든가 성실함 같은 말은 누구나 입에 올리고 있지만, 그 진리에 투철한 사람은 적은 듯하다. 진지함을 일본어로 신켄眞劍이라고 하는데, 이는 진짜 칼이라는 말이다. 죽도竹刀나 나무로 만든 칼이 아니고 연습용도 아니며, 진짜 칼로 서로 죽일 때는 아무리 불성실한 사람도 진지해지지 않을 수 없다. 성실해지지 않을 수 없다. 그런 경우의 마음가짐을 신켄, 곧 진지함이라고 하는 것이다. 그런데 제매弟妹 여러분, 여러분은 언제나 이런 진지한 마음가짐인가. 교실에서, 운동장에서 여러분은 죽음을 마주한 것과 같은 진지함을 갖고 생활하는가. 만약 그렇다면 여러분은 훌륭한 인물이다. 반드시 유용한 재목材木이 될 것이다.

자기의 직업에 임하기를 전장戰場에서의 일대일 승부에 놓인 것처럼 해서 성공

가 다카우지(足利尊氏)가 천황을 등지고 다시 막부를 세우려 하자 그와 대립해 끝까지 황실의 편에 서서 싸우다 미나토(湊) 강의 싸움에서 패하고 자결했다.

하지 못할 사람은 없을 것이다. 그런데 조선인은 진지함이 부족하다는 이야기를 듣는다. 불성실하다는 이야기를 듣는다. 또 실제로 그런 듯하다. 여러분은 그렇지 않은가. 국가는 진지하지 않은 병사에게 신뢰를 줄 리가 없다. 산업이든 교육이든 오늘날 국가의 모든 일은 전쟁이다. 한 사람이라도 불성실한 자가 섞여 있는 것을 용납하지 않는다.

선禪 수행을 하라, 미소기禊[12]를 하라, 고 외치고 있는 것은 더욱더 진지한 국민을 만들기 위한 것이다. 이 진지함, 즉 성誠은 수행으로써, 사념邪念을 버림으로써, 신심身心을 단련함으로써 얻을 수 있는 것이다. 검도도 유도도 결국은 이 진지함의 수행이다. 그 기술 따위는 둘째가는 것이다. 이 성誠, 이 진지함, 이 충忠의 인격이 있고서야 비로소 학문도 기술도 쓸모 있는 것이며, 이러한 인격이 없는 사람의 학문과 기술은 국가의 해가 될 뿐 보탬이 되지 않는다. 제매 여러분, 반성하라. 종래의 마음가짐과 생활을 검토하라. 그리고 피나는 수행으로써 진지한, 성誠 있는 인격을 정비하여 이것을 폐하께 바쳐라. 이것이야말로 여러분의 절대 의무이자 광영인 것이다.

임금께 바칠 것

부자가 되고 싶은 것, 안락하게 지내고 싶은 것, 몸이 건강하고 싶은 것, 이는 모든 사람의 욕망일 것이다. 그러나 국가의 힘 없이는 이런 것들을 얻을 수 없다는 것은 턱턱 쓰러지는 유럽의 여러 약소국의 국민을 보아 자명할 것이다. 강대한 조국이 있기에 우리 몸의 행복을 기약할 수 있는 것이다. 따라서 자기를 사랑하고 자손을 사랑하는 사람은 나라를 사랑하지 않을 수 없다.

그러나 이것은 천박한 애국심이다. 더러운 마음이다. 전부야인田夫野人[13]의 마음

12 미소기하라이(禊祓) : 목욕재계하여 부정을 씻는 것.

13 농부와 촌사람. 교양이 없이 천하고 상스러운 사람을 이르는 말.

에 지나지 않는다.

일본정신은 그것과는 다르다. 천황은 국민의 어버이이시고 지도자이시다. 천황은 그 적자赤子인 국민을 훈육하여 더욱 높은 국민으로 만들고 이 국민을 통해, 또 이 국민의 익찬에 의해 인류문화 완성의 성업聖業을 영위하시는 것이다. 이를 역으로 국민 쪽에서 보면, 국민은 황운皇運을 부익扶翼해 드림으로써 각자 개인으로서의, 가정으로서의, 국민으로서의, 인류의 일원으로서의 사명을 달성하는 것이다. 일본의 국체國體는 바로 천황을 받든 한 가족이기 때문이다. 즉 팔굉일우八紘一宇의 이상과 그것의 실현을 몸소 사명으로 삼으신 천황을 중심으로 하여 국민이 정신적으로 일체가 되는 것이 일본정신이다.

그러므로 가정도 나라를 위해서, 자기도 나라를 위해서 존재하는 것이고, 따라서 국민 각자의 일생은 직업봉공을 위해서만 바쳐지는 것이다. 이를 신도실천臣道實踐이라고 하는데, 이것은 구미歐米의 개인주의와는 실로 대척적인 것이다.

이 일본정신은 결코 사변 이래 시작된 것이 아니다. 하물며 독일을 모방한 것일 리 없다. 이것은 일본의 역사와 문화 전반을 통해 일관하여 흘러온 것이고, 일본문화의 특색은 실로 이 한 점에 있는 것이다. 이를 충효일본忠孝一本[14]의 정신이라고 하는데, 이는 교육칙어教育勅語[15]의 정신이기도 하다. 이 정신이 구미사상에 미혹되어 민간에서 일시적으로 희박해진 것은 사실이지만, 사변 이래 그 진면목이 드러나게 된 것이다.

만세일계萬世一系의 성천자聖天子를 우러르는 억조일심億兆一心, 충효일본忠孝一本의 정신으로 하나가 되어 일본을 더욱더 크고 강하고 빛나게 하여 팔굉일우의 이상을 실현하기 위해 살고 죽는다는 신념은 얼마나 즐거운 것인가. 얼마나 산 보람 있는 것인가. 우리 일본을 가장 참되고, 가장 선하며, 가장 아름다운 나라로 만든

14 충의(忠義)와 효행(孝行)은 근본에서 동일한 도덕이라는 뜻으로, 일본의 근세 후기 국학·사학·신도 등을 근간으로 하여 국가의식을 강조한 미토학파(水戸學派)의 학설이다.

15 1890년 10월 메이지 천황의 명으로 반포된 교육에 관한 칙어. 일본제국 신민의 수신(修身)과 도덕 교육의 기본 규범에 관한 내용을 담은 것으로, '충성'과 '효도'를 국체(國體)의 정화(精華)이자 교육의 근원으로 규정하고 있는 것이 특징이다.

다는 — 그 이상 보람 있는 일은 없지 않을까.

제매 여러분, 나는 이로써 일단 붓을 놓겠네. 나는 총명한 여러분이 이 빛나는 이상과 감정에 반드시 공명하고 분기할 것을 믿는다. 그리고 피나는 수행을 시작할 것을 믿는다. 그리고 반도 2천6백만을 한 사람도 남기지 않고 힘센 황국신민으로 만들어 폐하께 바치기 위해 지성至誠을 다할 것을 믿는다. 이렇게 하는 것이야말로 우리의 선조를 보람 있게 하고, 자손을 영예롭게 할 유일무이한 길인 것이다.(1941.11)

농촌 동포에게[1]

나도 농촌에서 어린 시절을 보냈습니다. 지금도 농촌이 그립습니다. 더구나 가을이 되면 벼가 누렇게 익고 아람 번 밤이 쏟아지는 농촌이 그립습니다. 농촌에는 맑은 일광이 있고 깨끗한 공기가 있습니다. 농촌은 건전한 몸과 마음이 사는 곳입니다. 그리고 농민은 국민의 밑등걸입니다.

농촌은 아름답고 즐겁고 건전하여야 할 곳입니다. 농촌에는 더러운 마음이 없고 무서운 죄악이 없을 곳입니다.

나는 농촌 동포께서 배울 사람이지 여러분을 가르칠 사람이 아닙니다마는 무슨 말씀을 드리라고 이 잡지 편집하시는 이가 말씀하시니 몇 마디 드립니다 —

1. 깨끗할 것

이를 닦고 세수하고 몸을 깨끗이 씻으시고 방과 뜰을 말짱하게 치우십시오. 식전마다 집을 쓸면 금 서 말이 나온다고 합니다. 집이 지저분하면 지저분한 버러지와 귀신이 모여들고 집이 깨끗하면 높으신 신령이 강림하신다고 합니다.

더구나 부엌을 깨끗이 하십시오. 이레에 한 번씩 조왕님이 복을 가져오신다고, 모든 병 귀신이 물러간다 합니다. 또 이레에 한 번씩 기명을 삶아서 닦으면 음식에서 향기가 나고 모든 질병이 물러갑니다.

특별히 특별히 깨끗이 할 곳은 변소입니다. 하루에 한 번씩 변소를 소제하면 평생에 의식이 족하고 내생에 아름다운 얼굴을 가진 고루거각[2]에 태어난다고 합

---

1 가야마 미츠로(香山光郞, 李光洙), 『반도지광(半島の光)』 조선판(鮮文版)

2 고루거각(高樓巨閣) : 높고 크게 지은 집.

니다.

한 달에 한 번씩 동네 움물을 치면 평생에 가난치 아니하고 자손이 번창합니다.

식전마다 동네 신사 경내를 청소하거나 동네 길을 쓸면 십 년 안에 반드시 큰 복이 돌아옵니다.

2. 채권을 살 것

채권을 사시는 것은 나라를 돕는 것입니다. 몸소 전장에는 못 나가도 날마다 황군장병의 무운장구를 기원하는 모양으로 일 원짜리 꼬마 채권 한 장이라도 나올 때마다 번번이 사두십시오. 이것은 동시에 저축도 됩니다. 또 일등이 빠지면 오백 원 '와리마시'[3]도 타게 됩니다. 채권 없는 집은 괘씸한 집입니다. 나라의 은혜를 모르는 집입니다.

또 채권이 많이 모이면 은행에 잡히고 빚을 얻어서 쓸 수도 있습니다. 한 동네 사람들이 산 채권들을 한데 모아서 빚을 내어서 저리 자금을 융통하는 동네은행을 만들면 더욱 좋습니다. 여러분 채권을 사십시오.

우리는 일본 사람입니다. 내선일체로 똑같은 일본 사람입니다. 우리 임금 천황폐하께서는 일시동인으로 우리를 똑같은 아들딸로 보시고 주야조석으로 우리를 어떻게 하면 잘살게 할까, 하시고 생각하여 주십니다. 우리의 땅이나 집이나 천황폐하의 것입니다. 우리의 아들이나 딸이나 다 천황폐하의 것입니다. 우리 자신도 천황폐하의 것입니다. 한 천황폐하 밑에 내지인이나 조선인이나 다 형제요 자매요 한 집안 식구입니다. 잘살아도 함께 잘살고 못살아도 함께 못살도록 우리 일억국민은 몸이 한데 붙어버렸습니다. 마음이 하나로 녹아버렸습니다. 서로 믿고 서로 도와서 한 덩어리가 되어서 이 싸움을 이기어서 이 나라를 크고 힘있고

3 일정한 액수에 얼마를 더 얹은 돈.

빛나는 나라를 만들어야 하겠습니다.

그러니까 일억국민이 다 한 가지 말을 해야겠습니다. 같은 예의와 풍속 습관을 가져야겠습니다. 조선인이 내지에 가서 살아도 좋고, 내지인이 조선에 와서 살아도 좋고, 조선 색시가 내지인 남편헌테 시집을 가도 좋고, 내지 색시가 조선 남편헌테 시집을 와도 좋고, 서로 양자로 가도 좋게 되었습니다. 그러니까 한 말, 한 예의를 써야하겠습니다.

그러면 어떤 말을 쓸까. 그것은 천황폐하께서 쓰시는 말을 쓸 수밖에 없습니다. 그러므로 모두 국어를 배우고 일본 예절과 풍속 습관을 배웁시다.

일본 예절과 풍속 습관은 결국 옛날 우리 조상들의 예절과 풍속 습관입니다.

3. 생활혁신[4]

생활혁신은 일억국민이 다 해야 할 것이지마는 특히 조선 사람들이 시급히 해야 할 것입니다. 어떻게 하나?

첫째, 황국신민으로의 생활로 고치는 것입니다. 아침에 일어나면 소세하고 가족 일동이 천황폐하께서 겨오신 궁성을 향하야 요배를 드립니다.

"천황폐하 만세, 천황폐하 만세. 천황폐하 만세하시옵기를 아모 등 비옵니다."
하면서 정성스럽게 절하는 것입니다. 아침마다 이렇게 하노라면 차차차차 기쁘고 고마운 마음이 생기고 든든한 마음이 생깁니다.

사당간 대신에 불단을 모시고 그 속에 조상님의 위패를 봉안하고 아침마다 불을 켜 놓고 향을 피우고 합장합니다.

혼인도 일본법으로 하고, 초상이 나도 '아이고 아이고'를 폐하고 일본법으로 합니다. 일본법이란 곧 천황폐하의 법입니다.

---

4 원문에는 '四'로 되어 있다.

자녀를 기를 때에 남자는 천황폐하의 군인으로 기르고 여자는 군인의 아내로 기릅니다. '내 자식'이라는 생각을 떼어버립니다.

농사를 지을 때에 천황폐하의 일꾼으로 천황폐하의 땅을 갈아서 천황폐하의 일본 나라의 양식을 짓는다고 생각합니다. 생각뿐 아니라, 정말 그렇고 사실이 그렇습니다.

관리나 경관이나 면소 직원이나 다 임금님의 심부름을 하는 사람들이므로 그들을 믿고 공경하고 아낍니다.

나라의 법령을 다 천황폐하의 이름으로 내리는 것이므로 순종합니다.

이와 어그러지게 생각하는 것은 다 잘못된 생각이요 죄된 생각입니다.

이렇게 알아가는 것을 황국신민의 생활이라고 합니다. 임금을 위한 생활, 나라를 위한 생활에는 언제나 기쁨이 있고 희망이 있습니다. 그러한 생활을 하는 사람은 총리대신과 똑같이 임금을 돕는 충신입니다.

충과 효, 이것이 일본의 국민도덕의 근본입니다.

둘째로는 생활을 합리화하는 것입니다. 합리화하는 것은 물건과 품의 낭비를 덜어버린다는 것입니다. 또 위생이나 도덕에 해로운 일을 폐지한다는 것입니다.

혼인, 초상, 제사에 음식을 많이 차리고 옷을 많이 짓고 하는 것 같은 것은 다 불합리한 일입니다. 나라의 물건과 나라의 품을 쓸데없이 허비하는 것입니다. 정성이 제일입니다.

집집이 장독대를 차려 놓고, 김치 움을 묻는 것도 불합리한 일입니다. 집집이 돼지우리를 두고 소 외양간을 두는 것도 불합리한 일입니다. 한 동네에 큰 돼지우리와 큰 외양간을 따로 지어 놓고 품을 번갈아서 먹이면 서른 집에서 서른 품으로 한 것을 열 품이나 다섯 품으로 되고, 또 집집은 깨끗할 것입니다.

[이하 한 줄 판독 불가] 함께 지어서 나눠 먹으면 품과 물건도 덜 들고 또 영양과 위생에도 좋을 것입니다.

이런 것은 마치 집집에서 선생을 두고 아이들을 가르치는 대신에 학교를 세워 놓고 하는 것이나 마찬가집니다.

흰옷, 다듬이만 폐하여도 얼마나 물건과 품이 절약될는지 모릅니다.

장에 가는 것도 동네에서 살 것과 팔 것을 한데 모아서 하면 얼마나 품이 절약되고 또는 얼마나 이익도 있겠습니까.

동네에서 여러 집이 사신 채권을 모아서 조합을 만들어 가지고 이 일을 하면 더욱 좋을 것입니다.

다음에는 복을 구하는 일입니다. 병난 이는 건강의 복을 구하고 가난한 이는 재물의 복을 구하고, 아들 둔 이는 며느리, 딸 둔 이는 사윗복을 구합니다. 이러한 복을 구하는 방법이 틀리면 오랴던 복도 안 오게 됩니다.

병난 이가 병을 고치랴면 우선 의사에게 갈 것이지 무당이나 판수에게 갈 것이 아닙니다. 또 협잡꾼, 한방의에게 갈 것도 아닙니다. 한방의도 정말 공부가 있고 마음을 닦은 이면 좋겠지마는 그런 사람이 요새에 쉬운가, 방약합편[5] 한 권쯤 읽어가지고 사람을 속이는 자들이 많습니다.

의사는 나라에서 규정한 공부를 한 사람이니 병이 나면 의사에게로 갈 것입니다.

또 몸이 약한 이면 첫째로 마음을 맑혀서 욕심을 가라앉히고 영양과 운동과 위생에 힘을 쓸 것입니다. 인삼, 녹용으로 건강할 것이면 신약한 부자가 없을 것입니다. 신명과 부처님을 믿어 길흉화복이 모두 제가 지은 업보라는 인과의 이치를 꼭 믿으면 자연히 마음이 편안하고, 마음이 편안하면 병이 아니 나고 병이 나도 차차 낫습니다. 그러고 좋은 공기와 일광 속에서 날마다 국민체조를 하고 영양 있는 음식을 고르게 먹고 부지런히 일을 하고 있으면 자연히 수명장수란 오는 것입니다.

돈복을 얻자면 1) 부지런, 2) 안 쓰기, 3) 신용이 있으면 됩니다. 부지런히 일하여서 벌고, 벌어서는 안 쓰고 쌓아두면 누구나 평생에 가난고생은 면하게 세상이 생겼습니다. 이것을 근검저축이라고 합니다. 큰 부자는 전생의 복에 더 달렸겠지만 의식족衣食足쯤은 근검저축으로 반드시 얻는 것인데, 사람들이 이 길을 모르고

5 방약합편(方藥合編) : 조선 말기의 한의사 황도연(黃度淵, 1808~1884)의 의학 서적을 엮은 한약 처방서. 그의 사후 아들 황필수가 편찬하였으며, 약물의 우리말 이름을 한글로 적었다.

혹은 요행을 바라며, 혹은 탐욕을 내며, 혹은 부정한 일을 하여서 억지로 재물을 얻으려 하지마는, 이 천지란 엄한 법이 있는 곳이오 신명의 감시가 쉬일 새가 없으므로 사람의 조그마한 꾀로 속일 수 없는 것입니다.

이러한 사람은 세상의 신용을 잃어서 돈 한 푼 꿀 수 없게 됩니다. 장사도 못하게 됩니다. 밭 한 뙈기 못 얻어 부치게 됩니다. 부정한 사람을 누가 도우리까.

그러므로 근검하고 신용 잇는 사람은 결코 가난한 법이 없습니다. 그 집 자손까지도 세상의 신용과 존경을 바다서 넉넉히 사는 복을 누리게 됩니다.

복을 조상의 묏자리山所에서 구하는 것은 어리석은 미신일뿐더러 조상께 대해서 죄송한 일입니다.

남을 돕고 불쌍한 사람을 건지고, 이러한 적선은 반드시 복을 부르지마는 복을 바라고 하는 적선은 복 값이 적습니다. 그것은 갑을 주고 물건을 사는 것과 같아서 한정이 있습니다. 그러니 갚아지기를 바라지 아니하고 다만 자비심으로 하는 적선은 복이 한량이 없습니다. 그러므로 바라는 마음이 없이 주는 사람은 가장 대복지인[6]이어서 이 사람은 자자손손이 대복을 누릴 것입니다.

약고 [이하 한 줄 판독 불가], 속지 않는 것을 똑똑한 사람이라고 합니다. 그러니 똑똑한 사람은 적은 사람입니다. 남이 그를 무서워하는지는 몰라도 사랑하지는 아니할 것입니다.

속더라도 나는 참되자. 밑지더라도 나는 신의를 지키자. 몰라주더라도 나는 바른 일을 하자. 싫어하더라도 옳은 일을 하자. 똑똑한 사람보다 인후한 사람이 되자. 경위 밝은 사람보다 너그러운 사람이 되자. 제 실속 하는 사람보다 남 위하는 사람이 되자 — 이러한 사람이 대복지인입니다. 이러한 사람이 반드시 세상의 사랑과 존경을 받고 반드시 자손이 창성하고 이름이 후세에 전할 것입니다. 이런 사람이 많은 나라는 잘되고 동네는 잘될 것입니다.

---

6 대복지인(大福之人) : 복이 많은 사람.

4. 내 동네를 잘 만들자

내 동네를 살기 조흔 동네를 만듭시다.

1) 의좋은 동네. 어른은 벙글벙글, 아이들은 방글방글 웃는 동네. 웃음꽃이 피는 동네. 이웃사촌 모두 사촌인 동네.
2) 힘을 합하는 동네. 일심하는 동네. 청결도 일심으로, 세입 바치는 것도, 저축하는 것도, 채권 사는 것도 일심, 동회, 애국반도 일심, 무엇이나 일심하는 동네.
3) 목욕하는 동네. 한 달에 네 번은 목욕하는 동네. 신사참배나 제사나 고사나 혼인이나 반드시 목욕하고야 하는 동네. 목욕탕 하나는 반드시 있는 동네.
4) 위생, 저축, 구매, 판매의 조합이 있는 동네.
5) 신문, 잡지, 책 보고 모임 하는 집 하나 있는 동네.
6) 라디오체조, 운동, 씨름, 유희하는 마당 하나 있는 동네.
7) 신사 하나 모신 동네. 한 주일에 한 번 종교나 수양 모임 있는 동네.
8) 선생님 한 분 오신 동네. 선생의 지도 잘 듣는 동네.
9) 술집 없고, 파리 없고, 큰 소리 없고, 아이들 때리고 욕 하는 이 없고, 빚 없고, 서로 숭보는 일 없고, 무엇보다도 노는 사람 하나도 없고, 밥 굶는 사람 하나도 없고, 죄인 하나도 없는 동네.
10) 학교는 물론 있거니와 은행, 극장, 도서관, 회관도 장차는 있어서 이 동네의 토지는 다 이 동네 사람의 소유가 되어 복락을 누리는 동네. 아들이나 딸이나 다 얼굴도 잘나고 마음도 착하게 될 동네를 만듭시다.

이것은 여러분이 하랴면 될 일이요, 이것이 여러분의 자손을 위하는 일이요 나라를 위하는 일입니다.(1941. 11.)

가훈家訓[1]

1. 부모

우리 몸이 여기 있는 것은 부모가 낳아서 키워준 은혜 덕분이다. 아침에 눈뜨면 우선 부모를 생각하라. 그리고 부모의 마음을 편안하게 해 드리도록 항상 명심해야 할 것이다. 이를 효라고 한다. 부모는 자녀를 위해 애쓰다가 늙는다. 자녀된 이는 부모의 은혜를 갚아 드리는 것으로써 인생의 첫째 의무를 삼아야 한다.

효행하는 자는 선신善神이 수호한다. 모든 죄 가운데 불효하는 죄가 가장 크다.

2. 형제

형제로 태어나는 것은 9백천 겁의 인연이라고 세존世尊은 가르치셨다. 같은 부모를 부모로 하여 태어나 같은 집에서 자란다. 이른바 같은 배를 빌려 태어나고 같은 이불을 덮으며 한솥밥을 먹고 길러진다. 세상에 이보다 친한 사람은 없을 것이다. 형제는 우애를 근본으로 한다. 우애란 사이좋은 것이다. 형제가 사이좋은 것은 부모가 가장 기뻐하시는 일이며, 또한 천지신명께서 가장 가상히 여기시는 바이다. 이러한 형제에게 복이 많다.

이와 반대로 사이가 나쁜 형제는 가장 추한 것이다. 부모가 걱정하시고 신명께서 미워하신다. 이웃이 반드시 천대할 것이다.

형제는 서로 도와야 한다. 그러나 서로 의뢰해서는 안 된다. 자기가 형제를 위

---

1 원문 일본어. 가야마 미츠로(香山光郞), 『신시대(新時代)』, 1941.12~1942.1. '미정고(未定稿)'로 표기되어 있다.

해 죽는 것은 좋다. 그러나 자기를 위해 형제에게 폐를 끼쳐서는 안 된다.

아우는 형에게 순종해야 한다. 그러나 형은 아우를 뜻대로 하지 마라. 형제가 서로 부모의 모습으로 대하여 공경해야 한다.

맏형은 대를 잇고 가명家名을 잇고 제사를 지내야 할 사람이므로, 뭇 아우들은 특히 그를 공경해야 한다. 형제를 동지의 일단一團이라고 하면 맏형은 그 지도자이다.

3. 부부

부부의 도道는 사랑과 공경이 전부다. 부부간 애정이 없으면 가정의 화목이 깨지고, 공경함이 없으면 예가 어지러워진다. 화和와 예禮, 이것이 가정의 생명이다.

아내는 남편의 집안에 시집온 것이지 남편 개인에게 시집온 것이 아니다. 즉 남편에 대해서는 아내로서, 시부모에 대해서는 며느리로서, 또한 남편의 형제자매에 대해서는 자매로서 시집온 것임을 잊어서는 안 된다. 이것이 일본 가정의 정신이다.

따라서 부모를 섬기지 않고 형제자매에 대한 의무를 이행하지 않는 부부는 이미 도리에 벗어난 것이다. 조심해야 할 것이다.

4. 자녀

자녀는 부모의 전유물이 아니라 가정에 속한다. 그리고 또한 가정의 전유물도 아니며, 실로 천황의 보배御寶이다. 그러므로 자녀를 가장 소중히 여겨야 할 것이다.

자녀의 양육에서 가장 신경 써야 할 것은 정신의 훈도薰陶이다. 세 살 버릇 여든까지 간다고 한다. 철이 들기 시작할 무렵부터 신神의 길 그대로의 국풍國風을 가르쳐야 한다. 일본의 말, 일본의 예의, 일본의 사고방식이 그것이다. 사고방식이란 다른 것이 아니다. 일본국은 천황께서 세우시고 다스리시는 나라이고, 아마테라스 오카미天照大神[2]는 천황의 선조이시며, 우리의 몸도 마음도 천황께 바쳐야 할 것임을 믿는 것이다.

천황께 쓸모 있도록 훈육訓育받은 자녀는 몸소 집안을 일으키고 빛낼 자녀가 될 것이다.

5. 제사

신불神佛께 배례拜禮하고 선조에게 제사 지내는 것을 게을리해서는 안 된다. 이는 사람 본연의 길이자 일본정신의 신수神髓이다. 그러나 이는 보은報恩과 추원追遠[3]의 정성이지 구복求福을 위해서가 아니다. 신불께 자기의 복을 기원해서는 안 된다. 자기를 위해 복을 비는 것은 바르지 못하다. 타기해야 할 것이다. 국운융창國運隆昌, 가내안전家內安全을 기원해야 한다.

청명심淸明心이야말로 신불께서 가장 기뻐하시는 공물供物이며, 화和 있는 집안의 정성 있는 배례야말로 선조에 대한 최상의 헌찬獻饌이다. 헛되이 물자를 소비하여 화려함을 다투는 것은 빈축을 살 만한 짓이다.

---

2 일본 신화에 나오는 태양을 관장하던 신들의 최고 통치자. 일본 황실의 시조로 받아들여져 황실 숭배의 중심이 됨.

3 조상의 덕을 생각하여 제사에 정성을 다함.

6. 스승

옛사람은 군사부일체君師父一體라고 가르쳤다. 내게 한 글자, 한 가지 재주라도 가르친 사람은 모두 스승이다. 진심으로 공경해야 할 것이다. 하물며 인생의 바른길로 나를 이끄는 스승에 있어서랴. 스승의 그림자는 밟지 않으며, 스승이 돌아가시면 마음으로 삼년상三年喪을 지내야 할 것이다.

현재의 스승뿐 아니라 과거의 스승도 있다. 석존은 삼계三界의 큰 스승이며 공자, 예수 모두 존귀한 큰 스승이시다. 인류 문화는 이들 큰 스승에게서 발원發源했다. 공경하지 않을 수 있으랴.

모든 스승을 공경해야 하지만, 특히 한 사람의 스승을 택하여 평생 배워야 한다. 이를 사사師事라고 하고, 사숙私淑이라고 한다. 스승과 벗을 택하는 것은 수도修道의 기초로 알아야 할 것이다.

7. 벗

벗을 고르는 것을 약을 고르듯이 하라. 나쁜 약은 목숨을 훼손할 것이다.

친구는 많으면 많을수록 좋지만, 한 사람이라도 선한 친구와 사귀라. 청정한 물은 달고 짠맛이 없고 오직 담담하다. 선한 친구 또한 그러하다.

붉은색과 사귀면 붉어지고, 향과 함께 있으면 내 몸에 절로 향기가 난다.

친구에게 구하는 바가 있어서는 안 된다. 의뢰해서는 안 된다. 오직 사랑하고 공경하며, 그리고 도우라. 이것이 친구 사귐의 정도正道이다.

8. 손님 접대

우리 집을 방문하는 사람은 모두 귀한 손님이다. 연꽃처럼 환한 얼굴과 정성으로써 환대해야 한다. 손님의 빈부귀천에 따라 우리가 대접하는 정성에 차별이 있어서는 안 된다. 세도인심世道人心을 지도하는 현인賢人, 또는 우리 집에 은의恩誼 있는 사람은 절로 구별된다.

귀한 손님을 대접하는 법은 귀한 손님으로 하여금 마음을 편케 하는 데 있다. 사치는 변변치 않음과 같고 예禮가 아니다. 과유불급過猶不及이다. 중도中道를 지켜야 한다.

귀한 손님을 대접함에 은밀히 보답을 바라는 마음이 있어서는 안 된다. 이는 사념邪念이다. 구함이 없는 대접, 이것이 최상의 대접이다.

9. 검소

사치는 만악萬惡의 근본이다. 사치하면서 탐욕 없는 사람은 없다. 음란 또한 사치에서 온다.

의식주는 모두 최저한을 지켜야 한다. 밥 한 톨을 먹을 때도 그것을 만들기 위해 애쓴 중생의 노고와 자기 공력의 많고 적음을 헤아리라는 가르침이 있다. 한 사람이 지나치게 먹으면 한 사람은 부족하게 먹어야 함을 알아야 한다.

10. 근로

남녀노소를 불문하고 놀고먹는 사람이 있어서는 안 된다. 각자 하나의 직역職域을 가져야 할 것이다. 부지런한 사람에게 이루지 못할 일은 없다. 한 집안 전원이 근면하면 결코 빈궁할 일이 없다.

일하는 것이 곧 인생이다. 참으로 천황의 은혜, 부모의 은혜, 스승의 은혜, 중생의 은혜를 느낀다면 한시도 일하지 않고 지낼 수 없을 것이다. 하루 일하지 않으면 하루 동포의 땀을 도둑질하는 것이다.

직분에 높고 낮음이 없다. 직분을 가진 사람의 마음에 높고 낮음이 있을 뿐. 가정을 위하고, 다른 사람을 위하고, 나라를 위한 것이라면 내가 땀을 흘리는 것으로 족하다. 중생이 좋아하지 않는 일이 있어서 내가 그것을 한다, 실로 인생의 통쾌한 일이다.

좀 더 쉽고, 좀 더 유리한 직업을 구하여 옮겨 다니는 사람치고 성공한 예가 없다. 일하는 것은 나라를 위하고 가정을 위해서이지, 자기를 위해서가 아니기 때문이다.

한 가지 일에 혼신의 힘을 다해 정진하는 것을 수행修行이라고 한다. 성인현사聖人賢士는 이 가운데서 나온다.

천지가 쉼 없는 것처럼 나의 근로도 멈춤이 없다. 이를 직역봉공職域奉公이라고 하고, 여기에 인생 유열愉悅의 묘미가 있고 성도成道의 문이 있음을 알라.

11. 향락

향락은 근로하는 사람에게 주어지는 신神의 보답이다. 근로하는 사람은 일가단란一家團欒의 낙을 얻고 숙면과 건강으로써 포상褒賞받는다.

가정에는 부모의 낙이 있고, 어린 자녀들의 낙이 있으며, 젊은 부부의 낙이 있다. 가을 수확의 낙이 있고, 겨울 안식安息의 낙이 있다. 신사神社와 불각佛閣 참배의 낙이 있고, 귀한 손님의 낙이 있으며, 새로운 자녀 출생의 낙이 있고, 각기 명절의 낙이 있다. 때로는 혼례, 졸업, 임관任官, 성공 등의 커다란 낙이 있다.

화和가 있고 예禮가 있으며 보은報恩과 감사의 근로가 있는 가정에는 실로 이러한 낙이 끊이지 않는다.

도[道]가 아닌 낙은 반드시 후환이 따른다.

12. 화기和氣 · 이성怡聲 · 유색愉色

화합은 불도佛徒의 최고 도덕이다. 승僧이란 화합의 의미이다. 한 집안도 한 마을도, 혹은 한 나라도 천하天下도 화和가 있으면 이것이 극락이고 천국이다. 지옥이란 무행처無幸處라고 하는데, 무행이란 화和가 없는 것이다. 쇼토쿠 태자聖德太子가 17개조의 헌법에서 '이화위귀以和爲貴'라고 말씀하신 것도 이 뜻 이외의 것이 아니다.

『중용中庸』에는 '화야자 천하지달도야和也者 天下之達道也'[4]라고 적혀 있다. 화和의 길은 수신제가 치국평천하修身齊家 治國平天下의 요체要諦이다.

그런데 이 화란 것은 각 개인의 마음의 화, 즉 화기和氣에서 생기는 것이다. 따라서 각 사람은 아침에 눈 뜨면 우선 이 화기를 발해야 한다.

악마는 불평, 불만, 원망과 탄식, 사리사욕私利私慾의 불씨를 품고 네 베개맡에 서서 네가 눈뜨기를 기다리고 있는 것이다. 그리고 네 마음에 이 무서운 불을 던지는 것이다. 네게 이것을 물리칠 만한 마음의 준비가 없다면 너는 하루 종일 이 불에 탈 것이다. 그리고 네가 불탐으로써, 네 가족, 이웃, 네가 접촉하는 모든 사람을 태워 지옥의 고통을 받게 할 것이다. 얼마나 무서운 일이고 죄스러운 일인가.

그러므로 우선 기운을 온화하게 하라. 가족 일동이 화기애애하다면 만사가 순조롭게 성취될 것이다.

이성怡聲이란 부드럽고 명랑한 음성이다. 화난 음성, 원망하는 음성, 근심하는 듯한 음성이 아닌 음성이다. 그렇다고 해서 과도하게 시끄러운 음성이 아닌 음성

---

4 '화(和)란 천하(天下)가 도(道)에 도달한 것'이라는 뜻.

이다. 한마디로 말하면, 온화한 기운에서 발하는 음성이다. 마음에 화和가 있으면 음성에 이怡가 있다.

이성은 우는 아이가 들으면 울음을 그치고, 성난 짐승이 들으면 잠잠해진다. 부처님의 한마디 음성에 지옥의 타는 듯한 더위가 청량해지는 것이다.

유색愉色이란 안에 있는 온화한 기운이 색色, 즉 용모에 나타난 것을 가리킨다. 기분이 안 좋은 얼굴이 아닌 얼굴, 거북하지 않은 얼굴, 푹 자고 있는 갓난아이의 얼굴 같은 용모이다. 그렇다고 해서 부자연스러운 생글거리는 얼굴을 말하는 것은 아니다. 봄날 아침과 같은 자연스러운 용모가 유색이다.

기운이 온화한 사람은 절로 소리가 명랑하고 안색이 밝을 것이다. 오랫동안 화기和氣의 도道를 닦은 사람의 얼굴과 형색은 어딘지 유색愉色이 드러난다. 불보살佛菩薩의 머리에 후광後光이 드리운 것과 같은 것이다.

화기和氣, 이성怡聲, 유색愉色을 지닌 사람은 평생 행복일 것이다. 이런 사람을 가진 가족은 행복하다. 그는 평생 접촉하는 사람들에게 기쁨을 주고 위안을 줄 것이다. 이것이야말로 최상의 봉공奉公이고 공헌貢獻인 것이다.

그리고 이것은 수행으로써 얻을 수 있는 것이다.(1941.12)

13. 청정淸淨의 도道

석존釋尊은 청정의 도를 말씀하셨다. 청정이란 때 묻지 않은 상태이고 닦여진 상태인 것이다.

첫째는 몸의 청정이다. 몸을 청정히 하는 것이다. 목욕은 청정행淸淨行이고 세탁도 청정행이다. 청소는 청정행이고 향을 피우는 것도 청정행이다. 왜냐하면 몸이란 오체五體만을 가리키는 것이 아니라 의복, 주거, 국토를 포함한 것이며, 궁극에는 삼계三界가 모두 내 몸이기 때문이다.

따라서 내 몸을 깨끗이 하고, 가정을 깨끗이 하고, 집을 깨끗이 하고, 세계를 깨끗이 하는 것이 모두 청정행이지만, 일상생활에서 우리가 해야 할 청정행은 몸과 가정과 마을을 씻고, 털고, 쓸고, 닦는 것이다. 티끌은 끝없이 달라붙는 것이므로 나의 청정행에도 끝이 없는 것은 당연하다. 매일 아침마다 깨끗이 하고서 새로운 출발을 하는 것이다. 매일 저녁마다 깨끗이 하고서 하루의 더러움을 털어버리는 것이다.

둘째는 입의 청정인데, 우리 죄의 4할은 입이 짓는다고 석존은 가르치셨다. 망어妄語, 양설兩舌, 악구惡口, 기어綺語가 그것이다.

망어란 거짓말, 성誠이 아닌 말, 필요 없는 말을 지껄이는 것이다. 이는 실로 만악萬惡의 어머니라고 할 것이다. 혀를 자르는 한이 있어도 거짓말을 하지 마라. 이것이 내가 가장 사랑하는 아이에게 훈계하는 말이다.

양설이란 한 입으로 두말하는 것이다. 이간離間, 중상中傷 등은 양설이 일으키는 업業이다. 혀가 한 개이듯이 언제나, 누구에게든 동일한 성誠으로써 말하지 않으면 안 된다.

악구란 다른 사람을 해치는 말이다. 무슨 말을 해야 할 때는 다른 사람에게 기쁨과 위안을 주어야 함을 명심하지 않으면 안 된다. 내가 하는 말이 남을 다치게 해서는 안 된다. 날붙이나 막대기보다도 악구가 다른 사람의 마음에 낫기 어려운 상처를 주는 것이다. 악구의 반대말은 선어善語, 애어愛語이다.

기어란 말을 꾸미는 것이다. 꾸민다 함은 반드시 아름답게 하는 것을 말하는 것은 아니다. 예컨대 갑甲이 말한 것을 을乙에게 전하는데, 짧은 문구를 한마디 덧붙임으로써 그것이 갑의 의사와는 비슷하되 같지 않게 되는 경우가 있다. 이는 간사한 무리가 가장 잘 이용하는 수법으로, 실로 무서운 죄악이다.

입은 진어眞語, 실어實語, 선어善語, 애어愛語, 성어誠語를 말하지 않으면 안 된다. 이렇게 하면 그 입은 향기를 발하고 빛을 발한다. 입술이 아름답고 치아가 고르며, 숨이 향기롭고 그 음성이 가릉빈가迦陵頻伽[5]의 것과 같이 중생에게 사랑받고 공경

5 불경에 나오는 사람의 머리를 한 상상의 새로, 그 울음소리가 곱고 극락에 둥지를 튼다고 한다.

받는 것이다.

셋째는 뜻의 청정행이다. 마음으로부터 탐진치貪瞋癡 삼독三毒을 제거하는 것이다. 탐욕에서 도둑질과 음란한 행동이 온다. 성냄에서 죽임이 오는 것이다. 자기의 노력에 상응하지 않는 재물과 지위와 명예를 탐내는 것이 탐욕이고, 자기의 아내가 아닌 여자에게 눈길을 주는 것이 탐욕이다. 성냄이란 두려워하고 미워하는 것이다. 같은 부모의 자식이고, 같은 신神의 씨족이며, 다 같이 연약한 인간이다. 서로 자비를 베풀고 불쌍히 여길망정 서로 성낼 이유는 없는 것이다.

마음에 탐진치가 없는 사람은 용모가 절로 빛을 발하고 음성은 중생의 분노와 슬픔을 가라앉히며, 행주좌와行住坐臥[6]에 높은 향기를 발한다. 전생에 어떤 악업惡業이 있더라도 마음에 탐진치를 끊은 사람에게는 악과보惡果報가 내리지 못한다.

매일 아침저녁으로 이렇게 수행하는 것을 청정淸淨의 도道라고 한다. 부부, 부모 자식, 한집안 모두 이 도에 정진하는 것만큼 행복한 것은 없는 것이다.

14. 동動과 정靜

근로는 동動이다. 천지는 쉼 없이 근로한다. 지구는 끊임없이 자전自轉과 공전公轉을 하고, 우리 몸의 각 기관도 끊임없이 일하며, 영원한 목적 달성을 위한 임무에 종사하고 있다. 농부는 산과 들에서, 어부는 바다와 강에서, 직공은 공장에서, 관리는 관공서에서, 각자의 임무를 위해 움직이며 국가생활을 영위하고 있다. 움직임은 우주의 실상이고 인생의 본도本道이다.

그런데 동動의 반면에는 정靜이 있다. 특히 생명이 있는 것에서 그러하다. 우리는 낮에 일하고 밤에 쉰다. 이것이 일동일정一動一靜이다. 무거운 것을 끌 때는 일장일이一長一弛, 힘껏 힘을 주었다가는 쉬고 또 힘껏 힘을 주었다가 쉰다.

6 가고 머물고 앉고 눕는, 일상의 모든 움직임을 가리킴.

그러나 정靜은 움직이기 위한 정지이다. 정지함으로써 피로를 풀고 힘을 축적해서는 다음의 움직임으로 넘어가는 것이다. 따라서 정은 동과 표리表裏 관계이고 서로 기대는 관계이며, 따라서 둘이 아니다.

몸도 정신도 동과 정이 서로 조화하여 끝없이 일하고 끝없이 향상하는 것이다. 이런 까닭에 우리는 좋은 근로의 습관을 들이는 동시에 좋은 안정의 방법도 배우지 않으면 안 된다. 밤과 낮이 분명한 것처럼 동과 정도 분명히 하기를 바라는 것이다. 질질 끄는 움직임으로는 능률이 오르지 않는다. 움직일 때는 불꽃이 튀어야 한다. 진지하지 않은 정靜에도 긴장감이 없다. 정지할 때는 딱, 하고 모든 움직임을 멈춰야 한다. 움직일 때는 불꽃이 튀고 쉴 때는 조용하기가 허공과 같아야 한다. 이를 동정動靜의 도道라고 하는 것이다.

인간은 일생에 한 번쯤은 큰 움직임이 있어야 마땅하다. 인간의 클라이맥스다. 구불구불 수백 리에 달하는 큰 산맥에 하늘을 찌르는 최고봉을 드러냄과 같은 것이다. 예부터 위인偉人의 일생은 반드시 이 절정이라는 것이 있어 그때까지의 큰 기복起伏은 이 절정을 드러내기 위한 준비와 같다. 높이뛰기나 멀리뛰기에 앞선 완만한 달리기와 같은 것으로, 이것 없이는 저 높이, 너비의 기록은 나오지 않는 것이다.

그런데 클라이맥스의 큰 움직임, 대활약은 평소 축적한 힘이 어느 기회를 얻어 이루어지는 것인데, 이 힘의 축적은 수행과 안정을 통해 얻어지는 것이다. 곧 수행과 배움과 익힘인데, 배움이란 우주 인생의 근본인 대진리大眞理를 체득하는 것을 위주로 하고 이른바 학술 기예를 종從으로 삼는 것이다. 익힘이란 배우고 습득한 진리에 의거한 행行을 반복하는 것이다.

그런데 정靜은 진리를 체득하는 데 중요한 문이다. 정을 통해서 깨닫고, 그리고 동動을 통해서 행하는 것이다.

아침저녁 다만 10분간이라도 좋다. 조용한 곳을 택하여 모든 염려를 떨치고 그저 날숨과 들숨에만 집중하라. 이른바 무념무상無念無想의 경지이다. 이론理論을 버리고 분별分別에서 떠나 잘 닦인 거울과 같은 상태가 되는 것이다. 명경지수明鏡

止水[7]라는 것이다. 이러한 마음에야말로 진리가 비추는 것이다.(1942.1)

7 맑은 거울과 고요한 물을 가리키는 말로, 잡념이 없는 고요한 심경을 뜻한다.

사상思想 함께 영미英米를 격멸擊滅하라[1]

12월 8일에 선전대조宣戰大詔가 내렸습니다. 미국과 영국을 치랍신 선전대조입니다.

이 대조大詔는 누구에게 내리신 것입니까. 가야마 미츠로香山光郞에게 내리신 것입니다. 여러분 각 사람에게 내리신 것입니다. 일억신민一億臣民 각각에게 내리신 것입니다. 동아東亞의 각란攪亂을 조장助長하며 동양제패東洋制覇의 비망非望을 영逞히[2] 하는 영국과 미국을 치랍시는 어명御命이십니다.

말할 것도 없이 이 선전宣戰의 대조大詔는 조선 2천4백만 민중에게도 추호秋毫의 틀림없이 나리신 것입니다.

합병조서가 나린 날 반도 민중은 천황폐하의 적자赤子요 신민臣民이 된 것입니다. 천황폐하의 말씀에는 추호秋毫의 변함이 있을 수 없습니다. 내선內鮮에 차별이 있거니 하는 것은 오직 일본의 국체國體를 모르는 일부 사람뿐입니다.

그러면 황국신민皇國臣民은 어떤 일을 해야 하는가. 황국신민은 이 국토와 제 재산과 자녀와 자신의 생명이 천황폐하의 것, 폐하께서 받자온 것으로 믿습니다. 이것이 일본정신입니다.

그러므로 황국신민에게는 영미인英米人이 생각하는 바와 같은 개인도 없고 자유도 없습니다. 자유가 있다면 오직 천황을 섬기는 자유가 있을 뿐이니, 이 자유야말로 가장 귀중한 자유여서 생명으로써 지키는 자유입니다.

황국신민에게는 영미식 자유의 개인이 없고 오직 대어심大御心을 체體하여서 천

---

1 가야마 미츠로(香山光郞), 『신시대(新時代)』, 1942.1. '쳐라 세계의 격란자(攪亂者)!! 충천(沖天)하는 반도 애국열 의 대사자후(大獅子吼)'라는 표제어와 함께 '12월 14일, 임전보국단의 주최로 열린 영미 타도 대강연회의 열렬한 강연 일부를 발표하는 것'이라는 설명이 붙어 있다.

2 왕성하게.

황이 하랍시는 일을 순순히 할 따름입니다. 이것을 충忠이라고 합니다. 모든 선善은 오직 천황께 충忠하는 데 있습니다. 이것이 일본정신입니다.

저 진주항眞珠港의 적함대를 폭격 섬멸한 군사들이 폭탄이나 어뢰魚雷를 안고 모함母艦을 떠날 때에 그들의 마음에는 공명심도 생의 애착도 사死의 공포도 아모것도 없고, 오직 천황폐하의 명에 순종한다는 엄숙한 감격이 있었을 뿐이었을 것입니다. 이것이 일본정신입니다. 일본인은 이 속에서 최대한 희열을 얻는 것입니다.

저 영미인은 개인 중심입니다. 그리고 그들의 목표는 개인의 행복입니다. 그들에게 있어서는 국가도 개인의 행복을 위한 수단에 불과합니다. '인민의, 인민의 손으로 다스려지는, 인민을 위한'이란 것이 그들의 국가 관념이거니와, 이것은 일본의 국체國體에는 어그러지는 것입니다. 황국신민은 천황의 무사지성無私至聖하신 대어심大御心을 체體함으로 개인으로서의, 자子로서의, 부夫로서의, 인류의 일원으로 의무를 다하는 것이니, 이것이 일본인의 신념입니다.

여러분. 우리는 모도 황국신민이십니다. 그리고 선전宣戰의 대조大詔를 받으셨습니다. 여러분에게는 진주항 적함대 폭격을 떠나는 용사勇士와 다름없는 임무가 각각 있으니 그 용사들과 같은 충용忠勇으로 이 임무를 다하여야 할 것입니다.

이 길이야말로 우리의 바른 길이오 또 유일한 바른 길이지, 이에서 벗어난 길은 모도 사도邪道입니다.

사상思想과 함께 영미英米를 격멸擊滅하자[1]

미영米英을 격멸擊滅하지 않고는 동아에도 세계에도 신질서는 오지 않는다. 미영을 격멸하여 팔굉일우八紘一宇의 정신 하에 동아가 새로 세워지고야만, 동아 제민족에게 평화와 번영이 올 것이다.

그런데 세인世人은 대개 영미英米의 동아에 대한 정치적 침략과 경제적 착취는 알지만 그 사상적 해독은 모른다. 우리들은 미영의 정치적, 경제적 세력과 함께 이 사상적 세력도 구축驅逐하지 않으면 안 된다.

1. 개인주의

일본정신은 나라님의 신민臣民으로서, 어버이의 아들로서, 형의 아우로서, 아내의 남편으로서, 아들의 아들로서의 자기를 생각한다. 즉 오륜五倫의 책임자로서 자기를 생각하는 것이지 개인이라는 생각은 하지 않았다. 개인주의는 실로 앵글로산産이다. 동양사상의 근본은 충효주의다.

2. 상업주의-커머셜리즘

무엇이나 금전적으로 이윤을 인생생활의 표준으로 하는 것도 앵글로사상이다. 경제사상주의라고도 할 것이다. 유리주의唯利主義라고도 할 것이다. 그들은 국

1 가야마 미츠로(香山光郎), 『삼천리(三千里)』, 1942.1.

가도 개인의 이익을 위해서 있고 개인의 이익에 위반하면 국가는 혁명을 일으켜도 좋다 하여, 그들은 의義라는 것은 모른다. 이해관계가 주가 되어 있다. 의회가 납세자의 이익을 위한 집합이라는 것이 앵글로사상인데, 이런 관념은, 일본정신에 거스른다.

3. 권리주의

권리는 로마법에서 온 관념이라지만, 또 유태사상도 된다. 부자, 부부, 국가와 국민, 어느 것이나 권리주의 관계에 있다고 하는데, 이 사상도 영미英米로부터 우리들에게 침윤浸潤한 것이다.

동양정신에는 권리의 주장이라는 것이 없다. 군신, 부자, 부부, 형제 어느 것이든 정情과 의義에 의해서 맺어지는 것이지 권리 의무 등의 교환조건적, 최인적取引的[2] 관계는 아니다. 오직 봉사가 있을 뿐이고, 봉공奉公이 있을 뿐이다. 이 권리사상으로부터 그릇된 개인주의가 일어나는 것이다.

4. 행복주의

최대 다수의 행복이라는 것이 영미인의 국가이상이요, 사회이상이다. 여기에는 두 개의 오류가 있다. 하나는 행복을 각 개인의 물질적, 관능적 만족에 두는 것이요, 하나는 다수로서 소수를 다스린다는 정치관에 있다. 일본정신 내지 동양사상은 그렇지 않다. 동양에선 인생의 목적은 의로운 일을 하는 데 있는 것이고, 인민을 다스리는 것은 나라님 한 분이 계시어 각인各人으로 하여금, 그 설 바를 얻게

2 상호의 이익이 되는 교환조건에서 일처리를 하는 것.

하는 데 있다.

5. 자유평등주의 - 소위 데모크라시

자유는 앵글로인의 가장 즐기는 표어인데, 이것은 인류의 제멋대로 사는 약점에 대한 자기 변해辨解 내지 아첨에 지나지 않는다. 일본인에게는 영미인이 말하는 자유는 없을 것이다. 오직 폐하의 대어심大御心을 감사하며 사는 도道가 있을 뿐이고, 이 생활을 방해하는 자 없는 것을 자유라 할 것이다. 평등에 이르러서는 더군다나 그러하다. 군신, 부자, 부부, 형제는 결코 평등이 아니다. 인간 사회는 계급적, 주종적主從的 관계를 기초로 해서 성립되어 있다고 할 수 있다.

이상 술述한 것은 배척할 만한 영미사상의 주요한 것을 든 것인데, 우리들이 미영은 완전히 격멸하더라도 이 사상을 격멸하지 않는 이상 팔굉일우八紘一宇는 오지 못한다. 화和로서 책責하려는 신질서는 오지 못한다. 화和라 함은 대소고하大小高下의 조화調和이다.

이때, 국민은 일억일심 대미영전對米英戰을 수행할 것인데, 동시, 오랫동안 우리들의 마음을 더럽힌 앵글로사상도 함께 격멸하여 황도皇道를 선양宣揚하지 않으면 안 된다. (박수)

1942년

항구 원대한 구상恒久遠大の構想[1]

전쟁에 타협 없다. 전쟁 전 일체의 국제 관계는 파산되었다. 즉 전쟁 전의 일미日米 교섭 중에 표명되었던 평화 처리안으로서의 기초 조약 일체는 이제 소멸했고, 제국帝國은 오늘날에 이르러서는 대동아大東亞에 한정된 지역의 질서관에 붙들려 구애될 필요가 없다.

일본은 미국과 싸우고 영국과 싸우고 네덜란드와 싸우고, 희랍, 이집트, 멕시코, 파나마, 호주, 뉴질랜드와 싸우게 된 것이다. 이들 나라는 전 국토를 제국의 무력 자유행사에 내맡긴 것이다. 누가 또 종래의 대동아적 소질서관에 집착하겠는가. 일본 관민官民은 거국적으로 싸워나가고, 거국적으로 지구의 중심 대일본제국을 핵심으로 하는 새로운 세계 질서관을 구상하여 제시하지 않으면 안 된다.

생각건대 공존공영권共存共榮圈은 이 지역의 경제적 자급자족 그리고 항구적 안정감을 확립하고, 나아가 인류 공존의 공정하고 또 공명한 정의正義와 인자仁慈의 황도적皇道的 요건을 함축함으로써만 그 영원한 정치적 생명을 얻을 수 있을 것이다. 개전開戰한 지 얼마 안 되는 오늘날 갑작스레 이것을 역설함은 약간 경솔한 듯하지만, 대국적인 관점에서 세계를 통찰하고 그 견해로써 지켜야 할 곳, 공격해야 할 곳, 빼앗아야 할 곳, 그만두어야 할 곳을 분명히 하지 않으면 그 행동은 방침 없이 산만하게 끝날 것이다.

우리 충용무쌍한 육해군은 개전에 앞서 이미 이날을 대비하여 평상적 방비防備에 힘써 완벽한 진영陣營을 상비常備해 왔다. 그리고 전쟁이 돌연 개시되자 전광일섬電光一閃의 찰나에 완강함을 과시하는 적의 아성牙城에 달려들어 습격했다. 모두 적이 전진하는 근거지로, 싱가포르, 필리핀, 괌, 하와이 등 어느 것이든 적이 그것

1 원문 일본어. 고주(孤舟), 『조선공론(朝鮮公論)』, 1942.1.

을 잃으면 그들의 아세아 침략책은 그 근거를 잃게 되는 것이다. 그것들을 사수死守해야만 비로소 그 모략을 일본에 끼칠 수 있다. 그러나 그들은 개전 하루만에 이미 전투력을 거의 잃고 망연자실, 전의혼도戰意昏倒 상태를 드러냈다. 우리의 신주귀책神籌鬼策과 전장戰場에서의 종횡자존縱橫自存의 활약은 이미 적의 담력을 빼앗기에 족하여 퇴세頹勢의 만회는 극히 어렵다.

무릇 미영米英의 침략 본거지는 하와이와 싱가포르이다. 거슬러 올라가 이 본거지를 지휘, 지배하는 요충지는 미 태평양 연안과 파나마, 알래스카와 이집트, 아덴亞丁,[2] 호주이다. 태평양의 화근, 아세아 대륙의 불안의 근원은 그곳에 있는 것이다. 이들 지역은 미영 점령지와 보호령을 불문하고 제국을 향해 선전포고했다. 이 화근을 뿌리 뽑지 않으면 아무래도 동아의 안정은 기약할 수 없는 것이다. 그런데 안정을 위한 국제 관계의 파산이라는 새로운 질서관 구상의 기회는 이제 그들 자신의 손에 의해 제공되었던 것이다. 이 얼마나 천부천여天賦天與의 기회인가. 하늘의 도움이란 곧 이것을 이름이다. 평화 처리에 의해서는 절대 가능하지 않을 영원 평화 건설의 계기가, 그들의 호전적이고 도전적인 진공進攻을 포위한 일본군의 진격에 의해 주어진 것이다.

이 천혜적天惠的 기회를 맞아 정의 인도에 입각한 신질서를 이들 침략 거점에 둘러싸인 지역에 수립하기 위해 완벽한 구상을 마련하지 않으면 황도皇道 일본의 면목은 과연 어디에 있으랴. 황군의 거칠 것 없는 전과戰果도 끝내 진흙에 묻히지 않을 수 없을 것이다. 제국의 관민官民 된 자 사기士氣 왕성하게 전쟁에 임하고, 이 구상에 있어서도 크게 사기를 돋우고 예기銳氣를 새롭게 하여 불기자재不羈自在한 질서 건설의 연구가 긴요하다. 전투는 반드시 그 선상에 따라 진전되어야 하고, 구상은 전선戰線에 따라 펼쳐가야 한다.

---

2 예멘 남부의 항구도시. 예부터 유럽과 인도를 연결하는 무역의 중심지로서 1839년 영국이 해군기지를 건설하면서 인도 제국의 일부가 되었고, 1937년에는 인도 제국에서 분리되어 영국의 직할 식민지가 되었다.

태평양이여[1]

태평양은 영국의 바다, 미국의 바다로 생각하던 버릇이 아직 남아 있다. 그러나 12월 8일 이래로 태평양은 우리 일본의 바다다. 좀 더 정확하게 말하면 동부 태평양은 12월 8일 미국 태평양함대가 우리 해군의 손에 부서진 날부터, 그리고 서부 태평양은 12월 10일 영英 극동함대가 부서진 날부터 일본의 태평양이 된 것이다. 괌도島, 웨이크도島는 이미 아유我有가 되었거니와, 필리핀比律賓, 보르네오, 자바, 수마트라, 셀레베스가 아마 사쿠라 피기 전에는 일장기日章旗 밑에 들어오려니와, 그리되면 태평양은 거의 전부 일본의 바다가 되는 것이다. 하와이布哇와 만주와 뉴질랜드도 다음번 사쿠라 필 때에는 일본의 것이 될 것이니, 그리되면 적도赤道 남북의 태평양이 전부 우리 자손의 놀이터가 되는 것이다.

태평양은 지구상에 가장 큰 바다, 가장 항해하기 좋은 바다, 가장 도서島嶼가 많고 산물이 풍豊한 바다다. 옛날 지도에는 지금 일본해日本海를 조선해朝鮮海라고 하고 지금 태평양을 일본해라고 썼다고 한다. 그것이 예언이 된 것이다.

호주濠洲의 양모羊毛와 필리핀제도比島의 마麻는 우리의 옷감이요, 보르네오의 석유, 말레이馬來반도의 고무와 석錫은 우리의 무기와 일용품이다. 겨울이 되면 하와이와 뉴질랜드에 피한避寒을 가는 것이 한 유행이 될 날도 머지는 않다. 오는 겨울쯤은 벌써 가는 사람이 있지 아니할까. 나는 겨울이면 감기가 잘 드는 약한 몸이기 때문에 어서 하와이, 뉴질랜드가 일본 영토가 되어서 나 같은 사람의 동기冬期 생활지生活地가 되기를 바란다. 뉴질랜드 기후를 세계의 낙원이라고 한다. 이번 대동아전쟁의 상병용사傷病勇士를 맨 먼저 이곳에 보내어서 휴양시킬 것이다.

벌써 다방에서 가배珈琲나 홍엽紅茶에 각사탕 두 개를 넣어주는 것은 필리핀 점

---

1 가야마 미츠로(香山光郎), 『매일신보(每日新報)』, 1942.1.3. '태평양에의 낭만(浪漫)'이라는 표제어 아래 실렸다.

령을 예상한 때문이다. 필리핀에서는 연 7천 톤의 사탕이 미국으로 갔다고 한다. 이노井野[2] 농림대신의 방송을 들건댄 이 사탕이 모두 대동아공영권으로 들어오면 너무 달아서 걱정이 되리라고 한다. 남는 사탕은 항복 후에 미국에 나누어주어도 좋을 것이다. 남양南洋의 고무는 세계 고무의 98퍼센트라고 하고, 텅스텐, 석錫은 80퍼센트 이상이라고 한다. 그러고 보면 일본이 주기 전에는 미국은 자동차도 못 만들게 되고 군함과 무기도 못 만들게 된다.

그도 그러려니와, 미米의 압제에 우는 필리핀민比島民, 영英과 난蘭의 견마犬馬 대우 밑에 밟히고 빨리던 말레이, 네덜란드령 동인도蘭印 등 수천만 민중이 우리 황도적皇道的 지도 밑에 비로소 안락과 문화의 생활을 얻게 되어서 태평양은 비로소 정말 태평太平한 양洋이 될 것이다.

원래 태평양이란 이름이 남미南米로부터 남양南洋에 이르는 40일 항해에 한 번도 풍랑을 아니 만났다는 데서 왔다고 하거니와, 지금까지는 결코 태평양太平洋은 아니었었다. 태평양을 설레게 하는 것이 북에는 빙산과 농무濃霧요 서남에는 태풍이거니와, 이것은 모두 잠시적暫時的이다. 3백 년을 두고 태평양을 불평不平케 한 것은 실로 영국의 해적적海賊的 세력이었었다. 나중에는 미국이 영英에 추수追隨한 것이었다.

태평양이여! 그러나 앞으로는 영원히 태평한 바다가 될 것이다. 오황吾皇의 어은혜御恩澤 밑에 공영共榮하는 태평양이 될 것이다. 저 탐욕의 영인英人의 손에 거의 절멸하다시피 된 호주와 보르네오의 원주민까지도 황민皇民의 역域에 끌어올리고야 마는 것이 일본정신이다. 천황의 대어심大御心이시다. 토인土人이란 말을 아니 쓰고 주민住民이라고 부르기로 결정되었다.

그런데 마치 미국의 태평양함대와 영국의 동양함대가 우리 용장勇壯한 황군장병의 심혈心血로 소탕掃蕩되듯이 말레이, 남양南洋의 탐욕의 잔적殘敵도 우리 충용忠勇한 육해군 용사의 피로 불식拂拭될 것이다. 일본 남아의 청정한 선혈로 정세淨洗

---

2 이노 히로야(井野碩哉, 1891~1980). 도쿄제국대학 졸업 후 농상무성(農商務省) 관료가 되었다. 농림성 잠사국장(蚕糸局長)을 거쳐 1941년 고노에 내각에 농림수산대신으로 첫 입각했다.

된 토지 위에 정명직淨明直의 황도문화皇道文化의 꽃이 필 것이다.

지금 국민학교에 재학하는 우리 자녀들과 지금 모태母胎에 있는 이들과 그들의 자손들은 영원히 이 태평양을 지키고 빛내일 것이다.

태평양은 우리의 바다다. 우리 피로 속贖한 우리 바다요 우리 자손에게 전할 유업遺業이다. 태평양 그 속에 있는 모든 섬과 육陸과 해海의 모든 산물은 다 우리 자손들이 공영권 내의 제 민족을 거느리고 향유할 유업이다. 오황吾皇의 것이다.

아세아 대륙과 태평양, 이것은 우리 천황이 천양무궁天壤無窮토록 다스리실 땅이다. 풍위원 서수국豊葦原 瑞穗國[3]이다. 따뜻하고 아름다운 구로시오黑潮[4]는 완전히 우리의 것이다. 남양南洋과 호주의 조수鳥獸와 태평양의 어별魚鱉도 일본의 국적國籍에 들게 됨을 알아서 그 위로 부는 바람도 君ヶ代(천황의 치세)를 아뢰이고 있다.

---

3 『일본서기(日本書紀)』에 나오는 '豊葦原ノ千五百秋ノ瑞穗ノ國ハ此レ吾カ子孫ノ王タルヘキ地ナリ宣シク爾皇孫就イテ治ラセサキクマセ寶祚ノ榮エマサンコト將ニ天地ト窮マリナカルヘシ(갈대가 무성한 들판의 영원한 세월 싱싱한 벼이삭이 아름다운 나라, 이는 나의 자손이 왕이 될 만한 땅이니 마땅히 너 황손이 나아가 다스리도록 하라. 보위의 예사롭지 않은 영광됨이 장차 천지에 다함이 없으리니)'의 첫 구절 '豊葦原ノ千五百秋ノ瑞穗ノ國'에서 따온 말.

4 구로시오 해류. 태평양 서부 타이완 섬 동쪽에서 시작해서 북쪽으로 일본을 거쳐 북태평양 쪽으로 흐르는 일본 해류.

생활도 결전적決戰的[1]

1
생활의 일본화—여기서부터 시작하자

전시하에 있어서의 우리의 생활은 언제나 전쟁을 완수하는데 그 목적을 두지 않으면 안 될 줄 압니다. 여기에 있어서 먼저 우리의 생활을 일본화하도록 노력하지 않으면 안 될 줄 압니다. 이 생활개선의 용의도 내선일체의 완성도 오즉 우리의 생활을 일본화하는 데 있다고 생각합니다. 그러려면 무엇보다도 가정의 주부되시는 분들이 이 점에 힘쓰지 않으면 안 될 줄 압니다. 우리가 생활의 일본화를 위하야 매일 실행하지 않으면 안 될 조목을 구체적으로 들어 말씀하겠습니다.

첫째로, 우리는 나라의 조상님을 위하여야겠습니다. 즉 다이마大麻[2] 배례를 할 것입니다. 따라서 자기 집의 조상을 위하는 불단을 만들어 놓고 대대 조상을 다 모시도록 할 것입니다. 아이들이나 어른들이 다 같이 아침마다 조상을 생각하며 감사를 올리는 것은 퍽 아름다운 일이라고 생각합니다.

그 다음은 혼상제인데, 이것도 다 내 자식으로 하여야 하겠습니다. 돈이 경제된다는 점은 제2의 문제이고, 우리는 앞으로 해야 될 것이니까 미리 하는 것이 좋다고 생각합니다. 그리고 우리의 예의작법에 있어서도 조선 사람은 가족끼리 한 집안에 살면서도 아침에 일어나서 인사를 안 하는 일이 많습니다. 예전에는 조선에도 이런 예법이 있었는데 어떻게 되어서 그랬는지 중간에 다 없어지고 말었습니다. 아침에 이러나서 안녕히 주무셨습니까 하는 인사를 하는 것은 그 얼마

---

1 가야마 미츠로(香山光郞), 『매일신보(每日新報)』, 1942.1.12~15. 이름 앞에 '임전보국단(臨戰報國團) 생활부장(生活部長)'이라는 칭호가 붙어 있다.

2 신궁(神宮)이나 신사(神社)에서 주는 부적. 가미다나(神棚)의 중앙에 모심.

나 아름다운 일입니까. 그리고 손님이 왔을 때도 우리는 있는 친절을 다 갖춘 예절을 가져야겠습니다. 너무나 손님 대접에 있어서 뚝뚝합니다.[3]

그리고 우리 가정에서는 국어를 상용할 습관을 지어야겠습니다. 하여튼 가정의 주부는 생활의 일본화를 위하야 힘써야 될 것입니다.(1942.1.12)

2
전쟁 위한 생활—안 사고 아끼고

나는 지금 애국반장을 하고 있습니다. 애국반장을 해보니까 애국반원들의 모임이란 것이며 그들의 협력도 큰 것을 알 수 있었습니다. 무엇이든지 애국반을 중심으로 진행해 나간다면 힘 안 들이고 이룰 수 있다 생각합니다. 그런데 애국반원들의 열심이 아직 적은 것을 볼 수 있었습니다. 여기서 우리 임전보국단의 단원이 되신 분은 한 사람 빠지지 말고 열심 있게 애국반을 살려나가자고 부탁합니다.

또 한 가지는 안 살 것과 아낄 것, 이 두 가지를 우리 생활의 목표로 세워주시면 합니다. 이것은 말할 것도 없이 절약과 저축을 말하는 것입니다. 이 안 사고 아끼는 이 두 가지 항목이 전쟁을 완수하는 큰 열쇠가 된다는 것을 여러분은 다 아시고 계십니다. 반드시 해야 될 것이라면 우리는 묵묵히 실행하는 것밖에 아무 일도 없습니다. 늘 물건을 사고 싶은 욕망 때문에 안 사도 될 물건을 사게 되는 유혹을 받습니다. 가정의 주부되시는 분은 물론이고 그의 집안의 어른이나 아이들도 안 사도 될 물건을 사지 않도록 결심하십시오. 그 다음은 있는 물건을 헤프게 쓰지 말고 아껴 쓰셔야겠습니다. 옛날 같으면 버릴 물건도 어떻게 하면 잘 살려 쓸까 머리를 써서 새것처럼 만들어 쓰시기 바랍니다. 이러한 점은 모두 주부

3 말이나 행동, 표정 따위가 부드럽고 상냥스러운 면이 없어 정답지가 않다.

의 머리와 노력 여하에 있다고 생각합니다.

다음은 안 사고 아껴서 남은 금액을 저축하는 것밖에 없습니다. 많지 않은 금액을 그냥 내버려두면 흐지부지 녹아버리는 것입니다. 어떠한 방법으로나 저축을 하시기 바랍니다.(1942.1.13)

3
식사와 감사—일채일즙을 실행하자

앞에서 말한 생활의 일본화에서 이야기할 것이지만 우리의 생활 중에서 무엇보다도 첫째 꼽는 중요한 것이기에 따로 한 조목 들어 말씀드립니다.

식사도 일본식 식사로 개량하자는 것입니다. 왜 그러냐 하면 일본식 식사는 다 먹을 수 있는 분량만 떠놓으니까 퍽 경제적입니다. 더구나 전시에 있어서는 반드이 본받어야 할 식사법이라 생각합니다. 일본식이라면 일채일즙[4]을 말하는 것입니다. 일채일즙이면 반드시 국 하나, 찬 하나만이 아닙니다. 밥하고 국이 될 만한 것 한 가지하고 찬이 될 만한 것 한 가지에다 고추장이나 간장 같은 조미료를 놓고 먹는 것입니다. 조선서는 실컷 먹고도 남도록 그릇에 다 담습니다. 이 점은 주부들이 크게 깨달으시고 금년부터는 종래의 상 보던 대로 보지를 말고 단연 일본식으로 개량하시기를 바랍니다. 이것은 평안한 때와 달라 전시에는 더욱 필요하다고 생각합니다. 꼭 한 사람이 먹을 수 있는 분량만 떠놓는데, 그 분량에 완전한 영양을 취할 수 있는 요리를 하실 것은 물론입니다.

다음은 식사 예의인데 식사 예의가 없는 것은 조선뿐입니다. 하루 세 번 밥을 먹는 데 아무러한 감사를 올리는 표적이 없는 것은 퍽 섭섭한 일입니다. 여기서 처음에는 안 하던 것을 하라니까 잘 안 될 것입니다. 그러니까 주부가 용기를 내

4　일즙일채(一汁一菜) : 한 종류의 국과 한 종류의 반찬으로 구성된 간소하고 소박한 식단.

서 시작하시고, 그다음은 밥상에 똑바로 앉아서 "먹습니다." 하는 감사를 표시하는 인사를 올렸으면 합니다. 이 인사는 하나님, 임금님, 부모님, 농부, 부엌에서 음식을 만들어 준 이들을 생각하고 먹는 것입니다. 단지 음식을 준 사람에게만 감사를 드리는 것이 아닙니다. 동시에 잘 먹었습니다, 하는 인사도 종교적인 아름다운 일이라 합니다.

끝으로 우리는 일즙일채식 식사로 이 이상이면 체하고 이 이하면 배가 곯을 것이라는 것을 생각하고 늘 일정한 분량을 담도록 할 것입니다. 이것은 찬 한 가지도, 국물 한 술도 소중히 여기자는 것과 물건을 함부로 취급하지 말자는 것입니다. 물건을 허비하지 말자는 것입니다.(1942.1.14)

4
가정 개로운동—위선 청소작업에서부터

오늘은 여러분께 개로皆勞에 대한 말씀을 드리겠습니다. 누구든지 입으로는 개로, 개로 하면서 실행이 없는 것이 개로가 아닌가 생각합니다. 한 가정 사람으로 누구든지 일할 수 있는 것은 청소작업이라 생각합니다. 요즘은 눈이 가끔 오는데, 어느 날 눈 오는 아침에 어느 친구 집에 갔더니 노인 친구들이 모두 눈을 치고 있었습니다. 잘 사는 이들이고, 또 노인들인데도 씩씩하게 일하는 것을 볼 때에 퍽 마음이 좋았습니다. 이외에 집안에서 할 일은 많습니다. 아침에 일어나서 자리를 개고 자기 방을 치운다든지 분담을 해서 소제를 하면 집안은 늘 깨끗해서 사는 재미가 더욱 날 줄 압니다.

그리고 주부에게 말하고 싶은 것은 부엌과 변소는 주부가 손수 치웠으면 합니다. 왜 그러냐 하면 부엌이나 변소는 더럽기 쉬운 곳이니까 식모라도 치우기를 싫어합니다. 그리게 먼저 주부가 소재를 손수 시작해서 하면 식모도 자녀도 따라서 하게 될 것입니다. 하루 한 번 뒷간 소제를 하면 후세에 부자가 되고 미인이 된다는 옛말이 잇는 것을 보아도 변소 소제 같은 것을 게을리 하지 말라는 말인 줄 압니다.

다음은 사용인을 두지 말 것입니다. 사용인을 많이 두는 집에서는 식모, 찬모, 침모, 심부름하는 아이, 상노, 행낭을 빼놓더래도 다섯 명 이상입니다. 식구는 두 명인데 사용인은 다섯 여섯 명씩 되는 가정이 보통입니다. 그리고 내가 사는 효자정은 관사촌官舍村[5]인데 모두들 고등관입니다. 그러나 장을 보러 가는 이들은 모두 고등관의 부인들입니다. 아이를 업고 일하는 모양을 가끔 봅니다. 이러한 점을 우리 주부들도 본받었으면 합니다.

다음의 불의방문不意訪問인데 이 점도 삼갔으면 하는 일입니다. 남은 일껏 하루의 예산을 세우고 무엇을 할까 하고 있는데, 별안간 손님이 찾어오면 하루가 흐지부지 지나가고 맙니다. 이렇게 되면 주인이나 손이나 여러 가지로 손해이니까 불의의 방문은 마시기 바랍니다. 남의 집을 찾아가려면 미리 통지를 하고 가시기 바랍니다.

온 집안 식구가 총동원해서 사용인을 쓰지 말고 집안을 치우는 데서부터 외출을 하고 남을 찾아가는 데까지 모두 규모 있는 살림살이의 프로그램을 진행하시기 바랍니다.(1942.1.15)

---

5 관리의 사택(舍宅)이 들어선 마을.

지금이야말로 봉공의 기회この秋こそ奉公の機會[1]

바야흐로 대동아전쟁이 시작된 지 이미 수개월, 폭려暴戾한 미영米英 격멸擊滅의 성업聖業이 착착 진행 중인 지금, 우리들 반도 민중은 대군大君을 위해, 나라를 위해 크게 봉공奉公하지 않으면 안 된다고 생각합니다. 일한병합 이후 세간世間의 일부 사람들 중에는 언제나 당국을 향해 '주지 않는다'고 해서 불만을 가져온 것입니다. 그러나 이런 관념은 서양식 국가 관념입니다. 즉 세금을 얼마 냈으니 그만큼 국가로부터 뭔가 받지 않으면 안 된다는 것이 서양식 국가 관념인데, 우리 일본의 국가 관념은 그와는 반대로 기쁘게 자진하여 모든 것을 국가에 바치고자 하는 것입니다. 즉 아무런 대가도 바라지 않고 다만 기쁘게 바치는 것이 일본의 국가 정신입니다.

나 같은 사람도 이 일본의 국가 관념을 파악하게 된 것을 기쁘게 생각합니다만, 우리가 지금까지 나라에 바친 것이 너무 적은 것이 부끄럽습니다.

이번 지나사변支那事變에 전장에서 산화散華한 전몰장병戰歿將兵이 10만6천 명에 달한다고 군軍에서 발표했는데, 내선인內鮮人의 비율로 보면 내지인이 10만6천 명 전몰戰歿할 때 그 가운데 조선인이 3만 명은 포함되는 것이 정상이고 또 공평한 일이라고 생각합니다.

그런데 그중에서 조선인 몇 사람이 피 흘려 죽었는고 하면, 중위中尉 1명과 병졸 2명, 합해서 3명이니, 정말 부끄러울 따름입니다.

그러나 몸을 나라에 바쳐 피 흘릴 수 있는 병역兵役에는 그런 빈약한 숫자를 보였다 칩시다. 그러나 우리는 얼마든지 바칠 수 있는 채권債券 구입에서도 4, 5년간

---

1 원문 일본어. 가야마 미츠로(香山光郎), 『대동아(大東亞)』, 1942.5. '임전보국단(臨戰報國團) 수뇌부(首腦部)는 말한다'라는 특집 기사의 하나로, 기자와의 대담 내용이다. 이광수는 임전보국단 상무이사로 소개되고 있다.

조선인이 소화한 국채가 8푼 6리 3모라니, 이 또한 빈약하기 짝이 없는 상황이라고 하지 않을 수 없습니다.

첫째로 우리는 몸을 적게 바쳤고,

둘째로 우리는 물질을 적게 바쳤으며,

셋째로 우리는 마음을 적게 바쳤다

고 생각합니다. 대군大君과 나라에 마음을 바치는 것은 첫째가는 일이라고 생각하는데, 이것 역시 적으니 우리는 정말 죄송하게 생각합니다.

지금은 미영격멸米英擊滅이 한창이니, 이때야말로 우리는 있는 힘을 모두 내지 않으면 안 될 시기라고 생각합니다. 마음과 물질과 몸을 바쳐 국민 전체가 결전체제決戰體制를 취하지 않으면 안 될 때라고 생각합니다.

특히 이 기회를 맞아 우리 반도인의 사명이 참으로 크다고 생각되는 것은 노역勞役 부문입니다. 1942년昭和 17에 몇 백만의 노동력이 필요할지 그 숫자는 아직 모르고, 또 사용처도 전문가가 아닌 저로서는 알 수 없지만, 여하튼 생산기관이 전보다 부쩍 늘었고 또 출정出征으로 인한 인원 부족을 느끼는 이때, 사람이 부족한 곳에 반도인半島人이 노동력을 충당하지 않으면 안 된다고 생각합니다. 그 밖에 국채를 사고 저축을 하고 군수품 헌납 등 우리 보국단원報國團員[2]이 솔선하여 전폭적인 힘과 성의를 다할 것을 간절히 바랍니다.

---

2 조선임전보국단(朝鮮臨戰報國團). 1941년 9월 태평양전쟁 지원을 위해 최린·김동환이 주도한 임전대책협의회와 윤치호 계열의 흥아보국단이 통합하여 조직한 연합단체로, 1941년 10월 22일 부민관 대강당에서 출범했다. 황도정신의 선양과 전시체제하에서의 국민생활 쇄신을 강령으로 내걸고 활동하다가 이듬해 국민총력조선연맹으로 흡수 통합되었다.

병역과 국어와 조선인兵役と國語と朝鮮人[1]

교육과 국민

병역은 어떤 시대에나 국민의 최대 의무이다. 병비兵備 없이 국가는 유지되지 못한다. 전쟁 없는 세상은 인류의 영원한 이상이겠지만, 현실에서는 전쟁 없는 세상이란 일찍이 없었다.

군비, 정치, 산업, 문화는 국가의 네 기둥이다. 이 네 가지는 넷이자 하나이다. 그런 까닭에 국민은 모두 군인이고 정치인이며 산업인이고 문화인이다.

오늘날 일본인은 전쟁을 하고 있다. 세계 최대의 적을 맞아 유례없는 대전쟁을 하고 있는 것이다. 국민 각자가 최대의 긴장 아래 생명을 건 분투를 하고 있는 것이다. 만약 국민 가운데 누가 나는 군인이 아니라고 하는 사람이 있다면, 그야말로 최대의 죄를 범한 자라고 하지 않을 수 없다.

나는 태어나서 어른이 되기까지 국가의 교육기관에서 교육받는다. 이는 국가를 위한 것이며, 모든 국민으로 하여금 군인으로서, 정치인으로서, 산업인으로서, 문화인으로서의 자격, 즉 정신력과 지식력과 훈련을 받게 하기 위해서이다. 교육이 국민교육이라 일컬어지는 이유가 여기에 있으니, 이는 반드시 이른바 국민교육, 즉 초등교육만을 가리키는 것이 아니다. 중등, 고등의 교육도 국민교육이 아닌 것은 아니다. 다만 초등교육을 특히 국민교육이라고 하는 이유는 이 단계의 교육만큼은 국민 된 자 남녀와 우열優劣을 불문하고 누구나 받을 의무가 있다는 점에 있을 뿐이다.

---

1 원문 일본어. 가야마 미츠로(香山光郎), 『신시대(新時代)』, 1942.5.

남자와 병역

그런데 초등교육의 의무를 마치면 16세가 될 것이다(의무교육 8년의 경우). 이때부터 4, 5년이 지나면 성년에 이르는 것인데, 성년이란 병역兵役에 나아갈 수 있는 연령이라는 의미이다. 단, 이는 남자에게 국한된 것으로 여자에게는 병역의 의무가 없다.

매년 성년이 된 남자, 즉 장정은 모두 징병검사를 받고 갑을병정의 등급이 정해지며, 갑 및 을의 일부는 군인이 된다. 육군이라면 보병步兵이 가장 많고, 그 밖에 포병砲兵, 공병工兵, 기병騎兵, 항공병航空兵 등 다수의 병과兵科가 있어 각각에 적합한 자가 각각에 충당되는 것이다. 그리고 1년, 2년, 3년 등 각각 규정된 기간 동안 병역에 복무하는 것인데, 복역 기간 중 전쟁이 없으면 단지 훈련만 받고 제대하여 예비역에 편입될 것이다. 그러나 전쟁이 있으면 출정出征하는 것이다.

출정한다고 해도 대부분의 군인은 살아 돌아올 테지만, 그러나 일단 군인으로서 입영하면 이미 살아서 집에 돌아오지 않을 각오를 갖지 않으면 안 된다. 응소應召란 대군大君의 부르심에 응하여 드리는 것이고, 군대는 대군의 것이다. 군인으로서 부름 받을 때 국민은 집도 부모도 처자도, 직업도 재산도 모두 버리고 부르심에 응하는 것이다. '대군大君의 뜻을 황송히 받들어' 어군御軍을 위해 나아가는 것이다. 이는 예부터 남아의 본회本懷로 삼던 바이다. 그리고 만약 전쟁이 일어나면 용감히 출정하고 힘껏 싸워 전사戰死하는 것을 남아의 가장 영광스런 죽음이라고 생각하는 것이다. 그것은 생명으로써 대군의 은혜에 보답해 드린 것이므로, 또한 나라를 위해 최고의 공헌을 한 것이므로. 생명을 바치는 것 이상의 보은報恩도 공헌貢獻도 없으므로. 국운國運은 이렇게 바쳐진 소중한 생명에 의해 지켜지고 펼쳐지는 것이므로.

따라서 남자로서 신체 또는 정신의 결함 때문에 병역에 복무하지 못하는 것은 최대의 불행이며 치욕이다. 국민개병國民皆兵의 국가에서는 병역에 복무하지 않는 자는 완전한 국민이라고 할 수 없다. 심신이 건전하지 않아서 군인이 될 수 없는 것은 정말 어쩔 수 없는 일이지만, 이런 사람은 다른 부문, 즉 정치, 산업, 문화 부문에서 그만큼의 갚음을 할 의무가 있다. 군인이 된 셈으로 사리사욕을 잊고 직역봉공職域奉公하지 않으면 안 된다. 왜냐하면 군인은 모든 사리사욕을 떠나 군국君國을 위해서만 순수한 충의忠義의 자기희생을 하기 때문이다. 실제로 인간은 병역을 통해 욕심을 떠나는 수행을 하는 것이다. 헌신의 덕德을 행하는 것이다. 곤고결핍困苦缺乏을 견디고 생사를 초월한 담담한 심경에 오를 수 있는 것이다.

아름다운 여성은 이런 건강한 남성의 아내가 되기 위해 태어난 것이다. 국민의 최고 영예와 감사가 이런 용사에게 주어지는 것은 당연한 일로, 전사자戰死者를 신神으로 모시는 대어심大御心을 헤아릴 수 있을 것이다.

조선인과 병역

조선인은 1939년昭和 14 이래 특별지원병으로서 일부의 장정이 병역에 복무하는 영예를 떠안게 되었다. 군인으로서 부름을 받는다는 것은 완전한 황국신민皇國臣民으로서 신뢰받았음을 의미한다. 달리 말하면, 아직까지 조선인이 군인으로서 부름을 받지 못한 것은 아직 조선인이 그만큼 신뢰받을 시기에 이르지 않았기 때문인 것이다. 그러나 아직껏 조선인 장정이 전부 병역에 복무하지 못하는 것은 아직 조선인에게는 무언가 자격에 부족함이 있기 때문이다. 그 부족한 자격이야말로 조선인 자신이 극복하고 보충하지 않으면 안 되는 것이다.

그런데 군인의 자격이란 어떤 것인가. 그것은,

1) 일본국민일 것

2) 성년 남자일 것

3) 심신이 건전할 것

4) 국민교육을 받았을 것

5) 범죄자가 아닐 것

등은 말할 것도 없지만, 조선인의 경우 황국신민적 충의忠義의 정신이라는 것이 문제가 되는 것이다. 즉 조선인이 국가로부터 신뢰받는가, 그렇지 못한가는 이 점에 대한 판단에 달려 있는 것이다.

그렇다면 황국신민적 충의의 정신이란 무엇인가. 그것은 '나는 천황의 신민이고, 일본은 나의 조국이다. 나는 생명으로써 이 조국을 지킬 것이다.' 하는 신념이다. 열정이다. 이 신념, 이 열정 없는 자가 국가의 간성干城[2]으로 신뢰받을 수는 없는 것이다.

아니, 병역만 그런 것이 아니다. 어떤 직업이든 그렇다. 관공리직은 본래 일본인의 혼이 결여되어 있다고 판단되는 자를 등용할 수는 없다. 공업 기술자도 그러해서 전시戰時의 공장은 군함과 다름없다. 의심스러운 자, 믿을 수 없는 자를 그 안에 들일 수는 없다. 아무리 인적 자원이 부족하다고 해도 적敵의 기술자를 쓸 수는 없다. 교육 방면도 그러하다.

현재 조선인이 전문 교육을 받았는데도, 오늘날 인재 부족을 겪고 있음에도 불구하고 취직할 수 없는 데 불평을 가진 자가 없지도 않지만, 그것은 실로 위와 같은 사정에 원인이 있다고 생각한다. 과연 본인 자신은 훌륭한 황국신민으로서 부끄럽지 않은 충성을 품고 있기도 할 것이다. 그러나 조선인 전체가 국가로부터 신뢰받지 못하는 한, 어느 특정 개인만이 신뢰받기란 지극히 어렵다. 이 점을 깊이 유의해야 한다.

만약 이를 인식했다면 선각자를 자임하는 이는 불평을 품는 대신 우선 조선 동포를 황민화하는 데 전력을 다해야 한다. 2천4백만을 앞질러 자기만 완전한 황민의 영예를 향수享受할 수는 없는 것이다.

국가의 입장에서 보면 한시라도 빨리 안심하고 조선인을 쓰고 싶을 것이다. 전

2 방패와 성이라는 뜻으로, 나라를 지키는 믿음직한 군대나 인물을 이르는 말.

선前線에서도 총후銃後에서도 인적 자원은 필요하며, 고양이 손이라도 빌리고 싶은 오늘날이 아닌가. 그럼에도 불구하고 대학과 전문학교를 나온 조선인이 빈둥빈둥 우글거리고 있을 뿐 직장을 갖지 못하는 것은 본인의 고뇌도 그렇겠지만 국가 쪽에서는 더더욱 통탄할 일이라고 여길 것이다. 이 점에 대해 조선인 자신의 재고와 반성이 필요하다고 믿는다.

조선인이 군인이 되어도 좋다고 신뢰받게 되면 모든 직업은 조선인을 위해 열릴 것이다. 결국은 조선인인 우리 자신의 마음가짐과 노력 여하에 있다고 믿는다.

비평되고 있는 결점

이번 기회에 우리 자신에 대해 엄격히 반성해 보자. 듣기 싫은 것, 말하기 싫은 것이 있어도 가차 없이 우리의 결점을 척결해 보자.

첫째로 조선인이 지적받는 것은 거짓말을 한다는 점이다. 그것은 실로 누누이 듣는 비평이다. 있지도 않은 일을 말하는 것만이 거짓말은 아니다. 혹은 한마디를 덧붙이고, 혹은 한마디를, 그저 한마디를 굳이 뺌으로써 훌륭한 거짓말이 되는 것이다. 아니, 말한 그대로를 전하더라도 전하는 사람의 억양, 표정에 따라 여러 가지로 왜곡되는 일도 생기는 것이다. 이른바 기어綺語[3]라는 것인데, 아무래도 상대에 따라 다른 말 하는 사람이 많다고 간주되는 것은 더할 나위 없는 치욕이다. 정직한 사람이 칭찬받는 것부터가 이미 부끄러운 일이다. 정직한 사람이 눈에 띄는 것은 부정직한 사람이 많다는 증거인 것이다. 이따금 정직한 사람이 있는 식이어서는 나라가 망한다. 이따금 부정직한 사람이 있는 것조차 불유쾌한 일이며, 사회를 해치는 일인 것이다.

거짓말쟁이, 부정직한 사람으로 간주되어서 신용을 얻지 못한다. 신용이 없기

3 교묘하게 꾸며대는 말.

때문에 취직도 할 수 없고, 장사를 해도 번창하지 못한다.

내지內地에서도 만주에서도 지나支那에서도 많은 조선인이 신용을 잃고 있다. 이는 치명적인 결함이다.

거짓嘘이란 입으로만 하는 것이 아니다. 몸짓이나 표정으로 남을 속이는 것도 거짓이다. 속임僞도 마찬가지다. 신분에 맞지 않는 옷차림, 빌붙는 웃음이 모두 허위이다. 하물며 아첨, 아부에 있어서랴.

사람이 거짓말을 하는 것은 욕심 탓이다. 당장의 이익, 편의를 얻기 위해 거짓말을 한다. 혹은 당장의 책임을 피하기 위해 거짓말을 한다. 따라서 거짓말은 일종의 도둑질이다. 자기 것이 아닌 것을 얻으려 하기 때문이다. 그러나 그 이익이란 잘해 봐야 그때뿐이며, 거짓말쟁이는 다음부터는 진실을 말해도 신용을 얻지 못한다. 그리고 '믿을 수 없는 사람', '신용할 수 없는 사람'이라는 낙인이 찍히고 마는 것이다.

'조선인은 거짓말을 잘한다'고 이야기되는 것만큼 불명예스러운 일은 없다. 불명예일 뿐 아니라 어떤 직업에서도 배제될 것이다. 또 무서운 것은 거짓말이나 도둑질은 일종의 전통성, 전염성을 갖고 있다고 간주되어 한 사람이 거짓말쟁이가 되면, 친형제, 그 마을, 그 지방, 그 종족 전체가 거짓말쟁이로 간주되는 것이다.

거짓말은 하나의 습관이지만, 또한 신불神佛에 대한 무신앙, 인과응보의 법칙에 대한 무지無知에서 오는 악이다. 바르게 살아가겠다는 확고한 신념을 가진 사람은 거짓말을 부모의 원수처럼 여길 것이다.

둘째로 조선인의 결점으로 지적되는 것은 책임 관념이 박약하다는 점이다. 책임이란 공적이든 사적이든, 크든 작든, 일단 어떤 일을 자기가 떠맡은 이상 이해고락利害苦樂을 돌아보지 않고 그것을 완수하는 것이다. 생명을 걸고 끝까지 해내기 전에는 그만두지 않는 것이다. 이를 책임감이라고 하며, 책임감이 강한 사람을 믿음직한 사람이라고 하고, 신뢰할 만한 사람이라고 한다. 군대에서는 일단 명령이 떨어진 자리는 죽음으로써 지키지 않으면 안 되는데, 관공리나 산업 분야의 직업도 책임감 없이 감당해낼 수는 없는 것이다.

책임감이 박약한 사람은 아무리 능력이 있어도 쓸모없다. 국가든 개인이든 책임감 없는 사람에게 업무를 맡기는 사람은 없을 것이다.

책임감이 부족한 사람은 곧잘 책임을 전가轉嫁한다. 혹은 타인에게, 혹은 환경에 자기 과실의 책임을 덮어씌우는 것이다. 그리고 이런 사람은 쓸데없이 말이 많고 변명을 잘한다. 말 많고 변명하는 것이 조선인의 특색처럼 언급되고 있는데, 정말 부끄러운 일이다. 어떤 일이 있어도 자기가 맡은 역할을 다하는 사람은 쓸데없는 말이나 변명을 늘어놓지 않을 것이다. 과실을 범하고 나서 자기변명을 하는 것만큼 추한 것은 없다.

셋째로 조선인의 결함으로 거론되는 것은 이기적이라는 점이다. 자기 본위, 자기만 좋으면 그만이고 남에게 폐를 끼치는 따위는 아무래도 좋다는 것이다. 도로에 가래침을 뱉는 것도, 대중교통을 이용할 때 서로 밀치고 당기는 것도 이 결점이 드러난 것이다. 남에게 폐를 끼치지 않는 것은 문명인의 최소한도의 도덕이다. 남에게 물건을 얻지 않고 남에게 의지하지 않으며, 남에게 손해를 끼치지 않고 나중에 오는 사람에게 장애가 되지 않도록 하는 것쯤은 참으로 최소한도의 배려가 아닐 수 없다.

여기서 한 걸음 나아가 어느 때, 어떤 곳에서든 자기를 생각하지 않고 남의 이익을 고려할 정도가 되어서야 비로소 칭찬받을 만하다고 할 것이다. 길가의 나뭇가지를 꺾는 사람과 길가에 나무를 심는 사람의 차이는 어떠한가.

넷째로 조선인의 결점으로 간주되는 것은 임시방편을 좋아하며 원대한 생각이 없다는 점이다. 산에 있는 나무를 꺾는 사람은 많지만 나무를 심는 사람은 적다. 자라기 쉬운 포플러나 아카시아를 심는 사람은 있어도 백 년이 지나야 비로소 목재木材가 되고 그늘을 드리우는 그런 나무를 심는 사람은 적다. 집을 짓는 데도 가게를 내는 데도 어쩐지 일시적인 듯이 자손 대대로 전하고자 하는 기백氣魄이 결여되어 있는 것이다.

다섯째로 이것은 무척 귀가 아플 지경인데, 조선인은 불친절하고 의리가 없으며 은혜를 잊는다, 즉 감사의 마음이 희박하다는 점이다. 이는 엄청난 비난이며,

크게 반성해야 할 것이다.

애초 이기적인 사람은 당장 득이 되지 않는 것에는 흥미가 없다. 따라서 자기의 이익이 될 듯한 사람에게는 과도하게 친절하지만 이해관계가 없다고 생각되는 사람에게는 무뚝뚝하다. 이는 참으로 비열하고 천박한 마음이며 타기唾棄해야 할 태도이다. 누구에게나 친절하고 모든 것에 감격하며 이해득실을 초월하여 의리를 지키는 그런 사람이야말로 바람직하고 고상한 인격을 가진 사람이다.

특히 은혜에 감사하는 것은 인정의 가장 아름다운 면모로, 불교에서도 '위로 사중은四重恩에 보답할 것'을 가르치고 있다. 사중은이란 임금의 은혜, 부모의 은혜, 중생의 은혜, 스승의 은혜를 가리킨다. 쌀 한 톨, 물 한 모금에도 은혜는 담겨 있는 것이다. '고맙다'고 느끼는 마음만큼 귀한 마음은 없고 진실한 마음은 없다. 은혜에 감사하는 마음에서야말로 청명심清明心은 생기는 것이다. 밥 한 그릇의 은혜조차 평생 갚아도 다 갚을 수 없는 것이다.

은혜에 감사하는 마음이 건전한 사람은 반드시 친절할 터이고 의리가 굳셀 터이다.

그런데 잘못된 마음가짐을 가지고 있는 사람은 은혜에 감사하는 마음 대신 불평하는 마음이 크다. 제게 이로운 것은 모두 자기 힘으로 한 것이며, 제게 불리한 일이 있으면 그 책임을 자기 이외의 누군가에게 덮어씌운다. 그리고 자기의 불운은 모두 다른 사람 탓이라고 생각하는 것이다. 지금 자기가 누리고 있는 행운이 나라와 타인의 은혜 덕분이라고는 꿈에도 생각지 않는 것이다.

나는 이상에서 몇 가지 우리의 결점을 열거했다. 나는 동시에 우리의 장점도 알고 있다. 예컨대 머리가 우수한 점, 관인대도寬仁大度하여 사소한 일에 얽매이지 않고 원망을 기억하지 않는 점 등 여러 가지 자랑도 알고 있다. 그러나 지금 우리에게 가장 중요한 것은 황국신민皇國臣民으로서, 대동아大東亞의 지도자로서 부족한 점을 보충하는 것이다. 가장 겸허한 태도로 자기를 비판하는 것이다. 그리고 하루라도 빨리 세상에서 신뢰를 얻고 존경받는 황민皇民이 되는 것이다.

순순히 받들어 귀의함

우리는 매우 순순히, 다소곳하게 어능위御稜威와 대어심大御心에 귀의하자. 천황은 우리의 어버이이시다. 우리는 폐하의 한없는 복덕福德, 어능위과 인자하신 마음에 안겨 있는 것이다. 매우 순순히, 매우 다소곳하게 폐하께 의지하는 2천4백만 조선인은 반드시 영원의 번영으로써 보답을 받을 것이다. 자자손손 더욱 번창하는 황운皇運의 광휘를 입을 것이다. 매우 순순히, 매우 다소곳하게 이 신념을 품을 때, 우리에게는 오직 감격이 있을 뿐이다.

우리에게 남은 것은 자기를 연마하는 것이다. 완전한 황민이 되는 것이다. 한마디로 말하면, 구스노키 마사시게楠正成[4]에게 뒤지지 않는 충성스런 백성이 되는 것이다.

아마도 가까운 장래에 조선인 장정 전체가 군인으로서 부름을 받는 광영의 날이 올 것이다. 우리는 그날을 위한 준비를 서두르지 않으면 안 된다. 조선의 장정은 한 사람도 남김없이 몸도 혼도 깨끗하고 늠름한 천황의 방패가 될 수 있도록 자기 수련을 쌓지 않으면 안 된다. 그리고 부름 받는 날에는 기쁘고 씩씩하게 어군御軍에 참여할 마음의 준비를 하지 않으면 안 된다.

군인만 그런 게 아니다. 노무원勞務員도 마찬가지이다. 총을 잡는 것도 해머나 가래, 호미를 잡는 것도 똑같이 나라를 위해서다. '전장에 서든 서지 않든' 충의에 있어서는 변함이 없다. 장교로서든 병사로서든 '대군大君의 뜻을 황송히 받들어' 출정하는 것에는 변함이 없듯이, 군인으로서 부름을 받는 것이나 노무원으로 부름을 받는 것도 가치에는 차이가 없는 것이다.

조선의 부모들이여, 당신들의 아들은 폐하의 병사이며, 딸은 병사의 아내인 것

---

4 구스노키 마사시게(楠木正成, ?~1336). 가마쿠라(鎌倉)시대 말기부터 남북조(南北朝)시대까지 활약한 무장. 고다이고(後醍醐) 천황의 막부 타도에 동참했고, 막부 타도에 동참했던 아시카가 다카우지(足利尊氏)가 천황을 등지고 다시 막부를 세우려 하자 그와 대립해 끝까지 황실의 편에 서서 싸우다 미나토(湊) 강의 싸움에서 패하고 자결했다.

이다. 그럴 작정으로 키우지 않으면 안 된다. 그리고 조선인 전체가 훌륭하게, 완전히 황운皇運을 익찬翼贊해 드리는 날이 하루라도 빨리 도래하여 영원히 번영하도록 전심력을 기울이지 않으면 안 된다.

천황의 방패가 되려는 날御盾とならん日[1]

드디어 그날이 왔다. 1942년昭和 17 5월 9일, 1944년昭和 19부터 조선에 병역법兵役法이 실시될 것이 발표되다. 때마침 산호해珊瑚海 대해전大海戰[2] 다음 날이다. 올 것이 왔다 해도 이렇게까지 일찍 오리라고는 생각지 못했다. 뜻밖이어서 기쁨이 더욱 컸다. 이것은 오직 반도의 적자赤子를 하루라도 빨리 완전한 황민皇民으로 끌어올리시려는 대어심大御心으로, 성려聖慮가 지극하기 짝이 없다고 말하는 것조차 황송하다.

우리 아이들에게도 부르심의 음성이 닿게 되었네
늙은 부모의 정성이 닿은 것이로다

이것이 나의 실감이다. 다른 부모 또한 동감일 것이다.

이날 조선 2천4백만(조선 이외 지역에 있는 이를 합하면 2천 7백만이라고 한다)에게는 갑자기 큰 사명과 광영이 주어진 것을 느낀다.

천황의 사랑하는 백성이자 어대御代를
수호하는 방패로다, 바로 오늘부터는

내선內鮮 양 민족이 원래 한 큰 어버이의 자식이 됨은, 용모와 골격을 보고, 언

---

1 가야마 미츠로(香山光郎), 『경성일보(京城日報)』, 1942.5.21. '반도의 징병제와 문화인(半島の徵兵制と文化人)'이라는 표제어 아래 실린 글이다.

2 1942년 5월 4일부터 8일까지 일본 해군과 미국 해군이 산호해(珊瑚海)에서 벌인 전투. 일본은 두 척의 항공모함 손실로 이후 미드웨이 전투에서 패하면서 남태평양에서 수세에 몰리게 된다.

어와 신앙을 보고, 역사를 보고, 특히 언어를 보아 분명하다.

구시후로[3] 성스러운 산에 모여
선조들이 기도하는 소리가 들리네

'야시로ヤシロ'[4]라는 말이나 '오로가무オロガム'[5]라는 말이나 '미케ミケ'[6]라는 말은 근원이 같다.

조선인이 과연 강한 병사가 될 소질이 있는가 등을 의심하는 사람도 있다고 한다. 몹시 유감이다.

서쪽 바다를 지켰다는 변방 지킴이는
무사시武藏에 거주하는 고려의 자손이었네

분별없는 사람들은 내지인과 조선인이 다른 일족처럼 생각하는 모양이지만, 이 또한 유감이다.

야마토大和에서 갈라져 살았으나 원래는 동족이라네.
말도 풍습도 같은 것을

이제부터는 영원불변토록 한 덩어리가 되어 구석구석 다스리시는 어대御代를 받들고 지켜 드리는 신민이 되고 방패가 될 것이므로, 내지인도 조선인도 마땅히 조금도 차별이 없을 것이다. 아아, 경사스럽다. 반갑다. 통쾌하다.

---

3 규슈(九州) 미야자키현(宮崎県)의 북서부에 위치한 천손강림(天孫降臨)의 땅 다카치호(高千穗)의 봉우리로, 경상남도에 위치한 구지봉(龜旨峰)이라는 설도 있다.

4 신령이 깃든 곳, 또는 신에게 제사지내는 곳인 사(社)를 가리킨다.

5 신불(神仏) 등을 예배한다는 뜻.

6 신에게 바치는 음식물(御食)을 뜻함.

징병과 여성[1]

내후년부터 조선 사람의 아들들은 징병이 되게 되었습니다. 사나이의 할 일이 두 가지 있으니, 하나는 농사나 공장이나 기타 여러 가지 직업으로 나라를 돕는 일이오, 또 한 가지는 병정이 되어서 나라를 돕는 일입니다. 그동안 조선사람 남자들은 병정이 못 되었으니 반편국민 노릇을 한 세음이었습니다. 내후년부터야 옹글은 국민이 되는 것입니다.

병정은 저마다 되는 것이 아니라, 아래와 같은 자격이 있고야 됩니다.

1) 일본국민인 만 이십세 이상의 남자인 것.

2) 몸이 건전한 것.

3) 죄인이 아닌 것.

그러므로 병정으로 뽑히는 남자도 아모 흠이 없는 남자라야 하는 것입니다. 만일 남자로 나서 징병에 들지 못한다 하면 그것은 병신이어서 심히 부끄러운 일일 것입니다.

이번 징병에 대하야 우리는 첫째로 감사하고 둘째로 반성할 것입니다. 감사하는 까닭은 나라에서 우리 조선 사람을 황국신민으로 믿어주신 것이요, 반성할 것은 우리에게 과연 그만한 신임을 받을 만한 애국심과 실력이 있나 하는 것입니다. 이렇게 감사하는 마음으로 반성하는 곳에 우리 조선 사람의 도리가 있고 진보가 있는 것입니다.

×

1　가야마 미츠로(香山光郎), 『신시대(新時代)』, 1942.6.

나라치고 군사 없는 나라가 없습니다. 군사가 없으면 남의 업수이여김을 받고 침노를 받아서 국민이 편안히 살날이 없이 밤낮 남에게 짓밟힙니다. 그뿐더러 우리나라가 옳게 여기는 바를 실행할 수가 없습니다.

지금 우리 일본은 아세아에서 영국과 미국의 세력을 쫓아버리고 아세아 사람끼리 살기 좋은 세상을 만들려고 싸우고 있습니다. 그런데 우리나라 육군과 해군이 강하기 때문에 홍콩·말레이·필리핀빈·남양군도 등 일본의 네 갑절만한 땅을 영미국의 손에서 빼앗아내었읍니다. 이 육군과 해군을 더욱 강하게 하여서 적국으로 하여금 다시 범접을 못하도록 두들겨 부셔야 합니다. 이것이 얼마나 영광스러운 일입니까.

×

그런데 남자가 좋은 병정이 되랴면 좋은 어머니와 좋은 누이가 있어야 합니다. 예로부터 이름난 사람들은 다 좋은 어머니 때문이라고 합니다. 어머니가 애기를 밴 동안에는 그 애기가 좋은 애기가 되기 위하야 눈에 악한 것을 보지 아니하고, 귀에 음란한 소리를 듣지 아니하고, 바르지 못하게 벤 음식을 먹지 아니하고, 비뚤어진 자리에도 앉지 아니하였다고 합니다. 그리고 밤이면 장님을 불러 좋은 시를 읽게 하여서 항상 마음을 깨끗하게 거룩하게 하였다고 합니다.

이 모양으로 조심, 조심히 정성, 정성스럽게 포태 십 삭을 지내어서 애기를 낳으면 더 지극한 정성으로 기릅니다. 몸 성하게 마음 착하게 자라서 남자면 충신효자가 되고 여자면 현모양처가 되라는 것입니다.

그런데 조선의 어머니들이 애기를 애지중지하는 정은 극히 간절하지마는 넘어 소중한 나마에 애기를 몸이 약하게, 마음이 버릇없게 기르는 일이 없지 아니합니다.

앞으로는 아들이면 병정이, 딸이면 병정의 아내입니다. 그러므로 강한 병정과 대견한 병정의 아내를 기르랴면 어찌하여야 하겠습니까.

×

첫째로, 추위와 더위에 견디고 고생을 고생으로 알지 아니하도록 기르셔야 하겠습니다. 눈 속에 굴려도 물속에 던져도 까딱없을 사람이 되도록 단련을 해야 하겠습니다. 옷도 아모쪼록 질소한 감으로 너무 싸주지 않도록 하고, 음식도 아모런 것이나 막 먹도록 하여야 할 것입니다. 한두 끼 굶어도, 하루이틀 밤을 새워도 곯지 아니할 만큼 닦달을 하여야 할 것입니다. 이렇게 길려난 사람이라야 영문에 들어가든지 전장에 나아가든지 조금도 거리낌이 없는 장병이 될 것입니다.

금자동아 은자동아 하고 은 소반에 받들 듯이 기른 사람은 군대생활을 견디지 못할 것입니다. 또 본인으로 보더라도 호강하는 버릇을 가진 사람은 평생에 큰 고생을 할 것입니다.

'악의악식, 즐풍목우'[2]

이것이 강건한 사람, 특히 강건한 남자들 이루는 비결입니다.

×

둘째로, 힘드는 일을 싫어하지 아니하는 사람으로 길러야 할 것입니다. 제 몸에 관한 일 다 제 손으로 해야지 남에게 의뢰하는 버릇을 길렀다가는 강한 병정도 못될뿐더러 평생의 남에게 폐를 끼치는 사람이 되고 말 것입니다. 방도 치우고 마당도 쓸고 뒷간 걸레도 치고 남이 싫어할 만한 일을 앞서서 할 만한 사람이라야 좋은 병정이 되고 훌륭한 국민이 될 것입니다.

무거운 짐을 지고 먼 길을 가는 것 같은 것도 강한 남자들 이루는 큰 공부요, 제 손으로 제 옷을 꿰매는 것이나 밥을 짓고 반찬을 만드는 것도 군국남아의 마땅히 익혀둘 재줍니다.

×

셋째로는 어른께 복종하는 버릇을 기르는 것입니다. 국민생활이란 복종의 생활이요, 군대생활은 그중에서도 철저한 복종의 생활입니다. 집에서 부모의 말을 아니 듣고 학교에서 선생의 말을 아니 듣는 자식은 결코 좋은 병정이 되지 못할 것입니다.

---

2 악의악식(惡衣惡食 櫛風沐雨) : 거친 옷을 입고 맛없는 음식을 먹으며 바람으로 머리를 빗고 빗물로 목욕을 한다는 뜻으로, 온갖 고생을 겪음을 비유적으로 이르는 말.

그러므로 부모나, 선생이나 반장이나 기타 지도자의 명령을 순순히 복종하고, 또 법률이나 규칙이나 작정한 것이나 약속한 것을 반드시 복종하는 굳은 습관을 아이 적부터 길러주셔야 합니다. 이러한 복종의 습관을 가진 사람은 군대에 들어가서도 모든 것이 수월하고 또 상관과 동료의 사랑을 받을뿐더러, 후에 무슨 직업을 하든지 순탄하게 성공할 수가 있을 것입니다.

아이들을 때리는 것은 옳지 아니하되 어른에게 복종하지 아니하는 때와 거짓말을 할 때와 저보다 약한 자를 못견디게 굴 때와 남의 것을 훔친 때만은 따끔하도록 때려도 좋은가 합니다. 그렇지마는 때리는 것은 하지하수[3]입니다. 어려서부터 훈련만 바로 하면 아들딸들의 양심이 예민하고 뜻이 굳어져서 저절로 잘못이 없게 됩니다.

넷째로는 일심하는 습관을 기르는 것입니다. 일심이란 단체생활의 비결입니다. 형제간에나 동무 간에나, 둘이나 셋이나 함께 어디를 가거나 무슨 일을 할 때에는 저 혼자 앞서거나 뒤떨어지거나 하지 아니하고, 남들과 일제히 시작하고 일제히 끝을 내는 것입니다. 조석 밥을 먹을 때에도 같이 시작하고 같이 끝을 내는 것이 예로부터 단체훈련의 큰 과목이 되어 있습니다. 여럿이 하는 일에 제멋대로 하는 자가 하나만 섞여도 극히 불쾌하고 또 질서가 어지러워지는 것입니다. '나'를 죽이고 '우리'로 살아라 하는 것이 단체생활의 금과옥조입니다.

'わがまま(제멋대로 굶)'처럼 고약한 버릇은 없으니, 귀여운 아들딸의 마음에 이 'わがまま'의 움이 돋지 못하도록 주의하셔야 할 것입니다.

×

다섯째로는 책임감입니다. 제가 맡은 일은 '죽더라도' 하고야 만다 하는 것입니다. 무엇을 하다가 중도에 내어버리는 자로 남의 신임을 받을 수가 없습니다. 그러므로 그는 성공하지 못합니다.

더구나 군대생활은 책임의 생활입니다. 목숨으로써 책임을 다하는 생활입니다.

3　하지하수(下智下手) : 낮은 지혜와 낮은 솜씨.

×

나는 이상에 다섯 가지를 들어 말하였습니다. 그런데 이것은 어머니의 손에 달린 것입니다.

전장에 나간 군인들의 눈에 늘 밟히는 것은 어머니의 모양이라고 합니다.

"살아서 돌아올 생각 말아라. 가문에 수치되게 말아라."

하고 출정하는 아들을 보내는 어머니의 모양이 어떻게나 거룩합니까. 만일 출정하는 아들을 붙들고 꺼이꺼이 우는 어미가 있다면 그것은 침 뱉을 어미일 것입니다.

×

딸을 기르시는 것도 아들이나 다름없이 소중합니다. 딸이 좋은 아내가 되고 좋은 어머니가 되지 아니하면 강한 국민을 낳을 수가 없습니다.

군인의 아내, 특히 전쟁 중의 군인의 아내는 남편을 전장에 보내고 혼자서 집을 지킬 각오를 하여야 합니다. 그러므로 아내가 제 손으로 밥도 벌어먹고 자식도 길러야 되게 되니, 이른바 고이고이 길린 따님으로는 앞으로는 합당치 아니할 바입니다.

"집 일은 걱정마세요. 잘 싸우세요."

하고 눈물을 집어삼키고 남편을 전장으로 보내는 아내가 되어야 할 것입니다.

×

그러나 이러한 좋은 정신을 완전히 획득하기는 당신의 아드님이 병정을 댕겨온 뒷일 것입니다. 일본의 군대는 인생의 교육을 완성하는 학교라고 합니다. 병정을 댕겨온 사람이라야 전장에를 나갔다 온 사람이라야 비로소 인생을 바로 안다고 합니다. 나는 병정 댕겨온 청년들이 씩씩하고 다부진 눈찌와 몸매가 조선 방방곡곡, 집집에 있을 때를 생각하고 그날이 어서 오기를 기다립니다.

황민생활요령皇民生活要領[1]

1
신명身命

사社로부터 국체명징國體明徵에 관한 것을 쓰라는 부탁을 받았습니다. 그것은 내가 감당할 제목이 아닙니다. 나는 나 자신이 인식하고 감득感得하는 바 이상을 쓸 수가 없습니다. 그래서 쓴 것이 이것입니다. 황민생활요령皇民生活要領이란 표제는 심히 참람僭濫하지마는 그 표제 위에 '내가 아는'이라는 일구一句가 붙은 것으로 알아주시기 바랍니다.

내선內鮮 동근동조同根同祖에 관하여서는 나 자신의 국어國語와 조선어의 비교 연구로 확적한 증거를 얻었다고 믿습니다. 본문의 말절末節은 그 신념의 일단을 말한 것입니다. 왜 그런고 하면 언어야말로 살아 있는 역사이기 때문입니다. 문헌 이전의 역사만 그런 것이 아니라 문헌이 미비한 때의 역사도 언어에서 찾을 수밖에 없습니다. 국어와 조선어는 일점의 의혹도 없이 동근어同根語입니다.

'몸이 제일이다', '살고야 볼 말이다' 이러한 말들을 합니다. 그래서 신불神佛께 비는 말이,

---

1 가야마 미츠로(香山光郞), 『매일신보(每日新報)』 1942.7.30~8.17. 서두에 "고이소(小磯) 총독은 통치의 근본 이념으로 '국체본의(國體本義)에 투철할 것'을 명시하였다. 일본에 생(生)을 향(享)한 일본신민으로 '국체본의에 투철할 것'은 극히 당연한 일이면서도 그 본의(本義)에 완전히 투철하기가 그리 용이한 일도 아니다. 고이소(小磯) 총독이 거듭 국체본의를 강조하는 이유가 실로 여기 잇다. 충량(忠良)한 신민(臣民)이 되자면 무엇보다도 우선 국체본의에 투철해야 한다. 그런 의미에서 보사(本社)에서는 사계(斯界)에 조예(造詣)가 깊은 향산광랑(香山光郞) 씨를 번거로이 하야 국체의 본의(本義)에 투철할 길안내가 될 본 논문의 집필을 청하야 황민(皇民)의 좌우명(座右銘)으로 제공하는 바이다"라는 편집자의 말이 붙어 있다.

"우환질고[2] 없고 수명장수하게 하옵소서." 합니다.

'生命あって物種(목숨이 제일)'이란 말도 있습니다.

이 말은 다 옳은 말이요, 이 생각은 다 옳은 생각입니다.

그러나 한 번 더 생각할 것이 있으니, 그것은,

'무엇하러 사느냐. 무슨 때문에 몸이 소중하냐. 왜 수명장수가 필요하냐.' 하는 것입니다.

아모리 건강한 사람도 한 번은 죽습니다. 아모리 오래 살더래도 죽을 날이 있습니다. 그러면 우리는 언제까지 살아야 하는가. 무슨 일을 끝낼 때까지 살아야 하는가. 이것이 저마다 깊이 생각해 볼 문제입니다.

여기 인생의 목적이란 문제가 생깁니다. 인생의 목적은 무엇입니까. 또 이것을 뒤집어 말하면 이렇게 됩니다—

'우리는 어찌하야 이 세상에 태어났는가. 무슨 사명 때문에 이 신명身命을 받았는가.'

여기 대하여서 여러 가지 종교와 철학에서는 저마다 제 대답을 합니다. 그런데 우리 일본 사람은 이렇게 대답합니다—

"우리는 천황을 섬기기 위하야 일본에 태어났다. 천양무궁天壤無窮의 황운皇運을 부익扶翼하기 위하야 황국신민皇國臣民으로 태어났다."

이것은 실로 직재간명直裁簡明한 대답입니다. 어느 일본 사람을 보고 물어도 이렇게 대답할 것이니, 만일 다르게 대답하는 사람이 있다면 그는 병든 일본 사람일 것입니다.

지나사상이나 구미사상으로 보면 사람은 저 자신을 위하여서 나고 저 자신의 행복을 위하여서 산다고 합니다. 이것을 개인주의라 하고 자유주의라 합니다.

그러나 일본인은 천황을 섬기기 위하여서 나고 천황을 섬기다가 죽습니다. 이것을 황도정신皇道精神이라고도 하고 일본정신이라고도 합니다.

---

2 우환질고(憂患疾苦) : 근심과 걱정과 질병과 고생을 아울러 이르는 말.

얼른 보기에 개인주의는 용감해 보이고 완전해 보이고 자주독립성이 높은 듯하고, 황민주의皇民主義는 그와 반대로 모든 것에 천황을 의뢰하고 예속적隸屬的인 것 같습니다. 그러나 사실은 이와 정반대입니다.

개인주의자의 목표는 자기 일신의 완성과 자기 일신의 행복의 획득입니다. 그런데 그는 필경은 사멸死滅할 자이므로 그의 모든 노력은 포풍착영捕風捉影[3]입니다.

그러나 천황중심주의인 우리 일본인의 생활은 어떠합니까. 우리는 우리의 전심력, 전생명을 불후불멸하는 팔굉위우八紘爲宇의 황모皇謨를 위하여서 바치는 것입니다. 우리 민족도 불멸이요, 인류도 불멸입니다. 그런데 천황의 크신 뜻은 우리 민족으로 하여금 가장 완전하고 행복된 민족이 되게 하시고, 나아가서는 전세계 인류를 그렇게 하시는 데 있습니다. 그러고 우리 억조중서億兆衆庶는 각각 제 직분을 지켜서 이 천업天業을 익찬翼贊하삽는 것입니다. 그러므로 우리 황민皇民의 일적즙一滴汁, 일적혈一適血은 하나도 허비됨 없이 민족 전체를 위하야, 인류 전체를 위하야 흘려지는 것이니, 이 이상 고귀한 생명의 용도가 또 어디 있겠습니까.

그러매로 폭탄 삼용사三勇士요 하와이布哇 구군신九軍神[4]입니다. 사멸할 신명身命을 불멸의 성업聖業에 바쳐서 제 생명을 신화神化하는 것입니다.(1942.7.30)

2
가문

우리가 신명身命 다음에 소중히 여기는 것은 집입니다. 가문이라고도 합니다.

집이라면 와가瓦家거나 초가草家거나 건물이 있고, 조부모, 부모, 형제, 자매, 처자, 사용인 등이 모여서 삽니다.

---

3 바람을 잡고 그림자를 붙든다는 뜻으로, 허망한 말과 행동을 이르는 말.

4 1941년 12월 7일 일본 해군의 진주만 기습 공격 당시 전사(戰死)한 9명의 특공대원. 전사 후 2계급 특진에 특별공격대 구군신(九軍神)으로 불렸다.

우환병고가 있거나 빈궁곤고할 때에 집 때문에 우리는 고생도 하지마는, 인생의 낙은 집이 있다는 것입니다. 온종일 노역勞役하고는 가정의 단란과 보금자리에 돌아오는 것이 인생의 낙원입니다.

그러므로 가족은 네 것 내 것이 없고, 각 사람이 집을 위하여서 일을 하게 됩니다. 그러고 서로 아끼고 서로 사랑하고 서로 돕습니다. 이러므로 집은 한 조그마한 나라이니, 곳 나라의 분신입니다.

그런데 집의 근본은 무엇입니까. 영미사상英米思想으로는 부부가 집의 근본이라고 합니다. 그러나 일본정신으로 보면 집의 근본은 선조先祖와 자손과의 혈통관계야말로 집의 근본이 되는 것입니다. 그러므로 집의 도덕의 근본이 되는 것은 효도입니다. 바꾸어 말하면 조선숭배祖先崇拜입니다. 그러므로 집에는 반드시 사당祠堂이 있습니다. 불단佛壇이라고도 합니다. 봉제시奉祭祀가 집의 일 중에 가장 중요하고 엄숙한 행사입니다.

그런데 여기서 하나 주의할 것이 있으니, 그것은 황실皇室의 어선조御先祖에 대한 경배입니다. 조선에서는 근고近古 이래로 전통이 폐하야 선조先朝를 제시祭祀하는 데 그쳤으나 황실의 어선조御先祖에 대한 가내家內에서의 경배란 것이 없었습니다. 근년에 와서 다이마大麻를 모시게 되었습니다. 여기 일본 국체國體와 일본의 집과의 중요한 관계가 있습니다.

일본의 집은 국가라는 큰 집의 분신입니다. 다시 말하면 일본은 우리 일억국민의 총체가總體家입니다. 큰집입니다. 그리고 천황폐하께옵서는 우리 큰집의 마루되시는 가장家長입니다. 일억국민이 모도 가장으로 모시는 어른이십니다. 이러므로 천황과 신민과의 관계를 의義로는 군신君臣이요 정情으로 부자父子라고 하는 것이니, 이것은 세계 어느 나라에도 유례가 없는 일본 독특한 국체國體입니다.

이러므로 일본의 집에서는 황실의 어선조御先祖이신 아마테라스 오카미天照大神의 신패位牌를 모시고 경배하는 것입니다. 다이마大麻는 곧 아마테라스 오카미天照大神의 위패位牌요 다이마를 모시는 자리를 가미다나神棚라고 합니다.

가미다나는 옛날 조선말로는 가마당아로 지금말로 '당'이란 말입니다. 이조李朝

이전에는 조선에서도 동네마다 당을 모시고 집집에 당을 모셨었습니다. 지금도 조선 고가古家에는 그 여풍餘風이 남아 있는 것을 봅니다.

이러한 까닭으로 집에는 반드시 가미다나과 사당祠堂을 모실 것입니다. 그리고 조석朝夕으로 국조國祖와 가조家祖께 경배하는 것입니다.

이 속에 일본의 집의 목적이 분명히 표현되어 있습니다.

집이란 무엇 하는 덴가.

1) 나라의 어선조御先祖와 집의 선조先祖를 제사하는 데.

2) 충효의 도道를 닦는 도장道場.

3) 일가일업一家一業을 부지런히 하여서 나라에 대한 직역봉공職域奉公을 하는 직장.

4) 자녀를 생산하고 훈육하여서 천황을 충성으로 섬기는 신민臣民이 되어 집을 영구히 보존케 하는 데.

이것이 일본의 집의 본직本職입니다. 이 본직을 다하는 중에 우리의 최고의 행복과 만족이 있는 것입니다. 좋은 가문이란 큰집, 부잣집, 지위 높은 집을 가리키는 것이 아니라 충효의 정신으로 살아가는 집을 가리키는 것입니다.(1942.7.31)

3
자손

효는 자손의 조부父祖에게 대한 정情이요 의義거니와, 이 효에는 자손을 산육産育하고 훈련하고 애호愛護하는 정의情義도 포함되어 있습니다. 이것이 선조의 유풍遺風을 영보永保하는 길이매 곧 효가 됩니다. 이것이 효의 표리表裏가 되는 것입니다. 부모 편으로 보면 집은 자손 중심이라야 합니다. 자손을 많이, 잘 길러서 우리보다 나은 신민臣民이 되게 하자, 하는 것이 정당한 부모의 생활목표일 것이니, 부모가 만일 자기 향락 중심으로 가도家道를 세운다면 이것은 일본적이 아닙니다. 생활 발전을 목표로 하는 일본에 있어서는 영원히 자승어부子勝於父를 확보하여야 합니다.

일본의 국체國體에 있어는 자손은 부모의 것이 아닙니다. 자손은 나라의 것입니다. 신민臣民을 '대어보大御寶'라 함은 임금님의 것이라는 뜻입니다. 부모는 자녀를 길러서 천황께 바칩니다. 천황은 그 자녀들을 쓰시와 팔굉위우八紘爲宇의 대이상大理想을 실현하시고 천양무궁天壤無窮의 황운皇運을 부익扶翼케 하시니, 이러함으로만 우리의 자손은 위로 황은皇恩을 보답하고 아래로는 인류에 대한 의무를 다하여서 인생으로서의 가치를 완성하는 것입니다.

그러길래로 교육도 부모의 마음대로 시키는 것이 아니라 국가의 마음대로 시키는 것이니, 이것은 의무교육에 있어서만 그러한 것이 아니라 어떠한 학문이나 기예나 수양이나 무릇 일본인이 학습하는 것은 다 유력한 황운皇運 부익자扶翼者가 되기 위함입니다.

이른바 학문을 위한 학문, 예술을 위한 예술, 수양을 위한 수양은 일본에는 없는 일입니다. 임금님을 섬기기 위하야, 나라를 위하여서 가장 힘 있는 일꾼이 되자고 공부도 하고 체육도 하고 종교도 믿고 수련도 하는 것이니, 이것이 일본인의 본색입니다.

부모 편으로 보면 자녀를 이만하게 양육하여 바치는 것이 신민으로서의 할 일을 다 하는 것입니다.

옛날에는 충忠이라면 일부 귀족계급의 일인 줄 알았지마는 지금에 있어서는 일군만민一君萬民이요 사민평등四民平等입니다. 위로 한 분 밑에 일억신민一億臣民은 다 평등입니다. 직무에 있어는 대신대장大臣大將이나 농공어상農工漁商이나 각각 다름이 있다 하더라도 황운皇運을 부익扶翼하는 충성에 있어서는 절대 평등입니다. 이 역시 일본 국체國體의 독특한 점이니, 진정한 평등은 오직 일본에만 있을 수 있는 것입니다.

이러한 모든 직무 중에 가장 중요한 것이 국방國防인 것은 말할 것도 없습니다다. 신민臣民인 남자는 누구나 병역의 의무가 있거니와, 이것은 황국신민皇國臣民이요 또 죄구罪咎 없는 남자에게만 부여되는 영광입니다. "짐朕은 수首요 이등爾等은 짐朕의 고굉股肱[5]이라." 하심이 군인에 대하신 천황의 분부십니다. 그런데 우리 조선에서도 쇼와昭和 19년[6]부터는 병역법이 실시되어서 장정이 병역에 부르심이 됩니다.

여기 조선의 집과 부모에게는 새로운 감격과 함께 새로운 의기義氣가 생깁니다.

'우리 아들이 충용忠勇한 군인이 되게 하여야 하겠다.'

딸은 군인의 처妻요 모母로 길러야 할 것입니다. 충용한 군인인 아들과 정열貞烈한 군인의 처요, 모인 딸을 길러내는 것이 부모의 최대 의무요 최대 사업이요, 또 집이라는 도량道場의 최고 과제입니다.

자손을 이 신념, 이 정신으로 훈육하는 중에 가정의 진정한 행복과 번창이 있고 동시에 황운皇運이 더욱 융륭隆隆하게 되는 것이니, 조선의 집과 부모들이 이러한 정신을 체득하야 그 정신 속에서 살고야만 비로소 진정한 황민皇民으로 동아의 지도자가 될 것입니다.(1942.8.1)

4
직업

저마다 가져야 할 것은 직업입니다. 하는 일 없이 나라의 물자를 소비하는 것은 큰 죄니, 일종의 투도偸盜입니다. '놀고 먹는다'는 것을 팔자 좋은 것으로 아는 사람이 아직도 전무全無는 아닌가 하거니와, 이것은 시급히 박멸하여야 할 망국적 사상입니다.

직업을 호구지책이라고 생각하는 사람도 많거니와, 이것은 직업의 일면만을

---

5 고굉지신(股肱之臣)의 준말. 임금이 가장 믿고 중히 여기는 신하를 가리킴.
6 1944년을 가리킨다.

본 말로서, 인생과 직업을 욕되게 하는 생각이라고 할 것입니다. 직업은 과연 우리가 우리 자신과 및 가족의 생활의 자資를 버는 데 가장 정당한 길입니다. 그뿐 아니라 유일한 길입니다. 이 점으로 보아서 직업은 호구糊口의 수단이라고 볼 수도 있습니다. 그러나 이것은 직업의 최소, 최저의 일면이니 직업의 본의本義는 신민臣民으로서의 군국君國에 대한 보은報恩 봉공奉公에 있습니다.

불교에서는 인생이 이 세상에 처하매 사중은四重恩을 받았으니, 이 은恩을 보답하는 것이 차생此生의 일이라 하였는데, 사중은이라 하는 것은 국왕은國王恩, 부모은父母恩, 중생은衆生恩, 사은師恩이라고 하였습니다. 하물며 우리 일본의 국체國體로 보면 황은皇恩은 사중은을 통합한 것입니다. 왜 그런고 하면 천황은 우리 신민臣民의 임금이신 동시에 부모시고, 또 도道와 법法을 주시는 대사大師시고, 또 우리에게 의식주를 주시는 대시주大施主시기 때문입니다.

그러므로 황군신민이 된 자는 평생의 사언행思言行이 황은보답皇恩報答, 황운부익皇運扶翼의 일사一事뿐입니다. 이 밖에 다른 아무것도 없습니다. 다시 말하면 우리 직업은 그 종류야 무엇이든지 모도 다 이 정신에서 나오는 것입니다. 군인이나 관리만이 충忠의 기회를 가진 줄로 알던 것은 옛날 일입니다. 이른바 국민총력전國民總力戰인 고도국방高度國防, 결전체제決戰體制의 금일에 있어서는 억조億兆가 모두 폐하의 군인이요 관리인 셈입니다. 호구糊口 때문에 노역勞役을 하고 제가 잘살기 위하여서 상商, 공工, 광鑛, 어업漁業을 하던 시대는 이미 지나가고 말았습니다. 이러한 이기利己, 개인주의의 시대는 아마 영구히 다시 돌아오지 아니할 것입니다. 또 다시 돌아오게 하여서는 아니 될 것입니다. 왜 그런고 하면 멸기위공滅己爲公하는 것이야말로 황도정신皇道精神이요 팔굉위우八紘爲宇의 기본 원리이기 때문입니다.

제 직업이 호구糊口 때문이 아니요 군국君國을 위한, 즉 황운皇運을 부익扶翼하는 천직天職임을 믿을 때에 아모리 미천한 직업이라도 모도 신성한 것이 되고, 이 천직天職을 위하여서 하는 근로는 고역이 아니라 광영이오 환희일 것입니다. 제 직업을 위하여서 평생을 바치면 이것으로 대원大願은 성취된 것입니다. 임종 시에 '나는 최선을 다하였다' 하고 만족하게 왕생往生할 것입니다.

아직도 구습에 젖어서 황민정신皇民精神을 회득會得치 못하고 이기利己, 개인정신으로 제 업에 종사하는 자는 취인闇取引,[7] 매점매석買占賣惜 같은 비국민적 범죄를 하면서 불평, 불만, 황겁慌怯의 투망적偸望的 생활을 계속할 것입니다. 이러한 사람은 조만간 법의 제재를 받으려니와, 요행으로 법망法網을 면한다 하더라도 국민의 빈척擯斥을 받을 것입니다.

모든 직업은 평등입니다. 귀천貴賤은 직업의 종류나 수입의 다과多寡에 있는 것이 아니라, 또는 계급의 고하高下에 있는 것이 아니라, 그 직업을 하는 사람이 무슨 마음으로 그 직업을 하고 있는가 하는 데 있습니다. 정명직정淨明正直한 충의忠義의 단성丹誠으로 하는 일이야말로 최고最高 최귀最貴의 직업입니다. 이러한 경우에 그는 벌써 화식火食 먹는 중생이 아니라 신의 경계에 들어간 것입니다.(1942.8.2)

5
일상생활

아침에 일어나서 수세漱洗하고 청소하야 몸과 거처를 정결하게 하는 것은 신불神佛과 오황吾皇께 배례拜禮하기 위함입니다. 궁성을 요배遙拜하야 성수만세聖壽萬歲를 빌고 신불께 국운융창國運隆昌과 출정장병出征將兵의 무운장구武運長久를 기원하고, 그러고 난 뒤에 내 사가私家의 선조先祖와 가내家內의 안전을 위하야 기원하는 것이 황민생활의 아침 과정입니다. 그리고 가족의 건강하고 화락한 모양을 대할 때에 황은皇恩에 감사하고 식탁을 대할 때에 황은皇恩에 감사하는 생각이 유연油然히 일어나는 것입니다. 밥을 대하야, 술을 들기 전에,

"イタダキマス(주심 받아먹겠습니다)."

하는 것이나, 다 먹고 나서,

7 암거래, 뒷거래

"ゴチソウサマ(잘 먹었습니다)."
하는 것이 다 황은皇恩에 대하여서 여쭙는 말씀입니다.

아침의 수세와 청소를 다만 위생 때문이라 하고, 조석朝夕을 먹거나 기타 음식이나 의복을 대할 때에 신명神明과 황은皇恩을 생각지 아니하고 다만 이 몸뚱이를 위하는 것이라고만 생각하는 것은 유물론자唯物論者의 일이요 일본인의 행색이 아닙니다.

우리네 집과 방은 다 신명을 모시는 성소聖所요, 우리 가족은 남녀나 노유老幼나 모다 신명께 봉사하는 신직神職이라 하는 것이 이사나기,[8] 이사나미[9] 시조始祖 이래의 우리네 천손민족天孫民族의 신념이요 풍속입니다. 조선인도 본래는 그러하였으니, 함과 장롱은 원래 신명을 모시는 당, 즉 신단神壇이었습니다. 그러므로 거처와 신체를 늘 정결하게 하고 마음을 늘 청명하게 가지는 것입니다. 특별히 아침에 일어나서는 전과前過를 참회하고 신정신新精神으로 신출발을 하는 것이니, 이러므로 조조早朝의 배황拜皇, 배신拜神의 의儀는 황민皇民의 일상생활의 기조基調가 되는 것입니다. 국가가 신교信敎의 자유를 허하야 불교나 예수교나 다 믿을 수 있거니와, 그 신앙이야 무엇이든지 배황拜皇 배신拜神의 의儀만은 공통한 것입니다.

원체 일본인이 무슨 신앙을 가지거나 무슨 수도修道를 한다 하면 그 목적은 가장 유력하게 황운皇運을 부익扶翼할 실력을 얻기 위함이니, 만일 일신일가一身一家의 복화福和만을 알고 군국君國을 잊는다 하면 그것은 황민皇民의 도道에 어그러지는 것입니다. 왜 그런고 하면 일본인의 생활은 신도臣道를 다하기 위한 생활이기 때문입니다.

조조早朝의 근행勤行이 끝나고 직장에 나가면, 우리는 사진仕進[10]한 것입니다. 나랏일의 한 몫을 떼어 맡은 것입니다. 그것이 농農이든지 공工이든지 무엇이든지

8 이자나기노미코토(伊奘諾尊). 일본 신화에서 천신(天神)의 명령을 받아 이자나미와 함께 일본 국토와 신을 낳고, 산과 바다, 초목을 관장한 남신(男神).

9 이자나미노미코토(伊奘冉尊). 이자나기의 누이이자 배우자로 저승을 관장한 여신(女神).

10 벼슬아치가 규정된 시간에 출근하는 것.

모두가 국가의 일입니다. 마치 전시戰時에 장졸將卒이 제각기 부서部署를 지키는 것과 같으니, 그 부서에는 존비귀천尊卑貴賤이 없습니다. 명령 계통의 계급은 있어도 가치에서는 평등입니다. 다만 우리는 제가 맡은 구실을 위하여서 전심력을 다할 것이오 필요한 경우에는 그 직職에 순殉할 것입니다. 어떤 직공이 그 공장을 위하여서 죽는 것은 군인이 제 임무 수행을 위하여서 죽는 것과 마찬가지로 고귀한 일입니다. 그러므로 우리는 날마다 순직殉職할 수 있는 임무를 맡고 있는 것입니다. 이런 정신으로 제 직역職域에서 봉공奉公할 때에는 농부의 전답제초田畓除草와 대신大臣의 국정섭리國政燮理와는 같은 가치를 가지고 같은 빛을 발하는 것입니다.

이렇게 하루의 근로(복무)가 끝나고 청정하고 화락한 집에서 일가단란一家團欒하는 낙을 누리는 것은 진실로 하늘이 주신 진복眞福입니다. 이러한 집은 늘 화락하야 웃음꽃이 피고 병도 없고 불행도 아니 오고 자녀도 모도 충효의 정신을 가져 겉으로 보더라도 집에 환하게 서광瑞光이 뻗칠 것입니다.(1942.8.3)

6
신과 신사神社

'대일본大日本은 조국祖國이니라.' 하였습니다. 천황이 하시는 일을 제祭와 정政이라고 합니다. 그러므로 옛날 법에는 신지관神祇官, 태정관太政官의 2위문衙門[11]이었습니다. 지금도 궁중에는 현소賢所, 황령전皇靈殿, 신전神殿을 모시니, 이것을 궁중 3전殿이라고 합니다. 현소는 황조皇祖 아마테라스 오카미大照大神의 위패位牌이신 경鏡을 모신 데요, 황령전은 진무천황神武天皇 이래의 역대歷代 황령皇靈을 모신 데요, 신전은 천신天神, 국신國神, 8백만 신을 모신 데입니다. 듣자옵건대 폐하께오서는 아침마다 3전에 배례하신다 하고 대상제大嘗祭, 신상제神嘗祭, 신상제新嘗祭 등 제일祭日

11 관아(官衙)의 총칭.

에는 폐하께오서 몸소 미소하라에禊祓[12]하시고 제祭를 행하신다 하옵니다.

또 6월 회일晦日[13]과 12월 회일晦日에는 오하라에大祓[14]의 의儀를 행하옵시어 억조의 죄구罪咎를 폐하께서 몸으로 대신하시와 바라오신다 합니다. 오하라에大祓뿐 아니라 폐하께서 제祭를 하심은 황조皇祖와 황령皇靈과 천신天神 지지地祇께 불망기본不忘其本하는 감사를 드리시고 국가 민생의 안락을 염원하심이니, 모두 억조적자億兆赤子를 위하심이십니다.

이 밖에 충혼忠魂을 제祭하심이 있으시니, 역대 충신의 신사神社와 메이지明治 이래로 전몰장병戰歿將卒을 제祭하시는 야스쿠니 신사靖國神社[15]입니다. 황민皇民도 충혼忠魂이 될 때에는 국가의 신神으로 하시와서 영원히 제향祭享하시는 것이니, 야스쿠니 신사 대제大祭에는 폐하께서 친배親拜를 하시니 진실로 황공惶恐하온 일입니다.

무릇 제신祭神을 정하심은 천황의 대권大權에 속한 것이어서 신민臣民이 마음대로 어느 신을 제향祭享할 것이 아닙니다.

어느 신궁神宮, 신사神社나 높으시지 아니함이 아니나, 현재 국가에서 가장 존중하시는 데는 이세伊勢의 아마테라스天照 고타이 신궁皇大神宮, 가시하라 신궁橿原神宮, 메이지 신궁明治神宮 그리하고 야스쿠니 신사靖國神社임은 말할 것도 없습니다. 고타이 신궁은 물을 것도 없이 아마테라스 오카미天照大神께서 황손皇孫 니니기노 미코토瓊瓊杵尊[16]께 천양무궁天壤無窮의 신칙神勅을 내리시고 아울러 '날 본 듯이 모셔라.' 하시고 주신 팔지경八咫鏡을 모신 데입니다(궁중의 현소賢所는 이 고타이 신궁의 대신입니다). 가시하라 신궁은 진무천황神武天皇[17]을 모신 데요, 메이지 신궁明治神宮은 메이

---

12 몸에 죄나 더러움이 있을 때 또는 중대한 제례 등에 임하기 전에 강이나 바다에서 몸을 씻어 정결하게 하는 일. 줄여서 미소기(禊)라고도 한다.

13 그믐날.

14 6월과 12월 그믐날에 궁중이나 신사(神社)에서 행하는 액막이 의식.

15 전몰자(戰歿者)의 영령을 봉안하기 위해 1869년 초혼사(招魂社)로 창건된 국가신사.

16 아마테라스 오카미(天照大神)의 손자로서 다카마가하라(高天原)에서 강림하여 황실의 조상이 되었다고 여겨지는 천손강림신화의 주인공.

17 진무천황(神武天皇, 기원전 711~585). 『일본서기(日本書紀)』와 『고사기(古事記)』가 전하는 일

지 천황 모신 데요, 야스쿠니 신사는 위에도 말한 바와 같이 전몰장졸戰歿將卒의 영령英靈을 모신 데입니다.

그리고 조선을 진호鎭護하시는 조선신궁朝鮮神宮은 아마테라스 오카미와 메이지 천황을 모셨고, 각지의 신사神社, 신사神祠도 다 전 국민이 숭앙할 만한 신위神位를 모신 데며, 황민皇民은 다 지경致敬하여야 합니다.

아마테라스 고타이 신궁이 전국의 전국의 주신主神이심과 같이 각 지방에는 그 지방의 진수신鎭守神을 모셨고, 지방의 주민은 이 진수신鎭守神의 씨자氏子가 되는 것입니다. 조선으로 말하면 각 면面, 각 리里에 다 진수신을 모셔서 그 주민들이 이 사시社司를 중심으로 하여서 보본報本[18]의 성誠을 다하는 동시에 정신을 앙양昂揚하고 풍속風俗을 순화醇化하고 또 정의情誼를 돈목敦睦할 것이니, 제일祭日은 곧 그 주민 공동의 대명절이 되는 것입니다. 자녀가 나면 반드시 신께 고하고, 혼인하면 반드시 고하고, 기타 입학, 졸업, 출정出征, 여행, 신축新築, 이사移徙 등 기쁜 일이 있을 때에 반드시 고하고, 풍년이 들거나 기타 전동全洞에 경사慶事가 있을 때에 반드시 고합니다. 이것은 일인一人, 일가一家의 일이 아니라 씨자氏子 전체의 일이니, 이를테면 집이 한 일본이요, 동네가 한 일본이요, 한 지방이 한 일본이요, 또 역으로는 전 일본이 한 집이요, 한 동네가 한 집이요, 한 동네가 한 집이 되는 것입니다. 이리하여서 신과 신사神社를 통하여서 전 국민은 신앙으로, 정신으로 일심일체一心一體가 되는 것입니다. 꽃이나 과일이나 새로운 좋은 것은 모두 신께 먼저 바칩시다. 이러한 신을 모시는 국민이라 신身과 심心을 항상 청명히 하고 가옥과 국토를 언제나 정결히 장엄莊嚴히 하는 것이니, 정의正義, 도의道義라는 일본정신의 뿌리가 여기 있는 것입니다.(1942.8.4)

본의 초대 천황. 메이지 유신 이후 진무천황이 즉위한 2월 11일이 일본의 건국일이 되었다.

18 생겨나거나 자라난 근본을 잊지 아니하고 그 은혜를 갚음.

7
화복론禍福論

사람은 화禍를 무서워하고 복을 구합니다. 그런데 복을 구하는 길이 무엇입니까. 사인邪人은 사도邪道를 말하고 성인聖人은 정도正道를 말합니다.

'영언배명 자구다복永言配命 自求多福'[19]이란 말이 있습니다. 천명대로 하면 복이 온단 말입니다.

그런데 복이란 저 혼자만, 또는 제 집만이 구할 수 있는 것처럼 아는 이가 있는데, 이것은 우치愚痴입니다.

가령 온 집안이 빈궁곤고貧窮病苦에 쌓였을 때에 저 혼자만 부유안락富裕安樂할 수가 없음과 같이 우리나라가 융창隆昌하지 아니하고 나와 내 집이 부귀富貴할 수가 없습니다. 더구나 오늘날과 같이 전쟁이 통치자와 통치자와의 것이 아니요 국민 총력의 것인 때에는 국가가 한번 패하야 쇠하면 전 국민이 다 빈천貧賤과 노예奴隷의 고苦를 받게 됩니다. 국력이 쇠한 때에는 재산도 내 것이 아니오 신명身命도 내 것이 못 됩니다. 황군皇軍의 구원을 받기 전의 말레이 제족諸族의 역사를 생각하면 국가 없는 백성의 신세가 얼마나 비참한가를 알 수 있습니다. 그러므로 구복求福의 첫 길이오 가장 큰 길은 제 나라를 강하게 하는 일입니다. 필요하면 제 재산과 신명을 다 바쳐서라도 국가를 지켜야 할 것입니다. 우리 일본이 금일의 영광을 누리게 되기에는 어떻게 많은 충의忠義가, 피가 흘렀는가를 잊지 말 것입니다. 나라를 지키기 위하여서 내 목숨을 바치기 때문에 내 자손이 영광과 안락을 누리는 것입니다. 그러므로 기쁘게 공채公債를 사고 물자를 공출供出하고 병역의 의무를 지는 것입니다. 백성들이 이렇게 나라를 위하여서 나라의 법과 명령에 순종하여서 일심一心하는 동안 그 나라는 결코 쇠퇴하거나 패망하는 일이 없습니다. 만일 제 목전目前의 이익이나 안락을 탐하여서 법을 어겨서 국책國策을 어기는 자가 있

19 길이 천명(天命)에 부합함이 스스로 복을 구하는 길이라는 뜻.

다고 하면 그것은 결국 제 자손의 전정前程을 망치는 우몽愚蒙한 무리입니다.

그러나 이상에 말한 것은 이기주의, 유물주의의 국가관國家觀이어서 일본정신에 맞지 아니하는 유견謬見입니다. 일본인의 신념에 있어서는 내 신명이나 자녀나 재산은 모도 천황으로부터 하사下賜받은 것입니다. 천황의 터에 천황의 재목材木으로 집을 짓고 천황의 땅에서 나는 것을 먹고 천황의 법法과 은恩 속에서 우리는 살고 있습니다. 그러므로 이른바 복이란 것은 모도 천황의 것입니다. 이것은 일본 국체國體에 있어서는 그대로 사실입니다. 혹 다른 나라에서는 백성이 임금을 내었다고 생각하는 국민도 있고, 또 그 나라에서는 그것이 역사적 사실이기도 하나, 일본에서는 국토가 유사有史 이전부터 천황의 것이오 백성은 천황이 기르신 것입니다. 다른 나라에서는 한 임금이 폐하여지고 다른 임금이 새로 나기도 하매 왕실보다는 백성의 역사가 더 오래지마는, 일본에서는 만세일계萬世一系의 황실皇室이야말로 전 국민의 주인이 되시고 종가宗家가 되시와서 국토, 언어, 문화가 모도 황실에서 국민에게 내리신 것입니다. 그러하매 천황께옵서는 신민臣民을 적자赤子로 여기시는 어인자御仁慈 외에는 타념他念이 있으실 수가 없으니, 이러매로 지성至聖이시고 살아 계신 신이십니다. 여기 우리 국체國體의 금옹무결金甕無缺, 지존지귀至尊至貴한 소이所以가 있습니다.

일언이폐지하면 우리 일본나라의 신민臣民은 천황의 복덕 속에서 살고 있습니다. 그러므로 우리가 복을 구하는 길은 오직 극히 충忠하고 극히 효孝하야 써 천양무궁天壤無窮의 황운皇運을 부익扶翼함에 있을 뿐이니, 진실로 구복求福의 도道는 교육칙어敎育勅語[20]에 명시되었습니다.(1942.8.5)

20 1890년 10월 메이지 천황의 명으로 반포된 교육에 관한 칙어. 일본제국 신민의 수신과 도덕 교육의 기본 규범에 관한 내용을 담은 것으로, '충성'과 '효도'를 국체의 정화이자 교육의 근원으로 규정하고 있는 것이 특징이다.

8
현실과 이상

일본은 만세일계萬世一系의 천황이 황조皇朝의 신칙神勅과 황종皇宗의 홍모鴻謨에 의하야 다스리시는 나라입니다. 그러므로 일본의 정치에 사리사욕私利私慾이 있을 수가 없으니, 그래서 도의국가道義國家라 하는 것입니다.

대동아전쟁大東亞戰爭은 이욕利慾의 세계를 도의道義의 세계로 고치랴는 전쟁이오, 약육강식弱肉强食의 무질서를 파쇄破碎하고 모든 민족이 팔굉위우八紘爲宇의 신질서 속에서 각각 제 자리를 차지하야 공존공영共存共榮케 하자는 전쟁입니다. 그러므로 성전聖戰이라 하고, 그러므로 우리에게 필승의 신념이 있는 것입니다.

영미英米도 종래에 정의를 운운하고 세계평화를 운운하였으나, 그들의 정의와 평화는 자기가 주인이 되고 남은 노예가 되라는 것이었습니다. 이것은 그들의 역사가 실증하는 바입니다.

진정한 정의와 평화를 그들이 이해하고 감득感得하기에는 아마도 많은 통봉痛棒을 더 겪어야 할 것입니다. 그들의 신은 오직 권력과 부력이요 그들의 생의 목표는 약소민속을 착취하여서 자기네의 식색食色의 향락의 밑천을 얻자는 것입니다. 아모러한 성인聖人의 가르침도 그들에게 가면 상업商業의 방편이 될 뿐입니다. 그들에게는 팔굉위우八紘爲宇의 이상은 아직은 우이송경牛耳誦經입니다.

일본은 신화시대로부터 도의국가道義國家입니다. 유신惟神의 정신은 유교사상, 불교사상, 기타 유태, 희랍의 사상까지 섭취 흡수하여서 더욱더욱 순醇하고 고高하고 광휘 있는 사상이 되었으니, 이 사상의 발로가 곧 안으로 충효일원忠孝一元의 인인지사仁人志士의 배출이 되고, 밖으로는 대동아공영권의 설계가 된 것입니다.

생민生民 이래로 천하의 모든 사상이 다 일본으로 흘러들어서 거기서 유신惟神의 정신으로 발효되고 승화된 것이 현실의 일본사상이거니와, 이 사상이야말로 이번에는 세계 제 민족 중으로 역류하여서 인류반본人類返本의 성업聖業을 완수하는 웅대한 신역사新歷史의 동력이 될 것입니다.

다만 사상뿐 아니라, 과학, 예술 등 모든 인류 문화가 일본이라는 깊이를 모를 호수로 흘러들어 와서 일본정신이라는 효모酵母로 순화가 되어 신생명을 받는 것입니다. '빛은 동방으로부터'라는 말은 예로부터 있는 말이거니와, 이것이야말로 신의神意에서 나온 예언입니다.

그런데 일본의 이 모든 위대한 사업은 어떤 모양으로 되어왔고 장차는 어떤 모양으로 이루어 갈 것이냐 하면 그 대답은 간단합니다.

'천황을 중심으로 되었고, 되고 있고, 되리라.'

이것입니다.

붓다佛陀 기타의 대사大師 대성大聖들이 청명심淸明心의 소유자이셨기 때문에 이욕利慾에 어두운 인생에게 정로政路를 설시說示하셨습니다. 그러나 청명하신 신의 마음을 가지시고 현세現世에 상주常主하시와 중생을 통치하시는 어른은 황공하온 말씀이나 천황 한 분밖에 계실 수가 없습니다. 천황께옵서는 우리네 신자臣子와 같은 육체를 나투셨으나 이미 중생의 모든 욕慾과 누累를 여의시고 오직 지청지명至淸至明하신 신성神聖이십니다.

문제는 우리네 신민臣民이 성의聖意를 폐하는 힘의 여하에 있습니다. 그런데 대동아전大東亞戰 이래로 우리네 신민臣民의 정신은 급속도로 정화되어서 마치 강렬한 풀무에 댕겨나온 것 모양으로 우리네 심혼心魂은 때를 벗고 광휘를 발하게 됩니다. 이것이 다 천황의 대위덕력大威德力이십니다. 오호미이즈[21] 십니다.(1942.8.6)

---

21 대어능위(大御稜威) : 천황의 위세라는 뜻.

9
병역兵役

조선인도 쇼와昭和 19년[22]부터 병역의 의무를 감당하게 되었습니다. 이것은 나라에서 조선인을 건전한 황민皇民으로 신뢰하는 증거입니다. 지금까지도 우리는 직역봉공職域奉公으로, 납세로, 지원병으로, 국민의 의무를 힘써왔지마는 병역법의 실시로 하여서 우리들의 국민으로서의 의무가 비로소 완성되는 것입니다.

병역의 목적이 국방國防에 있는 것은 물론입니다. 국방이라 함은 소극적으로는 적의 침략을 막는 것이지마는 적극적으로는 우리나라의 의사를 타국他國으로 하여금 존중케 하는 실력이 되는 것입니다. 육해군의 실력 없는 나라의 의사는 국제관계에서 무력하야 서지 아니합니다. 그것은 약자의 비명밖에 아모것도 아닙니다.

더구나 방금 우리나라가 대동아공영권을 건설하고 나아가서는 세계의 신질서를 확립하려고 태평양, 인도양에 걸친 대작전을 하고 있는 이때에서는 나라의 모든 일은 국방력 증가를 중심으로 아니 할 수 없습니다. 산업통제며 기타의 제국책諸國策은 모도 여기서 나오는 것입니다.

그런데 조선인은 이제는 이 고귀한 국방의 책임을 지게 되어서 쇼와昭和 19년부터 조선의 장정이 총을 들고 성전聖戰에 참가하게 되었습니다. 우리 가정에서는 이로부터 아들을 기를 때에 훌륭한 군인이 될 것을 목표로 하여야 할 것입니다. 훌륭한 군인이란 충용忠勇한 군인이란 말이오, 충용한 군인이란 '바다에 가면 물에 잠긴 시체海行かば水漬く屍'[23]의 정신을 가지고 임금님을 위하야 기쁘게 신명身命

22 1944년을 가리킨다.

23 1937년 국민정신 총동원의 일환으로 노부토키 기요시(信時潔)가 작곡한 군국가요(軍國歌謠) 「우미유카바(海行かば)」의 첫 구절. 출정군인 출정식 때, 대본영(大本營) 발표 때, 일본군의 옥쇄(玉碎) 소식을 전할 때면 늘 라디오에서 흘러나왔고, 장엄하고 웅장한 곡조로 인해 국가인 기미가요(君が代)보다 더 인기가 있었다고 한다. 전문은 다음과 같다. '海行かば水漬く屍, 山行かば 草蒸す屍, 大君の邊にこそ死なめ, かへりみはせじ(바다에 가면 물에 잠긴 시체, 산에 가면

을 바치는 군인이란 뜻입니다. 조그마한 책임이라도 한번 맡으면 사死로써 이것을 다하고야마는 그러한 군인입니다. 고생을 싫어하고 죽기를 겁내는 그러한 못난이로는 충용한 군인이 될 수는 없습니다.

이러한 견지에서 보면 우리 조선의 부모와 가정에서는 시급히 개조할 것이 불소不少하지 아니한가 합니다. 변변치 못한 군인을 나라에 바쳐서 가문의 수치를 사지 아니하도록 정신 차려서 힘쓸 것입니다.

병역은 국방 이외에 또 한 가지 중요한 뜻이 있으니, 그것은 교육과 훈련입니다. 남아가 병역을 치르고 나와야 비로소 사람으로서의 수련이 완성되는 것입니다. 병영은 학교요 도장입니다. 병영생활과 전선생활戰線生活을 치르고 난 사람은 생사고락에 대한 모든 경계를 통관洞觀하고 경험한 사람이기 때문에 인생 생활에서 꿀림이 없는 힘 있는 일꾼이 됩니다.

아들을 길러서 징병검사에 떨어진다면 부모로서는 나라에 대하야 이만 죄송한 일이 없음은 물론이지마는, 자기 편으로 보더라도 심신이 불건不健한 것이니 이런 불행이 없고, 또 남아로 한 번 꼭 치러야 할 수련의 호기好機를 놓치니, 본인으로서는 유감천만한 큰 손실입니다.

그러므로 부모 된 자는 심신이 건전하여서 한서기갈寒暑飢渴, 간난신고艱難辛苦에 잘 견디는 힘 있는 아들을 기르기에 전심력을 다하여야 할 것입니다. 특별히 주의할 것은 효장獢章이 되지 않게 함이니, 장상長上의 명을 순종하고 동무를 위하여서 노고勞苦를 대신하고, 언제나 저를 비게 하여서 묵묵밀행默默密行하는 인격을 양성하는 일입니다. 먹을 데 감돌고[24] 일에는 배돌고,[25] 손끝에 물 튀기고 발등에 먼지 떨고, 살살 제 발뺌만 하고, 잘된 일엔 제 공 치레, 못된 일엔 남의 탓, 따지고 말썽피우고 참견하고 이런 것은 많은 조선인의 결점이라는 평이 있으니, 아들들은 입영 전에 이런 악습은 근제根除하여야 합니다.

풀에 뒤덮인 시체, 임금 곁에서 죽을 수 있다면, 뒤돌아보지 않으리).'

24 어떤 둘레를 여러 번 빙빙 돌다.

25 가까이 가지 않고 피하여 딴 데로 돌다.

그리고 부모들은 아들들의 응소應召, 입영入營, 출정出征, 그리하고 전사戰死의 경우에 취할 마음의 태도를 잘 닦아두어서 보기 숭한 꼴을 아니 보이도록, 군국軍國의 부모다운 의연한 태도를 가지도록 공부하여야 할 것입니다.(1942.8.7)

10
경세생활

국가의 흥망을 좌우하는 요소가 넷이 있으니, 국방, 정치, 경제, 사상입니다. 사상은 문화라고 하여도 좋을 것입니다. 그런데 국방은 국민의 충용忠勇으로, 정치는 헌법으로, 사상은 애국심으로, 그리고 경제는 국민의 근검저축으로 기초를 삼는 것입니다. 정신 방면으로 볼 때에는 사상이 국방, 정치, 경제의 동력이 되니, 이러므로 국민교육이 존중되는 것이지마는, 또 물질적으로 볼 때에는 경제가 다른 세 가지의 생명이 되는 것입니다. 사상과 경제 — 이 두 가지야말로 국민 각자가 나라에 봉사할 둘이요 하나인 길입니다.

평시에도 그러하지마는 오늘날 우리나라와 같이 큰 전쟁을 하고 있는 경우에는 모든 물자에 있어서 자작자급自作自給을 하여야 됩니다. 외국과의 교역交易이 끊어졌기 때문입니다.

전 구주대전에 혁혁히 승전하던 독일이 최후에 참패를 하여서 이른바 이기고도 진 결과를 보았습니다. 그 원인을 혹은 사상의 붕괴라 하고 혹은 경제의 파탄이라고 하거니와, 이것은 양자兩者가 다 순盾의 일면一面을 본 말이니, 사상적 붕괴에서 경제적 파탄이 생기고 경제적 파탄이 생기매 사상이 더욱 붕괴하여서 그러한 참담한 화를 당한 것이라고 보는 것이 진상眞相일 것입니다. 왜 그런고 하면 나라를 위하여서는 모든 것을 바치겠다는 애국심이 여전하고 필승의 신념이 까딱없을진댄 아모리 물자가 궁핍하더라도 총붕괴에 이르지 아니하고 무슨 타개가 있었을 것입니다.

지금 나라에서 우리들 국민에게 경제적으로 요구하는 것은 일언이폐지하면 '힘써 생산하고 힘써 절약하여서 저축하라.' 하는 한 마디입니다. 식량이나 곡물이나 어산漁産이나 공업품工業品이나 임산林産이나 무엇이나 평시보다 더 힘을 들여서 — 있는 힘을 다하여서 증산增産하되, 이러한 물자를 소비하는 것은 최소한도로 줄여서 누더기를 입고 짚세기를 신더라도 전비戰費의 근원이 되는 저축을 하여야 하는 것입니다.

그리하되 생산한 물자는 예전 자유주의 시대와 같이 생산자가 제 마음대로 처분하는 것이 아니라, 일정한 계산을 따라서 국가에서 생산과 소비를 규정하는 것이 오늘날 우리나라 경제생활입니다. 그러므로 양식, 옷감, 신발로부터 주요한 생활 필수품에 깃부제도切符制度[26]로 배급을 하는 것이나, 생산에 있어서도 어떤 부문은 금하거나 줄이고 어떤 부문은 조성하야 확장하는 것이 다 이 때문입니다.

그런데 이러한 제도 하의 경제생활은 국민의 애국적 협력이 아니고는 원활키 어려운 것이니, 여기 애국심이 나서는 것입니다. 모든 물자가 국가의 것이오 이 물자가 국가의 계획대로 생산되고 소비되지 못하는 날이면 국가에 파탄이 온다는 것을 저마다 제 일로 생각할진댄, 불평, 취인闇取引, 매석매점賣惜買占 같은 반국가적 불상사不祥事가 있을 섭리가 없습니다.

그러므로 황민皇民 된 자는 마땅히 이렇게 생각할 것입니다.

'군인으로 입영하면 장교의 지휘명령에 절대로 복종하듯이 생산자, 소비자로서의 우리 일반 국민은 정치의 경제정책을 따라서 협력하여 가자.'

한 배를 탄 사람들이 누구는 잘 먹고 누구는 못 먹을 리도 없고, 하물며 누구는 배부르고 누구는 굶어 죽을 리도 없습니다. 우리 국민은 정히 한 배를 타고 대승리의 피안彼岸을 향하야 대전大戰이라는 대양大洋을 항해하고 있습니다. 일억국민이 문자 그대로 동일한 운명을 가진 일심一心이요 일체一體입니다.

국책國策이 요구하는 것이면 무엇이나 기쁨으로 일심으로 응하는 것이 전쟁을

26 깃부(切符)는 특정 상품을 교환하는 데 사용하는 표. 일종의 배급제도.

이기게 하는 유일한 비결입니다.(1942.8.8)

11
언어, 풍속, 습관

조선에도 징병령이 실시되어서 쇼와昭和 19년부터는 아들들이 병사가 되게 되니 더욱 국어國語의 필요를 느낍니다. 국어를 모르는 이는 새로 배우고 겨우 통하는 이는 익숙하도록 공부를 더 할 것입니다. 내지인內地人과 다름없는 능한 국어를 배워가지고 입영하게 되면 얼마나 좋겠습니까.

말뿐 아닙니다. 풍속이나 습관이나 조선 것을 아는 것이 병이 아니라, 내지 것을 모르는 것이 흠이 됩니다. 더욱 예절에 있어서 그러합니다. 앉음앉이, 인사하는 법, 신전예의神殿禮儀 등 잘 익히지 못하고 입영하는 청년은 다만 불편을 느낄 뿐이 아니라 고통될 것입니다.

언어나 풍속, 습관은 다만 입영하는 청년에게만 필요한 것이 아닙니다. 일본 국민인 자는 무엇보다도 일본의 언어와 풍속, 습관에 한숙嫺熟[27]하여야 할 것입니다.

국어 습득에 관한 필요는 최근에 더욱 많이 느끼는 모양이나 예의, 풍속, 습관에 대하여서는 아직도 등한한 것 같습니다.

원래 예의란 나라에서만 정할 수 있는 것이니, 사사로운 예의를 허할 수 없는 것입니다. 그러므로 관혼상제冠婚喪祭에도 국가 소정所定의 예문禮文에 의함이 옳을 것입니다. 지방을 따라서 방언이나 특수한 풍속, 습관이 있는 것은 보통된 일이지마는, 그것이 국민의 동일성을 해하는 정도여서는 안 될 것입니다. 언어 풍습이 너무 다르면 동포감同胞感이 발생하기 어려운 것이니, 아무쪼록 내선간의 이 차

27 단련되어 익숙함.

이를 줄이는 것이 오는 세대의 자손들의 불편을 덜어주는 일이 될 것입니다. 건축양식이 달라서 내지인촌, 조선인촌이 판이한 것이나, 언어, 의복으로 얼른 구별되는 것이나, 다 동포감을 감살減殺하는 것이라고 아니 할 수 없습니다.

그러면 이것을 제거하는 길이 무엇인가. 그것은 조선인이 내지식을 따르는 것밖에 없습니다. 점진적으로 자연으로 변화하기를 기다리는 것도 일법一法이지마는, 계획적으로 의식적으로 욱 하고 일시에 고쳐버리는 것이 더 좋은 일이 아닐까 합니다. 그렇다고 이것이 일단일석一旦一タ에 될 것은 아니겠지마는, 사람마다 국어와 일본의 예의, 풍속, 습관을 배우는 것은 시급히 할 일인가 합니다. 그래서 실행하기 쉬운 것부터 가정에서 실천하게 되면 자녀들은 힘 안들이고 저절로 배우게 될 것입니다. 자손을 위하여서 그만한 노력을 아낄 부모가 있을 것입니까.

아마 병역법까지 실시되는 오늘날에 '나는 아직 말을 못 배와서'라든가, '일본예절을 몰라서'라든가 하는 말은 전연 통하지 못할 것입니다.

'요지일월 장지건곤堯之日月 葬之乾坤'[28] 같은 문구를 쓰는 것은 자신을 지나인으로 간주하는 것이오, 혼상婚喪을 영미식으로 하는 것도 아니할 일입니다. 축문祝文이나 부고訃告나 기타 의식문자儀式文字를 지나식으로 하는 것은 단연 폐지할 것입니다. 적더라도 예식문자禮式文字는 반드시 국문으로 할 것입니다. 관혼상제冠婚喪祭는 신식神式이나 불식佛式으로 할 것이니, 이것이 곳 일본의 것인 동시에 조선인의 선조의 것이 됩니다. 오늘날까지 남아온 조선의 예문禮文이란 것은 대개가 이조 중엽에 된 지나식의 것입니다.

가례家禮와 친족관계에 대한 것도 지금 일본서 통용되는 것이야말로 고려시대까지의 우리 선조가 쓰던 것입니다. 그러므로 일본 예법을 쓰는 것은 국가에 대한 도리가 되는 동시에 우리 선조에의 복귀가 되는 것입니다. 마치 창씨개명이 삼국시대에의 복귀가 됨과 같습니다.

하물며 현재 내지에 통용되는 예의 풍습이 현재 조선의 것보다 우수함에랴. 마

28 태평한 요순시절(堯舜時節)을 가리킴.

땅히 급속히 배울 것이니, 이것이 황민화에 결코 작은 것이 아닙니다.(1942.8.9)

12
내선동조內鮮同祖

내선內鮮은 본래 동근동조同根同祖입니다. 고이소小磯 총독도 부임 초에 이 점을 역설하였습니다.

내선 동근동조를 고이소 총독이 말하였습니다. 이것은 고이소 총독의 깊은 신념이려니와, 역사적, 언어학상, 민속학상 확실한 근거가 있는 사실입니다. 특별히 언어는 이에 관한 가장 중요한 생명 있는 기록입니다.

반도에서 옛날에 이사나기,[29] 이사나미,[30] 수사노오[31] 세 분 신을 존숭, 제사祭祀하던 것은 지금도 알 수 있습니다. 구마노 신사態野神社의 위패位牌가,

이사나미ㄴㅗ미ㄱㅗㄷㅗ

이사나기ㄴㅗ미ㄱㅗㄷㅗ

수사나오ㄴㅗ미ㄱㅗㄷㅗ

라고 씌어 있는 것도 큰 증거거니와, '이사나기'의 '아기', '이사나미'의 '아미'가 오늘날 조선어에서도 남성 여성을 표시하는 말이오, 더욱이 '수사나오'의 '수'와

29 이자나기노미코토(伊奘諾尊). 일본 신화에서 천신(天神)의 명령을 받아 이자나미(伊奘冉)와 함께 일본 국토와 신을 낳고, 산과 바다, 초목을 관장한 남신(男神).

30 이자나미노미코토(伊奘冉尊). 이자나기의 누이이자 배우자로서 저승을 관장하는 여신(女神).

31 스사노오노미코토(素盞嗚尊) 일본신화에 나오는 폭풍을 관장하는 신. 난폭한 행동으로 지상세계로 추방되었고, 그 후 신라의 소시모리(曾尸茂梨)에 내려갔으나 마음에 들지 않아 동쪽의 이즈모(出雲)로 가서 머리 여덟 개 달린 뱀을 퇴치하고 뱀의 꼬리에서 삼종신기(三種神器)의 하나인 구사나기(草薙)의 검을 얻었다고 한다.

'사나오'가 오늘날 조선말로 남성과 용맹을 표시하는 말인 것이며, 금일에도 각지에 '서낭'님이 존숭, 제사되는 것으로 넉넉히 짐작할 수 있습니다.

『동국여지승람東國輿地勝覽』을 보면 어느 고을에나 반드시,

'사직단社稷壇, 문묘文廟, 성황사城隍祠, 여단厲壇'

이라 하야 4제신祭神을 열거하였습니다. 지나사상인 사직단, 문묘를 머리에 놓은 것은 배화사상拜華思想의 유적遺跡이요, 서낭님을 성황城隍이라 한 것은 음音 상이相似한 지나 신명神名을 붙인 것임은 말할 것도 없습니다. 이것을 고려에 넣으면 이사나기, 아사나미 두 분 신이 고대 조선에서 공통으로 숭배하던 조신祖神임이 틀림없습니다.

또 거울과 칼과 호조虎爪를 남녀 간 몸에 지니는 것은 현재에서 민간에 남아 있습니다. 남자는 상투에 망아다마를 꽂았고 저고리 고름에 칼을 차고 주머니에 거울을 넣었으며, 여자는 노리개에 찼습니다. 망아다마의 망아는 '일신日神이 낳으신 이'라는 뜻이니 용龍이나 호虎나 산맥으로 표상하고, 다마는 뼈니 다바라고도 하야 조爪, 톱도 가리키게 됩니다. 망아다마라면 용조龍爪나 호조虎爪라는 뜻이요, 옥玉을 다마라 함은 옥이 땅의 뼈라는 뜻임이며, 또 달月에서 받은 바라는 뜻도 되는 것입니다.

거울의 원어原語는 가가라, 또는 가가마니, '가가'는 일신日神의, 천신天神의 생生하신 바라는 말이니, 가케影라는 말과 동원同源이오, '마'는 계신 처소 또는 '주신 바' 라는 뜻이니, 마, 바, 가, 다는 다 통합니다. 그러므로 가가마, 즉 가가미カカミ는 일신日神의 주신 바, 일신이 계신 곳이라는 뜻이 됩니다. 가가라의 라는 동작을 표하는 것이 가케루カケル의 루ル입니다.

도롱이ツルギ는 ᄃᆞᄅᆞ가月로 월신月神이 생生하신 이, 소룡小龍이란 뜻입니다.

그러므로 거울은 일신日神, 도롱이는 월신月神, 망아다다는 지地 또는 산신山神을 표表하는 것으로서 천손민족天孫民族이 존숭하여 왔습니다.

이상은 신앙 상으로 내선이 동일함을 말한 것이거니와, 언어로 보건대 둘은 본래 하나입니다. 비교 연구의 결과로 보면 두 말이 서로 통치 못할 만치 발음과 용

법이 변해버린 것은 불과 천여 년인가 합니다.

신라통일 후에 내선 교통交通이 단절된 뒨가 합니다.

나리ナリ와 니라, 다리タリ와 더라, 게리ケリ와 거라, 세리セリ와 서라, 가나カナ와 가나, 가모カモ와 고마, 구면, 데テ와 다, 기キ와 고, 구, 그, 가무カム와 가마 등 토가 똑같은 것이 대단히 큰 증거가 됩니다.

내선 양족은 혈통이 같고 신앙이 같고, 따라서 언어와 문자가 같은 일가一家입니다. 사상史上에 기록된 혈액과 문화의 교류는 제2차, 제3차적인데 불과하니, 근본이 하나인 것이 사실입니다. 역사는 결코 우연으로 진행되는 것이 아니오, 깊고 깊은 인연으로 필연적인 방향을 취하는 것이라고 믿습니다.(1942.8.17)

앞으로 2년[1]

징병에 대한 준비

내후년에는 제1회 징병검사가 온다. 여기 대한 준비는 어찌 되었나.

혼인을 하는 데도 몇 해를 두고 준비를 한다. 징병은 혼인보다도 중대한 일이다. 앞으로 2년 동안은 실로 징병 실시에 대한 준비기간이다. 군軍과 관官에서는 군과 관으로서의 준비가 있겠지마는, 국민 자체로서의 준비야말로 근본이 되는 준비다.

병역에 대한 이해

제국신민인 남자는 누구나 병역에 복服할 의무가 있다. 빈부귀천의 별別이 없이 일체 평등으로 지는 의무다. 제외되는 자는 오직 심신이 병약한 자뿐이다. 만 20세가 되면 징병검사를 받아서 남자면 한 번은 군인이 되는 것이다.

국민학교를 졸업하였거나 아니 하였거나, 국어國語를 알거나 모르거나, 외아들이거나 여러 형제거나, 대학을 졸업하였거나 아니 하였거나, 모도 병兵이 되어서 이등병부터 올라가는 것이다. 다만 군사 교련이 있는 중등학교 이상에서 교육을 받은 자에게는 간부 후보생이 되고 사관 후보생이 되는 특전이 있는 것이 다를 뿐이다.

병역은 국민의 의무 중에 최대한 의무다. 나라를 지키는 의무다. 폐하를 머리

1　가야마 미츠로(香山光郎), 『신시대(新時代)』, 1942.9.

로 받들고서 이 몸 고굉股肱[2]이 되어 황운皇運을 부익扶翼하는 의무다.

한번 병역의 의무를 치르고 남으로 완전한 국민이 된다. 병역을 안 치른 국민은 반편이다. 그러므로 징병이 고맙다는 것이다.

충효일본忠孝一本

충忠은 효孝를 포함하거니와, 효는 충을 포함하지 못한다. 임금께 충忠한 자는 최대한 효자다. 충군忠君은 국민의 최고요 절대한 덕德이다. 임금은 내 임금이신 동시에 부모와 선조의 임금도 되시니, 임금을 충으로 섬기는 것은 부조父祖의 하실 일을 하여드리는 것이매 효다. 또 황국皇國[3]을 위하여서 충하는 것은 자손을 위하여서는 가장 큰 자慈다. 이 나라가 잘 되어야 자자손손이 번영할 것이므로.

욕충즉불효 욕효즉불충欲忠則不孝 欲孝則不忠이란 말을 한 사람이 있거니와, 이것은 지나인支那人의 생각이요 잘못된 충효관忠孝觀이다.

충효는 일본一本이다. 충은 최고의 덕이요 최대의 복이다. 인생의 영예 중에 가장 큰 영예는 몸이 충신忠臣이 되고 자손에 충신이 나는 것이다. 그런데 충신은 고위고관高位高官만이 되는 것이 아니오 일병졸一兵卒도 되는 것이다. 병역에 차별이 없는 모양으로 충에도 차별이 없다.

숭무尙武의 정신

무武란 적敵을 격멸하는 정신이요 재주요 힘이요 기구다. 여기 적이라 함은 개인의 적을 가리키는 것이 아니다. 국가의 적을 가리키는 것이다. 금일에 있어서

---

2 고굉지신(股肱之臣)의 준말. 임금이 가장 믿고 중히 여기는 신하를 가리킴.

3 원문에는 '天國'으로 되어 있다.

는 미영이 우리의 적이다.

육군이거나 해군이거나 공군이거나 간첩이거나 미영米英 또 미영의 편이 되는 자는 모도 우리 적이다. 선전대조宣戰大詔는 미영이 우리나라의 적인 것과 이 적을 반드시 격멸할 것을 명시하셨다. 이에 일억국민一億國民은 모도 분기奮起하여서 미영 격멸의 전투를 하고 있는 것이 금일의 대동아전大東亞戰이다.

일억국민이 다 전사戰士다. 산업전사, 사상전사 등등. 그러나 신명身命을 내어놓고 적의 탄우彈雨 하에서 싸우는 이는 군인이다. 육, 해, 공군이다.

군인의 생명이 되는 것은

'복무필사 견적필살服務必死 見敵必殺'

의 정신이다. "이것을 해라." 하는 명령을 받았거든 죽기까지 그것을 수행하는 것이 복무필사服務必死의 정신이다. 늑골이 부러져서 폐가 노출한 대로 임무를 수행하고 임무가 완료되자 곧 절명絶命된 조호르 수도水道[4]의 용사勇士는 복무필사服務必死의 모범이다. 단신單身 적의 포루砲壘 중에 돌입하며, 몸을 적의 전차戰車의 바퀴 밑에 던지는 것은 견적필살見敵必殺의 정신이다. 신라에서는 이것을 임전무퇴臨戰無退라고 하였다.

상무尙武의 정신이란 곧 이 두 가지 정신을 이름이니, 무예 같은 것은 이 정신을 위한 수단 방법에 불과하는 것이다.

'이 목숨은 천황께 바친 것'

이라는 정신이 왕성할진댄 누구나 복무필사, 견적필살의 정신을 발휘할 것이다.

쓰자고 받은 몸이오 구실하라고 주신 목숨이다. 우리가 먹고 입어서 이 몸을 기르고 소중히 여기는 것은 쓸 때에 쓰고 죽을 일에 죽자는 것이다. 사람이 죽을 일이 나라 위하여 죽는 일밖에 더 있는가.

이것이 상무尙武의 정신이다.

4 말레이시아의 조호르(Johor) 주와 싱가포르 사이에 위치한 해협. 1942년 이 해협에 면한 도시 조호르 바루(Johor Bahru)에 병력을 집결한 일본군은 결국 2월 15일 영국군의 항복을 받아내 싱가포르 함락에 성공한다.

징병을 2년 앞에 둔 우리는 자녀나 부모나 시급히 이 정신을 기를 것이다. 살기 위하여 살랴 하고 죽을 일에 죽기를 무서워하는 못나고 어리석은 생각을 버릴 것이다. 애기에게 젖을 먹이는 어머니는 반드시,

"네 부디 의義에 살다가 충忠에 죽으라."

하고 기원하고 훈회訓誨할 것이니, 이것이야말로 가장 좋은 덕담이다.

신라의 품일品日[5]은 아들이 전장戰場에서 살아서 돌아오매 고개를 돌려서 보지 아니하고, 죽어서 돌아오매 두 손으로 그 머리를 받아 옷소매를 피로 적시면서,

"내 아들이 산 것 같다. 능히 왕사王事에 죽었고나."[6]

하였다.

구스노키 마사츠라楠正行[7]의 어머니뿐 아니라, 무릇 충의사忠義士는 현모賢母의 아들이었다. 젖꼭지를 통하여서 충의忠義의 정신을 먹이고 말을 가르칠 때에 충의의 정신을 가르치는 것이다. 장차 조선의 자제들을 충용의열忠勇義烈한 군인이 되게 하는 것은 조선의 어머니들이오 처녀들이다. 처녀들의 사랑이 부귀로 흐르지 아니하고 충용忠勇을 사모하는 것이 명일의 일일 것이다.

신앙생활

신앙 없는 사람의 생활은 모래 위에 지은 집이다. 평시에 화려한 외관을 보전하지마는 한번 풍우風雨가 이르면 씻겨나가고 만다. 신앙의 반석 위에 주추를 놓

---

5 품일(品日, ?~?). 진골(眞骨) 출신의 신라 장군이자 화랑 관창(官昌)의 아버지. 660년 나·당 연합군이 백제를 칠 때 아들인 화랑 관창과 함께 출정하였다.

6 『삼국사기(三國史記)』 제47권 '열전(列傳)' 제7장의 "吾兒面目如生, 能死於王事, 無所悔矣(우리 아이의 얼굴과 눈이 살아 있는 것 같다. 능히 왕실의 일에 죽었으니 후회가 없다)"에서 인용한 구절.

7 구스노키 마사츠라(楠木正行, 1326~1348). 가마쿠라시대 말기 고다이고(後醍醐) 천황의 막부 타도에 동참했던 무장(武將) 구스노키 마사시게(楠木正成)의 아들. 부친의 뜻을 이어 고다이고 천황을 배신하고 무로마치 막부의 쇼군 자리에 오른 아시카가 다카우지(足利尊氏)와 싸웠다. 메이지시기 이래 존왕사상의 모범이자 충효의 전형으로 간주되었다.

은 집이라야 아무러한 고난에도 태연한 것이다.

신神도 불佛도 믿지 아니하는 사람은 오직 부富를 믿고 세勢를 믿는다. 그리하기 때문에는 그의 정신은 이해利害를 영상초嶺上草 모양으로 동으로 서로 동요된다. 그는 신명神明의 조감照鑑을 모르기 때문에 남에게 들키기만 아니 한다면 무소불위無所不爲로 악을 행한다.

그러나 신불의 조감을 믿는 이의 발은 언제나 의義의 길을 걷고, 신불의 가지加持를 믿으매 언제나 의에 용맹하다. 그는 정의필승正義必勝의 신념이 있는 신불은 반드시 정의를 두호杜護하심을 확신하매 아모러한 곤경에서도 태산반석 같다.

남편이라고 믿으랴면 신앙 있는 남편이라야 하고, 아내도 친구도 다 그러하다. 신앙 없는 가정에는 죄악이 있고, 죄악이 있으매 불행이 있다. 순풍으로 살아갈 때에는 그래도 견딜 만하지마는 한번 고난이 닥쳐오면 서로 원망하고 서로 의심하고 서로 제 이利를 찾아서 흩어지는 것이다. 그러나 신앙 위에 선 가정에는 언제나 감사가 있고 화평이 있고, 고난을 당할 때에 더욱 서로 믿고 결속이 된다.

고래로 의인義人이나 명장名將은 다 신앙의 인人이었다. 구스노키 마사시게楠正成는 법화행자法華行者였었고 도고東鄕[8]대장도 신조神助를 믿었다. 신라의 김유신金庾信도 국난國難을 정定하게 하여지이다고 입산기도入山祈禱하기를 두 차례나 하였다. 이순신李舜臣도 접전시接戰時에는 반드시 신명께 빌었다.

우리 자제들이 충용忠勇한 병사가 되게 하기 위하여서는 우리의 가정생활을 신앙 위에 세워야 한다.

가미다나神棚,[9] 불단佛壇을 모셔 조석朝夕에 배례하여서 조선祖先을 숭배하는 동시에 자녀의 신심을 기를 것이다. 이번 전쟁에도 황군용사의 전선戰線 체험담을 들으면 신앙의 힘이 어떻게 큰 것을 알 수 있다. 원래 일본은 신국神國이요 신앙의

---

8 도고 헤이하치로(東鄕平八郞, 1848~1934). 일본의 해군 제독으로, 정계에 진출하지 않고 순수한 군인으로서 일생을 마쳤다. 청일전쟁에서는 나니와 함장을 맡아 해전에서 활약했고, 러일전쟁에서도 승리를 거두어 '군신(軍神)', '동양의 넬슨'으로도 불린다.

9 집안에 신위(神位)를 모셔놓은 감실.

국國이거니와, 반도도 고려까지는 신불神佛을 신앙하여 왔다. 우리가 신불을 잊은 때에 불행한 이조 중엽 이후의 생활이 있었던 것을 명기銘記할 것이다.

신불이 성誠에 감응하심이 마치 일월日月이 명경明鏡이나 지수止水에 비추임과 같다. 신명이 없다 하는 자는 신명을 못 접하는 것이다. 무심한 자에게는 옆에서 나는 소리도 못 듣는 것과 마찬가지다.

신불은 계시다. 언제나 게시고 어디나 게시다. 기원祈願하는 청명심淸明心에는 언제나 분명히 신불이 임하시는 것이다. 이욕離慾한 정념淨念에는 불광佛光이 있고 미소기하라에禊祓[10]된 청심淸心에는 언제나 신령神靈이 내리시는 것이다.

소중한 아들을 충용忠勇한 황군병사로 기르랴는 이는 반드시 목욕재계로 신불神佛에 항상恒常하는 생활을 할 것이다.

국어와 예의 공부

국어를 모른다고 징병이 안 되는 것은 아니지마는 국어를 모르기 때문에 좋은 병정이 되기 어려울 것이다. 그러므로 자제에게 시급히 국어를 가르쳐서 징병기徵兵期에는 말에 부자유가 없도록 하는 것이 가장 중요한 일이거니와, 하필 장정만 그러할 것이 아니라 이번 기회에 온 가족이 다 국어를 배우도록 할 것이다.

원래 국어는 조선어와 동근어同根語이기 때문에 조선인이 국어를 배우기는 대단히 쉬운 것이어서 아모리 무식한 노인이라도 석 달만 정신 차려서 배우면 쉬운 말은 하게 되는 것이다. 아니 배울 따름이지 못 배우는 것은 아니다. 누구나 석 달 공부면 되는 것이 아니냐.

국어와 함께 배울 것은 예의다. 신전神前 예의를 비롯하여서 대인접물對人接物의 예의를 한숙嫻熟하게 배우면 입영 후에 무척 편할 것이거니와, 예의를 모르면 내

10 몸에 죄나 더러움이 있을 때 또는 중대한 제례 등에 임하기 전에 강이나 바다에서 몸을 씻어 정결하게 하는 일.

지인 동료들과의 접촉에 불편이 많을 것이다. 가령 밥을 먹을 때에는 꿇어앉는 것, 밥그릇은 왼손으로 들어서 젓갈로 밥을 떠서 입에 넣고 국을 먹을 때에는 밥그릇은 소리 안 나게 상에 내려놓고 국그릇을 왼손에 들고 먹고, 그러고는 국그릇을 상에 나려놓고 다시 밥그릇을 들고서 밥을 먹고, 이러한 것이며, 밥 먹기를 시작할 때에 젓가락을 들기 전에

"イタダキマス(잘 먹겠습니다)."

하고 절하고, 식사가 끝난 때에는,

"ゴチソウサマ(잘 먹었습니다)."

하고 절하는 것이라든지,

남에게 무엇을 청할 때에는,

"ゴメンクダサイ(실례합니다)."

"チョト オネガヒ イタシマス(부탁드립니다)."

하고, 무엇을 받았을 때에는,

"アリガトウ ゴザイマス(고맙습니다)."

하고 예하는 것이라든지,

"ドウゾ(아무쪼록)"

"スミマセン(미안합니다)."

하는 것이라든지, 남의 방에 들어오면 아는 사람이나 모르는 사람이나 모도 절하는 것이라든지, 이러한 예절을 미리 다 배울 필요가 있다.

예의란 습관이기 때문에 여러 번 반복하여서 익숙하게 되어야 자리가 잡히고 또 거기서 기쁨이 생기는 것이니, 평소에 가정에서 이것을 실행할 것이다.

'예禮 없는 사람이다.'

하는 흉이 아니 잡히도록 일상에 주의하고 힘쓸 것이나, 그 요결要訣은 저 편에 대하여서 감사하고 친절히 하자는 정신을 노상 가지고 있는 것이다.

앞으로 2年

징병검사가 앞으로 2년. 2년이 잠깐이다. 이 2년은 가장 유효하게 이용하여야 할 것이다.

이로부터 2년은 징병에 대한 준비로써 개인생활이나 가정생활의 목표를 삼는 것이 옳다. 부족이 있어서야 쓸 것인가. 실수가 있어서야 쓸 것인가.

조기早起, 청소, 이 닦고, 몸 씻고.

궁성요배宮城遙拜, 신불배례神佛拜禮, 부모께 배례. 가족 상호 인사.

"オハヨウ ゴザイマス(안녕히 주무셨습니까)."

"オハヨウ(잘 잤니)."

모두 힘 있게, 기쁘게, 명랑하고도 엄숙하게.

학교나 일터로 자녀들이 나갈 때에,

"オトウサマ イテマイリマス(아버지, 다녀오겠습니다)."

"オカアサマ イテマイリマス(어머니, 다녀오겠습니다)."

"イツテイラツシヤイ(다녀오렴)."

의 인사를 주고받고, 밖에서 집으로 돌아올 때에,

"タダイマ(다녀왔습니다)."

"オカエリ(어서 오렴)."

를 주고받을 때에 반가움과 기쁨이 배가한다.

밖에서 돌아오면 양추, 세수하고 목욕하거나 손발 씻고 정한 옷 갈아입고, 저녁상 대하면,

"イタダキマス(잘 먹겠습니다)."

다 먹고 나면,

"ゴチソウサマ(잘 먹었습니다)."

그리고 누가 찾아오면 반갑게, 공손히,

"○○サン, コンニチワ(○○ 씨, 안녕하세요)."

밤이면,

"コンバンワ(안녕하세요)."

아침이면,

"オハヨウ(안녕하세요)."

서로 작별할 때면,

"サヨウナラ(안녕히 계세요)."

이렇게 인사를 깍듯이, 분명히,

"オヤスミナサイ(안녕히 주무세요)."

"オヤスミ(잘 자렴)."

이러고 자리에 들기 전에 신불神佛을 염念하고 오늘 하루를 반성하고.

이러한 예절다운 일상생활을 건설하기로 앞으로 2년을 보내면서 쇼와昭和 19년[11]의 첫 번 징병검사에 갑종甲種 합격이 되도록 심신을 단련할 것이다.

11 1944년을 가리킨다.

대동아전쟁 1주년을 맞는 나의 결의

大東亞戰爭一週年を迎える私の決意[1]

대동아전쟁大東亞戰爭 2년째라고 해도 작년과 별로 달라진 것을 말씀드릴 것은 없습니다만, 작년 12월 8일 나는 무슨 일이든 좋다, 부름을 받는다면 무엇이든 내 힘이 미치는 한 의무를 다하겠노라고 결심했던 것입니다. 강연에 가라고 하면 갔고, 쓰라고 하면 썼습니다. 올해도 더욱더 그런 일에 노력하여 봉공奉公해 드리자는 생각입니다. 12월 8일이 되면 또 다른 생각이 떠오를지도 모르지만, 지금은 다만 작년의 결의를 새롭게 다질 것을 생각합니다. 단 멋진, 황군皇軍의 전과戰果나 싱가포르 함락과 같은, 멋진 작품을 쓰고 싶습니다만, 그게 잘 안돼서 ……, 그런 작품을 쓸 수 있다면 가장 좋은 봉공이라고 생각합니다만…….

---

1 원문 일본어. 가야마 미츠로(香山光郎), 『국민문학(國民文學)』, 1942.12.

1943년

일어서는 농촌起ち上る農村[1]

1

평양은 찬바람 부는 섣달을 연상케 하는 추위로, 방공수조防空水槽에는 얼음이 두껍게 덮였습니다. 매일처럼 저녁마다 바람 또 바람, 완전히 정나미가 떨어지고 말았습니다만, 오늘은 조금 따뜻해졌습니다. 황금빛 개나리가 창밖으로 내다보입니다.

강서江西와 용강龍岡으로 강연에 불려 갔더니, 쌀밥을 주고 진짜 메밀국수도 있었습니다. 닭과 계란도 대접받았습니다. 강서라는 곳은 평양에서 서쪽으로 80리里[2]가량 떨어진 작은 동네로 군청 소재지입니다. 내가 갔을 때는 군郡의 농업보국대회農業報國大會 이틀째 날이었습니다만, 군 내 14개 면面의 면장, 주재소의 소장, 그 밖의 농민 지도자급 사람들이 참가했다고 하는데, 모두들 똘똘한 사람들이었습니다. 용강도 마찬가지였지만, 지방의 문화가 향상된 데는 놀랐습니다. 나는 경성에만 틀어박혀 있어 농촌의 사정에 어두운 것입니다만, 이번 강서와 용강을 일별一瞥하고 많이 계몽된 셈입니다.

국어國語가 상당히 보급되어 있어서 용강에서는 4백 명의 청중 가운데 국어를 모르는 사람은 손을 들어 보라 했더니 약 이십 몇 명이 손을 들었고, 국어를 아는 사람은 손을 들어보라 했더니 9할 이상 손을 들었습니다.

그리고 공출, 배급, 증산 등에 대해 각 면에서 한 사람씩 구역장이 의견을 말했

1 원문 일본어. 가야마 미츠로(香山光郎), 『경성일보(京城日報)』, 1943.4.17~18. '문화란'에 실렸다. 4월 16일 '문화소식'에는 "가야마 미츠로씨(작가) 평양부 수옥정(水玉町) 동양여관(東陽旅館)에 체류 중"이라는 기사가, 다음날 17일에는 "조선문인보국회 결성"에 관한 기사가 실렸다.

2 원문에는 '8리(里)'로 되어 있다. 일본의 거리 단위 리(里)는 3.9km로, 한국의 거리 단위 리(里)의 10배에 해당한다.

다는데, 모두 유창한 국어로 경청할 만한 의견을 당당히 주장했다고 합니다. 내 강연 때 청중의 자세도 훌륭한 것으로, 훈련되어 있었습니다. 이따금 노인도 눈에 띄었지만 대개는 다이쇼大正 연간[3]에 태어난 이들이었습니다.

나는 지방 사람들과 만나며 두 가지 점을 강조하지 않으면 안 된다는 것을 깨달았습니다. 즉 순순히 당국의 지도를 신뢰하고 복종할 것과, 농업은 이제부터 더욱더 국가에서 중요시되고, 따라서 농민의 복지는 더욱더 보호되고 증진되는 국책國策이 마련될 것이라는 점입니다. 그래서 나는 강서에서도 용강에서도 우리 국체의 신성함과 우리 정치의 도의적인 점을 설명하며 '순순히 따르라'고 권했습니다. 그리고 재화의 획득이라는 종래의 미영적米英的, 개인주의적 경제는 두 번 다시 돌아오지 않으며, 사농공상士農工商이 일체가 되어 직역봉공職域奉公함으로써 즐거운 신도臣道를 실천하고 팔굉위우八紘爲宇의 성업聖業을 익찬翼贊해 드리는 것을 인생의 목표로 삼는 세상이 올 것이라고 이야기했습니다.(1943.4.17)

2

군수들도 매우 열심이었습니다. 내가 만난 것은 다카야마高山 강서군수와 다이헤이大平 용강군수 두 사람뿐입니다만, 둘 다 힘이 넘치고 마치 필사적인 사람들인 것 같았습니다. 여하튼 공출만 해도 대단한데 거기에 배급 문제가 있지요. 군수님이 각반을 차고 군농회郡農會의 트럭으로 한 달의 반은 돌아다니고 있다고 합니다. 다른 직원도 마찬가지로 바쁘겠지만, 군수가 이렇게 바쁘고 책임이 무거운 지위라는 것을 나는 지금까지 몰랐습니다.

나는 군수가 하는 말을 삼가 들었습니다만, 고이소小磯 총독의 마음가짐이 적어도 군수에게까지는 철저하게 미치고 있는 듯했습니다. 면 직원과 지방의 주요

3 다이쇼(大正) 천황이 재위했던 시기. 1912년에서 1926년까지의 기간을 가리킨다.

인사들에게까지 그 정도의 이해와 기백이 골고루 미친다면 조선은 확실히 면목을 일신할 것이라고 느꼈습니다.

다만 양지가 있으면 음지도 있는 법이어서, 좋은 점만 있는 것은 아닙니다. 민간에서는 아직 제거하지 않으면 안 되는 것도 있고, 좀 더 알리고 좀 더 단련케 하지 않으면 안 되는 것도 있었습니다. 성전聖戰의 목적과 필승의 신념, 공출과 배급의 취지, 농민의 전도前途에 대한 희망, 반도인에 대한 정부의 생각 등 아직 일반에게 철저하지 않은 면도 있는 것 같았습니다. 이에 대해서는 손길이 미치지 않는다든가 하는 경우는 아니므로, 당국과 연맹[4]의 고려와 노력이 좀 더 필요하다고 생각합니다.

그러나 봄입니다. 봄추위는 언젠가 물러가는 것입니다. 반드시 좋은 조선이 될 것을 믿습니다.(1943.4.18)

4 국민총력조선연맹(國民總力朝鮮聯盟). 1940년 10월 국민정신총동원조선연맹을 개편하여 결성한 관제 단체. 조선총독부 총독이 총재를 맡았고, 기관지 『국민총력』을 발간했다. 직장이나 지역 단위의 조직을 동원하여 황민사상을 전파하고 공출이나 징병, 징용을 독려하는 한편, 전쟁 분위기를 고조시키는 각종 행사를 개최했다.

농촌 관전기觀戰記[1]

1
황국농도皇國農道 재건에 매진邁進

가나가와金川[2] 사장社長 선생

선생이 평소에 농촌에 많이 유념하시는 줄 아옵니다. 생生은 이번 우연한 기회로 평남平南 8개 군郡을 견학할 기회를 얻었고, 또 강서군江西郡에 당분간 유련流連하게 되었습니다.

생生은 원래 농촌에 생장하였사오나 농촌을 떠난 지 이미 30년입니다. 더 정확하게 말씀하오면 생이 본 농촌은 다이쇼大正 3, 4년[3] 시대의 농촌이었습니다. 이번에 와서 다시 농촌을 보니, 과연 괄목상대刮目相對하게 변천하였습니다.

변한 것 중에 가장 눈에 띄는 것은 국어國語 보급을 비롯하야 교육의 보급입니다. 강서江西, 용강龍岡은 원래 신문화가 보급된 곳이라 하지마는 농업보국대회農業報國大會에 모인 지주, 구장 등 각 6백 명 인사 중에 국어를 모르노라 하는 이는 1할 강强[4]밖에 없었고, 그들은 대개 50 이상 부로父老들이었습니다. 내가 강서읍에서 만난 환갑 지난 유림儒林네가 조선복은 입었을망정 유창한 국어를 사용하셨습니다. 간담회 등에서 의견을 개진하는 것을 들어도 모도 입론立論이 당당하였는데, 그가 누구냐고 물으면 지주나 구장이었습니다. 나도 30년 전 농촌을 회상하고

---

1 가야마 미츠로(香山光郎), 『매일신보(每日新報)』, 1943.5.15~18.

2 이성근(李聖根, 1887~?) 창씨명은 가나가와 고키(金川聖). 일제강점기 경찰 관료 출신으로 1920년 경무국 고등경찰과에서 언론 통제 업무를 담당한 경력이 있다. 1941년 6월 최린에 이어 매일신보의 사장이 되었다.

3 1914, 5년을 가리킨다.

4 실제로는 그 수보다 조금 더 많은 것을 나타내는 접미어. 남짓.

감개무량하였습니다.

둘째 눈에 띄는 변천은 용모, 특히 모자眸子[5]가 똘똘하여진 것입니다. 농립農笠에 짚세기를 신고 지게를 진 청년도 모도 종로바닥에서 만나는 이들과 같이 영악하고 분명합니다. 입을 헤에 벌리고 눈이 멀거니 무엇을 바라보던 농민은 이제 자취를 끊었습니다. 이러한 청소년이면 좀 더 훈련을 가하면 필시 훌륭한 국민이 되고 군인이 되리라고 믿습니다.

지난 5월 5일, 강서읍 경찰서에서 거행된 무덕제武德祭를 참관하였습니다. 이것은 금년부터 매년 전국적으로 거행될 행사라고 하는데, 강서에서는 국민학교장長이 신관神官이 되어서 제사를 드리고 이어서 검도劍道와 유도柔道의 경기가 있었습니다. 약 50명, 모도 경찰관인 모양입니다. 경무주임警務主任, 사법주임司法主任인 경부보警部補나 부장部長이나 순사巡査나 모다 평등의 자격으로 싸웠습니다. 생生은 이러한 자리에 처음 온 까닭도 있겠지마는 각인各人의 필살필승必殺必勝의 기개氣槪에 탄복하였습니다. 그중에는 반도 출신도 있었지마는 씨명氏名으로도 구별할 수 없고 기상氣像으로도 구별할 수가 없어서 생生은 모다 황국신민皇國臣民을 보았을 뿐이었습니다. 군국君國을 위하야 필살필승必殺必勝의 눈찌와 기상氣像, 이것만이 내선일체內鮮一體의 요결要訣인가 하였습니다.

농민의 기상氣像의 변천의 예를 또 하나 들겠습니다. 이번에 새로 설립된 강서공립중학교의 최초의 생도 60명은 2, 3인을 제除하고는 다 평남平南 농촌의 자제들입니다. 생生은 그들이 교련을 받는 양도 보고 산악에 강행군하는 데도 따라갔습니다마는 체격일지, 기상일지 모도 훌륭하였습니다. 악, 악 소리를 지르는 것이라든지, 눈찌를 움직이지 아니하는 것이라든지 참 믿음성스러웠습니다. 그러고는 순박, 견실한 농촌 기풍을 잃지 아니한 것이 기뻤습니다.

입하立夏[6] 별에 모판에 벼 싹이 뾰족뾰족 나오고, 알을 배랴는 보리 밀 잎사귀가 훈풍에 팔랑거립니다. 콩과 면화가 소복소복 대가리를 내밀었습니다. 논은 갈려

---

5 눈동자.

6 이십사절기의 하나. 양력으로 5월 5일 경이다.

서 그 부드러운 흙에 황금 같은 벼이삭을 약속하고 있습니다. 이 지방 특유한 대동강 지류에 똥거름 실은 배들이 바로 논두렁을 부두埠頭로 삼아서 거름을 부리고 있습니다. 작년 수재水災에 터진 제방堤防을 수리하느라고 종가래질[7]을 하고 잇습니다. 낮게 나르는 따오기, 왜가리의 하얀 잔등이 강한 일광을 은색으로 반사하고 있습니다. 농전기農戰期에 일점一點의 망중한忙中閑의 점경點景입니다.

농전農戰! 진실로 농전農戰이요 바야흐로 농전農戰입니다.

'작년에 감수減收된 4할까지 금년에는 빼어내자.'

하는 것이 표어라고 합니다. 군수郡守, 면장面長, 기수技手가 모판 시찰視察을 돌아다닙니다. 농업전사農業戰士인 농민에게는 백미를 섞어서 배급합니다. 농민은 일선병사一線兵士와 같이 소중합니다. 그런 정신으로 농사를 지어주어야만 합니다. 지주는 화폐 가치로는 밑지더라도 식량을 증산增産한다고 서약합니다. 쌀 한 가마니에 천 원이 든다손 치더라도 쌀을 증산하는 것이 대동아전쟁大東亞戰爭 중의 지주의 담임擔任이오, 또 자랑입니다. 이야말로 보국報國입니다.

아마 오늘날같이 국가에서 농민(지주와 소작인을 아울러서)을 소중히 여기고도 많은 촉망囑望을 크게 하는 일은 전무全無하다고 생각합니다. 도道나 군郡에서 하는 양을 보면 중농重農, 농민제일農民第一이라는 인상을 줍니다. 이것은 대동아전쟁의 일부산물로서 피폐疲弊하고 이윤주의화하랴던 농촌에 새로운 전기轉機를 주는 것이니, 이른바 황국농도皇國農道의 재건입니다. 사상공농士商工農으로뒤집혔던 것이 다시 사농공상士農工商으로 바로 선 것이라고 생각됩니다. 역시 농자農者는 천하지대본天下之大本이요 농민은 국민의 주체입니다. 건전한 농민 없이 건전한 국민이 있을 수 없으니, 저 영미야말로 농도農道를 잊은 죄를 쓰라리게 깨달을 날이 왔다고 믿습니다.

조선 농촌도 사변 전까지는 영미주의英米主義의 독을 받아서 지주는 자본가화되고 작인作人은 노동자화되는 경향이 심하였는데, 이제 와서야 황군장병皇軍將兵

7 작은 가래로 흙 따위를 퍼 옮기는 일. 원문에는 '동ㅅ가래질'로 되어 있다.

은 적을 격멸하는 책임을 맡고 농군장병인 지주와 작인은 식량을 산출하는 책임을 맡은 황민皇民의 직역봉사職域奉仕라는 자각을 가지고 분기奮起할 기운機運을 만났습니다. 아마 농촌의 많은 변천 중에 가장 크게 뛰어난 변천이 이것인가 합니다.(1943.5.15)

2
집단부락 형성이 요긴

농촌 현하의 중요문제는 1) 농량農糧, 2) 사료, 3) 비료, 4) 임금이라고 합니다.

농량은 국부적으로 핍박한 자가 상당히 있는 모양인데, 그 원인은 1) 작년도 한수해旱水害 때문의 감수減收, ②작년도 공출供出의 불여의不如意에 있습니다. 상술한 제1원인은 불가항력이라 무가내하無可奈何라 하겠지마는 제2원인은 농민, 특히 지주가 당국의 방침에 순응하지 아니하고 자의로 식량을 은닉隱匿 암매闇賣한 데 있습니다. 암매된 식량은 과식過食, 낭비자의 수중에 들어가고 배급량에 들어가지 아니합니다. 그래서 당국의 식량계획에 데츠가이手違[8]가 생하게 됩니다. 만일 농민들이 정직하게 공출을 하였더면 각 군, 도마다 전 민중의 식량이 골고루 확보되었을 것입니다.

금년에는 각 농민에게 미리 공출 예정량을 통고한다 하니 공출이 여의如意하게 될 것이요, 또 배급 기구도 개선 완비되어 중간 수수료를 생감省減[9]하고 적정한 가격으로 골고루 타게 되어 민중의 불안이 일소一掃되리라고 믿습니다.

사료라 함은 농촌에 있어서는 첫째로 소, 둘째로 닭, 셋째로 도야지 등 가축을 먹이는 것인데, 양곡糧穀 자체의 부족도 부족이거니와, 소출所出을 공출供出하기 때문에 겨를 얻지 못하는 것이 중요한 원인이라 합니다. 수처數處의 농업보국단대회

8 차질. 어긋남.
9 줄이고 뺌.

에서 농량農糧과 아울러 사료를 달라 하는 의견이 자주 나오는 것을 들었습니다. 사료가 부족하다 하야 농우農牛를 파는 이가 많고, 농우가 적어지니 농촌 노동력이 줄어들게 됩니다. 일용인부의 임금이 고등함을 탐하여서 젊고 기운 있는 농부가 이농離農하는 이가 많은 것과 아울러, 농우의 감소는 농촌 노동력에 지대한 영향을 줍니다. 작년만 하여도 평원군平原君 일군一郡만에 묵은 논이 1천5백 정보町步라고 하는데, 여기는 한수해旱水害의 원인도 있겠지마는 소작인의 이농離農과 인부 임금의 고등이 주인이 된다고 합니다. 그래서 농업보국대회에서는 임금을 낮추어 달라는 진정陳情이 자주 나왔습니다.

비료 문제라 함은 금비金肥[10] 부족을 의미하는 것입니다. 전쟁 중에는 여러 가지 이유로 금비가 자유롭지 못합니다. 그런데 과거에 금비에 너무 의뢰하였던 죄로 농민이 자급비료自給肥料를 맨들 성의와 기술이 퇴보하였습니다. 근농勤農들은 지금도 자급비료로 넉넉히 하여갑니다. 논을 바라보면 어떤 논에는 퇴비堆肥가 더미더미 소담스럽게 쌓여 있는데, 어떤 논배미는 밍숭밍숭 하게 아모것도 없는 것을 보면 참말 딱합니다. '자급비료를 만들어라.' 하는 것이 금년 농가의 최대 표어일 터인데, 농우돈農牛豚 등 가축을 치지 못한다면 자급비료라는 점에서도 대타격입니다.

평양 진남포鎭南浦의 시가를 걸어보면 'やきにく구운 고기' '암소갈비' 등 간판이 참으로 많습니다. 지금은 물론 빈 간판뿐이지마는 일시 우리네가 어떻게 소를 많이 잡아먹었는가 하고 취후醉後의 싱거움 같은 수치를 느낍니다. 소는 농가에서는 같은 식구입니다. 땅을 갈아주고 짐을 실어주고 거름을 만들어줍니다. 소 없이는 조선의 농사는 못 짓습니다. 조선인은 모름지기 소를 사랑하고 아끼고 감사하는 감정을 닦을 것입니다.

임금에 대하여서는 생生은 모릅니다. 그러한 정책은 당국이 알 것이겠지마는 생生이 알 수 있는 것 하나가 있으니, 그것은 곧 임금을 따라서 이농離農한 장정은

---

10 돈으로 사서 쓰는 비료.

반드시 영락한 신세가 되어서 심신이 병들어가지고 고향인 농촌으로 돌아오나, 그때에는 다시 농부가 될 신용도 기운도 없어진다는 것입니다. 막벌이로 돈을 모아서 일가一家을 성成하는 자가 하나가 있다고 하면, 유리개걸流離丐乞[11]하게 되는 자가 99명이 있는 것은 확실한 일입니다. 왜 그런고 하면, 첫째로는 막벌이란 숙련 노동자가 되지 못하기 때문이요, 둘째로는 농촌 장정으로서 노동자군에 섞이게 되면 주색잡기에 곧 물이 들어서 범죄자만 아니 되면 다행이기 때문입니다. 그러므로 농민은 흙에 뿌리를 박고 있어야 생활도 안전하고 자손도 창성합니다.

농민은 국민의 저수지요 묘포苗圃[12]라고 합니다. 건전한 인종은 오직 농민층에서 나옵니다. 로마인羅馬人은 이미 절멸되었으나 당시의 골족의 자손들은 지금은 번창하고 있습니다. 자손 창성을 원하는 자는 마땅히 농촌에 뿌리를 깊이깊이 박을 것이라 합니다. 내지內地의 농가에서 장남은 농촌을 아니 떠나는 주의를 지키는 것은 본받을 일이라고 생각합니다. 농민으로 하여금 농촌을 지키게 하자면 국가에서 농촌을 위한 여러 가지 정책을 쓸 필요가 있을 것입니다. 그중에서도 농촌문화의 향상, 집단부락의 형성 등은 가장 중요한 것인가 합니다. 농촌의 산재散在는 문화를 저하할뿐더러 단체생활의 훈련을 주기 어려우니, 될 수 있는 대로 2백 호, 3백 호의 농촌적 소도시를 형성함이 농촌 문화향상의 요인이 될뿐더러 농촌 능률의 향상도 되리라고 생각합니다. 국가에서는 모범부락 제도를 정하여서 살기 좋은 곳으로 농민을 부락 내로 흡수하게 할 것입니다. 황국농도皇國農道는 농민 집단부락의 형성으로 하야만 될 것이라고 믿습니다. 이것이 농촌 재편성의 주요 제목이 되리라고 생각합니다. 이것으로 농촌의 변천이 완성될 것이라고 생각합니다.(1943.5.16)

11 정처 없이 떠돌아다니며 빌어먹음.

12 묘목(苗木)을 기르는 밭.

3
신농촌의 건설이 필요

가나가와金川 사장 선생

농촌 재편성이 급무인 동시에 국가의 장래를 위한 중대사인 것은 말할 것도 없습니다. 건민강병健民强兵의 수원水源인 농촌에 병이 들고야 무엇이 되겠습니까. 농촌을 국민정신의 온상溫床이 되고 건강과 문화의 고향이 되게 하는 것은 국가의 기초를 견고히 하는 것이라고 믿습니다.

그런데 금일의 조선 농촌은 어떠한가. 아직 이 목표에서 요원하기 그지없습니다. 이 기회에 농촌 재편성에 대한 생生의 사견私見을 개진하야 선생의 고평高評에 허許하려 하옵니다.

첫째로는 위에도 말한 바와 같이 조선의 농촌은 너무도 분산적입니다. 커야 4, 50호, 적으면 2, 3호 이 모양으로 분산되어 있으니, 문화가 발생할 수가 없습니다. 생生의 사견私見으로는 100호 이상을 단위로 하여서 집단을 시키는 것이 제일의第一義가 됩니다. 그리고 일군一郡에 1, 2개소, 2백호 정도의 대모범 농촌을 건설하여서 농촌으로서 필요한 모든 시설을 구비케 하는 것이 무엇보다 큰 선전력, 모방력을 가지리라고 생각합니다.

이제 그 구체안을 대강 말하자면,

1) 교통, 위생, 풍치, 방위防衛를 고려한 촌내 도로 개통

2) 기후, 풍토, 습관에 적합한 농가 건축의 개량

3) 신시神祠와 신원神苑[13]과 공회당, 도서실, 운동, 오락장

4) 정호井戶, 욕장浴場, 이발소, 여관, 매점

5) 공동 축사, 비료사肥料舍, 창고, 공동 작업장

---

13 신사(神社)의 경내(境內).

이 밖에는 학교, 금융, 우편 같은 시설이 있을 것입니다.

이렇게 농촌을 재편성함으로 집단생활의 훈련이 되고 문화 수준이 향상되고, 또 협동으로 하여서 작업 능률이 증진되고 물자와 품도 절약될 것입니다.

농가 건축에 관하여서도 개량할 점이 많거니와 특히 보건상으로 보아서 그러합니다. 주방, 변소와 하수구가 그중에도 가장 중요한 것이거니와, 채광 통풍의 점에도 개선할 바가 많습니다. 그렇다고 비용이 많이 들어서는 안 될 것이니, 흙, 수수깡, 나무때기, 돌 같은 얻기 쉬운 재료를 이용하여서 하도록 할 것입니다. 건강과 정신이 주거住居에 많이 영향되는 것이라 국민보건의 견지로 물론이거니와, 국민정신의 견지로 보아서도 주택의 개량은 불가결할 것이라고 믿습니다. 결핵 같은 것은 주거와 가장 관계가 깊은 병이요, 신불神佛, 조선祖先 숭배와 장유長幼의 서序 같은 것도 주거의 구조와 관련이 큽니다. 가령 주택 내에 신불神佛, 조선祖先을 위하야 특별한 구역이나 위치를 정하고 그곳을 청정하게 소중하게 한다 하면, 부지불식간에 자녀에게 그러한 정신이 박히게 될 것입니다. 또 일실내一室內에도 상좌上座와 하좌下座가 분명하게 되어야 장유존비長幼尊卑의 서序가 엄연하게 됩니다. 이 점으로 보아서 도코노마床の間[14]는 중대한 의미가 있는 것이니, 상하의 별別이 없는 것은 국민정신에 어그러지는 것입니다.

이러한 이유로 하여서 국가에서 농촌의 위치와 가옥 건축의 방식을 지정하는 것이 필요하다 합니다. 위치로 말하자면 일광, 공기, 풍향, 음료수, 건습乾濕, 농토와의 거리 등을 고려하여서 지정하고, 일종의 시구식市區式으로 도로와 택지를 정할 것입니다. 일호一戶 일호一戶 아모 데나 짓는 것을 금하고 농촌으로 지정된 구역 내에, 지정된 양식으로만 신축新築을 허할 것입니다. 이리하면 점차로 개량된 신농촌이 형성될 것이요, 이 신농촌의 매력이 많은 주민을 흡수하는 동시에 일반에게는 모방할 표본이 될 것입니다.

이 모양으로 신농촌을 건설하면서 황국농도적皇國農道的 황민생활을 훈련함으

14 일본식 방의 윗목에 바닥을 조금 높여 꾸민 곳. 벽에는 족자를 걸고 꽃이나 장식품을 놓아 둠.

로 농민생활의 갱신을 기할 수 있을 것이니, 이야말로 만년대계萬年大計라고 믿습니다.

농민은 보수적이라 자발적으로 농촌을 개량하기는 용이치 아니합니다. 때마침 전쟁 중이라 농민이 배급, 공출 기타 관계로 집단 부락생활을 갈망할 때요, 또 국가의 지도를 순순히 따를 때니, 이때야말로 철저한 농촌 재편성의 대계획을 확립 단행할 때인가 합니다.(1943.5.18)

병제兵制의 감격과 용의[1]

1
징병 문제 회고

8월 1일부터 조선에 징병제가 시행된다. 참으로 역사적인 대사건이다.

지금으로부터 13년 전 내 일기에 "두 작은 병정이 잠이 들었다. 활을 멘 채로 군도를 찬 채로 쓰러져서 전쟁의 꿈을 꾸고 있다. 그러나 저들은 정말 병정은 되지 못할 운명에 있다."
라고 한 구절이 있다. 이것은 당시에 하나는 5세, 하나는 3세 되는 내 두 아들이 장난감 활을 메고 양철 군도를 차고 쓰러져서 낮잠을 자는 것을 보고 감응한 것이었다. 나는 진실로 내 아들들이 참말 병정이 될 자격이 없는 것이 슬펐던 것이다. 그런데 이제는 있다.

아마 그때인가 한다. 조선군朝鮮軍 고급참모 가네코金子 대좌와 동참同參 도요시마豊島 중좌와 일석一夕 환담歡談을 할 기회에 조선인의 국가에 대한 제1의 소원이 무엇이냐 하는 문제가 날 때에 나는 "조선에 징병제를 실시함"이라고 대답하였다. 그로부터 얼마 후에 도요시마 중좌는 나를 보고,

"군에서는 조선인 징병에 관한 조사를 개시하였다."고 말하였다.

모두 10여 년 전 일이다. 아마 만주사변도 일어나기 전일 것이다. 조선인 징병 문제는 이렇게 오랜 것이다.

역시 그 무렵이다. 조선군과 경성사단京城師團의 간부장교들과 조선호텔에서 모였을 때에 또 조선인 징병 문제가 났다. 그때에 경성사단의 모 대좌가 나를 보고,

---

1 가야마 미츠로(香山光郎), 『매일신보(每日新報)』, 1943.7.28~31.

"조선인이 목숨을 내어놓고 싸울 기개가 있느냐. 역사상에 용감한 실례가 있느냐. 강병强兵될 소질 없는 자를 징병을 하면 도리어 군에 짐만 되지 않느냐."

이 세 가지를 물었다. 그때에 나는 고구려가 수隋, 당唐의 대군大軍을 격파한 사실史實을 말하고, 또 이순신李舜臣의 사적事蹟을 말하고, 끝으로 "조선의 장정아, 일본의 국운國運을 네 쌍견雙肩에 맡긴다." 한 마디면 조선의 장정은 기껍게 폐하를 위하야 생명을 바치고 용전勇戰하리라고 말하였다.

이러하던 것이 특별지원병제도가 생겨서 이인석李仁錫, 이형수李亨洙 등 용전勇戰한 병사兵士가 생기고, 이왕李王 中將 전하殿下는 여쭙기도 황송하거니와 홍사익洪思翊 소장이 여단장旅團長을 역임하고, 가야마 응준香山應俊[2] 대좌의 연대장聯隊長이 있고, 남원南苑의 호부대장虎部隊長 김석원金錫源[3] 중좌도 있게 되었고, 리쿠와시陸鷲 우미와시海鷲[4]에도 조선 출신의 장교와 병사의 용전勇戰을 보게 되고, 명明 19년[5]에는 조선의 병정이 모조리 징병검사를 받게 되고, 최후의 완성으로 해병특별지원병의 문까지 조선인 장정에게 열리게 되었다. 실로 격세隔世의 감感이라 아니 할 수 없다. 조선인의 전투력을 걱정하던 당시의 모某 대좌도 지금은 모든 걱정을 버리고 조선을 향하야 감격의 합장을 하리라고 믿는다. 무비無非 황은皇恩이샷다. 인력으로 될 일이 아니다.

쇼와昭和 15년[6] 경인가 한다. 당시 경성 해군 무관부武官府의 구로키黑木 대좌와

---

2 이응준(李應俊, 1890~1985). 평안남도 안주(安州) 출생. 대한제국 육군무관학교를 졸업하고, 1909년 관비유학생으로 일본에 유학하여 일본육군중앙유년학교를 거쳐 일본육군사관학교를 졸업했다. 1937년 중일전쟁이 발발하자 육군 중좌로 중국 전선에 출전하여 전투에 참전했고, 1941년 육군 대좌로 승진했다. 창씨명은 가야마 다케토시(香山武俊).

3 김석원(金錫源, 1893~1978). 한성 출생. 1908년 대한제국 무관학교에 입학했으나 1909년 무관학교가 폐지되자 일본에 유학하여 일본육군중앙유년학교를 거쳐 일본육군사관학교를 졸업했다. 1931년 만주사변 당시 크게 활약하여 1934년 육군 소좌로 승진, 1937년 중일전쟁에서도 큰 전과를 거두어 1939년 육군 중좌로 진급, 1944년 육군 대좌로 승진했다. 창씨명은 가네야마 샤쿠겐(金山錫源).

4 육군항공대와 해군항공대.

5 1944년을 가리킨다.

6 1940년을 가리킨다.

담談이 조선인 병역에 급及하였을 때에 나는 해군에서도 조선인을 수병水兵으로 징徵하기를 바란다 하는 말을 하였다. 그때에 대좌는 "그것은 조선 동포의 애국심 여하에 달렸다. 금일의 국방헌금의 성적으로 본 애국심 정도로는 조선 동포를 제국帝國 군함에 싣기는 어렵다." 하고 대답하였다. 나는 그의 솔직한 말에 일변一邊 한안汗顔하면서도 일변 감사하였다. 병역은 의무이지마는 특권이다. 건전한 제국신민帝國臣民이 아니고는 육해군 장병은 되지 못하는 것이다. 조선인을 육해군 장병으로 징용하신다는 것은 조선인을 완전한 제국신민으로 신뢰하신다는 대어심大御心의 표시시다. 금년에 이르러서 해군에서도 조선인 장정에 대하여 문을 열었거니와, 조선인은 과연 그만한 전폭의 어신뢰御信賴를 받자올 만한 자격이 있는가. 조선인 된 자 마땅히 옷깃을 바로 잡고 맹성猛省할 것이다. 분에 넘는 특권을 받자옴에 대하야 모름지기 황공하고 면려勉勵할 것이다.

작년 초하初夏인가 한다. 나는 구로키黑木 해군대좌와 경성서 대전까지 동차同車한 일이 있다. 그때에 대좌는 내게 돌연히,

"그대는 이순신李舜臣의 가계를 잘 아는가?" 하고 물었다.

나는 이 의외인 질문에 놀랐다. 내가 『이순신』이라는 저서를 하였기 때문에 묻는 말일 것이나, 이순신이 이율곡李栗谷과 같이 덕수德水 이씨李氏요 누구의 아들이라는 것으로는 대답이 안 될 듯한 질문인가 싶었다.

대좌는 이렇게 말하였다.

"나는 이순신이 일본의 피를 받은 사람으로 아오. 구로시오黑潮[7] 민족이 아니고는 그렇게 해海의 지장智將 용장勇將이 될 수 없어."

나는 구로키 대좌에 대하야,

"아, 혈통 문제 말인가. 그대의 혈관에 흐르는 피와 내 혈관에 흐르는 피는 본래 한 피다. 이자나기노미코토伊弉諾尊[8] 이자나미노미코토伊弉冉尊[9]로부터 한 피거

---

7 구로시오 해류. 태평양 서부 타이완 섬 동쪽에서 시작해서 북쪽으로 일본을 거쳐 북태평양 쪽으로 흐르는 일본 해류. 곧 일본민족을 가리킨다.

8 일본 신화에서 천신(天神)의 명령을 받아 이자나미(伊弉)와 함께 일본 국토와 신을 낳고, 산과

니와, 나라조奈良朝 시대[10]까지 부절不絶의 교류가 있었다."

하고 내선동조內鮮同祖의 사실史實을 말하였다. 구로키黑木 대좌는 내지인은 해양 민족, 조선인은 대륙민족이라는 유견[11]을 가졌던 모양이었다. 역사가 중에도 이런 유견謬見을 말하는 자가 있다.

그러나 조선의 장정이 해군장병으로 제국 군함에 오르게 된 오늘날에는 지금 구로시오黑潮에 용전勇戰 중인 듯한 구로키 대좌도 만족의 미소를 띠우리라고 믿는다. 모도 유쾌한 일이다.(1943.7.28)

2
조선 장정의 혈血

야마토 민족과 반도 민족과 분파된 것이 2천여 년이거니와, 그 후에도 단속斷續하야 혈血의 교류가 있었다. 백제와 야마토大和,[12] 나니와浪速,[13] 오우미近江[14] 조정朝廷과 및 상층계급과의 밀접한 관계는 말할 것도 없지마는 고구려, 신라와도 혈血과 문화의 교류가 많았다. 해이안조平安朝[15] 초에 통일신라에 대하시와 조정에서 의식적으로 국교國交를 단절하시기까지는 일본과 반도 제국諸國과의 관계는 반도

바다, 초목을 관장한 남신(男神).

9 이자나기의 누이이자 배우자로 저승을 관장한 여신(女神).

10 겐메이(元明) 천황이 해이조쿄(平城京)로 천도한 때부터 간무(桓武) 천황이 해이안쿄(平安京)로 천도할 때까지의 84년의 기간(710~794). 안으로는 천황 중심의 전제국가, 중앙집권국가를 지향했고, 대외적으로는 신라, 당(唐)과의 교류를 긴밀히 했던 시대이다.

11 잘못된 견해.

12 현재의 나라현(奈良県) 부근을 이르던 옛 호칭.

13 현재의 오사카시(大阪市) 및 그 부근 이르던 옛 호칭.

14 현재의 시가현(滋賀県)을 이르던 옛 호칭.

15 간무(桓武) 천황이 해이안쿄(平安京)로 천도한 이후 가마쿠라(鎌倉) 막부 설립까지 약 390년간의 기간(794~1185). 초기에는 천황의 통치가 이루어졌으나 시간이 지나면서 귀족, 승려의 세력이 커져 정치에 불만을 품은 하급귀족의 반란, 도적이 횡행했으며, 이를 제압하기 위해 등장한 무사계급이 정치에 나서기 시작한 시대이다.

내 제국諸國의 상호관계와 다름이 없었다. 그때까지는 언어도 지금 모양으로 변하지 아니하야서 서로 사투리가 다른 정도 이상은 아니었다. 이것은 언어 연구만으로도 확증할 수 있는 것이다. 그러므로 내지와 반도와의 언어, 신앙, 풍속, 습관의 차이는 해이안조 이후 조선으로 말하면 신라말末 이후 천 년 동안에 생긴 것이다.

이 천 년간에 반도는 원元, 명明, 청清의 영향을 받아서 신도神道가 쇠하고 유도儒道가 성하고 한문漢文, 한어漢語, 몽고어의 영향으로 조선어의 음운音韻이 변하였으니, 조선어도 본래는 지금 국어國語와 같이 모음으로 끝나는 언어였다. ㄱ, ㄹ 등 자음으로 끝나게 된 것은 대륙어음大陸語音의 영향이니, 백白, 십十 등자等字의 조선어 원음인 '바이', '시이' 하는 것이 그 예다. 신앙, 의복, 예의 같은 것이며 성명姓名 삼자三字라는 것도 다 이 천 년간의 변화다. 조선의 정치가 과거 천 년간 자기의 지나화支那化를 힘쓰는 동안에 이렇게 변해버린 것이니, 만일 천 년 전 우리 조상이 금일의 내지內地를 보고 조선을 본다면 내지야말로 그들의 고향이라고 할 것이다. 신사숭배神社崇拜도 그러하고 의복, 언어도 그러하다.

그러나 천 년간에 조선이 이렇게 변하는 동안에 아니 변한 것이 한 가지 있으니, 그것은 혈액이다. 대륙의 문물을 중독이 되도록 끌어들이면서도 혈액의 순수성만은 보존하여 온 것은 선인先人에게 감사한다. 그야 다소의 혼혈의 예야 없지 아니하겠지마는 그만한 것은 어디나 있는 일이다. 그러므로 금일의 조선인의 혈액은 천 년 전의 그것이오 이천 년 전의 그대로다. 구로키 대좌가 근심하는 듯한 혈통에 대한 의의疑義[16]는 전연 기우杞憂다. 을지문덕乙支文德, 계백階伯, 유신庾信과 같은 충용忠勇과 지모智謀를 겸비한 무장武將을 내인 피는 근일近日의 조선인 장정壯丁의 혈관에 힘차게 흐르고 있는 것이다.

고이소小磯 총독은 이번 대학, 전문학교장 회의의 훈시 중에 조선 학도의 사상 중에 아직도 일부 공산주의, 소민족주의의 경향이 있는 것이 유감이란 말을 하였다. 소민족주의라는 말이 묘하다. 아직도 조선 2천7백만만을 제 민족으로 아

16 글의 뜻 가운데 의심되는 부분.

는 생각을 소민족주의라고 부른 것이라고 해석된다. 메이지 유신明治維新 전까지는 번藩과 번藩이 일종의 소민족주의를 가지고 그 소민족에 대한 충의忠義를 충의忠義로 하였다. 반도로 말하면 여麗, 제濟, 나羅가 각각 소민족주의로 사투死鬪를 하였다. 그러나 이 3개 소민족은 신라 일통一統 이후로 일민족一民族임을 깨달았다. 신라 일통一統 이후로 천여 년간 반도인과 일본인은 이민족異民族이란 생각을 가져 분로쿠 게이초文祿慶長의 역役[17]이 생겼다. 그러나 메이지明治 43년[18] 이래로 이 이민족이라고 생각하던 두 민족은 합하여서 석일昔日의 동일민족同一民族에 환원하였다. 반도의 장정이 육해군에 폐하의 고굉股肱으로 들어가게 된 것으로 이 환원 수속이 완결한 것이다. 아직도 소민족주의에 구니拘泥[19]하는 것은 완명頑冥 이외에 아모것도 아니다. 만일 이순신 장군으로 금일에 있게 한다면 그는 제국帝國 해군의 제독으로 미영격멸米英擊滅에 전념할 것이다.

반도인은 지난 천 년 간 충용忠勇을 뽐낼 기회가 없었다. 그 피는 졸고 흘렀다. 실로 여麗, 제濟, 나羅 삼국시대 이후로 반도 남아의 충용을 자랑할 기회가 없었던 것이다. 이제 바야흐로 그때가 왔다. 인류세계의 공적公敵인 미영米英을 격멸하고 엄팔굉이위우掩八紘而爲宇하시랴는 대성전大聖戰에 참여하는 광영이 반도인의 두상頭上에 임臨한 것이다. 이 전쟁에 흘리는 일적일적一滴一滴의 혈血은 남김없이 황국皇國 영원의 영광이 되고 인류 복지의 기초가 되는 것이다. 사상史上에 전쟁이 많지마는 대동아전大東亞戰과 같은 목적이 분명한 도의전道義戰은 없는 것이다. 십억민족을 노예의 질곡桎梏에서 해방하여서 황도皇道의 혜택 중에 안락케 하시랴는 전쟁이다. 비록 루스벨트, 처칠로 하여금 말하게 하더라도 우리 일본의 전쟁 목적의 공명정대公明正大함을 부인치 못할 것이다. 일본의 목적이 옳기는 옳으나 미영米英에 해가 된다고 하는 것뿐일 것이다.

적은 자가自家의 욕慾을 위하여서 싸우고 우리는 십억의 복지를 위하여서 싸우

---

17 임진왜란(1592~1598). 당대 연호를 따서 분로쿠(文祿)·게이초(慶長)의 역(役)이라 부른다.

18 1910년을 가리킨다.

19 어떤 일에 필요 이상으로 마음을 쓰거나 얽매임.

는 것이다. 아시아 십억이 이미 우리 편이거니와, 천지신명이 모도 우리 편이신 것이다. 이러한 황군皇軍의 일익一翼으로 조선의 자제들이 용약勇躍하며 응소應召되는 것이 징병과 해군특별지원병의 본지本旨다. 천재千載에 졸고 흐르던 충용忠勇한 피가 이제사 큰소리를 칠 기회를 얻은 것이다. 이 젊은이들은 무武로는 대동아전쟁大東亞戰爭의 일원이 되고, 문文으로는 대동아공영권大東亞共榮圈이라는 일찍 사상史上에 유례를 보지 못한 신세계 건설의 일꾼이 되어, 황도선양皇道宣揚의 대업大業을 익찬翼贊하는 것이다. 실로 천재일우千載一遇다. 청년 된 자 마땅히 수무족도手舞足蹈를 금치 못할 것이다. 이리하야 문文으로 무武로 반도 청년은 황국皇國의 총력總力의 적어도 삼분지일三分之一을 담당하게 된다.(1943.7.29)

3
징병과 인생관

징병령 실시로 모든 남자는 병신이나 죄인을 제하고는 군적軍籍에 오르게 되었다. 어느 집 아들이나 손자나 다 병정이다. 이 큰 사실은 인생관 전체에 대변혁을 일으키지 아니하면 아니 된다. 황국皇國은 진무神武[20] 건국 이래로 문무일체文武一體요 국민개병國民皆兵이었다. 중간에 무가정치武家政治라는 것이 있었으나 메이지 유신明治維新 이래로 진무神武의 고古에 복귀하여서 사민四民[21]이 모다 병역의 의무를 지게 되었으니, 이야말로 사민이 평등으로 황군皇軍을 익찬翼贊케 하시랴는 메이지 대황明治大皇의 대어심大御心이셨다.

반도도 삼국시대나 이조 초까지 국민개병의 제도가 있었다. 『국조병감國朝兵監』[22]

20 진무천황(神武天皇, 기원전 711~585). 『일본서기(日本書紀)』와 『고사기(古事記)』가 전하는 일본의 초대 천황. 메이지 유신 이후 진무천황이 즉위한 2월 11일이 일본의 건국일이 되었다.

21 사(士)·농(農)·공(工)·상(商) 네 가지 신분이나 계급의 백성.

22 조선 전기 문종(文宗) 연간에 이민족과의 전쟁·전란에 관하여 기록한 역사서인 『동국병감(東國兵鑑)』을 가리키는 듯하다. 1911년 최남선(崔南善)이 주관한 조선광문회(朝鮮光文會)에서

을 보면 왕자王子로부터 서인庶人에 이르기까지 무릇 남자는 군적軍籍에 올라서 오위五衛[23]에 분속分屬하였다. 우문右文思想[24]에 짐독鴆毒[25]되어서 무武를 천시賤視하게 되어 권문세가權門勢家는 칭이稱頉[26]하고 서민庶民은 승적僧籍에 들어서 면역免役하게 되었으나, 원래는 국민개으로 모두 18번 기예技藝로 조련操練을 받은 것이었다.

그러나 오해된 유교儒敎의 해로 인민은 병역을 염기厭忌하고 와석종신臥席終身을 큰 복으로 여겼다. 이제 징병령이 실시됨에 당當하야 맨 먼저 타파할 사상이 수명장수壽命長壽, 와석종신臥席終身이란 것이다.

수명장수, 와석종신이란 것이 자체로 개인주의적이다. 임금을 섬기는 몸에는 오직 군명君命이 있을 뿐이니, 어찌 내 일신의 안락이나 장수가 있으랴. 아모 때나 부르시면 바치자는 생명이다, 하는 것이 황민적皇民的 인생관의 기조基調다. '내 몸이 편안하게 오래 살겠다.' 하는 생각을 가지게 되면 그 개인은 벌써 이기주의요, 그런 개인을 많이 포함한 민족은 기력氣力을 잃고 통의通義가 타지墮地[27]하야 쇠망하게 된다. 만일 반도인을 군대 훈련을 받음이 없이 얼마를 더 내버려 둔다면 그만큼 더 무기력하고 도의적으로는 타락한 이기주의자가 되고 말았을 것이니, 실로 아슬아슬한 일이다. 이로부터 반도의 장정이 전부 군대의 훈련을 받음으로 황국신민皇國臣民다운 기력과 도의성道義性을 회복할 것이다. 나는 그들이 반드시 정병精兵 강병强兵이 되어서 황운皇運을 부익扶翼하는 큰 힘이 될 것을 믿는다.

사생관死生觀은 인생관의 중심이 되는 것이거니와, '이 몸은 폐하께 바친 몸이라'는 신념이 확고할 때에 벌써 사생死生을 초월한 것이다. 사死가 내 임무를 다하

상·하권을 합본해 국판으로 간행한 바 있다.

23 세조 3년(1457)에 개편된 조선시대의 중앙군. 중·좌우·전후의 의흥위(義興衛), 용양위(龍驤衛), 호분위(虎賁衛), 충좌위(忠佐衛), 충무위(忠武衛) 다섯 군대로 이루어져 있었고, 5위 진무소(鎭撫所, 이후 5위 도총부五衛都摠府)가 이를 총괄했다.

24 무(武)보다 문(文)을 숭상하는 사상.

25 짐새의 깃에 깃들어 있는 독. 짐새는 중국 남쪽 광둥(廣東)에 사는 새로, 뱀을 잡아먹고 살아 온몸에 독기가 많은 것으로 알려져 있다.

26 무엇 때문이라고 핑계 대는 일.

27 체면이나 위신 따위가 떨어짐.

는 것이면 사死도 낙樂이요, 생生이 임무를 당當하는 것이면 생生도 낙樂이다. 황민皇民이나 황군皇軍에는 구차한 생이 있을 수 없고 억울한 사死가 있을 수 없다. 오직 황운부익皇運扶翼의 임무에 살고 임무에 죽으면 내 생사는 가치 있는 생사가 되는 것이다. 이것이 도를 위하여서 생사生死하는 것이요 의義를 위하여서 생사生死하는 것이다. 도고東鄕[28] 원수의 장수長壽도 낙이거니와, 하와이 구군신九軍神[29]의 꽃봉오리에서 지는 것도 낙이다. 이것이 황민적皇民的 생사관生死觀이다.

장정 본인도 이러한 인생관, 생사관을 가질 것이거니와, 그 부모나 처자 된 자도 마찬가지다. 아들이 먼저 죽는 것을 참척慘慽이라 악상惡喪이라 하거니와, 군인인 경우에는 이런 생각을 버려야 한다. 더구나 전시戰時 군인이랴. 자제의 출정出征을 보낸 부로父老는 그 자제의 무운장구武運長久를 빌 것이지마는 생환生還을 기대하는 것부터 잘못이다. 출정병사出征兵士가 조발爪髮[30]을 집에 남겨두고 떠나는 것은 일사봉공一死奉公의 결의를 표하는 것이다. 사실상 전사자戰死者보다도 생환자生還者가 많아서 대개는 생환하지마는 그렇더라도 구차한 생환을 기대하여서는 아니 된다. 집에서 죽은 자는 가묘家廟의 신神이 되어서 자손의 향화香火[31]를 받지마는 전쟁에서 죽은 영령英靈은 국가의 신神이 되어서 관官의 제향祭享[32]을 받는 것이다. 출정하는 자나 그 부모나 모름지기 이것으로써 본회本懷를 삼아야 할 것이다.

원체 인생의 최고 가치는 국가나 민생을 위한 임무 수행 중에 몸을 바치는 데 있지 수요壽夭에 있는 것이 아니다. 고래古來로 인인仁人 지사志士는 다 그러한 사死를 가진 사람들이다. 야마모토山本[33] 원수의 사死도 그것이다. 임무 수행 중에 끝을

28 도고 헤이하치로(東鄕平八郎, 1848~1934). 일본의 해군 제독으로, 정계에 진출하지 않고 순수한 군인으로서 일생을 마쳤다. 청일전쟁에서는 나니와 함장을 맡아 해전에서 활약했고, 러일전쟁에서도 승리를 거두어 '군신(軍神)', '동양의 넬슨'으로도 불린다.

29 1941년 12월 8일 일본 해군의 진주만 기습 공격 당시 전사(戰死)한 9명의 특공대원. 전사 후 2계급 특진에 특별공격대 구군신(九軍神)으로 불렸다.

30 손톱과 머리털.

31 향을 피운다는 뜻으로 제사를 뜻함. 원문에는 '享火'로 되어 있다.

32 나라에서 지내는 제사. 원문에는 '除享'으로 되어 있다.

33 야마모토 이소로쿠(山本五十六, 1884~1943). 제2차 세계대전 당시 일본 해군 연합함대 사령관. 진주만 기습작전의 입안자로 태평양전쟁 당시 항공모함 간 항공전이라는 새로운 패러다임을

막았으므로 그의 사死는 위대하다. 석존釋尊은 팔십 상수上壽를 하셨지마는 임종까지 설법을 그치지 아니하셨고 사후死後에도 그 해골까지도 우상偶像까지도 설법을 그치지 아니하신다. 공자도 예수도 그러시다. 구스노키 마사츠라楠正行[34]는 소년少年에 죽었지마는 마찬가지다. 임무 수행 중에 죽는 것처럼 충실한 사死는 없는 것이다. 그는 죽는 것이 아니라 사死를 통하여서 생을 계속하는 것이다. 노老하고 병病하야 아모 소용 없이 생존자의 폐가 되다가 죽는 자야말로 비참한 사死다. 그도 인생의 임무를 많이 한 끝일진댄 감사 중에서 장송葬送될 것이거니와, 그러한 노인이 몇이나 되는가.

'임무 수행 중에 죽자'야말로 황민적 인생관의 중축中軸이 되는 것이다. 거기 가장 대표되는 것이 정전征戰이지마는 비단 정전征戰이랴. 봉공奉公이라는 의식을 가지고 하는 직업이면 무엇이나 그러하다. 사死의 순간까지도 업무에 충실하였으면 그는 훌륭한 황민皇民이다.

이렇게 전 생애와 사생死生을 나라에 바친 생활이란 다만 도덕적 가치가 높을 뿐 아니라, 언제나 감사와 만족이 있고 귀의할 든든한 곳이 있는 생활이다. 개인주의자의 생활을 바람에 날리는 텃검불 같은 생활이라 하면 애국자의 생활은 대지에 뿌리를 깊이 박은 거목巨木의 생활이다. 이야말로 진복眞福이다. 본인만 그러할 뿐 아니라, 그 자손까지 대대로 번창하고 국가와 민생에게 애경愛敬을 받을 것이다.

징병을 기期로 하야 조선 각 가정은 이 모양으로 참 인생관에 복귀할 것이다.(1943.7.30)

정착시켰으나, 미드웨이 해전 이후 숙련된 조종사를 대거 잃고 미국의 신형 전투기들이 기술적 우위를 점하여 전쟁 후반에는 자살특공대 작전으로까지 몰렸다. 1943년 4월 솔로몬군도 전선 시찰 도중 미군의 공격을 받아 사망했다.

34 구스노키 마사츠라(楠木正行, 1326~1348). 가마쿠라시대 말기 고다이고(後醍醐) 천황의 막부 타도에 동참했던 무장(武將) 구스노키 마사시게(楠木正成)의 아들. 부친의 뜻을 이어 고다이고 천황을 배신하고 무로마치 막부의 쇼군 자리에 오른 아시카가 다카우지(足利尊氏)와 싸웠다. 메이지시기 이래 존왕사상의 모범이자 충효의 전형으로 간주되었다.

4
징병과 신앙

가마쿠라鎌倉 무사武士[35]는 선禪을 수행과목修行科目으로 하였고, 무사의 처자는 염불수행을 하였다. 불교는 생사의 도道를 가르쳐 생生을 체관諦觀하고 사死를 체관諦觀케 하야서 생을 탐착貪着하고 사를 포외怖畏하는 우치愚癡를 제거한다. 그러하므로 불교의 수행이 자리가 잡히면 생사관두生死關頭에 입立하야 태연히 동심動心치 아니하는 것이다. 현대 무장武將 중에도 선禪의 수행을 한 이가 불소不少하다. 대구스 공大楠公[36]의 법화경 신앙은 누구나 아는 바요, 노기乃木[37] 장군도 츠우린사通琳寺에서 참선參禪하였다고 한다.

사死는 생生의 인연이 진盡하면 오는 것이다. 포연탄우砲煙彈雨 중에 출입하더라도 미상微傷도 아니 하는 이도 있는 동시에, 제 집 아랫목에 누워 있더라도 죽을 때가 오면 죽는 것이다. 내 몸이 세상에 품생稟生하매 사명이 있으니, 그 사명을 다할 만큼 내 생명이 있는 것이다. 생生을 탐貪한다고 생이 얻어지는 것도 아니오 사死를 포외怖畏하고 회피한다고 사死가 면해지는 것도 아니다. '사생유명死生有命'이란 이를 두고 이른 말이다. 그러하거늘 세인世人은 생을 탐하야 조상의 해골을 파 지고 댕기고 천금千金 복약服藥을 일삼으며 충효의 노道까지도 피하니, 이를 우치愚痴라고 일컫는다.

조선의 풍습으로는 생生을 염치 없이 탐착貪着하고 사死를 과도히 포외怖畏한다.

---

35 가마쿠라(鎌倉) 시대에 사무라이 정신이 극한까지 고양되었던 까닭에 무사의 이상형으로 간주된다.

36 구스노키 마사시게(楠木正成, ?~1336). 카마쿠라(鎌倉) 시대 말기부터 남북조(南北朝)시대까지 활약한 무장. 고다이고(後醍醐) 천황의 막부 타도에 동참했고, 막부 타도에 동참했던 아시카가 타카우지(足利尊氏)가 천황을 등지고 다시 막부를 세우려 하자 그와 대립해 끝까지 황실의 편에 서서 싸우다 미나토(湊) 강의 싸움에서 패하고 자결했다.

37 노기 마레스케(乃木希典, 1849~1912). 러일전쟁에서 활약한 일본의 육군 군인. 1912년 메이지 천황이 죽자 장례일에 자택에서 부인과 함께 자결했다. 당시 일본군의 최고 지도자로서, 도고 헤이하치로(東郷平八郎)와 함께 '해군의 토고, 육군의 노기'라고 불렸다.

생生 이상에 귀한 것, 사死 이상에 무서운 것을 모르는 것은 치욕이다. 성현聖賢을 말고 사군자士君子만 되더라도 의義와 명名을 생 이상 존중하고 불의와 치욕을 사 이상 포외怖畏한다. 생 그 물건이 목적이 아니다. 생은 어떤 목적을 달達하랴는 수단이다. 우리가 사死를 두려워하는 것은 내 사명이 사死로 하야 중단될 것을 걱정함이다. 범부凡夫도 자녀가 아직 유치幼稚할 때에는 죽어서는 안 되겠다는 생각을 하고 부모가 재당在堂하실 때에는 생명을 아낄 줄을 알거니와, 이것은 효의 관념이어서 칭찬할 일이다. 또 학자나 발명가나 예술가나 사업가가 자기의 계획한 일이 완성되기 전에 죽기를 두려워하는 포외는 우치愚痴의 포외怖畏가 아니니, 이것은 저 한 몸을 위함이 아니요 직접 간접으로 국가 민생을 위함이기 때문이다. 상례上例와 같은 이유 없이 수명壽命을 탐하는 것은 본말本末을 전도顚倒한 것으로서 가치可恥할 우치愚痴다.

비록 효를 위하여서나 발명, 예술, 사업을 위하여서 전 생애를 바치는 중에라도 군명君命이 계시면 유이불낙唯而不諾[38]이다. 다만 "예." 하고 나서는 것뿐이다. 징병은 군명君命이다. 군대는 천황의 군대요 장병은 천황의 직접 고굉股肱이매, 징병은 폐하께서 장정을 부르시는 것이다. 그러므로 제만사除萬事하고 용약勇躍하야 부르심에 응하는 것이니, 그러므로 응소應召라고 한다.

"今日よりはかへりみなくて大君の醜の御楯と出で立つわれは(오늘부터 뒤돌아보지 않고 임금의 방패가 되어 나선 나는)"는 정히 이 심경을 말한 것이다. 그리고 한 번 총을 들고 나선 뒤에는,

"海行かば水漬く屍, 山行かば 草蒸す屍, 大君の邊にこそ死な, かへりみはせじ(바다에 가면 물에 잠긴 시체, 산에 가면 풀에 뒤덮인 시체, 임금 곁에서 죽을 수 있다면, 뒤돌아보지 않으리)."[39]

---

38 『예기(禮記)』의 '효행편(孝行篇)'에 나오는 '父命召 唯而不諾'에서 따온 구절로, 즉시 대답하되 머뭇거리지 않는다는 뜻.

39 1937년 국민정신 총동원의 일환으로 일본방송협회의 의뢰를 받아 노부토키 기요시(信時潔)가 작곡한 군국가요(軍國歌謠) 〈우미유카바(海行かば)〉의 가사.

의 결심, 기백으로 싸우는 것이다. 그 자리에 호말毫末의 준순逡巡이나 외포畏怖가 있을 배 아니요, 남아로 황국皇國의 신민臣民으로 태어나서 일생에 한번 당하는 보은報恩의 기회인 동시에 사생관死生關을 초탈超脫하여서 대장부大丈夫다운 기상氣象을 펴는 마당이다.

이것은 황민皇民 된 자의 당연한 태도요 감회지마는, 평소에 확고한 신앙과 수련이 없으면 만일에 십분의 정신을 발휘치 못할 우려가 없지 아니할 것이다. '신위도원 공덕모信爲道元 功德母'[40]라고 『화엄경華嚴經』에 말씀하셨거니와, 신앙 없는 자의 생활은 방향 없이 표류하는 배와 같아서 어찌어찌 바로 갈 수도 있지마는 비뚜로 가기가 더욱 쉬운 것이다.

첫째로 존황심尊皇心, 애국심은 신앙이지 관념적인 도의道義는 아니다. 천황은 신神이시요 자비시요 정의시요 완전이시요, 내가 세상에 온 것은 황운皇運을 부익扶翼하는 것이 본원本願이오 인연이라고 확신하는 것이 황민적 신앙이다. 그가 믿는 종교 종파가 무엇이든지 막론하고 이 일점一點에서는 일치하는 것이다. 만일 종교적 신앙이 국체國體의 신앙과 일치되지 아니하는 자가 있다고 하면 그는 큰 문제다. 그렇지마는 정당하게 해석되었다고 하면 어느 성인의 가르치심이 일본 국체國體에 어그러질 리 가 없을 것이다. 일본은 가장 옳은 나라이므로.

'신불교 존신도神佛教 尊神道'는 『일본서기日本書紀』에 요메이用明 천황[41]을 찬讚한 말씀이거니와, 역대 천황께옵서는 신불교 존신도神佛教 尊神道로 국민에게 범範을 보이셨다. 현대의 우리 가정에도 불단佛壇, 가미다나神棚를 모시는 것이 신불교 존신도의 유풍遺風이다.

조선의 가정은 신앙을 잃은 지 오래거니와, 이번 징병제는 잃었던 신앙을 회복할 기연機緣이 되리라고 생각한다. 인과응보의 이理와 신불호념神佛護念의 역力을 확신하도록 자녀를 교양하는 것은 양민良民 강병强兵의 요체要諦가 되기 때문이다. 이것을 믿는 자는 어떠한 은밀한 곳에서도 신불神佛의 조감照鑑 중이라 불의를 행함

40 『화엄경(華嚴經)』의 '현수품(賢首品)'에 나오는 구절. 믿음은 도의 근원이며 공덕의 어머니라는 뜻.
41 요메이 천황(用明天皇, 518~587). 일본의 제31대 천황이자 쇼토쿠 태자(聖德太子)의 아버지.

이 없고 어떤 위험 포외怖畏 중이라도 신불이 같이 하심을 믿으므로 겁을 내지 아니한다. 능히 바르게 살고 죽기를 두려워함이 없으니, 이 위대한 힘은 오직 신앙에서만 오는 것이다. 그런데 신앙은 일조일석一朝一夕에 얻어지는 것이 아니오 훈도薰陶[42]로 되고 반복수행으로만 힘을 발하는 것이니, 부여조父與祖로부터 전해오는 신앙일수록 아시兒時부터 훈도薰陶된 신앙일수록 견고한 것이다.

죽는 것이 두려운 것이 아니라, 죽기를 두려워하는 것이 두려운 것이다. 황군皇軍 중에 죽기를 두려워하는 병사가 일인一人도 끼일 수가 없다.

진실로 제1차 징병은 더욱 책임이 중하니, 후에 오는 자의 길을 열고 맞고 명성名聲을 올리고 내림이 제1차로 징병되는 장정에게 있기 때문이다. 진실로 희망도 감격도 크거니와, 동시에 조바심도 크다.

42 흙을 다져 질그릇을 굽고 만든다는 뜻으로, 사람의 품성이나 도덕 따위를 잘 가르치고 길러서 좋은 쪽으로 나아가게 함을 이르는 말.

대동아전쟁의 교훈大東亞戰爭の敎訓[1]

머리말

대동아전쟁은 바야흐로 결전決戰 단계에 들어갔다고 한다. 그러나 미영米英이 갑자기 과거의 잘못을 뉘우치고 또는 힘이 다하여 우리 진영에 항복하기까지는 얼마쯤 시간이 걸릴지 오직 신만이 안다.

설령 백 년이 걸리더라도 소기의 목적을 달성하기까지 우리는 싸우지 않으면 안 된다. 따라서 결전 단계라고는 해도 우리는 바로 지금이 전쟁의 한복판, 아니 본격적인 전쟁의 시작이라는 마음가짐이 필요하다.

전쟁의 시작이라고 해서 지금까지의 전쟁에서 얻은 교훈을 반성하는 것도 쓸데없는 일은 아니라고 생각한다. 아니, 오히려 지금까지의 교훈을 일단 정리하는 것이 내일의 준비도 될 것이다.

나는 일개 서민庶民이다. 대동아전쟁에 관한 지식은 신문과 라디오를 통해 얻은 것이고, 그것조차도 역사가의 입장에서 수집, 정리한 것도 아니다. 그저 들은 이야기, 읽은 이야기의 기억에 지나지 않는다. 이것이 이른바 서민적 인식이라는 것이리라. 나는 이 서민적 인식에 기초하여 나 자신이 얻은, 또는 발견한 대동아전쟁의 교훈을 적어 보고자 한다.

1 원문 일본어. 가야마 미츠로(香山光郞, 舊名 李光洙), 『록기(綠旗)』, 1943.8.

국체國體 인식

대동아전쟁을 통해 얻은 교훈 중에 가장 대표적인 것은 서민계급에게 국체 인식이 보급, 심화된 점이라고 생각한다. 일본은 신국神國이고 일본은 천황의 후계자가 다스리시는 나라라는 신념은 일본인 된 자 누구나 가지고 있겠지만, 자기라는 개인이 완전히 황국皇國의 것이며, 개인생활, 가정생활, 사회적인 모든 직업과 활동이 실은 국가를 위해서이고 국가의 일이자 국가의 것이라는 절실한 체험은 대다수에게 대동아전쟁의 진행과 함께 점차 축적되고 승화될 수 있었다고 생각한다. 이는 이른바 개인주의, 자유주의의 일소一掃라는 것일 텐데, 원래 미영적米英的 사상에 감염되지 않았던 사람도 군민일체君民一體, 국아일체國我一體를 절실히 느끼고 이를 자손만대에 전해야 할 소중하고도 아름다운 인생관으로 확신하기에 이른 것은 대동아전쟁 덕분이 아닐까.

이는 전쟁 수행을 위해 국가의 여러 기관과 여러 선배들이 가르친 사상과 요구된 수많은 실천을 통해 형성되었다고 볼 수 없는 것도 아니지만, 나는 그렇게만 생각하고 싶지 않다. 오히려 평화시대의 향락적이고 제멋대로였던 마음의 때가 씻기고 벗겨짐으로써 일본인의 참된 마음가짐이 드러난 것이라고 보고 싶다. 서민계급으로서는 처음부터 이 전쟁의 목적과 중대성을 간파한 것은 아니었다. 따라서 국가에서 요구하는 여러 가지 통제와 희생에 대해 범부凡夫와 같은, 서민적인 불평불만을 품은 사람도 없지는 않았다. 말하자면 처음엔 마지못해서 억지로 끌려간 무리도 있었던 것이다. 그러나 대동아전쟁이 시작되고 나서 1년 반, 서민은 국가와 자기의 관계를 확실히 인식하게 되었다. 처음에는 전쟁 수행을 위해 일시적으로 행해지는 것이라고 생각했던 여러 가지 통제에 대해서도, 점차 이야말로 국민생활의 올바른 방식이라고 깨닫게 된 것이다.

식량은 국가가 관리한다. 종래의 경제조직에서는 식량은 영리營利를 위한 상품이었다. 그래서 어떤 영리업자가 식량을 매점買占하여 값을 끌어올리거나 투기 거래의 대상으로 삼거나, 또 술을 만들든 태워버리든 창고 속에서 썩히든, 자기 마음대로였던 것이다. 이것이 원시적인 형태가 아니라, 미영적 자유주의의 방식인 것은 말할 것도 없다.

일본에서 만들어진 식량은 일본 전체의 식량이 아니면 안 된다. 일본은 천황을 받든 한 가족이지 영리를 목적으로 하는 자유로운 개인의 잡다한 집단이 아니다. 이야말로 일본의 국체가 세계에서 으뜸인 이유이며, 미영米英의 그것과는 실로 대척적對蹠的인 바이다. 결전決戰을 앞두고 개인의 급료給料를 위해 동맹파업을 일으키고 대통령과 상하 양원兩院이 진흙탕 싸움을 벌이는 나라와는 단연코 다른 것이다.

일본 국민은 똑같이 대군大君의 적자赤子이고 동포의 형제자매이므로 어떤 지방에서 누가 만든 식량이든 전부 천황께 바치고 나눠 받는 방침으로 가야 한다는 것은, 지금 알고 보니 실로 지극히 당연한 일이다. 어째서 이 알기 쉬운 도리道理가 지금까지 덮여 있었을까. 이는 불가사의가 아닐 수 없다. 그것은 탐욕으로 인해 우리의 마음의 눈이 어두워졌기 때문이다. 대동아전쟁의 오하라에大祓[2] 덕분에 마음의 거울은 그 본연의 빛을 회복한 것이다.

어떤 이는 말할 것이다. 이는 필요에 쫓긴 경제정책의 발로이지 결코 네가 말하는 것과 같은 신 내림 현상은 아니라고. 과연 종래의 정치, 경제학적 관점에서는 그렇기도 할 것이다. 그러나 그것은 그 이면에, 그 속에 내재한 좀 더 높은 진리의 움직임을 모르는 사람이 하는 말로서, 바로 영미식英米式 관점이다. 영미의 식량 통제는 아마도 필요에 쫓긴 정책적 통제 그 이상의 아무것도 아닐 것이다. 그러나 일본은 다르다고 생각한다. 다르지 않으면 안 된다고 생각한다. 왜냐하면 일본이라는 국가를 움직이는 것은 경제가 아니라 황도皇道이기 때문이다. 미영米英은 이 대전쟁의 목적이 이익인 데 비해 우리 일본의 목적은 황도皇道의 현현顯現인 것처럼, 같은 식량의 통제도 영미의 그것과 일본의 그것은 같을 수 없다.

학도學徒 동원체제도 마찬가지다. 다른 나라에서 하는 것은 단지 전쟁이라는 일

2　6월과 12월 그믐날에 궁중이나 신사에서 행하던 액막이 의식. 미소기하라에(祓禊)라고도 한다. 원문에는 '大禊'로 되어 있다.

시적인 필요 때문에 하는 것이고, 일본의 학도 동원은 전쟁 완수를 위한 것인 동시에 황도의 현현을 위한 것으로 한 걸음 더 나아간 것이다. 일본이 하는 일은 크든 작든, 정치적인 것이든 경제적인 것이든, 그 외관을 어떠하든 그 근저를 흐르는 것은 황도의 현현이라는 국사國史의 커다란 발걸음이 아니면 안 된다.

청년 학도가 대동아전쟁을 계기로 국방과 산업을 더 많이 담당하게 된 것이 이번 전시동원체제인데, 이는 국사國史가 내딛는 방향에서 보면 당연히 있어야 할 것이 시기가 도래하여 이루어진 데 지나지 않는다.

황도의 현현과 대동아전쟁의 완수를 위해서는 아직 통제되어야 할 것이 많이 있을 것이다. 통제라는 말은 그 작용면에서 본 것인데, 그 정신면에서 보면 귀정歸正이라고 해야 할 것이다. 마땅히 있어야 할 곳으로 돌아가는 것이므로. 군인칙유軍人勅諭[3]에 보이는 국민개병國民皆兵이 복고귀정復古歸正이었던 것과 다르지 않다.

대동아전쟁 내내 이러한 귀정적歸正的 통제가 더욱 확대될 것은 충분히 예상되는 일인데, 이는 임시방편이 아니라 귀정歸正이므로 10년이나 20년 지나 이전으로 돌아가는 일은 없을 것이다. 만약 이러한 통제가 계속되어야 하는 기한을 굳이 말하라면, 팔굉위우八紘爲宇가 완성되는 날까지라고 대답하는 것 외의 다른 대답은 없다고 생각한다.

도의적道義的 세계관

우리는 천성적으로 도의道義를 믿고 세상은 도의로 움직여야 한다고 생각하고 있지만, 실제로는 힘과 물질, 좀 더 분명히 말하면 무력과 경제력이 행세하는 세계를 보아 왔다. 그리고 학문에 있어서도 생존경쟁이라는 가설을 기초로 한 생물학은 말할 것도 없고, 정치학이든 경제학이든 사회학이든 모두 인간 세계를 힘

3 1882년 천황이 군인에게 내린 칙유. 천황 통수권하에 일본군을 천황의 군대로 자리매김하고 군인의 가장 중요한 덕목을 천황에 대한 '충성'에 둔 것이 특징이다.

의 싸움으로, 물질을 얻기 위한 투쟁으로 설명해온 터라, 우리는 천성적인 신념과 선조로부터 전래된 충효忠孝 및 그 밖의 도의적 세계관을 불가피하게 수정해야 했던 것이다.

예지叡智란 도의道義를 분별하는 마음의 힘인데, 우리는 이런 것이 이른바 도학道學 선생들이 애완愛玩하는 골동품이며, 권모술수야말로 진짜 인간에게 필요한 예지라고 가르쳤다. 문명인이 되기 위해서는 가능한 한 완전히 인의仁義니, 자비慈悲니 하는 양심의 활동을 송두리째 제거하지 않으면 안 되었다. 그런데 이 도리道理를 이론으로써, 실천으로써 우리에게 강요한 것은 영미인英米人이었던 것이다. 영미는 지구의 주인이고 선생이었다. 다른 여러 민족은 영미를 배우고 그들을 모방하는 것을 문명개화라고 여겨 왔고, 이것이 19세기에서 20세기 초에 걸친 인류 세계의 상태였다.

이때를 맞아 제국帝國은 도의의 당당한 깃발을 들고 일어섰던 것이다. 만방萬邦이 그 있어야 할 자리를 얻고 조민兆民이 그 거처에서 편안히 살 수 있는, 공존공영共存共榮의 세계 건설을 선언하며 싸우고 있는 것이 이번의 대동아전쟁이다.

그런데 우리만 해도 과연 모두가 전쟁 처음부터 도의세계道義世界의 출현을 믿었던가. 그것은 좋은 이상理想이지만, 단순한 이상은 아닐까 의심한 사람도 없지 않았나. 영미적인 세계관이 그만큼 깊이 우리의 뇌수腦髓를 잠식했던 것이다.

그러나 대동아전쟁의 진전에 따라 우리는 도의적 세계의 건설이야말로 우리 일본의 사명이고, 인류 역사의 당연하고 필연적인 방향이라는 것을 깨달은 것이다. 잇달아 중화中華의 식견 있는 자는 물론, 타이도 버마도 필리핀도 우리와 같은 이상을 갖기에 이르렀다. 조만간 인도 4억의 민중도 우리와 동생공사同生共死의 교분을 맺을 날이 올 것이다.

우리는 미영米英이 어떤 의미에서 일본의 적이고, 아시아 여러 민족의 적이며, 세계 인도人道의 적인가 하는 것을 실로 분명히 알게 된 것이다. 결코 두 번 다시 잊는다든가 미혹되는 일 없게끔 분명히 안 것이다.

영미인 및 영미의 사상은 실로 오랫동안 인류의 양심과 올바른 진로를 덮어 가리고 있던 요운妖雲이었다. 그들의 정치철학, 경제학, 생물학, 역사는 실로 우리의 심안心眼을 흐리는 사술詐術이었던 것이다. 이 무서운 저주는 대동아전쟁에 의해 멋지게 깨어졌다. 우리는 이제 아시아인 본연의 자세, 일본인의 마음으로 돌아갈 수 있다. 그리하여 어능위御稜威에 의지하여 이 악의 근원을 베어버리기 위해 씩씩하게도 일어난 것이다. 야마모토山本 원수[4]나 아투Attu[5]에서 옥쇄玉碎한 용사勇士들은 실로 이 도의적 세계 건설의 초석이 된 것이다.

천지天地가 도의에 기반하듯 인류 세계도 도의에 기반한다. 자비慈悲, 인의仁義야말로 인간이 의지해야 할 영원한 도리이다. 바야흐로 우리 제국은 잃어버린 자비, 인의의 세계를 되찾기 위해 싸우고 있는 것이다. 이를 위해 미영米英은 철저하게 분쇄하지 않으면 안 된다. 그 사이에 일체의 타협은 허용될 여지가 없는 것이다. 우선 동아東亞에 도의의 세계를 건설하지 않으면 안 된다. 그 사이에 어떤 대안적 설계도 허용될 수 없다.

신령이 우리 위에 있고 인류의 양심이 우리와 함께 있다. 우리에겐 승리가 있고 지는 일은 있을 수 없다. 오랫동안 무리無理가 세상에 통용되고 있는 것처럼 보인 것은 도리道理의 힘이 현현顯現되기 위해서였다. 와야 할 세계는 도리의 세계다. 도리란 황도皇道를 가리키는 것이다.

이러한 세계관을 분명히 파악한 우리에게는 이제 미혹迷惑은 없다. 우리에게는 오직 안심입명安心立命이 있을 뿐이다. 우리는 재산의 축적을 위해 마음을 쓸 필요도 없고, 내 몸, 내 자손의 장래를 위해 근심할 이유도 없다. 교육칙어敎育勅語[6] 및

---

4 야마모토 이소로쿠(山本五十六, 1884~1943). 제2차 세계대전 당시 일본 해군 연합함대 사령관. 진주만 기습작전의 입안자로 태평양전쟁 당시 항공모함 간 항공전이라는 새로운 패러다임을 정착시켰으나, 미드웨이 해전 이후 숙련된 조종사를 대거 잃고 미국의 신형 전투기들이 기술적 우위를 점하여 전쟁 후반에는 자살특공대 작전으로까지 몰렸다. 1943년 4월 솔로몬군도 전선 시찰 도중 미군의 공격을 받아 사망했다.

5 북태평양 알류산 열도의 서쪽 끝에 위치한 섬. 1943년 5월 11일 미국은 이 섬을 점령하고 있던 일본군을 총공격했는데, 당시 야마자키 야스오(山崎保代) 부대장이 이끄는 일본군 이천오백여 명 전원이 모두 전사했고, 이 전투에서 '옥쇄(玉碎)'라는 말이 처음 쓰였다.

6 1890년 10월 메이지 천황의 명으로 반포된 교육에 관한 칙어. 일본제국 신민의 수신과 도덕 교육의 기본 규범에 관한 내용을 담은 것으로, '충성'과 '효도'를 국체의 정화이자 교육의 근원으로

그 밖의 조서詔書에 분명히 제시되어 있는 길에 의지하여 자기의 직분을 지켜 직역職域에 종사하면 되는 것이다. 이제 개인주의와 공리주의의 세상은 결단코 돌아오지 않을 것이므로. 군민일체君民一體의 가족국가가 결국 완성될 것이므로. 그리고 또한 아시아가, 이어서 전 세계가 이러한 도의세계가 될 것이므로.

종래에도 직업에 귀천貴賤이 없다든가 노동은 신성하다는 이상理想이 거론되었지만, 그것이 현실화된 것은 대동아전쟁 이래의 일이라고 생각한다. 본디 우리 일본은 일군一君 아래 사민평등四民平等이어서 그 사이에 차별이 있으려야 있을 수 없는 국체이다. 장유長幼의 서열이나 존비尊卑의 구별, 군대와 관공서처럼 질서를 위한 계급은 물론 엄수해야 하지만, 이를 제외하고는 똑같이 대군大君의 적자赤子이다. 사농공상士農工商이 하는 일은 달라도 거기에 귀천은 없다. 모두 국력國力과 전력戰力을 위한 귀한 봉공奉公이다. 대장大將이 군신軍神이 되면 일개 병졸도 군신으로 숭앙받는 것이다. 논밭의 풀을 뽑는 농부도, 산에서 숯을 굽고 광석을 캐는 사람도, 책상 앞에서 사무를 보는 사람도, 모두 나라를 위한 봉공이라는 것이 대동아전쟁 이래 일상생활에서 매우 절실히 느껴진다. 이만큼 놀라운 감격이 또 있을까. 실로 우리 신민臣民의 산 보람[7]이다.

자기를 버리는 것은 불교뿐 아니라 모든 깨끗한 가르침의 주된 목표이다. 일거일동一擧一動이 자기 일 개인을 위해서가 아니고 대군大君의 은혜를 위해서이며, 그것이 곧 팔굉일우八紘一宇라는 인류 최후의 이상을 현현顯現하기 위함이 된다는 것은 얼마나 감격스러운 일인가.

규정하고 있는 것이 특징이다.

7 『엽집(万葉集)』에서 따온 구절. “御民我れ生ける験あり天地の栄ゆる時にあへらく思へば(일본 국민인 나는 산 보람이 있네. 천지가 번영하는 때마침 세상에 태어나게 되었으니)” 문부성(文部省) 창가(唱歌)로서 자주 불렸던 「신민인 나(御民われ)」의 한 구절이기도 하다.

가치의 귀정歸正

영미사상은 개인주의, 공리적 자유주의라는 말로 설명되는 것이 관례이지만, 하나 더 덧붙여 화폐주의 또는 황금주의라고 해야 할 것이다. 종래에도 매머니즘mammonism[8]이라든가 배금주의拜金主義라는 말이 종종 사용되어 왔지만, 누구든 자기도 황금을 숭배하는 마음을 가지고 있던 시대여서 그것이 그다지 나쁜 것처럼 들리지는 않았다.

고려高麗의 어떤 현자賢者가 '인민이 좁쌀보다 은을 중시하면 도道가 폐廢한다.'는 의미의 말을 왕께 아뢰어 인민이 화폐 가치를 중시하게 된 세태를 경계한 일이 있다. 우리 선인들은 금전을 위해 일하는 것을 더없는 수치로 여겼다. 그런데 어찌된 일인가. 대동아전쟁 직전까지 사람들은 금전을 위해 일하지 않았는가. 관리와 교직에 있는 사람들조차 월급 수입을 위해 일한다고 생각하는 사람이 많지 않았는가. 봉급에 관한 일이면 동맹파업조차 주저하지 않겠다던 사람은 여러 노동자 계급만은 아니었다. 게다가 그것이 정당한 일이라고 믿고 있었던 것이다. 이것이야말로 영미주의의 진수眞髓이자 유대주의Judaism의 마력魔力이었던 것이다.

'황금만능'이란 말 그대로 돈만 있으면 무엇이든 할 수 있었다. 무엇이든 살 수 있었다. 인간의 양심까지도 살 수 있었다. 생명까지도 살 수 있었다. 따라서 황금을 획득하는 것이 인간 최상의 목표로, 충忠도 효孝도 생각할 여유가 없었다. 이런 세계야말로 지금 우리가 격멸하기 위해 싸우고 있는 구舊세계인 것이다.

고맙게도 우리는 이 황금주의의 금박金縛으로부터 풀려났다. 우리는 인간의 소중함, 물질의 소중함을 알게 되었다. 물가와 노임勞賃의 암거래는 한심스런 일이 틀림없지만, 돈보다도 인간과 물질을 존중하게 된 것은 기뻐할 만하다고 생각한다.

바야흐로 농업도 공업도 그 본연의 자세로 돌아갔다. 농업은 국민의 식량을 만

8 배금주의(拜金主義).

드는 일이고, 공업은 국민의 필수품과 전쟁 물품을 만드는 것이라는 원칙으로 돌아간 것이다. 이는 실로 놀랄 만한 전회轉回로, 종래에는 농업도 공업도 그 기업가의 금전적 이윤이 목적이었던 것이다. 나라를 위한 것인지 아닌지는 기업가의 고려 밖의 일이었다. 따라서 나라에 유해한 것조차 무조건 만들어내고, 국민에게 해독을 끼치면서 돈을 모아서는 유대적 귀족으로 출세했던 것이다. 얼마나 불합리한 일이었는가. 이번 의회에서 결정된 기업 정비整備의 실시를 통해서 산업은 더욱 더 황도적皇道的 본궤도에 오를 것이라고 생각한다. 생산도 배급도 모두 국가 목적에 의해 통제되는 것이다. 낭비는 없다. 유유 넣은 목욕물을 데운다든지, 쌀값을 올리기 위해 쌀을 태워버린다든지 하는 무서운 죄악은 더 이상 저질러지지 않을 것이다. 쌀은 식량이 되고 우유는 유아幼兒와 병약자의 영양이 되는, 본연의 모습으로 돌아갈 것이다.

인간도 마찬가지다. 아무런 쓸모도 없는 어리석은 자의 사치를 위해 직접적으로는 고용인으로서, 간접적으로는 사치품과 낭비 물자의 생산자로서 아깝게도 그 귀한 노동력을 희생하는 것 같은 불합리는 없어질 것이다. 인간과 우마牛馬와 기계의 노동력은 모두 국가 목적을 위해 사용되지 않으면 안 된다. 그러나 과거에는 개인의 이욕利慾을 위해 이를 태연히 사용했다. 한 사람의 향락자를 위해 몇 사람 내지 수십 수백 사람의 노동력을 돈의 힘으로 어떻게든 할 수 있었던 것이다. 얼마나 아까운 일인가.

육지도 바다도 산도 강도 그 안의 생물과 무생물, 모두가 대군의 것이다. 더구나 인간은 어른이든 아이든 모두 천황의 백성大御寶이다. 이 인식이 확실히 있다면 종래와 같은 어리석은 낭비는 할 수 없겠지만, 불가능했을 것이 가능했던 데 이번과 같은 대전쟁의 원인이 있었던 것이다. 즉 영미적英米的 이기적 개인주의, 자유주의의 죄악이다.

화폐는 일종의 기호이지 그 자신이 가치 있는 것은 아니다. 생명의 양식이 되는 것은 일이지 돈이 아니다. 일을 하는 것은 인간이지 돈이 아니다. 그저 국가가 인간의 노동력과 물질의 가치를 편의상 화폐로 채산採算하는 제도를 만든 것이다. 그런데 금융적 마술로 인해 종從이어야 할 화폐가 도리어 주主가 되어야 할 인간을 대신하여 인간을 지배하기 시작한 것이다. 이런 불가사의한 제도의 원조가 유대인이고, 그 제도를 통해 폭리暴利를 얻고 세계를 자기 것으로 만든 것이 앵글로색슨인 것이다. 지금 독립을 위해 사투死鬪를 계속하고 있는 인도도 이 마술로 영국의 손에 들어갔고, 위태로운 고비에서 황군皇軍의 손에 의해 멸망에서 구제된 4억의 지나支那가 영미英米의 손에 들어간 것도 이 마술의 손에 의해서였다. 미국이 지금 필사적이 되어 있는 진짜 동기는 자신이 세계 총량의 대부분을 갖고 있는 황금의 힘을 잃을 것이 두려워서이다. 미국은 최후의 발버둥질로서 그 황금으로 스탈린과 장제스蔣介石를 잡아당기고 있는 것이다. 그리고 또한 황금이 있으니 힘이 있다는 미몽에서 언제 깨어날지 알 수 없다.

돈을 가진 적에 대해 우리 일본은 도의道義의 힘으로 싸우고 있다. 만주, 지나, 타이, 버마, 필리핀, 인도네시아, 인도 민족을 우리 진영으로 끌어들인 것은 돈의 힘이 아니다. 그것은 순수하게 도의의 힘이다. 아시아 십억 민중은 우리 황군皇軍의 지충무구至忠無垢한 자세에서 우리 일본의 지순무잡至純無雜한 도의성道義性을 간파하고 두 손 들어 믿고 의지해 온 것이다. 앵글로색슨은 지나인에게 돈을 주었다. 그리고 그 대가로서 지나인에게 노예가 될 것을 요구했다. 일본은 지나인을 위해 피를 주었다. 그리고 그 대가로서 요구하고 있는 것은 영토도 배상도 아니고 다만 '함께 대동아大東亞를 건설하자'는 것이다. 이것이야말로 가장 큰 가치의 귀정歸正이다. 영토나 배상보다도 도덕에 가치를 둔 것이다. 돈과 권력은 인간의 복종을 살 수 있을 것이다. 그러나 돈과 권력으로 살 수 있는 복종은 강요된 복종이며, 돈이 떨어지면 관계도 끝이 난다. 이번 전쟁에서 말레이시아의 여러 민족이 영국에 대해 보여준 것은 실로 그 적절한 예이다.

이에 반해 도의로 맺어진 신의信義는 변하지 않는다. 어려움에 처하면 처할수록 더욱더 그 힘을 발휘한다. 일본과 동아 여러 민족과의 결연이 바로 그것이다. 일본은 도의로써 동아 여러 민족의 양심을 떠맡은 것이다.

아직 우리 동포 중에는 유대적, 앵글로적 개인주의와 배금사상에서 완전히 벗어나지 못한 사람이 있을지도 모른다. 그러나 그것은 마치 가을이 되어 부채를 사는 것과 같은 것이다. 시원한 가을바람이 부는데 부채를 들고 걸으면 공연히 보는 사람의 비웃음을 살 것이다. 동아東亞의 천지에 다시 한 번 개인주의와 자유주의, 배금주의의 날이 돌아올 것이라고 망상하고 있는 사람이 있다면 그는 구제할 수 없는 중생이다.

사상의 간소화思想の簡素化[1]

노자老子는 '박樸'이란 것을 칭찬했다. 허식虛飾이 없는 소박素朴은 예나 지금이나 덕德으로 간주되지만, 구미사상歐米思想이 들어오고 나서 번쇄煩瑣가 환영받았다. 단순한 사람이라고 하면 저능아低能兒를 의미하게까지 되었다.

시험 삼아 청년학생을 붙들고 그 인생관을 물어보라. 그들은 복잡하게 얽힌 개념을 언제까지고 늘어놓을 것이다. 이른바 교양이 높으면 높을수록 서양철학사 전체를 떠벌릴 것이다. 그럼에도 불구하고 그는 자기가 어디에 있는지, 무엇을 하고 있는지 모르는 것이다. 그의 머리는 백과사전처럼 복잡하지만, 백과사전처럼 통일의 원리를 결여하고 있는 것이다. 모두 알고 있는 듯한데 실은 하나도 모르고, 탈레스에서 마르크스까지의 세계관, 인생관을 외고 있지만 중요한 자기의 인생관을 소유하고 있지 않다.

공자는 "오도일이관지吾道一以貫之"[2]라고 말씀하셨다. 하나로써 꿰뚫어서야말로 모든 지식도 생명을 갖는다. 현대의 우리들에게 가장 결여된 것이 이 '하나'이다. 그 하나가 없는 것을 미혹迷惑이라고 한다. 모두가 헤매고 있는 것이다. 말 한마디, 행동 하나 확실하지 않고, 척척 해내지 못한다. 그 '하나'란 신앙이고 신념이다. 도道이다.

모든 성인의 가르침은 이 도에 도달하는 방편이다. '자기를 알라' 함은 앎의 근본이고 목표이다. 나는 무엇이고, 무엇을 해야 하며, 어떻게 죽을 것인가를 아는 사람은 좌고우면左顧右眄[3]하지 않는다. 그는 용왕매진勇往邁進한다. 그런 사람의 생활에는 힘이 있고 광휘가 있으며 아름다움이 있다. 예를 들면 애투섬[4]에서 옥쇄

1 원문 일본어. 가야마 미츠로(香山光郎), 『신시대(新時代)』, 1943.10.

2 『논어(論語)』 '이인편(里人篇)'에 나오는 구절. 나의 도는 하나로 관철되어 있다는 뜻.

3 이쪽저쪽을 돌아본다는 뜻으로, 앞뒤를 재고 망설임을 이르는 말.

4 북태평양 알류산 열도의 서쪽 끝에 위치한 섬. 1943년 5월 11일 미국은 이 섬을 정령하고 있던 일본군을 총공격했는데, 당시 야마자키 야스오(山崎保代) 부대장이 이끄는 일본군 이천오백여

玉碎[5]한 부대장의 행동이 그렇다. 그의 유서를 읽으면 실로 간소하여 한 점의 꾸밈도 망설임도 없다. 하나의 신념에 따라 용왕매진하는 모습이 역력히 드러나 있다.

야마자키山崎 중장이 부인 앞으로 보낸 글을 보자.

1) 부대장으로서 멀리 불모지에 들어가 뼈를 북해北海의 전쟁터에 묻으오. 진정한 본회本懷, 하물며 호국護國의 신령神靈으로서 유구悠久한 대의大義에 살 터. 유쾌하지 않겠소.

2) 조금도 미련 없소. 결혼한 지 30년, 능히 효정孝貞의 도리를 다하고 내조內助한 공에 깊이 감사하오. 아이들에게는 현모賢母, 내게는 양처良妻, 그리고 시종 변함없는 애인이었소. 진심으로 만족하오.

3) 건강에 유의하고 노후를 보살피며, 자식들은 물론 손자들까지 돌보아 주기를.

야스오保代[6]

라고 적혀 있다.

얼마나 간소하고 단순한 사고방식이며, 얼마나 확고한 신념인가.

그리고 사랑하는 자식에게 보낸 글에는,

1) 어떤 길을 가도 좋다. 훌륭한 사람이 되어다오.

2) 형제자매 서로 협력하여 활기차게 활동하거라.

3) 어머니께 효로써 받들어 섬기는 것은 아비의 혼령에 대한 최상의 공양供養이다.

아비로부터.

명 전원이 모두 전사했고, 여기서 '옥쇄(玉碎)'라는 말이 처음 쓰였다.

5 중국 역사서 『북제서(北齊書)』 41권에 나오는 '옥쇄와전(玉碎瓦全)'이라는 말에서 유래. 장부는 차라리 옥처럼 아름답게 부서질지언정 기와처럼 몸이나 보전할 수는 없다는 뜻.

6 야마자키 야스오(山崎保代). 아내에게 보낸 글이어서 이름을 적었다.

이 간단한 몇 행의 유서遺書를 통해 우리는 야마자키 중장의 인생관을 엿볼 수 있다. 즉 '충효忠孝'이다. 임금을 위해, 황국皇國을 위해 분투하고 죽는 것이 본회本懷, "진정한 본회"이고, 부부가 서로 화목했으니 "진심으로 만족"이며, "부모에게 효도하고" "형제간에 우애 있게 지내며" 훌륭한 사람이 되어 활기차게 활동하라는 것이 자식에 대한 유일한 유언인 것이다.

여기에 개인주의적 잔재는 하나도 섞여 있지 않다. 실로 영롱하고 투철한 것이다.

인간 본래의 면목이라든가 본지本地의 풍광風光이라는 것은 사욕私慾에 의해 물들지 않은 심경을 가리키는 것이다. 일단 사욕에서 벗어날 때 우리는 성인이 되고 신이 되는 것이며, 거기에야말로 참된 행복이 있는 것이다. 야마자키 부대장의 심경이 그것이었다고 생각한다. 그가 적진에 뛰어들어 있는 힘껏 싸우다 죽을 때, 그 행복은 절정에 달했으리라. 진정한 본회였으리라. 구구한 일신일가一身一家에 집착하고 이욕利慾의 진흙탕 속에서 방황하는 자는 이러한 맑은 경지를 꿈에도 생각할 수 없을 것이다.

야마모토山本[7] 원수는 '말이 필요 없다'는 도고東鄕[8] 전통을 잇는 분으로, 아무것도 남긴 말이 없으나 야마자키 부대장의 유서로써 원수의 심경도 미루어 살필 수 있다고 생각한다.

대동아전쟁이 선언되자 야마모토 원수는 지체 없이 미국의 태평양 함대를 분쇄했으며, 그 후 많은 대전과大戰果를 거두고 마침내 공중空中 지휘 중 산화散華했던 것인데, 지난 1년 반 동안 원수의 심경은 물론 생활도 실로 단순하고 간소한 것이었다고 생각한다. 즉 '미영米英을 격멸하라'는 천황의 말씀을 받들어 자기를 잊

7 야마모토 이소로쿠(山本五十六, 1884~1943). 제2차 세계대전 당시 일본 해군 연합함대 사령관. 진주만 기습작전의 입안자로 태평양전쟁 당시 항공모함 간 항공전이라는 새로운 패러다임을 정착시켰으나, 미드웨이 해전 이후 숙련된 조종사를 대거 잃고 미국의 신형 전투기들이 기술적 우위를 점하여 전쟁 후반에는 자살특공대 작전으로까지 몰렸다. 1943년 4월 솔로몬군도 전선 시찰 도중 미군의 공격을 받아 사망했다.

8 도고 헤이하치로(東鄕平八郞, 1848~1934). 일본의 해군 제독으로, 정계에 진출하지 않고 순수한 군인으로서 일생을 마쳤다. 청일전쟁에서는 나니와 함장을 맡아 해전에서 활약했고, 러일전쟁에서도 승리를 거두어 '군신(軍神)', '동양의 넬슨'으로도 불린다.

고, 집안을 잊고, 모든 것을 잊고, 적의 격멸에만 몰두했다 — 이것이 전부다.

아침에 일어나고, 얼굴을 씻고, 궁성 요배하고, 신께 예배드린다. 아침을 먹고, 보고를 받고, 명령을 내리고, 점심을 먹고, 전투 경과를 보고받고, 새로운 명령을 내린다. 목욕하고, 저녁을 먹고, 작전을 구상하고, 취침한다 — 이것 외에 아무것도 없다. 죽음도 삶도 없고 괴로움도 즐거움도 없다. 그런 것은 모두 개인적인 것이다.

오늘은 스스로 비행기로 적의 상공을 시찰할 필요가 있다고 생각하여 나갔다. 그리고 적탄敵彈에 맞았다. 기지로 돌아와 죽었다. 이리하여 야마모토 원수는 '국궁진췌 사이후이鞠躬盡瘁 死而後已'[9]의 생애를 마친 것이다. 실로 단순하고 간소하고 명료한 생활 태도이다. 부귀와 공명, 안일 등 한 점의 그림자도 그의 심경을 흐릴 수 없었다. 복잡기괴한 철학도 인생 이론도 원수에게는 없었다. 이런 것은 모두 미혹된 자의 헛소리이기 때문이다.

대체로 '강하다'고 함은, 한 점에 집중된 힘을 가리킨다. 렌즈로 햇빛을 모으면 엄청난 열이 생긴다. 빛이 모인 곳에 닿는 것은 타버린다. 우리의 정신력도 마찬가지로 평소에는 여러 갈래로 흩어져 있어서 열도 빛도 나지 않지만, 그것을 한 점에 모으면 금석金石도 태울 만한 열이 되고 천지를 비추는 데 충분한 빛이 되는 것이다. 야마모토 원수 같은 사람은 마음을 한 점에 집중한 사람이다. 그 한 점이란 충忠이다.

한 개인이 최대한 힘을 발휘하는 길은 그 마음을 한 점에 집중하는 데 있는 것이다. 그런데 마음을 집중할 방도는 어디에 있는가. 그것은 위에서도 언급한 것처럼 사욕私慾에서 벗어나는 데 있다. 그러면 사욕에서 벗어나는 길은 어디에 있는가. 이에 대해 생각해 보자.

인간이 구구한 사욕에서 벗어나는 길은 두 가지로 나뉜다. 하나는 뿌리를 뽑는 것이고, 다른 하나는 지엽을 베어내는 것이다.

---

9 『삼국지(三國志)』의 '제갈량전(諸葛亮傳)'에 나오는 구절로, 온몸이 부숴질 때까지 노력하고 죽은 후에야 그만둘 따름이라는 뜻.

뿌리를 뽑는 것은 내성內省으로써 자기의 마음을 낱낱이 살펴 사욕의 추함을 관찰하고 그것이 실은 나의 본성이 아니라 역적賊임을 간파하고 그 안에 자기의 참된 본성이 감춰져 있음을 발견하여 다시 미혹되지 않는 것인데, 이를 열반涅槃이라고도 하고, '직지인심 견성성불直指人心 見性成佛'[10]이라고도 하는 것이다. 또 깨달음이라고도 한다. 이 경지를 본지本地의 풍광風光이라고도 한다. 실은 이것이야말로 자기의 본성이라는 의미이다. 이에 대하여 가장 해독害毒이 되는 것은 인간의 모든 악을 본능으로 돌리는 서양류의 심리설이다. 서양류의 심리학에서 말하는 본능이란 더러워지고 난 후의 마음의 심리이지 본원적인 마음의 심리가 아니다. 본래의 마음, 즉 마음 그 자체는 청정한 것이고 오탁汚濁은 후천적인 것이다. 이 더러움은 씻어버릴 수 있는 때이지 본질적인 것은 아니다. 이 때를 씻어버리면 청명한 마음의 본체가 나타난다는 것인데, 이는 우리 일본인 내지 동양인의 사고방식이다. 서양류의 심리설은 마음의 분석이 아니라 마음의 때에 대한 분석이다. 우리가 선禪을 하고 미소기禊[11]를 하는 것은 실로 마음의 때를 벗기는 방편인 것이다.

그런데 때가 벗겨진 마음의 풍광이 어떤 것인가 하면, 그것은 설명이 불가능한, 오직 아는 사람만이 아는 것이다. 예컨대 비행기를 타고 수천 미터 상공을 날고 있는 자의 심경과 같은 것으로, 자기가 거기까지 가보지 않으면 남의 말을 듣는다고 해서 알 수 있는 것이 아니다. 여기에 신앙의 요체要諦가 있는 것이다. 오직 믿고 가르침을 받은 대로 수행해보는 것이다. 비행사의 기능이 비행시간에 비례하여 능숙해지듯이 청명심淸明心은 수행시간에 비례하여 빛과 힘을 발한다고 해도 좋을 것이다. 아무리 책을 읽어도, 남의 이야기를 들어도, 또는 스스로 이치를 따져도 모두 허사다.

야마모토 원수와 야마자키 부대장의 심경도 마찬가지로, 스스로 충忠의 생활

---

10 선종(禪宗)에서 깨달음의 도를 보이는 말. 좌선하여 자기의 본성을 밝히 볼 때 본래의 면목이 나타나서 자기 마음이 곧 부처임을 아는 경지.

11 죄나 부정을 씻기 위해 냇물이나 강물로 몸을 씻는 것.

을 해보지 않으면 알 수 없는 것이다.

미소기禊 하는 기분도 스스로 해보아야 비로소 알 수 있다. 선禪도 염불도 마찬가지다. 스스로 해보지도 않고 이러쿵저러쿵 비평하는 것은 남자가 출산의 진통을 논하는 것과 같이 전혀 의미가 없다.

다음으로 사욕私慾에서 벗어나는 두 번째 길인데, 그것은 실천을 통해 들어가는 것이다. 하나씩 사욕에 물든 것을 제거해 나가는 것으로, 예를 들면 끊임없이 지엽枝葉을 베어냄으로써 초목草木이 번성하는 것을 제한하는 것이다. 이것도 열심히 하면 결국에는 사욕의 뿌리를 말려 버리는 큰 결과에 도달하는 것이다. 이 길이야말로 일반 서민의 길이며, 일상생활에서부터 점차 사욕적인 것, 개인주의적인 방자함을 정리하고 제거해가는 방법이다. 오늘날 국민생활의 재건은 바로 이 선상에서 이루어지고 있는 것이다. 이른바 최소한도의 사욕, 최소한도의 개인 이득을 지향하는 노력이다.

구체적으로 말하면, 식사량은 건강을 유지할 만큼으로 줄인다. 식사는 식욕의 만족, 즉 향락이라는 생각에서 생명과 노동력의 유지라는 기준으로 전환한다. 배불리 먹는다든지 맛있는 것을 찾는 것 같은 이기적인 짓을 멈춘다. 그리고 내 쌀, 내 식량이라는 관념을 차츰 없애간다. 국가의 쌀, 국민 전체의 식량이라는 사고방식으로 옮겨간다. 부족한 듯하고 맛없는 음식에 참고 견디고 만족하며 감사한다. 여기까지 왔다면 대단한 사람으로, 짐승의 영역에서 만물의 영장의 지위로 끌어올려지게 될 것이다.

의복도 마찬가지이다. 국민복, 몸뻬 등 국가의 물질 절약과 증산, 그 밖의 전력 증강에 기여하는 의복으로 만족한다. 방자한 사치를 그만둔다. 옷차림을 꾸밈으로써 자기의 가치를 올리겠다는 어리석은 생각에서 벗어나 다른 사람이 입는 것과 같은 것을 입고, 다른 사람 이상으로 일한다는 정신을 기른다. 다른 사람보다 값비싸고 화려한 것을 탐내는 유치한 허영심에서 벗어난다. 오늘날은 이미 옷차림을 꾸미는 것이 부끄럽게 되었다. 아직껏 화려한 차림을 하고 큰길을 활보하고 있는 무리는 저능아이다. 불쌍히 여겨야 할 어리석은 사람이다.

다음은 가옥이다. 한때 호화주택을 짓는 것이 유행했다. 오늘날에 와서 보면 얼마나 어리석은 일인가. 지금은 한창 전쟁 중이다. 있는 대로 변통하는 것이 당연하며, 이때 자기 일 개인의 저택을 경영하는 자가 있다면 때려눕혀도 아깝지 않을 것이다.

이렇게 일상생활에서부터 개인주의적, 영리주의적, 향락주의적인 것을 없애가는 것은 본성인 청명심淸明心으로 되돌아가는 커다란 방편이 되는 것이다. 대동아전쟁 이래 매일 강화되는 통제생활이야말로 일억국민一億國民의 미소기禊이며 선禪인 것이다. 이를 단지 경제적 대책에 지나지 않는 것처럼 생각하는 것은 옳지 않다. 실은 커다란 정신수련운동인 것이다.

본디 경제생활은 어떤 의미에서 국민생활의 기초이다. 먹지 않고는 살 수 없기 때문이다. 그러나 그렇다고 해서 경제생활이 국민생활의 목표는 아니다. 우리는 가축이 아니기 때문이다. 먹기 위해, 살찌기 위해 우리가 사는 것은 아니다. 황도선양皇道宣揚이라는 대이상大理想 실현의 성업聖業을 익찬翼贊하는 것이야말로 우리의 생활 목표이다. 그런데 구미사상歐米思想은 경제생활이 인간생활의 중심이고 목표인 것처럼 가르쳐 왔다. 이야말로 인간의 극단적 타락이며, 인간을 몰아세워 짐승의 영역으로 떨어뜨리고자 한 것이다.

농업도 상공업도 개인 이윤을 위한 기업인 듯 생각하는 사회조직은 만악萬惡의 근본이다. 이는 개인 안에 국가를 잃은 사상으로, 국가 안에 개인을 바치는 우리 전통정신과는 바로 대척적인 것이다. 이 해악의 잔재殘滓가 오늘날까지 완전히 불식拂拭되지 못하고, 이른바 암거래라는 죄악의 근원을 이루고 있는 것이다.

우리는 완전히 사욕을 버리고 대군大君을 위해 생명을 바친 많은 군신軍神들을 눈앞에 보고 있다. 얼마나 존귀한 모범인가. 이와시岩佐[12] 중좌들은 20대의 젊은이이고, 야마모토 원수는 노인이다. 야마자키 부대장은 중년이다. 여기서 우리는

---

12 이와사 나오지(岩佐直治, 1915~1941). 1941년 12월 8일 특수 잠수정을 통한 진주만 공격으로 미 해군함정의 공격을 입안했으나 발각되어 전투 중 전사했다. 사후 2계급 특진하여 해군 중좌가 되었으며 '군신(軍神) 이와사 중좌'라고 불리며 유명해졌다.

멸사봉공滅私奉公은 결코 청년만의 것도 아니고, 중년만의 것도 아니며, 노인만의 것도 아님을 깨닫는다. 그것은 평생에 걸친 올바른 길이고, 유일한 길이다.

또한 멸사봉공은 단지 군인에게만 국한된 것도 아니다. 관공리, 교육가, 그 밖의 지도자층은 말할 것도 없지만, 우리 서민층에게도 멸사봉공의 길은 있는 것이다. 아니, 국민의 한 사람인 이상 누구에게나 야마모토의 길과 야마자키의 길은 있는 것이다. 마당에 떨어진 쌀 한 톨을 줍는 것이 곧 야마모토 정신이며, 찢어진 옷을 기워서 변통하는 것이 곧 야마자키 정신이다. 학생은 교실과 운동장에서 '항상 전장에 있는' 것이며, 노무자勞務者는 공장과 광산에서, 교원은 칠판 앞에서 '항상 전장에 있는' 것이다. 나는 지금 이 원고를 쓰면서 항상 전장에 있는 것과 같지 않아서는 안 된다. 나의 이 원고가 사욕私慾을 위해 씌어지지 않을 때 나는 야마모토 정신에 사는 것이고, 내가 일본을 위한 것이 되기를 바라는 정성을 가지고 원고를 쓰다가 죽어간다면 그것이 야마자키 정신이라고 믿는 것이다.

그렇게 하기 위해 나는 나로부터 벗어나지 않으면 안 된다. 즉 맛있는 음식을 먹자, 좋은 옷을 입자, 훌륭한 저택에 살고 안일한 생활을 탐내자, 그리고 오래 살자, 많은 재산을 자식들에게 물려주자, 세간에서 존경받고 후세에 명성을 남기자, 등등의 소소한 욕심을 버리지 않으면 안 된다.

이런 식으로 나로부터 벗어났을 때, 인간은 깜짝 놀랄 정도로 크고 밝고 기쁜 세계에 들어가는 것이다. 천하天下의 근심이 바로 나의 근심이고, 천하의 기쁨이 바로 나의 기쁨이다. 근심은 반드시 고통이라고는 할 수 없다. 나를 위한 근심은 그대로 고통이지만, 다른 사람을 위한 근심, 또는 천하를 위한 근심은 고통인 동시에 그 근심하는 마음에 신께서 풍성한 은혜를 내려주시는 것이다. 그것은 고통이면서도 욕심의 고통이 아니라 사랑의 고통이기 때문이다.

사욕에서 벗어난 상태를 해탈解脫이라고 하고 자유라고 한다. 이러한 마음에는 두려움이 없다. 두려움은 사욕의 분비물이다. 어떤 간난신고艱難辛苦도, 죽음 그것조차도 이 마음을 굴복시킬 수 없다. 하늘도 땅도 그의 뜻을 어찌할 수 없다. 그는 그의 뜻대로 우주의 대도大道를 활보하는 것이다. 간난신고라는 것도, 살고 죽는다는 것도 결국 사적인 것이다. 이러한 고난을 통과하여 저 사욕의 노예들을 두렵게 만들라.

이런 인간이 많아지는 것은 야마모토와 야마자키가 많아지는 것이며, 국가의 힘을 증진하는 것이다. 일본 국민이 이욕정념離慾正念의 영역에 도달했을 때 팔굉일우八紘一宇는 실현되는 것이므로, 나 일개인이 성실하게 노력하여 그런 인간이 되는 것은, 바꿔 말하면 황운익찬皇運翼賛이고 전력증강戰力增强인 셈이다.

한편 가정생활의 경우를 생각해 보자. 남편도 아내도, 형제도 자매도 사욕에서 벗어났다고 가정하자. 그 가정은 실로 평화로울 것이다. 모든 갈등과 반목은 하루살이와 같은 나의 욕심에서 오기 때문이다.

그러면 결론으로 들어가자. 나는 인생관을 간소화하자. 나의 복잡 번쇄한 철학과 이기적인 여러 가지 소망을 버리자. 몸에 달라붙은 독사毒蛇를 떨구어내듯이, 머리카락에 타오르는 불을 비벼 끄듯이, 큰 용맹심으로써 이들 사상적 속박에서 벗어나자. 그리고 단순하고 간소하며 질박한 충효忠孝의 도道에 의거하자. 그리고 나의 생활을 최소한도의 욕망 위에 재건하여 오직 대군大君을 위해 살자. 또 죽자.

이렇게 파악하게 되면 우리는 실로 행운유수行雲流水,[13] 광풍제월光風霽月[14]의 심경이 현전現前하는 것을 볼 것이다.

---

13 떠가는 구름과 흐르는 물을 아울러 이르는 말로, 일의 처리가 자연스럽고 거침이 없음을 뜻한다.

14 비가 갠 뒤에 맑게 부는 바람과 밝은 달. 마음이 넓고 쾌활하여 아무 거리낌이 없음을 비유적으로 이르는 말.

학병에게 감사[1]

4천여의 조선 학도지원병 제군 — 충심衷心으로 감사합니다. 참말 잘 일어나 주셨습니다. 제군이 일어나심으로 다만 조선만이 빛을 발한 것이 아니라, 전全 일본이 빛을 발하였습니다. 이 빛이 얼마나 큰 빛인가는 지금보다도 앞으로 두고 보면 알 것입니다. 제군이 분기奮起한 것이 어떻게 역사적인 대사건인가는 우리보다도 후세의 자손과 사가史家들이 더욱 잘 알고 감사할 것입니다. 4천이란 수가 그리 큰 수는 되지 못합니다. 인구의 비례로 보면 이번 학병 출정出征에 조선에서 3만을 나서야 될 것인데, 겨우 4천이란 심히 적은 수입니다. 그러나 4천이란 지금 조선이 가진 거의 전부입니다. 내어놓을 수 있는 전부를 바친 것입니다. 나설 수 있는 학도의 1할 내외가 안 나선 것은 심히 유감입니다마는, 병역의 의무도 없으면서도 전적격자全適格者의 9할이나 자원 출정한 것을 국가에서도 가상히 여기리라고 믿고, 조선의 면목도 섰다고 믿습니다. 이것이 다 제군이 명철히 보고 용감히 결의한 결과입니다. 그러므로 조선은 제군에게 감사합니다.

제군은 일시 결의를 주저하는 양을 보였습니다. 그러나 제군의 주저가 결코 일신의 사생死生이나 고락苦樂에 원인한 것이 아님을 나는 잘 압니다. 나는 이번에 제군 중에 수백 명과 간담肝膽을 터놓고 담화한 경험이 있기 때문에 제군의 심정을 잘 압니다. 제군이 주저한 듯이 보인 것은 제군의 마음을 근저로부터 재검토하여서 충분히 양심적 만족을 얻은 연후에 결의하랴는 것이었습니다. 그러다가 제군은 마침내 양심적 만족을 얻어가지고 단연히 결의하신 것입니다. 제군은 투철한 이성의 판단을 얻어가지고 일명一命을 천황께 바치기를 결의하신 것입니다.

'천황께서 부르시오니, 네, 나갑니다.' 하는 명쾌한 해답을 얻어가지고 흔연히

---

1 가야마 미츠로(香山光郎), 『매일신보(每日新報)』, 1943.12.11.

명소命召에 봉응奉應한 것입니다. 그러므로 제군이 결의를 주저한 것도 대의大義에 철徹하기 위하여서요, 마침내 지원을 단행한 것도 대의大義에 감분感奮한 것입니다. 이것은 다만 당연뿐 아니라 제군의 긍지요 명예입니다.

징용이니 휴학이니 하는 문제가 난 것을 제군은 불쾌하게 생각하시나, 제군이 국가를 위하야 신명身命을 바치고 나서는 날에 이 따위가 제군의 결의를 좌우할 배 아닌 것은 상식적으로 보아서 판연判然합니다. 다만 당국자는 혹시 1인이라도 인식이 부족한 자가 있을까 하야 염려하고 통심痛心하는 노파심에서 나온 것이니, 제군은 감사의 미소로 이에 응하심이 마땅할까 합니다.

나라를 위하여서 신명을 바치고 나서는 제군에게 대하야 일억동포 중에 뉘 감히 제군의 순진한 동기와 숭고한 의기意氣를 의심할 자가 있겠습니까. 오직 고개를 숙여서 제군을 존경하고 두 팔을 벌려서 제군을 포옹할 뿐입니다.

국가는 제군을 부를 때에 황군皇軍의 간부幹部로써 하였습니다. 국가의 제군을 우遇함이 심히 융숭하다고 아니 할 수 없습니다. 이에 대하야 제군은 일사보국一死報國의 충성으로써 응하였으니, 실로 어수상감魚水相感이라 할 것입니다.

제군은 장차 신체검사와 입대를 앞에 두셨으니 임금께 바친 몸을 더욱 귀중히 여겨 근신謹愼하심은 물론이거니와, 비록 얼마 안 되는 기간이라 할지라도 학업을 광폐曠廢함이 없이 정신과 지식을 연마하시기에 더욱 근면함이야말로 제군다운 일이인가 합니다. 만일 한 사람이라도 입영 전에 한바탕 놀자 하는 방탕한 생각을 내는 이가 있다 하면, 그것은 제군을 자모自侮[2]하는 것이오 후배에게 악표본을 보이는 것입니다. 나는 제군이 끝까지 최고의 품격을 발휘하시기를 바랍니다.

제군이 입대 후에 충용忠勇한 군인이 되실 것을 나는 확신합니다. 왜 그런고 하면 제군은 조국祖國과 대동아전大東亞戰의 이상을 체득하셨을뿐더러 3천만 조선 동포의 명예를 두 어깨에 지고 나가기 때문입니다. 제군은 수당隋唐의 백만대군을 일축一蹴한 조선의 후예, 대의大義를 위하여서는 신명身命을 홍모鴻毛로 알던 화랑도

2 스스로 업신여김.

花郞徒의 피가 제군의 혈관에 물결치기 때문입니다. 제군은 조선의 인구가 일본 전 인구의 삼분지일三分之一, 내지內地 인구의 4할이나 됨을 아실 것입니다. 이것은 일본제국의 국방력 기타의 삼분의 일, 내지인에 비겨 4할을 부담할 것을 의미하는 것입니다. 조선은 이러한 중대한 부하를 맡은 것을 아실 것입니다. 그런데 제군은 이 중대 역할의 제일진第一陣이심을 명기銘記하실 것입니다. 1억의 단결로 2억의 '앵글로색슨'을 격파하고 10억의 아시아 제민족諸民族을 지도할 것임을 명기銘記하실 것입니다. 임任도 중重하거니와, 영榮도 따라서 대大함을 명기銘記하실 것입니다.

제군은 부산釜山서 회령會寧까지를 향토로 알던 습관을 단연 방기放棄할 것입니다. 제군의 향토는 치시마千島[3]에서 수마트라, 회령에서 솔로몬 군도에 이르기까지 일장기 나부끼는 곳이 다입니다. 경성京城이 제군의 향리鄕里인 모양으로 도쿄東京, 오사카大阪가 제군의 향리입니다. 제군은 내지의 청년 학병으로 더불어 전일본제국의 후계자입니다. 제군이야말로 개선凱旋 후에는 전全일본제국의 간부요 전全아시아의 지도자이십니다. 책임이 크시니 희망도 크고 자중自重도 크실 것입니다. 그러매로 제군은 반드시 모조리 충용한 황국군인皇國軍人이 될 것을 확신하옵니다. 그러매로 제군의 향리도 호국용사護國勇士의 향리, 또 호국영령護國英靈의 향리되기에 부족함이 없는 영광을 갖춘 향리가 될 것을 믿습니다.

---

3 홋카이도(北海道)의 동쪽 끝에서 캄차카반도의 남단에 이르는 열도(列島)를 이름.

1944년

학병 보내는 세기의 감격[1]

입영기入營旗

'축입영祝入營'의 노보리[2] 깃발이 입영하는 학도의 집집 앞에 달려서 바람에 펄렁거립니다. 이 집에 용장한 남아가 있어서 나라를 지키려 나섰다는 표입니다. 동네 사람들이 정성을 모아서 맹글어 세운 것으로 거기는 깊은 감사와 축원이 있습니다.

이 나라 어느 집에 '축입영' 노보리가 아니 날리는 집이 있으리까. 금년부터는 징병이 되니 동네마다 이 노보리가 나부낄 것입니다. '축입영'의 노보리, 그 다음에는 '축출정祝出征'의 노보리, 이 전쟁이 끝나는 날에는 '축개선祝凱旋'의 노보리가 방방곡곡에 펄펄 날릴 것입니다. 입영 노보리, 출정 노보리는 개선 노보리의 준비입니다.

초가집에나 기와집에나, 서울에나 시골에나, 귀족의 집에나 평민의 집에나 이 노보리는 평등입니다. 이 나라 어느 집에 입영 노보리, 출정 노보리 아니 날릴 집이 있소리까. 이 노보리야말로 황국신민의 표요 자랑이요 영광입니다.

"으아." 하고 사내 애기가 나면 그는 입영, 출정, 개선의 노보리 셋을 마련하여 가지고 나는 것입니다. 높으신 황족께서까지도 입영하시고 출정하십니다. 우리 임금님의 친아오님되시는 미가사노미야[3] 전하께서도 지나전선에 출정하시고 돌아오셨습니다.

---

1 가야마 미츠로(香山光郞), 『매일신보(每日新報)』, 1944.1.17.

2 조붓하고 긴 천의 한쪽을 장대에 매단 깃발.

3 미카사노미야 다카히토(三笠宮崇仁, 1915~?). 다이쇼 천황 요시히토(嘉仁)의 넷째 아들. 1936년 일본 육군사관학교를 졸업한 후 중일전쟁 당시 중국에서 종군했으며, 태평양전쟁 중에는 난징(南京)의 지나 파견군 총사령부에서 근무했다.

소화 13 년[4] 조선에 지원병제도가 생긴 때로부터 조선 사람의 집 문전에 노보리기 달리기 시작했습니다. 그 동안 지원병의 노보리가 조선의 바람에 기운차게 펄렁거렸으나, 그것은 너무나 수효가 적었습니다. 이번에는 한몫 수많은 노보리가 일시에 펄렁거리게 되었고, 또 해군에 입단入團하는 노보리도 여러 천이 나부끼게 되었습니다. 이것은 다 집집에 노보리가 펄렁거리게 될 앞잡이였습니다. 금년 명년부터는 여러 십만 노보리가 초가집에, 기와집에 나부끼게 될 것입니다. 조선 오백만 호, 어느 집에는 노보리가 안 서오리까. 이 노보리를 쌓아두고 쌓아두시오. 이 노보리가 쌓이고 쌓이어 나라의 힘이 되고 영광이 되는 것입니다.

입영, 출정 노보리 없는 집 자손이 어디 있으리까. 그것이 없고야 어떻게 고개를 들고 행세를 하리까. 밥솥 없는 집이 어디 있으리까. 그와 마찬가지로 입영, 출정 노보리 없는 집이 어디 있으리까.

한 집에 입영 노보리, 출정 노보리가 한꺼번에 둘씩, 셋씩 달리는 집도 있으리다. 그 집에는 개선 노보리도 둘씩, 셋씩 달릴 것입니다. 참으로 번성하는 집입니다. 조선의 방방곡곡에 둘, 셋 노보리 달리는 집이 수수만만 하게 되소서, 빌 것입니다.

아들이 없어서 노보리를 못 보는 집, 아들이 있어도 몸이 약하여서 못 보는 집은 모도 가엾은 집입니다. 원컨댄 이런 집은 하나도 없으소서, 비옵니다.

원래 우리 조상은 의에 죽을지언정 불의에 살지 않는다는 것을 자랑을 삼았습니다. 신라에 화랑들은 '사군이충 임진무퇴事君以忠 臨陣無退'를 주지로 수양하고 그대로 살았습니다. 오랫동안 우리는 못난 생활을 하여오더니, 이제 다시 우리 조상적 본회를 뽐내게 되었습니다. 이번 입영하는 학도지원병은 반드시 용장 군인이 되어서 일찍 고구려 조상들이 수당 백만 대병을 짓밟아버리듯이 미국과 영국을 두들겨 부술 것입니다. 지금 학병의 집집에 날리는 깃발이 바로 그 깃발입니다.

---

4 1938년을 가리킨다.

노보리와 센닌바리[5]와 아카다스키,[6] 요새에 날마다 이것을 가진 학도지원병들이 작별인사로 찾아옵니다. 나는 현관에 꿇어앉아서 그들을 맞고 그들을 보냅니다. 얼마나 귀한 사람들입니까. 얼마나 소중한 사람들입니까. 나라를 위하야, 우리를 위하야, 나를 위하야, 내 처자를 위하야 나가는 이들이 아닙니까.

사람들아, 가다가 입영이나 출정 노보리를 보거든 절하라. 그리고 개선 노보리를 준비하면서 그들의 무운장구를 빌고, 총후의 봉공을 한층 더 힘쓰자. 증산에, 공출에, 방첩에, 정신 진흥에.

5 한 조각의 천에 천 명의 여성이 붉은 실로 한 땀씩 박아 천 개의 매듭을 만들어 무운(武運)과 안녕을 기원하며 출정 군인에게 주었다.

6 빨간색의 어깨띠, 특히 군대 소집영장을 받고 군에 가는 응소자들이 어깨에 걸친 것.

학병의 어머니께[1]

학도지원병의 어머니 여러분! 안녕하십니까. 이번에 지원병으로 나가신 아드님들은 영문[2]에 들어간 지 벌써 엿새가 되었습니다. 참으로 세월의 흐르는 것이 살같이 빠릅니다. 잠깐 일 년이 되고 이태가 됩니다. 아드님들은 벌써 군대생활에 익숙하여서 날마다 힘차게 유쾌하게 훈련을 받고 있을 것입니다. 그리고 하루 일을 끝내고 자리에 누울 때에 맨 먼저 그가 생각하는 것이 어머님일 것입니다. 여러분 어머니들도 밤낮으로 생각하는 것이 군인이 된 아드님일 것입니다. 아들의 어머니 생각, 어머니의 아들 생각, 세상에 이보다 더 간절하고도 아름다운 일이 어디 있습니까.

어머니 여러분, 나는 여러분의 아드님 중에 천여 명 사람을 만나 보았습니다. 그중에는 무척 친한 사람도 있습니다. 지금 이 말씀을 하고 있을 때에도 내가 잘 아는 그 얼굴들이 눈에 어른어른합니다. 모두 씩씩한 청년들입니다. 얼굴도 잘나고 체격 좋고, 속 크고 다들 장래에 우리나라를 두 어깨에 둘러매고 나갈 만한 인물들이었습니다. 여러분 어머님들은 귀여운 아드님으로 사랑하시지마는 나는 오는 세상의 주인이 되어서 오는 세상을 기막히게 좋은 세상을 만들 큰 일꾼으로, 영웅호걸로 그들을 사랑합니다. 그러나 어머님네나 이 사람이나 저 학도지원병을 믿고 사랑하기는 마찬가지입니다. 당신의 아드님은 이제는 당신께만 소중한 사람이 아니요 조선 동포 전부가, 아니 일억국민 전부가 소중히 여기는 사람입니다. 당신의 아드님은 당신 집 운명만을 담당한 사람이더니, 지원병이 된 오늘날에는 우리나라의 운명을 담당한 책임 무겁고 영광 찬란한 인물이 되었습니다. 그리고 전쟁을 이기고 개선하는 날에는 당신의 아드님은 우리나라의 기둥과

---

1 가야마 미츠로(香山光郎). 『방송지우(放送之友)』 2-2, 1944.2.

2 병영문(兵營門).

같은 힘 있는 지도자가 되는 것입니다. 당신 아드님이 대학에서 배우던 것보다 더 좋고 더 높은 것을 군대에서 배우고 전장에서 배우기 때문입니다.

사내가 세상에 나서 사람구실을 하자면 두 군데를 댕겨와야 하는데, 두 군데란 무엇인고 하니 하나는 학교요, 하나는 군대입니다. 이 두 군데를 댕겨와야 완전한 사람이 되거니와, 또 하나 저마다 기회를 얻기 어려운 것이 있으니, 이 기회는 일생에 한 번 만나기 어려운 기회입니다. 그것은 무엇인고 하니 전장에 댕겨오는 것입니다. 한번 전장에 나아가 포연탄우[3] 속으로 달린 사람은 보통사람으로는 경험하지 못할 깊고 높은 인생을 경험하는 것입니다. 그는 마치 큰 도를 닦는 것과 같습니다. 예로부터도 전장에 댕겨온 사람들 중에서 위인이 많이 났습니다. 이번 전쟁이 끝나고 여러분의 아드님들이 개선하면은 필시 그 중에서 각 방면의 위인이 많이 오리라고 믿습니다. 오랫동안 잠잠하고 생기가 없던 조선에도 이번 학도 지원병들이 문을 열어서 앞으로는 크고 많은 사람들이 쏟아져 나올 것입니다.

어머니 여러분, 여러분은 과연 잘난 아드님을, 참으로 좋은 때에 낳아서 기르셨습니다. 나라의 큰일을 할 수 있는 아드님을 나라의 큰일을 할 수 있을 때에 낳아주셨습니다. 이 아드님을 낳으심으로 하야 금세와 후손의 감사를 받으시고 댁 가문의 중흥 시조의 큰할머니 되실 것을 나는 단언합니다. 댁 조상님네 중에는 크신 할머니도 계시겠지마는, 그 어느 크신 할머니보다도 당신은 가장 크신 할머니가 되실 것을 나는 단언합니다. 왜 그런고 하면 이 싸움 즉 대동아전쟁은 우리나라의 운명이 달린 큰 싸움이기 때문입니다. 당신 아드님은 우리나라의 운명을 지키러 나선 것이기 때문에. 이 싸움은 예로부터 처음인 거룩한 싸움이어서 아세아 십억창생을 영미인의 노예의 멍에에서 해방하자는 싸움이기 때문에. 여러분의 아드님들은 아세아 십억창생을 위하여서 싸우러 나가는 것이기 때문에. 이 싸움의 결전이 바야흐로 닥쳐와서 이로부터가 마루판 씨름이기 때문에. 여러분의 아드님네는 이 크고 거룩한 싸움의 판을 막으러 나서는 용사이기 때문에. 여러분

3 포탄연우(砲煙彈雨) : 총포의 연기와 비 오듯 하는 탄알. 치열한 전투를 이르는 말.

의 아드님네는 이 싸움이 끝난 뒤에 대동아공영권을 건설하는 가장 영광스러운 일꾼이기 때문에.

그러면 어머니 여러분, 이 잘나고 소중한 아드님을 위하야 여러분은 어찌하셔야 하겠습니까. 아드님들이 영문에 들어가 있고 전장에 나가 있는 동안 어머님들은 무엇을 하셔야 하겠습니까.

어머니 여러분, 여러분은 소중한 아드님을 위하여서 신명님께 정성을 드리실 것입니다. 몸이 늘 건강하고 마음이 늘 편안하고 백전백승하게 해줍시사 하고 축원하실 것입니다. 그것이 대단히 좋은 일입니다. 가미다나[4]와 조상님 앞에도 더욱 정성을 드리시고 부처님께도 정성을 드리실 것입니다. 여러분의 몸을 깨끗이 하시고 마음을 깨끗이 하서서 정성으로 올리는 기도는 반드시 응할 것입니다. 여러분이 하시는 모든 선행공덕은 반드시 여러분의 소중한 아드님께로 돌아갈 것입니다. 나는 이것을 확실히 믿습니다.

내지의 어머니들도 이렇게 합니다. 전장에 나간 아들을 위하야 신사에 빌고 불전에 빌고 어려운 사람을 도와주고 부정한 마음을 먹지 아니하고, 이 모양으로 여러 가지 공덕을 쌓아서 그 사랑하는 아들에게로 돌립니다. 이것은 심히 아름다운 일입니다. 옛날 신라의 어머니들도 그러하셨습니다. 김유신 부인은 그 남편과 아들네의 복을 빌기 위하여서 몸소 여승이 되어서 공덕을 쌓았습니다. 정성이란 신명을 감동하는 것입니다. 더구나 어머니의 정성이란 그러한 것입니다.

眼に見えぬ神の心に通ふこそ
人の心の誠なりけれ.[5]
(눈에 보이지 않는 신의 마음에 통하는 것이야말로
사람의 정성인 것)

---

4 집안에 신위(神位)를 모셔놓은 감실.
5 눈에 보이지 않는 신의 마음에 통하는 것이야말로 사람의 정성인 것이다.

그러나 어머니 여러분, 다만 신명께 비는 것만으로 여러분이 용사의 어머니로서 하실 일을 다 하였다고 할 수 있겠습니까. 더 할 일이 있지 아니하겠습니까. 그것은 무엇이겠습니까.

어머니 여러분, 여러분은 여러분의 아드님들과 함께 힘을 합하여서 적과 싸우셔야 하지 아니하겠습니까. 하로라도 바삐 적을 항복시키도록 해야 하지 아니하겠습니까. 그 길은 무엇입니까. 첫째로는 진심으로 나라를 사랑하고 나라를 위하야서 정성을 드리는 것이겠습니다. 여러분이 신사나 불전에서 비실 때에는 먼저 성수만세를 빌고, 문무백관이 멸사봉공하기를 빌고, 출정장병이 무운장구를 하기를 빌고, 전몰영령이 좋은 데 가기를 빌고, 일억국민이 모도 몸과 마음이 튼튼하여서 저 마튼 직분을 다하기를 빌고, 그런 뒤에 당신 아드님을 위하여서 빌 것입니다. 이것이 옳게 비는 법이오, 이것이 국민으로서 나라를 사랑하는 첫 과목입니다.

둘째로는 나쁜 데마[6]를 믿지 않고 전하지 않고, 불평을 말하지 않고, 남이 불평을 말하거든 그러지 말라고 간하고, 아무쪼록 국민이 즐거워하도록, 한 덩어리가 되도록 얼굴을 가지고 말을 하고 마음을 쓰는 것입니다.

셋째로는 제 직분을 지켜서 물건을 많이 만들고 절약해 쓰는 것입니다. 이것은 증산이라고도 하고 물자증산이라고도 하는데, 병정이 많아야 싸움에 이기는 모양으로 물건이 많아야 싸움에 이깁니다. 어머니 여러분은 농사나 질삼[7]이나 무엇이나 물건을 만드는 일을 하시고, 무슨 물건이나 애껴 쓰시고 아니 쓰시는 것이 나라의 싸우는 힘을 돕는 일, 즉 전력증강이 되어서 이것이 곳 여러분의 소중한 아드님을 돕는 일이 됩니다. 만일 여러분이 물건을 잘 아니 만드시고 쓰시기만 하신다면 우리는 싸움에 질 것이니, 싸움에 진다면 여러분의 아들은 어떻게 됩니까. 우리나라는 어떻게 됩니까. 그러므로 어머니 여러분! 나라를 위하야, 아드님을 위하야 물자증산, 전력증강에 힘을 다하셔서 전장에 나선 아드님의 뒤를 거들

6 독일어 데마고기(demagogie)의 줄임말. 선동적인 악선전.

7 길쌈. 삼실 따위로 베, 모시 등의 직물을 짜는 일.

어 주셔야 합니다.

어머니 여러분, 이 모양으로 여러분이 신명께 정성을 드리는 것으로나, 평소에 얼굴로나 말로나 행실로나 애국의 정성을 나타내는 것으로나, 몸소 물자증산, 전력증강을 힘쓰는 것으로나, 장차 징병 갈 아들을 가진 어머니들의 모범을 보임으로 여러분의 아드님네의 명예가 높아지고 여러분의 가문이 빛날 것입니다. 여러분은 더욱더욱 동포의 사랑과 공경을 받고 감사함을 받을 것입니다.

여러분의 아드님네는 전문대학의 학도들이시니, 여러분의 가문은 모두 상류십니다. 그러므로 세상의 우러러 봄이 높습니다. 게다가 여러분의 아드님이 영광스러운 학도지원병이기 때문에 여러분의 가문은 더욱 두드러지게 표가 납니다. 그래서 여러분 댁에서 하는 일은 만인의 눈에 띕니다. 잘 하시는 것도 눈에 띄우고 못하시는 것은 더욱 눈에 거슬리게 됩니다. "학도지원병 집이 저 따윈가." 하는 치소를 듣지 마시고, "과연 학도지원병 집이다." 하는 칭송을 받으시기를 바랍니다.

예로부터 어떤 가문이 크게 일어날 때에는 특별한 공덕이 필요합니다. 그중에도 큰 부인네의 공이 있습니다. 집안의 규모를 새로 세우고 남들이 하기 어려운 일을 하였습니다. 여러분이야말로 바야흐로 이러한 기회를 당한 어머니라고 믿습니다. 나는 새로 일어난 충효의 많은 가문이 조선에 빛날 것을 믿습니다.

딸에게 주는 글娘に與ふるの書[1]

너는 아직 젊다. 아직 세상일은 그다지 알지 못한다. 아비는 너보다는 세상을 많이 보아 왔다. 성인들의 가르침도 너보다는 많이 받았다. 그래서 아비는 네가 장래에 잘못된 생각을 가지고 나쁜 길을 걸어 불행한 사람이 되지 않기를 바라며 이 편지를 쓰는 것이다.

우선 첫째로 네게 말하고 싶은 것은, 네가 아비의 자식이기 전에 대군大君의 백성이라는 점이다. 불행하게도 네 어미에게는 이 생각이 부족하다. 네가 충군사상忠君思想이 부족한 어미의 자식으로 태어난 것은 정말 불행한 일이지만, 그러나 아비는 네가 반드시 충군의 자식이 되어 어미까지도 충군의 어미가 되도록 감동시킬 것을 믿어 의심치 않는다.

딸아, 너는 이미 여학교에 다니고 있으니 이런 말은 아비에게 듣지 않아도 알고 있을 것이다. 그러나 복습하는 셈치고 들으렴. 너는 네가 다니는 학교가 누구의 학교라고 생각하느냐? 바로 대군大君의 학교이다. 임금님께서 너와 같은 딸들을 가르쳐 훌륭하고 충의忠義 있는 여자로, 아내로, 어머니로 만들기 위해 세우시게 된 학교이다. 관립도 공립도 사립도 이 점에서 차이가 없다. 그것은 모두 대군의 학교이다. 그리고 또 거기서 배우는 것은 무엇이라고 생각하느냐? 학과목은 여러 가지이지만, 결국 대군을 섬기는 길이다. 어학語學도 수리數理도 음악도 모두 대군의 것인 이 나라, 곧 이 일본국을 지키고, 강하고 아름답게 만들기 위한 학과가 아닌 것이 없다.

일본국은 대군의 것이다. 산도 강도, 들도 바다도, 그리고 그 위나 그 안에 살아 있는 모든 것은 말할 것도 없고, 그 안에 묻혀 있는 황금도, 구리와 철도 모두

---

1 원문 일본어. 가야마 미츠로(香山光郎), 『일본부인(日本婦人)』(朝鮮版), 1944.6.

가 대군의 것이다. 너도 아비도 대군의 국토에 살고 대군의 국토에서 나는 것을 입고 먹으며 매일 대군을 섬기고 있는 것이다. 뿐만 아니라 너와 아비의 목숨도 대군의 것이다. 너는 아비와 어미, 너희들로 만들어진 이 집이 무엇을 위해 존재한다고 생각하느냐? 바로 대군을 섬기기 위해서이다. 이 집에 살면서 아비는 가장으로서 나라에서 내린 일에 힘쓰고 대군을 섬기며, 네 어미는 주부로서 아비를 돌보고 너희를 낳고 기르고 가르쳐서 대군께 바치는 것이다. 이를 위해 우리에게 집의 부지敷地와 재목材木이 주어지고 매일같이 식량과 의복이 배급되며, 또 법률로써 지켜지고 있는 것이다.

네 오빠는 곧 군대에 가겠지만, 너는 여자여서 군대에는 갈 수 없다. 그 대신 너는 군인의 아내가 되고 군인의 어머니가 되는 것이다. 남자로 태어나면 군대에 가는 것이 가장 큰 의무이고 또 긍지이지만, 군인의 아내가 되고 어미가 되는 여자의 의무도 결코 남자의 봉공奉公보다 못한 것은 아니다. 남자와 여자는 수레의 두 바퀴와 같아서 어느 한쪽이 없어도 수레는 움직이지 않는다. 그처럼 대군을 섬기는 것도 남자와 여자가 역할을 나누고 협력하는 것이다. 따라서 충의는 남자의 일이라는 식으로 생각해서는 안 된다.

아내가 나쁘면 남편은 출세할 수 없다. 예부터 큰일을 한 사람에게는 내조內助의 공功이라는 게 있었다. 또 좋은 자식은 좋은 어미에게서 태어나지. 병약한 어미에게서 강건한 자식을 바랄 수 없듯이, 도덕적으로 병약한 어미에게서 도덕적으로 강건한 자식이 태어나기도 지극히 어려운 법. 구스노키 마사시게楠正成[2] 공公의 부인은 좋은 아내로서, 좋은 어머니로서 일본 여성의 귀감인데, 이런 좋은 아내, 좋은 어머니가 많은 나라는 강한 나라가 되고, 이런 좋은 아내, 좋은 어머니가 없는 민족이 쇠퇴할 것은 말할 것도 없다.

---

2 구스노키 마사시게(楠木正成, ?~1336) : 가마쿠라(鎌倉)시대 말기부터 남북조(南北朝)시대까지 활약한 무장. 고다이고(後醍醐) 천황의 막부 타도에 동참했고, 막부 타도에 동참했던 아시카가 다카우지(足利尊氏)가 천황을 등지고 다시 막부를 세우려 하자 그와 대립해 끝까지 황실의 편에 서서 싸우다 미나토(湊) 강의 싸움에서 패하고 자결했다.

좋은 아내가 좋은 어미가 되지, 나쁜 아내가 좋은 어미가 되는 법은 없다.

너는 좋은 아내란 어떤 아내를 말한다고 생각하느냐?

좋은 아내란 얼굴이 예쁜 아내가 아니라는 것은 너도 잘 알고 있을 것이다. 얼굴이 예쁘고 마음도 예쁜 여자라면 그야말로 가장 좋은 아내이겠지만, 그러나 얼굴이 예쁜 여자는 마음에 교만과 허영이 있어서 제멋대로, 즉 이기주의자인 경우가 많다. 제멋대로란 남녀를 불문하고 그 집안을 파괴하고 몸을 망치는 마력魔力이지만, 특히 여자에게는 나병癩病보다도 무서운 병이다. 그래서 아비는 네 얼굴이 말쑥한 것을 매우 걱정하고 있다. 네가 올바른 여자의 일생을 보내려면, 얼굴을 가꾸는 게 아니라 마음을 청정하게 닦지 않으면 안 된다. 마음을 청정하게 닦는다는 것은 무엇일까. 제멋대로의 때를 벗기는 것이다. 아내든 어미든 헌신적이어야 한다. 내 몸을 상대에게 바쳐버리고 나라는 것을 전혀 갖지 않게 되어야 비로소 좋은 아내, 좋은 어미가 되는 것이다. 이 정신은 충忠에서 온다. 우리는 대군의 신민인 까닭에 대군께 제멋대로 구는 일은 털끝만큼도 없다. 오직 전부를 바치는 것이다. 게다가 고맙고 기쁘게 바치는 것이다. 아까울 것도 없고, 하물며 보답을 바라는 일 따위는 꿈에도, 먼지만큼도 없다. 이것이 일본정신이라는 것이다. 이것은 천황의 신민만이 갖고 있는 정신이니까.

제멋대로가 없고, 바라는 것이 없으며, 바치면서 더더욱 기쁘고 최후에 생명까지도 바쳐서 최고의 행복을 느끼는 이 정신이야말로 인류 최고의 정신이다. 이 정신이 대군께 향할 때 충忠이 되고, 부모를 대할 때 효孝가 되며, 남편을 대할 때 정貞이 되고, 자식을 대할 때 자비慈悲가 되며, 벗을 대할 때 우정이 되고, 일을 대할 때 책임감이 된다. 이른바 정혼精魂으로 몰입하는 것이다. 너는 이 정신이 없는 사람에게 어떤 정신이 있을 것 같으냐? 이 정신이 없는 사람에게는 제멋대로 구는 근성이 있는 것이다. 자기의 사정事情, 자기의 이해利害만 생각하는 제멋대로의 근성 말이다. 이런 사람은 남자든 여자든 모두에게서 미움 받고 배척받게 마련이다. 미움 받는 사람이 되어 행복해질 세상으로 옮겨가지 않는 한, 몹시 괴로운 일을 당하며 죽어갈 것은 정한 이치이다.

내 딸아, 너는 결코 그런 제멋대로인 사람이 되어서는 안 된다. 너는 일본의 여자답게 자기를 희생하는 정신으로 살지 않으면 안 된다. 너는 집에서는 부모에게 순종하고 형제를 위해 애쓰며, 학교에서는 스승에게 순종하고 동창인 학우를 위해 모든 안락을 양보하고 모든 수고를 도맡는 아이가 되지 않으면 안 된다. 하나의 물건을 두 사람이 갖고 싶어 할 경우, 우리 딸아, 네가 상대에게 양보하는 것이다. 두 가지 일이 있는데 한쪽은 싫은 일이고 다른 한쪽은 편한 일이라면, 딸아, 너는 싫은 쪽을 취하는 것이다. 형제간, 학우 간에만 그런 것이 아니라, 어느 때 어떤 경우에도 그런 여자가 되어주렴. 이것이야말로 대군을 기쁘게 해 드리는 바이며, 이것에 어그러지는 것은 대군의 마음을 아프게 해드리는 것이다.

이 정신만 연마하면 너는 훌륭한 아이다. 너는 부모에게 효행할 뿐 아니라 세상에서 사랑받고 존경받으며, 그리고 좋은 아내, 좋은 어미가 될 것이다. 재산을 모으기보다, 지식을 얻기보다, 미인이기보다, 이것이야말로 너를 행복하게 하고 가치 있는 사람으로 만들 자산인 것이다.

바치는 마음은 주는 마음이다. 무한히 주는 마음을 일러서 대자대비大慈大悲라고 한다. 이것이 곧 신의 마음이며 대어심大御心인 것이다. 네가 본받아야 할 것은 바로 이 마음이다. 무한히 준다, 아낌없이 준다, 게다가 털끝만큼도 바라는 것 없이 준다. 아아, 얼마나 훌륭한 마음이냐. 네 마음은 이 마음이 되어야 하는 것이다. 저 태양과 같이 만물에게 빛과 열과 생명을 주는 마음인 것이다. 그 거룩한 마음을 내 딸아, 결코 제멋대로의 때로 흐리게 해서는 안 된다. 변천하여 믿을 수 없는 작은 이기욕利己慾으로 질식시켜서는 안 된다. 너는 언제나 네 마음을 충분히 빛나게 해주렴.

자기를 위함을 생각하는 마음은 자기를 구획지어 작고 가난하게 만든다. 언제나 남이 무언가 주기를 바라고 해주기를 바라는 것은 거지 근성이다. 어쩌다 대수롭지 않은 좋은 일을 하고는 곧 보답을 바라는 따위는 쩨쩨한 짓이다. 하물며 바로 보답이 오지 않는다고 해서 남을 원망하고 하늘을 원망하는 일 같은 건 부끄러운 일 아닐까. 내 딸아, 너는 그런 여자가 되어서는 안 된다.

너는 혹은 형제에게, 혹은 급우에게 어떤 좋은 일을 한 경우 그것을 기억해서는 안 된다. 좋은 일을 했다는 둥 기뻐해서도 안 된다. 평소 나쁜 일만 하다가 어쩌다 좋은 일을 하는 그런 사람은 자기가 잘한 것을 자랑한다. 그러나 언제나 좋은 일만 하는 사람에게는 자기가 한 좋은 일이 당연하니까 지극히 태연할 것이다. 그것을 하나도 기억하지 못할 것이다. 너는 불쌍한 거지를 본 일이 있겠지? 그 거지는 언제나 남에게 물건을 얻을 뿐이어서 누구에게 무엇을 얻었는지 기억하지 못한다. 너는 남에게 줄 뿐이어서 언제 누구에게 무엇을 주었는지, 또는 무엇을 해주었는지 따위를 기억할 수 없을 것이다. 너는 남에게 준 것보다 남에게 받은 것을 훨씬 잘 기억할 것이다. 받은 것은 잊고 준 것을 기억하는 그런 사람이라니, 한심한 얘기다. 그런 여자가 좋은 아내와 좋은 어미가 될 리 없다.

아내가 자기 남편에게, 어미가 자기 자식에게 애쓴 갖가지 일을 일일이 기억하여 자랑한다고 하면 어떨까? 그러나 그런 사람도 없지는 않지.

내 딸아, 너는 반드시 좋은 아내, 좋은 어미가 되어야 한다. 이것이야말로 황은皇恩에 보답해드리는 가장 큰일이고, 또 아비와 어미에게 가장 큰 효행이다. 그리고 네가 네 자식들을 그런 정신으로 길러낸다면, 이 일본은 강하고 좋은 일본이 될 것이다.

내 딸아, 아비는 네가 학자나 기술자가 되는 것을 바라지 않는다. 네가 시인이나 예술가가 되는 것도 바라지 않는다. 그런 사람이 되어 나쁠 것은 없지만, 아비가 네게 바라는 것은 일본의 좋은 아내, 좋은 어미가 되는 것이다.

청년에게 고함青年に告とぐ[1]

청년 여러분, 구세계는 바야흐로 가려 하고 있다. 구세계란 사리사욕의 세계다. 맨체스터 경제학의 세계다. 이른바 제국주의의 세계이고 개인자본주의의 세계였다. 유물론, 쾌락론의 세계였다. 취인소取引所[2]와 카페를 합쳐놓은 듯한 세계였다. 취인소는 이욕利慾의 아귀도餓鬼道이고, 카페는 개인의 물적 향락의 축생도畜生道였다. 이 세계가 전인류를 유혹하고 타락시키며 금수의 영역에 거꾸러뜨리려 하는 때, 우리 황국皇國이 일어섰던 것이다. 도의道義로써 이욕을 대체하고, 충효로써 향락을 대체하며, 신의 도량道場으로써 취인소와 카페를 대체하기 위해, 그리고 탐람貪婪, 인류가 서로를 잡아먹는 미영米英의 지배에서 인류를 해방하고, 만방萬邦이 각각 처할 곳을 얻고 조민兆民이 각각 편히 머물도록 하는 황도세계皇道世界를 현현하기 위해 우리 일본은 일어났던 것이니, 이것이 실로 일본 대사명이고, 아시아 정신의 부활이며, 인류 구제의 대성업大聖業이다. 천명天命이 실로 우리에게 있는 것이다.

하늘은 이 대업을 이루게 하기 위해 일본 열도의 7천만과 조선반도의 3천만을 결합시켜 일억의 신일본 국민의 강력한 진영을 형성시켰으니, 한국병합이 저 미영류의 이른바 제국주의의 발로가 아님은 오늘에 와서 더욱 분명히 그 모습을 드러내고 있다. 메이지 천황은 조선의 민중은 "직접 짐朕이 편안히 어루만져 그 행복을 증진시켜 마땅하다."고 말씀하셨고, 다이쇼 천황은 이를 좀 더 명료하게 부연하여 조선의 민중은 "일시동인一視同仁, 곧 짐의 신민으로서 조금도 차별이 없다."고 선언하셨다. 하라原 수상은 이 황공한 대어심大御心을 받들어 "조선은 속국이 아니고, 식민지가 아니며, 내지內地의 연장延長"이라고 갈파했던 것이다. 따라서

1 원문 일본어. 가야마 미츠로(香山光郎), 『내선일체(內鮮一體)』, 1944.7.

2 상품, 유가 증권 따위를 대량으로 거래하는 상설 시장.

고이소小磯 총독이 말씀하신 것처럼 조선인의 지위는 이들 조칙으로써 확고부동, 영세불변永世不變이다.

[이하 여섯 줄 삭제] 오늘날 조선이란 단순한 지리적 명칭이며, 내지인 조선인이란 그 향리를 가리키는 데 그치고 정치적 민족적 차별을 의미하지 않는다. 일본국에는 오직 천황과 신민이 있을 뿐이고, 신민은 일체 평등한 것이 일본의 국병國柄이다. 차별인 채의 평등이라는 등의 궤변을 농하는 자는 실로 국민의 실상을 왜곡하는 자이며, 국민의 화和를 깨뜨리는 자이다. 군軍에 나가면 평등하게 황군장병皇軍將兵이고, 전몰戰歿하면 평등하게 호국護國의 영령英靈이 아닌가. 도대체 어디에 차별이 있다는 것인가. 이야말로 참된 황민평등皇民平等의 모습이다. 문제는 우리들 조선인 자신의 주관에 있는 것이다. "우리는 황국신민皇國臣民"이라는 신념을 가지는가의 여부에 있다. 그리고 황국신민으로서 대군을 섬기는 충성 여하에 있는 것이다. 차별은 실로 여기에 존재하는 것이다. 즉 차별이란 스스로를 차별하는 것에 다름 아닌 것이다.

예를 들면 김모金某는 아들 둘 가운데 하나는 전선前線에 보내고 다른 하나는 징용에 보냈는데도, 이모李某의 아들 둘은 집에 머물며 전쟁이 어느 하늘 아래의 일이냐는 생활을 한다고 가정하자. 여기에 차별상이 있는 게 아닐까.

또 예를 들면 김 모는 집안의 금속을 전부 내놓았고 선조가 물려준 불상佛像과 불구佛具까지도 헌납한 데 반해, 이웃 이 모의 집에서는 아직 몇 관, 몇십 관 가량의 놋쇠 식기랑 대야를 자랑하고 있고, 심하게는 은닉하고 있다고 하자. 여기에 분명히 차별이 있는 것이 아닐까.

또 예를 들면 김 모의 집에서는 매일 천황의 만세萬歲를 기도 올리고 출정장병의 무운武運을 빌며 대동아전大東亞戰의 필승을 확신하고 있는 데 반해, 이웃 이 모의 집에서는 궁성요배도 하지 않고 전승기원戰勝祈願을 하지 않으며 자신의 저금이라든가 즐거운 생활만 생각한다고 하면, 여기에 차별이 존재하지 어디에 존재하랴.

징병은 조선민중을 황민의 지위에 올린 최후적인 은전恩典이다. 그럼에도 불구하고 동대문 영내營內의 징병검사장에서 있었던 것과 같은 불미한 일이 생겼다면 차별받는 것도 당연하다.

징용을 회피하여 거짓 진단서를 구하거나 유령의 취직을 하는 자가 평등을 운운할 자격이 있을까. 군대에 가지 않으니 하다못해 징용만이라도, 하는 마음가짐을 가지고서야말로 비로소 차별, 평등을 말할 수 있을 것이다.

이웃의 김 모는 모든 돈을 저금하여 18억 달성에 협력한 데 반해, 이웃의 이 모는 저금을 싫어하고 채권을 피하여 돈을 물건으로 바꾸고 자기의 이욕을 충족시키는 데 급급하는 모습이면 어디에 평등이 있는가.

일억 상하가 모두 전투 배치에 임하라고 매일같이 국가의 여러 기관에서 요청받고 있는 오늘날, 옛날과 같이 유장悠長하고 사치한 옷차림에 몰두하는 자는 그 향리가 어디인지 불문하고 황국신민이 아닌 것이다.

도조東條 수상은 육군대학에서 철저하게 적의 전의戰意를 파쇄破碎하기 위해 지금 전력戰力 배양도 이루고, 그 기회를 붙들려 하고 있다고 언급했다. 마침내 전쟁은 제3단계에 접어들려 하고 있다. 실로 결전決戰의 순간에 우리는 서 있는 것이다. 이 결전의 순간에 있으면서 결전적인 생활을 하지 않는 자, 결전적인 정신을 갖지 않는 자를 국민이라고 할 수 있을까. 이러한 자에게 입이 열 개라도 할 말이 있겠는가.

여러분, 어떻게 생각하는가. 여러분의 동네에는 김 모가 많은가 이 모가 많은가. 여러분의 가정은 어떠한가. 김 모와 같은가, 이 모와 같은가. 여러분 자신은 어떠한가.

여러분, 그래서는 안 되니까 여러분은 일어선 것이다. 동포가 일어서지 않음은 여러분이 일어서지 않기 때문이라고 장하게도 동포의 불명예스런 비난을 여러분은 몸소 떠안은 것이다. 우선 여러분 자신이 궐기하여 몸을 던지고, 여러분 동네의 동포를 궐기시키고자 하는 것이다. 여러분은 아침 일찍 동지끼리 서로 모여 빗자루와 삽을 들고 여러분 동네의 오물을 치우고, 여러분 동네 주민을 각성시키고 있는 것이다. "결전決戰입니다. 바야흐로 결전입니다.", "궐기하십시오. 한시라도 빨리 궐기하십시오." 하고 여러분은 남녀에게 외치며 돌아다니고 있다. "궁성요배를 합시다. 필승기원을 합시다. 금속을 내놓으십시다. 물자를 소중히 여기고 절약합시다. 저축합시다. 조선은 18억 원의 저축을 올해 안에 하지 않으면 안 됩니다. 한 사람당 70원입니다. 젖먹이도 70원의 저축을 하는 것입니다." 하고 이야기하며 돌아다니고 있다. "징병 적령자를 소중히 여깁시다. 전원 모여서 검사장으로 나가십시오. 꼭 갑종甲種 합격 하겠다고 본인도 가족도 힘쓰십시오, 기원하십시오. 그리고 검사장에는 가족도 이웃도 가서 격려하십시오." 하고 여러분은 매일 이야기하며 돌아다니고 있다. "징용은 징병과 같습니다. 부름받으면 기쁘게 나가 주십시오. 기개 없는 모습을 보여 조선동포 전체의 명예를 손상시키지 마십시오." 하고 때로는 간절하게 때로는 권위로써 권하며 돌아다니고 있는 것이다.

여러분! 여러분은 정신대원挺身隊員이다. 여러분은 몸을 던지고 있는 것이다. 무엇을 위해서? 여러분의 향토를 나무랄 데 없는 완전한 황민향皇民鄕으로 만들고 강한 전력戰力과 건설력建設力을 내어 황은皇恩에 보답해드리기 위해서이다. 이를 위해 여러분은 매일 아침 모여서 마음을 깨끗이 하고 동네를 깨끗이 하는 것이다. 매일 아침, 어떻게 하면 총궐기할 수 있을까를 상의하는 것이다. 그 목적을 위해 여러분은 우선 여러분 이외의 청년층에게 호소하여 이를 우리 진영에 끌어들이고, 다음으로 이들 청년들과 힘을 합쳐 여러분의 어머니와 아내, 사매에게 호소하여 가정의 총궐기를 촉구하는 것이다. 예능단藝能團은 이를 위한 커다란 무기이다. 그러나 무엇보다도 주된 힘은 여러분의 성誠이다. 신神을 움직이는 성은 반드시 여러분의 동네 주민을 움직일 것이다. 여러분은 여러분의 동네를 점령하기 위해 싸우는 전투부대다. 동네 안의 사격 진지特火點인 가정의 비결전적, 비황민적 견루堅壘를 파쇄破碎하고, 거기에 빛나는 일장기日章旗를 세우는 것이다. 그리고 최후의 사격 진지인 동네 주민과 개인의 심리를 점령하여 거기에 빛나는 일장기를 세우는 것이다. 동네도 집도 마음도 깨끗이 쓸고 닦고 그리고 집집마다 일장기가 날리도록 하는 것이다.

그때가 여러분의 개선凱旋이고, 여러분이 다시 자유로운 개인생활로 돌아가는 때다. 그때까지는 여러분은 개인생활을 반납한 병사다. 그때에 여러분의 동네 주민은 구원의 은인恩人으로서, 국사國士로서 여러분에게 감사와 존경을 바칠 것이다. 그때에 여러분은 이미 단순히 동네의 지도자가 아니라 전 조선 3천만의 지도자이다. 아니, 전 일본의 지도자인 것이다. 왜냐하면 여러분은 조선인을 지도하는 것이 아니라 황민皇民을 지도한 것이기 때문이다. 따라서 여러분은 일억국민의 존경을 받을 가치가 있다.

그러나 무엇보다 여러분을 존경하는 것은 아무래도 조선 민중일 것이다. 그들은 여러분이 개선凱旋할 때는 이미 차별이니 평등이니 하는 말조차 잊을 정도로 높은 지위, 행복한 마음 상태에 있을 것이므로. 여러분을 잇는 자손들은 이미 대동아 십억의 중심이자 지도자가 되어 있을 것이므로.

여러분, 여러분의 무거운 사명을 무엇에 비하랴. 비할 데 없다. 여러분의 커다란 노고를 무엇에나 견주랴. 견줄 데 없다. 그러나 여러분의 영광은 당연히 말로 다 표현할 수 없을 것이다. 여러분은 신들이므로.

여러분은 좋은 때, 좋은 곳에 태어난 것을 축복해야 한다. 남아가 건곤乾坤 재건의 때를 만난 것이다. 무릇 앞서 간 사람도 뒤에 올 사람도 부러워해 마지않을 것이다. 여러분, 서로 생명을 맡기고 몸을 던지자. 여러분은 이 원願을 위해, 이 일을 이루기 위해 태어난 것이므로.

여러분, 우리의 결의를 새롭게 하고 대군大君에 대한 충의의 맹서를 새롭게 하기 위해 일어서서 성수만세聖壽萬歲를 삼창三唱하자.

청년과 오늘青年と今日[1]

청년이 없는 시대는 없다. 그러나 청년의 임무는 시대에 따라 변한다. 즉 평화로운 때에는 청년은 다음 세대의 계승자로서 선배를 배우고 익히며 힘을 기르면 족하다. 이러한 시대의 청년의 자랑은 야심과 향락이다. 장래의 영웅을 꿈꾸고 부호富豪를 꿈꾼다. 현재의 책임자가 아니기 때문이다. 그가 다소 개인주의적이 되거나 퇴영주의적이 되어도 사회는 그다지 책망하려고는 하지 않는다. 청년 혈기에 있기 쉬운 잘못으로 관대하게 취급되고, 오히려 귀엽게조차 생각된다. 그 대신 이런 시대에는 청년의 존재가 많은 경우 무시되고 경시되며 귀찮게 여겨진다.

그러나 오늘날과 같은 비상시, 전시戰時가 되면 청년은 무대의 바로 한가운데 세워져 각광을 받게 된다. 그는 국가의 운명을 두 어깨에 짊어진 당면의 책임자가 되기 때문이다. 그에게는 이미 다음 세대의 계승자로서 선배를 배우고 익히며 한가하게 힘을 기르는 것이 허용되지 않는다. 그에게는 책상 위에서 일생의 야심과 청춘의 향락을 자랑하면서 장래의 부귀공명을 꿈꾸는 것이 허용되지 않는다. 그는 현재의 책임자가 되는 것이다. 그는 더 이상 개인주의자가 아니고, 일치단결하여 명령하에 움직여야 하는 병사인 것이다. 특히 대동아전쟁이 한창인 오늘날과 같은 총력전에서 그러한 것이다.

여러분은 청년이다. 민감하고 총명한 청년이다. 여러분은 반드시 국가가 이 시대의 청년 여러분에게 호소하는 간절한 요청을 뼈저리게 절실히 느끼고 있을 것이다. 이 결전단계에 있어서 국가가 여러분에게 거는 기대는 절실 그 자체이며, 여러분으로서는 실로 피할 도리 없는 지상명령이다. 그것은 몸을 일으켜 총궐기하라는 명령이다. 여러분은 이 국가의 요청에 답해야 하는 이 시대, 이 국토에 태

---

1 원문 일본어. 가야마 미츠로(香山光郎), 『신시대(新時代)』, 1944.8.

어난 것이다. 바야흐로 제국帝國의 명운命運은 문자 그대로 여러분의 두 어깨에 달려 있는 것이다. 이는 과장된 말도 아니고 격려를 위한 말도 아니다. 여러분 자신은 분명히 확실하게 그것을 느끼고 있을 것이다.

청년은 어느 시대에나 있다. 그러나 여러분이 처한 것과 같은 시대에, 여러분이 짊어진 것과 같은 무거운 책임을 진 청년은 내가 아는 역사적 지식이 미치는 한에서는 일찍이 없었다. 여러분은 역사가 있어온 이래 가장 큰 책임을 짊어진 청년들이다. 만약 여러분 가운데 한 사람이라도 이를 느끼지 못하는 사람이 있다면 몹시 헤매고 있는 사람이라고 하지 않을 수 없다. 그것은 마치 혼례석에 자리한 신랑이 자기가 신랑인 것을 잊어버린 것보다도 심한 미혹迷惑이다.

바야흐로 세계의 청년들은 각각 그 조국의 운명을 짊어지고 싸우고 있다. 맹방盟邦 독일에서는 제2전선에서 적군을 맞아 새로운 사투死鬪를 시작했다. 적 미영米英의 청년도 마찬가지이다. 그들도 가정을 떠나고 학업을 떠나 모든 개인적 욕망, 청년의 야심과 향락을 포기하고 혹은 피로써, 혹은 땀으로써 각자의 조국을 지키기 위해 지금 이 순간에도 싸우고 있다. 아니, 죽어가고 있는 것이다.

그러나 여러분, 다른 나라 청년들의 사명과 우리 일본 청년들의 사명 사이에는 그 질에 있어서나 가치에 있어서 하늘과 땅 차이가 있는 것이다. 적 미영의 청년들은 안타깝게도 귀한 피와 땀과 생명을 바쳐 욕심의 세계, 악의 세계를 위해 흩뿌리고 있는 것이다. 그들의 앞길에는 승리도 없고 영광도 없는 것이다. 천명天命의 버림을 받은 그들의 조국이다. 수백 년간 그 제국주의, 자본주의로써 인류를 해치고, 특히 아시아 십수억의 민생民生을 도탄에 빠뜨린 그 죄악이 지금 점차 가득차서 영원히 매장되어 가고 있는 것이다. 루스벨트와 처칠의 무리는 실로 과거 악惡의 최후의 지도자인 것이다. 그들 적 영미 청년들의 땀과 피는 실로 악마의 시체를 매장하기 위해 흘리고 있는 것이다. 얼마나 가련한 일인가.

한편 우리 일본의 전쟁 목적을 보라, 그 동기를 보라. 미영의 악마주의로 인해 유린된 아시아 10억의 민중을 구하고 아시아의 정신적 전통에 기초하여 도의적 평화세계를 건설하기 위한 전쟁이야말로 우리 대동아전쟁大東亞戰爭이다. 우리가 이기면 10억이 살고, 우리가 지면 10억이 망한다. 우리가 이기면 도의道義가 이기고, 우리가 지면 지구는 악惡의 세계가 된다. 우리가 이기면 하늘이 이기고 신들이 이기며 불보살佛菩薩들이 이기신다. 아니, 우리가 이기고서야 비로소 적 미영 2억 민족도 천도天道에 의한 인간다운 생활을 맛보고 이 지구에 평화가 찾아올 것이다. 이러한 까닭에 천명天命이 우리에게 있고, 이러한 까닭에 필승必勝의 신념이 우리에게 있는 것이다. 우리는 천황의 백성이며, 팔굉위우八紘爲宇의 실현이라는 성업聖業의 익찬자翼贊者이기 때문이다.

그러나 청년 여러분, 하늘은 땀을 흘릴 때만 수확으로써 갚으며 피를 흘릴 때만 승리로써 보답하신다. 우리의 승리, 우리 황도皇道의 선양宣揚은 오로지 우리 국민의 피와 땀을 대가로 하여 주어지는 하늘의 선물임을 잊어서는 안 된다.

지나사변支那事變 이래 우리 황군용사皇軍勇士의 땀과 피는 헤아릴 수 없을 정도의 혁혁한 대전과大戰果를 올렸다. 지금도 병사는 전선前線에서, 산업전사와 농민은 총후銃後에서 귀한 땀을 흘리고 있다. 이들 땀과 피는 한 방울이라도 헛되지 않을 것이다. 그것이 쌓이고 쌓여 최후의 대승리가 되고, 대동아공영권이 되고, 전 세계에 황도皇道를 선양宣揚하는 것이 되는 것이다. 병사는 누구인가. 산업전사는 누구인가. 다름 아닌 청년 여러분이다.

여러분, 바야흐로 이 전쟁의 최후 결전기決戰期는 시시각각 다가오고 있다. 도조東條[2] 수상은 말했다. 제국帝國은 은인隱忍하여 힘을 비축備蓄하여 왔으며, 바야흐로 적의 전의戰意를 근저에서부터 분쇄해야 할 시기를 엿보고 있다고. 총리대신의 말에 거짓은 없다. 비행기도 충분히 모였다. 수만 명의 학병學兵 조종사가 사용할 비행기가 일제히 전선으로 날아가는 것을 상상해 보라. 태평양의 잠을 깨운 우리의 대공세의 막이 찢겨나갈 날을 상상해 보라. 그날은 눈 깜짝할 사이에 닥쳐온다.

2 도조 히데키(東條英機, 1884~1948) : 일본제국의 군인이자 정치가. 1940년 제2차 고노에 내각에서 육군대신에 임명, 1941년 10월부터 1944년 7월까지 내각총리대신을 지냈다. 태평양전쟁을 주도했고 전쟁 후반에 이르러 전황이 악화되자 내각총리대신직에서 물러났으나 1948년 11월 극동국제군사재판에서 A급 전범으로 사형선고를 받아 교수형에 처해졌다.

오늘내일의 일이다.

그러나 여러분, 적에게도 존망을 건 싸움이다. 일본에 시간을 주지 말라든지, 시간은 일본 편이라든지 하며 그들도 초초해하기 시작했다. 그들은 물량과 피를 있는 대로 전부 쏟아부어올 것이다. 태평양전선이든 인도·버마전선[3]이든 구주歐洲 제2차 전선이든, 그들은 지금 필사적으로 몸부림치고 있다. 혈안이 되어 있다. 결코 얕볼 수 있는 적이 아닌 것은 말할 것도 없다. 적의 비행기가 우리 본토를 폭격하는 일도 있을 것이다. 공습이 반드시 있을 것이라는 말조차 있지 않은가. 경성이 폭격될 날도 언제 올지 모른다. 최근 자주 방공연습을 하고 있는데, 이는 결코 유희가 아니다. 진지한 것이다. 총검술을 익히고 있다. 어떤 낙하산 부대든 올 테면 오라는 태세다. 전쟁의 양상이 심각하고 격렬하면 할수록, 최후의 단계에 가까워지면 질수록 온 힘을 다하게 될 것이다. 씨름을 보라. 권투를 보라. 최후의 순간에 힘이 조금 남은 쪽이 이기지 않는가. 투지가 강한 쪽이 이기지 않는가. 승패의 요점은 최후의 순간에 어떻게 힘을 내는가에 있는 것이다.

청년 여러분, 지금이야말로 우리 국민에게는 최후의 힘을 낼 때이다. 따라서 여러분이 오늘 이곳에 불려온 것이다. 경성부京城府에서 여러분을 호출했다고 생각해서는 안 된다. 국가가 부른 것이다. 국민이 최후의 큰 힘을 내도록 국민의 총궐기를 추진케 하기 위해 여러분이 선택된 것이다.

여러분은 현재 각자의 직역職域에서 땀 흘려 봉사하고 계신다. 그것만으로도 대단한 노고勞苦이다. 또 여러분은 언제 어느 때 어떤 전투 임무에 소집될지 모른다. 여러분은 항상 대기 상태에 있다. 항상 전장戰場에 있는 셈이다. 땀도 피도 청년의 것이라야 비로소 힘이 있는 것이므로.

그런데 여러분은 앞서 언급한 무거운 임무 외에 또 하나의 임무를 짊어질 것이 요청되고 있다. 그것은 여러분이 다른 동포의 추진력이 되라는 것이다. 일억국민

---

3 1944년 3월부터 7월까지 버마와 인도 국경지대에서 벌어진 일본군과 영국군의 전투. 당시 버마를 점령한 일본군이 인도를 점령하기 위해 임팔(Imphal)을 공격했으나 영국군에게 대패했던 전투로, 일명 임팔전투라고도 한다.

의 궐기가 부족하면 채찍질하여 총궐기케 하고, 힘이 모자라면 더욱더 힘을 내도록 하라는 것이 추진대推進隊로서 선택된 여러분의 임무라고 믿는다.

여러분은 어떻게 생각하는가. 여러분의 가정은 총궐기하고 있는가. 결전국민決戰國民의 가정으로서 부족한 점은 없는가. 아직 내놓지 않은 금속은 없는가. 아직 저금하지 않은 현금은 없는가. 정신적 해이함은 없는가. 여러분의 마을은 어떠한가. 노인은, 젊은이는, 청년은, 부인은 어떠한가. 그 정도면 결전국민으로서 나무랄 데 없다고 생각되는가. 도덕 및 정신 면에서 능히 어떤 고난이든 기쁘게 인내하고, 또 대동아 여러 민족의 지도자가 될 만한 덕과 배짱, 대범한 도량을 충분히 갖추고 있다고 생각하는가 어떤가. 선동적인 악선전은 날아들지 않는가. 여러분. 여러분 자신은 어떠한가. 이 상태로 결전단계의 대국민으로서 나무랄 데 없다고 생각하는가 어떤가. 더 절약하고 저축도 더 할 수 있는 것은 아닌가. 저축만이 전쟁비용을 조달하고 악성 인플레이션을 방지하는 것이다. 아무래도 올해 조선에서 18억 원, 경성부만으로 4억 원의 저축을 하지 않으면 전시戰時 재정에 문제가 생길 것이다. 물자의 은닉과 횡령, 이 때문에 일어나는 물자부족과 악성 인플레이션의 근원인 암거래는 어떤가. 여러분 마을 주민의 애국심은 어떠한가. 적개심은 어떠한가. 병역과 징용에 대한 태도는 어떠한가. 국책國策에 순응하는 마음가짐은 어떠한가. 이 모든 점에 있어서 만점이라면 특별히 여러분을 수고롭게 하지 않아도 그만이다. 만약 여기에 미치지 못하는 바가 있다면(나는 많이 있다고 본다), 이들 문제(그렇다 문제다. 전쟁 수행을 방해하는 힘이므로)를 제거하는 것이 여러분의 임무다. 이것이야말로 전력 증강이기 때문이다.

여러분, 여러분의 가정에 한 조각의 놋쇠나 불필요한 금속을 남겨두어서는 안 된다. 여러분의 가정에 암거래가 행해져서는 안 된다. 여러분의 가정에 전쟁 때문에 생긴 생활의 옹색함에 대해 한마디의 불평도 일어나서는 안 된다. 여러분은 국가의 명령과 요청에 대해 한순간의 망설임도 있어서는 안 된다. 여러분에게 소집이나 징용 영장이 내려왔을 때 여러분은 용감히 나서서 그것에 응하지 않으면 안 된다. 한 사람이라도 패기 없는 모습을 보여서는 안 된다. 여러분의 모친과 아내들도 마찬가지다. 여러분의 마을은 총친화總親和하고 일치단결하여 한집이 되지 않으면 안 된다. 그리고 어떤 사태가 발생하더라도 당황하거나 법석 피우지 말고 서로 위로하고 도와서 일사불란하게 단체행동을 취하지 않으면 안 된다. 여러분이 일어나서 이 일을 할 임무를 맡기 위해, 여러분은 용감한 열성을 가지고 여기에 결속하고 서약한 것이다.

여러분, 여러분은 돌아가 여러분 마을의 청년 가운데서 동지를 구하라. 다섯 사람이든 열 사람이든 좋다. 멸사봉공滅私奉公의 정신에 불타는 청년이 있을 것이다. 아니, 여러분 자신의 멸사봉공의 정신과 실천은 반드시 다른 청년을 감동시켜 멸사봉공화할 것이다. 한 사람이 여러 사람을 낳는다. 여러분이 그 한 사람이 되라는 것이다. 한 사람이 중심이 되어 다섯 사람, 열 사람을 끌어들이면 스무 명, 서른 명이 된다. 그들이 단단히 결속되어 끊임없이, 쉼 없이, 싫증냄 없이 여러분의 마을을 결전국민의 마을, 즉 완전한 황민향皇民鄕으로 만들기 위해 노력하는 것이다. 이 임무가 어째서 특히 청년에게 지워지는가. 청년은 이욕利慾에 물들지 않은 순진한 열정의 소유자이기 때문이다. 청년만이 능히 깨끗한 혼의 힘을 발휘하여 자기를 희생할 수 있기 때문이다(여러분은 명령하는 사람이어서는 안 된다. 여러분은 마을 주민의 종복이 되고 섬기는 사람이 됨으로써 마을 주민의 신뢰와 경애를 얻는다. 신뢰와 경애를 얻으면 여러분은 이미 지도자가 된 것이다. 민중은 자기를 위해 섬기는 사람을 섬기고 싶어 하는 것이다).

민중은 결코 사리사욕을 채우는 사람을 따르지 않는다. 민중은 오직 자기 없는 사람을 공경하는 것이다. 이런 까닭에 여러분이 여러분의 동포를 지도하고자 한다면 여러분의 사욕私慾을 버리지 않으면 안 된다. 한없이 민중을 사랑하고, 한없이 민중에게 주는 사람이 되라. 여러분은 사욕을 버리는 것이 어렵다고 말하는가. 여러분, 이 자리에서 전사戰死하시게. 실제로 여러분 연배의 청년이 몇만, 몇십만이나 전사하고 있지 않은가. 옥쇄玉碎하고 있지 않은가. 여러분, 이 자리에서 전사하시게. 그리고 전사한 셈치고 여러분의 동포를 위해 일하시게. 그러면 반드시 여러분은 민중에게 친근해지고 신뢰받는다. 여러분의 한마디에 민중은 기쁘게 따를 것이다. 가령 적의 폭격이 있을 경우, 많은 피난민이 길거리에서 헤맬 때에도 여러분의 한마디가 그들의 공포심을 진정시킬 것이다. 하물며 평상시에 있어서랴. 금속을 내놓읍시다, 라고 여러분이 말하면 민중은 내놓는다. 여러분을 사랑하고 신뢰하니까. 집과 거리를 깨끗이 합시다, 라고 말하면 깨끗이 한다. 황민향皇民鄕은 더러워서는 안 된다. 여러분이 선두에 서서 행하면 민중은 기쁘게 따라온다. 불 속, 물속이라도 따라온다. 여러분은 사욕을 떠났기 때문이다. 그리고 그 목적지는 전쟁의 승리이자 민중과 그 자손들의 영원한 행복이므로.

여러분, 청년이 없는 곳은 없다. 어느 마을에도 청년은 있다. 조선만 해도 2천5백 면面, 2만5천 마을이 있고, 마을마다 청년이 있다. 그 청년들이 모두 여러분처럼 나서서 추진력이 되면 지금보다 몇 배의 힘을 낼 것이다. 반도半島 2천5백만이 충분히 힘을 내느냐 내지 않느냐에 전쟁의 승패가 크게 관계되어 있다. 반도가 충분한 힘을 내서 전쟁에 쉽게 이겼다고 하면 그 이상 가는 반도의 광영은 없지 않을까. 이와 반대로 이 국운國運을 건 대결전을 맞아 반도가 충분한 힘을 내지 않았다고 하면 실로 미안한 일이며, 나아가서는 반도에 적籍을 둔 3천만 민중의 장래에도 영향이 없다고는 할 수 없다. 낼 수 있는 힘을 내지 않고서 무슨 면목으로 승리의 광영을 나누겠는가. 대동아의 본무대에 당당한 지도자로서 서야 할 영광스런 신분이면서도 홍당무가 되어 한구석에 웅크리지 않으면 안 되는 운명에 맞닥뜨릴지도 모른다. 그것은 제국帝國 국력의 감쇄減殺를 의미하는 것은 물론, 동시에 조선 동포로서 돌이킬 수 없는 깊은 한을 남길 것이다.

여러분, 생각이 여기에 이르면 여러분의 책임이 더욱더 무거움을 느낄 것이라고 믿는다. 여러분, 반도를 완전한 황민향리皇民鄕里(깨끗하고 도의적인)로 만들고, 반도 동포를 순충무구純忠無垢한 황민으로 만들어 천황께 바치는 일이야말로 가장 커다란 보은행報恩行이 아닐까. 그리고 반도 민중의 자손이 더욱 더 번영하여 내지內地 동포와 하등 다를 것 없이 같은 조상, 같은 피, 같은 혼성魂性을 발휘하여 황도선양皇道宣揚의 성업聖業에 언제까지나 한없이 익찬해 올리는 복지를 얻느냐 그러지 못하느냐가 여러분 청년의 태도 여하에 달려 있다고, 나는 믿는 것이다.

여러분, 여러분은 이것이 가능하다고 믿는가. 만약 믿는다면 큰 소리를 올려 "반드시 하겠다"고 외쳐 달라.

이 전쟁과 사생활この戰爭と私生活[1]

지나사변支那事變 초에도 국민은 전쟁을 생각했다. 라디오를 들어도 신문을 읽어도 전황戰況이 바로 주의를 끌었던 것이지만, 사생활에는 거의 변함이 없었다. 우리는 언제나처럼 사리私利를 추구하고 사욕私慾을 만족시켰다. 또 그래도 좋았던 것이다. 그런데 대동아전쟁이 시작되자, 우리는 마침내 일이 커졌다고 사생활에 대해 상당히

반성케 되었던 것이다. 의회에서도 동원법 등의 입법立法이 있고, 사생활에 대한 대폭의 제한이 예상되어 국민은 비상시라든가 신태세라든가 하는 표어 아래 혹독한 마음의 대비가 요청되는 것이다. 그래도 연전연승, 잇단 대전과大戰果에 취해 우리들 서민층에서는 이미 입법된 비상조치도 단지 국민의 사기를 앙양하기 위해서이고, 아마도 실제로 시행되지는 않을 것이라고 꿈쩍 않는 안전감을 품었던 것이다. 그 후

전국戰局이 진척되어 결전태세라는 말이 쓰이고, 이어서 국난國難, 또는 중대국난이라는 말이 우리들 서민층의 귓불을 때리며, 과달카날섬,[2] 애투섬,[3] 길버트 제도[4] 등의 비보悲報를 접함에 미쳐 마침내 시국의 엄혹함이 사실생의 깊숙한 곳까지 덮쳐왔다. 우리는 시국을 너무 달콤하게 보고 있었던 것이다. 적을 너무 바보

---

1 원문 일본어. 가야마 미츠로(香山光郎), 『경성일보(京城日報)』, 1944.8.18. '결전생활(決戰生活)'란에 실렸다.

2 1942년 8월 7일부터 과달카날 섬에서 일본에 대한 연합군의 첫 번째 대규모 공세가 있었고, 일본군은 1943년 2월 7일 철수했다. 1942년 6월의 미드웨이 해전에서의 대패에 이어 지상전에서의 잇단 패배로 일본군은 태평양전쟁에서 수세로 돌아서게 된다.

3 알류산 열도의 서쪽에 자리잡은 섬으로, 1942년 6월 일본군이 점령했으나 이듬해인 1943년 5월 11일 연합군에 의해 탈환되었다. 1943년 5월 30일 대본영은 애투 섬 수비대의 전멸을 발표하면서 이를 '옥쇄(玉碎)'로 예찬했다.

4 1943년 11월 20일 길버트 제도의 타라와 섬에서 벌어진 연합군과의 전투에서 일본군은 사실상 전멸했다. 태평양 전쟁을 통틀어 일본군 생존율이 가장 낮은 전투로 꼽힌다.

로 여겼던 것이라는 반성의 염念이 강하게 만민萬民의 혼을 때린 것이다. 최후에 사이판

전원 전사戰死, 그 밖의 섬들의 혈전血戰을 알게 되어 일억국민의 최후의 분노가 폭발했다. 고이소小磯 수상의 말에는 일억 총무장總武裝이라고 되어 있다. 도조東條 부수상이 국민 총원總員 전투 배비配備에 나아가라고 말씀하신 것이 이제는 우리 같은 사람에게도 해당되는 것이다. 즉 국토사수國土死守의 대호령이다.

남자는 국민복에 각반脚絆을 두른 모습으로 언제든 대응토록 하라. 여자는 몸뻬를 입으라는 것도 이제 불평은 없는 것이다.

방공 연습도 이미 계몽적이거나 만일을 예상하는 예비훈련도 아니며, 우리의 실제 생활의 일부분이 된 것이다. 일억 총무장은 슬로건 등의 과장된 말이 아니라, 글자 그대로 실제의 말인 것이다. 남자란 남자는 총을 들든가 망치를 들든가 하지 않으면 안 되고, 여자란 여자는 남자가 비운 직장을 지키기 않으면 안 된다. 남자의 징용, 여자의 정신대挺身隊, 이것은 지금 우리의 사생활의 일부, 아니 주류가 되어버린 것이다. 금일의 일본의

국난國難을 원구元寇[5] 때와 비교하곤 하는데, 그 심각함, 영향 범위의 광범위함에서 도저히 원구에 비할 바 아닌 것이다. 이 전쟁의 승패는 일억의 부침浮沈, 흥망의 문제일 뿐 아니라, 아시아 십억 민족의 영욕榮辱의 기로인 것이며, 나아가서는 인류 역사의 방향을 좌우할 대전기大轉機이기 때문이다. 인심人心이 이길지 도심道心이 이길지, 욕慾이 이길지 의義가 이길지, 신이 이길지 악마가 이길지의 문제이기 때문이다.

생리나 화학적인 온갖 법칙이 만고에 걸쳐 깨지거나 변하는 일이 없는 것처럼 이利에 대한 정正, 악에 대한 선, 욕慾에 대한 의義의 승리의 법칙도 깨지거나 변하는 일은 없음을 믿지 않는 자는 어리석은 자일 뿐이다. 그런 까닭에 올바른 것은 침묵하더라도 승리한다는 것은 아니다. 다만 올바른 것은 싸워 이기고, 올바르지

---

5 1274년과 1281년 두 번에 걸쳐 원나라의 구빌라이 칸이 일본에 대한 군사 침공을 시도한 가리킨다. 일본군의 완강한 방어와 도중에 만난 태풍으로 실패했다.

않은 것은 싸워 패배한다는 의미이다. 우리가 지금 싸워 깨뜨리려 하는 악은 **인류사상** 일찍이 없었을 정도로 대악大惡의 총세總勢인 까닭에 이것을 깨뜨리는 데 인류사상 일찍이 없는 큰 힘을 요구하는 것이다. 그 큰 힘이란 어능위御稜威 아래 우리 일억의 총력인 것이므로, 우리는 지금이야말로 사생활 전체를 전투력으로 향하지 않으면 안 된다. 사리私利도 정욕情慾도 완전히 이탈하고, 신과 같은 개인이 되지 않으면 안 된다. 전승戰勝의 날까지는 우리에게 사생활은 없는 것이다.(조선문인보국회 제공)

반도 청년에게 보냄半島青年に寄す[1]

조선 청년과 보살행

인과因果

여러분, 때는 바야흐로 결전의 시기이다. 이곳은 태고사太古寺[2]이고, 모인 우리는 나라를 위해 앞장서 일어난 청년정신대青年挺身隊이다. 오늘밤 여러분이 모이기를 바란 이유는 나의 소신을 여러분 앞에서 피력하여 여러분의 비판을 청하고 싶어서이다. 아니, 좀 더 솔직하게 말하면 여러분이 나의 신념과 같은 신념을 갖고 계신 것을 발견하기 위해서이다. 나의 신념과 여러분의 신념이 동일하다는 것이 판명되면, 여기에 모인 우리 일동의 신념이 동일한 셈이다. 일단 신념이 하나라는 사실을 알게 되면, 우리는 생사를 함께하는 굳센 동지가 되는 것이다.

여러분. 나는 인과를 믿는다. 전생, 내생을 믿는다. 나의 불멸不滅을 믿는다. 이는 석가님이 가르치신 우주의 근본 진리이다. 여러분과 내가 오늘 밤 이곳에 모인 것은 결코 우연이 아니다. 이 우주 간에 결코 우연이란 없다. 공자께서도 "신하가 그 임금을 죽이고 자식이 그 아비를 죽이는 것이 하루아침이나 하룻저녁의 일이 아니다. 그 말미암아 온 바는 점차 되어온 것이니, 분별할 것을 일찍 분별치 못함으로 말미암은 것이다臣弑其君 子弑其父 非一朝一夕之事 其所由來者漸矣 由辯之不早辯也."[3]라고 말씀하셨다. 근원이 없는 강이 없듯 원인이 없는 결과는 없는 것이다. 따라서 이 모임이 말미암아 온 바는 실로 먼 것이다. 우리가 같은 정신대원이 된 것도 결코

---

1 원문 일본어. 가야마 미츠로(香山光郎), 『신시대(新時代)』, 1944.10.

2 불교의 자주화 및 불교계 통합을 위한 총본산 건립운동의 일환으로 1910년 종로구 수송동에 세운 각황사(覺皇寺) 자리에 삼각산의 태고사(太古寺)를 이전하는 형식을 밟아 1938년에 창건된 사찰로, 1954년 불교정화운동을 거쳐 현재의 조계사(曹溪寺)로 개칭된다.

3 『주역(周易)』의 '곤괘문언전(坤卦文言傳)'에 나오는 구절.

우연이나 변덕, 돌발적인 것이 아니다. 그 말미암아 온 바는 실로 먼 것이다. 더구나 우리가 같은 시대, 같은 조선에서 태어난 것은 참으로 크고 큰 인연이어서 우리의 행방 여하가 또 우리 및 우리 자손의 방향을 정하는 것이다. 우리는 각각 우리 부모의 자식으로 태어났다. 이 또한 피할 수 없는 인연이다. 내지인과 조선인이 같은 조상, 같은 뿌리, 같은 피, 같은 혼, 같은 문화를 가진 한 민족이면서도 천여 년간 이민족異民族과 같이 소원疎遠한 생활을 하고, 그 후 다시 한 민족이 되고 같은 대군大君의 백성이 되어 똑같이 피와 땀으로 이 국토를 지키고 대동아大東亞를 건설하는 성업聖業 익찬翼贊의 무거운 임무를 지게 된 것은 실로 큰 인연 중의 큰 인연이라고 하지 않을 수 없다. 아직도 내지인 중에도 조선인 중에도 이 무겁고 무거운 인연에 눈뜨지 못한 사람이 있는 것은 실로 유감천만이지만, 어능위御稜威와 우리의 노력에 의해 가까운 장래에 반드시 양자兩者가 원래 하나이고, 현재 하나이며, 미래 영원히 하나임을 알게 될 것이다. 이렇게 나는 인과를 믿는다. 내선일체內鮮一體도 피할 수 없는 깊은 인연이었던 것이다. 나는 여러분이 나와 함께 이 인과의 진리를 승인할 것을 희망한다.

어능위御稜威[4]

앞서 나는 어능위와 노력에 의해 내선內鮮이 완전히 하나가 될 것이라고 말했다. 말 그대로이다. 한 집안의 행불행幸不幸은 그 가장이 지닌 복덕福德의 유무에 달려 있다. 그 가장되는 이가 덕을 쌓은 사람이라면 그 집에 불행은 오지 않는다. 무병식재無病息災[5]하고, 자손은 잘 자라며, 농업도 그 밖의 일도 번창한다. 그 집에는 복덕의 상相이 나타나고 그 가족들의 얼굴과 말도 순조로운 상을 띠지만, 그 가장이 쌓은 덕의 힘이 다하면 여러 가지 흉조凶兆가 나타나고 여러 가지 불행이 생긴다. 병은 잦아지고 좋은 약도 듣지 않는다. 가족의 마음은 거칠어져 화목이 깨지고 아이들은 불량해지며, 가축도 늘지 않고 무슨 일을 해도 생각처럼 되지 않는

4 천황의 위세를 뜻함.
5 건강하고 재난이 없음.

다. 욕심만 무성해지지만, 악업惡業의 업보에 의해 이지理智가 어두워져서 매사에 잘못된 판단을 하여 실패에 실패를 거듭하고, 그래서 점점 도道에 어그러진 일을 하여 그 죄악이 가득 차면 결국 그 집안은 망하는 것이다.

여러분은 지금은 가장이 아닐지도 모르지만, 가장이 되었을 때를 상상해보기 바란다. 실로 전전긍긍하지 않을 수 없을 것이다. 여러분에게 인연이 있어 태어나는, 또는 아내로서, 고용인으로서 여러분의 지붕 아래 모여든 사람의 운명이 여러분이 지닌 덕德의 유무, 후박厚薄에 의해 정해지는 것이다. 여러분은 이 진리를 믿어주기 바란다.

한 마을에도 수호신이 계시듯이 마을을 지키는 사람이 있는 법이다. 그가 덕이 있는 사람이라면 그 마을에는 재앙이 없다. 사람들의 마음은 온화하고 소와 닭과 개도 평화롭게 자란다. 그런데 그가 부덕하다면 그 마을에는 불행이 끊이지 않는다. 다툼과 병 등 여러 가지 재난이 닥치는 것이다.

국가도 마찬가지다. 우리는 위로 한 분이신 어른上御一人의 백성이며, 이분의 땅에서 이분의 밥을 먹으며 살고 있다. 우리는 어리석게도 자기 땅 위에서 자기의 힘으로 먹고산다고 생각하고 있다. 마치 갓난아이와 같다. 갓난아이는 어미의 은혜를 모른다. 그러나 어미의 은혜는 밤낮 갓난아이 위에 있는 것이다. 일본이 번영하는 것은 어능위 덕분이다. 우리가 즐겁게 생존하고 있는 것도 어능위 덕택이다. 이를 빛과 열로 예를 들어 보자. 우리는 태양의 빛과 열보다는 숯과 땔감, 전등의 빛과 열을 고맙게 생각한다. 그런데 태양이 없으면 숯과 땔감도 전등도 없는 것이다. 한 걸음 나아가 태양의 빛보다도 강한 빛이 있다. 그것은 우주선宇宙線이라는 것으로, 우리 눈에는 보이지 않지만 2인치 두께의 강철판을 투과하여 인화지印畵紙에 흔적을 남긴다. 게다가 그 윗길 가는 빛이 있다. 그것은 마음의 빛이다. 이것은 우리의 오관五官에는 느껴지지 않지만, 혼에는 접촉하여 그것에 영향을 준다. 이것이야말로 우주에 널리 퍼져 있는 것으로, 생명의 근원이자 존재의 궁극이다. 우리는 누구나 이 빛을 가지고 있다. 우리가 정사正邪, 선악善惡, 미추美醜를 변별하는 것은 실로 이 빛의 작용이다. 단 우리 범부凡夫는 아주 먼 과거 이래 때와 먼지로 인해 이 빛을 가리고 있을 따름이다. 그러나 누구나 올바른 방법에 의해 이 때를 벗겨버리면 밝은 본래의 빛을 발할 수 있는 것이다. 이 빛을 일러 신神이라고 하고, 불佛이라고 한다. 만물은 신이다. 만물에는 혼魂이 있다는 것도, 만물에는 불성佛性이 있다는 것도 이를 이름이다. 만물은 크고 작은 무수한 빛의 보석이다. 해와 달과 별과 같은 것이다.

대군大君은 일월日月이시다. 대군은 때 묻지 않으셨다. 대군에게는 사리사욕의 생각이 없다. 신神 그 자체이시다. 우리를 자애慈愛로 이끌어 주시기 위해 우리와 똑같은 몸을 나투어 태어나신 것이다. 이를 대비친大悲親이라고 한다. 우리 국민은 이 자애로운 육친肉親에게 감싸여 태어난 것이다. 이런 까닭에 대군大君이라 하고, 아버님이라고 하며, 현신現神이라고 하는 것이다. 그리고 또한 우리를 신민臣民이라고 하고, 적자赤子라고 하는 것이다. 대군은 우리로 하여금 남김없이 자신과 같은 신의 영역으로 끌어올리시고자 하는 것이다. 그것이 칙어勅語가 되고 법률이 되고 제사祭祀가 되며, 여러 가지 전례典禮와 제도가 되는 것이다. 우리는 자기 욕심의 미혹으로부터 눈뜨는 순간 확실히 이를 느끼는 것이다. 그래서 우리는 대군을 모범삼아 신의 본래 면목으로 되돌아오기 위해 대군의 가르침대로 노력하는 것이다. 이것이 대군과 우리의 진정한 모습인 것이다. 이를 깨달으면 우리의 생활 목표가 '임금께 충성으로'에 있다는 것이 명료해진다. 나는 이를 믿는다. 여러분도 이를 믿어주기 바란다. 여기에 비로소 어능위의 의미가 있다.

노력

그런데 우리는 무엇을 해야 할까. 우선 자기를 깨끗하게 하지 않으면 안 된다. 자기를 신민臣民에 어울리는 인격으로 연마하고 천업익찬天業翼贊의 대임무를 완수할 만한 힘 있는 인간으로 만들지 않으면 안 된다. 이를 위해 우리는 우선 미소기禊로써 목욕재계를 해야 한다. 목욕재계함으로써 우리는 순간이기는 해도 신의 경지를 체험할 수 있는 것이고, 일단 그 경지를 체험하면 그 깨끗한 상태에서 물러나지 않게끔 더욱더 깨끗한 경지를 추구하려 노력하면 되는 것이다.

우리는 자기가 생각하고 있는 하찮은 존재가 아니다. 우리는 신이고 부처이다. 우리는 불멸不滅이다. 우리는 이루고자 하여 이루지 못할 것이 없는 신불神佛과 같은 힘의 소유자이다. 초인적超人的이라고 하는 말이 있는데, 그것이 실은 인간적인 것이며, 평소의 우리가 더럽혀진 인간 이하의 경지에서 헤매고 있는 것이다. 좀스러운 아리아욕我利我慾의 껍질에 틀어박힌 소처럼 자신의 세상을 좁히고 있는 것이다. 그 껍질을 벗어 버려라. 그러면 무한한 창공이 눈앞에 펼쳐질 것이다. 그 껍질이란 무엇인가. 아리아욕과 그것을 얻기 위해서라고 믿고 있는 교활함, 영리함이다. 이를 부숴버리는 것이다. 아깝다. 아깝지만 부숴버린다. 부숴버리는 순간, 그것이 결코 자기의 보물이 아니고 실은 질곡이었음을 깨닫게 될 것이다. 그리고 널찍하고 자유로운, 이를 데 없는 기쁨을 맛볼 것이다. 이를 바로 법열法悅이라고 한다. 선禪의 목표도 미소기의 목표도 바로 여기에 있다. 해탈이라든가 자유자재라는 것은 이를 이름이다.

명인名人, 즉 명현名賢, 명장名將, 명장名匠, 명승名僧이라던 사람들은 모두 얕든 깊든 이 경지에 가까이 간 사람이다. 이 경지에 이른 사람의 특색은 이름이 드러나 만민의 존경을 받고, 죽어서도 그 정신이 중생을 지도하며, 그 혼은 신으로 모셔지는 것이다. 이 경지에 이른 사람에게는 이미 빈부도 귀천도 없다. 천하天下의 부富가 그의 것이고, 천하의 귀貴가 그의 것이다. 그는 오직 애쓸 따름이며 공이 있어도 자랑하지 않는다.

여러분, 나는 여러분이 전부 이 경지에 달하기를 바라고 간절히 원하는 것이다. 그것은 여러분을 사랑해서만은 아니다. 실로 나라의 힘을 강하게 하는 길이 여기에 있기 때문이다.

부디 여러분은 선禪을 닦아주시게. 반드시 커다란 것을 얻을 것이다. 그리고 매일 아침 청소의 수행을 해주시게. 그리고 여러분의 마을을 완전히 청결한 마을로 만들어주시게. 이는 청결 그 자체의 공리적 가치를 생각해서만은 아니다. 이로써 생길 여러분 자신 및 여러분 동포의 정신적 미소기禊의 효과를 꾀하는 것이다.

보살행이란 정불국토淨佛國土, 성취중생成就衆生하는 일이다. 그 국토를 깨끗이 하고 거기에 사는 사람의 마음을 깨끗하게 하는 것이 보살행이며, 대동아전쟁도 결국은 정불국토, 성취중생 이외의 다른 것이 아니다.

청년층의 또 하나의 임무

전쟁은 청년의 일이다. 군인도 노무원勞務員도 청년이다. 전선前線도 총후銃後도 청년의 세상이다. 국가의 운명은 바로 청년의 마음과 피와 땀에 달려 있다. 청년의 임무는 얼마나 중대한가.

나는 청년들에게, 특히 반도 출신의 청년들에게 또 하나의 새로운 임무를 요청한다. 그것은 청년 여러분이 각자 자기 마을을 떠맡는 것이다.

단도직입적으로 말하자. 조선에는 2천5백여 부읍면府邑面이 있고, 그것은 또 십수 배의 정동町洞 등의 마을로 나뉘어 있다. 이 마을의 주민 다수는 불행히 아직 교육을 받지 않은 사람이 많다. 따라서 신문도 읽지 못하고 회람판回覽板도 읽지 못한다. 그런데 시국이 시국인 만큼 위로부터 잇단 명령이, 요청이 내려온다. 이를 저 무교육한 동포들은 이해할 수 없는 것이다. 예를 들면 공출供出이든 징용徵用이든, 물자절약, 저축, 배급配給, 전황戰況 등이든 그 취지를 모르기 때문에 어림짐작, 무지한 유언비어, 불평이 생기는 것이다. 공출해야 할 것을 숨기거나 징용을 피하려 하기도 하는 것이다. 지금까지 친절하게 그들에게 설명해주는 기관이 부족했던 것이다.

그것을 청년들이 자진해서 떠맡는 것이다. 마을의 청년층(반드시 청년에 국한되는 것은 아니지만, 청년에게는 열의가 있고 희생과 봉사 정신이 왕성하므로)이 일어나 우선 스스로 시국時局, 전국戰局, 명령, 요청 등의 취지趣旨를 철저하게 알고자 애쓰고, 그러고 나서 혹은 집집마다 방문하거나 혹은 부인층만 모으거나 혹은 마을 주민 전부를 모아서 자신들의 소신所信을 설명하는 것이다. 그러면 마을 주민들은 자기들의 자식과 형제, 남편, 가까운 이의 입으로 설명을 듣게 되어 시국이든 전국이든, 징병, 징용, 공출, 근로봉사의 취지든 기분 좋게 납득할 수 있을 것이다. 모르는, 훌륭한 사람들에게 설명을 듣는 것보다도 도리어 친밀감 있고 잘 이해될 것이다.

이런 식으로 국가의 의사를 민중에게 잘 전하고 제대로 이해시키는 것은 대단한 전력증강戰力增强일 뿐 아니라, 동시에 야마토大和 일치의 기본이 되고 민중 생활의 괴로움을 덜어 명랑성을 증진하는 일이 된다. 이유가 납득되지 않는 것을 해야 하고, 마지못해 질질 끌리게 되는 것보다 더한 괴로움은 없을 것이다.

이상의 취지를 철저히 하는 것은 곧 선전宣傳 부문에 해당하지만, 생활개선의 부문에서도 이 청년 단결이 중심력이 된다.

생활개선의 근본을 이루는 것은 사상의 통일, 국민정신의 앙양이지만, 이것도 각각 마을 청년의 단결로써 이루어야 할 것이다. 사상의 통일이란 무엇인가. '나는 천황의 백성이다'라는 굳은 신념 위에서 정치에 대해서는 위정당국爲政當局을 믿고, 전쟁에 대해서는 군부당국軍部當局을 믿으며, 이 대동아전쟁에서 일본의 올바름을 믿고, 일본이 올바르므로 천우天佑와 천명天命이 일본에 있음을 믿어 억측과 유언비어, 적의 모략에 걸려들지 않는 것이다. 마을의 청년층이 뭉쳐서 신사神祠를 숭경崇敬하고 매일 궁성宮城을 요배遙拜하며 필승必勝을 기원하는 것으로 전체 마을 주민에게 이 사상을 불어넣을 수 있는 것이며, 이 실천에 의한 시범 이외의 길은 없는 것이다.

다음으로 땅을 경작하는 것도 고기를 잡는 것도 모두 국가에 대한 봉공奉公이다. 우물을 치고 길을 고치고 산에 나무를 심는 것이 모두 그 마을을 위해서이며, 동시에 국가를 위해서이다. 더구나 군인이 되고 응징사應徵士[6]가 되는 것은 직접 몸소 대군大君을 위해 봉공해 올리는 것이다. 인간만사人間萬事 살다 죽을 때까지 하는 모든 일은 대군을 위해서이고, 국가를 위해서이다. 이 정신이 즉 국민정신이고 일본정신이며, 이 정신을 획득한 찰나 내 몸은 유구悠久한 국운國運의 일환이

---

6 1944년 2월 총독부는 이른바 '현원징용(現員徵用)' 실시를 발표하여 조선 내 공장이나 광산에서 일하고 있는 노동자를 전원 징용하여 작업장 이동을 제한한다. 이들에게는 영장과 함께 '응징사(應徵士)' 즉 징용에 의한 전사라는 호칭이 주어졌다.

되고 내 노력은 무궁한 황운皇運의 익찬翼贊이 되는 것이다. 이 가운데서 커다란 존엄과 희열이 솟아나고, 인생은 참으로 산 보람 있는 인생이 되는 것이다.

마을의 청년들이 이 정신을 발휘하여 일상에 모범을 보이면 마을 주민 전체는 저도 모르는 사이에 이 정신을 체득하는 것이다. 그것이야말로 마을을 실로 부귀한 마을로 만드는 것이다.

또한 청년들은 혹은 대서代書[7]로써, 혹은 공동 근로봉사로써 직접 마을 주민의 고통을 줄이고 복리福利를 증진할 수 있다. 예를 들면 청년들이 아침에 약간의 시간을 쪼개어 마을을 청소한다면 열흘 내에 그 마을은 몰라볼 정도로 청결하고 기분 좋은 마을이 될 것이다. 농한기農閑期의, 혹은 아침저녁의 공동 작업으로 좋은 우물, 아이들의 놀이터, 마을 주민의 집회장 같은 것이 생길 것이다. 공동 취사와 탁아소, 공동 목욕탕 같은 것도 결코 어려운 일이 아니다. 이런 것은 마을 주민의 안락과 건강, 부를 증진시키는 것이며, 협동상애協同相愛와 인호상조隣保互助의 귀중한 정신을 함양하는 것이다.

청년단체가 입영 출정자出征者, 응징자應徵者의 가족을 돕는 것도 아름다운 일이며, 출정자로 하여금 뒤돌아볼 염려가 없게끔 하는 일이다.

이러한 청년들이 지키는 마을에 범죄 같은 것은 일어날 리가 없다. 세금 체납, 그 밖에 국민의 의무 태만이 있을 리 없다. 이러한 마을에 다툼과 언쟁 등은 없을 것이다. 실로 그것은 즐거운, 존경할 만한 마을이 될 것이다.

1년, 2년 이런 생활이 계속됨에 따라 마을 주민에게는 무지나 부도덕의 흔적이 끊길 것이 틀림없다. 빈대나 파리도 없어질 것이 틀림없다. 아마도 극빈자極貧者도 없어질 것이다. 산과 들의 모습조차 변할 것이다. 마을의 건물과 도로, 주민의 안색과 옷차림이 완전히 변할 것이다. 청년 여러분. 이것이 여러분에 의해 새로 만들어진 여러분 향리의 모습인 것이다. 여러분은 여러분의 향리에 대해 더욱더 자유롭게 구상하도록 하라.

---

7 다른 사람을 위하여 문서 따위를 대신 써주는 일.

여러분의 마음에 드는 마을을 만들어낼 힘은 여러분 자신이 갖고 있는 것이다.

청년정신대의 지도자 여러분에게 고함

동지 여러분! 나는 최대의 신뢰와 경애의 진심을 담아 이렇게 부른다. 여러분은 국난國難을 돌파하고 민생民生을 구하기 위해 서로 약속한 동지이다. 권력에 의한 것도 아니고, 이익에 의한 것도 아니다. 우국지정憂國之情으로써 함께 일하고 함께 죽기 위해 뭉친 우리들이다. 역사상 이보다 위대한 동지가 일찍이 있었던가.

지금은 국가 존망存亡의 시기이다. 무슨 일이 있어도 일억일심의 총력을 발휘하지 않으면 안 된다. 조선의 3천만 민족적 사명이 오늘날보다 큰 적이 일찍이 없었던 것이다. 대제국大帝國 일본의 운명뿐 아니라 아세아의 운명을 짊어지고 있는 오늘날이다. 그리고 이는 단지 우리의 주관적 신념일 뿐 아니라 바로 국가가 그렇게 믿고 부탁했던 것이며, 그것은 현황으로 보거나 사실로 보아도 있는 그대로이다.

눈을 돌려 우리 조선 동포의 현상을 관찰하매 아직 부족한 점이 많다. 그것은 대략 세 가지로 나뉜다고 생각한다. 그 하나는 사상 방면이다. 사상이란 단체 관념과 대동아전쟁의 의의와 승패에 관한 신념 및 조선민족의 지위에 대한 인식이다. 일본은 가장 올바른 국가이고 대동아전쟁은 정의의 전쟁이며 하늘이 우리 편이므로 우리가 반드시 이긴다는 것, 그리고 조선 민족은 야마토大和 민족과 동조동근同祖同根이고 털끝만큼도 차이가 없는 천황의 신민臣民이라는 것이 올바른 사상이다. 이에 어긋나는 사상은 올바르지 않은 사상이고 적성사상敵性思想이며 조선인 자멸의 사상이다. 민중에게 이 사상을 보급하고 확고히 하는 것이 우리의 첫 번째 사명으로, 청년정신대의 약속 제1항에 있는 바이다.

조선 동포의 두 번째 결점은 도의적 결함이다. 이는 꼭 조선 동포만의 결점은 아니지만, 우리 정신대가 관여할 바는 우선 조선 동포의 문제이다. 이 도의적 결함이란 무엇인가. 그 근본을 이루는 것은 이욕적利慾的 개인주의이다. 자기 지상주의적이고, 국가나 마을, 다른 사람은 아무래도 좋다는 유대적猶太的 사상이다. 허위虛僞, 시의猜疑, 불성실, 불신의不信義, 무책임, 불친절, 공덕심公德心 결핍 등은 모두 이 이욕적 개인주의에서 비롯된다. 자기에게 이로우면 거짓말을 한다. 자기에게 해가 되면 신의信義도 책임도 헌신짝처럼 버린다. 공원의 꽃도 탐이 나면 꺾고, 도로에 가래침도 뱉는다. 모두 이 부류에 해당한다. 이래서야 조선인의 지위는 자꾸 내려가기만 하고, 마침내 국가로부터 버림받고 동포에게 버림받으며 도처에서 배척받을 수밖에 없다. 조선인은 거짓말 하지 않고 속임이 없다, 성실하다, 솔직하다, 신의가 두텁고 책임 관념이 강하며 단결력이 있다는 이야기를 듣지 못한다면, 조선인은 국가는 물론 동포에게서도 신뢰받지 못할 것이다. 따라서 조선인의 지위 또한 결코 향상되지 못할 것이다. 이 점을 고치는 것이 우리의 사명이다. 그 사명을 완수하려면 우리 자신이 성실, 신의, 책임감의 권화權化가 되지 않으면 안 된다. 이것이야말로 조선인을 구제할 길이자 유일한 길인 것이다. 우리의 아침 청소나 마을회의 시중은 작은 일일지도 모르지만, 몸소 비非이욕적이고 비非개인주의적이며, 국가 지상주의적이고 헌신 봉공적인 모범을 보이는 작은 실마리가 될 것이다.

세 번째 결점은 실천에 나태한 것이다. 국가의 명령과 지도에 대하여 예예, 하고 척척 나서지 않고 중얼중얼 불평을 하거나, 낼 것을 선뜻 내지 않고 가능한 한 피하려 하거나, 나는 관계없다는 태도를 취하고 방관적 비판적이거나, 심지어는 다른 사람에게 이를 비방하거나 왜곡하는 근성이다. 예컨대 납세를 게을리하고 물자 공출을 꺼리며 당국자의 말을 뒤집으려 하는 부류로, 이는 단지 증오해야 할 행위일 뿐만 아니라 그 사람 자신의 인격이 비열하고 음험하며 사악함을 드러내는 것이다. 이렇게 하는 본인은 짜장 영리함을 자처하고 고급 인텔리를 자처할 테지만, 사실 국력을 손상시키고 민중을 미혹시키는 대죄인일 뿐 아니라, 실로 조선인 전체의 신용을 떨어뜨리고 품위를 떨어뜨리는 죄인이기도 하다. 당자로서도 결코 그런 행동으로 이익을 얻을 수는 없을 것이다. 설령 법망法網을 피한다

해도 신명神明의 엄벌은 피할 수 없는 것이다.

그래서 "예, 예." 하고 호기 있게 국가의 명령과 지도에 따를 뿐 아니라, 보다 적극적으로 응하도록 이 민중을 돌려놓는 것이 우리의 사명이다. 이렇게 되어서야 비로소 조선인은 훌륭한 민족의 지위에 오를 것이다. 국가로부터는 신뢰받고 동포에게서는 사랑받으며, 지구상 어디를 가더라도 대국민大國民으로 우러러 칭송받을 것이다. 이런 공경할 만한 국민이 되어서야말로 일본을 빛내어 위로 황은皇恩에 보답해 올리고, 널리 아시아 여러 민족의 선배, 지도자가 될 수 있을 것이다.

이상의 세 가지, 즉 사상, 도의, 실천이 우리의 사명이자 여러분의 필생의 대사업이며, 여러분의 자손에게 남겨야 할 대사명大使命, 대유훈大遺訓이기도 하다.

그런데 이 세 가지에 관한 지도 혁신은 무엇으로써 이루어질 것인가. 그것은 우리 자신의 견고한 단결로써만 가능하다. 바꿔 말하면 우리 자신이 우선 그런 사람이 되고, 그리하여 그런 사람들의 단결의 위력으로써 동포를 이끄는 것이다. 단결의 힘은 어떤 위인의 힘보다도 크다. 개인의 힘과 수명에는 한도가 있지만, 단결의 수명은 무한하다. 따라서 우리는 우선 우리의 단결을 변치 않고 흔들림 없고 무너지지 않도록 하지 않으면 안 된다. 이를 위해 우리는 다음의 네 가지를 고려한다.

첫째는 청렴한 동지를 구하는 일이다. 청렴한 동지란 명리욕名利慾에서 벗어난 동지이다. 이 성스러운 목적을 위해 완전히 자기를 없애는 동지이다. 이러한 동지를 한 사람, 한 사람 구하는 것이다. 단결의 힘은 단원의 수보다도 질에 의해 결정된다. 술의 힘은 그 전체의 양보다도 함유된 알코올의 양에 의한 것과 같으며, 그저 물을 많이 넣었다면 더더욱 술의 힘을 약하게 하여 이른바 질 나쁜 술이 되는 것이다.

둘째는 일단 얻은 동지를 잃지 않는 것이다. 열 사람의 동지를 얻기보다 한 사람의 동지를 잃지 않는 것이 중요하다. 왜냐하면 동지는 오랠수록 힘이 있기 때문이다.

셋째는 규율과 지도자에게 복종하는 것이다. 단결이란 무엇인가. 그것은 규율과 지도자에게 복종하는 한 무리의 동지이다. 규율은 국가에 있어서는 법이고, 지도자는 국가를 예로 들면 수상首相이다. 불변이란 뜻이 변하지 않는 것이고, 부동이란 어떠한 곤란에 처해서도 규율을 어지럽히지 않고 통제를 무너뜨리지 않는 것이다. 이래서야 비로소 금강불괴金剛不壞[8]의 동지적 결속이 이루어지는 것이다.

지도指導는 청렴하고 올바르고 덕 있고 힘 있는 사람을 필요로 하지만, 적임자를 얻을 수 없는 경우는 임시로 누군가를 지도자로 삼는 것이 불가피하다. 그러나 일단 지도자로서 앉힌 다음에는 그 단결에 관한 한 그 지도자의 지도에 복종하는 것이 단결의 도道이고 신의信義이다. 때에 따라서는 자기보다도 열등한 사람이 지도자가 되는 일도 있을 것이다. 그래도 복종하는 것이 단결의 도이다. 그 지도자가 바뀔 때까지는 복종하지 않으면 안 된다. 지도자가 마음에 들지 않는다고 해서 복종하지 않으면 그 단체는 죽는다. 단체가 죽어서는 커다란 사명은 달성할 수 없는 것이다.

넷째는 단원 각자가 그 단체를 자기의 것, 자기 책임하의 것으로 생각하는 것이다. 책임 전가만큼 비열한 것은 없다. 책임을 혹은 간부幹部에게, 혹은 다른 단원에게 전가하는 것만큼 부도덕한 것은 없다. 이것도 조선의 뼈아픈 통폐通弊의 하나이다.

다섯째는 정의情誼이다. 정의란 애정이다. 정신대挺身隊를 소중히 여기고 그 임원들을 사랑하고 대원隊員이 서로 사랑하는 것을 의미한다. 동지로서 의리도 중요하지만, 애정도 중요하다. 의리는 서로 비끄러매는 힘이고, 애정은 서로의 몸에서 나오는 따뜻하고 향기로운 분비물로써 끈끈하게 융합하는 힘이다. 화목함은 사랑에서 생기고, 힘은 화목함에서 생긴다. 서로 이름을 기억하고 얼굴을 익히며 서로의 가족과도 친교를 맺는 것이 단결을 강화시키는 데 커다란 힘을 갖는다. 그리고 서로 믿는다. 결코 의심하지 않는다. 동지에게 속는 것은 고통스러운 일이지만, 또 아름다운 일이다. 상대를 믿고 의심하지 않는 것은 인생 최대의 미덕

---

8 금강석과 같이 견고해서 부서지지 않음.

이며, 그리고 조선인에게 가장 결여된 것이다.

그렇다고 해서 동지가 의형제는 아니다. 서로 돕는 것은 좋지만 의지해서는 안 된다. 의뢰심은 기개 없음을 의미할 뿐 아니라 또한 정의情誼를 손상하는 커다란 원인이 되는 것이다.

많은 동지 중에는 얼굴도 이름도 모르는 사람도 있을 것이다. 그래도 동지임을 알게 된 다음에는 믿고 사랑해야 함엔 변함이 없다. 한 번 보면 전부터 아는 사이처럼.

공자는 "두 사람이 마음을 함께하니 그 날카로움이 쇠도 자를 수 있고, 마음을 같이하는 말은 그 향기로움이 난초와도 같다二人同心 其利斷金 同心之言 其臭如蘭"[9] 고 말씀하셨는데, 얼마나 아름다운 말인가. 꼭 그대로이다. 우리는 바로 천인동심千人同心을 목표로 하고 있는 것이다. 천 사람이 마음을 함께하는 힘은 놀랄 만한 것이다. 그 힘으로써 우리 구역을 이상적인 황민皇民의 향토로 만들지 못할 이유가 있을까. 아니, 조선 전체를, 일본 전체를 완전한 황민향皇民鄕으로 만들 것은 의심의 여지가 없다. 그러나 성공은 조급하게 오지 않는다. 제일 먼저 우리 자신의 진영을 정돈하는 것조차 일조일석에 할 수 있는 일은 아닌 것이다. 한 포기 화초가 피는 데도 한 개인의 쉼 없는 노력을 필요로 한다. 한 그루 소나무가 그 본래의 품격을 갖추는 데는 수백 년이 걸린다. 하물며 수천만 민중을 개조하는 것이 그렇게 쉽게 될 리는 없다. 그러나 우리의 노력은 한 점, 한 획도 소멸되지 않는다. 쌓이고 쌓여 크게 이루는 것이다. 오늘 밤 이 회합도 결코 무의미하지 않다. 다음에 오는 것의 분명한 원인이 되는 것이다. 악이든 선이든 떨어진 씨앗은 반드시 열매를 맺는다. 우리의 성실한 노력이 계속되는 한, 매 순간 우리는 목표를 향해 나아가고 있는 것이다.

우리가 민중의 지도자가 되기 위해서는 우선 민중의 신뢰를 획득하지 않으면 안 된다. 민중은 어떤 사람을 신뢰하는가. 자기들을 위해 진력하는 사람을 신뢰

---

9 『주역(周易)』의 '계사상(繫辭上)'에 나오는 구절.

한다. 바라는 것 없이 한결같이 자기를 내주는 사람을 신뢰한다. 민중은 어린아이처럼 정직하고 또 신과 같이 총명하다. 민중은 결코 속지 않는다. 교활한 위선자가 일시 민중의 눈을 현혹하는 일은 있을 것이다. 그러나 언젠가는 민중의 성난 눈이 그것을 간파한다.

민중은 또 의심이 많고 둔감하다. 철저히 속은 민중이 더 그러하다. 처음에는 우리의 성의가 좀처럼 통하지 않을 것이다. 혹은 조소를 받고, 혹은 적대시되는 일도 있을 것이다. 또한 나쁜 사람의 참무讒誣와 중상中傷도 있을 것이다. 민중의 마음이 우리에게 향하고 있음을 알면 반드시 이를 질시하는 적도 나타날 것이다. 이는 필연적인 일이다.

따라서 우리가 민중에게 신뢰받을 때까지는 상당히 긴 시간 동안 성실한 노력을 계속할 필요가 있다. 삼일천하로는 아무것도 되지 않는다. 반드시 '또 시작이군.' 하는 눈으로 민중은 우리를 바라볼 것이다. 잠깐 시끄럽다가 곧 조용해질 것이라고 코웃음을 칠 것이다. 이는 우리의 선배가 그랬기 때문이다. 우리는 이러한 민중의 기대를 어긋내지 않으면 안 된다. 그 의표를 찔러 그들을 깜짝 놀라게 하지 않으면 안 된다. 그들로 하여금 "청년정신대를 다시 봤다. 날이 가면 갈수록 더욱더 맹렬하고 더욱더 진지하다."고 놀란 눈을 동그랗게 뜨게 하지 않으면 안 된다. 그때야말로 민중은 우리를 따르는 것이다. 그때에야말로 우리의 포부는 실현되는 것이다. 그때까지가 고비이다. 우리는 최후의 순간까지, 최후의 한 걸음까지 분발하지 않으면 안 된다. 위산구인공爲山九仞功에 휴일궤虧一簣[10]하는 일이 있어서는 안 된다. 그때에는 우리의 이상이 실현될 것이므로. 그때에야말로 우리는 황운익찬皇運翼贊의 일대 사업을 완수할 것이므로. 조선 동포를 힘 있고 품위 있는 국민으로 만드는 것이야말로 최고 최대의 황운익찬이므로.

그러나 우리는 민중의 신뢰를 획득하기 전에도 눈앞의 전력증강을 위해 분투하지 않으면 안 된다. 우리의 분수에 맞게 할 수 있는 일을 하는 것이다. 예를 들

---

10 『서경(書經)』의 '여오편(旅獒篇)'에 나오는 구절. 아홉 길 산을 쌓는 데 한 삼태기의 흙이 모자라 공이 한꺼번에 무너진다는 뜻으로, 오래 쌓은 공로가 최후의 사소한 일로 실패함을 말한다.

면 내일의 경축일을 기하여 올바른 국기 게양 방법을 지도한다. 민중은 아직 우리를 신뢰하지도 않고 존경하지도 않으니, 우리는 그들에게 호령을 할 수는 없다. 몸소 그 잘못을 정정하고 공손하게 국기의 존엄에 대해 설명해 들려주는 것이다. 그러나 여기에도 견적필살見敵必殺의 기백이 필요하다. 수단은 봉사라 해도 책임을 갖고 소기의 목적을 달성하지 않으면 안 된다. 흐지부지해서는 오히려 후환이 있다. 여러분은 각자 마을 내에서 지도하는 것이므로 성의와 꿋꿋함만 있다면 반드시 소기의 목적을 달성할 수 있다고 생각한다. 내일 하루 우리가 마을 내의 국기國旗 존엄 철저운동에 헌신하자. 그리고 우리 마을을 걷는 사람들로 하여금 우리 마을은 국기 게양에 있어서 나무랄 데 없다는 이야기가 나오게끔 하자. 일단 정한 일은 반드시 철저히 한다는, 우리 청년정신대 제일의 전통을 확립하자.

이제부터 우리는 혹은 납세기納稅期에, 혹은 파리 발생기에, 혹은 징병검사 때에, 혹은 애국반 반상회 때에 등등 일이 많겠으나 민중을 위한 일은 무엇이든 자진하여 떠맡고 묵묵히 일할 것이다. 이것이 즉 전력증강이고 향토 주민의 지위 향상이며, 또한 민중의 신뢰를 획득하는 행을 쌓는 일도 되는 것이다.

여러분은 여러분 마을의 민중의 신뢰를 얻고 마을의 지도력을 쥠으로써 국민의 지도자로서의 힘을 기르는 것이다. 여러분은 단지 조선 민중의 지도자만은 아니다. 여러분은 일억국민 전체의 지도를 허락받았고 또 부탁받은 것이다. 여러분은 우리는 조선인이라는 비열한 생각을 버리지 않으면 안 된다. 여러분은 일본제국의 지도자로서 자임해야 한다. 옛 사람의 말에 "사람은 스스로를 업신여기면 반드시 후세 사람이 그를 업신여긴다."고 했는데, 바로 그대로이다. 여러분은 어엿한 일본 청년이며 일본 청년정신대의 지도자이다. 머지않아 여러분은 대어심大御心을 체현하여 받들어 대동아의 지도자가 되어야 할 당당한 법왕자法王子이다. 실로 여러분의 임무는 무겁고 영광은 크다.

마지막으로 조선 동포의 지위와 운명에 대해 한마디 하려 한다. 앞에서도 언급했듯이 현재의 사상과 도의성과 실천으로는 안 된다. 반드시 경멸받고 반드시 멸망한다. 여러분이 약속한 방향으로 일대 전환을 이루고 몇 배의 봉공奉公을 해야

만 그 지위를 최고까지 높일 것이다. 이 점에는 한 점 의심의 여지도 없다. 여러분, 우리 대군大君은 복덕이 원만한 현인신現人神이시다. 우리 대군께서 다스리시는 나라는 올바른 나라이고 패하지 않는 나라인 것이다. 더군다나 조선 3천만이 진충보국盡忠報國하여 물자로, 땀으로, 피로, 그리고 뛰어난 이상으로써 지켜드리고 익찬翼贊해 올림에 있어서랴. 여러분, 우리는 황도皇道로써 빛날 명일明日의 아시아의 평화향平和鄕과 대문화大文化를 목표로 전력으로 나아가자.

1945년

아세아의 운명[1]

1

적은 이 전쟁이 다만 일미전日米戰이라고 인상印象시키랴고 할 것이다. 적은 그들의 적은 일본뿐이요 한민족漢民族 기타 아세아 민족은 그네의 적이 아닐뿐더러, 도리어 그들 약소민족을 강방强邦 일본의 압박에서 해방할 의도를 두었노라고 자칭하고 또 선전할 것이다. 그러할뿐더러 아세아의 약소민족 중에도 불행히 적의 희망에 부합하는 사상을 가진 자도 불무不無하다. 과연 그러할까, 그렇지 아니할까. 우리는 냉정하게 반성하고 검토할 필요을 느낀다.

아세아 민족 중에 만일 일본의 승리를 원치 아니하고 일본의 적인 미영米英의 승리를 원하는 자가 있다고 하면 그것은 일본에 대한 애자지원睚眦之怨[2]이나 오해에서 나온 것일 것이다. 일실一室에 동거하는 가족 간에는 은恩을 느끼는 동시에 원怨도 느낄 기회가 있다. 내외 싸움, 형제 싸움의 쓴 기억이 없는 내외나 형제가 어디 있는가. 그러나 아주 미지未知의 노방인路傍人이면 은恩도 없는 동시에 원怨도 없어서 반가워할 이유도 없으나 미워할 기억도 없는 것이다. 내외나 형제가 서로 증오할 순간에 외인外人이 잠깐 친절을 보이면 그것이 지극히 고마워서 내외나 형제의 흠담을 하고 그의 동정을 구하는 것은 흔히 경험하는 그릇된 열등 감정이다. 아세아 제민족諸民族의 대일본 관계와 대 영미米英 관계가 정히 이것이다.

아세아 제 민족 중에서 먼저 부강하게 된 일본이 이웃에 대하야 일종의 압박감을 준 것도 사실이요, 또 혹은 외교정책이, 혹은 국민 중에 어떤 개인이 이웃 민족에 대하야 원怨을 일으킬 행동을 한 것도 없을 수 없는 일이다. 가령 의화단비사

---

1 가야마 미츠로(香山光郎), 『매일신보(每日新報)』, 1945.8.7~8.

2 한 번 흘겨보는 정도의 원망이란 뜻으로, 아주 작은 원망을 이르는 말.

건義和團匪事件[3]에 일본이 청국 편이 아니 되고 영미 편이 된 것이라든지, 일본이 구미열강의 식민정책을 방倣하야 식민지와 치외법권을 획득한 것이라든지, 이러한 과거의 정책은 일본으로서는 그러할 필요가 있어 한 것이라 하더라도 그러한 압박을 당한 약소민족 편에서 보면 형제로 믿던 일본이기 때문에 아주 남인 미영보다도 더 야속할 법도 한 일이다. 이러한 점이 형제인 아세아 민족의 심경에 반일본적 감정을 파종播種한 원인이다. 이에 대하여서는 우리 국민은 형제국민 간에 대하야 심심한 유감의 의意를 솔직히 표하는 것이 마땅임은 물론이다.

그러나 요컨댄 이것은 일실지내一室之內의 애자지원睚眦之怨이다. 외인外人의 일반지덕一飯之德[4]에 대하여서 공동조선共同祖先, 공동문화, 공동운명인 아세아 제 민족이 상호배척하고 상호분열한다 하면 이것은 자멸의 우愚 이외에 아모것도 아니다. 가도멸괵假途滅虢[5]은 춘추春秋의 비극이거니와, 금일에 아세아 민족으로서 일본을 미워하야 미영의 편이 되는 자는 이 춘추春秋의 비극을 반복하는 것이다. 시관試觀하라. 앵글로색슨이 2백 년간 대이민족對異民族 정책을 약육강식이라는 그들의 유일한 신조로 일관하지 아니하였는가. 그들의 정의라 함은 앵글로색슨의 이익을 지칭함이요, 그들의 자유라 함은 자가自家의 자유를 지칭함이다. 결코 우리 아세아인이 신信하는 바와 같이 천명天命에 합하는 것이 정의, 사욕에서 해탈하는 것이 자유라는 그러한 관념과는 판이하다. 다시 말하면 아세아인의 정의와 자유는 성경聖經이나 불경佛經의 정의와 자유요, 적의 정의와 자유는 맑스와 다윈의 정의와 자유다. Justice를 정의, Liberty를 자유라고 해석한다고 하여서 그 내용이 같다

3 1899년 11월부터 1901년 9월까지 산둥, 화베이 지역에서 의화단(義和團)이 일으킨 외세 배척 운동. 1900년 6월 의화단이 베이징에 있는 외국 공관을 포위 공격한 사건을 계기로 청(淸) 정부가 열강에 선전 포고하자 러시아, 일본, 독일, 영국, 미국, 이탈리아, 오스트리아, 프랑스 8개국이 파병하여 베이징을 비롯한 양쯔강 이북 지역을 점령했다. 결국 청은 1901년 9월 이들 열강에 거액의 배상금을 지급하는 한편 열강의 중국 내 군대 주둔권을 인정하는 내용의 베이징 의정서를 체결했고, 그 결과 중국의 반식민지 상태가 더욱 심화되었다.

4 밥 한 끼를 베푸는 덕이라는 뜻으로, 아주 작은 은덕을 이르는 말.

5 『천자문(千字文)』 가운데 '假途滅虢 踐土會盟'에서 따온 구절. 춘추시대 진(晉)의 헌공(獻公)이 괵(虢)을 치고자 우(虞)에 길을 빌려 괵을 멸망시킨 다음 우도 함께 멸망시키고 천토(踐土)에서 제후들을 모아 주(周)에 충성할 것을 맹세케 한 일화를 가리킨다.

고 생각하는 것은 크고도 무서운 인식 착오다. 이 인식 착오로 말미암아서 얼마나 많은 아세아의 지식인들이 미영의 성격을 오해할뿐더러 돌이켜서는 자가自家의 신성한 전통을 오해하는지 모른다. 미영의 정의와 자유는 보편타당성을 가진 정의와 자유가 아니라 미영 자신의 '이해利害'를 표준으로 한 것임을 잊어서는 아니 된다. 이러한 2백 년 대이민족對異民族 정책의 역사와 골수에 박힌 상업주의적 정의·자유관 즉 인생관을 가진 앵글로색슨 민족의 조아爪牙가 장차 아세아 전족全族에 박힐 위기인 금일이라. 이날에 미영의 적은 오직 일본과 일본 민족뿐이라고 생각하고 안연晏然하고 있는 자가 누군가.

만일 이번 전쟁에서 미영이 최후의 승리를 얻는다 하면 아세아는 어떻게 될까. 서세동점西勢東漸에 대한 유일한 저항력이던 일본의 역力을 실失한 아세아는 영미인의 '정의'와 '자유'의 독천장獨擅場[6]으로 화할 것이니, 아세아 전폭全幅이 인도印度와 말레이馬來로 화할 것은 무의無疑한 일이다. 일본이 강방强邦인지라 충칭重慶을 우대優待하거니와, 일본 없는 충칭은 정히 팽烹함이 될 주구走狗가 될 것이다. 그리하여서 경제적으로는 인도와 마래와 같이 런던과 뉴욕의 상품시장이 되어서 고혈膏血이 진盡할 것이요, 정치적으로는 그네의 식민지적 부속附屬에 떨어질 것이요, 인종적 차별로는 그들의 이른바 The natives, 즉 토인土人의 지위에 몰락하야 내 조국의 국토에 처하면서 기류寄留하는 용인傭人의 비애를 느끼지 아니치 못할 것이다.

그보다도 더 심각하고 처참한 것은 우리 아세아 선인先人들이 무시無始 이래의 혼魂과 혈血로써 창조하고 축적하고 수호하여 온 우리 정신, 우리 문화의 파괴라. 천명사상天命思想을 근저로 한 우리 아세아 문화는 생명을 실失하고 고고학적 존재가 되고 말 것이다.(1945.8.7)

6 제 마음대로 행할 수 있는 장소.

2

아세아 문화란 무엇인가. 아세아의 성인들이 천계天啓를 받아서 이룬 문화로서 우리가 성경聖經 현전賢傳이라는 모든 경전經典에 기록되어 있고, 우리의 생활과 예술 문학과 사회 전통에 침윤되어 있는 사상과 정조와 예의다. 이 문화야말로 우리를 수적獸的인 데서 인성人性에, 인성人性에서 다시 신성神性에, 불성佛性에 끌어올리는 문화다. 이 문화는 근대 물질주의, 금수주의禽獸主義의 구미문명에 일시 압두壓頭되었으나 이번 대전大戰으로 하야서 금수주의생존경쟁 약육강식의 문명이 어떻게 인류를 상잔相殘하게 하는 것인가를 명증明證하였다. 우리네 천명天命의 정의 자유관이야말로 인류에게 진정한 화평과 복락을 줄 수 있는 유일한 정도임이 판명되었다. '도지이덕 제지이례導之以德 齊之以禮'[7] 하는 국가와 사회, 상경상양相敬相讓, 상자상비相慈相悲하는 인의仁義와 자비慈悲의 원리야말로 우리의 문화일뿐더러 넓게 중생을 제도할 교의요 생활원리다.

이러한 문화를 파괴하는 것은 인류을 파괴하는 것이다. 이러한 문화를 지키는 것은 곧 인류를 지키는 것이다. 그러므로 미영米英을 격파하는 것이 곧 미영인까지도 구제하는 인성人性의 승리요 천리天理의 승리다.

일본의 금차今次의 전쟁의 동기와 목적이 이에 있는 것이니, 설사 일본의 전쟁의 동기가 미영의 그것과 다름없는 이기적 물질적인 데 있다고 가정하더라도 결과에 있어서 일본의 승리가 아세아의 승리요 일본의 패배가 아세아의 패배임에는 다름이 없다. 일본에 모든 잘못이 있고 미움 받은 모든 요건이 있다 하더라도 일본이 패배하여서는 아니 된다. 왜 그러냐 하면 현재 아세아의 적, 인류의 적과 싸우는 주력이 일본이기 때문이다. 만일 일본의 힘이 부쳐서 이번에 미영을 아세아에서 축출하기에 실패한다고 가정하면 장래에 아세아의 어느 일민족 또 수민족이 이번에 일본이 한 것보다 더 큰 희생을 하여서 제2의 대동아전쟁을 하여야

---

7 『논어(論語)』의 '위정편(爲政篇)'에 나오는 '導之以德 齊之以禮 有恥且格'에서 따온 구절. 덕으로 인도하고 예로 다스리면 수치를 알고 바르게 된다는 뜻.

할 것이다. 그 민족이 다시 수십만의 생명을 미영인의 총포銃砲와 어별魚鼈의 밥이 되게 하여야 할 것이다.

이곳에 우리 국민과 및 아세아 제 민족이 크게 반성할 필요가 있다. 우리 국민을 합하면 일억일심으로 수사전투殊死戰鬪하여야 할 것은 물론이거니와, 아모리 전국戰局이 위기에 박도迫到하더라도 결코 아세아 구제의 대이상을 잊고 자가自家 구제의 국량局量에 퇴영退嬰하여서는 아니 되고, 아세아 제 민족으로 말하면 이번에 일본과 협력하여서 비영을 격퇴하는 것이 결코 일본 일개국을 위한 것이 아니라, 진실로 자가自家를 패망에서 구하고 자가自家의 자손을 제2차 대동아전의 희생에서 구하는 소이所以임을 분명히 각오하고 확고히 파지把持[8]하여야 한다.

아세아 제 민족의 운명은 일언이폐지하면 합존분망合存分亡이다. 합하면 존存하고 분分하면 망한다. 일본이 망하고 중화中華가 전全할 리가 없다. 다른 민족들도 마찬가지다. 만일 종래에 우리 국민 중에 자존자대自尊自大하여서 이웃 민족에게 교오驕傲[9]하다는 인상을 준 일이 있다 하면 그는 마땅히 반성하야 아세아 일실一室의 정당한 감정에 복귀할 것이요, 타방他方으로 아세아 제 민족은 일본과 공생공사共生共死의 대의를 자각하여야 할 것이다. 이곳에 오직 아세아 필승의 비결이 있는 것이니.

최후에 대동아공영권大東亞共榮圈이라는 이상은 이번 전쟁을 기機로 일본이 세칭한 것이거니와, 이야말로 아세아 제 민족의 공통한 이상이 아닐 수 없다. 아세아의 토土에 아세아의 민民이 아세아의 도道와 물物을 가지고 안락화평安樂和平한 세계를 건설한다는 것을 적 이외에야 뉘라서 반대하랴. 아세아인은 혈액, 골해骨骸,[10] 용모가 같고 근본문화가 하나다. 곧 이욕利慾을 멸滅하는 천명사상天命思想이다. 게다가 아세아는 한寒, 온溫, 열熱 3기후대를 포함하여서 인생 생활의 모든 물자와 천연미天然美를 가졌다. 저 외적外敵의 기반羈絆과 착취만 면할진댄 한 가지도 부족

8 원문에는 '把持住'로 되어 있다.

9 잘난 체하고 뽐내며 건방짐.

10 몸을 이루는 온갖 뼈.

한 것이 없는 풍부한 생활을 할 수가 있는 것이다.

이러한 조건을 구비하였으니 황도세계皇道世界나 요순세계堯舜世界나 극락불토極樂佛土나 우리의 노력 여하로 건설할 수가 있으니, 이것이 곧 대동아공영권大東亞共榮圈의 내용일 것이다. 이 이상이야말로 아세아 십억동포가 "형제여 동지여." 하고 일심일체가 되어서 외적外敵을 물리치고 실현을 기하여야 할 생명의 목표가 아닌가.

혹은 말하리라, 적은 강하다고, 물질이 승하다고. 그렇다, 그것은 사실이다. 그러나 아세아가 일체가 되는 날에는 적의 부강은 조족지혈鳥足之血이다. 2억 대 10억의 전쟁이다. 일본이 혼자서 전쟁할 때에는 2억 대 1억이었으나, 아세아가 하나가 되는 날은 우리는 5요 적은 1이다. 나는 진심으로 아세아의 제 민족이 이 진리에 각성하여서 선조의 전통을 지키기 위하야 자손의 제2차 대동아전의 유혈을 예방하기 위하야 □□히 일실一室 애자지원睚眦之怨을 버리고 대의大義의 기하旗下에 일심일체가 되어서 아세아 중흥中興의 대업大業을 이루기를 바란다.(1945.8.8)

1937년(46세) 6월 동우회사건으로 체포. 7월 중일전쟁 발발. 8월 치안유지법 위반 혐의로 서대문형무소에 수감되어 3일 만에 병감으로 옮김. 12월 병보석으로 출감하여 경성의전병원에 입원.

1938년(47세) 2월 조선인특별지원병제 공포. 3월 충량한 황국신민의 양성에 목표를 둔 제3차 조선교육령 개정. 병보석으로 출감하여 경성제대병원에 입원해 있던 안창호 사망. 4월 국가총동원법 공포. 이해 봄 단편 「무명」 집필을 끝내고 『사랑』 집필에 착수. 7월 국민정신총동원조선연맹 발족. 퇴원하여 자하문 밖 산장에 듦. 8월 동우회사건 예심 결정으로 기소됨. 10월 박문서관에서 『사랑』 전편 간행. 11월 전향서 「합의申合」 재판소에 제출. 12월 삼천리에서 주관한 전향 지식인의 시국 관련 좌담회에 참석.

1939년(48세) 2월 『문장』 창간호에 단편 「무명」 발표. 3월 『사랑』 후편 간행. 박기채 감독의 영화 『무정』 개봉. 북지 황군 위문 문단사절 파견에 참여. 4월부터 이듬해 11월까지 일본어 주간지 『국민신보』에 무기명으로 시국 칼럼 연재. 5월 『세조대왕』 집필에 착수. 6월 자하문 밖 산장을 팔고 효자정으로 이사. 9월 제2차 세계대전 발발. 10월 조선문인협회 결성, 회장 취임. 국민정신총동원조선연맹 기관지 『총동원』에 일본어 시 「지원병송가志願兵頌歌」 발표. 12월 동우회사건 1심에서 전원 무죄, 당일 검사측 항소.

1940년(49세) 1월 형사사건 기소 중의 신분이 문제시 되어 조선문인협회 회장직 사임. 2월 카야마 미츠로香山光郎로 창씨개명. 단편 「무명」으로 제1회 조선예술상 수상. 박문서관에서 『춘원시가집』 500부 한정판 간행. 3월에서 7월까지 『록기綠旗』에 일본어 장편 『마음이 서로 닿아서야말로心相

觸れてこそ』(미완) 연재. 7월 박문서관에서 『세조대왕』 간행. 제2차 코노에 내각의 출범과 신체제성명. 8월 총후문예운동의 일환으로 경성에 온 일본 문예가협회 문인들과의 좌담회에 참석. 동우회사건 2심에서 5년 징역형 판결, 항소. 『동아일보』, 『조선일보』 폐간. 10월 반도신체제 발족과 더불어 국민총력조선연맹의 결성으로 신체제운동의 본격화. 12월 황도학회 설립에 발기인으로 관여.

1941년(50세) 1월 전향자의 일본정신 교육 및 사상보국 협력을 주관하던 사상보국연맹의 후신인 야마토주쿠大和塾에서 기숙하며 명상과 저술에 몰두. 박문서관에서 일본어 논설집 『동포에게 보냄同胞に寄す』 간행. 1월에서 3월까지 『신시대』에 조선어 장편 『그들의 사랑』(미완) 연재. 2월 조선사상범예방구금령 공포. 3월 『분가쿠카이文學界』에 일본어 수필 「행자行者」 발표. 4월 『문장』, 『인문평론』 폐간. 5월 중앙협화회에서 『내선일체수상록』 간행. 7월 『무정』과 『흙』을 비롯하여 18권의 저작 발행금지. 8월 흥아보국단 및 임전대책협의회 결성. 9월에서 이듬해 6월까지 『신시대』에 조선어 장편 『봄의 노래』(미완) 연재. 10월 조선임전보국단 결성. 11월 동우회사건 상고심에서 전원 무죄 판결. 『국민문학』 창간. 12월 태평양 전쟁 발발.

1942년(51세) 1월 『신시대』에 시 「선전 대조宣傳大詔」 발표. 2월 싱가포르 함락 및 전승 축하회. 3월부터 10월까지 『매일신보』에 조선어 장편 『원효대사』 연재. 5월 조선에 징병제 실시 결정. 10월 조선어학회사건. 11월 일본 문인보국회의 주최로 토쿄에서 열린 제1회 대동아문학자대회에 참가.

1943년(52세) 1월 『분가쿠카이文學界』에 일본어 기행문 「삼경인상기三京印象記」 발표. 『방송지우』에 조선어 단편 「면화」 발표. 3월 징병제 공포. 이해 봄 삼남 영근의 강서중학 입학으로 평안도 강서에 거주. 4월 조선문인보국회 결성, 불참. 8월 토쿄에서 제2회 대동아문학자대회 개최, 불참. 8월 징병제 실시. 10월 조선인 학도특별지원병제 실시. 국민총력조선연맹

의 기관지 『국민총력』에 일본어 단편 「파리蠅」 발표. 11월 『신타이요新太陽』 싸우는 조선 징병제도 실시 기념호에 일본어 단편 「군인이 될 수 있다兵になれる」 발표. 11월 학병 권유단의 일원으로 교토와 토쿄 등지에서 학병 지원 권유 강연에 나섬. 12월 『륙기綠旗』에 일본어 단편 「대동아大東亞」 발표.

1944년(53세) 1월 조선인 학병의 입영 시작. 『방송지우』에 조선어 단편 「귀거래」 발표. 1월에서 3월까지 『국민문학』에 일본어 장편 『사십년四十年』(미완) 연재. 3월 사릉에 집을 짓고 거주하기 시작함. 4월에서 8월까지 제1회 징병검사 실시. 6월 『신시대』에 일본어 단편 「원술의 출정元述の出征」 발표. 8월 『방송지우』에 조선어 단편 「두 사람」 발표. 『방송지우』에 조선어 단편 「방공호」 발표. 10월 『신타이요新太陽』에 마지막 일본어 소설 「소녀의 고백少女の告白」 발표. 11월 난징에서 열린 제3회 대동아문학자대회 참가.

1945년(54세) 1월 『방송지우』에 조선어 단편 「구장님」 발표.. 3월 아이들과 함께 사릉으로 소개. 7월 『매일신보』에 「소개기疏開記」 연재. 8월 초 『매일신보』에 「아세아의 운명」 연재. 8월 15일 해방.

최주한

전시동원체제하에서 글을 쓴다는 것

작년 12월 8일 나는 무슨 일이든 좋다, 부름을 받는다면 무엇이든 내 힘이 미치는 한 의무를 다하겠노라고 결심했던 것입니다. 강연에 가라고 하면 갔고 쓰라고 하면 썼습니다. 올해도 더욱더 그런 일에 노력하여 봉공해 드리자는 생각입니다.

1942년 12월 이른바 「대동아전쟁 1주년을 맞는 결의를 밝히는 글大東亞戰爭一週年を迎える私の決意」『國民文學』, 1942.12에서 이광수는 이렇게 썼다. 부름을 받는 한 힘껏 의무를 다하고자 했다고. 강연에 가라고 하면 갔고 쓰라고 하면 썼다고. 앞으로도 더욱 노력할 생각이라고. 문면에는 총독부 당국에 대한 적극적인 협력의 의지가 드러나 있지만, 뒤집어 보면 전시동원체제하의 글쓰기가 놓인 여건이 고스란히 읽히는 문장이다. 무엇보다 우선 전쟁을 위해 모든 자원을 동원하고자 하는 당국의 요구가 있고, 그에 부응하지 않으면 안 되는 '동원의 문법'에 충실한 글쓰기. 사실 이는 이광수의 후기 문장을 관통하는 기본 문법이기도 한데, 이 무렵 그의 글쓰기는 중일전쟁에서 태평양전쟁에 이르기까지 일본의 국가주의가 아시아에서의 세력 확장을 위해 전쟁에 열중하고 있던 시기와 정확히 맞물려 있는 까닭이다.

잘 알려져 있다시피, 1937년 6월 이광수를 비롯한 181명 동우회원들의 검거로 시작된 동우회사건은 중일전쟁을 한 달 앞둔 시점에서 민족주의 세력을 와해시키고 전쟁의 수행에 필요한 협력을 이끌어내기 위한 총독부의 선제 조치였다.

이 과정에서 이듬해 3월 안창호가 사망하고, 6월 기소 유예된 18명의 회원들의 전향성명, 이어서 8월 대표자 명의의 해산계가 제출되었다. 이광수를 비롯하여 기소된 42명의 운명은 정해진 것이나 마찬가지였으니, 결국 11월 이광수는 제국의 신민으로서 국책에 적극 협력할 것을 결의한 전향서를 '전前 동우회원 일동'의 이름으로 지방법원에 제출하게 된다.

1938년 8월 예심 결정으로 기소된 동우회사건은 이듬해 1939년 12월 1심에서의 전원 무죄 판결에 이르기까지 무려 1년 반을 끌었으나 당일 검사측의 상고에 의해 다시 심리에 회부되었다. 그리고 1940년 8월 2심에서는 판결이 뒤집혀 전원 유죄 선고를 받고, 이광수는 징역 5년형에 처해졌다. 주목할 만하게도, 판결이 번복된 시점은 제2차 코노에 내각이 남방 진출까지 고려한 전쟁 확대 방침을 내걸고 고도국방국가의 완성을 목표로 내걸고 신체제의 수립을 천명1940.8.1한 직후의 일이다. 동우회사건의 시작이 그랬듯이, 2심에서의 유죄 판결 역시 신체제하의 더욱 적극적인 협력을 종용하기 위한 사법적인 고려의 산물이었음을 짐작케 하는 대목이다.

2심의 판결에 전원 불복하여 항소된 동우회사건은 결국 1941년 11월 전원 무죄로 종결된다. 아시아에서 일본의 세력 확장을 견제하는 영미와의 관계 악화로 태평양전쟁의 개전 가능성이 임박해 있던, 역시 태평양전쟁 발발을 한 달 앞둔 시점이다. 무죄 판결이 감시와 통제의 해제를 의미하지 않았던 것은 말할 것도 없다. 1941년 2월 공포되어 3월부터 시행된 조선사상범예방구금령은 국가에 대한 충성을 실천적으로 입증하지 못하는 한 언제든 예방구금을 처분하는 강력한 법안이었다. 이광수는 동우회사건 2심에서 5년 징역형을 받은 직후인 1940년 겨울에도 일본정신의 교육과 사상보국의 지도적 실천자의 양성을 목적으로 설립된 야마토주쿠大和塾에 입소하여 명상과 저술에 몰두한 일이 있다. '당국의 호의'에 의한 것이었다고 썼지만「행자」, 1941.3, 사실상 예방구금에 준하는 조처였다.

요컨대 전시동원체제하에서 글을 쓴다는 것, 더구나 이광수와 같은 식민지의 전향 지식인에게 그것은 일차적으로 제국의 신민으로서 국가에 대한 충성을 글로써 입증하는 행위를 의미했다. 그러고 보면 이광수의 후기 문장이 온통 내선일체나 황민화론, 대동아공영에 대한 신념의 표명으로 채워져 있는 것은 전혀 놀라울 것도, 이상할 것도 없는 지극히 당연한 일인 셈이다. 그럼에도 불구하고 이광수의 후기 문장을 외적 강압에 의한 불가피한 타협의 수사쯤으로 취급하는 것은 그것을 제국 일본의 힘에 편승한 자발적인 협력의 담론으로 간주하는 것만큼이나 일면적임을 면치 못한다.

해방 후 이광수는 『나의 고백』1948에서 대일협력에 나서게 된 동기에 대해 이렇게 썼다. 어떤 이는 일본 관헌의 압박에 못 이겨 그리 했다고 하나 자기는 그렇게 비겁한 사람은 아니며, 자신이 '친일파의 누명'을 쓰고 나선 것은 자기를 희생하여 동포를 핍박에서 건지자는 것이었다고. 요컨대 자기가 일본에 협력한 데는 나름의 이유가 있었다는 얘기다. 위선적인 변명쯤으로 치부되곤 하는 발언이지만, 친일파의 누명을 '자처하기'란 단순한 굴복이나 추종과는 구분되는 의지적 행위라는 점에 주목할 필요가 있다.

실제로 이광수의 후기 문장은 결코 단선적이지 않다. 동우회사건 이후 전향에 이르기까지 내적 번민으로 가득한 문장들은 말할 것도 없고, 전향 이후의 문장들 또한 동원의 문법에 충실한 가운데서도 시국의 변화에 따라 그때그때 요구되는 협력의 수위를 조절하는 과정에서 생긴 논리적 긴장과 비약, 그리고 균열의 흔적이 또렷이 새겨져 있다. 따라서 이광수의 후기 문장을 이해하기 위해서는 중일전쟁 이후 태평양전쟁에 이르는 시기의 외적 여건의 변화 더불어 동우회사건 이후 이광수의 글쓰기 전반에 내재한 이들 긴장과 비약, 균열의 지점이 이야기하는 것에 귀를 기울일 필요가 있다.

동우회사건에서 전향까지

1937년 6월 동우회사건으로 서대문형무소에 수감되면서 한동안 중단되었던 이광수의 글쓰기가 재개되는 것은 동년 12월 병보석으로 출감하여 경성의전병원에 입원하면서부터이다. 병상에서 이광수는 주로 자기 자신을 응시하는 시를 쓰는 한편, 단편 「무명」과 장편 『사랑』의 집필에 착수했다.

1938년 1월 『삼천리문학』에 발표된 시 「들물에」는 동우회사건으로 막다른 골목에 내몰린 이광수 자신의 내면풍경이 탁월하게 형상화되어 있어 각별히 주목을 끈다. 한순간 밀어닥친 밀물에 공들여 쌓은 모래성을 잃고 어찌할 바를 모르는 아이들. 그러나 체념도 잠시, 아이들은 또 어딘가에서 새로운 놀이를 궁리하느라 바다가 부르는 영원의 노래를 듣지 못한다. 아이들의 놀이는 무상하고 바다의 노래는 영원하건만, 눈앞의 놀이에 정신이 팔려 울고 웃는 아이들처럼 동우회사건으로 번민하는 현실의 그에게 바다가 부르는 영원의 노래는 아득하기만 하다. 영원의 깨달음과 현실의 번민 사이, 이 무렵부터 쓰기 시작하여 『춘원시가집』1940.2의 '임께 드리는 노래' 편에 수록된 시들은 그 간극을 메우려 애쓴 고투의 기록에 가깝다.

단편 「무명」은 병보석으로 출감하기 직전까지 서대문형무소의 병감 생활을 토대로 집필한 작품이다. 입감한 지 사흘 만에 병감으로 옮겨진 '나'가 사기와 방화, 공갈로 붙들려온 잡범들과 함께 지내며 겪은 일을 다루고 있다. 열악한 환경과 병고에 허덕이면서도 서로 먹을 것을 다투고 자존심을 다투며 자기를 알아주지 않는 상대와 세상을 원망하고 탓하는 것으로 하루를 일삼는 잡범들. 그들의 모습에서 '나'는 무명無明에 덮여 고통과 번민에 시달리고 있는 인생의 한 축도를 본다. 그러나 병든 몸을 위해 매일의 사식을 걱정하고 밤이면 편히 누워 잠들 수 없는 열악한 환경 때문에 괴로워하며 보석과 예심의 결정을 초조히 기다리고 있는 신세인 '나' 또한 이 점에서는 다르지 않다. 어느 가을날 병이 깊어져 독방으로 전방을 갔던 '윤'이 죽음을 예기한 듯 염불을 외면 극락에 가느냐고 간절히 물어왔을 때, '나'는 거짓말의 죄업을 무릅쓸 각오로 정성껏 염불을 외라고, 부처님의 말씀이 거짓말 될 리 있겠느냐고 힘주어 대답한다. 죽음을 앞둔 고통과 두려움에서 헤어나고자 애쓰는 '윤'의 모습에서 '나'는 바로 자신의 모습을 보았을 것이다.

「무명」의 집필을 전후한 4월 이광수는 병상에서 두 차례에 걸쳐 예심판사의 취조를 받았다. 동우회의 목적이 '독립'이라는 경찰의 조서를 인정하라는 요구가 있었고, 이를 인정하지 않을 경우 예심을 다시 시작할 수 있다는 위협도 받았다.「高等法院刑事部, 邵和 十五年 形上 101 乃至 104號」, 1941.7.21 바야흐로 시국은 중일전쟁의 전면화와 더불어 전시동원체제를 착실히 구축해가고 있는 중이었다. 2월 조선인특별지원병제의 공포에 이어 3월 충량한 황국신민의 양성을 목표로 한 제3차 조선교육령 개정, 그리고 4월에는 전쟁에 인력과 물자, 자금 등을 동원할 수 있도록 일본 정부에 광범한 권한을 부여한 국가총동원법이 공포되었다. 결국 예심판사의 요구대로 경찰의 조서를 인정하여 예심 결정을 앞두게 되었지만, 어떤 결정이 내려지든 동우회사건이 시국의 요구에 좌우되리라는 것은 불을 보듯 뻔한 일이었다.

깊어가는 번민 속에서 이광수는 장편 『사랑』의 집필에 착수했다. 『사랑』은 이해 10월과 이듬해 3월 박문서관에서 두 권의 단행본으로 간행되었는데, 전편은 여주인공 순옥이 사모하는 안빈에 대한 사랑을 지키기 위해서 원치 않는 허영과의 결혼이라는 모순적인 선택을 결단하기까지의 과정을, 후편은 이기적인 허영과의 결혼생활에 헌신하다가 병까지 얻은 순옥이 마침내 안빈의 곁으로 돌아오기까지의 극적인 여정을 그리고 있다. 허영과의 결혼과 더불어 시작된 순옥의 수난이 결국 보다 견고해진 안빈의 공동체로 복귀함으로써 보상받는 결말을 구상하면서, 이광수는 조만간 전시동원의 광풍에 휩쓸릴 수밖에 없는 처지에 놓인 자신과 민족의 운명에 은밀한 비전을 부여하며 스스로를 납득시켰던 것 같다. 협력이 불가피하다면 일시 희생이 따르더라도 훗날을 기약하는 것이 차선이라고 판단했을 것이다.

실제로 『사랑』 전편의 집필이 거의 끝나가던 8월 동우회사건이 예심 결정으로

기소되자, 이광수는 곧바로 보석 출소자들에게 호소하여 향후 동우회원의 거취 결정을 위한 협의에 나선다. 협의 끝에 경성지방법원장의 승인하에 전향회의를 개최하고 '전 동우회원 일동'의 이름으로 전향서 「합의」를 경성지방법원에 제출한 것은 11월 3일의 일이다.「同友會事件保釋出所者ノ思想轉向會議開催に關スル件」, 1938.11

전향과 국민적 협력의 글쓰기

전향서 「합의」1938.11에서 이광수는 자신들이 과거의 독립사상을 청산하고 천황에게 충성하며 국책에 적극 협력하기로 결심한 데는 중일전쟁을 계기로 조선 민족을 식민지의 피통치자로서가 아니라 '일본 국민의 중요한 구성 분자'이자 '제국의 신민'으로 받아들이겠다는 당국의 뜻을 신뢰할 수 있게 되었기 때문이라고 적었다. 전향 직후 처음 공개적으로 내선일체에 대한 견해를 밝힌 것은 전향 지식인들이 소집된 시국좌담회에서였는데, 이 자리에서 역시 내선일체의 길은 '국민적 감정'을 배양하기 위해 일상행동을 훈련하는 데 있음을 강조하는 한편 그것이 언어·문화 등 조선적 독자성의 말소를 전제하는 것은 아님을 분명히 했다「시국유지원탁회의」, 1938.12. 제국의 신민이 된다는 것, 이 무렵의 이광수에게 그것은 조선인으로서 일본인과 동등한 국민적 감정을 갖는다는 것을 의미했다. 그리고 그것은 동등한 국민으로서의 권리 획득이라는 정치적인 문제와도 결부되어 있었다.

전향 직후 이광수의 본격적인 글쓰기는 일본어 주간신문 『국민신보』에 시국 칼럼을 쓰는 것으로 시작된다. 『매일신보』의 자매지로 1939년 4월 3일에 창간된 『국민신보』는 '반도 민중의 황국신민화'라는 시대적 요구에 응하여 국어보급운동의 일환이자 반도 청소년층의 사회교화 기관지로서 출발했다. 이광수는 창간 직후부터 이듬해 11월까지 매주 무기명으로 칼럼을 기고했는데, 이 글들은 나중에 『경성일보』 등에 쓴 일본어 문장들과 함께 묶여 단행본 『동포에게 보냄同胞に寄す』1941.1으로 간행되기도 한다. 칼럼은 총독부 당국의 정책과 의사 표명을 충실히

해설하는 한편, 국민정신의 수양과 훈련의 필요성을 강조하고 비상시 국민으로서의 의무를 독려하고 결의하는 내용이 대부분이다. 지원병제, 의무교육, 창씨개명, 국어보급운동 등 황민화정책의 근간이 되는 주요 정책은 물론이고, 근로봉사, 사치금지, 방공연습, 애국 자숙일, 궁성요배 및 정오의 묵도 훈련 등 일상적 차원의 생활훈련에 이르기까지, 철저히 당국의 입장을 대변하고 있는 만큼 전시동원체제하 황민화정책의 실상에 대한 상세한 보고서로서도 손색이 없을 정도다.

그러나 이 무렵 이광수의 논설 쓰기가 단지 당국의 입장을 대변하는 수동적인 역할에 그쳤던 것은 아니다. 내선일체에 회의적인 일본인 독자들을 향해서는 시국에 호응하여 동일한 국민적 감정을 갖는 정도의 일체는 얼마든지 가능함을 함을 설득하고,「內鮮人問題對談」, 1940.1 '일본이라는 같은 배'를 탄 운명공동체로서 조선인에게 부여된 책임의 중대함을 인정하고 조선인을 동등한 국민으로 대우할 것을 요구하는가 하면,「同胞に寄す」, 1940.3 집필 조선인 독자들을 향해서도 제국의 운명을 부담한 국민으로서 주체적인 태도로 황민화운동에 임할 것을 촉구했다.「황민화와 조선문학」, 1940.7 내선일체를 슬로건으로 내건 당국의 황민화정책이 일본의 군사적 필요에 따른 인적 자원의 육성·배출에 목적이 있었다면, 이광수에게 그것은 동등한 국민으로서의 권리 획득을 목표로 한 정치운동의 일환이었던 것이다.

한편 내선일체의 문제는 문학인의 입장에서는 더욱 민감한 것일 수밖에 없었다. 내선일체의 향방은 곧 언어와 문화의 독자성에 기반해 온 조선문학의 존립 여부와 직결된 문제이기도 했기 때문이다. 1939년 4월 북지 황군 위문사절 파견에 참여하는 것으로 시작된 문인들의 협력은 동년 10월 '국민문학의 건설' 및 '내선일체의 촉진'을 목표로 내건 조선문인협회의 결성과 더불어 본격화된다. 황군 위문사절 파견 당시 '공통된 국민적 감정의 표시'「문단사절의 의의」, 1939.4 집필라는 데서 그 의의를 찾았던 이광수는 문단사절로서 북지에 다녀온 경험을 담은 임학수의 『전선시집』과 박영희의 『전선기행』을 새로운 각성이 낳은 조선문학 작품의 표본이라 하여 이후의 조선문학은 '일본 국민문학의 일부'라는 인식에 기초해야 함을 역설했다.「文學の國民性」, 1939.11 그러나 국민문학이라고 하여 국책의 선전기관이 될 필요는 없고 내선일체 역시 단순한 선전이 아니라 문학을 매개로 한 내선 간의 문화교류를 통해 이루어지는 것이 바람직함을 강조하는 한편「内鮮一體と朝鮮文學」, 1940.3, 동조동근인 바에야 문화를 일색으로 칠할 필요가 있겠느냐는 역논리로써 조선의 언어와 문화가 갖는 존재 의의를 주장하기도 했다「同胞に寄す」, 1940.3 집필. 조선문학에 국민문학의 옷을 입히고 내선 교류의 매개적 지위를 부여함으로써 존립의 활로를 열어둔 셈이다.

그러나 이 무렵의 이광수는 국민문학의 창작에 그리 적극적이지 않았다. 시로는 『춘원시가집』의 간행을 준비하면서 천황의 치세治世를 기리는 헌시獻詩「축원」1939.4을 썼고, 이밖에 「문득 느끼는 바 있어 노래함折にふれて歌える」1939.2, 「지원병송가志願兵頌歌」1939.10, 「영세기년迎年祈世」1940.1 등 일본어로 쓴 시가 두어 편이 더 있을 뿐이다. 소설 또한 그러해서 단편의 경우 「꿈」1939.7, 「육장기」1939.9, 「난제오」1940.2 등 주로 일상을 소재로 하여 자기 자신의 불안한 걸음걸이를 응시하는 작품들이 대부분이고, 1939년 5월 집필에 들어가 이듬해 5월 탈고한 장편 『세조대왕』 역시 불교에 깊이 관여한 세조의 말년을 중심으로 계유정란의 업보에 대한 두려움과 회한, 그리고 세조의 비통한 참회의 이야기를 다루고 있어 국민적 감정의 고양과는 거리가 멀다. 한편 내선연애로 한 마음이 된 주인공 청년남녀가 애국심에 불타 전쟁에 뛰어드는 이야기를 그린 일본어 장편 『마음이 서로 닿이서아말로心相觸れてこそ』1940.3~7는 미완에 그치고 있다. 전장에서 환자와 간호부로 재회하게 된 두 사람이 적장을 설복하기 위해 적진에 뛰어들었다가 감옥에 갇히는 대목에서 돌연 중단되고 있는 것인데, 감옥에 갇혀 내일을 기약할 수 없는 처지에 봉착한 두 사람의 앞날은 내선일체의 암울한 결말을 상징하는 듯하다.

신체제로의 돌입, 국민에서 황민으로

1940년 8월 요나이 내각의 총사직으로 출범한 제2차 코노에 내각에 의해 고도국방국가의 완성을 목표로 한 신체제의 수립이 천명된다. 중일전쟁의 장기화로 인한 동아신질서의 외연과 내용의 확대 및 유럽 전란의 확대로 동남아시아에서 발생한 힘의 공백을 배경으로 한 전쟁 확대 방침의 표명이었다. 이에 즉응하여 일본 국내에서는 군부·관료·정당·우익을 망라한 대정익찬회가 결성되어 관제 국민통합기구로서 막강한 영향력을 행사했고, 동년 10월 조선 또한 반도신체제의 발족과 더불어 미나미 총독을 수반首班으로 하는 국민총력조선연맹이 결성되어 본격적인 총동원체제로 접어든다.

1939년 12월 1심에서 전원 무죄판결 받았으나 당일 검사측의 항소로 다시금 재판에 계류되었던 동우회사건이 2심에서 유죄 판결을 받은 것은 신체제의 수립 직후인 8월 21일이다. 이광수도 5년 징역형을 선고받았다. 동우회사건의 출발 자체가 중일전쟁을 앞둔 당국의 선제적 조처였듯이, 2심의 유죄 판결 또한 제국의 전쟁 확대 방침에 호응하는 보다 적극적인 협력을 끌어내기 위한 사법적 조처의 일환이었다. '만민익찬'과 '직역봉공'을 기본이념으로 내건 신체제는 단순한 '국민적 감정'의 배양을 넘어서 국체 관념을 내면화한 황민의 연성을 표방했고, 이해 12월 '황도'의 학습과 실천을 목표로 한 황도학회와 나란히 일본정신의 교육과 사상보국의 목적으로 설립된 야마토주쿠大和塾를 중심으로 철저한 황민화 교육에 시동을 걸게 된다. 2심에서 유죄 판결을 받고 상고 중이던 이광수는 당국의 교화 대상 1호였다.

이러한 내외적 여건과 연동하여 이 무렵 이광수의 논설 역시 논리적인 비약을 보인다. 내선일체란 '국민적 감정'의 문제이지 모든 것을 일색으로 칠하는 것을 의미하지 않는다던 논조는 돌연 '민족감정과 전통의 발전적 해소'와 더불어 재래의 조선적인 것을 버리고 일본적인 것을 배우는 것으로 재정의되고「심적 신체제와 조선문화의 진로」, 1940.9, '단지 일본국민이 되는 것에 멈추지 않고 야마토 민족이 된다'「朝鮮

文藝の今日と明日」, 1940.9는 민족해소론으로 나아간다. 그리고 이전까지의 '국민적 감정'의 논리를 대신하여 전면에 등장하게 되는 것은 일본정신 곧 '천황귀일'의 신념이다.

황도학회 설립 당시 발기인 대표로 관여하기도 했던 이광수는 이해 겨울 예방구금에 준하는 '당국의 호의'하에 야마토주쿠에 입소하여 일본정신의 수행과 저술에 몰두했다. 이 시기에 집필한 글들이 하나같이 일본정신의 근간인 천황귀일의 신념을 표명하고 있는 것도 당연한 일이다. '금일 조선인의 신윤리는 천황께 귀일하삽는 것'「신시대의 윤리」, 1941.1이라는 대전제와 더불어 이제 조선인은 황국신민으로 호명된다. 황국신민이란 '모든 것을 천황께 바치는 자'「대화숙 수양회 잡기」, 1941.4이다. 내선일체는 더 이상 쌍방이 다가서는 것이 아니라 조선인의 황민화, 곧 '천황이 신민'이 되겠다는 기백에 의해 이루어지고,「內鮮一體隨想錄」, 1941.2 지식인의 임무 또한 조선민중의 황민화에 강조점이 놓인다.「重大なる決心－朝鮮の知識人に告ぐ」, 1941.1

이 무렵에 쓴 시 역시 「조선신궁 대전에서朝鮮神宮大前にて」1941.1, 「동짓날 내린 비冬至の雨」1941.1, 「어버이」1941.1, 「우리집의 노래」1941.1, 「애국일 노래」1941.1, 「朝」1941.9 등 천황에 대한 경배와 직역봉공의 즐거움을 노래한 것이 주를 이룬다. 그밖에 「싸우는 배いくさ船」1941.5, 「메이지 천황 어제明治天皇御製」1941.7,9 등 10만 수에 달한다는 메이지 천황의 와카和歌 가운데 41수를 번역 소개하기도 했는데, 천황주의자로서의 면모를 한껏 부각시키려는 의도에서였을 것이다. 한편 소설로는 두 번에 걸쳐 장편 집필을 시도했으나 모두 미완에 그쳤다. 먼저 내선연애를 중심으로 조선인 원구의 새로운 아버지-조국 찾기의 과정을 그리고 있는 장편 『그들의 사랑』1941.1~3은 잘못된 민족감정을 청산할 것을 주장하는 원구에게 쏟아지는 동료들의 뭇매와 함께 중단되고 있으며, 혼인과 집안문제로 갈등을 겪던 요시오가 지원병 훈련소 생활을 통해 멸사봉공의 임무를 자각해가는 과정을 그린 『봄의 노래』1941.9~42.6 역시 아내의 외도에 대한 배신감 속에서 길을 잃고 있다. 두 작품 모두 조선인 독자들에게 천황귀일, 직역봉공의 이념을 계몽하기 위한 의도에서 씌어졌겠지만, 예기치 않은 작품의 중단으로 인해 현실의 무게가 이념을 압도하는 역설을 낳고 있다.

남방 진출의 방침과 더불어 신체제로의 돌입과 함께 전쟁의 확대 국면으로 접어든 시국은 일본의 세력 확장을 견제하는 영미와의 관계 악화로 또 한번의 전기轉機를 맞는다. 바야흐로 태평양전쟁의 개전 가능성이 현실화했던 것인데, 긴박한 시국에 호응하여 조선의 지식인들은 8월 임전대책협의회 및 흥아보국단의 결성, 10월에는 두 단체를 통합한 조선임전보국단의 결성을 통해 전쟁 동원에 적극 나서게 된다. 이광수 역시 대국난에 처한 일본을 위해 생명을 바치는 데 조선의 생명이 있음을 주장하며 임전태세의 결의를 다지는 한편「긴박한 시국과 조선인」, 1941.9, '일사보국一死報國'의 기치하에 철저전향, 보편전향, 국민총전향을 외침으로써 2천6백만 조선인으로 하여금 '황민으로 보국의 전선에 나설 것'을 역설했다.「반도민중의 애국운동」, 1941.9

거국적인 임전태세의 목소리가 높아가는 가운데, 동우회사건 최종심에서 이광수를 비롯한 회원 전원이 무죄판결을 받은 것은 11월 17일, 태평양전쟁 발발을 한 달 앞둔 시점의 일이다.

태평양전쟁, 대동아의 지도자라는 미망과 그 균열의 징후들

1941년 12월 8일 일본의 진주만 공격으로 개시된 태평양전쟁은 이듬해 2월 15일의 싱가포르 함락에 이르기까지 서전緖戰에서 눈부신 성과를 거뒀다. 중일전쟁의 장기화에 지치고 미국의 대일 강경책에 초조함을 느끼고 있던 일본 국민들은 개전과 더불어 잇달아 전해지는 전승 소식에 열광했고, 미영 격멸의 전의戰意를 불태우며 전쟁을 지지했다. 이 무렵 이광수의 공적 글쓰기 역시 전쟁의 당위성을 설파하고 전승의 기쁨을 토로하며 전쟁 영웅을 기리는 등 전시 프로파간다의 역할에 충실했던 말할 것도 없다.

이는 특히 즉자적이고 선동적인 언어의 구사에 적합한 시와 연설의 영역에서

가장 두드러진다. 실제로 태평양전쟁 개전 직후인 12월 14일 임전보국단 주최로 열린 영미 타도 대강연회에서 행한 연설 「사상과 함께 영미를 격멸하라」1942.1를 비롯하여 「선전대조宣戰大詔」1942.1, 「싱가포르 함락シンガポール落つ」1942.3, 「진주만의 구군신九軍神」1942.4, 「전망展望」1943.1 등의 시는 제목만 보아도 이른바 대동아전쟁의 선포에서 싱가포르 함락, 전쟁 영웅의 신격화, 대동아공영 이념의 설파에 이르기까지 시국에 즉응한 면모가 여실하다. 그런가 하면 1942년 11월 토쿄에서 열린 제1회 대동아문학자대회에서의 강연 및 대회 참가기는 제국 일본의 심장부를 향해 일본인보다 더 일본인다운 발언으로 좌중과 독자를 뜨악하게 만든 유려한 연출의 극치를 보여준다. 일본과 나란히 중국과 만주국의 문학자들을 상대로 천황을 익찬해 올리면서 죽는 것이야말로 대동아정신의 기조임을 설파하고,「'大東亞精神の樹立'に就いて」, 1942.11 산 보람 있는 천황의 시대에 황민으로 태어나 천황의 방패로 나설 수 있게 된 감격을 토로하는「三京印象記」, 1943.1 조선의 문학자 이광수, 고도로 정치적인 그의 발언을 순수하게 받아들인 일본인은 거의 없었을 것이다.

한편 본격적인 결전을 앞두고 1942년 5월 돌연 조선에 징병제의 실시가 결정되면서 전쟁 협력은 보다 실질적인 문제가 되어 간다. 징병제의 실시 발표 직후 군에서는 일본군과 어깨를 나란히 할 정병精兵의 양성이라는 목표 하에 일본어의 보급 및 군사 교련의 확대와 더불어 국체 관념에 충실한 진충보국 정신의 함양을 공공연히 주문했고,「兵への道を訊く座談會」, 1942.5 당시 동 좌담회에 참가했던 이광수는 「천황의 방패가 되는 날御盾とならん日」1942.5, 「병역과 국어와 조선인兵役と國語と朝鮮人」1942.5, 「징병과 여성」1942.6, 「황민생활요령」1942.8, 「앞으로 2년」1942.9 등 국체 관념에서 언어, 풍속, 습관, 일상생활에 이르기까지 천황을 위해 살고 죽는 황민으로서의 자기 연성을 강조하는 내용의 논설을 집중적으로 써냈다. 병역의 의무야말로 완전한 국민의 표식이니 만큼 황국신민으로서, 대동아의 지도자로서 부족한 점이 없도록 늠름한 천황의 방패로 부름받게 될 날의 준비를 서두르지 않으면 안 된다는 논리였다.

천황을 위해 살고 죽는 늠름한 천황의 방패 운운이야 수사적 차원의 것이었겠지만 이 무렵 이광수가 징병제의 실시를 모종의 기회로 여겼을 가능성은 없지 않다. 징병제의 도입을 앞두고 총독부는 징병이 황민에게만 주어지는 특권이며, 대동아의 지도적 지위를 보장하는 것임을 대대적으로 선전했거니와, 태평양전쟁 서전에서 일본군의 놀라운 전과는 그런 기대감을 갖게 하기에 충분했다. 징병이 불가피한 현실이라면 후일의 대가라도 챙겨두자는 예의 타협론이 고개를 들었을 것이다. 훗날 『나의 고백』1948에서 "어차피 흘리는 피일진댄, 만일의 경우(일본이 이기는 경우)에 그 값이나 받도록 하여 두자"는 생각이었다고 동일한 취지의 언급을 한 사실도 확인된다.

이듬해 1943년 3월 징병제의 공포에 이어 8월부터 징병제가 실시되고, 뒤이어 10월에는 조선인 학도특별지원병제가 시행된다. 이해 3월 과달카날 전투에서의 패배를 기점으로 수세에 몰린 일본군은 급기야 9월 본국의 대학 법문학부 및 전문학교 학생들의 징병유예 정지를 공포했고, 아직 징병 대상이 아니었던 조선인 학생들에게는 지원이라는 형식의 징병을 종용했다. 학병 지원 마감을 앞둔 11월 8일부터 열흘 남짓 이광수는 학병 권유단의 일원으로 최남선과 함께 오사카와 쿄토, 쿄토 등지를 돌며 조선인 학생들을 만나고 돌아왔다. 조선인 학병이 징병검사와 단기훈련을 마치고 입영을 시작한 것은 1944년 1월, 그리고 동년 4월부터 8월까지 징병검사를 마친 징병 적령기의 조선인 청년들이 입영을 시작한 것은 9월의 일이다.

이러한 시국의 요구에 부응하여 이광수는 「징병제에 부쳐徵兵制に寄せて」1943.7, 「정지停止」1943.9, 「조선의 학도여」1943.11, 「승리의 일日」1944.7, 「신병神兵」1944.12, 「모든 것을 바치리」1945.1 등 황운皇運 익찬의 신념으로 결전에 나설 것을 외치는 선동적인 시와 더불어, 「병제의 감격과 용의」1943.7, 「위인과 그 어머니」1943.9, 「학병에게 감사」1943.12, 「학병에게 보내는 세기의 감격」1944.1, 「학병의 어머니께」1944.2, 「딸에게 주는 글娘に與ふる書」1944.6, 「청년과 오늘青年と今日」1944.8, 「반도청년에게 보냄半島青年に寄す」1944.10 등 '조선 동포의 영예'와 '대동아 지도자로서의 지위'에 대한 기대를 부추기며 징병 대상자와 학병의 애국심을 호소하는 논설을 쓰고 강연에 나섰다.

1944년 7월 사이판 함락으로 일본 본토가 연합군의 공습권에 들어가게 되면서 일본의 패전은 결정적인 것이 되어 가고 있었지만, 이미 말려든 전쟁의 폭주에서 발을 빼기란 불가능했다.

한편 미완의 일본어 장편 『마음이 서로 닿아서야말로』1940 이후 「파리蠅」1943.10, 「가가와 교장加川校長」1943.10, 「군인이 될 수 있다兵になれる」1943.11, 「대동아大東亞」1943.12, 『사십년四十年』1944.1~3, 「원술의 출정元述の出征」1944.6, 「소녀의 고백少女の告白」1944.10 등 일본어 소설을 집중적으로 써낸 것도 바로 이 결전의 시기이다. 1943년 4월 결전하 반도 문학자의 총력을 결집하여 '일본적 세계관에 입각한 황도문학 수립'에 매진한다는 목표 하에 조선문인협회를 비롯해 기존의 문학단체를 통합한 조선문인보국회가 결성된다. 회의 결성 당시 문학에 의한 전장戰場 정신의 앙양 및 전쟁 완수에의 협력 외에도 '반도 문단의 국어 촉진'이 요청되었으니, 「半島文學 總力結集」, 1943.4 국민문학은 국어로 제작되어야 한다는 원칙론 하에서도 국어를 모르는 동포의 계몽이라는 명분하에 단편적인 시를 제외하고는 『봄의 노래』1941.9~1942.6, 『원효대사』1942.3~10 등 줄곧 조선어 소설 쓰기에 주력했던 이광수로서도 더 이상 일본어 창작을 외면하기 어려웠을 것이다.

「파리」와 「가가와 교장」이 주변의 일상을 소재로 하여 총후국민의 마음가짐을 다루고 있다면, 「군인이 될 수 있다」와 「원술의 출성」은 징병제 실시의 감격 및 신라 화랑의 무사 정신을 통해 조선인의 애국심과 충효무용의 정신을 강조하고 있다. 중국인 청년과 일본인 여성의 연애를 통해 대동아의 이념을 형상화한 「대동아」 역시 이해 11월 초 토쿄에서 열린 대동아회의를 배경으로 한 선전물에 가깝다. 그런데 이듬해인 1944년 10월에 발표된 마지막 일본어 단편 「소녀의 고백」에서는 이전과는 다른 흔들림이 감지된다. 공식적인 동원의 문법으로 일관했던 이전까지의 창작과는 달리, 「소녀의 고백」은 사랑을 약속했던 일본인 청년에게 버림받고 혼란에 빠진 소녀의 이야기를 전면화함으로써 내선일체의 이념에 미묘한 균열을 만들어내고 있다. 더욱이 그 고백이 일차적인 수신자로 소환하고 있는 것은 '제국에서 조선 민중이 차지하는 지위'를 부추기며 청년들을 전쟁으로 내몰았던 작가 자신이다. 1944년 7월 연합군의 사이판 함락은 강경 토조 내각의 총사직을 불러왔고, 일본 국민들에게도 큰 충격을 주었다. 언론은 여전히 복수와 승리를 다짐하는 선동으로 들끓었지만, 소녀의 산산조각 난 꿈을 뼈아프게 응시하고 있는 작가의 시선은 이미 패전의 예감으로 그늘져 있다.

'반도 문단의 국어 촉진'이 시국의 요구였다고는 해도 당시 일본어를 읽을 줄 아는 조선인은 1할 5푼에 불과했고, 일본어로 창작된 문학을 이해할 수 있는 독자층은 더 적었다. 1943년 1월 전쟁 동원을 위한 선전과 계몽을 목적으로 창간된 조선방송협회 기관지 『방송지우』의 '특별독물特別讀物'란은 협소하나마 조선어 작품이 명맥을 유지할 수 있었던 지면이었다. 이 지면에 이광수는 「면화」1943.1, 「귀거래」1944.1, 「두 사람」1944.8, 「방공호」1944.9, 「구장님」1945.1 등의 조선어 단편을 꾸준히 발표했다. 이외에도 1944년 4월에 창간된 『일본부인』 조선판에 해군특별지원병의 이야기를 다룬 「반전反轉」1944.7이라는 소설도 발표했다. 지면의 성격상 근본적으로는 동원의 문법에 충실한 소설들이지만, 전쟁에 동원되는 조선인들을 향한 작가의 애틋한 시선도 물씬 묻어난다. 특히 손자 셋을 징용, 학병, 징병 입영 보낸 일흔셋 나이의 늙은 구장의 모범적인 시국 협력의 이야기를 다룬 마지막 조선어 단편 「구장님」의 마지막 장면이 주는 여운은 압권이다. 성실한 증산 독려 덕분에 관에서 막걸리 특배를 상으로 받아 추석을 겸한 떠들썩한 잔치를 마친 구장은, 자리를 털고 일어나 동리 사람들과 함께 보리를 갈러 다시 들판으로 나간다. 국민의례에 뒤이은 '텐노 오헤이까 반자이'라는 떠들썩한 외침도 잠시, 하늘 뜻에 순종하여 보리갈이에 열중하고 있는 농부들의 모습은 하늘의 영원한 시간의 질서에 비하면 시국이란 한갓 지나가버릴 한때의 소란에 불과한 것이라는 사실을 은밀하게 일깨우는 듯하다.